Dieses Buch ist Kyung
und Jon Conning gewidmet,
als Dank für ihre
Hilfe und Freundschaft.

THUNISCHE TUNDRA
Stadt der Magier
2
Kaiserreich
TSURANUANNI
AMBOLINA
NESHEKA
Mixoxa
Migran
Tusan
Nar
VORPOSTEN-INSELN
Pesh
BLUTIGES MEER
BANGANOK (Ruinen)
TSUBAR,
das verlorene Land
KELEWAN
0 100 200 300 400 500 600

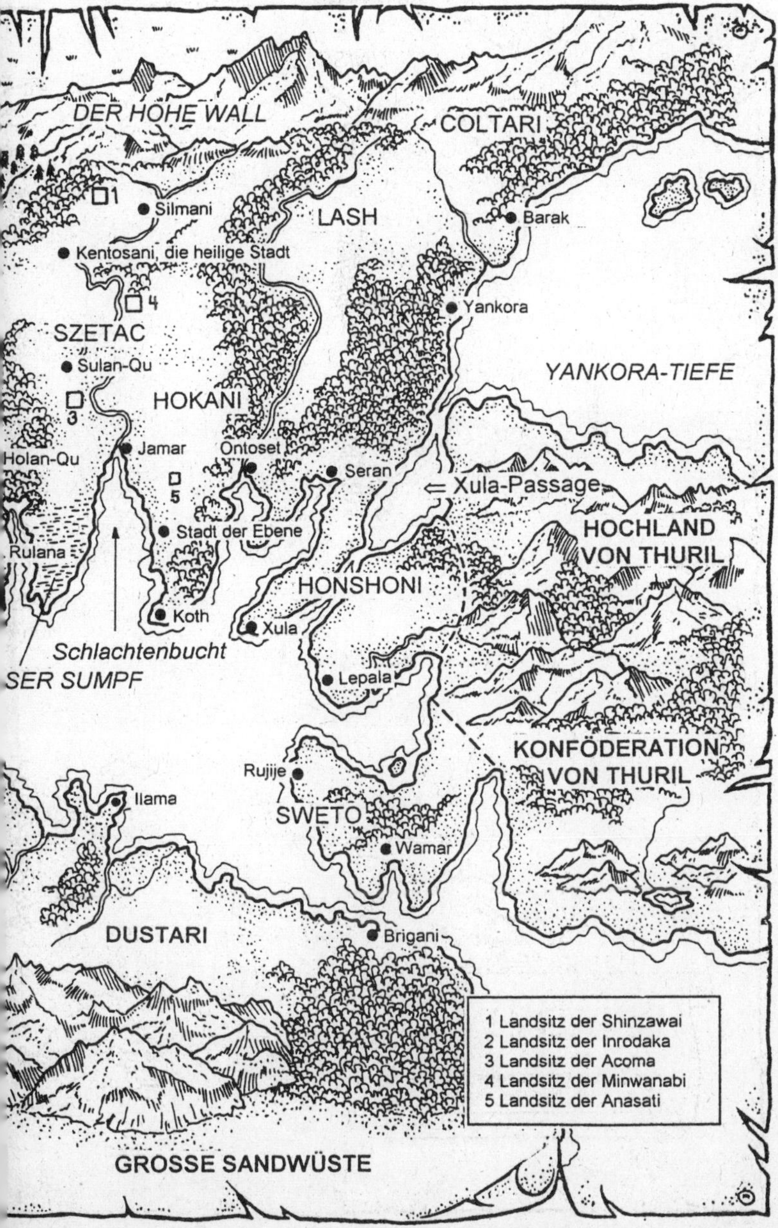

DER HOHE WALL
COLTARI
LASH
Silmani
Barak
Kentosani, die heilige Stadt
4
Yankora
SZETAC
Sulan-Qu
YANKORA-TIEFE
3
HOKANI
Jamar
Ontoset
Holan-Qu
Seran
5
Xula-Passage
Stadt der Ebene
HOCHLAND
VON THURIL
Rulana
HONSHONI
Koth
Xula
Schlachtenbucht
SER SUMPF
Lepala
KONFÖDERATION
VON THURIL
Rujije
Ilama
SWETO
Wamar
DUSTARI
Brigani
1 Landsitz der Shinzawai
2 Landsitz der Inrodaka
3 Landsitz der Acoma
4 Landsitz der Minwanabi
5 Landsitz der Anasati
GROSSE SANDWÜSTE

Eins

Tragödie

Die Morgensonne schien.

Tautropfen brachten das Gras am Ufer zum Funkeln, und der Wind trug die Rufe der nistenden Shatra-Vögel heran. Lady Mara von den Acoma genoß die kühle Luft, die schon bald der mittäglichen Hitze weichen würde. Sie saß in ihrer Sänfte; neben ihr saß ihr Ehemann, und auf ihrem Schoß schlummerte ihr jüngerer Sohn, der zwei Jahre alte Justin. Sie schloß die Augen und seufzte voller Zufriedenheit.

Ihre Finger glitten in die Hand ihres Mannes. Hokanu lächelte. Er sah ohne jeden Zweifel sehr gut aus und war ein fähiger Krieger; auch die leichteren Zeiten hatten seine athletische Erscheinung nicht verweichlicht. Seine Hand schloß sich besitzergreifend um ihre, doch Sanftheit milderte die Kraft.

Die vergangenen drei Jahre waren gute Jahre gewesen. Zum ersten Mal seit ihrer Kindheit fühlte sie sich sicher, geschützt vor den tödlichen, niemals endenden politischen Intrigen des Spiels des Rates. Der Feind, der ihren Vater und ihren Bruder getötet hatte, konnte sie nicht länger bedrohen. Er war nur noch Staub und Erinnerung, genau wie seine Familie, die mit ihm gefallen war; das Land und das herrlich gelegene Herrenhaus seiner Ahnen hatte Mara vom Kaiser erhalten.

Einem alten Aberglauben nach überfiel Unglück das Land einer gefallenen Familie; an einem wunderbaren Morgen wie diesem war jedoch von Unheil weit und breit nichts zu spüren. Als sich die Sänfte langsam am Ufer entlang bewegte, genoß das Paar den friedlichen Augenblick und betrachtete das Heim, das es zusammen aufgebaut hatte.

Das Tal, das einst den Lords der Minwanabi gehört hatte, lag zwischen steilen, steinigen Hügeln und war dank dieser natürlichen Gegebenheiten nicht nur leicht zu verteidigen, sondern auch so schön, als hätten es die Götter selbst berührt. Der friedlichstille Himmel spiegelte sich im See, dessen Oberfläche sich kräuselte, als die schnellen Ruderer eines Botenskiffs Berichte für die Makler in die Heilige Stadt brachten. Dort würden von singenden Sklaven vorwärtsgestakte Kornbarken die Ernte dieses Jahres zur Aufbewahrung in ein Lager bringen, bis der Fluß im Frühjahr wieder mehr Wasser führen und damit den Weitertransport flußabwärts gestatten würde.

In der trockenen Herbstbrise wogte das goldene Gras hin und her, und die Morgensonne ließ die Wände des Herrenhauses wie Alabaster erstrahlen. Lujan und Xandia, die beiden Kommandeure, hielten eine Übung mit einer gemischten Truppe aus Kriegern der Shinzawai und der Acoma ab. Da Hokanu eines Tages den Titel seines Vaters erben würde, hatte seine Heirat mit Mara ihre beiden Häuser nicht miteinander verschmelzen lassen. Krieger im Grün der Acoma marschierten Seite an Seite neben solchen im Blau der Shinzawai, die Reihen hier und da unterbrochen von schwarzen Flecken, Divisionen der insektenähnlichen Choja. Zusammen mit den Ländereien der Minwanabi hatte Lady Mara eine Allianz mit zwei weiteren Schwärmen erhalten, und damit auch die Kampfstärke von drei Kompanien von Kriegern, die von ihren Königinnen nur für den Kampf ausgebrütet worden waren.

Ein Feind, der dumm genug wäre, einen Angriff zu riskieren, würde rasch vernichtet werden. Die Truppen ihrer loyalen Vasallen und Verbündeten hinzugerechnet, geboten Mara und Hokanu über eine Armee, die im Kaiserreich unübertroffen war. Nur die

Truppen des Kaisers – die Kaiserlichen Weißen –, verstärkt um die Kontingente anderer Häuser unter seiner Oberherrschaft, konnten ihnen diesen Rang streitig machen. Doch als würden gut ausgebildete Truppen und eine nahezu uneinnehmbare Festung nicht schon allein den Frieden garantieren, hatte Mara für ihre Dienste gegenüber Tsuranuanni den Titel *Gute Dienerin des Kaiserreiches* erhalten, der mit einer ehrenhalber ausgesprochenen Adoption in die Familie des Kaisers verbunden war. Die Kaiserlichen Weißen würden zu ihrer Verteidigung aufmarschieren, denn nach dem Ehrenkodex der Tsurani war eine Beleidigung oder Bedrohung der Guten Dienerin gleichbedeutend mit einem Angriff auf die Familie des Lichts des Himmels selbst.

»Du siehst heute morgen erfreulich selbstzufrieden aus, meine Liebe«, meinte Hokanu dicht an ihrem Ohr.

Mara beugte den Kopf an seiner Schulter etwas nach hinten und öffnete die Lippen zum Kuß. Wenn sie auch tief in ihrem Innern die wilde Leidenschaft vermißte, die sie mit dem rothaarigen Barbaren, Justins Vater, erlebt hatte, so hatte sie sich mit diesem Verlust abgefunden. Hokanu besaß einen verwandten Geist; er teilte ihre politische Kühnheit und ihre Neigung zu Neuerungen. Er hatte eine rasche Auffassungsgabe, war freundlich und ihr treu ergeben, und er besaß eine Toleranz gegenüber ihrem halsstarrigen Wesen, die nur wenige Männer in ihrer Kultur aufzubringen vermochten. Bei ihm war Mara gleichberechtigt. Die Heirat hatte eine tiefe und dauerhafte Zufriedenheit hervorgerufen, und obwohl sie ihre Interessen im Großen Spiel des Rates nicht vernachlässigte, spielte sie jetzt nicht mehr aus Furcht. Hokanus Kuß erwärmte den Augenblick wie Wein, bis ein hoher Ton die Stille zerriß.

Mara richtete sich aus Hokanus Umarmung auf; ihr Lächeln spiegelte sich in den dunklen Augen ihres Mannes. »Ayaki«, sagten sie gleichzeitig. Im nächsten Augenblick donnerten Hufschläge den Pfad am See entlang.

Hokanu legte seinen Arm fester um die Schultern seiner Frau, als die beiden sich etwas aus der Sänfte lehnten, um einen Blick auf die Eskapaden von Maras ältestem Sohn und Erben zu werfen.

Ein pechschwarzes Pferd brach durch die Lücke in den Bäumen, Mähne und Schweif flogen im Wind. Grüne Troddeln schmückten die Zügel, und ein perlenbesetzter Brustgurt hinderte den Sattel daran, nach hinten wegzurutschen. In den mit Lackarbeiten versehenen Steigbügeln stand ein Junge, der gerade erst zwölf geworden war und ebenso schwarze Haare hatte wie sein Reittier. Er wendete den Wallach mit den Zügeln und preschte auf Maras Sänfte zu, das Gesicht gerötet vom Rausch der Geschwindigkeit. Sein paillettenbesetzter Umhang flatterte wie ein Banner hinter ihm her.

»Er wird ein ziemlich kühner Reiter«, meinte Hokanu bewundernd. »Und das Geburtstagsgeschenk scheint ihm zu gefallen.«

Mara betrachtete Ayaki mit glühendem Gesicht, als er das Tier auf den Pfad lenkte. Der Junge war ihre ganze Freude, der Mensch, den sie am meisten liebte.

Der schwarze Wallach warf protestierend den Kopf zurück. Er war temperamentvoll und brannte darauf, seine Geschwindigkeit unter Beweis zu stellen. Mara, die sich mit den riesigen Tieren aus der barbarischen Welt immer noch nicht ganz angefreundet hatte, hielt besorgt den Atem an. Ayaki hatte das wilde Wesen seines Vaters geerbt, und in den Jahren seit er knapp dem Messer eines Attentäters entkommen war, ergriff ihn manchmal eine tiefe Unruhe. Beizeiten schien er den Tod geradezu zu verhöhnen, als könnte er sich dadurch, daß er der Gefahr trotzte, des Lebens in seinen Adern versichern.

Doch heute war kein solcher Augenblick, und der Wallach war sowohl wegen seines Gehorsams wie auch seiner Schnelligkeit ausgewählt worden. Er schnaubte und stieß eine Staubwolke vor sich auf, während er sich dem Zügel fügte und neben Maras Sänftenträgern hertrottete, die gegen ihr spontanes Bedürfnis ankämpften, sich von dem großen Tier zu entfernen.

Die Lady schaute auf, als der Junge und das Pferd in ihr Blickfeld gerieten. Ayaki würde breite Schultern bekommen, ganz der Erbe beider Großväter. Er hatte die typische schlanke Figur der Acoma geerbt, genauso wie den störrischen Mut seines Vaters. Obwohl Hokanu nicht sein leiblicher Vater war, verband die beiden Freundschaft und Respekt. Ayaki war ein Junge, auf den alle Eltern stolz sein konnten, und er offenbarte bereits jetzt jenen Verstand, den er benötigen würde, sobald er das Erwachsenenalter erreicht haben und als rechtmäßiger Lord der Acoma in das Spiel des Rates eintreten würde.

»Du junger Angeber«, neckte ihn Hokanu. »Unsere Träger besitzen möglicherweise als einzige im ganzen Kaiserreich das Privileg, Sandalen zu tragen, doch wenn du meinst, wir rasen jetzt mit dir zu den Weiden, muß ich dir eine entschiedene Absage erteilen.«

Ayaki lachte. Seine dunklen Augen hefteten sich auf seine Mutter; in ihnen spiegelte sich seine Begeisterung über den Augenblick. »Eigentlich wollte ich Lax'l fragen, ob ich unsere Geschwindigkeit mit einem seiner Krieger messen kann. Es wäre interessant zu wissen, ob seine Krieger eine Einheit der barbarischen Kavallerie überholen können.«

»Wenn wir einen Krieg hätten – was im Augenblick, den Göttern sei Dank, nicht der Fall ist«, sagte Hokanu mit einer Spur mehr Ernst in seiner Stimme. »Vergiß nicht deine Manieren und beleidige nicht Kommandeur Lax'ls Würde, wenn du fragst.«

Ayaki grinste breit. Er war mit den Cho-ja in seiner Umgebung aufgewachsen, und ihre seltsame Art flößte ihm ganz und gar keine Furcht ein. »Lax'l hat mir immer noch nicht vergeben, daß ich ihm eine Jomach-Frucht mit einem Stein gab.«

»Er hat dir vergeben«, unterbrach ihn Mara. »Doch seither ist er etwas vorsichtiger gegenüber deinen Tricks, was sehr vernünftig ist. Die Cho-ja haben nicht den gleichen Sinn für Scherze wie Menschen.« Sie warf Hokanu einen Blick zu. »Tatsächlich zweifle ich daran, daß sie unseren Humor verstehen.«

Ayaki zog eine Grimasse, und der Rappe unter ihm bockte. Die Sänftenträger wichen vor den tänzelnden Hufen ein wenig zur Seite, und der Ruck weckte den kleinen Justin. Er erwachte mit wütendem Geschrei.

Das schwarze Pferd scheute bei dem Krach. Ayaki hielt das Tier mit sicherer Hand fest, doch der feurige Wallach trat ein paar Schritte zurück. Hokanus Gesicht blieb gelassen, obwohl er den Drang verspürte, über die stürmische Bestimmtheit und Beherrschung seines Sohnes zu lachen. Justin trat seiner Mutter kraftvoll in den Bauch. Sie beugte sich vor, um ihn hochzunehmen.

Dann schwirrte von hinten etwas an Hokanus Ohr vorbei und brachte die Vorhänge der Sänfte zum Flattern. In der Seide war genau dort ein winziges Loch zu erkennen, wo noch eine Sekunde zuvor Maras Kopf gewesen war. Hokanu warf sich mit seinem ganzen Gewicht gegen seine Frau und das Kind; er wandte den Kopf, um in die andere Richtung zu schauen. In den Schatten der Büsche am Rande des Pfads bewegte sich etwas Schwarzes. Im Kampf geschärfte Instinkte veranlaßten Hokanu ohne langes Nachdenken zum Handeln.

Er stieß seine Frau mit dem Kind aus der Sänfte, seinen Körper weiterhin schützend über sie gebeugt. Sein plötzlicher Stoß ließ die Sänfte umstürzen und gewährte ihnen zusätzliche Deckung. »Der Busch!« rief er den Trägern zu, die sich rasch verteilten.

Die Wachen zogen ihre Klingen, bereit, ihre Mistress zu verteidigen. Doch da sie kein deutliches Ziel sahen, das sie angreifen konnten, zögerten sie.

Aus dem Gewirr von Kissen und zerrissenen Vorhängen und

über den Lärm von Justins Geschrei hinweg rief Mara verwirrt: »Was –«

Hokanu wandte sich an die Wachen. »Hinter den Akasi-Büschen!« schrie er.

Das Pferd stampfte auf, als wäre es von einer Stechfliege gestochen worden. Ayaki spürte, wie der Wallach unter ihm erbebte. Das Tier legte die Ohren an, dann schüttelte es die schwarze Mähne, während der Junge versuchte, es mit den Zügeln zu beruhigen. »Ruhig, Großer. Ganz ruhig.« Die Warnung seines Stiefvaters hörte er nicht; er war viel zu sehr damit beschäftigt, das Pferd in den Griff zu bekommen.

Hokanu warf einen Blick über die Sänfte. Die Wachen durchkämmten jetzt die Büsche, die er gemeint hatte. Als er sich umwandte, um nach einem möglichen Angriff von der anderen Seite Ausschau zu halten, sah er Ayaki bei dem verzweifelten Versuch, ein Pferd zu beruhigen, dessen Aufregung inzwischen gefährlich geworden war. Im Sonnenlicht aufblitzender Lack verriet einen winzigen Pfeil, der aus der Flanke des Wallachs ragte. »Ayaki! Spring ab!«

Das Pferd trat wild um sich. Der Pfeil in seiner Flanke tat seine Wirkung, und Nervengift strömte durch die Adern des Tieres. Es rollte mit den Augen, verdrehte sie, bis nur noch das Weiße zu sehen war. Der Wallach bäumte sich auf den Hinterbeinen auf, und ein beinahe menschlicher Schrei drang aus seiner Kehle.

Hokanu sprang von der Sänfte. Er griff nach den Zügeln des Wallachs, doch die wild trampelnden Hufe zwangen ihn zurück. Er wich aus, versuchte es noch einmal, bekam die Zügel aber wieder nicht zu fassen, als das Pferd sich um die eigene Achse zu drehen begann. Er war vertraut genug im Umgang mit Pferden, um zu wissen, daß dieses hier wahnsinnig geworden war, und so schrie er den Jungen an, der sich mit beiden Händen am Nacken des Tieres festklammerte.

»Ayaki! Spring ab! Sofort, Junge!«

»Nein!« rief das Kind, nicht im Trotz, sondern voller Mut. »Ich kann ihn beruhigen!«

Hokanu griff erneut nach den Zügeln; seine Furcht verdrängte jeden Gedanken an seine eigene Sicherheit. Ayakis Behauptung wäre möglicherweise gerechtfertigt gewesen, wenn das Tier einfach nur Angst gehabt hätte. Doch Hokanu hatte einmal die Wirkung eines vergifteten Pfeils gesehen; er erkannte das bebende Fleisch und den plötzlichen Mangel an Koordination sofort als das, was es war: die Symptome eines rasch wirkenden Gifts. Hätte der Pfeil Mara getroffen, wäre der Tod innerhalb weniger Sekunden eingetreten. Bei einem Tier, das zehnmal größer war als sie, würde das Ende länger dauern und schmerzvoller sein. Das Pferd brüllte seine Qual heraus, und Zuckungen schüttelten den großen Körper. Es entblößte gelbliche Zähne und kämpfte gegen die Gebißstange, während Hokanu wieder die Zügel verfehlte. »Es ist Gift, Ayaki!« rief er über den Lärm des tobenden Pferdes hinweg. Hokanu sprang, um den Steigbügel zu erreichen; er hoffte, den Jungen herunterreißen zu können. Die Vorderbeine des Pferdes versteiften sich, scherten auseinander, als die Muskeln in der Verlängerung erstarrten. Dann brachen die Hinterbeine zusammen; es stürzte und begrub den Jungen unter sich.

Das dumpfe Dröhnen, mit dem der schwere Körper auf den Boden fiel, vermischte sich mit Maras Schrei. Ayaki hatte sich bis zuletzt geweigert abzuspringen. Immer noch rittlings auf dem Pferd, wurde er zur Seite geschleudert; sein Nacken zuckte wild zurück, als die Kraft des Sturzes ihn auf den Pfad warf. Das Pferd bebte und rollte auf den Jungen.

Ayaki gab keinen Laut von sich. Hokanu wich einer Barriere aus um sich stoßenden Hufen aus, als er um das gequälte Tier herumrannte. Er erreichte den Jungen mit einem Satz, doch zu spät. Gefangen unter dem Gewicht des sterbenden, zitternden Pferdes wandte Ayaki seine dunklen Augen Honaku zu, und seine freie Hand griff nur einen Herzschlag vor seinem Tod nach der seines Stiefvaters.

Hokanu spürte, wie die kleinen, schmutzigen Finger in seiner Hand erschlafften. Er klammerte sich an die Wut des nicht Wahrhabenwollens. »Nein!« schrie er, als würde er die Götter anrufen. Maras Schreie klangen in seinen Ohren, und er war sich der Krieger ihrer Ehrengarde bewußt, die ihn beiseite drängten, als sie sich bemühten, das sterbende Pferd umzudrehen. Der Wallach wurde zur Seite gerollt; ein Stöhnen drang aus seiner Kehle, als die Lungen die Luft entließen. Für Ayaki würde es einen solchen Protest gegen den vernichtenden, frühzeitigen Tod nicht mehr geben. Der Widerrist des Wallachs hatte seine Brust eingedrückt, und seine Rippen standen wie die zerbrochenen Teile eines Schwertes heraus.

Das junge Gesicht mit den allzu weißen Wangen starrte jetzt aus offenen, überraschten Augen zu dem klaren Himmel über sich. Die Finger, die vertrauensvoll nach dem Stiefvater gegriffen hatten, der den Schrecken der Dunkelheit abwenden sollte, lagen jetzt leer und geöffnet da, die verschorften Überbleibsel einer Blase an einem Daumen ein letztes Zeugnis für die sorgfältigen Übungen mit einem Holzschwert. Dieser Junge würde niemals die Ehren oder die Schrecken eines Krieges kennenlernen, auch nicht den süßen Kuß seines ersten Mädchens, den Stolz und die Verantwortung des Herrschermantels, der ihm bestimmt gewesen war.

Die Endgültigkeit des plötzlichen Endes verursachte einen Schmerz wie eine blutende Wunde. Hokanu spürte unermeßliche Trauer und verwirrte Ungläubigkeit. Sein Verstand arbeitete angesichts des Schocks nur noch mit Reflexen, die er auf dem Schlachtfeld gelernt hatte. »Bedeckt das Kind mit euren Schilden«, befahl er. »Seine Mutter darf ihn so nicht sehen.«

Doch die Worte waren zu spät über seine betäubten Lippen gedrungen. Mara rannte zu ihm, und er spürte das Rauschen ihrer Seidenroben gegen seine Wade, als sie sich neben ihrem Sohn auf die Knie warf. Sie streckte die Arme aus, um ihn zu umarmen, um ihn vom staubigen Boden zu heben, als könnte die bloße Kraft ihrer Liebe ihn wieder zum Leben erwecken. Doch ihre Hände erstarrten mitten in der Luft über den blutigen Fetzen, die einmal Ayakis Körper gewesen waren. Ihr Mund öffnete sich lautlos. Irgend etwas in ihr zerbrach. Instinktiv hielt Hokanu sie am Rücken fest und zog sie an seine Schulter.

»Er ist in die Halle des Roten Gottes gegangen«, murmelte er. Mara antwortete nicht. Hokanu spürte den raschen Herzschlag unter seinen Händen. Erst jetzt bemerkte er das Handgemenge in den Büschen neben dem Pfad. Maras Ehrengarde hatte sich voller Wut auf den schwarzgekleideten Attentäter gestürzt. Sie brachten die Angelegenheit zu Ende, noch bevor Hokanu seinen Verstand zusammennehmen und die Männer zur Zurückhaltung ermahnen konnte, da der Mann nur lebendig sagen konnte, wer ihn angeheuert hatte.

Die Schwerter der Krieger hoben und senkten sich in leuchtendem Rot. Sekunden später lag der Mörder zerhackt da wie ein Needra-Bulle im Stall eines Schlachters.

Hokanu hatte kein Mitleid mit dem Mann. Trotz des Blutes erkannte er das kurze schwarze Hemd und die Hose, und als die Soldaten die Leiche auf den Rücken rollten, sah er die rotgefärbten Hände. Die Kopfbedeckung, die nur die Augen des Mannes freiließ, wurde zur Seite gezogen, und eine blaue Tätowierung auf der linken Wange kam zum Vorschein. Diese Markierung wurde nur von einem Mitglied der Hamoi Tong benutzt, einer Bruderschaft von Attentätern.

Hokanu stand langsam auf. Es spielte keine Rolle, daß die Soldaten den Mörder getötet hatten: Der Attentäter wäre freudig gestorben, bevor er Informationen hätte preisgeben können. Die Tong arbeiteten nach einem strikten Geheimcode, und ganz sicher wußte der Mörder nicht, wer seinen Anführer für dieses Attentat bezahlt hatte. Und der einzige Name von Bedeutung war der des Mannes, der die Hamoi-Bruderschaft angeheuert hatte.

Irgendwo in einer kühlen Ecke seines Kopfes wußte Hokanu, daß dieser Angriff auf Mara keine billige Angelegenheit gewesen war. Dieser Mann hatte niemals damit rechnen können, seine Mission zu überleben, und ein Selbstmordauftrag war ein Vermögen in Metall wert.

»Durchsucht die Leiche und verfolgt seine Spuren zurück«, hörte er sich mit einer Stimme sagen, die von den in seinem Innern brodelnden Gefühlen hart klang. »Seht, ob ihr Hinweise darauf finden könnt, wer den Tong angeheuert haben mag.«

Der befehlshabende Truppenführer der Acoma verbeugte sich vor dem Lord und gab seinen Männern knappe Befehle.

»Laßt eine Wache bei der Leiche des Jungen«, fügte Hokanu hinzu. Er beugte sich hinab, um sich um Mara zu kümmern. Es überraschte ihn nicht, daß sie noch immer sprachlos war und gegen den Schrecken und das Unglaubliche kämpfte. Ihr Ehemann warf ihr das Unvermögen, Haltung zu bewahren und die angemessene tsuranische Gelassenheit zu zeigen, nicht vor. Ayaki war viele Jahre die einzige Familie für sie gewesen; sie hatte keine anderen Blutsverwandten. Ihr Leben war bis zu seiner Geburt bereits zu sehr von Verlust und Tod gezeichnet gewesen. Er preßte ihren kleinen, zitternden Körper gegen seinen, während er noch weitere notwendige Anweisungen hinzufügte, die den Jungen betrafen.

Doch als er damit fertig war und sanft versuchte, sie von der Leiche wegzuziehen, wehrte sie sich. »Nein!« sagte sie mit schmerzerstickter Stimme. »Ich werde ihn hier nicht alleine lassen!«

»Mylady, Ayaki ist jenseits unserer Hilfe. Er steht bereits in den Hallen des Roten Gottes. Trotz seiner Jahre ist er dem Tod mutig gegenübergetreten. Er wird dort willkommen sein.« Er streichelte ihre dunklen Haare, die feucht von Tränen waren, und versuchte sie zu beruhigen. »Es wäre besser, wenn du im Haus bei denen bist, die dich lieben, und Justin in die Obhut seiner Ammen gibst.«

»Nein«, wiederholte Mara. Es war ein Ton in ihrer Stimme, der ihn instinktiv davor warnte, sie weiter zu bedrängen. »Ich gehe nicht weg.«

Zwar stimmte sie nach einiger Zeit zu, Justin zurück zum Herrenhaus und in den Schutz einer Kompanie Krieger bringen zu lassen, doch sie selbst blieb während der Morgenhitze auf dem staubigen Boden sitzen und starrte auf das leblose Gesicht ihres Erstgeborenen.

Hokanu ließ sie keine Sekunde allein. Der Gestank des Todes vermochte ihn nicht zu vertreiben und auch nicht die Fliegen, die herumschwirrten und summten und sich an der aus den Augen des toten Wallachs austretenden Flüssigkeit labten. So beherrscht, als wäre er auf einem Schlachtfeld, stellte er sich dem Schlimmsten entgegen und ertrug es. Mit ruhiger Stimme befahl er einem Läufer, ein paar Bedienstete kommen zu lassen und einen kleinen Seidenpavillon herbeizuschaffen, um etwas Schatten zu erhalten. Mara schaute nicht einmal auf, als die Markise über ihr aufgebaut wurde. Als würden die Menschen um sie herum nicht existieren, ließ sie aufgelockerte Erde durch die Hände gleiten, bis ein Dutzend ihrer besten Krieger in zeremoniellen Rüstungen herbeikamen, um den gefallenen Sohn fortzubringen. Niemand hatte gegen Hokanus Vorschlag, daß der Junge die Ehren des Schlachtfelds verdiente, etwas einzuwenden. Ayaki war durch den Pfeil eines Feindes gestorben, so sicher, als hätte das Gift sein eigenes Fleisch durchdrungen. Er hatte sich geweigert, sein geliebtes Pferd allein zu lassen, und solcher Mut, solches Verantwortungsgefühl in einem so jungen Menschen verdienten Beachtung.

Mit einem maskenhaft starren Gesicht sah Mara zu, wie die Krieger ihren toten Sohn hochhoben und auf einer mit Bannern ausgelegten Bahre niederlegten. Die meisten waren im Grün der Acoma gehalten, doch eine war scharlachrot als Anerkennung des Roten Gottes, der alles Leben zu sich holt.

Die morgendliche Brise hatte sich gelegt, und die Krieger schwitzten bei ihrer Aufgabe. Hokanu half Mara auf die Beine; er zwang sie, nicht zusammenzubrechen. Es kostete ihn selbst sehr viel Anstrengung, die Beherrschung zu bewahren, und das nicht nur wegen Ayaki. Tief in seinem Innern blutete sein Herz auch wegen Mara. Er stützte sie, als sie neben der Bahre herging, und die kleine Gefolgschaft wandte sich in Richtung des Herrenhauses, das noch wenige Stunden zuvor ihnen allen als ein vom Glück gesegneter Ort erschienen war.

Es kam ihm vor wie ein Verbrechen gegen die Natur, daß die Gärten noch immer so üppig aussahen, das Seeufer so grün und saftig, während der Junge zerschmettert und leblos auf seiner Bahre lag.

Die Ehrenträger stoppten vor dem Vordereingang, der für zeremonielle Anlässe benutzt wurde. Im Schatten des gewaltigen Steinportals standen die treuesten Diener des Haushalts. Sie verbeugten sich einer nach dem anderen vor der Bahre, um Ayaki die Ehre zu erweisen. Der Erste Kriegsberater Keyoke führte sie an, die Haare silbrig vom Alter und die Krücke, die ihm trotz der Amputation eines Beines wegen einer Kriegsverletzung zu gehen erlaubte, unauffällig in einer Falte seines offiziellen Mantels verborgen. Als er die rituellen Beileidsworte sprach, betrachtete er Mara mit der Trauer eines Vaters. Neben ihm wartete Lujan, Kommandeur der Acoma, dessen übliches schelmisches Lächeln jetzt ganz verschwunden und einem festen Blick gewichen war, den er durch häufiges Blinzeln, um die Tränen zurückzuhalten, zu bewahren versuchte. Ein Krieger durch und durch, hatte er äußerste Mühe, die Beherrschung aufrechtzuerhalten. Er hatte dem Jungen auf der Bahre den Umgang mit dem Schwert beigebracht und erst an diesem Morgen die Entwicklung seiner Fähigkeiten gelobt.

Er drückte Maras Hand, als sie an ihm vorbeiging. »Ayaki mag zwar erst zwölf Jahre alt gewesen sein, Mylady, aber er war bereits ein außerordentlicher Krieger.«

Die Mistress nickte kaum merklich. Geführt von Hokanu ging sie weiter zu ihrem Hadonra. Klein und schüchtern, wie er war, blickte Jican trostlos drein. Es war ihm erst kürzlich gelungen, den sprunghaften Ayaki für die Kunst der finanziellen Verwaltung der Güter zu interessieren. Nie mehr würde Geklimper aus der Frühstücksecke des Anrichteraums davon künden, daß sie mit Muschelmarken anstelle der verkäuflichen Güter der Acoma die Verwaltung eines Landsitzes durchspielten. Jican geriet bei den formalen Beileidsbekundungen gegenüber seiner Herrin ins Stottern. In seinen ernsten braunen Augen schien sich ihr eigener Schmerz widerzuspiegeln, als sie und ihr Mann weiterschritten, zu ihrem jungen Berater Saric und seinem Assistenten Incomo. Beide waren erst später in den Haushalt der Acoma gekommen, doch Ayaki hatte ihre Sympathie so sehr wie die der anderen errungen. Die Beileidsworte, die sie Mara boten, waren ehrlich gemeint, doch sie brachte keine Antwort zustande. Nur Hokanus Hand auf ihrem Ellenbogen bewahrte sie vor dem Stolpern, als sie die Treppe hinauf und in den Flur schritt.

Hokanu zitterte plötzlich, als er in den Schatten trat. Zum ersten Mal boten die wunderschön bearbeiteten Steine nicht das Gefühl von Schutz. Den hübsch bemalten Läden, die er und Mara in Auftrag gegeben hatten, schenkte er nicht einen einzigen bewundernden Blick. Statt dessen spürte er Zweifel an sich nagen:

Möglicherweise war der Tod des jungen Ayaki ein Ausdruck des Mißfallens der Götter, weil Mara den Besitz ihrer gefallenen Feinde als Beute übernommen hatte? Die Minwanabi, die einst in diesen Hallen gelebt hatten, waren mit den Acoma in einer durch einen Schwur zu Turakamu verstärkten Blutfehde verfeindet gewesen. Mara hätte in Ablehnung der Tradition den Natami der Minwanabi nicht vergraben, den Talisman-Stein, der die Geister der Toten sicher an das Rad des Lebens band, so lange das Sonnenlicht auf ihn fiel. Konnten die Schatten ihrer besiegten Feinde Unglück für sie und ihre Kinder heraufbeschwören?

Doch dann rückte die Sorge um die Sicherheit des jungen Justin erneut in den Vordergrund. Hokanu erteilte sich selbst eine kleine Rüge, daß er sich mit solch abergläubischen Gedanken beschäftigte, und wandte seine Aufmerksamkeit wieder Mara zu. Während sonst Tod und Verlust ihren Mut und ihre Handlungsbereitschaft gestärkt hatten, schien sie jetzt vollkommen am Boden zerstört. Sie sorgte dafür, daß die Leiche des Jungen in die große Halle kam; ihre Schritte erschienen ihm dabei wie die einer Marionette, die vom Zauberspruch eines Magiers bewegt wurde. Sie saß reglos neben der Bahre, während Diener und Dienerinnen den zerschmetterten Körper ihres Kindes wuschen und ihn in Seide und Juwelen kleideten, wie es seiner Stellung als Erbe eines großen Hauses entsprach. Hokanu wartete neben ihr; das Gefühl seiner eigenen Hilflosigkeit schmerzte ihn. Er hatte etwas zu essen gebracht, doch seine Lady wollte nichts zu sich nehmen. Er hatte einen Heiler gebeten, ein Schlafmittel zuzubereiten, in der Erwartung – oder Hoffnung – ihr eine wütende Antwort zu entlocken.

Mara schüttelte nur geistesabwesend den Kopf und schob den Becher beiseite.

Die Schatten auf dem Boden wurden länger, als die Sonne über den Himmel wanderte und das Licht in immer spitzeren Winkeln durch die Fenster im Dach fiel. Als der Schreiber, den Jican geschickt hatte, diskret ein drittes Mal an die Tür klopfte, kümmerte sich Hokanu schließlich darum und trug dem Mann auf, Saric oder Incomo aufzusuchen und mit ihnen die Liste der Edlen durchzugehen, die über diese Tragödie in Kenntnis gesetzt werden sollten. Mara war ganz offensichtlich nicht in der Lage, die Entscheidung selbst zu treffen. Sie hatte sich seit Stunden nur ein einziges Mal bewegt: als sie die kalten, steifen Finger ihres Sohnes in die Hand genommen hatte.

Als die Abenddämmerung sich herabsenkte, tauchte Lujan auf; seine Sandalen waren staubig, und in seinen Augen stand eine Müdigkeit, wie er sie noch nicht einmal auf einem Feldzug gezeigt hatte. Er verbeugte sich vor seiner Mistress und ihrem Gemahl und wartete auf die Erlaubnis, sprechen zu dürfen.

Maras Augen blieben weiter benommen auf ihren Sohn gerichtet.

Hokanu berührte sie sanft an der Schulter. »Meine Liebe, dein Kommandeur hat Neuigkeiten.«

Die Lady der Acoma bewegte sich, als würde sie von irgendwo in weiter Ferne zurückkehren. »Mein Sohn ist tot«, sagte sie schwach. »Bei der Barmherzigkeit der Götter, es hätte mich treffen sollen.«

Es zerriß Hokanu beinahe das Herz vor Mitleid, als er ihr eine herausgefallene Haarsträhne zurückstrich. »Wenn die Götter gütig wären, hätte es diesen Angriff niemals gegeben.« Dann, als er sah, daß seine Lady wieder in ihre Teilnahmslosigkeit zurückgefallen war, wandte er sich ihrem Offizier zu.

Ihre Blicke trafen sich. Sie hatten Mara wütend erlebt, verletzt, selbst voller Angst um ihr Leben. Sie hatte immer mit Eifer und Einfallsreichtum reagiert. Diese Apathie paßte so gar nicht zu ihr, und alle, die sie liebten, fürchteten, daß ein Teil ihrer Lebenskraft mit dem Tod ihres Sohnes zerstört war.

Hokanu bemühte sich, soviel wie möglich auf seine Schultern zu nehmen. »Sagt mir, was Eure Männer gefunden haben, Lujan.«

Wäre Maras Kommandeur stärker an die Traditionen gebunden gewesen, hätte er jede Auskunft verweigert, denn wenn Hokanu auch ein Edler war, so war er doch nicht der Herr der Acoma. Aber die Shinzawai-Gruppe des Haushalts hatte eine Allianz mit den Acoma geschlossen, und Mara war nicht in der Verfassung, wichtige Entscheidungen zu treffen. Lujan seufzte hörbar erleichtert auf. Der Shinzawai-Erbe besaß eine beträchtliche Stärke, und die Neuigkeiten, die Lujan brachte, waren nicht angenehm. »Mylord, unsere Krieger durchsuchten die Leiche – ohne Erfolg. Unsere besten Fährtenleser schlossen sich der Suche an und fanden dies hier in einer kleinen Mulde, in der der Attentäter offensichtlich geschlafen hatte.«

Er reichte ihm eine runde Muschelmarke mit einer Bemalung in Scharlachrot und Gelb, in die das dreieckige Zeichen des Hauses Anasati eingeritzt war. Hokanu nahm den Gegenstand mit einer Geste an sich, aus der seine Empörung sprach. Die Marke zählte zu denen, die ein Herrscher oder eine Herrscherin einem Boten als Beweis dafür gaben, daß ein wichtiger Auftrag ausgeführt worden war. Ein solches Abzeichen war eigentlich nicht geeignet, daß ein Feind es einem Attentäter anvertraute. Andererseits hatte der Lord der Anasati niemals ein Geheimnis aus seinem Haß auf Mara gemacht. Jiro war mächtig und offen mit den Häusern verbündet, die die neue Politik des Kaiserreiches abzuschaffen wünschten. Er war eher ein Gelehrter als ein Mann des Krieges und eigentlich zu klug, um sich zu groben Taten hinreißen zu lassen. Doch Mara hatte einmal seine Männlichkeit beleidigt: Sie hatte seinen jüngeren Bruder als ersten Ehemann vorgezogen, und seit diesem Tag hatte Jiro ihr unverhohlene Antipathie entgegengebracht.

Dennoch zeugte die Muschelmarke von unverfrorener Direktheit für eine Handlung des Großen Spiels. Und die Bruderschaft der Hamoi Tong bevorzugte eigentlich zu verschlungene Wege, um einer solchen Torheit zuzustimmen, wie sie das Mitführen eines Beweises, welches Haus sie angeheuert hatte, bedeutete. Die Geschichte der Bruderschaft reichte Jahrhunderte zurück, und sie hatten ihre Aufträge stets in aller Heimlichkeit erledigt. Wer sie mit einem Mord beauftragte, konnte sich absoluter Diskretion sicher sein. Die Marke konnte daher auch ein Versuch sein, den Anasati die Schuld zuzuschieben.

Hokanu richtete besorgte Blicke auf Lujan. »Glaubt Ihr, daß Jiro für dieses Attentat verantwortlich ist?«

Es war zwar eine Frage, aber es schwang auch ein unausgesprochener Zweifel darin mit. Daß Lujan ebenfalls Vorbehalte über die Bedeutung der Muschelmarke hatte, wurde ersichtlich, als er tief Luft holte und zur Antwort ansetzte.

Doch der Name des Lords der Anasati hatte Mara aus ihrer Lethargie gerissen. »Jiro hat das getan?« Sie wirbelte herum und sah auf die rot-gelbe Scheibe in Hokanus Hand. Ihr Gesicht verzerrte sich zu einer erschreckenden Maske der Wut. »Die Anasati werden Staub im Wind sein. Ihr Natami wird im Abfall begraben und der Geist ihrer Ahnen wird der Dunkelheit übergeben werden. Ich werde ihnen gegenüber weniger Gnade zeigen als gegenüber den Minwanabi!« Ihre Hände krampften sich zu Fäusten zusammen. Sie starrte zwischen ihrem Ehemann und ihrem Kommandeur hindurch, ohne wirklich etwas zu sehen, als könnte sie den verabscheuten Feind durch die bloße Kraft ihres Hasses heraufbeschwören. »Nicht einmal damit wird das Blut meines Sohnes bezahlt werden können. Nicht einmal damit.«

»Lord Jiro ist möglicherweise nicht verantwortlich für die Tat«, erklärte Lujan, dessen gewöhnlich feste Stimme vor Trauer brüchig klang. »Ihr wart das Ziel, nicht Ayaki. Der Junge ist schließlich immer noch der Neffe des Lords der Anasati. Der

Tong-Attentäter kann von jedem anderen Feind des Kaiserreiches geschickt worden sein.«

Doch Mara schien ihn nicht zu hören. »Jiro wird bezahlen. Mein Sohn wird gerächt werden.«

»Glaubt Ihr, daß Jiro dafür verantwortlich ist?« Hokanu wiederholte seine Frage an den Kommandeur. Daß der junge Erbe der Anasati immer noch die gleichen Gefühle hegte, selbst nachdem er den Mantel und die Macht geerbt hatte, die einst seinem Vater gehört hatten, zeugte von Sturheit und einem kindischen Stolz. Ein erwachsener Geist würde einen solchen Groll nicht länger nähren; doch konnte es sehr wohl sein, daß der Lord der Anasati in eitler Arroganz wünschte, die ganze Welt möge erfahren, wessen Hand für Maras Unglück verantwortlich war.

Wenn Mara, die Gute Dienerin des Kaiserreiches, nicht allenthalben so beliebt gewesen wäre. Jiro mochte sich aus Gründen verletzter Männlichkeit wie ein Narr verhalten, doch sicherlich würde er nicht so weit gehen, sich freiwillig den Zorn des Kaisers zuzuziehen.

Lujan richtete seine dunklen Augen auf Hokanu. »Dieses Ding hier ist der einzige Beweis, den wir haben. Seine allzu klare Offensichtlichkeit mag ein Trick sein, damit das Haus Anasati scheinbar entlastet ist und wir woanders nach den Schuldigen suchen.« Hinter seinen Worten war seine Wut spürbar. Auch er sehnte sich danach, aus Zorn über diese Greueltat zuzuschlagen. »Es spielt nur eine geringe Rolle, was ich denke«, endete er grimmig. Denn die Ehre verlangte von ihm, daß er den Willen seiner Lady befolgte, absolut und unhinterfragt. Wenn Mara ihn bat, die Garnison der Acoma aufzustellen und in selbstmörderischer Absicht in den Krieg zu ziehen, würde er gehorchen.

Durch die Oberlichter in der großen Halle fiel jetzt nur noch dämmriges Licht. Bedienstete traten auf leisen Sohlen ein und entzündeten die Lampen um Ayakis Bahre. Wohlriechender Rauch verlieh der Luft eine leichte Süße. Das Spiel des warmen Lichts milderte die Kälte des Todes, und Schatten verdeckten die zerschmetterten Konturen unter den Seidenroben. Mara hielt allein Wache. Sie betrachtete das ovale Gesicht ihres Sohnes, seine pechschwarzen Haare, die zum ersten Mal, seit sie sich erinnern konnte, länger als eine Stunde gekämmt blieben.

Ayaki war ihre ganze Zukunft gewesen, bis zu dem Augenblick, da der Wallach zusammengebrochen war. Er hatte ihre Hoffnung verkörpert, ihre Träume – und er war der zukünftige Wächter ihrer Ahnen gewesen, Garant für den Weiterbestand des Namens der Acoma.

Ihre Selbstgefälligkeit hatte ihn getötet.

Mara verkrampfte ihre Finger so sehr in ihrem Schoß, daß sie weiß wurden. Niemals hätte sie sich in dem Glauben wiegen dürfen, daß ihre Feinde sie nicht treffen konnten. Die Schuld, die sie mit ihrer nachlassenden Wachsamkeit auf sich geladen hatte, würde sie den Rest ihrer Tage verfolgen. Doch wie trostlos jede Betrachtung eines weiteren Morgens geworden war! Neben ihr lag ein Tablett mit den Resten einer Mahlzeit, die sie kaum angerührt hatte; das Essen hatte keinen Geschmack, an den sie sich hätte erinnern können. Hokanus Fürsorge hatte sie nicht getröstet; sie kannte ihn zu gut, und der Widerhall ihres eigenen Schmerzes und ihrer eigenen Wut, den sie hinter seinen Worten spürte, zogen sie nur noch tiefer in Selbstvorwürfe.

Nur der Junge machte ihr keinen Vorwurf wegen ihrer Dummheit. Ayaki war jenseits jeden Gefühls, jenseits jeder Trauer oder Freude.

Mara unterdrückte einen Anfall von Trauer. Wie sehr sie sich wünschte, der Pfeil hätte sie getroffen, und die Dunkelheit, die alles Streben beendete, würde ihr gelten, nicht ihrem Sohn. Daß sie noch ein anderes, lebendes Kind hatte, linderte ihre Verzweiflung nicht. Denn obwohl er älter gewesen war, hatte Ayaki weniger von der Fülle des Lebens kennengelernt. Er war von Buntokapi von den Anasati, dessen Familie ein Feind der Acoma gewesen war, gezeugt worden, aus einer Verbindung heraus, die Mara viel Schmerz und wenig Glück gebracht hatte. Politische Zweckdienlichkeit hatte sie zu Täuschungen und Betrug verleitet, zu Handlungen, die ihr aus heutiger reiferer Sicht als nichts anderes als Mord erschienen. Ayaki war ihre Sühne für den unnötigen Selbstmord seines Vaters, den Maras Machenschaften herbeigeführt hatten. Obwohl sie nach den Lehrsätzen des Spiels des Rates einen wirkungsvollen Sieg errungen hatte, wertete sie Buntokapis Tod im stillen als Niederlage. Es machte für sie keinen Unterschied, daß seine Familie ihn vernachlässigt und erst dadurch zu einem für sie leicht nutzbaren Werkzeug gemacht hatte. Ayaki war eine Möglichkeit gewesen, dem Schatten ihres ersten Ehemannes dauerhafte Ehre zu erweisen. Sie war fest entschlossen gewesen, seinen Sohn zu der Größe zu erziehen, die Buntokapi vorenthalten worden war.

Doch jetzt hatte diese Hoffnung ein Ende gefunden. Lord Jiro von den Anasati war Buntokapis Bruder, und die Tatsache, daß diese Intrige gegen sie fehlgeschlagen war und zum Tod seines Neffen geführt hatte, verlagerte das politische Gleichgewicht erneut. Denn ohne Ayaki stand es den Anasati frei, die Feindschaft wieder aufleben zu lassen, die seit der Zeit ihres Vaters geruht hatte.

Ayaki war mit den besten Lehrern großgeworden, mit der ganzen Wachsamkeit ihrer Soldaten zu seinem Schutz; und doch hatte er für die Privilegien seines Rangs bezahlen müssen. Im Alter von neun Jahren hätte er beinahe durch das Messer eines Attentäters sein Leben verloren. Zwei Ammen und eine geliebte, alte Dienerin waren vor seinen Augen ermordet worden, eine Erfahrung, die ihm lange Alpträume beschert hatte. Mara widerstand dem Drang, tröstend seine Hand zu reiben. Die Haut war kalt, und seine Augen würden sich niemals mehr voller Freude und Vertrauen öffnen.

Mara mußte nicht gegen Tränen ankämpfen; Wut über die Ungerechtigkeit unterdrückte ihre Trauer. Die persönlichen Dämonen, die das Wesen seines Vaters verdreht und ihm eine gewisse Grausamkeit verliehen hatten, hatten bei Ayaki eine Tendenz zur Melancholie und zum Brüten hervorgebracht. Erst in den vergangenen drei Jahren, seit Maras Hochzeit mit Hokanu, war die sonnigere Seite des Jungen stärker um Vorschein gekommen.

Die Festung der Minwanabi, wie Ayaki immer gerne aufgezeigt hatte, war niemals erstürmt worden; die Verteidigungsanlagen waren für jeden Feind uneinnehmbar. Darüber hinaus war Mara eine Gute Dienerin des Kaiserreichs. Der Titel trug die Gunst der Götter in sich und genug Glück, um Unheil abzuwenden.

Jetzt haderte Mara mit sich, weil sie sich von seinem kindischen, blinden Glauben hatte anstecken lassen. Sie hatte Traditionen und Aberglauben oft genug zu ihrem Vorteil genutzt. Sie war eine eitle Närrin gewesen, daß sie nicht gesehen hatte, wie dieselben Dinge auch gegen sie arbeiten konnten.

Es kam ihr wie eine große Ungerechtigkeit vor, daß nicht sie, sonder ihr Kind dafür hatte bezahlen müssen.

Sein kleiner Halbbruder Justin hatte geholfen, Ayakis trostlose Stimmungen aufzuheitern. Ihr zweiter Sohn war das Kind des barbarischen Sklaven, den sie noch immer liebte. Sie mußte ihre Augen nur einen kurzen Augenblick schließen, und schon sah sie Kevins Gesicht vor sich – wie fast immer lächelte er über irgendeinen dummen Witz, und seine roten Haare und sein Bart glänzten kupfern in der Sonne Kelewans. Mit ihm hatte sie kein harmonisches Verhältnis verbunden, wie sie es jetzt zu Hokanu besaß. Nein, Kevin war stürmisch gewesen, impulsiv, beizeiten leidenschaftlich unlogisch. Er hätte seine Trauer nicht vor ihr verborgen, sondern seinen Gefühlen stürmisch freien Lauf gelassen; in seiner intensiven Lust zu leben hätte sie vielleicht die Kraft gefunden, mit dieser Greueltat fertig zu werden. Der kleine Justin hatte das sorglose Wesen seines Vaters geerbt. Er lachte häufig, stellte dauernd etwas an und bewies bereits jetzt eine schnelle Zunge. Wie sein Vater hatte auch Justin das Talent gehabt, Ayaki aus seinen Grübeleien herauszureißen. Er rannte dann auf seinen pummeligen Beinen, stolperte und kippte vor Lachen um, oder er schnitt so lange Grimassen, bis es unmöglich war, neben ihm zu stehen und sich ihm nicht zuzuwenden.

Doch Ayaki würde niemals mehr gemeinsam mit seinem kleinen Bruder in fröhliches Gelächter ausbrechen.

Mara zitterte, und erst jetzt bemerkte sie die Gegenwart einer anderen Person. Hokanu war so unheimlich leise ins Zimmer gekommen, wie er es von den Förstern in der barbarischen Welt gelernt hatte.

Als er sah, daß sie ihn bemerkt hatte, nahm er ihre kalten Finger in seine warme Hand. »Mylady, Mitternacht ist vorüber. Es würde dir guttun, ein wenig zu ruhen.«

Mara wandte sich ein Stück von der Bahre ab. Ihre dunklen Augen hefteten sich auf Hokanu, und das Mitgefühl in seinem Blick brachte sie zum Weinen. Sein gutaussehendes Gesicht verschwamm vor ihr, und er verlagerte seinen Griff etwas, zog ihren Körper gegen seine Schulter. Genau wie sein Vater war er nicht übermäßig muskulös, aber kräftig. Und wenn er auch nicht die wilde Leidenschaft in ihr entfachte wie Kevin, so verband ihn mit Mara doch ein tiefes Verständnis. Er war ihr ein Ehemann, wie Ayakis Vater es niemals gewesen war, und seine Gegenwart, als der Kummer ihre Haltung zusammenbrechen ließ, war alles, was sie davor bewahrte, verrückt zu werden. Die Berührung, die versuchte, ihren Schmerz zu lindern, stammte von einem Mann, der durchaus in der Lage war, auf dem Schlachtfeld zu bestehen. Er zog wie sie selbst den Frieden vor, doch wenn es notwendig sein sollte, das Schwert zu gebrauchen, dann besaß er den Mut der Tiger, die die Welt auf der anderen Seite des Spalts bewohnten.

Jetzt würden die Acoma diese Fähigkeiten im Kampf benötigen.

Als Mara die Tränen über die Wangen rannen, schmeckte sie grenzenlose Bitterkeit. Die Schuld in ihrem Innern hatte einen Namen, den sie als Sündenbock mißbrauchen konnte: Jiro von den Anasati hatte ihren Sohn ermordet, und dafür würde sie sein Haus vernichten, es für alle Zeit aus der Erinnerung der Lebenden tilgen.

Als hätte Hokanu ihre Gedanken gespürt, schüttelte er sie sanft. »Mylady, du wirst gebraucht. Justin schreit die ganze Zeit während des Essens und will wissen, was mit seiner Mama geschehen ist. Keyoke fragt jede Stunde nach neuen Anweisungen, und Lujan muß wissen, wie viele Kompanien er von der Garnisons-Pflicht auf dem Landgut bei Sulan-Qu entbinden und hierherkommen lassen soll.«

In seiner unnachahmlich feinfühligen Weise diskutierte Hokanu nicht mit ihr über die Notwendigkeit eines Krieges. Das erleichterte sie ein wenig. Hätte er Fragen gestellt, hätte er versucht, sie davon abzubringen, sich aufgrund einer wenig beweiskräftigen Muschelmarke an Jiro zu rächen, sie hätte sich voller Wut gegen ihn gewandt. Wer in diesem Augenblick nicht für sie war, war gegen sie. Den Acoma war ein Schlag versetzt worden, und die Ehre verlangte nach Taten.

Doch der Anblick ihres ermordeten Sohnes schwächte ihren Willen; jeder Lebensmut in ihr versiegte.

»Lady?« drängte Hokanu. »Es ist notwendig für den Weiterbestand deines Hauses, daß du Entscheidungen triffst. Denn jetzt bist du Acoma.«

Nachdenklich runzelte Mara die Stirn. Die Worte ihres Mannes waren wahr. Bei ihrer Heirat hatten sie sich darauf geeinigt, daß Justin nach Hokanu Erbe der Shinzawai werden würde. Jetzt stieg in Mara plötzlich der heiße Wunsch auf, diese Worte wären unausgesprochen geblieben. Niemals hätte sie sich damit einverstanden erklärt, wenn sie Ayakis Sterblichkeit bedacht hätte.

Der Kreis schloß sich wieder. Sie war nachlässig gewesen. Hätte sie sich nicht dieser gefährlichen Selbstzufriedenheit hingegeben, würde ihr schwarzhaariger Sohn jetzt nicht in offiziellen Gewändern von Lampen umgeben auf der Bahre liegen. Er würde umherrennen, wie ein Junge es tun sollte, oder sich in den Fähigkeiten eines Kriegers üben oder mit seinem großen, schwarzen Wallach schnell wie der Wind über die Hügel jagen.

Wieder sah Mara vor ihrem geistigen Auge den Bogen, als das gewaltige Tier sich aufbäumte, sah die schrecklichen, um sich stoßenden Hufe, als es stürzte …

»Lady«, schalt Hokanu sanft. Zärtlich öffnete er ihre verkrampften Finger und bemühte sich, ihr etwas von der Spannung zu nehmen. »Es ist vorbei. Wir müssen fortfahren, uns um die Lebenden zu kümmern.« Er wischte ihre Tränen weg, doch immer neue quollen zwischen den Lidern hervor. »Mara, die Götter waren grausam. Doch meine Liebe für dich ist unendlich, und der Glaube deines Haushalts an deine Kraft leuchtet wie eine Lampe in der Dunkelheit. Ayaki hat nicht umsonst gelebt. Er war mutig und stark, und er scheute nicht vor seiner Verantwortung zurück, nicht einmal im Augenblick seines Todes. Wir müssen genauso sein, oder der Pfeil, der das Pferd niederstreckte, hat mehr als nur einen tödlichen Treffer erzielt.«

Mara schloß die Augen und versuchte, den nach wohlriechendem Öl duftenden Rauch der Lampen zu ignorieren. Sie mußte nicht daran erinnert werden, daß das Leben Tausender von Menschen von ihr, der Herrscherin, abhing; heute hatte sie für den Beweis gezahlt, daß sie ihr Vertrauen nicht verdiente. Sie war nicht länger die Herrscherin für ihren heranwachsenden Sohn. Es schien keine Kraft, kein Mut mehr in ihr zu sein, und doch mußte sie sich auf einen großen Krieg vorbereiten und Vergeltung üben, um die Ehre ihrer Familie zu bewahren, und dann brauchte sie einen neuen Erben.

Doch die Hoffnung, die Zukunft, die Begeisterung und die Träume, für die sie so lange so viel geopfert hatte, waren alle zu Staub zerfallen. Sie fühlte sich wie betäubt, bestraft jenseits aller Maßen.

»Mylord, mein lieber Mann«, sagte sie mit rauher Stimme. »Kümmere du dich um meine Berater und laß sie tun, was du für richtig hältst. Ich habe nicht die Kraft, Entscheidungen zu fällen, und doch müssen die Acoma sich auf einen Krieg vorbereiten.«

Hokanu sah sie mit schmerzerfülltem Blick an. Seit langem schon bewunderte er ihren unbeugsamen Geist, und es quälte ihn zu sehen, daß ihre Kühnheit so durch Trauer zunichte gemacht wurde. Er wußte um ihren tiefen Schmerz und preßte sie fest an sich. »Lady«, flüsterte er leise, »ich werde dir ersparen, was ich kann. Wenn du gegen Jiro von den Anasati marschieren willst, werde ich mich an die rechte Seite deines Kommandeurs stellen. Doch früher oder später mußt du die Führung deines Hauses wieder übernehmen. Der Name der Acoma unterliegt deiner Obhut. Ayakis Tod darf nicht Zeichen für das Ende sein, sondern muß die Erneuerung deines Geschlechtes bedeuten.«

Unfähig, etwas zu sagen oder auch nur einen vernünftigen Gedanken zu fassen, ließ Mara ihr Gesicht gegen die Schulter ihres Mannes sinken, und eine lange, lange Zeit sickerten ihre Tränen geräuschlos in die kostbare blaue Seide seines Umhangs.

Zwei

Konfrontation

Jiro runzelte die Stirn.

Obwohl die schlichte Robe, die er trug, leicht war und der Portikus um den an seine Bibliothek angrenzenden Hof zu dieser frühen Stunde noch kühl, bildeten sich feine Schweißperlen auf seiner Stirn. Ein Tablett mit halb aufgegessenen Speisen stand unbeachtet neben ihm, während er mit angespannten Fingern auf die bestickten Kissen klopfte, auf denen er saß; seine Augen studierten unbewegt das Brettspiel vor seinen Knien. Eingehend betrachtete er die Position jeder einzelnen Figur und versuchte vorauszusehen, welche Entwicklung jeder Zug nach sich ziehen würde. Eine falsche Entscheidung würde sich nicht unbedingt sofort als solche zeigen, doch bei seinem heutigen Gegenspieler war die Gefahr groß, daß sie sich einige Züge später vernichtend auswirkte. Die Gelehrten behaupteten, das Shah-Spiel würde den Instinkt eines Mannes für Schlachten und Politik schärfen, und Jiro, Lord der Anasati, genoß geistige Herausforderungen mehr als jeden körperlichen Wettstreit. Für ihn besaßen die Feinheiten des Spiels an sich bereits eine beinahe hypnotische Faszination.

Schon früh hatte er sich seinem Vater und anderen Lehrern gegenüber als überlegen erwiesen. Als Junge hatte er von seinem älteren Bruder Halesko und seinem jüngeren Bruder Buntokapi wegen der geringschätzigen Leichtigkeit, mit der er sie besiegte, oft Schläge einstecken müssen. Jiro hatte sich ältere Gegner gesucht und sogar gegen midkemische Händler gespielt, die immer häufiger das Kaiserreich besuchten, um neue Märkte für ihre exotischen Waren zu finden. Sie nannten das Spiel Schach, doch die Regeln waren die gleichen. Aber auch in ihren Reihen fand Jiro nur wenige, die für ihn eine echte Herausforderung darstellten.

Der einzige Mann, den er niemals geschlagen hatte, saß ihm jetzt gegenüber und warf abwesend einige Blicke über eine Reihe fein säuberlich neben seinen Knien aufgestapelter Dokumente. Chumaka, Erster Berater der Anasati schon unter Jiros Vater, war ein gertenschlanker, schmalgesichtiger Mann mit einem spitzen Kinn und schwarzen, undurchdringlichen Augen. Er betrachtete das Brettspiel wie im Vorbeigehen, hielt hier und da inne, um die Züge seines Herrn zu beantworten. Doch die abwesende Weise, in der sein Erster Berater ihn immer wieder besiegte, machte Jiro keineswegs wütend, ganz im Gegenteil erfüllte es ihn mit Stolz, daß ein solch gewandter Geist den Anasati diente.

Chumakas Fähigkeit, komplexe politische Situationen vorauszuberechnen, grenzte manchmal ans Unheimliche. Seinen klugen Ratschlägen hatte Jiros Vater einen großen Teil seines Aufstiegs im Spiel des Rates verdankt. Während Mara von den Acoma die Anasati früh auf ihrem Weg zu Größe und Macht gedemütigt hatte, hatte Chumaka mit weisem Rat zur Seite gestanden und so die Interessen der Familie vor Rückschlägen in jenem Konflikt bewahrt, der sich zwischen den Acoma und den Minwanabi entsponnen hatte.

Jiro kaute an seiner Unterlippe; er war hin und her gerissen zwischen zwei Zügen, die schnelle kleine Vorteile versprachen, und einem anderen, der eine langfristigere Strategie erforderte. Während er nachdachte, wanderten seine Gedanken zurück zum Großen Spiel: Die Auslöschung des Hauses Minwanabi hätte ein Grund zum Feiern gewesen sein können, da sie auch Gegner der Anasati gewesen waren – wenn der Sieg nicht von der Frau errungen worden wäre, die Jiro mehr haßte als alles andere auf der Welt. Seine Feindseligkeit rührte von dem Augenblick her, da

Lady Mara die Wahl ihres Ehemannes bekanntgegeben hatte und seinen jüngeren Bruder Buntokapi ihm vorgezogen hatte.

Es spielte keine Rolle, daß, hätte sein Ego nicht einen solchen Schlag erhalten, Jiro an Stelle Buntos derjenige gewesen wäre, den die Machenschaften der Lady getötet hätten. So angetan der letzte lebende Sohn des Anasati-Geschlechts auch sonst von gelehrten Gedanken sein mochte, verschloß er sich, was diesen Punkt betraf, jeder Logik. Er nährte seine Gehässigkeit durch Grübeleien. Daß die Hexe kaltherzig den Tod seines Bruders geplant hatte, war Grund genug für blutige Rache, es spielte keine Rolle, daß Bunto von seiner Familie verachtet worden war und sich von allen Verbindungen zu den Anasati losgesagt hatte, als er zum Lord der Acoma wurde. So tief und so brennend war Jiros Haß, daß er sich hartnäckig der Erkenntnis verschloß, daß er zu seiner eigenen Herrschaft nur deshalb gekommen war, weil Mara ihn verschmäht hatte. Im Laufe der Jahre war sein jugendlicher Durst nach Rache zur dauerhaften Obsession eines gefährlichen, schlauen Rivalen geworden.

Jiro warf einen Blick auf das Shah-Spiel, doch er rührte noch keinen Finger, um eine Figur zu verrücken. Chumaka bemerkte dies, während er seine Papiere durchblätterte. Er wölbte die Augenbrauen. »Ihr denkt wieder an Mara.«

Jiro wirkte verärgert.

»Ich habe Euch gewarnt«, erklärte Chumaka mit seiner rauhen, emotionslosen Stimme. »Wenn Ihr zu lange über Eure Feindschaft nachdenkt, gerät Euer inneres Gleichgewicht durcheinander, und Ihr bringt Euch am Ende um den Sieg.«

Der Lord der Anasati verlieh seiner Geringschätzung Ausdruck, indem er sich für den kühneren der beiden kurzsichtigen Züge entschied.

»Aha.« Chumaka machte sich nicht einmal die Mühe, seine Freude zu verbergen, als er seine geschlagene Figur vom Spielbrett nahm. Während seine linke Hand immer noch mit den Papieren raschelte, schob er mit der rechten seinen Priester vor.

Der Lord der Anasati biß sich verärgert auf die Lippe; warum hatte sein Erster Berater das getan? Voll darauf konzentriert, die Logik hinter diesem Zug zu erfassen, nahm Jiro den Boten kaum wahr, der ins Zimmer geeilt kam.

Der Ankömmling verbeugte sich vor seinem Herrn. Sobald ihm mit einer lässigen Geste gestattet worden war, sich wieder zu erheben, reichte er Chumaka ein versiegeltes Päckchen.

»Mit Eurer Erlaubnis, Herr?« murmelte Chumaka.

»Die Nachricht ist verschlüsselt, nicht wahr?« fragte Jiro. Er wollte nicht, daß die Unterbrechung seine Gedanken über den nächsten Zug beeinflußte. Seine Hand schwebte reglos über den Figuren, während Chumaka sich räusperte. Jiro nahm dies als Zustimmung. »Das dachte ich mir«, sagte er. »Öffnet also Eure Berichte. Und mögen die Neuigkeiten endlich einmal Eure Konzentration für das Spiel lähmen.«

Chumaka lachte leicht bellend auf. »Je verleumderischer der Klatsch, desto kühner werde ich spielen.« Er verfolgte Jiros Unschlüssigkeit mit einem Amüsement, das fast schon an Verachtung grenzte. Dann drehte er dic Tasche um und schlitzte das Band mit dem einen Fingernagel auf, den er für solche Zwecke ungeschnitten ließ.

Als er die Seiten durchblätterte, wölbten sich seine Brauen. »Das überrascht mich.«

Der Lord der Anasati ließ seine Hand reglos in der Luft schweben. Er schaute auf, fasziniert vom ungewohnten Erstaunen seines Ersten Beraters. »Was?«

Chumaka, der zwei Generationen von Herrschern gedient hatte, ließ sich selten hereinlegen. Er betrachtete seinen Herrn mit nachdenklichem Blick. »Entschuldigt, Mylord. Ich sprach von diesem hier.« Er zog ein Blatt aus der Tasche. Dann, als er aus dem Augenwinkel die Spielfigur in Jiros ausgestreckter Hand ansah, fügte er hinzu: »Ich habe Euren Zug wahrgenommen, Herr.«

Jiro zog in einer Mischung aus Gereiztheit und Erheiterung die Hand zurück. »Wahrgenommen«, grunzte er und lehnte sich auf den Kissen zurück, um seine Gedanken zu ordnen. Aus dieser veränderten Perspektive ergab sich ein anderer Blick auf das Spielbrett: ein Trick, den er schon frühzeitig von seinem Vater übernommen hatte.

Chumaka klopfte mit dem Dokument, das die Unterbrechung verursacht hatte, leicht gegen seine ledrige Wange und lächelte in typisch rätselhafter Weise. Normalerweise würde er jetzt seinen Herrn auf einen Fehler hinweisen; doch nicht beim Shah. Hier würde er keinen Rat geben, sondern Jiro die Konsequenzen seines Zuges spüren lassen. »Dieser hier«, grunzte er und kritzelte mit einer kleinen Feder etwas auf das Pergament.

Wütend überdachte Jiro seine Strategie. Doch so sehr er sich auch bemühte, er konnte keine Bedrohung entdecken. »Ihr blufft nur.« Er machte sich daran, seinen strittigen Zug zu vollenden.

Chumaka wirkte leicht angeekelt. »Ich habe es nicht nötig zu bluffen.« Er wandte sich einem anderen Brief zu und meinte: »Euer Kriegsherr ist jetzt unter Druck.«

Jiro sah die Falle, die sein Erster Berater aufgestellt hatte, und ihre Feinheiten erzürnten ihn. Entweder er würde die Mitte des Spiels aufgeben und zu einem defensiven Spiel gezwungen werden, oder er würde den Kriegsherrn verlieren, die mächtigste Figur, und eine andere Position einnehmen, die weit weniger Möglichkeiten für einen Angriff bot. Jiro runzelte die Stirn, als er die vor ihm liegenden Möglichkeiten durchdachte. Egal, wie viele Kombinationen er sich auch vorstellte, er entdeckte keinen Weg, wie er gewinnen konnte. Seine einzige Hoffnung war, ein Patt zu erringen.

Er zog mit dem übriggebliebenen Priester.

Chumaka war inzwischen vollauf mit Lesen beschäftigt. Doch beim Zug seines Herrn blickte er auf, schlug den Priester mit einem Soldaten und erlaubte seinem Herrn merkwürdigerweise, den Kriegsherrn zu befreien.

Jiro, durch diese Gnadenfrist aufs höchste alarmiert, bemühte sich, soweit wie möglich vorauszudenken. Zu spät kam die Einsicht: Enttäuscht begriff er, daß er genau zu dem Schritt manipuliert worden war, den sein Erster Berater gewünscht hatte. Das erhoffte Patt war nicht mehr zu erreichen, die Niederlage nur noch eine Frage der Zeit. Doch es half niemals, das Spiel zu verlängern, denn Chumaka schien gegen menschliche Fehler gefeit.

Der Lord der Anasati seufzte in einer Mischung aus Resignation und Verärgerung, während er seinen Kaiser auf seine Seite nahm. »Ihr seid dran, Chumaka.« Er rieb sich die Augen; sein Kopf schmerzte von der Anspannung.

Chumaka warf ihm über den Brief hinweg einen durchdringenden Blick zu. »Ihr werdet immer besser, Lord Jiro.«

Jiro nahm das Kompliment hin, das letztlich wenig bedeutete, aber die erneute Niederlage etwas erträglicher werden ließ. »Ich frage mich oft, wie Ihr so brillant spielen könnt, während Ihr mit Euren Gedanken bei ganz anderen Angelegenheiten seid, Chumaka.«

Der Erste Berater ließ das Dokument in den Falten seines Gewands verschwinden. »Shah ist nur ein Aspekt des vorbereiteten Geistes, Mylord.« Er betrachtete seinen Herrn aus Augen, die halb unter schweren Lidern verborgen waren, und fügte dann hinzu: »Der Trick besteht nicht in einer Strategie, sondern darin, den Gegner zu kennen. Ich habe Euch Euer ganzes Leben lang beobachtet, Herr. Seit Eurem dritten Zug konnte ich fühlen, worauf Ihr hinauswolltet. Bei Eurem sechsten Zug hatte ich mehr als vier Fünftel aller Möglichkeiten des Spiels ausgeschlossen.«

Jiro ließ die Hände kraftlos in den Schoß sinken. »Wie?«

»Weil Ihr wie die meisten Männer eine Schöpfung der Götter seid, Mylord. Ich kann mich darauf verlassen, daß Ihr nach einem Muster handelt, das von Eurem ganz persönlichen Charakter abhängt.« Chumaka stopfte das Pergament in eine weite Tasche seiner Robe. »Ihr habt eine ruhige Nacht verbracht. Gut gegessen. Ihr wart entspannt. Während Ihr Euch konzentriert habt, wart Ihr nicht ... hungrig. Beim dritten Zug konnte ich darauf schließen, daß Euer Spiel Direktheit widerspiegeln würde, nicht ... Kühnheit und Risiko.« Er widmete Jiro seine ungeteilte Aufmerksamkeit. »Das Geheimnis besteht darin, die Schlüssel aufzuspüren, die die Gedanken eines Gegners enthüllen. Lernt seine Motive kennen, seine Leidenschaften, und Ihr braucht nicht darauf zu warten, was er tut: Ihr könnt seinen nächsten Schritt vorausberechnen.«

Jiro lächelte humorlos. »Ich hoffe, daß eines Tages ein Shah-Meister zu Besuch kommt, der Euch zu demütigen weiß, Chumaka.«

Der Erste Berater zuckte mit den Schultern. »Ich bin viele Male gedemütigt worden, Mylord. Viele Male. Doch Ihr habt es niemals gesehen.« Sein Blick flackerte voller zufriedener Erinnerung über die unordentlich aufgestellten Spielfiguren. »Spielt mit solchen, die Euch nicht so gut kennen wie ich, und Ihr werdet als Sieger hervorgehen. Um die Wahrheit zu sagen, Ihr habt eine beneidenswerte Begabung für Strategien. Ich bin kein besserer Shahspieler, Herr.« Der Erste Berater griff nach einem anderen Blatt aus der Tasche, während er seine Grübelei beendete. »Doch ich habe Euch sehr viel genauer beobachtet, als Ihr es jemals mit mir getan habt.«

Jiro fühlte sich unbehaglich, daß irgend jemand, selbst ein so loyaler Diener wie Chumaka, ihn einer solch genauen Musterung unterzogen hatte. Dann fing er sich jedoch wieder: Er war glücklich, daß er diesen Mann für ein derart wichtiges Amt besaß.

Chumakas Aufgabe war es, ihm als Berater zur Seite zu stehen, als Vertrauter und Diplomat. Je besser er seinen Herrn kannte, desto besser würde er den Anasati dienen. Ihn wegen seiner überragenden Fähigkeiten zu hassen, wäre nur eines Narren würdig, der Fehler eines eitlen Herrn, der keine Schwächen zugeben konnte. Jiro schalt sich wegen seiner Selbstsucht und fragte dann: »Was hat Eure Aufmerksamkeit heute morgen so gefangengenommen?«

Chumaka kramte in der Tasche, griff nach einigen weiteren Berichten und schob das Shah-Spiel beiseite, um die Zettel um seine Knie herum verteilen zu können. »Ich habe die Spur verfolgt, die ins Spionagenetzwerk der Acoma führte, und die Kontakte beobachtet, wie Ihr wünschtet. Jetzt habe ich Nachrichten erhalten, die ich einzuordnen versuche.« Seine Stimme wurde zu einem Gemurmel, das nur er verstehen konnte, als er die Stapel neu ordnete; dann wurde sie klarer, als er laut dachte: »Ich bin mir nicht ganz sicher ...« Er schob wieder ein Blatt von einem Stapel auf einen anderen. »Verzeiht mir die Unordnung, Herr, doch diese Methode hilft mir, Verbindungen aufzuspüren. Zu häufig ist man geneigt, die Abfolge von Ereignissen als eine klare Linie aufzufassen, in einer bestimmten Ordnung, während das Leben selbst eher ... chaotisch ist.« Er strich sich mit Daumen und Zeigefinger über das Kinn. »Ich habe oft über einen Tisch mit verschieden hohen Brettern nachgedacht, damit ich meine Berichte auf verschiedenen Höhen ablegen und so die Verbindungen und Beziehungen noch stärker dramatisieren könnte ...«

Die Erfahrung hatte Jiro gelehrt, sich nicht von den Eigenheiten seines Ersten Beraters reizen zu lassen. Er mochte über seine Arbeit stöhnen, doch er schien in solchen Zeiten die wertvollsten Ergebnisse zu erlangen. Das Spionagenetzwerk der Anasati, für das Jiro sämtlichen Reichtum geopfert hatte, den er entbehren konnte, brachte jedes Jahr nützlichere Informationen. Andere große Häuser mochten zur Durchführung solcher Operationen eigens einen Supai einstellen; doch Chumaka hatte sich dagegen ausgesprochen, daß ein anderer seine Arbeit überwachte. Er bestand darauf, die Kontrolle über all jene Agenten zu haben, die er in anderen Häusern, Gildenhallen und Handelszentren untergebracht hatte. Selbst als Jiros Vater Tecuma Herrscher der Anasati gewesen war, hatte Chumaka von Zeit zu Zeit das Herrenhaus verlassen, um der einen oder anderen Angelegenheit selbst nachzugehen.

Während Jiro die Ungeduld eines jungen Mannes über die Eigenheiten seines Ersten Beraters zeigte, wußte er dennoch, wann er sich besser zurückhalten sollte. Nun, da Chumaka über die Ausbeute seiner Agenten grübelte, bemerkte der Lord der Anasati, daß einige der Berichte auf den Stapeln bis zu zwei Jahre zurückreichten. Einige schienen nichts weiter zu sein als die Notizen des Assistenten eines Kornmaklers, der am Rand seine Rechnungen niederschrieb. »Was ist das für eine neue Nachricht?«

Chumaka blickte nicht auf. »Jemand hat versucht, Mara zu töten.«

Das war eine Nachricht von großer Bedeutung! Jiro fuhr hoch; er war gereizt, weil er nicht sofort benachrichtigt worden war, und außerdem darüber verärgert, daß jemand anderer als die Anasati der Lady hatte Schaden zufügen wollen. »Woher wißt Ihr das?«

Der listige Chumaka zog das zusammengefaltete Papier aus der Robe und reichte es seinem Herrn. Jiro schnappte sich die Nachricht und überflog die ersten Zeilen. »Mein Neffe Ayaki ist tot!« rief er.

Der Erste Berater fuhr dazwischen, bevor sein Herr sich in eine Tirade hineinsteigern konnte. »Die offizielle Mitteilung wird uns nicht vor morgen erreichen, Mylord. Dadurch haben wir den heutigen Tag und die Nacht, um darüber zu entscheiden, wie wir reagieren sollen.«

Jiro dachte nicht mehr daran, seinen Berater dafür zu schelten, daß er unnötigerweise Informationen zurückgehalten hatte, sondern er betrachtete den Kurs, den Chumaka wünschte: Politisch waren die Anasati und die Acoma bis zu Maras Hochzeit mit Buntokapi die erbittertsten Feinde gewesen; seit Buntos rituellem Selbstmord stellte ihr Erbe Ayaki ein Blutsband zwischen den beiden Häusern dar. Die Pflicht der Familie gegenüber war der einzige Grund, weshalb Jiro von Feindseligkeiten vorerst Abstand genommen hatte.

Jetzt war der Junge in den Hallen Turakamus. Jiro verspürte keinerlei persönliches Bedauern bei der Nachricht vom Tod seines Neffen. Er verspürte Wut, daß sein nächster männlicher Verwandter unter dem Namen der Acoma geboren worden war; er hatte sich lange über die Vereinbarung geärgert, die ihn als Lord der Anasati um das Wohl und den Schutz genau dieses Kindes willen zwang, eine Art Bündnis mit den Acoma zu pflegen.

Mit dieser Einschränkung war jetzt endlich Schluß. Mara hatte in ihrer Pflicht als Wächterin eindeutig versagt. Sie hatte zugelassen, daß das Kind getötet wurde. Die Anasati hatten einen öffentlichen Grund, nein, sogar die ehrenvolle Pflicht, Vergeltung für das vorzeitige Ende des Jungen zu fordern.

Nur mit Mühe gelang es Jiro, sich nicht in dem Bewußtsein zu aalen, daß er endlich daran gehen konnte, sich an Mara zu rächen. »Wie ist der Junge gestorben?« fragte er.

Chumaka warf seinem Herrn einen unverhüllt vorwurfsvollen Blick zu. »Hättet Ihr zu Ende gelesen, was auf dem Papier in Euren Händen steht, würdet Ihr es wissen.«

Lord Jiro fühlte sich veranlaßt, seine Position als Herrscher klarzustellen. »Wieso sagt Ihr es mir nicht? Eure Aufgabe ist es, mich zu beraten.«

Die tiefschwarzen Augen des Ersten Beraters richteten sich wieder auf das Papier. Er offenbarte keinerlei Gereiztheit wegen Jiros Zurechtweisung. Wenn überhaupt, so antwortete er mit salbungsvoller Selbstzufriedenheit. »Ayaki starb bei einem Sturz vom Pferd. Das ist die offizielle Version. Wie unser Agent in der Nähe ihrer Güter herausgefunden hat – und das ist nicht allgemein bekannt –, ist das Pferd ebenfalls tot. Von einem vergifteten Pfeil getroffen stürzte es und begrub das Kind unter sich.«

Jiro erinnerte sich an frühere Unterhaltungen. »Ein Tong-Attentäter«, vermutete er, »dessen Ziel eigentlich Lady Mara war.«

Chumakas Gesicht blieb weiterhin ausdruckslos. »So steht es klar und deutlich in dem Papier in Eurer Hand.«

Jetzt neigte Lord Jiro den Kopf; er lachte leicht in einer Anwandlung von Großmut. »Ich akzeptiere die Lehrstunde, Erster Berater. Doch statt diese Neuigkeit wie eine Peitsche dafür zu benutzen, mich anzuweisen, möchte ich jetzt hören, welche Schlüsse Ihr daraus gezogen habt. Der Sohn meiner Feindin war immerhin ein Blutsverwandter. Diese Nachricht macht mich wütend.«

Chumaka kaute auf dem Daumennagel, den er nicht schärfte. Seine Augen hielten inne, um die Ziffern auf dem Blatt in seiner Hand zu analysieren, während er über die Aussage seines Herrn nachdachte. Jiro zeigte, entsprechend tsuranischer Tradition, keinerlei äußere Gefühle; wenn er also erklärte, daß er wütend war, mußte man seinen Worten glauben. Die Ehre verlangte, daß der Diener dem Herrn Glauben schenkte. Doch Jiro war weniger wütend als vielmehr aufgebracht, erkannte Chumaka, was für Mara nichts Gutes bedeutete. Noch zu jung als Herrscher, um die Wohltat einer Verbindung zwischen den Anasati und den Acoma erfassen zu können, war Jiro unfähig, einen Zustand gegenseitiger Nichteinmischung zuzulassen.

Die Stille, die entstand, während der Erste Berater grübelte, zerrte an Jiros Nerven. »Wer?« wollte er gereizt wissen. »Welcher von Maras Feinden wünscht ihren Tod? Wir könnten uns einen neuen Verbündeten schaffen, wenn wir kühn wären.«

Chumaka lehnte sich zurück und seufzte tief. Hinter seiner schwer geprüften Geduld verbarg sich Faszination für die unerwartete Wendung der Ereignisse, wie Jiro bemerkte. Der Erste Berater der Anasati war so verliebt in die tsuranische Politik wie ein Kind, das nach Süßigkeiten grabscht.

»Ich erkenne mehrere Möglichkeiten«, räumte Chumaka ein. »Doch denjenigen Häusern mit dem nötigen Mut fehlen die Mittel, und die mit den Mitteln besitzen nicht den Mut. Den Tod einer Guten Dienerin des Kaiserreiches herbeiführen zu wollen ist bisher ... beispiellos.« Er kaute auf der Unterlippe, dann winkte er einen der Diener herbei und trug ihm auf, die Dokumente in Stapeln zu verpacken und in seine Privaträume bringen zu lassen. Schließlich erbarmte er sich Jiros Ungeduld. »Ich nehme an, daß Mara von den Hamoi Tong angegriffen wurde.«

Jiro überließ die Nachricht mit einem spöttischen Lächeln seinem Ersten Berater. »Natürlich waren es die Tong. Aber wer bezahlte für ihren Tod?«

Chumaka erhob sich. »Niemand. Das ist es, wodurch es so elegant wirkt. Ich glaube, die Tong handelten aus eigenem Antrieb.«

Jiro zog überrascht die Stirn in Falten. »Aber weshalb? Was könnten die Tong erreichen, wenn sie Mara töten?«

Ein Läufer erschien am Laden, der zum Haupttrakt des Hauses führte. Er verneigte sich, doch bevor er sprechen konnte, erriet Chumaka den Grund seines Kommens. »Herr, der Hof ist versammelt.«

Jiro winkte den Diener fort, als er sich von den Kissen erhob. Während der Herr und sein Erster Berater nebeneinander auf die Halle zugingen, in der der Lord der Anasati seine Geschäfte vollzog, sinnierte Jiro laut vor sich hin. »Wir wissen, daß Tasaio von den Minwanabi die Hamoi Tong dafür bezahlt hat, Mara zu töten. Glaubt Ihr, er hatte sie auch dafür bezahlt, Rache zu üben, falls er stürzen sollte?«

»Möglich.« Chumaka zählte einzelne Punkte an den Fingern ab, eine Angewohnheit, um seine Gedanken zu ordnen. »Rache der Minwanabi könnte erklären, warum die Tong nach Monaten vollkommener Ruhe scheinbar aus dem Nichts zuschlugen.«

Jiro hielt in den Schatten des Flures an, von dem die Doppeltüren sich zur großen Halle öffneten. »Wenn die Tong aufgrund eines Versprechens handelten, das sie Tasaio vor seinem Tod gegeben haben, werden sie es dann noch einmal versuchen?«

Chumaka zuckte mit den Schultern; seine spitzen Schultern hoben sich wie Zeltstäbe unter der türkisfarbenen Seidenrobe. »Wer weiß das schon? Nur der Obajan der Hamoi kann es wissen; er allein hat Zugang zu den Niederschriften mit den Namen derjenigen, für deren Tod bezahlt worden ist. Wenn die Tong Maras Tod geschworen haben ... werden sie nicht aufgeben. Wenn sie nur zugestimmt haben, einen Versuch zu unternehmen, haben sie ihre Verpflichtung erfüllt.« Er gestikulierte in reuevoller Bewunderung. »Die Gute Dienerin besitzt das Glück der Götter, werden einige sagen. Bei allen anderen Menschen ist die Aufforderung, einen Attentäter zu schicken, gleichbedeutend mit Erfolg. Andere haben die Tong überlebt, einmal, vielleicht auch zweimal; doch Lady Mara hat allein fünf Attentatsversuche überlebt, von denen ich weiß. Ihr Sohn hatte nicht soviel Glück.«

Jiro ging weiter; seine Schritte hallten auf den Steinen. Seine Nasenflügel bebten, und er sah die beiden Diener kaum, die von ihren Posten aufsprangen und die Türen zur Audienzhalle für ihn öffneten. Jiro schritt an den sich demütig verbeugenden Gestalten vorbei und rümpfte die Nase. Es war reine Zeitverschwendung, seinen Ersten Berater dazu bringen zu wollen, die angemessene Unterwürfigkeit an den Tag zu legen. »Nun, es ist bedauerlich, daß der Attentäter sie verfehlt hat. Dennoch können wir einen Vorteil daraus ziehen: Der Tod ihres Sohnes wird einige Verwirrung in ihrem Haushalt stiften.«

Chumaka räusperte sich vorsichtig. »Der Ärger wird auch auf uns überspringen, Herr.«

Jiro hielt inne. Seine Sandalen quietschten, als er sich herumdrehte und seinen Ersten Berater anblickte. »Meint Ihr nicht Ärger für die Acoma? Sie haben unsere Allianz verloren. Nein, sie haben darauf gespuckt, indem sie zugelassen haben, daß Ayaki Schaden zugefügt wurde.«

Chumaka trat einen Schritt näher zu seinem Herrn, damit die Grüppchen von Maklern, die am anderen Ende der Halle auf Jiros Audienz warteten, nichts mitbekommen konnten. »Sprecht vorsichtig«, riet er. »Solange Mara nicht überzeugende Beweise besitzt, daß es die Hand von Tasaio von den Minwanabi war, die aus den Hallen der Toten heraus in dieser Angelegenheit wirkte, ist es nur eine logische Folge, wenn sie uns verantwortlich macht.« Mit einer gewissen Schärfe fügte er hinzu: »Nachdem Euer Vater, Lord Tecuma, gestorben war, habt Ihr einige Mühe darauf verwendet, Eure feindselige Haltung ihrem Haus gegenüber klarzustellen.«

Jiro reckte das Kinn. »Möglicherweise.«

Chumaka nutzte die Möglichkeit der Schelte nicht. Gefangen von der angeborenen Faszination für das Spiel meinte er: »Ihr Netzwerk ist das beste, das ich jemals gesehen habe. Ich habe eine Theorie: In Anbetracht der Tatsache, daß sie den gesamten Haushalt der Minwanabi adoptierte –«

Blut schoß in Jiros Wangen. »Ein weiteres Beispiel für ihr blasphemisches Verhalten und die Verachtung der Traditionen!«

Chumaka hob besänftigend die Hand. Es gab Zeiten, da war Jiros Denken wie benebelt; er hatte seine Mutter im zarten Alter von fünf Jahren durch ein Fieber verloren und sich als Junge auf irrationale Weise an feste Abläufe und Traditionen geklammert, ganz so, als wenn das Festhalten an eine Ordnung die Unbeständigkeiten des Lebens fernhalten könnte. Immer hatte er dazu geneigt, seine Trauer hinter Logik oder unerschütterlicher Ergebenheit gegenüber dem Ideal der tsuranischen Edlen zu verbergen. Chumaka wollte keine Eigenheit ermutigen, die er als Schwäche bei seinem Herrn erkannte. Denn erlaubte man solchen Wesenszügen zu Grundsätzen zu werden, waren die Folgen für Chumakas Geschmack zu beengend. Tatsächlich war jetzt die Gefahr vordringlich; in einem kühnen Schritt hatte Chumaka mehr als zweihundert Soldaten aufgenommen, die vorher den Minwanabi verschworen gewesen waren. Es waren entfremdete Männer, deren Haß gegenüber Mara bis zu ihrem letzten Atemzug andauern würde. Chumaka hatte die Krieger heimlich in einer entfernten Baracke untergebracht. Vorsichtiges Vorfühlen hatte gezeigt, daß Jiro hartnäckig bei seiner Weigerung bleiben würde, auch nur zu erwägen, sie in den Dienst der Anasati aufzunehmen. Uralte Bräuchc besagten, daß solche Männer ein Greuel waren, ohne Ehre, daß man sie meiden mußte, wenn nicht das Mißfallen der Götter, das schon über das unglückliche Haus hereingebrochen war, auch auf ihren Wohltäter fallen sollte. Doch Chumaka hatte sie *nicht* weggeschickt. Er hatte keine Hoffnung, daß sich die Meinung seines Herrn ändern würde; doch ein Werkzeug war ein Werkzeug, und diese ehemaligen Minwanabi mochten sich eines Tages als nützlich erweisen, wenn der Herrscher der Anasati nicht von seinem kindischen Haß auf Mara geheilt werden konnte.

Sollten die beiden Häuser zu Feinden werden, würde es sich nach Chumakas Ansicht als Vorteil herausstellen, daß er sie für den Fall behalten hatte, daß ihre Dienste eines Tages gebraucht würden. Mara hatte sich in der Vergangenheit als äußerst raffiniert und schlau erwiesen. Sie hatte ein Haus zu Fall gebracht, das weit größer war als ihr eigenes. Tücke und Arglist würden vonnöten sein, um gegen Tücke und Arglist vorzugehen, und Chumaka war nicht der Mann, der eine solche Gelegenheit verstreichen ließ.

Tatsächlich war er der Ansicht, loyal zu handeln, wenn er dieses Geheimnis für sich behielt – und was Jiro nicht wußte, konnte er nicht verbieten.

Doch die Krieger waren noch nicht alles. Chumaka mußte gegen das Verlangen ankämpfen, erwartungsvoll die Hände zu reiben. Er hatte auch Spione. Einige Makler, die früher für die Minwanabi tätig gewesen waren, arbeiteten bereits für die Anasati und nicht die Acoma. Diese Leute den Bediensteten seines Herrn hinzuzählen zu können, verschaffte Chumaka die gleiche Befriedigung wie den Turm oder Priester eines Gegners auf dem Shahbrett zu isolieren. Er wußte, daß es den Anasati letztendlich zugute kommen würde. Dann mußte sein Herr die Weisheit von einigen von Maras Entscheidungen erkennen.

So lächelte der Erste Berater der Anasati nur und schwieg; er wußte genau, wie weit er darin gehen konnte, Jiro zu widersprechen. Er drängte seinen Herrn zu dem Treffen mit den Maklern und meinte ruhig: »Herr, Mara mag sich über einige Traditionen hinweggesetzt haben, als sie nach dem Sieg über ihren größten Feind die Verantwortung für seine Bediensteten übernahm, doch noch weit höher als dieser Sieg ist der Gewinn unschätzbarer Mittel zu bewerten. Ihre Stärke ist gewachsen. Mit einem Streich wurde aus der gefährlichen Spielerin beim Spiel des Rates die mächtigste Herrscherin in der Geschichte des Kaiserreiches. Die Streitkräfte der Acoma allein zählen jetzt mehr als zehntausend Schwerter; sie übertreffen viele kleinere Clans. Und der Clan Hadama zusammen mit seinen Verbündeten macht den Kaiserlichen Weißen Konkurrenz!« Chumaka setzte eine grüblerische Miene auf, als er fortfuhr: »Sie könnte mit seinem Einverständnis herrschen, wenn das ihr Ziel wäre. Das Licht des Himmels hat sicherlich nicht den Willen, sich ihren Wünschen zu widersetzen.«

Jiro, der nur ungern an den schnellen Aufstieg der Lady erinnert wurde, war jetzt noch mehr verärgert. »Macht nichts. Was ist das für eine Theorie?«

Chumaka hob einen Finger. »Wir wissen, daß Tasaio von den Minwanabi die Hamoi Tong beauftragt hatte. Die Tong versuchen weiterhin, Mara zu töten.« Er zählte mit einem zweiten Finger weiter. »Diese Fakten mögen zusammenhängen oder auch nicht. Incomo, Tasaios ehemaliger Erster Berater, war sehr gut darin, einige oder alle Spione der Acoma zu enttarnen, die den Haushalt der Minwanabi durchdrungen hatten. Daraufhin entstand Unruhe, und übrig bleibt ein Rätsel: Unser eigenes Netzwerk meldete, daß jemand sämtliche Spione der Acoma zwischen dem großen Haus der Minwanabi und Sulan-Qu tötete.«

Jiro winkte lässig ab. »Also hat Tasaio alle ihre Agenten töten lassen, soweit er ihr Netzwerk zurückverfolgen konnte.«

Chumakas Lächeln bekam jetzt etwas Raubtierhaftes. »Und wenn nicht?« Er reckte einen dritten Finger. »Hier ist noch etwas: Die Hamoi Tong töteten jene Diener im Haushalt der Minwanabi, die als Spione für die Acoma arbeiten.«

Die Langeweile des Lords verstärkte sich. »Tasaio befahl den Tong –«

»Nein!« unterbrach Chumaka beinahe respektlos. Schnell verbarg er sein Verhalten, indem er sofort zu seinen gewohnten Belehrungen überging. »Warum sollte Tasaio den Tong befehlen, seine eigenen Bediensteten zu töten? Warum für ihren Tod zahlen, wenn die Wachen der Minwanabi dies genausogut erledigen könnten?«

Jiro blickte reuevoll drein. »Ich habe vorschnell gedacht.« Seine Augen richteten sich auf die Makler, die allmählich unruhig wurden, als der Lord und sein Berater weiter auf der Schwelle verharrten.

Chumaka ignorierte ihr Unbehagen. Sie waren schließlich Untergebene, und es war ihre Pflicht, auf ihren Herrn zu warten. »Weil es keinen logischen Grund gibt, Herr. Aber betrachten wir es doch einmal so: Wenn ich die Lady wäre und sowohl die Tong als auch Tasaio beleidigen wollte, könnte ich mir nichts Besseres vorstellen, als den Tong unter falschen Hausfarben zu befehlen, die Spione zu töten!«

Jiros Gesichtsausdruck veränderte sich jetzt. Er konnte Chumakas Gedankengänge selbst zu Ende führen, nun, da dieser ihm den ersten Schritt gezeigt hatte. »Ihr glaubt, die Hamoi Tong haben Grund für eine Blutschuld gegenüber Mara?«

Chumakas Antwort war ein breites Grinsen.

Jiro ging wieder weiter. Seine Schritte hallten durch den großen Saal, dessen Papierläden an beiden Seiten zugezogen worden waren. Die Dachbalken waren mit staubigen Kriegsrelikten und einer ehrwürdigen Sammlung von erbeuteten feindlichen Flaggen behängt. Diese Gegenstände erinnerten an eine Zeit, da die Anasati in historischen Kämpfen an vorderster Front gestanden hatten. Sie bekannten sich zu einer uralten Tradition der Ehre. Sie würden wieder genauso hoch aufsteigen, schwor Jiro; nein, noch höher. Denn er würde Maras Niederlage herbeiführen, ein Sieg, der durch das ganze Kaiserreich hallen würde.

Er allein würde beweisen, daß Mara das Mißfallen der Götter auf sich gezogen hatte, als sie den Bediensteten ihres Feindes Begnadigung gewährt hatte. Ohne Hilfe würde er Vergeltung dafür üben, daß sie sich so über die Traditionen erhoben hatte. Und wenn sie starb, würde sie in seine Augen blicken und wissen: Sie hatte ihren schwersten Fehler an dem Tag begangen, da sie Buntokapi zu ihrem Mann wählte. Im Gegensatz zu der gewaltigen Halle der Minwanabi, die Mara geerbt hatte, war die große Halle der Anasati in ihrer Ausstattung den Traditionen genauso verpflichtet wie die meisten uralten Rituale im Tempel. Jiro aalte sich darin; obwohl nicht anders als Hunderte von Hallen anderer Herrscher, war dieser Raum doch einzigartig: Er war Anasati. Zu beiden Seiten des Mittelgangs knieten Bittsteller und Gefolgsleute der Anasati. Omelo, sein Kommandeur, stand in Habachtstellung an einer Seite des Podests, auf dem Jiro den Geschäften des Hofs nachging. Hinter ihm warteten die anderen Offiziere und Berater des Haushalts.

Jiro stieg auf das Podest, kniete sich auf die für ihn als Lord vorgesehenen Kissen und ließ sich auf den Fersen nieder, während er die offizielle Robe zurechtzupfte. Bevor er seinem Hadonra das Zeichen gab, mit dem Rat dieses Tages zu beginnen, meinte er zu seinem Ersten Berater: »Ich muß ganz sicher wissen, ob die Tong Mara aus eigenen Gründen verfolgen. Dann können wir besser Pläne schmieden, wenn die offizielle Nachricht vom Tod Ayakis eintrifft.«

Chumaka klatschte in die Hände, und ein Diener trat zu ihm. »Zwei Läufer sollen in meine Gemächer kommen, wenn ich soweit bin.« Während der Diener sich verneigte und davoneilte, verbeugte er sich ehrerbietig vor seinem Herrn. »Lord, ich werde sofort beginnen. Ich habe einige neue Quellen, die uns mit besseren Informationen versorgen können.« Als Chumaka den harten Glanz in Jiros Augen sah, berührte er den Ärmel seines Herrn. »Wir müssen uns zurückhalten, bis Maras Bote mit der formellen Mitteilung über Ayakis Tod hier war. Wenn Ihr jetzt sprecht, wird Euer Haushalt tratschen. Es wird uns schwerlich dienen, wenn wir unseren Feinden den Beweis liefern, daß wir Spione an empfindlichen Stellen haben.«

Jiro entzog sich Chumakas Berührung. »Ich verstehe, doch bittet mich nicht um Selbstgefälligkeit! Alle im Dienst der Anasati werden trauern. Ayaki von den Acoma, mein Neffe, ist getötet worden, und jedes Mitglied meines Haushalts – bis auf die Sklaven – wird das rote Band des Verlusts am Arm tragen. Wenn die Geschäfte dieses Tages beendet sind, werdet Ihr eine Ehrengarde für eine Reise nach Sulan-Qu vorbereiten.«

Chumaka schluckte seinen Ärger hinunter. »Wir nehmen an der Beerdigung des Jungen teil?«

Jiro bleckte die Zähne. »Er war mein Neffe. Zu Hause zu bleiben, während seine Gebeine geehrt werden, würde von Verantwortungslosigkeit oder Feigheit zeugen, und wir sind weder des einen noch des anderen schuldig. Mag er der Sohn meiner Feindin gewesen sein, mag ich seine Mutter jetzt ohne Einschränkung vernichten – er hatte doch Anasati-Blut in seinen Adern. Er verdient den Respekt, der jedem Enkel von Tecuma von den Anasati zusteht. Wir werden ein Familienrelikt mitnehmen, das mit ihm verbrannt werden kann.« Jiros Augen blitzten, als er endete: »Die Tradition verlangt unsere Gegenwart.«

Chumaka behielt seine Vorbehalte gegenüber der Entscheidung für sich, als er sich zustimmend vor den Wünschen seines Herrn verbeugte. Wenn auch der Platz eines Ersten Beraters an der Seite seines Lords war, um ihn bei den das Haus betreffenden Entscheidungen zu begleiten und zu führen, so pflegte Chumaka sich doch über die eher nüchternen Aufgaben seines Amtes zu ärgern. Das Spiel des Rates hatte sich dramatisch geändert, seit Mara von den Acoma zum ersten Mal die Arena betreten hatte; und doch war es noch immer das Spiel, und nichts auf der Welt interessierte den Berater so sehr wie die Rätsel der tsuranischen Politik. Angespannt wie ein Jagdhund, stand er voller Vorfreude auf.

Trotz der Aussicht auf eine unselige Entwicklung am Horizont verließ der Erste Berater die große Halle beinahe glücklich, während er die Liste von Anweisungen vor sich hinmurmelte, die er seinen Läufern würde mitgeben müssen. Enorme Bestechungsgelder würden nötig sein, um die Informationen herauszulocken, die er benötigte, doch wenn diese Informationen seine Theorie beweisen konnten, würden die Kosten bei weitem durch den Gewinn aufgewogen. Als Chumaka innehielt, damit die Diener ihm die Tür öffnen konnten, verzogen sich seine Lippen zu einem unheiligen Lächeln.

Jahre waren vergangen, seit er seinen Verstand an einem würdigen Gegner gemessen hatte! Lady Mara würde ihm viel Unterhaltung bieten, wenn Lord Jiros Besessenheit nicht erkaltete, und die Anasati würden das Haus Acoma in den Untergang treiben.

Mara wälzte sich im Schlaf wild hin und her. Ihre kummervollen Seufzer zerrten an Hokanus Herz, und er wünschte sich, irgend etwas tun zu können – sie zu berühren, sanfte Worte zu sprechen, ihren Schmerz zu lindern. Doch sie hatte sehr wenig geschlafen seit Ayakis Tod, und selbst diese unruhigen Alpträume boten etwas Entspannung. Sie aufzuwecken hieße, sie wieder in das Bewußtsein ihres Verlustes zu stoßen und in die niederschmetternde Wirklichkeit, der Belastung standhalten zu müssen.

Hokanu seufzte und betrachtete die Muster, die das durch die Läden hereinflutende Mondlicht auf den Boden zauberte. Die Schatten in den Ecken schienen dunkler als je zuvor zu sein; nicht einmal die Gegenwart der verdoppelten Wachen an jeder Tür und jedem Fenster konnte das verlorene Gefühl des Friedens wiederherstellen. Der Erbe der Shinzawai und Ehemann der Guten Dienerin des Kaiserreichs fühlte sich jetzt nur noch als Mann, mit nichts als seinen geistigen Fähigkeiten und seiner Liebe zu einer tief getroffenen Frau. Die frühe Morgenluft war ungewöhnlich kühl für die Ländereien in der Provinz Szetac, was möglicherweise der Lage des Hauses direkt am See zuzuschreiben war. Hokanu erhob sich und streifte eine leichte Robe über. Er band die Schärpe zu und stellte sich mit fest vor der Brust verschränkten

Armen so hin, daß er einen Blick auf die Schlafende werfen konnte.

Er hielt Wache, während Mara sich unruhig in den Laken wälzte, die dunklen Haare wie ein Flecken verweilender Nacht im langsam heller werdenden Licht. Das kupferne Mondlicht verblaßte, weggeschwemmt vom Grau des frühen Morgens. Der Laden, der auf die zum Zimmer gehörende Terrasse führte, verwandelte sich allmählich von Schwarz in Grauweiß.

Hokanu unterdrückte den Wunsch, auf und ab zu gehen. Mara war während der Nacht aufgewacht, hatte in seinen Armen geschluchzt und immer wieder Ayakis Namen ausgestoßen. Er hatte sie festgehalten, doch seine Wärme konnte ihr keinen Trost spenden. Hokanus Mund wurde hart bei der Erinnerung. Einem Feind würde er sich bereitwillig zum Kampf stellen, doch dieser Trauer ... Ein Kind, gestorben in einem Alter, da sich seine Möglichkeiten gerade erst zu entfalten begonnen hatten. Es gab kein Heilmittel unter dem Himmel, das ein Ehemann bieten konnte. Nur die Zeit würde den Schmerz lindern.

Es war nicht Hokanus Art zu fluchen. Beherrscht und angespannt wie die straffe Saite einer harfenähnlichen Tirale gestattete er sich keine Nachlässigkcit, die in irgendeiner Weise seine Frau stören mochte. Still und geschmeidig öffnete er die Tür gerade weit genug, daß er durch den Spalt schlüpfen konnte. Der Tag war zu schön, dachte er, als er den blaßgrünen Himmel betrachtete. Es hätte einen Sturm geben müssen, Regen, sogar Blitz und Donner; die Natur selbst hätte am Tag von Ayakis Beerdigung mit der Welt hadern müssen.

Auf der anderen Seite des Hügels, in der Senke am Seeufer, wurden die letzten Vorbereitungen getroffen. Wie eine Stufenpyramide erhob sich das aufgestapelte Holz für den Scheiterhaufen. Jican hatte auf Hokanus Anweisung auf den Reichtum der Acoma zurückgegriffen und sichergestellt, daß nur aromatisches

Holz verwendet wurde. Die Trauergäste – und vor allem die Mutter des Jungen – würden nicht dem Gestank verkohlten Fleisches und versengter Haare ausgesetzt sein. Hokanus Mund preßte sich zu einer dünnen Linie zusammen. Bei diesem traurigsten aller Ereignisse würde es keine Rückzugsmöglichkeit für Mara geben. Sie war zu hoch aufgestiegen, und die Beerdigung ihres Sohnes war ein Staatsereignis. Herrschende Lords und Ladys aus allen Teilen des Kaiserreiches würden herkommen, um ihr Respekt zu zollen – oder ihre Intrigen weiterzuspinnen. Denn weder Trauer noch Freude noch irgendeine Naturkatastrophe würden das Spiel des Rates zum Stillstand bringen. Ungesehen wie Moder unter bemaltem Holz würden sich die Umstände, die zu Ayakis Tod geführt hatten, immer und immer wieder aufs neue wiederholen.

Staubwolken erhoben sich am nördlichen Horizont; die ersten Gäste näherten sich bereits, vermutete Hokanu. Er warf erneut einen Blick auf seine Frau, beruhigt, daß sich ihre Träume etwas gelegt hatten. Er trat leise zur Tür, sprach mit dem Läufer und wies die Zofen der Lady an, bei ihr zu sein, wenn sie aufwachen sollte. Dann gab er seiner Unruhe nach und trat auf die Terrasse hinaus.

Das Herrenhaus und seine Umgebung erwachten langsam zum Leben. Er sah Jican im Laufschritt vom Küchenflügel zu den Quartieren der Bediensteten eilen, wo Waschfrauen bereits mit Körben voller frischer Leinentücher zu den Gästezimmern eilten. Auf den hohen Besuch vorbereitete Krieger in zeremonieller Rüstung machten sich auf zu den Nachtwachen, um sie abzulösen. Doch mitten in dieser Atmosphäre summender Geschäftigkeit gingen zwei Gestalten auf den See zu; sie schritten nebeneinander her, als machten sie einfach einen Morgenspaziergang. Ein merkwürdiger Verdacht stieg in Hokanu auf, bis er genauer hinschaute und das Paar erkannte. Jetzt erwachte seine Neugier, und einer Eingebung folgend schritt er über die Terrasse und die Treppen hinab.

Leise folgte er den beiden durch die Reihen der Akasi-Blumen. Seine erste Vermutung bestätigte sich: Es waren Incomo und Irrilandi, die in gemäßigtem Tempo einherschritten und ganz in Gedanken verloren zu sein schienen. Der ehemalige Erste Berater und der ehemalige Kommandeur Tasaios von den Minwanabi liefen nicht ziellos umher.

Fasziniert von der Frage, was diese beiden früheren Feinde, die mittlerweile zu treuen Dienern geworden waren, an einem solch traurigen Tag um diese frühe Stunde hier draußen machten, schlich Hokanu lautlos hinter ihnen her.

Das Paar erreichte das Seeufer, und der gertenschlanke Berater und der ledrige, muskulöse Krieger knieten auf einer kleinen Erhebung nieder. Zwischen den verschnörkelten Dachvorsprüngen des großen Hauses und den dahinterliegenden Bergen war ein Stück Himmel zu sehen, an dem die ersten violettfarbenen Wolken dahintrieben; ihre Unterseite erglühte in einem warmen Orangeton, als die Strahlen einer noch nicht sichtbaren Sonne ihre Ränder vergoldeten.

Die beiden Männer saßen da, als beteten sie. Hokanu schlich geräuschlos näher. Mehrere Minuten lang rührten sich weder der Lord noch die beiden Diener. Dann brach das erste Licht des Tages durch die Düsternis, und ein Sonnenstrahl strich über den Himmel, erfaßte die gleichsam erstarrten Gestalten auf der Kuppe der Anhöhe. Der Sonnenstrahl blendete sie, badete dann die stille Szenerie in Wärme und Licht und verwandelte die Tautropfen in helleuchtende Edelsteine. Irrilandi und Incomo verbeugten sich, bis ihre Köpfe die Erde berührten, und murmelten Worte, die zu leise waren, als daß Hokanu sie hätte verstehen können.

Als die Sonne allmählich höher stieg, vollendeten die beiden

Männer ihr merkwürdiges Ritual und standen auf. Viele Jahre voller Kämpfe hatten Irrilandis Sinne geschärft, und er spürte fast sofort, daß etwas in dieser morgendlichen Stille nicht stimmte. Er sah den Lord, der in der Nähe wartete, und verneigte sich. »Mylord Hokanu«, sagte er. Überrascht wiederholte Incomo die Geste.

Hokanu winkte die beiden Diener zurück zum Haus. »Ich konnte nicht schlafen«, sagte er reuevoll. »Ich beobachtete euch und kam her, um zu sehen, was euch hierherführte.«

Irrilandi zuckte in tsuranischer Weise mit den Schultern. »Jeden Morgen vor Sonnenaufgang zeigen wir so unseren Dank.«

Hokanus Schweigen bat um weitere Erklärungen, auch wenn er keinen der Männer ansah, sondern seine bloßen Füße betrachtete, während er durch das taufeuchte Gras schritt.

Incomo räusperte sich; es klang beinahe, als wäre es ihm peinlich. »Wir kommen jeden Tag hierher, um den Beginn des neuen Tages zu sehen. Und um Dank zu sagen, daß die Gute Dienerin zu uns kam.« Er betrachtete das große Haus mit den hohen Giebeln, den Steinsäulen und Fensterstürzen. Jetzt waren sie mit roten Tüchern behängt worden, aus Respekt vor Turakamu, dem Roten Gott, der während der heutigen Zeremonie Ayakis Geist in seinen Hallen willkommen heißen würde. »Als unsere Lady Tasaios Untergang herbeigeführt hatte, erwarteten wir den Tod oder die Sklaverei. Statt dessen erhielten wir das Geschenk weiterer Tage: eine neue Chance zu dienen und Ehre zu erlangen. Daher sprechen wir bei jedem Sonnenaufgang ein Dankesgebet für diese Begnadigung – und für die Gute Dienerin.«

Hokanu nickte, er war nicht überrascht über die Ergebenheit dieser hochgestellten Diener. Als Gute Dienerin des Kaiserreiches wurde Mara von den Massen geliebt. Ihre eigenen Leute dienten ihr mit einer Hingabe, die an Ehrfurcht grenzte. In der Tat würde sie eine solche Unterstützung auch benötigen, wenn sich ihr Haus von diesem Verlust wieder erholen sollte. Eine Herrscherin, die bei ihren Leuten unbeliebt war, würde davon ausgehen müssen, daß nach einem gewaltigen Schlag wie diesem Zweifel unter den Angestellten aufkamen, da Bedienstete von den höchsten Positionen bis zum gemeinsten Sklaven sich sorgten, ob der Himmel diesem Haus nicht das Glück entzogen hatte. Selbst ohne göttliches Mißfallen würden sterbliche Feinde die Gelegenheit ergreifen und zuschlagen, wo die Reihen am ungeordnetsten waren. So wurde der Aberglaube von den Folgen genährt, denn ein geschwächtes Haus würde Rückschläge erleiden und somit als in der Mißgunst der Götter stehend erscheinen.

Hokanu spürte Gereiztheit in sich aufsteigen. Jahrhunderte voller ungebeugter Sitten und Gebräuche hatten die Gesellschaft in einen Zustand vollständiger Stagnation geführt.

Er, Mara und Ichindar, der Kaiser der Nationen, hatten sich dem Ziel verschrieben, diesen Kreislauf zu durchbrechen.

Ayakis vorzeitiges Ende bedeutete mehr als nur Kummer und Trauer; es konnte einen wesentlichen Rückschlag darstellen und in einen Aufruhr all der Herrschenden münden, die über die kürzlichen Veränderungen verstimmt waren. Wenn die Acoma irgendein Zeichen von Unentschlossenheit zeigten, würde es Unfrieden geben, und im Zentrum der Fraktion, die begonnen hatte, sich im festen Beharren auf alten Traditionen herauszubilden, würde die Stimme der Anasati am lautesten erschallen.

Die Trauergäste würden nicht herkommen, um zu sehen, wie die Asche des Verstorbenen als Rauch in den Himmel stieg, o nein; sie würden sich gegenseitig wie hungrige Hunde beäugen, und Lady Mara würde von allen Anwesenden am intensivsten gemustert werden. Hokanu wußte, daß seine Lady viel zu sehr in ihrem Schmerz versunken war, um mit äußeren Angelegenheiten umgehen zu können, und diese Sorge lastete schwer auf ihm, während er das verzierte Tor öffnete und durch den Garten schritt. Er vergaß die beiden Männer, die mit ihm gingen, bis Incomo sagte: »Der Erste Berater Saric hat alles vorbereitet, Herr, auch Aufführungen, um den Gästen Zerstreuung zu bieten. Nur die wichtigsten Herrscher werden ihre Ehrengarden mit ins Haus bringen; alle anderen werden in der Garnison auf der anderen Seite des Sees untergebracht. Der Scheiterhaufen ist mit Öl getränkt, und es wurde alles getan, um die Zeremonie so kurz wie möglich zu halten.«

Incomos Worte beruhigten Hokanu keineswegs; daß der Berater es für nötig hielt, diese Dinge besonders zu betonen, bewies, daß er ebenfalls besorgt war. Das Spiel würde weitergehen – ganz egal, ob Lady Mara sich zusammenreißen und daran teilnehmen konnte oder nicht.

»Wir werden es nicht an Ehre für den dahingeschiedenen jungen Herrn fehlen lassen«, fügte Irrilandi hinzu, »doch würde ich vorschlagen, daß Ihr an der Seite Eurer Lady bleibt und Euch darauf vorbereitet, ihre Anweisungen zu deuten.«

Höflich und taktvoll hatten die hohen Offiziere des Hauses Acoma anerkannt, daß ihre Mistress weiterhin unfähig blieb. Hokanu spürte Dankbarkeit für diese Männer in sich aufsteigen, die ruhig und fest darauf vorbereitet waren, ihre Schwäche auszugleichen. Er versuchete ihnen zu versichern, daß das Haus Acoma nicht wie ein führungsloses Schiff in der Strömung des Unglücks treiben würde. »Ich werde bei meiner Lady sein. Sie ist von eurer Hingabe gerührt und läßt mich euch sagen, daß ihr nicht zögern sollt, euch zu nähern, falls ihr Schwierigkeiten oder Sorgen haben solltet.«

Herr und Diener tauschten einen wissenden Blick aus. Dann verneigte sich Irrilandi. »Mehr als tausend Soldaten haben zu Turakamu gebetet, sie anstelle des jungen Herrn zu nehmen.«

Hokanu nickte voller Respekt. Als Beweis ihres Schwurs würden diese Soldaten während der gesamten Bestattungszeremonie

Waffen tragen – ein wirksames Abschreckungsmittel gegen jeden Lord, der vielleicht vorhaben sollte, Unruhe zu stiften und die Gastfreundschaft der Acoma zu verletzen.

Diese hohe Anzahl von Soldaten war eine große Ehre für Ayaki; darüber hinaus bewies die Ergebenheit der Männer, daß auch in den Soldatenunterkünften die politische Bedeutung dieses Geschehens erkannt worden war, das weit mehr als nur eine persönliche Tragödie war. Die Lords, die heute kamen, würden wie aasfressende Jagunas herumschleichen – Leichenfledderer, die versuchen würden, irgendeinen Nutzen aus dem Unglück zu ziehen.

Hokanu nahm die Verbeugungen der sich verabschiedenden Offiziere entgegen, dann schaute er über die Schulter zum See, wo Barken jetzt rasch den Docks entgegenstrebten. Fahnen wehten an ihren Stangen, und der Gesang der Ruderer hallte über das Wasser. Schon bald würde das ruhige Herrenhaus zu einer politischen Arena werden. Hokanu betrachtete das große Steinhaus, das jahrhundertelang die Halle der Minwanabi gewesen war. Das ganze Anwesen war als Festung entworfen worden, doch heute mußte man sogar Feinden Einlaß gewähren. Die Priester des Guten Gottes Chochocan hatten den Landsitz gesegnet, und Mara hatte dafür gesorgt, daß der Natami der Minwanabi an einem geweihten Ort aufbewahrt wurde, damit die Erinnerung an ein einst großes Haus bestehen blieb. Doch trotz dieser Maßnahmen und der Versicherungen der Priester, daß die Taten der Guten Dienerin göttliches Wohlwollen verdienten, mußte Hokanu ein Gefühl von Furcht hinunterschlucken. In den tief verschatteten Winkeln der Dachvorsprünge schienen sich die Geister der Feinde zu verbergen und in stummem Gelächter auf Maras Trauer zu blicken.

Hokanu wünschte einen Augenblick, er hätte sich über ihre kühne Wahl hinweggesetzt und an den alten Gebräuchen festgehalten, nach denen dieses Haus niedergerissen, jeder Stein in die Tiefe des Sees geworfen, jeder Balken und jedes Feld verbrannt und der fruchtbare Boden mit Salz bestreut worden wäre. Unheilvoller Boden sollte nichts nähren, wie die Bräuche seit Jahrhunderten lehrten, damit der Kreislauf der verfluchten Ereignisse für alle Ewigkeit unterbochen wurde. Trotz der Schönheit dieses Herrenhauses, trotz der nahezu uneinnehmbaren Lage des Besitzes mußte Hokanu die Vorahnung unterdrücken, daß er und Mara niemals ihr Glück finden würden, solange sie unter diesem Dach lebten.

Doch jetzt war nicht die richtige Zeit zum Grübeln, so kurz bevor die Gäste eintrafen. Der Ehemann der Guten Dienerin straffte die Schultern und bereitete sich auf die bevorstehende Tortur vor. Mara mußte auch angesichts ihrer überwältigenden Trauer die angemessene tsuranische Haltung bewahren. Der Tod ihres Vaters und ihres Bruders, die beide Krieger gewesen waren, war eine Sache gewesen; der Verlust ihres eigenen Kindes war weitaus schlimmer. Hokanu spürte instinktiv, daß dies der grausamste Schicksalsschlag war, den die Frau, die er liebte, erleiden konnte. Für sie mußte er heute stark sein, ein Schild gegen den Verlust der Ehre vor fremden Augen; denn wenn er auch immer noch der ergebene Erbe der Shinzawai war, so hielt er doch die Ehre der Acoma so hoch, als wäre sie seine eigene.

Fest entschlossen kehrte er auf die Terrasse vor dem Schlafzimmer seiner Lady zurück. Da die Läden noch nicht geöffnet waren, wußte er, daß die Bediensteten ihr ungestörte Ruhe gegönnt hatten. Er schob den Laden geräuschlos zur Seite und trat ein. Er sagte nichts, sondern ließ nur die sanfte Wärme des Tageslichts auf ihre Wangen fallen.

Mara rührte sich. Ihre Hände schlossen sich um die zerwühlten Laken, und sie öffnete blinzelnd die Augen. Sie schnappte nach Luft, setzte sich ruckartig auf und ließ ihre Blicke erschreckt durch den Raum schweifen, bis Hokanu sich hinkniete und sie in die Arme nahm.

Sie sah aus, als hätte sie gar nicht geschlafen. »Ist es soweit?«

Hokanu streichelte ihre Schulter, während die Bediensteten, die draußen gewartet hatten, bei den Worten ihrer Herrin hereineilten. »Der Tag beginnt«, sagte er.

Sanft half er ihr aufzustehen. Als sie einigermaßen sicher stand, trat er einen Schritt zurück und winkte die Dienerinnen heran. Mara stand einfach nur mit leerem Gesichtsausdruck da, während ihre Zofen sich geschäftig daran machten, ihr Bad und ihre Kleider vorzubereiten. Hokanu ertrug ihr niedergeschlagenes, abwesendes Verhalten, ohne die Wut in seinem Innern zu zeigen. Doch der Erbe der Shinzawai schwor sich, daß er Jiro von den Anasati dafür leiden lassen würde, sollte er wirklich für den Kummer seiner Lady verantwortlich sein. Dann, als er den bewundernden Blick einer der Zofen wahrnahm, erinnerte er sich daran, daß er selbst noch nicht richtig angekleidet war, und schob den Gedanken an Rache beiseite. Er klatschte nach seinen eigenen Dienern in die Hände und ließ ihre Betriebsamkeit schweigend über sich ergehen, als sie ihn in die zeremoniellen Roben kleideten, die für Ayakis Beerdigung angebracht waren.

Die Menge in den Farben rund tausend verschiedener Häuser bedeckte die Hügel um das Herrenhaus der Acoma; alle Anwesenden trugen rote Schärpen, rote Bänder oder rote Schleifen zu Ehren des Roten Gottes, dem Herrn über alles Leben und Bruder von Sibi, dem Tod. Die Farbe war außerdem ein Symbol für das Blut des Jungen, das nicht länger floß, um seinem Geist eine Hülle zu geben. Sechstausend Soldaten standen in Reihen um die Niederung, wo sich die Bahre befand. Ganz vorne standen, in glänzenden grünen Rüstungen, die Acoma-Krieger, die ihr Leben in Turakamus Obhut gegeben hatten, hinter ihnen die Reihen in

Blau von Maras Ehemann von den Shinzawai. Danach folgte die Kaiserliche Garde in goldumrandeten weißen Rüstungen, die Kaiser Ichindar als Zeichen seines Beileids geschickt hatte. Dann kam Hokanus Vater, Kamatsu von den Shinzawai, und schließlich die Familie des Hadama-Clans, die Blutsbande mit dem toten Jungen verbanden. Hinter ihnen standen in einer gewaltigen, sich weit ausbreitenden Menge die Gesandten der Häuser, die gekommen waren, um Ayaki die letzte Ehre zu erweisen oder an der nächsten Runde des Großen Spiels teilzunehmen.

Die Krieger standen reglos wie Statuen, die Köpfe gesenkt, die Schilde mit den Spitzen auf dem Boden ruhend. Vor jedem lag ein Schwert, dessen Spitze auf die Bahre deutete, die leere Scheide quer darunter. Hinter den Soldaten, weiter den Hügel hinauf, hielten sich die Angehörigen des Haushaltes in respektvoller Entfernung, denn die Großen des Kaiserreiches waren zusammengekommen, um einem Jungen Lebewohl zu sagen.

Trompetenklänge setzten die Prozession in Gang. Im Schatten des äußeren Portikus, wo die Berater und Offiziere der Acoma sich versammelt hatten, kämpfte Mara gegen die Schwäche in ihren Knien. Sie spürte Hokanus Hand an ihrem Ellenbogen, doch die Bedeutung dieser Berührung wurde ihr nicht bewußt. Die halbverdeckten Augen hinter dem roten Trauerschleier hefteten sich auf die Sänfte mit ihrem reglosen Sohn. Sein Körper steckte in einer schönen Rüstung; seine weißen Hände umfaßten den Griff eines seltenen Metallschwertes. Die Hand, die bei dem Sturz zerschmettert worden war, war feinfühlig in einem Handschuh verborgen, die zermalmte Brust hinter einer Brustplatte und einem Schild, in den ein Shatra-Vogel in seltenem Blattgold eingraviert war.

Auf den ersten Blick wirkte er wie ein schlafender Krieger, bereit, sich beim ersten Ruf aufzusetzen und in der Pracht und Ehre seiner Jugend zu kämpfen.

Mara spürte, wie sich ihr die Kehle zuschnürte. Nichts, was bisher geschehen war – weder jener Tag, da sie die Schatten ihres Vaters und ihres Bruders im Familienhain dem Natami weihte, noch das Erdulden der Brutalität ihres ersten Ehemannes, noch der Verlust des ersten Mannes, mit dem sie die Leidenschaft der Liebe kennengelernt hatte, und auch nicht der Tod ihrer geliebten alten Amme Nacoya –, ließ sich mit diesem Augenblick puren Schreckens vergleichen.

Sie konnte die Endgültigkeit des Todes ihres Sohnes nicht fassen, nicht einmal jetzt – und erst recht nicht akzeptieren. Ein Kind, das ihr Leben während ihrer unglücklichen ersten Ehe erträglich gemacht hatte. Ein Kind, dessen sorgloses Gelächter ihre Verzweiflung verjagt hatte, wenn sie sich Feinden gegenüber sah, die stärker waren als die Mittel, die ihr Haus zur Verteidigung besaß. Ayaki hatte ihr den Mut gegeben weiterzumachen. Aus Trotz und dem verzweifelten Wunsch, ihn leben zu sehen, um den Namen der Acoma weiterzutragen, hatte sie das Unmögliche vollbracht.

All dies würde an diesem Tag zu Asche verfallen. An diesem verfluchten Tag, an dem ein Junge, der seine Mutter hätte überleben sollen, in einer Rauchsäule aufgehen würde, die sich zum Himmel erhob.

Einen Schritt hinter Mara forderte Justin quengelig, getragen zu werden. Seine Amme redete ihm gut zu, stehenzubleiben, und beschwichtigte ihn leise. Seine Mutter schien taub gegenüber seiner Not, ganz in düstere Gedanken versunken. Von Hokanu geführt, bewegte sie sich wie eine Marionette, als das Gefolge begann loszumarschieren.

Ein Trommelwirbel dröhnte durch die Luft. Ein rotgekleideter Akolyth gab der Lady einen trockenen Ke-Schilfhalm in die gefühllosen Hände. Hokanus Finger umschlossen ihre, hielten das Schilf mit ihr, damit sie das religiöse Symbol nicht fallen ließ.

Die Prozession bewegte sich. Hokanu zog sie in seinen Arm und stützte sie bei dem langsamen Marsch. Zu Ehren ihres Verlustes hatte er die blaue Rüstung der Shinzawai gegen das Grün der Acoma und einen Offiziershelm eingetauscht. Vage erkannte Mara, daß er trauerte, und entfernt spürte sie den Kummer der anderen – des Hadonras, der den Jungen so oft gescholten hatte, weil er in der Schreibstube Tinte vergossen hatte; der Ammen und Lehrer, die alle ihre blauen Flecken von seinen Wutanfällen davongetragen hatten; der Berater, die sich manchmal ein Schwert gewünscht hatten, um mit der flachen Seite Vernunft in den schelmischen Kopf des Jungen hineinzuprügeln.

Doch sie waren nur Schatten und ihre Worte des Beileids nur Geräusche. Nichts von dem, was irgend jemand sagte oder tat, schien die Verzweiflung zu durchdringen, die die Lady der Acoma einhüllte.

Mara spürte Hokanus Hand sanft auf ihrem Arm, fühlte, wie er sie die Stufen hinunterführte. Hier wartete die erste offizielle Delegation: Ichindars in blendendes Weiß und Gold gekleidete Abordnung. Mara neigte den Kopf, als das kaiserliche Kontingent sich vor ihr verbeugte; sie blieb stumm hinter ihrem Schleier, als Hokanu die angemessenen Worte murmelte.

Sie wurde weitergeführt, vorbei an Lord Hoppara von den Xacatecas, der schon so lange ein zuverlässiger Verbündeter war; heute jedoch behandelte sie ihn, als wäre er ein Fremder, und nur Hokanu hörte den jungen Mann großzügig Verständnis äußern. An Hopparas Seite, elegant wie immer, musterte seine Mutter, die Witwe des alten Lords, die Gute Dienerin mit mehr als nur Mitleid.

Als Hokanu sich vor ihr verbeugte, griff Lady Isashani langsam nach seiner Hand. »Bleibt dicht bei Eurer Lady«, warnte sie, während sie nach außen hin den Anschein aufrecht hielt, als würde sie ein paar persönliche Beileidsworte sprechen. »Sie steht immer noch unter Schock. Sehr wahrscheinlich wird sie noch einige Tage lang nicht genau wissen, was sie tut. Es sind Feinde hier, die sie provozieren könnten, um sich daraus einen Vorteil zu verschaffen.«

Hinter Hokanus Höflichkeit flackerte Grimm, als er der Mutter Lord Hopparas für ihre Warnung dankte.

Diese Nuancen gingen an Mara vorbei, ebenso wie die Gewandtheit, mit der Hokanu die verschleierten Beleidigungen der Omechan abwehrte. Sie machte auf ein Zeichen ihres Lords ihre Verbeugungen und kümmerte sich nicht darum, daß sich hinter ihr ein Flüstern erhob: daß sie Lord Frasai von den Tonmargu mehr Ehrerbietung als nötig gezollt hatte; daß der Lord der Inrodaka bemerkt hatte, daß ihren Bewegungen das übliche Feuer, die gewohnte Anmut fehlte.

Für sie existierte in diesem Augenblick nur eines: die kleine, zerbrechliche Gestalt, die zur letzten Ruhe auf der Sänfte aufgebahrt war.

Schwere Schritte folgten dem Rhythmus der dumpfen Trommelschläge. Die Sonne kletterte höher, während die Prozession sich in die Niederung hinabwand, in der der Scheiterhaufen vorbereitet worden war. Hokanu murmelte einige höfliche Worte zu den letzten Herrschern, denen persönliche Ansprache gebührte. Zwischen der Sänfte und dem Scheiterhaufen wartete eine letzte Gruppe in schmucklosen schwarzen Roben.

Voller Ehrfurcht zwang sich Hokanu zum nächsten Schritt; sein Arm schloß sich fester um Mara. Wenn sie begriffen hatte, daß sie fünf Erhabenen gegenüberstand, den Magiern der Versammlung, so zeigte sie es nicht. Es schien ihr noch nicht einmal zu denken zu geben, daß die Erhabenen, die über dem Gesetz standen, es für angemessen gehalten hatten, eine Delegation zu diesem Ereignis zu schicken. Hokanu war derjenige, der über die Bedeutung ihres Auftauchens nachdachte und es mit dem gestiegenen Interesse am politischen Geschehen in Verbindung brachte, das die Schwarzen Roben in letzter Zeit gezeigt hatten. Mara verneigte sich vor den Erhabenen, wie sie es vor den Lords und Ladys getan hatte – und ohne sich der Sympathie bewußt zu werden, die der plumpe Hochopepa ihr entgegenbrachte, den sie bei Tasaios rituellem Selbstmord kennengelernt hatte. Der stets etwas merkwürdige Moment, wenn Hokanu seinem wirklichen Vater begegnete, ging völlig an ihr vorüber. Der eisige Blick des rothaarigen Magiers, der hinter dem schweigsameren Shimone stand, traf sie nicht. Ob feindselig oder gütig – die Worte der Magier konnten ihre Apathie nicht durchdringen. Kein Leben, dessen Existenz sie mit ihrer Macht hätten bedrohen können, bedeutete ihr mehr als das, das Turakamu und das Spiel des Rates bereits beendet hatten.

Mara betrat den Kreis des Rituals, in dem die Bahre lag. Mit versteinertem Blick sah sie zu, wie ihr Kommandeur den viel zu reglosen Körper des Jungen hochhob und ihn sanft auf das Holz legte, das sein letztes Bett war. Er rückte Schwert, Helm und Schild zurecht und trat dann zurück. Sämtlicher Schalk war ihm abhanden gekommen.

Mara spürte einen sanften Stoß von Hokanu. Benommen machte sie einen Schritt nach vorn, als die Trommeln um sie herum verstummten. Sie ließ den Schilfhalm auf Ayakis Körper sinken, doch es war Hokanus Stimme, die sich zu dem traditionellen Ruf erhob: »Wir haben uns hier versammelt, um des Lebens von Ayaki zu gedenken, dem Sohn Buntokapis und Enkel von Tecuma und Sezu!«

Es waren zu wenig Worte, dachte Mara mit einem schwachen Stirnrunzeln. Wo war die Liste der Taten ihres Erstgeborenen?

Eine unangenehme Stille senkte sich herab, bis Lujan sich auf einen verzweifelten Blick Hokanus rührte und sie anstieß, damit sie sich gen Osten wandte.

Der Priester Chochocans näherte sich, ganz in Weiß, das Symbol des Lebens, gekleidet. Er legte seinen Mantel ab und tanzte, nackt wie zur Zeit seiner Geburt, zur Feier der Kindheit.

Mara sah seine Drehungen und Wendungen nicht; sie fand keine Sühne für das Gefühl der Schuld, daß ihre Nachlässigkeit das Unheil herbeigeführt hatte. Als der Tänzer sich tief vor der Bahre verneigte, wandte sie sich gen Westen. Mit stumpfem Blick stand sie da, als das schrille Pfeifen der Anhänger Turakamus die Luft zerriß, während der Priester mit dem Tanz für Ayakis Reise in die Hallen des Roten Gottes begann. Er hatte niemals zuvor ein barbarisches Tier nachahmen müssen, und seine Vorstellung davon, wie ein Pferd sich bewegte, wäre beinahe zum Lachen gewesen, hätte sie nicht mit dem Sturz geendet, der ein so junges Leben zerstört hatte.

Maras Augen blieben trocken. Ihr Herz schien für alle Zeit zu Stein geworden zu sein, unfähig zur Erneuerung. Sie neigte ihren Kopf nicht zum Gebet, als die Priester vortraten und das rote Seil um Ayakis Hände zerschnitten und damit seinen Geist für die Wiedergeburt befreiten. Sie weinte nicht, und sie bat auch nicht um die Gunst des Gottes, als der weißgefiederte Tirik-Vogel als Symbol von Erneuerung und Wiedergeburt freigelassen wurde.

Der Priester Turakamus setzte zum Gebet für Ayaki an. »Am Ende treten alle Menschen vor meinen Gott. Der Todesgott ist ein gnädiger Gott, denn er beendet Leid und Schmerzen. Er beurteilt jene, die zu ihm kommen, und belohnt die Gerechten.« Mit einer ausholenden Bewegung seiner Hand und einem Nicken seiner Totenschädelmaske fuhr der Priester fort: »Er versteht die Lebenden und weiß von Schmerz und Trauer.« Der rote Amtsstab zeigte auf den Jungen auf dem Scheiterhaufen. »Ayaki von den Acoma war ein guter Sohn, fest auf dem Pfad, den seine Eltern sich für ihn gewünscht hatten. Wir können nur akzeptieren, daß Turakamu ihn für wert erachtete und ihn zu sich rief, so daß er – mit einem sogar noch größeren Schicksal – zu uns zurückkehren mag.«

Mara biß die Zähne zusammen, um nicht aufzuschreien.

Welches Gebet konnte gesprochen werden, ohne daß sich Wut hineinmischte? Welche Wiedergeburt könnte ihn erwarten, die ehrenhafter wäre, als der Erbe der Acoma zu sein – außer vielleicht als Sohn des Lichts des Himmels selbst? Als Mara vor mühsam unterdrückter Wut zu zittern begann, schlossen sich Hokanus Arme um sie. Er murmelte etwas, das sie nicht verstand, als die Fackeln aus den Halterungen rund um den Kreis genommen wurden und das aromatische Holz in Brand gesetzt wurde. Ein kaltes Band schloß sich um ihr Herz. Sie sah die rotgelben Flammen emporzüngeln, doch ihre Gedanken waren weit von der Gegenwart entfernt.

Als der Priester Jurans, des Gerechten, herantrat, um seinen Segen zu erteilen, bewahrte nur Hokanus verstohlenes Schütteln sie davor, ihn anzuschreien, ihn zu fragen, welche Art von Gerechtigkeit in einer Welt herrschte, in der kleine Jungen vor den Augen ihrer Mütter starben.

Die Flammen knisterten und reckten sich dem Himmel entgegen, dann legten sie sich dumpf fauchend über den Scheiterhaufen. Das behandelte, ölgetränkte Holz ersparte den Anblick des toten Jungen, der sich in der Umarmung des Feuers wand und schwarz wurde. Doch Mara schaute zu, Entsetzen in jeder Faser ihres Körpers. Ihre Einbildungskraft erfand, was im Zentrum einer Helligkeit lag, die zu blendend zum Hinsehen war; ihr Geist versorgte sie mit den Schreien, die der Junge niemals ausgestoßen hatte.

»Ayaki«, flüsterte sie. Hokanus Griff verstärkte sich deutlich genug, um sie an die reglose Maske zu erinnern, die von ihr als Guter Dienerin des Kaiserreiches in öffentlicher Trauer erwartet wurde. Doch die Anstrengung, ihre Gesichtszüge unbeweglich zu halten, war groß genug, sie zum Zittern zu bringen.

Lange Minuten wetteiferte das Prasseln des Feuers mit den

Stimmen der Priester, die ihre Gebete sangen. Mara kämpfte darum, gleichmäßig zu atmen, den überwältigenden Anblick des sich in eine Rauchsäule auflösenden toten Jungen zu ertragen.

Wäre dies das Bestattungsritual für einen Menschen von geringerem Stand gewesen, hätten sich die Gäste jetzt auf den Rückweg gemacht und den dem Toten Nahestehenden eine Zeit privater Trauer gegönnt. Doch beim Tod eines Mitglieds eines wichtigen Hauses war für diese Höflichkeit kein Platz. Mara wurde keine Gnadenfrist gewährt. Vor aller Augen mußte sie ausharren, während die Akolythen Turakamus geweihtes Öl in die Flammen gossen. Hitzewellen gingen vom Scheiterhaufen aus und ließen Maras Haut erröten. Falls sie Tränen vergoß, so trocknete dieser grausame Ofen sie sofort wieder auf ihren Wangen. Über zuckenden Flammenwänden quoll dicker schwarzer Rauch langsam gen Himmel, um ihn darauf aufmerksam zu machen, daß ein Geist von hoher Ehre gegangen war.

Die Sonne verstärkte das grelle Licht, und Mara fühlte sich krank und benommen. Hokanu stellte sich so, daß sie soviel Schatten wie möglich bekam. Er wagte nicht, zu oft besorgt zu ihr hinzuschauen, aus Angst, ihre Schwäche damit zu verraten, während die Zeit nur quälend langsam verging. Es dauerte fast eine Stunde, bis die Flammen sich gelegt hatten; dann folgten weitere Gebete und Gesänge, während die Holzkohle zum Auskühlen verteilt wurde. Mara schwankte beinahe, als der Priester Turakamus intonierte: »Der Körper ist nicht mehr. Der Geist ist gegangen. Er, der Ayaki von den Acoma war, ist jetzt hier« – bei diesen Worten berührte er sein Herz –, »hier« – seinen Kopf – »und in den Hallen Turakamus.«

Die Akolythen trotzten der qualmenden Glut, als sie sich ihren Weg zum Zentrum des erloschenen Feuers bahnten. Einer benutzte ein dickes Lederstück, um das verbogene Schwert Ayakis herauszuziehen, reichte das Bündel schnell einem anderen, der darauf wartete, das heiße Metall mit feuchten Tüchern abzukühlen. Dampf erhob sich und mischte sich mit dem Rauch. Mara ertrug mit leeren Augen, wie der Priester Turakamus eine kunstvolle Schaufel benutzte, um die bereitgestellte Urne mit der Asche zu füllen. Mehr Holz als Junge, würden die Überreste als Symbol seiner Bestattung in den Hain seiner Ahnen gebracht werden. Denn die Tsurani glaubten, daß zwar die wahre Seele in die Hallen des Roten Gottes reiste, ein kleiner Teil des Geistes, der Schatten, jedoch zusammen mit den Ahnen beim Natami des Hauses ruhte. Das Wesen des Kindes würde so in ein neues Leben zurückkehren, während das, was ihn zu einem Acoma gemacht hatte, zurückblieb, um über seine Familie zu wachen.

Hokanu stützte seine Frau, als zwei Akolythen vor sie traten. Einer reichte ihr das Schwert, das Mara berührte. Dann nahm Hokanu die verbogene Klinge, während der andere ihr die Urne gab. Mara nahm die Asche ihres Sohnes mit zitternden Händen entgegen. Sie begriff nicht, was sie in der Hand hielt, sondern starrte weiter auf die verstreuten, verkohlten Holzstücke innerhalb des Kreises.

Hokanu berührte leicht ihren Arm, und sie drehten sich zusammen um. Die Trommeln dröhnten, als die Prozession sich auf den Weg zum Heiligen Hain machte. Mara nahm nichts um sich herum wahr, nur die Kälte der Urne in ihren Händen, die am Grund von der Asche erwärmt wurde. Mechanisch setzte sie einen Fuß vor den anderen und bemerkte kaum, daß sie die verschnörkelten Torpfosten erreicht hatte, die den Eingang zum Hain markierten.

Die Diener und Hokanu hielten ehrerbietig inne, denn der einzige, der nicht vom Blut der Acoma war und durch den Eingang treten und auf dem Steinweg ins Innere gehen durfte, war der Gärtner, dessen Leben der Pflege des Gartens gewidmet war. Selbst ihr Ehemann, der noch immer ein Shinzawai war, durfte hier nicht eintreten, wollte er nicht mit dem Tode bestraft werden. Einer fremden Person Eintritt zu gewähren, hätte die Schatten der Ahnen der Acoma beleidigt und dauerhafte Zwietracht über den Frieden des Natami gebracht.

Mara löste sich aus Hokanus Umarmung. Sie hörte das teils mitleidige, teils feindselige Gemurmel der Edlen nicht, die ihr nachschauten, bis sie hinter den Hecken verschwunden war. Schon einmal zuvor, auf dem alten Landsitz ihrer Familie, hatte sie die schreckliche Aufgabe auf sich genommen, die Schatten naher Familienmitglieder dem Natami zu weihen.

Die Größe des Gartens brachte sie durcheinander. Sie hielt inne, die Urne in verblüffter Verständnislosigkeit an die Brust gepreßt. Dies war nicht der bekannte Hain aus ihrer Kindheit, wohin sie als kleines Mädchen gegangen war, um den Schatten ihrer Mutter zu besuchen; dies war nicht der vertraute Pfad, auf dem sie knapp dem Tod durch einen Tong-Attentäter entkommen war, als sie um ihren Vater und ihren Bruder getrauert hatte. Dieser Ort hier war fremd, gewaltig, ein riesiger Park, in dem sich mehrere kleine Bäche wanden. Für einen Moment spürte sie so etwas wie Beklemmung, als sie sich fragte, ob dieser Garten, der so viele Jahrhunderte lang das Heim der Minwanabi-Schatten gewesen war, den Schatten ihres Sohnes zurückweisen könnte.

Wieder sah sie in der Erinnerung das Pferd stürzen, etwas beinahe teuflisch Schwarzes, das unschuldiges Leben zertrampelte. Sie fühlte sich verloren und atmete würgend. Sie wählte ihren Weg vollkommen zufällig, rief sich nur vage in Erinnerung, daß alle zu derselben Stelle führten, wo der ehrwürdige alte Stein, der Natami der Familie, am Rand eines großen Teiches ruhte.

»Ich begrub euren Natami nicht tief unter dem der Acoma«, sagte sie laut in die lauschende Luft; eine leisere Stimme in ihrem Innern warnte sie, daß sie in einem Anfall von Wahnsinn sprach. Das Leben war Wahnsinn, entschied sie, oder sie würde nicht hier sein und sinnlose Bewegungen über den Überresten ihres Sohnes ausführen. Sie hatte außerordentliche Großmut gezeigt, als sie darauf bestanden hatte, daß der Natami des besiegten Hauses an einen abgelegenen Ort geschafft und gepflegt werden sollte, damit die Schatten der Minwanabi Frieden finden konnten – eine Tat, die ihr in diesem Augenblick wie leerer Wahn, wie Narretei erschien.

Sie hatte nicht die Kraft zu lachen.

Mara verzog das Gesicht bei dem schlechten Geschmack in ihrem Mund. Ihre Haare rochen nach süßem Öl und fettigem Rauch. Der Gestank drehte ihr den Magen um, als sie sich auf den sonnenerwärmten Boden kniete. Direkt neben dem Natami war ein Loch gegraben worden, die feuchte Erde lag aufgehäuft daneben. Mara legte das vom Feuer verbogene Schwert, den kostbarsten Besitz ihres Sohnes, in das Loch, dann schüttete sie die Asche aus der Urne darüber. Mit bloßen Händen schob sie danach die Erde zurück in das Loch und klopfte sie fest.

Eine weiße Robe war für sie neben dem Teich bereitgelegt worden. Auf dem Seidenstoff lag eine Phiole und gleich daneben die traditionelle Kohlenpfanne und der Dolch. Mara hob das kleine Glasgefäß und entfernte den Stöpsel. Sie schüttete das wohlriechende Öl in den Teich. Schimmerndes Licht, vielfach gebrochen, spiegelte sich auf seiner Oberfläche; doch sie sah darin keine Schönheit, sondern nur das Gesicht ihres Sohnes, den Mund voller Schmerzen weit aufgerissen, als er um seinen letzten Atemzug kämpfte. Die Rituale brachten keine Erlösung, schienen nicht mehr als eine Abfolge bedeutungsloser Geräusche. »Ruhe, mein Sohn. Kehre zurück zu deiner Heimaterde und schlafe bei unseren Ahnen.

»Ayaki«, flüsterte sie. »Mein Kind.«

Sie zerrte am Oberteil ihrer Robe und riß sich den Stoff vom Oberkörper, doch anders als vor vielen Jahren, als sie das Ritual für ihren Vater und Bruder ausgeführt hatte, flossen danach keine Tränen. Ihre Augen blieben schmerzhaft trocken.

Sie legte ihre Hand in die beinahe erloschene Kohlenpfanne. Der Rest der Asche brannte nicht heiß genug, um ihre Gedanken abzulenken. Die Trauer blieb ein dumpfer Schmerz in ihrem Innern, als sie die Asche über ihre Brüste und ihren Bauch schmierte – ein Symbol, daß ihr Herz in Asche lag. In Wahrheit fühlte sich ihr Körper so leblos an wie das verkohlte Holz des Scheiterhaufens. Langsam hob sie den Metalldolch – ein Stück ihrer Ahnen –, der über all die Jahre für solche Zeremonien immer wieder geschärft wurde. Zum dritten Mal in diesem Leben zog sie die Klinge aus der Scheide und schnitt sich in den linken Arm, doch im Nebel ihrer Verzweiflung spürte sie den heißen Schmerz kaum.

Sie hielt den Arm über den Teich und ließ das Blut hineintropfen, damit es sich mit dem Wasser vermischen konnte, wie es die Tradition verlangte. Mehr als eine Minute saß sie reglos da, bis die Blutstropfen versiegten und die Wunde sich schloß. Sie war schon halb getrocknet, noch bevor sie abwesend an ihrer Robe zog, doch sie hatte nicht die Willenskraft, das Kleidungsstück ganz zu zerreißen. Schließlich zog sie es einfach über den Kopf. Es fiel zur Erde, wo ein Ärmel begann, sich mit Öl und Wasser aus dem Teich vollzusaugen.

Mechanisch löste sie die Haarnadeln und ließ die dunklen Locken über ihre Schultern fallen. Zorn und Wut, Trauer und Kummer hätten sie dazu bringen sollen, an ihren Haaren zu zerren, sie büschelweise auszureißen. Doch ihre Gefühle schwelten nur dumpf, wie ein Funke, der mangels Sauerstoff erstickte. Jungen *sollten* nicht sterben; voller Leidenschaft um sie zu trauern, hieß akzeptieren, daß auch Jungen sterben mußten. Mara zupfte an ein paar Locken, aber deutlich lustlos.

Dann hockte sie sich auf die Fersen und betrachtete den Hain.

Solch makellose Schönheit, und unter all den Lebenden konnte nur sie allein sie würdigen. Ayaki würde niemals das Todesritual für seine Mutter vollziehen ... Plötzlich und unerwartet begannen ihre Tränen zu fließen und schienen etwas von der Härte in ihrem Innern hinwegzuschwemmen. Mara schluchzte auf und gab sich einen Augenblick tiefster Trauer hin.

Doch anders als zuvor, wenn ein solcher Ausbruch Klarheit gebracht hatte, fand sie sich diesmal nur noch tiefer in chaotische Gedanken hinabgezogen. Als sie die Augen schloß, wirbelten Bilder in ihrem Kopf durcheinander: erst Ayaki, wie er herumrannte, dann Kevin, der barbarische Sklave, der sie die Liebe gelehrt und immer wieder sein Leben für sie riskiert hatte. Sie sah Buntokapi, zusammengesunken über seinem roten Schwert, seine großen Fäuste bebend geschlossen, während das Leben seinen Körper verließ. Wieder erkannte sie, daß der Tod ihres ersten Mannes für immer als Schuld auf ihr lasten würde. Sie sah Gesichter: ihren Vater und ihren Bruder und dann Nacoya, ihre Amme und Pflegemutter.

Sie alle trugen zu ihrem Schmerz bei. Kevins Rückkehr in seine eigene Welt war ein ebenso schmerzhafter Verlust wie der Tod, und keiner der anderen war eines natürlichen Todes gestorben; alle waren sie Opfer politischer Intrigen und der grausamen Machenschaften des Großen Spiels geworden.

Und die schreckliche Gewißheit wollte nicht von ihr weichen, daß Ayaki nicht der letzte Junge sein würde, der für die leeren Ambitionen der Herrschenden von Tsuranuanni sterben würde.

Die Wahrheit traf sie wie ein Schock: Ayaki *würde* nicht der letzte sein. Sie heulte qualvoll, fast hysterisch auf und warf sich kopfüber in den Teich.

Das Wasser schwemmte ihre Tränen weg. Ihre Schluchzer wurden zu einem Keuchen, als Wasser in ihre Nase drang und das Leben sie zurückrief. Hustend krabbelte sie auf die trockene Erde zurück; das Wasser lief ihr aus Mund und Haaren. Tief sog sie die trockene Luft ein, dann griff sie mechanisch nach ihrer Robe, die jetzt nicht mehr weiß, sondern verdreckt und ölverschmiert war.

Als wäre sie ein Geist im Körper einer Fremden, zog sie den Stoff über die nasse Haut. Die Haare ließ sie unter dem Kragen kleben. Dann erhob sich der Körper, der sich wie ein lebendiges Gefängnis anfühlte, und trottete zum Eingang des Hains zurück, wo Tausende mit feindseligen oder freundlichen Augen auf sie warteten.

Die Anwesenheit all dieser Fremden machte sie betroffen. Das alberne Lächeln des einen Lords und das anzügliche Interesse eines anderen bestätigten sie in ihrer Überzeugung: Ayakis Tod würde immer und immer wieder geschehen, und andere Mütter nach ihr würden voll sinnloser Wut aufschreien angesichts dieser Ungerechtigkeit des Großen Spiels. Mara warf einen Blick nach unten, um der Nutzlosigkeit dieses Wissens auszuweichen. Eine ihrer Sandalen fehlte. Schlamm und Staub klebten an ihrem nackten Fuß, und sie zögerte, dachte darüber nach, ob sie den verlorenen Schuh suchen oder den übriggebliebenen in die Hecken werfen sollte.

Was spielt es denn für eine Rolle? wandte eine weit entfernte Stimme in ihrem Innern ein. Mara betrachtete ihre schlecht beschuhten Füße mit einem gewissen Abstand, als sie den Hain verließ. Sie blickte auch nicht auf, als sie zwischen den schützenden Hecken hervortrat und ihr Mann zu ihr eilte und wieder seinen Platz an ihrer Seite einnahm. Seine Worte beruhigten sie nicht. Sie wollte nicht aus ihrer inneren Welt zurückkehren und ihre Bedeutung erforschen.

Hokanu schüttelte sie sanft und zwang sie aufzuschauen.

Ein Mann in roter Rüstung stand vor ihr – dünn, elegant, gelassen, das Kinn arrogant hochgereckt. Mara starrte ihn abwesend an. Seine Augen verengten sich. Er sagte etwas. Die Hand, die irgend etwas hielt, machte eine Bewegung, und etwas von der beißenden Verachtung, die er hinter seiner Haltung verbarg, kam zum Vorschein.

Maras Blick wurde schärfer. Ihre Augen konzentrierten sich auf das Zeichen am Helm des jungen Mannes, und ein tiefes Zittern durchfuhr sie.

»Anasati!« sagte sie, und es klang wie ein Peitschenknall.

Lord Jiro antwortete mit einem eisigen Lächeln. »Die Lady läßt sich dazu herab, mich zu bemerken, wie ich sehe.«

Mara versteifte sich; eine langsam anschwellene Wut erwachte in ihrem Innern.

Sie sagte nichts. Hokanus Finger klammerten sich unauffällig um ihr Handgelenk, eine Warnung, die sie nicht bemerkte.

In ihren Ohren dröhnte ein Geräusch wie von tausend wütenden Sarcats, die vor Trotz zischten, wie von Sturzbächen vom Unwetter angeschwollener Flüsse, die zerklüftete Felsen hinunterjagten.

Jiro von den Anasati hob in die Höhe, was er in der Hand trug: ein kleines Puzzle, das ein Muster aus geschickt miteinander verflochtenen Holzringen bildete. Er neigte den Kopf zu einer förmlichen Verbeugung und sagte: »Der Schatten meines Neffen verdient ein Andenken an die Anasati.«

»Andenken!« sagte Mara. Ihre Stimme war kaum mehr als ein hohes, gequältes Flüstern, während sie in Gedanken aufschrie; das Andenken der Anasati hatte ihren Erstgeborenen auf ein Bett aus Asche geschickt.

Sie wußte später nicht mehr, wie sie sich bewegt hatte, sie spürte das Zerren an den Sehnen nicht, als sie sich aus Hokanus Griff befreite. Ihr Wutschrei schnitt durch die Menge wie der Klang eines gezogenen Metallschwertes, und ihre Hände hoben sich wie Klauen.

Jiro sprang zurück, ließ erschreckt das Puzzle fallen. Dann war

Mara bei ihm, krallte die Hände in seine Rüstung, um seinen Hals zu erreichen.

Jene Lords, die in der Nähe standen, schrien entsetzt auf, als die kleine Frau – unbewaffnet, schmutzig und naß, wie sie war – sich in purer Wut auf ihren ehemaligen Schwager stürzte.

Hokanu sprang mit der Schnelligkeit eines Kriegers hinzu, schnell genug, um Mara zurückzureißen, bevor Blut fließen konnte. Er schloß ihren sich wehrenden Körper beruhigend in seine Arme.

Doch der Schaden war nicht mehr gutzumachen.

Jiro starrte die Reihen der verblüfften Zuschauer an. »Ihr alle seid Zeugen!« schrie er voller Entrüstung, in der ein Unterton wilder Freude mitschwang. Jetzt hatte er die Rechtfertigung, auf die er immer gewartet hatte, um Lady Mara unter seinen Füßen zu zermalmen. »Die Acoma haben die Anasati beleidigt! Alle Anwesenden sollen hiermit erfahren, daß die Allianz zwischen unseren beiden Häusern beendet ist. Ich beanspruche mein Recht, diesen Schandfleck auf meiner Ehre auszulöschen – und ich fordere Blut als Bezahlung!«

Drei

Krieg

Hokanu handelte.

Während Mara außer sich vor Wut mit den Fäusten gegen die Brustplatte seiner Rüstung schlug, formten die Krieger ihrer Ehrengarde einen festen Ring, um den hysterischen Anfall ihrer Lady vor der Öffentlichkeit zu verbergen. Hokanu rief Saric und Incomo zu sich.

Ein Blick auf ihre verzweifelte Herrin genügte, um die beiden Berater davon zu überzeugen, daß der Kummer und die Nervenanspannung sie überwältigt hatten. Es war ihr nicht mehr möglich, einzelne Gesichter zu erkennen, und ganz offensichtlich war sie nicht in der Lage, sich öffentlich bei Lord Jiro zu entschuldigen. Es war sein Anblick gewesen, der diesen Zusammenbruch herbeigeführt hatte. Selbst wenn sie wieder zur Vernunft kommen sollte, bevor die Gäste abreisten, wäre es nicht weise, auf eine Zusammenkunft der betroffenen Parteien hinzuarbeiten, bei der sie um Vergebung bitten könnte. Denn dabei könnte noch etwas sehr viel Schlimmeres geschehen. Die beiden Berater – der eine alt und erfahren, der andere jung und talentiert – konnten außerdem klar erkennen, daß sich die Unruhe, für die ihr Fehltritt gesorgt hatte, immer mehr ausbreitete. Es war bereits zu spät, die Vergangenheit zu ändern.

Hokanu begriff, daß er Isashanis Warnung noch ernster hätte nehmen müssen. Doch er konnte es sich nicht leisten, lange mit seiner bedauerlichen Fehleinschätzung zu hadern, denn jetzt waren erst einmal schnelle Entscheidungen zu fällen. »Saric«, stieß er aus, »verkündet eine Bekanntmachung. Ihr sollt keine Lügen erzählen, doch Eure Worte müssen andeuten, daß unsere Lady krank geworden ist. Wir benötigen eine sofortige Strategie, um Jiros Vorwürfe, er wäre beleidigt worden, abzumildern, und wir müssen einen vernünftigen Grund finden, die Gäste los zu werden.«

Der dunkelhaarige Erste Berater verbeugte sich und eilte davon, während er bereits über den Wortlaut der offiziellen Verlautbarung nachdachte.

Ungefragt trat Kommandeur Lujan vor. Er kümmerte sich nicht um die Lords, die sich um den Ring seiner Krieger versammelt hatten, um einen Blick auf die erschöpfte Mara zu erhaschen, und wandte seinen Blick nicht von ihrer Schande. Statt dessen legte er Armschoner, Schwert und Gürtelmesser ab und beugte sich dann hinunter, um dabei zu helfen, Mara zu besänftigen, ohne ihr weh zu tun. Hokanu warf Lujan einen Blick tiefster Erleichterung zu und erteilte Incomo weitere Anweisungen. »Eilt zurück zum Haus. Versammelt Maras Zofen und findet einen Heiler, der ein Schlafmittel zusammenstellen kann. Dann kümmert Euch um die Gäste. Wir brauchen die Hilfe der Verbündeten, die uns noch geblieben sind, um einen Ausbruch bewaffneter Feindseligkeiten zu verhindern.«

»Lord Hoppara und die Streitkräfte der Xacatecas stehen hinter Euch«, verkündete eine rauhe weibliche Stimme. Die festen Reihen der Ehrengarde öffneten sich für die elegante, purpur-gelb gekleidete Lady Isashani, die die beinahe mystische Auswirkung ihrer Schönheit eingesetzt hatte, um sich einen Weg zwischen den Kriegern hindurchzubahnen. »Und ich kann Euch bei Mara helfen.«

Hokanu erkannte die ernste Sorge in ihren exotischen dunklen Augen und nickte. »Mögen die Götter Mitleid mit uns haben wegen meines mangelnden Verständnisses«, mumelte er in einer Art

Entschuldigung. »Euer Haus besitzt all unsere Dankbarkeit.« Dann überließ er seine Lady der Witwe und ihrer weiblichen Weisheit.

»Sie ist nicht wahnsinnig geworden«, antworte Lady Isashani, während sie ihre Hand beruhigend auf Maras Arm legte. »Schlaf und Ruhe werden sie wiederherstellen, und mit der Zeit wird ihr Kummer vergehen. Ihr müßt Geduld haben.« Dann wandte sie sich wieder den Notwendigkeiten der harten Politik zu: »Ich habe meinen beiden Beratern aufgetragen, die Omechan und Inrodaka abzufangen. Meine Ehrengarde unter Hoppara wird Mittel und Wege finden, die größten Unruhestifter zu beschwichtigen.«

Zwei Feinde weniger, um die sie sich sorgen mußten; Hokanu dankte ihr mit einem gehetzten Nicken. Mara war nicht nur von brutalen Feinden umgeben, die immer wieder auf ihren Sturz hinarbeiteten, sondern sie besaß auch zuverlässige Freunde. Sie wurde von vielen in diesem Volk geliebt. Es zerriß ihm das Herz, daß er nicht an ihrer Seite bleiben konnte, während sie in diesem fürchterlichen Zustand war. Er zwang sich, seinen Blick von der kleinen Gruppe abzuwenden, die sich formierte, um die verzweifelte Lady in den Schutz ihres Hauses zu bringen. Es wäre Wahnsinn, in einem solchen Augenblick der Stimme seines Herzens zu gehorchen. Er mußte sich wappnen, als würde er kurz vor einem lebensgefährlichen Kampf stehen. Es waren zahlreiche Feinde hier, die nur deshalb zu Ayakis Bestattung gekommen waren, um aus einer solchen Gelegenheit Vorteile zu ziehen. Maras Beleidigung gegen Jiro würde jetzt nicht mehr einfach vergeben werden. Blutvergießen würde die Folge sein – dieser Schluß war unabänderlich –, doch nur ein Narr würde einen Angriff hier, im Herzen von Maras Besitz, wagen, wo ihre Armee versammelt war, um Ayaki die Ehre zu erweisen. Waren sie jedoch erst einmal außerhalb der Grenzen des Acoma-Gebietes, würden Maras Feinde sofort damit beginnen, Unfrieden zu stiften.

Hokanu machte sich an den Versuch, einen unmittelbaren Krieg abzuwenden. Die Acoma waren ruiniert, wenn es ihm nicht gelang; nicht nur das – auch die Krieger der Shinzawai mochten in einen nutzlosen Konflikt hineingezogen werden. Alles, was in den letzten drei Jahren erreicht worden war, um die zentralisierte Herrschaft des Kaisers zu sichern, konnte auf einen Schlag verloren gehen.

Ein Rat mußte einberufen werden, um herauszufinden, was getan werden konnte, um weitergehendes Unheil zu verhindern. Jene Lords, die weder mit Mara noch mit Jiro verbündet waren, würden umworben und beschwatzt – oder möglicherweise auch bedroht – werden müssen, damit diejenigen, die sich ihr offen entgegenstellten, es sich zweimal überlegten, die Gute Dienerin herauszufordern.

»Lujan«, rief Hokanu über den wachsenden Tumult dem Kommandeur der Acoma zu, »bewaffnet die Garnison und ruft die ausgeglichensten Offiziere zuammen. Wie sehr sie auch provoziert werden, Eure Patrouillen müssen um jeden Preis den Frieden aufrechterhalten.«

Der hohe grüne Federbusch des Kommandeurshelms wippte zustimmend über das Chaos hinweg. Hokanu nahm sich einen Augenblick Zeit, den Göttern dafür zu danken, daß Mara ihre Leute wegen ihres Verstandes und Gespürs ausgesucht hatte. Nur wenn sie alle einen kühlen Kopf bewahrten, bestand Hoffnung, das Haus Acoma vor dem Untergang zu retten.

Bedrückt angesichts der Geschehnisse, wies Hokanu die Ehrengarde an, zurück zum Haus zu marschieren. Wäre Mara weniger sie selbst und mehr die fügsame Frau, zu der sich so viele andere im Kaiserreich als Folge ihrer traditionellen Erziehung entwickelten, wäre sie niemals stark genug gewesen, der höchst offiziellen Bestattung ihres von einem Attentäter getöteten Sohnes beizuwohnen. Als Herrscherin jedoch – und noch dazu als

Gute Dienerin des Kaiserreichs – stand sie zu sehr im Mittelpunkt des öffentlichen Interesses, und so wurde ihr das Verständnis für menschliche Zerbrechlichkeit vorenthalten, das jeder Mutter von geringerem Stand entgegengebracht worden wäre.

Eine Stunde später lag Mara auf der Matratze, benommen von einem Mittel, das der Priester Hantukamas angeordnet hatte, der wie durch Magie erschienen war, um seine Fähigkeiten anzubieten. Isashani hatte den Haushalt gut im Griff, und der kleine Hadonra Jican bemühte sich wie drei Männer auf einmal, die wilden Gerüchte unter den Bediensteten zu zerstreuen.

Hokanu mußte ganz allein Entscheidungen fällen, die das Haus Acoma betrafen. Er lauschte den Berichten der Acoma-Treuen. Er machte sich Notizen, die Mara durchsehen sollte, wenn sie wieder dazu in der Lage war. Er merkte sich, welche Gäste auf ihrer Seite standen und welche deutlich gegen sie waren. Die meisten besaßen genug Würde und verhielten sich still, oder sie waren zu geschockt, um sich eine feindliche Reaktion auszudenken. Alle hatten damit gerechnet, den Tag in stiller Besinnlichkeit zu verbringen und dann von der Guten Dienerin zu einem offiziellen Abendessen eingeladen zu werden. Statt dessen begannen sie bereits nach Hause zurückzukehren, entsetzt über die unverzeihliche Handlung einer Frau, die das höchste Amt im Kaiserreich innehatte und gleich nach dem Kaiser selbst kam. Mehr als ein Abgesandter der großen Häuser war vorbeigekommen – angeblich, um seine Aufwartung zu machen –, doch außer gegenüber dem Lord der Keda hatte Hokanu nur leere Dankesworte an Männer verteilt, die gierig nach jedem Hinweis suchten, daß das Haus Acoma geschwächt war. Lord Hoppara und die Lords des Clans Hadama leisteten gute Arbeit, indem sie sich unter die Menge der abreisenden Gäste mischten und den Schaden, den Mara mit ihrer Tat angerichtet hatte, milderten, wo und wie sie nur konnten. Viele von denen, die zunächst nur allzu bereit gewesen waren, sich über den Bruch des Protokolls zu entrüsten, neigten nun eher dazu, über den Ausbruch einer trauernden Mutter hinwegzusehen, nachdem einer der Lords der Hadama oder Lord Hoppara mit ihnen gesprochen hatte.

Ein anderer Edler, der vergeblich versuchte, in die inneren Gemächer zu gelangen, war der Lord der Anasati. Jiro hatte steif darauf beharrt, daß die Beleidigung seiner Person nicht wieder gutzumachen war. Ein Haufen Speichellecker hatte an seinen Fersen gehangen, als er vor Maras Tür abgewiesen wurde; sie hatten etwas gefunden, das sie zusammenschweißte. Selbst für jene, die Mara zu ihren Freunden zählte, war es alles andere als leicht, einen solch persönlichen Angriff zu übersehen; für einen Feind war es völlig unmöglich. In der tsuranischen Kultur war auch Vergebung eine Schwäche, kaum weniger beschämend als eine Kapitulation. Innerhalb weniger Sekunden hatte die Lady aus politischen Gegnern die Verbündeten ihrer Todfeinde gemacht.

Jiro hatte nicht um eine öffentliche Entschuldigung gebeten; tatsächlich hatte er sich mit Lords umgeben, die ihrer Verstimmung über Ichindars reformierte Herrschaft lautstark Ausdruck verliehen. Saric und Incomo teilten die Auffassung, daß der Lord der Anasati bewußt jeden besänftigenden Versuch einer Annäherung ablehnte und statt dessen die Schuld für den Skandal direkt auf die Acoma schob. Jiros laute Klagen erreichten alle, die sich in Hörweite aufhielten: daß er zur Beerdigung seines Neffen gekommen war, was von allen Anwesenden als traditioneller Waffenstillstand verstanden wurde, und daß er durch die Hand seiner Gastgeberin einen körperlichen Angriff erlitten hatte, eine Demütigung und öffentliche Anklage erdulden mußte. Wenn auch jeder andere Herrscher die Ursache von Maras irrationalem Verhalten nachvollziehen konnte oder verstand, so konnte doch keiner leugnen, daß es zu einer tödlichen Beleidigung gekommen war, ohne daß Sühne dafür geleistet wurde. Jeder Versuch, durch den Hinweis auf Maras gegenwärtigen Zustand und ihre daher rührende Unfähigkeit zu einer Entschuldigung von der Anklage abzulenken, wurde von den Anasati ignoriert.

In der Halle der Acoma war es stickig, da die Läden zum Schutz vor neugierigen Blicken geschlossen worden waren und die Türen von den narbenübersäten Veteranen vergangener Kriege bewacht wurden. Diese Männer trugen keine leuchtend glänzenden Zeremonienrüstungen, sondern ihre in früheren Auseinandersetzungen wohlerprobte Feldausrüstung. Hokanu saß auf einem niedrigeren, weniger formellen Podest, das in Maras Abwesenheit verlassen war, und bat ruhig um Meinungen zu den Ereignissen des Tages.

Daß die treuesten Offiziere der Acoma, die Mitglieder von Maras engstem Kreis, sich entschieden hatten, der Aufforderung eines Ehemannes Folge zu leisten, der nicht der Lord des Hauses war, dem sie ihren Eid geschworen hatten, zeugte von ihrer hohen Einschätzung seiner Urteilskraft. Wenn es auch nicht in seiner Macht stand, über die Ehre dieser Männer zu befehlen, so belohnten sie ihn doch mit dem absoluten Vertrauen, daß er im Sinne ihrer Herrin die nötigen Entscheidungen treffen würde. Die Hingabe, mit der sie ihm begegneten, berührte ihn – doch er war auch verstört, denn es zeigte, wie gut sie verstanden, in welch großer Gefahr Mara sich befand. Hokanu betete, daß er die Aufgabe erfüllen konnte.

Er hörte in ernstem Schweigen zu, als der Zweite Kommandeur Irrilandi und Kriegsberater Keyoke die Stärke der Garnison darstellten, während Kommandeur Lujan zur gleichen Zeit die Streitkräfte der Acoma auf den Krieg vorbereitete. Wie zur Betonung klopfte der alte Keyoke mit der Krücke gegen seinen Beinstumpf. »Selbst wenn Jiro glauben würde, daß er eine Niederlage erleiden könnte, hätte er keine andere Wahl: Die Ehre erwartet von ihm, daß er die öffentliche Beleidigung mit Blutvergießen beantwortet. Ich bezweifle, daß er sich mit einem Zweikampf der besten Krieger begnügen wird. Schlimmer noch, wenn Maras anklagende Worte von irgendwelchen anderen Gästen außer den in der Nähe stehenden gehört worden sind, könnte ihre Unterstellung, Jiro habe die Hamoi Tong zum Mord an Ayaki angeheuert, als Beleidigung des Clans Ionani verstanden werden – und das wiederum kann nur zu einer Anrufung des Clans führen.«

Auf diese Aussage folgte zunächst absolute Stille; die Schritte der hin und her eilenden Bediensteten hallten durch die Halle. Einige der hier Versammelten wandten sich um und lauschten auf die Rufe von Offizieren, die die Familien ihrer Herrscher zu ihren Sänften brachten, um rasch abreisen zu können; einige wenige schauten sich an und spürten die gemeinsame Erkenntnis: Ein Krieg zwischen den Clans würde das Kaiserreich in Stücke reißen.

Angesichts solch grimmiger Gedanken meldete sich Saric zu Wort. »Aber wer könnte eine solche Anklage ernst nehmen? Kein Tong wagt es, seine Auftraggeber zu enthüllen, und der Beweis, den wir als Verbindung zu den Anasati fanden, ist in Anbetracht der geheimen Praktiken der Hamoi-Bruderschaft wenig überzeugend. Ich neige eher dazu, das Ganze als bewußte Irreführung zu betrachten.«

Incomo nickte, während er mahnend einen Finger hob. »Der Beweis, daß Jiro bei Ayakis Tod seine Hand im Spiel hatte, paßt einfach *zu gut.* Kein Tong überlebt und gewinnt wohlhabende Klienten, wenn er sich so dumm anstellt. Und die Hamoi sind die mächtigsten unter den Tong, weil ihre Geheimnisse niemals enthüllt werden konnten.« Er studierte die Gesichter der anderen am Tisch. »Nach *fünf* Attentatsversuchen auf Mara sollen sie plötzlich einem ihrer Männer gestatten, sich mit dem Beweis der

Beteiligung der Anasati schnappen zu lassen? Unwahrscheinlich. Ganz sicher fragwürdig. Kaum überzeugend.«

Hokanus Augen blitzten wie die stählernen Schwerter der Barbaren, als er die Berater ansah. »Wir brauchen Arakasi.« Der Supai der Acoma besaß viele Talente, und seine Fähigkeit, die verschlungenen Pfade der Politik zu durchleuchten und die Ambitionen der unzähligen Oberhäupter zu erkennen, war manchmal geradezu unheimlich. »Wir brauchen ihn, um dem Beweis nachzugehen, der für Jiros Schuld spricht, denn der wahre Mörder des Jungen verbirgt sich dahinter.« Hokanu seufzte. »In der Zwischenzeit führen uns unsere Spekulationen nirgendwohin. Da Tasaio von den Minwanabi tot ist – wer könnte es wagen, einen Mordanschlag auf die Gute Dienerin zu inszenieren?«

Saric kratzte sich im düsteren Licht am Kinn. Nicht ohne Mitgefühl sagte er: »Herr, Ihr seid geblendet von der Liebe für Eure Frau. Für das gewöhnliche Volk mag sie eine Art Talisman sein, doch ihre herausgehobene Position zieht Eifersucht bei anderen nach sich. Viele würden die Gute Dienerin nur zu gerne auf dem Weg zu Turakamus Hallen sehen, einfach weil sie mit der Tradition gebrochen und einen Rang eingenommen hat, den keiner der früheren Kriegsherrn jemals erreichte. Außerdem bemerkten viele, daß das Ansehen ihres Hauses sinkt, daß ihre Ziele eingeschränkt werden, weil Mara von Ichindar begünstigt wird. Sie würden versuchen, unsere Lady in Unehre zu stürzen … wenn sie es wagten.«

Hokanu sah ungeduldig aus. »Also, wer würde es wagen?«

»Das kann – wenn überhaupt – nur Arakasi wissen.« Mit einem Blick auf Incomo stellte Saric feinfühlig die Frage, die ihn bereits einige Zeit beschäftigte. »Gibt es irgendeinen Grund zu glauben, daß dein früherer Herr sich aus dem Land der Toten melden und auf diese Weise rächen könnte?«

Während Keyokes Augen angesichts dieser Möglichkeit hart

wurden, räusperte sich der ehemalige Erste Berater des Lords der Minwanabi und jetzige Zweite Berater der Lady der Acoma. Er zuckte nicht mit der Wimper, obwohl in der Frage auch so etwas wie Mißtrauen mitgeschwungen haben könnte. »Wenn es so ist, weiß ich nichts von diesem Anschlag. Doch Tasaio war ein verschlossener Mann – und überaus gefährlich. Er hat häufig Pläne ausgearbeitet, ohne daß ich von ihnen Kenntnis hatte. Ich wurde oft weggeschickt, wo die meisten Lords meine Anwesenheit befohlen hätten. Der Obajan der Hamoi Tong wurde gesehen, wie er Tasaio einen persönlichen Besuch abstattete. Mein Eindruck war damals, daß es um unbeantwortete Fragen hinsichtlich des Mordes an den Acoma-Spionen im Haushalt der Minwanabi ging.« Incomos schmales Gesicht zeigte unverhüllten Abscheu, als er fortfuhr: »Drohungen wurden ausgetauscht und ein Handel geschlossen. Doch kein lebender Mensch hörte die Worte, die zwischen dem Obajan und Tasaio gewechselt wurden. Ich kann nur berichten, daß ich niemals erlebt habe, daß der Lord der Minwanabi sich so sehr in seine Pläne verrannt hätte, daß er sich in einem Wutanfall vergessen hätte. Tasaio war ein Mann mit vielen Eigenschaften, doch er hatte sich fast immer unter Kontrolle.«

Was Saric zu weiteren Spekulationen veranlaßte: »Wenn der ehemalige Erste Berater der Minwanabi nicht sicher sagen kann, daß Tasaio Vergeltung für den Fall seines Sturzes angeordnet hat, möchte ich anmerken, daß wir die Zeit mit Rätselraten verschwenden. Um genauer zu sein, Tasaio war kein Mann, der auch nur für einen Augenblick eine Niederlage in Betracht zog – als Taktiker war er unübertroffen. Da er zusätzlich bis zum Ende fest von der Möglichkeit überzeugt war, die Lady in einem offenen Krieg zu vernichten – wieso sollten wir dann annehmen, daß er den Weg eines Feiglings einschlug und ein Preisgeld auf Maras Kopf aussetzte, wenn er der Wahrscheinlichkeit, daß sie überleben würde, keinerlei Glauben schenkte? Wir sollten lieber die

Reihen von Jiros Feinden näher untersuchen. Mara ist eine der wenigen Herrscherinnen im Kaiserreich, die stark genug ist, es mit ihm aufzunehmen, ohne daß es zu einem Patt kommt; und da sie zudem die Unterstützung des Kaisers hat, wird ein Konflikt zwischen den Acoma und den Anasati höchstwahrscheinlich zu Rückschlägen für Lord Jiro führen.«

»Und doch scheint der Lord der Anasati sich geradezu begierig auf das zu stürzen, was das Schicksal und unser Unglück ihm in die Hände spielten«, unterbrach Hokanu. »Er schreckt nicht vor einem Konflikt zurück. Das hilft nicht, ihn vom Verdacht der Schuld am Tode Ayakis reinzuwaschen. Bis meine Frau in der Lage sein wird, werde ich diese Entscheidung treffen: Befehlt der Garnison, sich abmarschbereit zu halten. Es wird Krieg geben, und wir dürfen nicht unvorbereitet sein.«

Keyoke neigte stumm den Kopf. Er würde die in einer solchen Situation üblichen formellen Worte nicht aussprechen, da er dies nur gegenüber seiner Lady tun konnte. Doch seine Einwilligung bewies seine unerschütterliche Unterstützung. Saric, der jünger und weniger an alte Traditionen gebunden war, beugte den Kopf in einer Geste, die sehr an jene erinnerte, die ein Berater seinem Lord entgegenbrachte. »Ich werde den Anasati offiziell den Krieg erklären. Wenn Jiro genauso reagiert, werden wir marschieren.«

Keyoke blickte Irrilandi an, der mit einem Nicken sein Einverständnis zu dem gab, was sich bald ereignen würde. Bei den Tsurani fand Blutvergießen meist in aller Heimlichkeit statt, mit Hinterhalten und Überfällen und ohne daß irgend jemand öffentlich zugab, für diese Dinge verantwortlich zu sein. Doch ein offizieller Krieg zwischen zwei Häusern war eine althergebrachte, zeremonielle Angelegenheit. Zwei Armeen würden sich zu einem von beiden Seiten vereinbarten Zeitpunkt auf einem Feld treffen, und nur eine würde es siegreich wieder verlassen. Es würde keine Gnade geben, außer in seltenen Ausnahmen, und auch die waren formell geregelt. Die Geschichte erzählte von Kämpfen, die tagelang tobten; es war nicht ungewöhnlich, daß im Verlauf einer solchen Auseinandersetzung beide Häuser zerstört wurden.

Dann ging Hokanu noch einen Schritt weiter: »Ich schlage vor, daß wir den Clan Hadama informieren.«

Saric wölbte die Brauen; er war tief betroffen, doch auch fasziniert von den Feinheiten, die mit diesem Vorschlag verbunden waren. »Ihr provoziert die Anasati, den Clan anzurufen?«

Hokanu seufzte. »Ich habe so ein Gefühl, daß –«

Überraschend schaltete sich Keyoke ein, um Hokanus Ahnung zu unterstützen. »Jiro ist kein Krieger. Er hat Omelo als Kommandeur, und obwohl der im Feld ein durchaus fähiger General ist, hat er sich in großen Auseinandersetzungen bisher nicht besonders ausgezeichnet. Den Clan anzurufen ist die beste Chance, die Jiro hat, um sein Haus und seine Streitmacht intakt zu halten. Wir werden nichts provozieren, was nicht schon eine vorherbestimmte Schlußfolgerung ist.«

»Mehr noch«, fügte Incomo hinzu, »Lord Jiro ist im Grunde seines Herzens ein Gelehrter. Er verachtet bewaffnete Konflikte als derb und gewöhnlich. Er sehnt sich nach einem Grund, Mara den Krieg zu erklären, und nährt einen Haß auf sie, dessen Wurzeln weit in seine Jugend zurückreichen. Doch er bevorzugt verborgene Angriffe und Schläue. Er ist ein Meister im Shah. Erinnert euch daran. Er wird uns durch List und Tücke zu vernichten suchen, nicht durch rohe Gewalt. Wenn wir den Clan zuerst anrufen, besteht die Möglichkeit, daß der Clan Ionani nicht zuläßt, sich von den Interessen der Anasati in den Untergang reißen zu lassen. Im offenen Kampf sind wir Jiro mehr als nur gewachsen. Wenn seine Clan-Mitglieder sich hinter ihn und seine Besessenheit stellen, indem sie die Beleidigung seiner Ehre zu ihrer eigenen Sache machen und den Konflikt dadurch ausweiten, wird der Clan Hadama antworten.«

Hokanu wägte dies ohne viel Hoffnung oder Begeisterung ab. Ob der Clan Ionani sich gegen sie stellte oder nicht – es war Lord Jiro gelungen, sich an die Spitze anderer Gruppen zu stellen, die Maras Stärke aus eigenen Gründen mindern wollten. Daß er nicht der einzige war, der hinter dem persönlichen Streit eine tiefere und dauerhaftere Uneinigkeit sah, hatte die Anzahl der Herrscher deutlich gemacht, die zu Ayakis Bestattung gekommen waren. Der Hohe Rat mochte beseitigt worden sein, doch seine Tradition der Streitigkeiten wurde im geheimen aufs heftigste fortgeführt, wann immer sich den Herrschern eine Entschuldigung bot, sich zu versammeln. Und daß die Schwarzen Roben eine fünfköpfige Abordnung zum Ritual gesandt hatten, bewies nicht zuletzt, daß ihre Neigung, sich in die Arena der Intrigen einzumischen, auch mit Ichindars Aufstieg zur Macht noch nicht beendet war.

Schließlich meinte Hokanu: »Wir mögen stark genug sein und genug Verbündete haben, um die Anasati zu vernichten, doch um welchen Preis? Wir können nur hoffen, daß ein kurzer, blutiger Zusammenprall auf dem Schlachtfeld genügend Schaden anrichtet und die Traditionalisten spaltet, bevor sie sich verbünden und zu einer vereinigten politischen Partei werden können.«

»Mylord Hokanu«, warf Saric ein, als er den Ausdruck nackter Besorgnis auf dem Gesicht von Maras Ehemann bemerkte, »der Weg, den Ihr gewählt habt, ist der beste, der uns zur Verfügung steht. Seid versichert, daß unsere Lady es nicht besser machen könnte, wäre sie in der Lage, an unserer Beratung teilzunehmen. Und jetzt geht, kümmert Euch um sie, denn sie braucht Euch an ihrer Seite. Ich werde die Schreiber beauftragen, Dokumente vorzubereiten und Boten bereitzustellen, die sie zu Lord Jiros Gütern bringen sollen.«

Spürbar erleichtert angesichts dieser uneingeschränkten Unterstützung, doch immer noch mit gehetztem Blick, verließ Hokanu die Halle. Er ging mit dem Schritt eines Kriegers, zielstrebig und schnell; die Hände waren die eines besorgten Ehemannes, hilflos zu Fäusten geballt.

Saric blieb zurück, als auch die anderen Offiziere die Halle verließen. Er blieb allein in den stillen Schatten, klatschte mit der Faust in eine Hand, die ohne Schwielen war, seit er von den Kriegern wegbefördert worden war. Er sehnte sich nach den Freunden, die er in den Baracken zurückgelassen hatte, und nach der Frau, die ihn in ihren Dienst gerufen und voll und ganz seine Unterstützung gewonnen hatte. Wenn die Acoma schnell genug handelten, um diesen Konflikt zu beenden, würden die Götter ein Wunder vollbracht haben. Es gab zu viele verstimmte Lords, die einfach nicht mehr genug zu tun hatten, seit der Hohe Rat entlassen worden war. Der Friede ließ ihnen zuviel Zeit für Zwistigkeiten. Die alten politischen Parteien waren zerbrochen, die Gründe für ihre Existenz durch Ichindars neue Herrschaft zunichte gemacht worden.

Das Kaiserreich war zwar ruhig, doch weit davon entfernt, innerlich gefestigt zu sein; das Klima der Unruhe hatte drei Jahre lang verdrängt werden können – jetzt war die Zeit reif für einen erneuten Bürgerkrieg.

Obwohl Saric bewunderte, wie brillant seine Lady die einzige Gesellschaft, die er kannte, geändert hatte, bedauerte er gleichzeitig, daß dabei das Amt des Kriegsherrn abgeschafft und die Macht des Hohen Rates beschnitten worden war. Früher konnten Ereignisse zumindest durch die Formen des Großen Spiels als übereinstimmend mit jahrhundertealten Vorläufern interpretiert werden. Jetzt wurden die Regeln unter Zwang geändert, während die Häuser des Kaiserreichs immer noch den alten Traditionen anhingen.

Die Spekulationen wurden zu unsicher, entschied Saric mit einer Grimasse, die Abscheu spiegelte. Er verließ die leere Halle und ging zu den Gemächern, die er für sich ausgewählt hatte, als Mara den früheren Besitz der Minwanabi in Besitz genommen hatte. Während er zu seinen Räumen schritt, sandte er Maras Läufer aus, ihm einen Schreiber zu besorgen. Als der Mann mit seiner Tasche voller Tusche und Federn ankam, waren die Anweisungen des Ersten Beraters der Acoma kurz und knapp: »Bereitet eine Notiz für unsere Makler und Agenten vor. Wenn Arakasi seinen Aufenthaltsort irgendwo in diesem Land bekanntmacht, informiert ihn, daß er sofort nach Hause zurückkehren soll.« Der Schreiber setzte sich ohne Kommentar auf den Boden, doch er sah beunruhigt aus, als er einen Klapptisch aus Holz über seine Knie stellte. Schnell setzte er die Feder an und begann mit dem ersten Dokument.

»Fügt dies hinzu, und benutzt die Nummer Sieben Null«, schloß Saric, während er unruhig auf und ab ging. »Unsere Lady ist in tödlicher Gefahr.«

Der Gong ertönte, und ein Schwall aufgewirbelter Luft bauschte die seidenen Behänge an den Wänden der großen Versammlungshalle in der Stadt der Magier. Die flackernden Flammen der Öllampen warfen zitternde Schatten, als ein Magier auf dem Muster in der Mitte des Bodens erschien. Er trat rasch heraus. Ihm dicht auf den Fersen waren zwei Kollegen. Andere folgten, bis eine Menge aus schwarzgewandeten Gestalten die ringsum an den Wänden aufgestellten Bänke bevölkerte. Die riesigen Türen knirschten in ihren ledernen Angeln, als sie sich weit öffneten, um diejenigen einzulassen, die kein solch obskures Mittel gewählt hatten, um an diesem Treffen teilzunehmen.

Die Halle der Versammlung füllte sich schnell und still.

Die Delegierten strömten aus allen Teilen der Stadt der Magier zusammen, einem Komplex aus Gebäuden und überdachten Terrassen, Türmen und Galerien, die der ganzen Insel etwas Labyrinthähnliches verliehen. Die Stadt lag inmitten eines großen Sees in den Ausläufern des Hohen Walls, des Gebirges im Norden des Kaiserreiches, und war nur mit magischen Mitteln zu erreichen. Schwarze Roben aus den entferntesten Provinzen reagierten an diesem Morgen auf den Ruf der Versammlung und teleportierten hierher. In genügend großer Anzahl versammelt, um ein Quorum bilden zu können, stellten die Magier die mächtigste Körperschaft in ganz Tsuranuanni dar, denn sie standen außerhalb des Gesetzes. Niemand, nicht einmal der Kaiser, wagte ihrem Befehl zu widersprechen, der seit Jahrtausenden absolute Autorität besaß.

Innerhalb weniger Minuten waren die Bänke voll besetzt. Hodiku, ein dürrer, hakennasiger Mann mittleren Alters, der es vorzog, die meiste Zeit mit Studien in der Heiligen Stadt zu verbringen, nahm in der Mitte der gemusterten Steinfliesen seinen Platz als Erster Sprecher ein. Seine Stimme füllte die gewölbte Halle scheinbar mühelos. »Wir sind heute zusammengerufen worden, damit ich zum Wohl des Kaiserreiches sprechen kann.« Die übliche Eröffnung wurde schweigend aufgenommen, denn alle Angelegenheiten, die die Einberufung der Versammlung der Erhabenen erforderten, hatten mit dem Zustand des Kaiserreiches zu tun. »Heute morgen wurde das rote Siegel zum inneren Heiligtum des Tempels von Jastur zerbrochen!«

Diese Verlautbarung verursachte leichte Unruhe, denn nur wenn eine offizielle Kriegserklärung zwischen zwei Häusern oder Clans stattgefunden hatte, wurden die Rundbogentüren, die zu den inneren Räumen des Tempels des Kriegsgottes führten, dem öffentlichen Zutritt freigegeben. Hodiku hob die Arme, um die Ruhe wieder herzustellen. »Mara von den Acoma hat als Herrscherin ihres Hauses und Clanlady des Clans Hadama Lord Jiro von den Anasati den Krieg erklärt!«

Überall in der Halle waren erstaunte Ausrufe zu hören. Eine

Gruppe von jüngeren Magiern war auf dem laufenden, was die gegenwärtigen Ereignisse betraf, doch sie waren nicht in der Mehrheit. Diese neu eingeschworenen Schwarzen Roben waren der Versammlung während der Unruhen beigetreten, die der *Alte Feind* verursacht hatte, als er sowohl Kelewan, ihre eigene Welt, als auch Midkemia auf der anderen Seite des Spalts bedroht hatte. Die gewaltige Bedrohung der beiden Zivilisationen hatte die Magier gezwungen, Kaiser Ichindar zur absoluten Herrschaft über die Völker von Tsuranuanni zu verhelfen, um zu verhindern, daß das Land in Zeiten einer größeren Krise auch noch durch interne Streitereien geschwächt wurde. Die erst vor kurzem hinzugekommenen Magier mochten davon angetan sein, ihre Kräfte zur Beeinflussung der Ereignisse einzusetzen. Doch die Älteren in der Versammlung, die sich ihrem individuellen Weg und den Studien verschrieben hatten, betrachteten jede Einmischung in die tsuranische Politik als schlechten Stil; eine lästige Pflicht, die nur in Zeiten größter Not in Betracht gezogen wurde.

Eine noch kleinere Gruppe unter Hochopepa und Shimone, den ehemaligen Freunden des barbarischen Magiers Milamber, interessierte sich aus weitergehenden Gründen für die in letzter Zeit zu beobachtende Abkehr von der traditionellen Form der Herrschaft. Die Auseinandersetzung mit midkemischem Gedankengut hatte sie veranlaßt, die Angelegenheiten Tsuranuannis in einem anderen Licht zu sehen, und da Lady Mara derzeit bei der Unterstützung Ichindars eine zentrale Rolle spielte, war die Nachricht von diesem Krieg von besonderer Bedeutung.

Hochopepa, seit langem vertraut mit jeder Art von tsuranischer Politik, führte seine pummelige Hand zum Gesicht und schloß nachdenklich die dunklen Augen. »Wie du vorhergesagt hast«, murmelte er dem gertenschlanken, asketischen Shimone zu. »Unruhe, wenn das Kaiserreich es sich am wenigsten leisten kann.«

Shimone, schweigsam wie immer, antwortete nicht, sondern beobachtete mit scharfem Blick, wie einige der impulsiveren Magier aufstanden und damit ihren Wunsch zu sprechen anmeldeten. Hodiku deutete auf einen jungen Erhabenen namens Sevean. Der Auserwählte trat in die Mitte, während die anderen sich wieder hinsetzten.

Sevean hatte vor kaum mehr als einem Jahr die Beherrschung der Magie gemeistert; er war flink, redegewandt und neigte zur Spontaneität. Er würde gleich unverblümt seine Schlußfolgerungen preisgeben, während die erfahreneren Magier erst die Meinungen der weniger bewanderten Mitglieder anhörten, bevor sie ihre eigenen Ansichten offenbarten. Seine Stimme war angesichts der hervorragenden Akustik der Halle mindestens um die Hälfte zu laut. »Es herrscht die weitverbreitete Überzeugung, daß Jiro beim Tod des Sohnes der Guten Dienerin seine Hand im Spiel hatte.«

Das war nichts Neues; Shimone zog in einer dezenten Andeutung von Abscheu die Mundwinkel herunter, während Hochopepa – gerade laut genug, daß es die Hälfte der Anwesenden hören konnte – murmelte: »Was denn, hat er wieder in Isashanis Wohnzimmer gelauscht und Klatsch und Tratsch gesammelt?«

Shimone antwortete nicht darauf; wie viele der älteren Magier betrachtete er es als die niederste Stufe derben Verhaltens, wenn magische Fähigkeiten dazu benutzt wurden, in den Angelegenheiten der Edlen herumzuspionieren. Sevean fühlte sich durch Hochopepas Bemerkung und die harten Blicke von einigen anderen älteren Magiern beschämt. Ihm fehlten plötzlich die Worte, und er kürzte seine Rede ab, indem er wiederholte: »Es herrscht die weitverbreitete Überzeugung.«

Noch mehr Magier wetteiferten um die Aufmerksamkeit des Ersten Sprechers. Hodiku wählte einen aus, und während ein langsam sprechender, massig gebauter Novize seine irrelevanten

Ansichten herunterleierte, unterhielten sich die erfahreneren Magier leise untereinander, seine Rede bis auf das Wesentliche ignorierend.

Ein Magier namens Teloro, der zwei Sitze hinter Hochopepa und Shimone saß, neigte seinen Kopf zu den beiden hinab. »Um was geht es wirklich, Hocho?«

Der plumpe Magier seufzte und hörte mit dem Daumendrehen auf. »Das Schicksal des Kaiserreiches, Teloro. Das Schicksal des Kaiserreiches.«

Teloro wollte sich schon entrüsten über diese unbestimmte Aussage. Dann überprüfte er seinen ersten Eindruck: Die feste Haltung des untersetzten Magiers mochte keine Sorge verraten, doch in seiner Stimme klang tiefe Überzeugung.

Sowohl Shimone als auch sein beherzter Kamerad schienen sich auf eine Diskussion auf der gegenüberliegenden Seite der Halle zu konzentrieren, wo einige Magier eine private Beratung begonnen hatten. Als der gegenwärtige Sprecher sich setzte und ein Mann aus dieser flüsternden Gruppe aufstand, hörte Teloro, wie Hochopepa murmelte: »Jetzt werden wir endlich sehen, wie diese Runde des Spiels gespielt wird.«

Hodiku winkte den schlanken Mann herbei. Er hatte die braunen Haare über den Ohren in der Weise geschnitten, die von den Tsurani Kriegerschnitt genannt wurde; eine merkwürdige Affektiertheit für einen Schwarzgewandeten, doch Motecha war in jeder Hinsicht ein merkwürdiger Magier. Er war ein Freund der beiden Brüder gewesen, die aktiv den alten Kriegsherrn unterstützt hatten, doch als Elgoran gestorben und Elgohar fortgegangen war, um auf Midkemia zu dienen, hatte Motecha alles getan, um den Eindruck von Distanz zwischen sich und den beiden Brüdern zu bewahren.

Die Aufmerksamkeit von Shimone und Hochopepa verstärkte sich, als Motecha zu sprechen begann. »Haben Lady Maras Ambitionen niemals ein Ende? Sie hat einen Krieg der Clans heraufbeschworen – wegen einer persönlichen Beleidigung, die *sie* als Lady der Acoma einem Gast zugefügt hat.«

Hochopepa nickte wie zur Bestätigung einer Vorahnung. »Also hat Motecha sich mit den Anasati verbündet. Merkwürdig. Er ist kein origineller Denker. Ich möchte wissen, wer ihn darauf gebracht hat.«

Shimone hob abwehrend die Hand. »Lenk mich jetzt nicht mit deinem Geschwätz ab. Ich möchte das hören.«

Motecha machte eine Bewegung mit der beringten Hand, als würde er seine Kollegen zum Einspruch auffordern. Doch er war nicht so großherzig, wie seine Geste vermuten ließ, denn er fuhr schnell fort, um jede Unterbrechung zu vermeiden. »Offensichtlich nicht. Die Gute Dienerin war nicht zufrieden damit, sich über die Traditionen hinwegzusetzen, indem sie sich die Streitkräfte ihres früheren Feindes aneignete –«

»Was wir als brillanten Zug anerkannten«, warf Hochopepa ein, gerade laut genug, damit der Sprecher ins Stocken geriet. Teloro und Shimone unterdrückten ihre Erheiterung. Der unerschrockene Magier war ein Meister darin, Kollegen zu beschämen, wenn er es für nötig hielt, ihrer Aufgeblasenheit ein paar Kratzer zu verpassen. Als Motecha bereit schien, von seinen vorbereiteten Bemerkungen Abstand zu nehmen, fügte Hochopepa hinzu: »Aber bitte, ich wollte nicht unterbrechen; fahrt bitte fort.«

Motecha war trotzdem aus dem Tritt gekommen. Er versuchte etwas lahm, ein Zögern zu überwinden. »Sie wird die Anasati vernichten –«

Fumita stand auf; er repräsentierte die erfahreneren Mitglieder der Versammlung. Auf Hodikus zustimmendes Nicken sagte er: »Vergebt mir die Unterbrechung, Motecha, doch eine Niederlage der Anasati steht weder fest, noch ist sie wahrscheinlich. Geht man von den Schätzungen der Streitkräfte aus, die den beiden Seiten zur Verfügung stehen, ist es so gut wie sicher, daß Jiro als Antwort ebenfalls den Clan anrufen wird. Allein sind die Truppen der Anasati keine Gegner für die Acoma, und Lady Mara hat kühn gesprochen, als sie den Clan Hadama anrief. Das hat ihr bereits politischen Schaden zugefügt. Sie wird mächtige Verbündete verlieren – tatsächlich werden zwei durch Blutsverbindungen gezwungen sein, sich auf Jiros Seite zu stellen –, doch wenn die Acoma auch über ehrfurchtgebietenden Wohlstand und Macht verfügen, so sind die beiden Clans praktisch gleich stark.«

Hochopepa grinste freimütig, denn Motechas dürftig verschleierter Versuch, die Versammlung auf die Seite der Anasati zu ziehen, war gescheitert. Statt sich wieder zu setzen, fuhr Fumita fort: »Es gibt eine andere Angelegenheit, die hier besprochen werden sollte.«

Motecha hob arrogant sein Kinn und gab angewidert das Muster des Sprechers frei. Da kein anderer Erhabener Anspruch darauf erhob zu sprechen, gab Hodiku Fumita mit einem leichten Wink die Erlaubnis fortzufahren. »Die Angelegenheiten der Ehre gelten als unverletzbar, doch wir müssen eines bedenken: Wird dieser Zusammenprall der Clans die innere Struktur des Kaiserreiches so schwächen, daß seine Stabilität in Gefahr gerät?«

Gemurmel erhob sich unter den Anwesenden, doch niemand trat vor, um zu dem Thema etwas zu sagen. Der Clan Ionani und der Clan Hadama waren große Gruppen, das stimmte, doch keiner besaß genügend Anhänger, um die Ordnung für immer zu zerstören. Hochopepa wußte, daß Fumita, sein Verbündeter, Zeit schinden wollte; die wirkliche Sorge hinter dieser Taktik umfaßte mehr als die Wiederherstellung der Ehre eines Hauses wegen einer Beleidigung. Die schlimmste Befürchtung hatte sich bereits zur Hälfte bewahrheitet: Der Konflikt zwischen den Anasati und den Acoma würde eine Bündelung der Gruppen bewirken, die

Ichindar entgegenstanden. Unorganisierte Abweichler hatten sich bereits auf Jiros Seite geschlagen und eine traditionalistische Partei gegründet, die zu einer ernstzunehmenden Opposition gegen die neue Ordnung werden konnte. Noch waren sie nicht erzürnt genug, um an dem Blutvergießen teilzunehmen; doch es konnte kein Zweifel daran bestehen, daß sie bei einer Abstimmung in diesem Augenblick Lord Jiro zum Kriegsherrn wählen würden, gäbe es noch einen Hohen Rat mit genügend Handlungsbefugnis. Es gab Magier, die Ichindars Aufstieg zur Macht als gottlosen Notbehelf betrachteten und wollten, daß das Gleichgewicht so wiederhergestellt werden solle, wie es vor der Zeit des Alten Feindes gewesen war – mit einem Licht des Himmels, das sein Amt den Traditionen gemäß ausübte. Hochopepa führte ein kleines Kontingent von Männern an, die Veränderungen begrüßten; er achtete kaum auf Fumitas Ablenkungsversuche, sondern betrachtete Motecha, um zu sehen, an wen er sich nun wenden würde. Seinen Kollegen vertraute er an: »Ah, da ist die Hand hinter Jiros Sache.«

Mit leichtem Kopfnicken deutete er auf den Magier, mit dem Motecha jetzt sprach, ein athletisch wirkender Mann, der gerade seiner Jugend entwachsen war, unauffällig bis auf die roten Haare, die unter seiner schwarzen Kapuze herausschauten. Er hatte dicke Augenbrauen und einen beinahe finsteren Blick; und er hatte die Haltung eines Mannes, der dazu neigte, vor starker Nervenanspannung zu zappeln.

»Tapek«, erkannte Shimone. »Er ist derjenige, der beim Ausüben seiner Fähigkeiten ein Gebäude niedergebrannt hat. Er kam sehr früh zu seiner Gabe, doch es dauerte lange, bis er sie beherrschen lernte.«

Hochopepas sanftes Gesicht legte sich in nachdenkliche Falten. »Er ist kein Freund von Jiro. Ich frage mich, was er damit zu tun hat.«

Shimone zuckte kaum wahrnehmbar mit den Schultern; eine Geste, die dem rätselhaften Achselzucken der Tsurani sehr nahe kam. »Solche wie er werden von der Unruhe angezogen wie treibende Stöcke von einem Strudel.«

Derweil ging die offizielle Debatte weiter. Bemüht, seine Stimme neutral klingen zu lassen, damit nicht jemand auf eine persönliche Verbindung zu Hokanu und Mara hinwies, kam Fumita zum Schluß. »Ich bin davon überzeugt, daß wir mit inneren als auch äußeren Gefahren zu kämpfen haben werden, sollten die Clans Ionani und Hadama sich gegenseitig vernichten.« Er hob einen Finger. »Zweifelt irgend jemand ernsthaft daran, daß das überlebende Haus – sei es Acoma oder Anasati – so geschwächt sein wird, daß andere sofort darüber herfallen würden?« Er erhob einen zweiten Finger und fügte hinzu: »Und kann jemand bestreiten, daß außerhalb unserer Grenzen Feinde nur darauf warten, einen Vorteil aus unseren internen Meinungsverschiedenheiten zu ziehen und zuzuschlagen?«

»Jetzt bin ich an der Reihe, meinen Beitrag zu dem allgemeinen Ausstoß heißer Luft zu liefern«, brummte Hochopepa und stand auf. Auf sein Zeichen hin nahm Fumita so rasch Platz, daß kein anderer schnell genug aufspringen und verhindern konnte, daß Hodiku dem untersetzten Magier das Wort erteilte.

Hochopepa räusperte sich. »Mein gelehrter Bruder hat einen wichtigen Punkt hervorgehoben«, sagte er als Aufwärmung zu einer virtuosen Rede voller verwirrender aufgeblasener Worte. »Doch wir dürfen uns nicht von Rhetorik blenden lassen.«

Shimones Lippen zuckten bei dieser Halblüge. Sein fetter Kamerad schritt schwer von hier nach da und blickte die Magier in den vorderen Reihen einen nach dem anderen an, um ihre Aufmerksamkeit auf sich zu ziehen. »Ich möchte darauf hinweisen, daß solche Auseinandersetzungen bisher niemals das Ende unserer vertrauten Zivilisation bedeutet haben!« Er nickte zur Betonung. »Und nichts deutet darauf hin, daß jene außerhalb der Grenzen zum Zuschlagen bereit sind. Die Thuril sind zu sehr mit dem Handel an unseren östlichen Grenzen beschäftigt und streben keine Unruhen an, solange wir ihnen dafür keinen Grund liefern. Sie können hart sein, doch Profit pflegt sie mehr anzuziehen als Blutvergießen; zumindest scheint dies der Fall zu sein, seit die Kriegsallianz den Versuch aufgab, ihr Land zu erobern.« Mißbilligendes Gemurmel erhob sich in der dunklen Halle, denn der Versuch, das Hochland von Thuril zu einer neuen Provinz des Kaiserreichs zu machen, war schmählich gescheitert, und es galt als schlechter Stil, an die Niederlage zu erinnern. Hochopepa hatte jedoch nicht die geringsten Skrupel, dieses Thema zu benutzen, um seine Gegner aus dem Gleichgewicht zu bringen. Er erhob seine volltönende Stimme, um über dem Lärm gehört zu werden. »Die Wüstenkrieger von Tsubar haben einen verbindlichen Vertrag mit den Xacatecas und den Acoma geschlossen, der das Kaiserreich betrifft, und seither hat es in Dustari keine Konflikte mehr gegeben.«

Daß dies zum Teil Maras Verdienst war, war auch der Versammlung bewußt. Ein Lächeln breitete sich auf Hochopepas rundlichem Gesicht aus, als der Tumult sich wieder gelegt hatte und Ruhe einkehrte. »Das Kaiserreich ist in jeder Hinsicht friedlich bis an die Grenze der Langeweile.« Auf dramatische Weise verwandelte sich das Lächeln in einen finsteren Blick, und er schwenkte mahnend einen Finger vor den Anwesenden. »Muß ich meine Brüder daran erinnern, daß die Gute Dienerin des Kaiserreiches per Adoption ein Mitglied des Kaiserlichen Hauses ist? Ein merkwürdiger Brauch, ich weiß, doch eine Tradition.« Er deutete auf Motecha, der versucht hatte, Mara zu beschuldigen. »Sollten wir so unbesonnen sein und etwas im Sinne der Anasati tun, könnte der Kaiser dies durchaus als Angriff auf seine Familie betrachten. Mehr noch: Elgohar und ich waren Zeugen, als der

Kriegsherr hingerichtet wurde. Dabei ...« Er hielt effekthascherisch inne und tippte sich an die Schläfe. »Laßt mich sehen, ob ich mich an die genauen Worte unseres Lichts des Himmels erinnern kann, die er hinsichtlich der Tatsache äußerte, daß ein Magier sich in verschwörerischer Absicht in die Politik des Rates eingemischt hatte. O ja, er sagte: ›Wenn ein anderes Mitglied der Versammlung jemals dabei ertappt werden sollte, in eine Intrige gegen mein Haus verwickelt zu sein, wird es mit dem Status der Erhabenen, außerhalb des Gesetzes zu stehen, ein Ende haben. Und wenn ich gezwungen wäre, *mit allen Armeen des Kaiserreiches* den Kampf gegen Eure magische Macht aufzunehmen, und wenn es den vollständigen Ruin des Kaiserreiches bedeutete: Ich werde nicht erlauben, daß jemand die Vormachtsstellung des Kaisers untergräbt. Habt Ihr das verstanden?‹«

Hochopepa ließ seinen finsteren Blick über die Versammlung schweifen. »Ich versichere euch, es war Ichindar ernst. Er gehört nicht zu jenen, die leichtfertig drohen. Unsere vorherigen Kaiser mögen damit zufrieden gewesen sein, einfach nur dazusitzen und ihre Zeit in heiliger Hingabe in den Tempeln und mit dem Zeugen von Erben mit ihren verschiedenen Frauen und Mätressen zu verbringen« – er ließ seine Stimme wieder anschwellen –, »doch Ichindar ist anders! Er ist ein Herrscher, keine göttliche Marionette im Gewand eines religiösen Führers!«

Er senkte seine Stimme und zwang dadurch jeden der anwesenden Magier, ihm seine ungeteilte Aufmerksamkeit zu schenken. »Wir, die an der Bestattung des Sohnes der Guten Dienerin teilgenommen haben, wissen sehr gut, daß Maras Fehltritt aus überwältigender Trauer entstanden ist. Jetzt muß sie die Konsequenzen ihrer Schande tragen. Von dem Augenblick an, da sie Jiro mit bloßen Händen angriff, war dieser Konflikt unvermeidlich. Da es unser Auftrag ist, das Kaiserreich zu bewahren, bezweifle ich sehr, daß wir es rechtfertigen können, uns zu Handlungen hinreißen zu lassen, in deren Folge wir uns alle« – die Halle bebte unter seinem donnernden Gebrüll – »auf einem Schlachtfeld den Armeen des Kaisers gegenüber finden könnten – wegen einer persönlichen Angelegenheit, einer Beleidigung!« Ruhig und sachlich fuhr er fort: »Wir würden natürlich gewinnen, doch es würde nur wenig vom Kaiserreich übrigbleiben, was es dann noch zu bewahren gäbe.« Er endete mit einer abwinkenden Geste seiner Hand. »Es war alles, was ich sagen wolle.« Und er setzte sich wieder.

Es blieb nur einen kurzen Augenblick still, dann schoß Tapek in die Höhe. Hodiku gab mit einem Nicken seine Einwilligung, und Tapek stapfte mit wehenden Gewändern und hektischen, seine Erregung verratenden Schritten zum Muster des Sprechers.

Sein Gesicht war blaß, als er die versammelten Magier – alle in stillem Nachdenken vertieft – betrachtete. »Wir haben genug von Lady Mara gehört. Doch es ist Lord Jiro, dem Unrecht angetan wurde, wie ich ganz deutlich betonen muß. Er hat keinerlei Anlaß zu irgendeiner Art von Feindseligkeit egeben.« Tapek hob die Arme. »Ich bitte euch alle, zur Abwechslung einmal die direkten Beweise anzuschauen, anstatt Worten zu lauschen!« Er machte eine ausholende Bewegung mit der Hand und malte ein Bild in die Luft. Eine Beschwörung verließ seine Lippen, und vor ihm sammelte sich Licht. Ein Spiel aus Regenbogenfarben wurde zum scharfen Bild eines Raums voller Bücher und Rollen, in dem Jiro in einer Robe, die so elegant wie einfach war, erregt auf und ab schritt. Auf einem Kissen in einer Ecke saß Chumaka, das ledrige Gesicht sorgsam ausdruckslos.

»Wie kann Lady Mara es wagen, mir zu drohen?« wütete Jiro voller Zorn. »Wir hatten mit dem Tod ihres Sohnes nichts zu tun! Die Unterstellung, wir wären ein so ehrloses Haus, daß wir auf die Idee kommen könnten, einen Jungen mit Anasati-Blut in den Adern zu ermorden, ist absurd! Der Beweis bei diesem Tong-Attentäter ist ein durchsichtiger Versuch, uns die Schuld zuzuschieben – und deshalb müssen wir jetzt einen Krieg der Clans führen!«

Chumaka verschränkte die Finger; er hatte die Ringe aus Corcara, die er bei der Bestattung getragen hatte, noch nicht abgelegt. »Der Clan Ionani wird dieses Unrecht erkennen«, erklärte er in dem Versuch, seinen Herrn zu beruhigen. »Wir werden nicht ohne Unterstützung in diesen Krieg ziehen.«

»Krieg!« Jiro wirbelte herum, die Augen vor Abscheu zu schmalen Schlitzen zusammengezogen. »Die Lady ist nichts als ein Feigling, sonst hätte sie den Ruf zu den Waffen nicht erklingen lassen! Sie glaubt, uns schlagen zu können, ohne sich die Hände schmutzig zu machen. Sie will uns mit schierer Übermacht auslöschen. Nun, wir werden uns etwas einfallen lassen und ihr eine Lehre erteilen. Der Clan Ionani mag uns unterstützen, um so besser. Doch ich werde niemals vergessen, daß sie uns zu diesem Schritt gezwungen hat. Sollte unser Haus diesen plumpen Angriff überstehen, werden sich die Acoma einen Feind geschaffen haben, den sie fürchten müssen!«

Chumaka fuhr sich mit der Zunge über die Zähne. »Die politische Arena ist aufgewühlt und verändert sich. Es ist sicher möglich, sich Vorteile zu verschaffen.«

Jiro wirbelte herum und sah seinen Ersten Berater an. »Zuerst – verdammt sei die Hexe – müssen wir versuchen, unsere Haut vor dem bevorstehenden fürchterlichen Gemetzel zu retten!«

Die Szene brach ab, als Tapek in die Hände klatschte und den Bann verjagte, der sie hatte entstehen lassen. Er strich die flammend roten Locken zurück und warf den Älteren in der Versammlung, die sich angesichts seines Eindringens in die private Sphäre eines Edlen versteift hatten, einen beinahe spöttischen Blick zu.

»Ihr handelt gegen die Tradition!« rief eine zittrige Stimme von einer der hinteren Bänke. »Sind wir neugierige alte Weiber, die sich in alles einmischen, daß wir uns herablassen, unsere magischen Fähigkeiten zum Spionieren zu benutzen? Schauen wir doch gleich in die Ankleidezimmer der Ladys!« Seine Meinung wurde von einigen anderen grauhaarigen Magiern geteilt, die protestierend aufsprangen.

Tapek schrie zurück: »Das ist ein Widerspruch der Moral! Was hat Lady Mara aus den Traditionen gemacht? Ich sage: *Sie* hat es gewagt, sich einzumischen! Sollen wir warten und den Preis für die Instabilität zahlen, die sie womöglich heraufbeschwören wird? Welche moralischen Grundsätze werden sie aufhalten? Hat sie ihren Mangel an Selbstbeherrschung nicht schon deutlich genug in diesem verabscheuungswürdigen Angriff gegen Lord Jiro gezeigt?«

Bei dieser aufrührerischen Bemerkung blickte selbst Shimone besorgt drein. »Sie hat ein Kind durch einen schrecklichen Mord verloren!« wandte er ein. »Sie ist eine Frau, ein Mensch. Es ist nur natürlich, daß sie Schwächen hat.«

Tapek fuchtelte mit beiden Händen in der Luft herum. »Ein zutreffender Punkt, Bruder, doch meine Sorge gilt nicht den Fehlern der Lady. Sie ist in jeder Hinsicht in schwindelerregende Höhen aufgestiegen. Ihr Einfluß ist viel zu groß geworden, ihre Macht zu gewaltig. Als Clanlady der Hadama und Lady des stärksten Hauses im Kaiserreich ragt sie über alle anderen Herrscher weit hinaus. Und als Gute Dienerin hat sie eine gefährliche Macht über die Massen. Ich gestehe gern zu, daß sie nur menschlich ist! Und daß keinem Herrscher und keiner Herrscherin im Kaiserreich gestattet sein sollte, so viel Einfluß zu haben. Ich beantrage daher, daß wir sie jetzt aufhalten, bevor die Unruhen zu groß werden, um sie noch unter Kontrolle zu bringen.«

Hodiku, der Erste Sprecher, strich sich angesichts dieser Wendung der Diskussion über das Kinn. In einem Versuch, die Unruhe, die sich der Versammlung bemächtigt hatte, etwas zu besänftigen, wandte er sich an Hochopepa. »Ich habe eine Frage an meinen gelehrten Freund. Hocho, was sollen wir deiner Meinung nach tun?«

Hochopepa lehnte sich zurück und gab sich große Mühe, lässig und gleichgültig zu wirken, als er den Ellbogen auf die Stufe hinter sich stützte. »Was wir tun sollen? Wie, ich dachte, das wäre offensichtlich. Wir sollten nichts tun. Laßt diese streitlustigen Parteien ihren Krieg haben. Wenn die gekränkte Ehre mit genügend Blut wieder reingewaschen ist, wird es einfach genug sein, die Stücke aufzusammeln.«

Stimmen erklangen, als wieder einige Magier aufstanden und um Aufmerksamkeit baten. Shimone seufzte hörbar. »Du wirst keinen Erfolg haben, Hocho.«

Der untersetzte Magier stützte sein Kinn in die Hände, und Grübchen bildeten sich auf beiden Wangen. »Natürlich nicht«, flüsterte er. »Doch ich kann diesen jugendlichen Heißsporn nicht einfach so ohne jede Einschränkung davonkommen lassen.« Außerhalb des Gesetzes stehend, stand es jedem Erhabenen frei, so zu handeln, wie er es für richtig hielt. Jeder konnte sich sein eigenes Urteil bilden und gegen Mara vorgehen, sollte er seine Handlung im Einklang mit dem Wohl des Kaiserreiches sehen. Indem Hodiku die Frage der Nichteinmischung zu einem Thema der Versammlung machte, hatte er daraus eine Sache gemacht, die einer beschlußfähigen Mehrheit bedurfte. War eine Übereinstimmung erst einmal offiziell, würde kein Mitglied sich willentlich der letzten Entscheidung widersetzen. Da eine rasche Lösung nicht im Bereich des Möglichen lag, änderte Hochopepa sein Ziel und forderte ein angemessenes Verfahren, um ein gemäßigtes Urteil zu erhalten. Der pummelige Magier zupfte resigniert seine Gewänder zurecht – keine einfache Sache angesichts seines Leibesumfangs. »Wenden wir uns also jetzt dem wirklich wichtigen

Aspekt der Angelegenheit zu und lassen diese Hitzköpfe sich heiser schreien. Wenn sie genügend Dampf abgelassen haben, werden wir ihnen die einzig vernünftige Wahl zeigen und eine Abstimmung in die Wege leiten, indem wir sie glauben machen, es wäre von Anfang an ihre Idee gewesen. Es ist sicherer, Tapek und Motecha denken zu lassen, daß sie die Versammlung zu einer Übereinstimmung bringen, als ihnen die Freiheit zu lassen, auf eigene Faust bedauerliche Handlungen zu begehen.«

Shimone warf seinem beleibten Gefährten einen säuerlichen Blick zu. »Wie kommt es, daß du die Lösung aller Probleme immer in unendlichen Gesprächsrunden suchst?«

»Hast du eine bessere Idee?« schoß Hochopepa voll scharfer Mißbilligung zurück.

»Nein«, blaffte Shimone. Nicht willens, auch nur ein einziges weiteres Wort in dieser Angelegenheit zu verschwenden, wandte er seine Aufmerksamkeit wieder dem Muster des Sprechers zu, wo der erste von vielen Rednern sich daranmachte, mit der Debatte fortzufahren.

Die frühe Sonne heizte das große Kommandozelt auf. Im düsteren Innern roch es nach den schweren Ölen, mit denen die Felle wasserdicht gemacht wurden, und nach dem Fett, das dazu diente, die Lederriemen der Rüstungen und Scheiden geschmeidig zu halten. Der Geruch der Öllampen fehlte, da die Lady keinen Bedarf an Licht hatte. In der geschmückten Rüstung und mit dem federbuschverzierten Helm der Clanlady des Clans Hadama saß Mara auf feinen Seidenkissen. Die Zeltklappen am Eingang waren zurückgeschlagen, und das von draußen hereinfallende Tageslicht entriß ihr unbewegliches Profil dem Halbdunkel. Hinter ihr stand Hokanu, die behandschuhte Hand auf ihrer Schulter, den Blick auf die Armee gerichtet, die sich in dem breiten Tal weiter unten in Reihen aufstellte.

Soweit das Auge reichte wurden die Weiden von den Massen wartender Krieger verdunkelt: zu viele Speere und Helme in Reih und Glied, als daß man sie hätte zählen können. Das einzige, was sich bewegte, waren die im Wind wippenden Federbüsche der Offiziere, die außer im Grün der Acoma auch in vielen anderen Farben strahlten. Doch die Reglosigkeit täuschte. Jeder bewaffnete Mann des Clans Hadama war in diesem Augenblick bereit, dem Ruf ihrer Clanlady in dieser Frage der Ehre zu folgen und zum Angriff überzugehen.

Mara wirkte in ihrer offiziellen Rüstung wie eine Jadestatue. Ihr Gesicht war die ausdruckslose Fassade, die von ihr als tsuranischer Clanlady erwartet wurde. Doch ihre Berater nahmen an ihr eine Zerbrechlichkeit wahr, als wäre ihre steife Haltung das einzige, was ihr aufgewühltes Inneres zusammenhielt. Sie bewegten sich leise und flüsterten, wenn sie in der Nähe waren, als könnte eine zufällige Geste oder ein falsch betontes Wort sie ihre Beherrschung verlieren lassen und die irrationale Wut, mit der sie auf Lord Jiro losgegangen war, alle Barrieren durchbrechen und wieder zum Vorschein kommen.

In dieser Situation, mit den gewaltigen Armeen, die unter ihrem Kommando zum Losschlagen bereitstanden, war sie so unvorhersehbar wie eine Gewitterwolke, die ihre Blitze erst noch losschicken mußte. Eine offizielle Kriegserklärung bedeutete, alle Gerissenheit und Strategie beiseite zu schieben, auf jede Art von Tücke und Vernunft zu verzichten und einfach im offenen Feld den Feind anzugreifen, der auf zeremonielle Weise im Tempel Jasturs benannt worden war.

Gegenüber der Streitmacht des Clans Hadama waren die Banner des Clans Ionani zu sehen; wie Lady Mara saß auch Lord Jiro mit dem Clanlord der Ionani auf der Kuppe des gegenüberliegenden Hügels, stolz, wie es seiner Stellung entsprach, und keineswegs willens, eine Beleidigung seiner Ehre durch die Lady der

Acoma zu vergeben. Hinter den fest geschlossenen Reihen der Ionani-Krieger war direkt neben der schwarz-grünen Flagge von Lord Tonmargu, dem Clanlord, das alte scharlachrot-gelbe Banner der Anasati am Kommandozelt aufgepflanzt. Diese Plazierung der Farben war seit Alters her ein Symbol dafür, daß alle Häuser des Clans damit einverstanden waren, die Ehre der Anasati mit Blut reinzuwaschen, gleichgültig wie viele Leben es kosten würde.

Zu sterben war tsuranisch; in Unehre zu leben Feigheit, die schlimmer war als der Tod.

Maras Augen nahmen alle Einzelheiten wahr, doch ihre Hände zitterten nicht. Ihre Gedanken waren hinter dicken Mauern geschützt an einem kalten Ort, zu dem nicht einmal Hokanu vordringen konnte. Sie, die bisher Krieg und Töten abgelehnt hatte, schien jetzt begierig, rohe Gewalt anzuwenden. Das Blutvergießen würde ihren Sohn nicht zurückbringen, doch die Hitze und die Schrecken des Gefechts mochten ihre Gedanken abtöten. Sie würde eine Ruhepause von Schmerz und Trauer haben, bis Jiro von den Anasati zu Brei zermalmt im Staub lag.

Ihr Mund verhärtete sich bei diesem Gedanken. Hokanu spürte ihre Anspannung. Er versuchte nicht, sie davon abzubringen, denn er wußte instinktiv, daß es nichts gab, was sie wirklich trösten konnte. Er blieb an ihrer Seite, ruhig und bemüht, ihre Entscheidungen abzumildern, wo immer er konnte.

Eines Tages würde sie aufwachen und ihre Tränen als das akzeptieren, was sie waren. Doch bis die Zeit ihre Wunden heilen würde, konnte er nichts anderes tun, als sie uneingeschränkt zu unterstützen; alles andere würde sie nur zu noch verzweifelteren Maßnahmen veranlassen.

Mit echter tsuranischer Gelassenheit verfolgte Hokanu, wie sich einige gerüstete Gestalten aus den Reihen der Hadama lösten und sich denen der Ionani näherten. Lujan führte die Gruppe an;

die Sonne ließ seine Rüstung aufblitzen und die Spitzen seines Federbuschs in glänzendem Smaragdgrün erstrahlen. An seiner Seite schritten seine beiden Truppenführer Irrilandi und Kenji und dahinter, ihrem Rang entsprechend, die Kommandeure der anderen Häuser des Clans Hadama. Zuletzt folgte ein Schreiber, um den Wortwechsel niederzuschreiben, als die Abordnung – ganz der Tradition entsprechend – in der Mitte des ausgewählten Schlachtfelds auf die des Gegners traf. In diesem Gespräch würden die Richtlinien des bevorstehenden Krieges festgelegt werden, die Begrenzung des Felds, die Stunde des Beginns und – falls überhaupt – die Möglichkeit, daß Gnade gewährt oder angenommen werden konnte. Doch Mara hatte jede Hoffnung auf letzteres zunichte gemacht. Als ihr Kriegsberater Keyoke das Thema der Schonung angesprochen hatte, war heiße Wut in ihren Augen aufgeblitzt: »Keine Gnade.«

Daß die Häuser des Clans Ionani es für angemessen gehalten hatten, sich an der Fehde zu beteiligen, hatte sie nicht im geringsten berührt. Sie konnten mit Jiro stehen oder fallen. Und sie würde nicht die einzige sein, die die dem Spiel des Rates innewohnenden Grausamkeiten aushalten mußte.

Die Linien waren jetzt gezogen, die Pfosten gesetzt. Niemand konnte das Wort von Mara, der Clanlady, in Zweifel ziehen. Hokanu blickte sich im Kommandozelt um, zum einen, um seine Nerven zu beruhigen, aber auch, um zu sehen, in welcher Stimmung die anderen waren. Keyoke trug eine Rüstung anstelle seiner gewohnten Kleidung als Berater; ebenso Saric, der in den Reihen der Acoma gekämpft hatte, bevor er in dieses hohe Amt aufgestiegen war. Jetzt, da ein Kampf bevorstand, hätte er sich nackt gefühlt mit nichts als dünner Seide auf der Haut.

Der alte Incomo jedoch trug seine Roben. Er, der sich ohnehin mit seinem Stift wohler als selbst mit einem Frühstücksmesser fühlte, stand da, die Hände in der Schärpe vergraben, die ledrigen

Gesichtszüge angespannt. Obwohl er auf seine Weise so erfahren war wie ein alter General, hatte er kaum Ahnung von Gewalt und den Kriegskünsten. Daß Mara den Clan angerufen hatte, war keine vernünftige Tat, und da sie bisher eine Seele an Freundlichkeit und Vernunft gewesen war, erschreckte es ihn zutiefst, mit welcher Besessenheit sie daranging, auf rituelle tsuranische Art Rache zu nehmen. Doch seine jahrelange Erfahrung als Berater der Minwanabi befähigte ihn zu einem unerschütterlichen Gehorsam.

Am heutigen Tag wartete jeder Mann, jede Frau des Hauses Acoma sowie der anderen Häuser des Clans Hadama auf den Willen der Götter.

Trompeten und die hohen, geschwungenen Kriegshörner erklangen. Ein Trommelwirbel erscholl, als die Abgesandten der Ionani und Hadama wieder voneinander abrückten, sich umdrehten und zurück zu ihren Reihen gingen. Das Trommeln wurde schneller, ebenso die Fanfare. Lujan nahm seinen Platz in den Reihen in der Mitte ein; Irrilandi und Kenji marschierten auf der rechten und linken Flanke. Die anderen Offiziere nahmen ihre Position an den Spitzen der Armeen ihrer Häuser ein. Die frühe Morgensonne ließ die polierten Kanten der Schilde und die Speerspitzen aufblitzen und beleuchtete die wellenförmige Bewegung von Tausenden von Soldaten, die ihre Schwerter aus den Scheiden zogen.

Banner knatterten in der Brise, entfalteten sich an den Stangen, die zu Ehren des Todesgottes Turakamu rot gefärbt waren, um seinen Segen für das bevorstehende Gemetzel zu erbitten. Ein Priester vom Orden des Roten Gottes betrat das schmale Stück zwischen den Armeen und sang ein Gebet. Der anschwellende Klang, als die Krieger einstimmten, schien wie das Beben, das der Verheerung vorausging. Der Priester war nicht allein; neben ihm stand eine schwarzverkleidete Schwester von Sibi, *Die Welche*

Tod ist. Die Gegenwart einer Priesterin, die Turkamus ältester Schwester huldigte, war ein Beweis dafür, daß viele Männer an diesem Tage würden sterben müssen. Der Priester beendete seine Beschwörung und warf eine Handvoll roter Federn in die Luft. Er verneigte sich tief, dann entbot er der Priesterin der Todesgöttin seinen Gruß. Während die religiösen Repräsentanten sich zurückzogen, begannen die Krieger, laute Rufe auszustoßen. Schreie und Beleidigungen zerrissen die Morgenstille, als die Männer ihre Feinde auf der anderen Seite des Feldes schmähten. Unverzeihliche Worte flogen hin und her, um ihren Entschluß zu besiegeln, sich in dieses mörderische Gemetzel zu stürzen, zu siegen oder zu sterben, wie es die Ehre befahl; und um den Willen zu festigen, damit keiner der Soldaten der Versuchung erliegen und feige würde. Der tsuranische Ehrenkodex war unbeugsam: Ein Mann verdiente sich sein Leben durch Sieg, oder seine Schande würde sich über das Rad dieses Lebens ausdehnen und ihm im nächsten Unglück bringen.

Mara betrachtete die Szenerie leidenschaftslos. Ihr Herz war hart wie ein Stein. An diesem Tag würden andere Mütter erfahren, was es hieß, um ihre erschlagenen Söhne zu weinen. Sie bemerkte kaum, wie Hokanu seine Hände auf die Schulterplatten ihrer Rüstung legte, als sein eigenes Herz voller Erwartung zu klopfen begann.

Der Erbe der Shinzawai hatte das Recht, abseits zu stehen, denn es gab keinerlei Blutsbande, weder zu den Hadama noch den Ionani. Als Ehemann der Guten Dienerin fühlte er sich jedoch verpflichtet, das Gemetzel zumindest zu beobachten. Jetzt, wo die Erregung der Krieger das Blut schneller durch die Adern pulsieren ließ, freute sich ein dunklerer Teil seines Wesens auf das Zeichen zum Angriff. Er hatte Ayaki geliebt wie einen eigenen Sohn, und der Tod des Jungen hatte ihn schnell dazu gebracht, die Wut seiner Lady zu teilen. Die Logik mochte das Haus Anasati von dem Vorwurf, den Attentäter der Tong angeheuert zu haben, freisprechen, doch seine aufgebrachten Gefühle dürsteten nach Vergeltung. Gleichgültig, ob Jiro schuldig war oder nicht – Blut mußte mit Blut gesühnt werden.

Ein Läufer von Lujan erschien beim Kommandozelt. Er verbeugte sich tief und wartete schweigend, bis die Lady ihm ein Zeichen gab. »Mistress, Clanlady des Clans Hadama, die Kommandeure der Ionani haben ihr Einverständnis gegeben. Die Schlacht wird beginnen, wenn die Sonne in einer Höhe vom Sechsfachen ihres Durchmessers über dem östlichen Horizont steht.«

Mara betrachtete abschätzend den Himmel. »Das bedeutet, das Signal zum Angriff wird in weniger als einer halben Stunde erklingen.« Sie nickte zustimmend. Und doch war die Verzögerung größer, als sie sich gewünscht hätte; Ayaki hatte keine solche Gnadenfrist erhalten.

Die Minuten vergingen nur langsam. Die Soldaten brüllten sich weiter Beleidigungen zu, bis sie heiser wurden. Die Sonne kletterte höher, und es wurde wärmer. Die Nerven aller im Kommandozelt Anwesenden waren zum Zerreißen gespannt; schon eine Fliege, die sich zufällig irgendwo niederließ, könnte jetzt für eine Entladung der aufgestauten Spannung sorgen.

Hokanus Ungeduld stieg. Er war bereit, sein Schwert zu ziehen und Blut trinken zu lassen. Schließlich erreichte die Sonne die festgesetzte Position. Keyoke holte tief Luft, während Mara im gleichen Augenblick die Hand hob. Auf dem Feld hob Lujan die blanke Klinge, und die Trompeten schmetterten ihren Kriegsruf.

Hokanu hatte sein eigenes Schwert gezogen, ohne bewußt nachzudenken. Der Kampf mochte zu Ende sein, bevor er überhaupt einen Feind gesehen hatte, denn sein Platz war neben seiner Lady. Kein Ionani-Krieger würde die Ehrengarde durchbrechen können, die das Kommandozelt umgab, solange der Clan Hadama nicht in die Flucht geschlagen war; trotzdem stand er – und neben ihm Saric – bereit.

Die Fanfarentöne schienen sich eine Ewigkeit hinzuziehen. Unten auf dem Schlachtfeld wartete Lujan an der Spitze seiner Armee; seine hocherhobene Klinge glänzte im Sonnenlicht wie eine Nadel. Der kommandierende Offizier der Ionani stand in der gleichen Haltung auf der anderen Seite des Feldes. Wenn diese beiden Männer ihre Waffen senkten, würde im gleichen Augenblick eine Flut schreiender Soldaten über den schmalen Wiesenstreifen strömen, und die Hügel würden von Schwertgeklirr und Kriegsgeschrei widerhallen.

Hokanu holte Luft, um ein eiliges Gebet für Lujan zu murmeln, denn der mutige Kommandeur der Acoma würde mit ziemlich großer Sicherheit sterben. Der Ansturm der Soldaten auf beiden Seiten ließ es fast unmöglich erscheinen, daß in den vorderen fünf Reihen irgend jemand den ersten Angriff überlebte. Die beiden großen Armeen würden sich gegenseitig zermalmen wie die Zähne eines Kiefers, und nur die Krieger in den hintersten Reihen würden erkennen können, welche Seite den Sieg davontragen würde.

Und dann war es soweit. Die Männer richteten ein letztes stummes Gebet an die Götter, baten um Ehre, Sieg und Leben. Lujan senkte sein Schwert.

Noch während die Krieger zum Angriff ihr Gewicht verlagerten und die Banner in den Händen der Träger flatterten, die die Stangen aus der Erde zogen, rollte ein gewaltiger Donner über den klaren, grünen Himmel.

Die Druckwelle traf Mara und Hokanu voll ins Gesicht. Kissen flogen durch die Luft, und Hokanu stolperte. Er fiel auf die Knie, während er mit dem freien Arm Mara beschützend umschloß. Incomo wurde zurückgeschleudert, seine Gewänder bauschten sich wie Segel, als das Kommandozelt unter dem kräftigen Windstoß knirschte und die Leinwand sich aufblähte. Keyoke prallte gegen Saric, der ihn auffing und dann beinahe zu Boden ging, als die Krücke gegen seine Beine knallte. Die beiden Berater hielten sich einen Augenblick aneinander fest, um nicht den Halt zu verlieren, während im Zelt Tische umstürzten und Karten mit Schlachtplänen durch die Luft wirbelten und im Gewirr der Vorhänge landeten, die auf Maras Schlafmatratze gefallen waren.

Auch über das Schlachtfeld wehten heftige Staubstürme und entfachten ein Chaos. Sturmgepeitschte Banner schlugen knallend im Wind, von der Gewalt des Sturms den Händen der Träger entrissen. Schreie ertönten in den vorderen Reihen beider Armeen, als die Krieger auf den Boden geworfen wurden. Ihre Schwerter trafen Erde, kein Fleisch. In den Reihen dahinter stürzten die Soldaten übereinander, nachdem der Wirbelwind ihre Reihen in Unordnung gebracht hatte, bis schließlich keiner mehr in der Lage war, vorzupreschen und den Kampf zu beginnen.

Auf dem freien Wiesenstreifen zwischen den Fronten erschienen mehrere schwarzgekleidete Gestalten. Ihre Gewänder bewegten sich nicht, sondern hingen geradezu unheimlich ruhig herab. Dann ließ der unnatürliche Wind wie auf Befehl nach. Männer auf beiden Seiten blinzelten aus staubverkrusteten Augen und sahen, daß Erhabene gekommen waren, um einzuschreiten. Die Waffen noch in den Händen und nach wie vor voller Angriffslust, stand doch kein einziger Krieger auf oder wagte gar den Versuch, über die von beiden Armeen gleich weit entfernten Magier herzufallen. Statt dessen blieben sie einfach niedergeschlagen auf dem Bauch liegen, die Gesichter ins Gras gepreßt. Kein Befehl ihres Herrn oder ihrer Herrin würde sie dazu bringen können, vorwärts zu marschieren, denn einen Erhabenen zu berühren hieß den Untergang heraufzubeschwören – und war darüber hinaus eine Beleidigung der Götter.

Mara betrachtete die schwarzgewandeten Magier, die ihre Rache vereitelt hatten, mit feindseligen Blicken. Die Riemen an ihrer Rüstung quietschten, als sie aufstand. Ihre Hände ballten sich zu Fäusten, und einer ihrer Kiefermuskeln zuckte. »Nein«, sagte sie leise.

Eine lose Haarsträhne rutschte unter ihrem Helm hervor, und ihr Federbusch zitterte wie Schilf in einer Brise. Einen Herzschlag später erschien vor der offenen Zeltklappe ein weiterer Erhabener aus dem Nichts. Seine Robe war so schwarz wie die Nacht, und er wirkte jugendlich schlank. Doch in seinen Augen lag nichts Jugendliches – in ihnen glomm ein düsteres Licht. Seine Stimme klang überraschend tief. »Lady Mara, hört unseren Willen. Die Versammlung verbietet diesen Krieg!«

Mara wurde blaß. Wut stieg in ihr auf und ließ sie innerlich erbeben. Niemals hatte sie daran gedacht, daß die Versammlung gegen sie einschreiten könnte, sie daran hindern könnte, ihre Rache zu vollziehen. Und sie konnte noch nicht einmal gegen diese Entwicklung aufbegehren. Sie war so hilflos wie damals Tasaio von den Minwanabi, ihr ehemaliger Feind. Wenn ihr die traditionellen Mittel, den Mord an Ayaki zu rächen, verwehrt wurden, war die Ehre der Acoma verwirkt. Sich ohne Blutvergießen von diesem Schlachtfeld zu entfernen, würde sie weitaus mehr entwürdigen als jede mögliche Schande, die auf die Anasati fallen mochte. *Ihr* Sohn war derjenige, der ungerächt blieb; Lord Jiro würde der Sieg geschenkt. Er würde für seinen Mut hochgeschätzt werden, denn er war in die Schlacht gezogen, um seine Ehre im Kampf zu verteidigen; und es waren nicht die Schatten seines Sohnes oder seiner Ahnen, die für immer herabgesetzt würden, weil ihnen der Blutpreis für einen Mord vorenthalten wurde. Als Angreiferin, der es nicht gelungen war, ihre Forderung im Kampf durchzusetzen, würde die Lady der Acoma viel von der Ehrfurcht einbüßen, die ihr kraft ihres Ranges eigentlich zustand.

Mara fand ihre Stimme wieder. »Ihr zwingt mich zu unehrenhaftem Verhalten, Erhabener.«

Der Magier wischte ihre Bemerkung mit hochmütiger Ruhe beiseite. »Eure Ehre, oder der Mangel einer solchen, geht mich nichts an, Gute Dienerin. Die Versammlung handelt immer für das Wohl des Kaiserreichs. Der Blutzoll eines Konflikts zwischen dem Clan Hadama und dem Clan Ionani würde das Kaiserreich schwächen und gegenüber Angriffen von außen verletzbar machen. Deshalb sage ich Euch: Keiner Streitmacht der Acoma oder der Anasati oder ihrer Clans oder Verbündeten ist es gestattet, aus diesem oder irgendeinem anderen Grund gegeneinander in die Schlacht zu ziehen. Es ist Euch untersagt, Krieg gegen Lord Jiro zu führen.«

Mara beherrschte sich nur mit äußerster Willenskraft. Sie war Zeugin gewesen, damals, als der barbarische Erhabene Milamber über der Kaiserlichen Arena den Himmel aufgerissen hatte. Die entfesselten Gewalten hatten an jenem Tag viele Todesopfer gefordert, sie hatten die Erde erzittern und aus den Wolken Feuer regnen lassen. Trotz ihres überwältigenden Kummers hatte Mara noch nicht jede Vernunft verloren und vergessen, daß die Magier die größte Macht im Kaiserreich darstellten.

Der junge, namenlose Magier schaute sie an, arrogant, schweigend. Mara schluckte schwer. Ihre Wangen röteten sich, und Hokanu neben ihr konnte spüren, wie sie vor unterdrücktem Zorn zitterte. Doch sie war eine Tsurani. Der Wille der Erhabenen mußte befolgt werden. Sie nickte steif. »Wie Ihr wünscht, Erhabener.«

Sie verbeugte sich tief, wenn auch verärgert, und wandte sich halb ihren Beratern zu. »Gebt den Befehl zum Rückzug.« Sie hatte keine Wahl. Obwohl sie die Herrscherin des größten Hauses im Kaiserreich war, obwohl sie die Gute Dienerin war, blieb auch ihr nichts anderes übrig, als sich dem Unvermeidlichen zu beugen. Alles andere würde die Situation nur noch schlimmer machen.

Hokanu überbrachte die Befehle seiner Lady. Saric schüttelte seine Verblüffung ab und beeilte sich, die Läufer außerhalb des Zeltes aus ihrer unterwürfigen Haltung hochzuscheuchen. Keyoke hielt die entsprechenden Flaggen bereit, und als wären sie dankbar, der Gegenwart der schwarzgekleideten Gestalt im Kommandozelt entkommen zu können, schnappten die Boten sich die grünweißen Flaggen und eilten zum Hügel davon, um den Befehl zum Rückzug zu übermitteln.

Lujan, der mitten auf dem Feld zwischen seinen Kriegern kniete, sah das Signal. Er legte die Hände trichterförmig an den Mund und rief, und um ihn herum riefen die anderen Kommandeure des Clans Hadama zum Rückzug. Wie eine in Schach gehaltene Welle standen die Männer langsam auf, sammelten ihre Schwerter und Speere ein und kehrten zu ihren Gefährten zurück. Unruhe machte sich breit, als sie sich wieder formierten und den Marsch zurück zu den Hügeln begannen, wo sich die Lager ihrer Herrscher befanden.

Die Armeen, die eigentlich aufeinander hätten losgehen sollen, zogen sich voneinander zurück, verließen die zertrampelte Weide. Die zwischen den Feinden stehenden Magier beobachteten den Rückzug und verschwanden dann, einer nach dem anderen, zum Hügel in der Nähe des Kommandozeltes der Ionani.

Mara, immer noch zutiefst verbittert, bemerkte kaum den Magier vor noch Hokanu neben sich, während sie Anweisungen gab, die Streitkräfte des Clans Hadama nach Hause in ihre jeweiligen Garnisonen zu entlassen. Sie mochte das Ende des Krieges sehen, doch ihre Augen blieben hart und unnachgiebig. Der Ehre mußte

Genüge getan werden. Sich in das Schwert ihrer Familie zu stürzen, wäre keine gerechte Wiedergutmachung für Ayakis Leben. Hinzu kam die öffentliche Schmach. Jiro würde diese Schande dazu benutzen, weitere Feinde der Acoma um sich zu sammeln. Tief erschüttert konnte sie nur erneut die Verantwortung übernehmen und für ihren Fehler büßen. Jetzt blieb keine andere Wahl mehr, jetzt konnten nur noch Intrigen den Mord und die Beleidigung vergelten, die zwischen ihr und den Anasati standen. Jetzt war es an der Zeit, wieder das Spiel des Rates zu spielen, mit geheimen Plänen und Morden, hinter der öffentlichen Fassade tsuranischer Korrektheit.

Plötzlich erhob sich ein undefinierbares Stimmengewirr vor dem Kommandozelt; und dann war deutlich Keyokes erstaunte Stimme zu hören: »Auf der äußersten linken Flanke haben sich zwei Kompanien in Marsch gesetzt!«

Mara eilte nach draußen, Furcht verbannte ihre haßerfüllten Gedanken. Sie starrte ungläubig und voller Entsetzen ins Tal hinunter und sah, wie ein Teil der Hadama-Streitkräfte ganz außen an der linken Flanke sich über ihren Befehl hinwegsetzte und vorwärts marschierte.

Der Erhabene, der ihr gefolgt war, stieß eine Beleidigung aus, und weitere Magier erschienen aus dem Nichts und gesellten sich zu ihm.

Angesichts der Neuankömmlinge versuchte Mara gegen ihre Panik anzukämpfen. Wenn sie nichts unternahm, würden die Erhabenen sich der Angelegenheit – der Mißachtung der Befehle der Versammlung! – annehmen. Schon in wenigen Augenblicken könnte der Zorn der Magier sie alle getötet haben – ihr Haus, ihren Clan und alle treuen Bediensteten der Acoma.

»Wer befehligt die linke Flanke?« Die Verzweiflung ließ ihre Stimme schrill klingen.

Irrilandi, der jetzt auf dem Hügel eintraf, antwortete: »Es ist eine Reservekompanie, Mistress. Sie steht unter dem Befehl des Lords der Pechta.«

Mara biß sich nachdenklich auf die Lippe: Der Lord der Pechta war erst vor kurzem zu seinem Erbe gekommen. Kaum älter als ein Junge, hatte er nur aus Respekt vor seinem Rang den Befehl, nicht wegen seiner Fähigkeiten oder Erfahrungen. Die tsuranische Tradition gab ihm das Recht auf einen Platz in den vorderen Reihen. Lujan hatte sein möglichstes getan und dem Jungen den Befehl über eine Hilfstruppe gegeben, die nur zum Einsatz gekommen wäre, wenn der Ausgang des Kampfes bereits entschieden gewesen wäre. Doch jetzt drohte seine Jugend oder sein heißes Blut die völlige Vernichtung heraufzubeschwören.

Keyoke betrachtete die Situation im Tal mit den Augen eines meisterhaften Taktikers. »Dieser ungestüme Narr! Er versucht zuzuschlagen, solange noch Verwirrung in den Reihen der Anasati herrscht. Hat er die Erhabenen nicht gesehen? Wie konnte er ihre Ankunft ignorieren?«

»Er hat den Verstand verloren.« Hokanu deutete auf die Läufer, die inzwischen selbst die am weitesten entfernten Linien erreicht hatten. »Oder er kann keine Signalflaggen lesen.«

Saric raste davon, um noch mehr Läufer loszuschicken, während sich überall auf dem Schlachtfeld ältere befehlshabende Offiziere durch die Masse der zurückdrängenden Krieger schoben und von allen Seiten auf Lord Pechtas Banner zuströmten.

Vom Hügel aus sah Lady Mara voller Schrecken zu, wie zwei volle Kompanien in den orange-blauen Rüstungen der Pechta zum Angriff auf die rechte Flanke der Anasati übergingen. Die Soldaten in Rot und Gelb wirbelten in einer Kehrtwendung herum und machten sich bereit, dem Angriff zu begegnen. Der Wind trug die Rufe ihres Anführers heran, der jeden Krieger ermahnte, einen kühlen Kopf zu bewahren. Es waren erfahrene Soldaten, oder die Furcht verlieh ihnen Klugheit. Zumindest hielten sie sich an das Edikt der Erhabenen und stürmten nicht los, um auf die Herausforderung durch den Lord der Pechta zu reagieren.

Keyokes sehnige Hand umklammerte seine Krücke so fest, daß sie weiß wurde. »Er ist weise, dieser Befehlshaber der Anasati. Er wird nicht gegen den Befehl zum Rückzug verstoßen; sollten die Pechta weiterdrängen, müssen sie hügelauf angreifen. Er hat Zeit zu warten, und vielleicht kann er den Waffenstillstand einhalten.«

Die Wörter waren zur Beruhigung der schwarzgewandeten Magier gedacht, die mittlerweile ein unruhiges Knäuel bildeten. Mit gerunzelten Stirnen unter tintenschwarzen Kapuzen sahen sie zu, wie die Truppen der Pechta Hals über Kopf auf der Seite der Ionani den Hügel hinaufstürmten.

Einer der Magier sagte etwas, und zwei seiner Gefährten verschwanden, lösten sich mit einem pfeifenden Geräusch buchstäblich in Luft auf.

Maras Bedienstete warfen sich voller Furcht unterwürfig bäuchlings auf den Boden, und mehr als einer der Veteranen wurde leichenblaß. Lujan sah elend aus, Keyoke grau und verwittert wie zerklüfteter Fels.

Die zwei Magier erschienen vor den angreifenden Truppen. Sie wirkten winzig wie Spielzeug und doch bedrohlich, als sie die Arme erhoben. Grünes Licht blitzte an ihren Fingerspitzen, und vor den laufenden Kriegern explodierte ein glühender Blitz.

Alle, die zuschauten, wurden geblendet.

Immer noch blind von der gleißenden Helligkeit, mußte Mara Tränen aus ihren brennenden Augen wegzwinkern. Es vergingen einige Augenblicke, bevor sie wieder deutlich sehen konnte. Sie zwang sich, nach vorn zu blicken, und hielt den Atem an.

Auf den ersten Blick schien alles in Ordnung zu sein. Die Pechta-Soldaten rannen nicht länger; sie standen aufrecht da, ihre orangefarbenen Rüstungen schimmerten im Sonnenlicht, die Federbüsche wehten in der Brise. Doch wenn man genauer hinsah, verwandelte sich der friedvolle Anblick zu einer Szenerie des Schreckens. Hände, die immer noch die Waffen festhielten, krümmten sich und zuckten, während das Fleisch langsam verglühte. Gesichter verzerrten sich in grauenhafter, stummer Qual. Auf der Haut bildeten sich Pusteln; sie wurde dunkler, dann schwarz und zerbröckelte. Rauch kräuselte sich im Wind, der den Gestank von verbranntem Fleisch herübertrug.

Maras Magen zog sich zusammen; ihr war furchtbar übel. Sie sackte in sich zusammen und wurde von Hokanu aufgefangen, dem es auch nicht besser zu gehen schien. Selbst der kampferprobte Keyoke sah zutiefst entsetzt aus.

Nicht ein einziger Schrei drang zu ihnen herüber. Die Opfer standen reglos wie Puppen da, als ihre Augäpfel zerbarsten. Ihre Zungen ragten wie dicke, rosa Obszönitäten aus Mündern, die noch nicht einmal einen einzigen unterdrückten Schrei von sich geben konnten. Haare qualmten, Fingernägel schmolzen, und doch lebten die Soldaten: Ihr Zucken und Beben war für all die benommenen Zuschauer auf den Hügeln deutlich zu sehen.

Saric hielt den Atem an. »Bei der Barmherzigkeit der Götter ... sie sind jetzt wirklich genug bestraft.«

Der Magier, der zuerst bei Maras Zelt aufgetaucht war, wandte sich an den Berater. »Sie sind erst genug bestraft, wenn *wir* beschließen, daß wir ihnen gestatten wollen, zu Turakamu zu gehen.«

»Wie Ihr wünscht, Erhabener!« Saric warf sich sofort zu Boden, das Gesicht wie ein Sklave in den Schmutz gepreßt. »Ich bitte um Vergebung, Erhabener. Ich bedauere meinen Ausbruch und entschuldige mich dafür, ohne Erlaubnis gesprochen zu haben.«

Der Magier machte sich nicht die Mühe zu antworten, sondern stand in kaltem Schweigen da, während das Martyrium der Pechta-Krieger auf dem Feld andauerte. Verbranntes Fleisch schälte sich von ihren Körpern und fiel qualmend zu Boden. Endlich brachen die Männer zusammen, erst einer, dann ein anderer, bis alle zweihundert Krieger als schwarze Skelette im unberührten Gras lagen, immer noch in ihren schimmernden Rüstungen. Vor ihnen lag das orange-blaue Banner; die Troddeln flatterten im Wind, in dem kaum eine Spur von Rauch zu sehen war.

Der junge Magier löste sich schließlich von seinen Kameraden und wandte sich Lady Mara zu. »Unsere Herrschaft ist absolut, Gute Dienerin. Eure Leute sollten sich daran erinnern. Alle, die uns trotzen, fordern ihre sofortige Auslöschung heraus. Habt Ihr das verstanden?«

Mara kämpfte gegen ihre Übelkeit an und brachte ein Flüstern zustande. »Wie Ihr wünscht, Erhabener.«

Ein anderer Magier löste sich aus der Gruppe. »Ich bin noch nicht zufrieden.« Er betrachtete Maras Offiziere, die alle bis auf Saric standen. Es gab keinen einzigen unter ihnen, der nicht vor Entsetzen zitterte, doch wie es der tsuranische Anstand verlangte, gaben sie sich unerschrocken. Diese tapfere Front schien das Mißfallen des Schwarzgewandeten noch zu verstärken. »Wer trotzte unseren Befehlen?« verlangte er von seinen Kollegen zu wissen, ohne Mara eines einzigen Blickes zu würdigen.

»Der junge Lord der Pechta«, kam die Antwort kalt und direkt. Ein dritter Magier mischte sich ein; seine Stimme klang gemäßigt. »Er handelte auf eigene Verantwortung, ohne die Erlaubnis oder Zustimmung seiner Clanlady.«

Der zweite Magier, ein Mann mit durchdringenden Augen und einem roten Haarschopf, der unter seiner Kapuze hervorlugte, wandte sich Mara zu. »Seine Unehre endet hier noch nicht.«

Erneut mischte sich der Magier ein, der anscheinend vermitteln wollte: »Tapek, ich sagte, daß Lady Mara nichts mit dieser Mißachtung unserer Anordnungen zu tun hatte.«

Tapek zuckte zur Antwort mit den Schultern, als hätte ihn eine Fliege geärgert. »Als Clanlady des Lords der Pechta ist sie für das

Verhalten sämtlicher Streitkräfte unter ihrem Kommando verantwortlich.«

Mara hob ihr Kinn. Eine schreckliche Erkenntnis brach über sie herein und ließ ihren Verstand für einen Augenblick stillstehen: Diese Magier konnten ihren Tod anordnen. Und es würde ihnen ebensowenig ausmachen wie bei Tasaio von den Minwanabi, der auf ihr Geheiß Selbstmord begangen hatte. Ihre Offiziere waren vor Schreck wie gelähmt. In Keyokes Augen lag eine Härte, wie sie kein lebender Mensch jemals gesehen hatte.

Hokanu zuckte unwillkürlich, als wolle er vorwärts stürzen, doch Lujan hielt ihn mit festem Griff am Arm zurück.

Die Umstehenden hielten den Atem an. Sollten die Schwarzen Roben Maras Vernichtung anordnen, würde kein Schwert, keine flehentliche Bitte, keine Macht der Liebe es verhindern können. Die Treue von Tausenden von Bediensteten und Soldaten, die freudig an ihrer Stelle ihr Leben hingeben würden, würde ihr nicht helfen können.

Während der rothaarige Tapck die Lady mit kalten, herzlosen Blicken musterte, sagte der jüngere Magier: »Lebt der Lord der Pechta noch?«

Lujan reagierte sofort und schickte einen Läufer zum Feld. Minuten vergingen. Tapek bewegte sich ungeduldig, während der Bote am Ort des Gemetzels etwas zu erfahren versuchte. Dann hob er eine Signalflagge und bewegte sie auf und ab und hin und her. Lujan interpretierte die Flaggensignale. »Alle Angreifer sind tot.« Er wagte, den Blick zum Erhabenen zu heben, als er schloß: »Der Lord der Pechta führte seine Männer an. Auch sein Körper ist nur noch Asche und Knochen.«

Der erste Magier nickte kurz angebunden. »Die Auslöschung der Angreifer ist Bestrafung genug.«

Der dritte Magier aus der Gruppe bestätigte dies. »So sei es.«

Mara fühlte Erleichterung in sich aufsteigen, bis Tapek mit raschen Schritten auf sie zukam. Tief im Schatten seiner Kapuze wölbte er mißbilligend die dicken Augenbrauen. Seine Augen waren sehr hell und so kalt wie die Wintersee, und eine unverhüllte Drohung schwang in seiner Stimme mit, als er sagte: »Mara von den Acoma, das Haus Pechta existiert nicht mehr. Ihr werdet dafür sorgen, daß alle aus diesem Geschlecht noch vor Einbruch der Nacht tot sind. Das Herrenhaus und die Unterkünfte der Dienerschaft und der Soldaten werden niedergebrannt, die Felder angezündet. Wenn das Korn vernichtet ist, werden Diener der Acoma Salz auf den Boden streuen, damit dort nichts mehr wächst. Alle Soldaten, die dem Natami der Pechta die Treue geschworen haben, werden gehängt. Ihr werdet ihre Leichen an den Stricken verfaulen lassen und ihnen niemals eine Zufluchtsstätte bieten, wie Ihr es mit den Soldaten anderer eroberter Häuser getan habt. Alle freien Bediensteten der Pechta werden als Sklaven dem Dienst des Kaisers übergeben. Jeglicher Besitz der Pechta gehört jetzt den Tempeln. Der Natami der Pechta wird mit Hämmern zerschlagen, seine Stücke werden vergraben, damit sie niemals mehr die Wärme der Sonne spüren, niemals mehr die Geister der Pechta an das Rad des Lebens binden. Ihr Ende soll ein Zeichen sein: Niemand trotzt dem Willen der Versammlung. Niemand.«

Mara zwang ihre Knie, nicht nachzugeben. Sie benötigte jedes Quentchen Kraft, das ihr noch verblieben war, um tief einzuatmen und eine Antwort zustande zu bringen. »Wie Ihr wünscht, Erhabener.«

Sie verneigte sich. Die Rüstung schnitt in ihre Schultern, und der Federbusch auf ihrem Helm schien auf einmal unglaublich schwer, doch sie verneigte sich immer tiefer, bis ihre Knie und ihre Stirn den Boden berührten und die Federn der Clanlady der Hadama mit Staub besudelt wurden.

Der junge Magier gab durch ein flüchtiges Nicken zu verstehen, daß er ihren Gehorsam anerkannte, dann zog er einen runden Gegenstand aus seinen Gewändern. Er drückte mit dem Daumen auf einen Knopf. Ein heulender Ton zerriß die Stille. Und dann verschwand der Erhabene mit einem hörbaren *Plop* und dem Geräusch der plötzlich in den leeren Raum zurückstürzenden Luft.

Tapek blieb noch; er betrachtete die Frau, die vor ihm auf der Erde lag. Seine Lippen zuckten, als würde er es genießen, Mara im Staub kriechen zu sehen. »Seht zu, daß diese Lektion von allen anderen in Eurem Clan gelernt wird, Gute Dienerin. Wer immer der Versammlung trotzt, wird dasselbe Schicksal erleiden wie die Pechta.« Er zog ebenfalls einen runden Gegenstand aus seinem Gewand und verschwand einen Augenblick später. Die anderen Magier taten es ihm gleich. Mara und ihre schockierten Offiziere blieben allein auf dem Hügel zurück.

Von unten aus dem Tal klangen Schreie herauf, als Offiziere den verwirrten Soldaten Befehle zuriefen. Zahllose Krieger marschierten die Hügel hoch; einige schienen bestrebt, schnell Abstand zwischen sich und das durch Magie herbeigeführte Gemetzel zu bringen, während andere zögerten, dem Feind den Rücken zu kehren, der sich aus dem gleichen Grund zurückzog wie sie selbst. Saric rappelte sich wieder auf, während Lujan seiner Lady half, ebenfalls aufzustehen. »Beeilt Euch und schickt weitere Boten los«, sagte sie mit rauher Stimme zu ihrem Kommandeur. »Wir müssen schnell die Streitmacht des Clans auflösen, bevor noch weiteres Unglück geschieht.«

Mara schluckte schwer; sie fühlte sich noch immer elend. Sie machte Saric ein Zeichen. »Und dann – mögen die Götter uns gnädig sein – veranlaßt diese schreckliche Sache: Löscht die Pechta aus.«

Saric nickte; er brachte kein Wort heraus. Er besaß eine gute Menschenkenntnis, und die Erinnerung an Tapek jagte ihm kalte

Schauer den Rücken hinunter. Mara mußte die schlimmste Bestrafung durchführen, die man sich vorstellen konnte: die vollständige Vernichtung einer loyalen Clan-Familie – und aus keinem anderen Grund als jugendlichem Ungestüm. Nur weil seine Mistress den Clan angerufen hatte, hatte der junge Lord langsam und qualvoll sterben müssen; noch vor Einbruch der Nacht würden seine junge Frau und seine kleinen Söhne tot sein, genau wie sämtliche Cousins und Verwandte, die seinen Namen trugen. Daß sie selbst es war, die diesen ungerechten Befehl ausführen mußte, durchdrang Maras Trauer um Ayaki. Zum ersten Mal, seit der große schwarze Wallach über dem Körper ihres Sohnes zusammengebrochen war, leuchtete in ihren Augen ein Funke wiedererwachten Gefühls für andere und verdrängte ihr Selbstmitleid.

Saric sah es, als er davontrottete, um die schreckliche Aufgabe auszuführen, die den Acoma von den Erhabenen auferlegt worden war. Hokanu bemerkte es ebenfalls, als er seine Lady auf dem Weg zurück ins Kommandozelt stützte. Das magische Feuer der Erhabenen hatte die Wunden ihres Geistes versiegelt. Statt dem zur Besessenheit gewordenen Wunsch, sich an Jiro zu rächen, brannte jetzt in ihr eine wilde Wut.

Mara hatte sich wieder erholt. Hokanu spürte bittersüße Erleichterung angesichts dieser Veränderung. Er bedauerte die Vernichtung der Pechta; doch die Frau, die er liebte, war endlich wieder die gefährlichste Spielerin des Spiels des Rates, die das Kaiserreich jemals gekannt hatte. Mit einer Handbewegung entließ sie die Bediensteten, die herbeieilten, um das Durcheinander im Zelt in Ordnung zu bringen. Als auch die letzten sich diskret zurückgezogen hatten, beauftragte sie Irrilandi, die Zeltklappen loszubinden, um für eine private Atmosphäre zu sorgen.

Keyoke trat ein, als die letzte Türklappe herunterfiel. Er zündete anstelle des Dieners die Lampen an, während Mara auf und ab schritt. Voller unterdrückter Erregung, ja fast gereizt, betrachtete sie die Mitglieder ihres Haushalts, die im Halbkreis vor ihr saßen. Ihre Stimme klang ausdruckslos. »Sie wagen es …«

Keyoke versteifte sich. Er warf Hokanu, der genauso sprachlos war wie die anderen, einen entsetzten Blick zu. Mara erreichte das Durcheinander aus heruntergefallenen Vorhängen, dann wirbelte sie herum. »Nun, sie werden es lernen.«

Irrilandi, der ihre Stimmungen nicht so gut kannte wie die anderen, preßte die Faust wie zum Gruß auf sein Herz. »Lady, Ihr sprecht doch sicherlich nicht von den Magiern?«

Mara wirkte winzig im Laternenlicht, das die Schatten in die hintersten Ecken des großen Zelts zurückdrängte. Einige Augenblicke verstrichen, in denen nur die unterdrückten Rufe der Offiziere zu hören waren, die draußen noch immer die Truppen zusammenstellten. Angespannt wie eine Bogensehne, erklärte Mara: »Wir müssen etwas tun, was es niemals zuvor in der Geschichte des Kaiserreichs gegeben hat, meine treuen Freunde. Wir müssen einen Weg finden, wie wir den Willen der Erhabenen umgehen können.«

Irrilandi stockte der Atem. Selbst Keyoke, der sein ganzes Leben lang auf vielen Feldzügen immer wieder dem Tod ins Auge geblickt hatte, schien bis ins Innerste erschüttert zu sein. Doch Mara fuhr grimmig fort: »Wir haben keine andere Wahl. Ich habe vor Jiro von den Anasati Schande über den Namen der Acoma gebracht. Wir dürfen keinen Krieg führen, um unsere Schmach zu sühnen. Doch ich werde mich auch nicht in mein Schwert stürzen. Dies ist eine Sackgasse, für die die Tradition keine Antwort bereithält. Der Lord der Anasati *muß* sterben, aber ich werde mich nicht dazu herablassen, Attentäter anzuheuern. Jiro hat meine Schande bereits dazu benutzt, Feinde aufzuhetzen. Er hat damit begonnen, unzufriedene Lords aus dem ganzen Kaiserreich in eine geschlossene Partei von Traditionalisten zu verwandeln, und Ichindars Herrschaft ist genauso gefährdet wie der Fortbestand des Namens der Acoma. Mein einziger Erbe ist tot, somit wäre mein ritueller Selbstmord keine Alternative. Wenn ich das, wofür ich gelebt habe, retten will, müssen wir langfristig, über viele Jahre hinweg planen. Jiro muß durch meine Hand sterben; wenn nicht im Krieg, dann im Frieden, trotz des Willens der Versammlung der Magier.«

Vier

Die Zeit der Not

Jemand bewegte sich.

Auf einem Stapel aus Stoffballen, teilweise durch einen weiteren, schiefen Stapel verborgen, hörte Arakasi ein knirschendes Geräusch, als ob jemand auf die mit kleinen Steinchen übersäten Bodendielen getreten wäre. Er erstarrte. Die Entdeckung, daß er nicht allein in der düsteren Lagerhalle war, verschaffte ihm Unbehagen. Lautlos kontrollierte er seine Atmung; er zwang seinen Körper, sich zu entspannen, um bei der ungünstigen Position jeden Muskelkrampf zu vermeiden. Aus einiger Entfernung würde seine Kleidung sich nicht von den Waren unterscheiden, die hier gelagert waren; er wäre nur ein weiteres Stück zusammengefalteter Stoff, das aus den Bändern gerutscht war. Einer näheren Betrachtung würde die Täuschung allerdings nicht standhalten. Sein grobgewebtes Gewand konnte niemals als feines Leinen durchgehen. Vielleicht hatte er sich in eine Falle begeben, als er sich ausgerechnet dieses Gebäude als Unterschlupf ausgesucht hatte, um vermeintliche Verfolger abzuschütteln. Nachdenklich schloß er die Augen, um seine anderen Sinne zu schärfen. Die Luft war muffig von verschüttetem Korn und ausgelaufenen Gewürzfässern. Der Geruch von Harz, mit dem die Dachschindeln abgedichtet wurden, vermischte sich mit dem des verschimmelten Leders der Türangeln. Diese Lagerhalle lag so nahe an den Docks, daß der Boden überschwemmt wurde, wenn der Fluß im Frühling anstieg und über die Deiche trat.

Minuten vergingen. Gedämpft drangen Geräusche von den

Docks durch die Wände: der rauhe Streit eines Seemanns mit einer Frau der Ried-Welt, Hundegebell, das unaufhörliche Rumpeln von Rädern, als die schweren Rollwagen die Anlegestellen am Fluß verließen. Der Supai der Acoma strengte sich an, die entfernte Geräuschkulisse in ihre einzelnen Bestandteile zu zerlegen; ein Geräusch nach dem anderen versah er mit einem imaginären Etikett, während der Tag draußen schwand. Eine Gruppe schreiender Straßenkinder rannte die Straße entlang, und der geschäftige Handel beruhigte sich. Noch hatte nichts Unheilvolles seine Ohren erreicht, nur die Rufe der Lampenanzünder, die die Straße am Ende dieser Gasse versorgten. Noch lange, nachdem jemand anderer längst geschlossen hätte, daß die vorherige Störung nur eine Einbildung gewesen war – und das, was wie Schritte geklungen hatte, sicherlich nur das Resultat von Streß und Einbildung –, verhielt sich Arakasi absolut still.

Seine Nackenhaare waren immer noch warnend aufgerichtet. Er gehörte nicht zu den Menschen, die Risiken eingingen. Geduld war alles, wenn es um Täuschungen, List und Gegenlist ging.

Seine Ausdauer wurde schließlich belohnt, als ein schwaches Scharren ihm verriet, daß ein Gewand an Holz entlangstreifte oder ein Ärmel an einem Stützbalken. Aus Zweifeln wurde häßliche Gewißheit: Es war noch jemand in der Lagerhalle.

Arakasi betete stumm zu Chochocan, dem Guten Gott, ihn diese Begegnung überleben zu lassen. Wer immer dieses dunkle Gebäude betreten hatte, würde keine harmlosen Gründe dafür haben. Dieser Eindringling konnte kaum ein Diener sein, der sich zu einem verbotenen Nickerchen in der Nachmittagshitze davongestohlen und dann das Abendessen verpaßt und bis in die Nacht verschlafen hatte. Arakasi mißtraute dem Zufall grundsätzlich; fälschlicherweise etwas anderes anzunehmen, konnte ihn das Leben kosten. Angesichts der späten Stunde und der besonderen Vorsicht, die sein Verfolger bewiesen hatte, konnte er nur schließen, daß er gejagt wurde.

In Schweiß gebadet lag er in der drückenden, schwülen Stille und rief sich jeden Schritt in Erinnerung, der ihn in diese Lage gebracht hatte. Er hatte am Nachmittag einem Tuch-Makler in Ontoset einen Besuch abgestattet, um bei dieser Gelegenheit den Makler eines unbedeutenderen Hauses aufzusuchen, der zu seinen vielen aktiven Agenten zählte. Arakasi hatte sich derartige, in unregelmäßigen Abständen erfolgende Besuche zur Gewohnheit gemacht, einerseits, um sicherzustellen, daß diese Männer ihrer Herrin, der Lady der Acoma, treu blieben, und andererseits, um feindliche Eindringlinge abzuwehren. Das Spionagenetzwerk, das er seit seiner Zeit als Diener der Tuscai aufgebaut hatte, war unter der Schirmherrschaft der Acoma gewaltig gewachsen. Jede Selbstgefälligkeit von seiner Seite konnte tausend mögliche Mißgeschicke nach sich ziehen, und schon das kleinste konnte das Wohlergehen seiner Lady gefährden.

Er war bei seinem Besuch heute nicht unvorsichtig gewesen; seine Tarnung als unabhängiger Händler aus Yankora war durch Papiere und Referenzen untermauert worden. Die öffentliche Bekanntmachung, daß sich die Versammlung in den Konflikt zwischen den Acoma und den Anasati eingemischt hatte, hatte diese weiter südlich gelegene Stadt erst Tage später erreicht; in der Jahreszeit, in der die Flüsse wenig Wasser führten und die Handelsbarken durch Karawanen über Land ersetzt wurden, verbreiteten sich Neuigkeiten in den Provinzen gewöhnlich eher langsam. Er war sich bewußt gewesen, daß Lady Mara seinen neuesten Bericht so schnell wie möglich haben wollte, um sich gegen etwaige Pläne der Anasati – oder anderer Feinde, die durch das Eingreifen der Versammlung plötzlich kühn wurden – wappnen zu können. So hatte Arakasi seinen Aufenthalt abgekürzt und war nach einem eiligen Austausch von Nachrichten weitergezogen. Beim

Verlassen des Gebäudes hatte ihn der Verdacht beschlichen, daß er verfolgt wurde.

Wer immer ihm auf der Spur war, er war gut. Dreimal hatte er versucht, seinen Verfolger in den von Menschen wimmelnden Gassen des Armenviertels abzuschütteln. Nur eine Vorsicht, die schon beinahe zwanghaft schien, hatte ihn kurz ein Gesicht, eine teerbefleckte Hand und schließlich zweimal das farbige Ende einer Schärpe sehen lassen; letzteres hätte in Anbetracht des um diese Tageszeit in den Gassen und Straßen zufällig hin und her wogenden Gewimmels nicht geschehen dürfen.

So weit Arakasi erkennen konnte, waren sie zu viert, eine außergewöhnlich gut ausgebildete Gruppe, ganz sicher Agenten eines anderen Netzwerks. Keine normalen Seeleute oder Diener hätten so gut aufeinander abgestimmt arbeiten können. Arakasi fluchte innerlich. Er war in genau eine solche Falle geraten, wie er sie selbst für Informanten gestellt hätte.

An seinem Rückzugsplan war nichts auszusetzen. Er hatte rasch den geschäftigen Markt im Zentrum überquert, wo er durch den Erwerb eines neuen Gewandes und einen kurzen Abstecher in ein Wirtshaus voller Krawallmacher als Händler aus Yankora verschwand und als Hausbote wieder auftauchte. Seine Fähigkeit, seine Haltung und seine Bewegungen, ja scheinbar sogar seinen Körperbau zu verändern, hatte so manchen Gegner im Lauf der Jahre verwirrt.

Der Weg, auf dem er sich zurückziehen wollte, schien noch nicht entdeckt worden zu sein, als er zurück zum Viertel der Makler gelaufen war und sich durch eine verbogene Tür Zugang zum Haus verschafft hatte. Dort hatte er sich das braune Gewand eines gewöhnlichen Arbeiters übergestreift und Zuflucht in der Lagerhalle hinter dem Laden gesucht. Er war ganz nach oben auf die Stoffballen geklettert und hatte vorgehabt, bis zum Morgen zu schlafen.

Jetzt verfluchte er sich, weil er ein Narr gewesen war. Als seine Verfolger ihn aus den Augen verloren hatten, mußte einer von ihnen auf gut Glück zurück zu diesem Lagerhaus gerannt sein, falls er hierher zurückkäme. Es war ein Zug, den ein weniger anmaßender Mensch vorausgesehen hätte, und es war schieres Glück, daß er herbeigehuscht war und sich versteckt hatte, bevor der feindliche Agent aufgetaucht war, um hier zu warten und zu beobachten. Schweiß tropfte in Arakasis Kragen. Sein Gegner war gefährlich; er hatte sich beinahe unbemerkt hereingeschlichen. Mehr sein Instinkt als sein Wissen hatte Arakasi zur Vorsicht geraten.

In der Düsternis war es unmöglich, das Versteck seines Gegners zu entdecken. Unendlich langsam – um nur ja kein Geräusch zu verursachen – schob der Supai seine Hand Zentimeter um Zentimeter hinunter, um den kleinen Dolch in seinem Gürtel zu packen. Mit dem Schwert war er schon immer unbeholfen gewesen, dafür konnte er außergewöhnlich gut mit dem Messer umgehen. Wenn er seinen Gegner sehen würde, könnte er dieses nervenzerfetzende Warten beenden. Doch wenn er einen Wunsch frei hätte, würde er die Götter des Betrugs und der Glücklichen Fügung nicht um Waffen bitten, sondern darum, ganz weit fort von hier zu sein. Arakasi wußte nur zu gut, daß er kein Krieger war. Er hatte bereits zuvor getötet, doch er verließ sich zur Verteidigung lieber auf seinen Verstand, auf eine Überraschungstaktik, die ihm den ersten Schlag sicherte. Dies war das erste Mal, daß er wirklich in die Enge getrieben worden war.

Ein Scharren erklang am anderen Ende der Lagerhalle. Arakasi hielt die Luft an, als ein loses Brett quietschte und beiseite geschoben wurde, um einen zweiten Mann einzulassen.

Der Supai atmete vorsichtig aus. Die Hoffnung, den Mann mit List töten zu können, war dahin. Jetzt mußte er gegen zwei Feinde vorgehen. Licht flackerte auf, als der Deckel einer Handlaterne geöffnet wurde. Arakasi blinzelte, um seine Fähigkeit, im Dunkeln sehen zu können, nicht zu verlieren. Seine Situation war jetzt nicht mehr angespannt, sondern kritisch. Der Neuankömmling mit der Laterne in der Hand mußte ihn einfach entdecken.

Da er keine andere Alternative hatte, untersuchte Arakasi die Lücke, die eigentlich zwischen den Stapeln, auf denen er lag, und der Wand bestehen mußte. Die Stoffe benötigten freie Luftzirkulation, sollten sie nicht verschimmeln und damit wertlos werden. Dieser Händler gönnte seinen Waren nicht übermäßig viel Luft; Arakasi ertastete nur einen sehr schmalen Spalt. Seine Haut kribbelte angesichts der Gefahr, als er einen Arm bis zur Schulter in den Spalt schob und wackelte, bis der Stapel sich etwas bewegte. Natürlich bestand das Risiko, daß der ganze Stapel umfiel; doch wenn er nicht irgend etwas tat, würde er ohnehin entdeckt werden. Er preßte sich flach gegen die Wand, drückte die Stoffballen von sich weg und quetschte sich in die allmählich breiter werdende Lücke. Splitter von den rohen Brettern bohrten sich in seine bloßen Knie. Er wagte nicht innezuhalten, noch nicht einmal, einen stillen Fluch auszustoßen, denn das Licht dort unten bewegte sich.

Schritte näherten sich seiner Position, und Schatten glitten in sanften Bögen über die Dachsparren. Er war nur halb versteckt, doch er war so hoch oben, daß kein Lichtschein auf ihn fiel; hätte er auch nur einen Herzschlag gezögert, hätten sie seine Bewegung gesehen. Er durfte sich nicht den geringsten Fehler leisten. Nur die Schritte seiner Gegner überdeckten das rutschende Geräusch, als er nach einem letzten, heimlichen Stoß nach unten in den Spalt kroch.

Von der anderen Seite des Stapels drang Gemurmel zu ihm. »Sieh dir das an!« Als wäre er hier, um die gelagerten Waren zu begutachten, fuhr der Mann fort: »Die werfen die guten Stoffe hierhin, als wären es Strohballen, unfähig, sie ordentlich zu packen ... Dafür hätte jemand die Peitsche verdient –«

Das Flüstern des ersten Verfolgers unterbrach die Tirade. »Hier drüben.«

Arakasi wagte nicht, sich nach oben zu schieben, um einen Blick zu erhaschen.

Der Lichtschein der Laterne in der Hand des unsichtbaren Trägers kroch weiter. »Irgend etwas entdeckt?«

»Nichts.« Der erste Verfolger klang gereizt. »Ich dachte, ich hätte vorhin etwas gehört, aber es war wohl nur Ungeziefer. Immerhin liegen ringsherum Lagerhäuser voller Korn.«

Der Neue war beruhigt; gelangweilt hob er die Laterne. »Na gut, aber er muß irgendwo stecken. Der Sklave des Maklers behauptete steif und fest, daß er zurückgekommen wäre und sich versteckt hätte. Die anderen beobachten das Wohnhaus. Sie sollten ihn besser bis zum Morgen finden. Ich möchte unserem Herrn nicht berichten müssen, daß er uns entwischt ist.«

»Hast du von den Gerüchten Wind bekommen? Daß dieser Bursche vorher in einer anderen Verkleidung gesehen worden sein soll? Er muß mindestens ein Kurier sein, wenn nicht sogar ein Aufseher. Und er ist nicht aus dieser Provinz.«

»Du redest zuviel«, blaffte der mit der Laterne. »Und du erinnerst dich an Dinge, die du besser vergessen solltest. Behalte dein Wissen für dich, wenn du noch etwas länger atmen möchtest. Du kennst doch den Spruch: ›Männer haben Kehlen und Dolche scharfe Klingen.‹«

Der andere nahm den Ratschlag mit einem Seufzer an. »Wie lange müssen wir Wache halten?«

»Wenn man uns nicht sagt, daß wir gehen können, bleiben wir bis kurz vor Tagesanbruch hier. Es bringt nichts, wenn wir uns fangen lassen und vielleicht wie gewöhnliche Diebe von Wachen getötet werden.«

Ein unverständliches Grollen beendete die Unterhaltung.

Arakasi machte sich auf eine lange, ungemütliche Wartezeit gefaßt. Jeder Muskel seines Körpers würde am nächsten Morgen völlig verkrampft sein, und die Splitter machten die Sache auch nicht besser; doch sollte er erwischt werden, würden die Konsequenzen ungleich schlimmer sein. Die lockeren Zungen seiner Verfolger hatten seinen schlimmsten Verdacht bestätigt: Er wurde von einem anderen Spionagenetzwerk verfolgt. Wer immer den beiden im Lagerhaus Befehle gab, wem immer sie Bericht erstatteten – der Mann an der Spitze ihres Netzwerks arbeitete für jemanden, der verflucht schlau war; jemand, der eine Spionageorganisation aufgebaut hatte, die seiner Aufmerksamkeit bis jetzt völlig entgangen war. Arakasi dachte über diese Tatsache nach und spürte Angst in sich aufsteigen. Nur der Zufall und seine Intuition hatten ihn gerettet, als seine komplizierten Sicherheitsmaßnahmen versagt hatten; eingezwängt zwischen Stoffballen in diesem dunklen, stickigen Lagerhaus erschien ihm diese Erkenntnis noch quälender.

Erfahren mochten sie sein, die Männer, die hinter ihm her waren, aber nicht so gut, daß sie auf müßige Gespräche verzichtet hätten. Die Schlußfolgerung lag auf der Hand: Ihr Herr hatte sie auf einen Mann angesetzt, den er innerhalb des Netzwerks, das er zu knacken versuchte, für einen Verbindungsmann niederen Ranges hielt. Arakasi unterdrückte ein leichtes Frösteln. Es war ein Zeichen seines tief in ihm verwurzelten Mißtrauens, daß er gelegentlich kleine Aufträge selbst durchführte, sooft es eben ging. Sein unbekannter Feind durfte niemals herausfinden, wer er wirklich war, wie weit oben in der Hierarchie des Netzwerks er stand oder wem er Bericht erstattete. Möglicherweise hatte er hier den gefährlichsten Gegner vor sich, dem er jemals begegnet war. Irgendwo hatte Lady Mara einen Feind, dessen Raffinesse ihn zur bisher größten Bedrohung machte – größer als alles, womit sie es bisher hatte aufnehmen müssen. Wenn Arakasi nicht lebend aus Ontoset zurückkam, wenn er die Nachricht nicht nach Hause bringen konnte, würde der nächste Schlag seine Lady unvorbereitet treffen. Der Schmerz in seiner Brust erinnerte den Supai daran, daß er schnell und oberflächlich atmete, und er zwang sich zur Ruhe.

Seine Sicherheitsmaßnahmen waren durchbrochen worden, als er nicht die leiseste Ahnung von der drohenden Gefahr hatte. Die ganze Vorgehensweise zeugte von vorsichtiger Planung. Die zweite Aufgabe des Maklers mußte entdeckt worden sein; wie, konnte er nur vermuten, doch die Reisenden an den Docks von Ontoset waren intensiv genug beobachtet worden, um zwischen regulären Händlern und Fremden unterscheiden zu können. Daß die beiden, die jetzt hier im Lagerhaus auf der Lauer lagen, schlau genug gewesen waren, ihn in zwei verschiedenen Verkleidungen zu erkennen und ihn als Kurier oder Aufseher zu bezeichnen, verhieß nichts Gutes.

Arakasi überdachte den Schaden. Er würde den Makler austauschen müssen. Ein bestimmter Sklave würde an einer scheinbar natürlichen Todesursache sterben, und der Laden würde geschlossen werden müssen. Letzteres war eine bedauerliche Notwendigkeit, denn wenn er auch Teil des Netzwerks war, so war dieser Laden doch eines der wenigen gewinnbringenden Unternehmen, die vom Netzwerk genutzt wurden. Er trug sich selbst und stellte noch einen Fundus für andere Agenten zur Verfügung.

Graues Licht drang durch einen Riß in der Wand. Die Morgendämmerung nahte, doch die Männer machten keinerlei Anstalten zu gehen. Sie waren nicht eingeschlafen, sondern warteten gegen alle Wahrscheinlichkeit, daß der Mann, den sie suchten, in letzter Sekunde doch noch auftauchen würde.

Die Minuten zogen sich dahin. Draußen wurde es allmählich heller. Wagen und Karren rumpelten vorbei; Obst-, Gemüse-, oder Fischhändler, die ihre Waren noch vor der größten Hitze ans Ufer brachten, wo sie verladen werden sollten. Der Gesang einer Gruppe von Ruderern erhob sich in unmelodischem Gleichklang, übertönt von dem Geschimpfe einer Frau, die ihren betrunkenen Ehemann zurechtwies. Dann übertönte ein Ruf den erwachenden Lärm der Stadt – ganz in der Nähe und ziemlich drängend. Eingekeilt hinter dämpfenden Stoffballen konnte Arakasi die Worte nicht verstehen, doch die anderen beiden Männer im Lagerhaus bewegten sich sofort. Ihre Schritte dröhnten das Gebäude entlang, und das Brett glitt knarrend zur Seite.

Höchstwahrscheinlich hatten sie sich davongemacht; waren sie schlau, war ihr allzu deutlich hörbarer Abgang der Eröffnungszug für eine Falle. Ein weiterer Verfolger konnte noch immer hier warten und darauf achten, ob ihre Beute ebenfalls davonlief.

Arakasi verhielt sich still, obwohl seine Beine nur noch aus schmerzhaft verdrehten Muskeln zu bestehen schienen. Er wartete ein, zwei Minuten, die Ohren gespitzt, auf irgendwelche Anzeichen von Gefahr.

Von draußen klangen Stimmen durch die Doppeltür. Das Schloß, mit dem die Tür verriegelt war, klapperte – eine deutliche Warnung, daß jeden Moment jemand das Lagerhaus betreten konnte. Arakasi wand sich hin und her und stellte fest, daß seine Schultern eingekeilt waren. Seine Arme waren fest an die Seiten gepreßt; seine Beine waren zu tief gerutscht, um festen Halt zu bekommen. Er saß in der Falle.

Tiefe Verzweiflung erfaßte ihn. Wenn er hier gefangen und als Dieb festgenommen wurde, würde es auch der Spion mitbekommen, der ihn verfolgt hatte. Ein korrupter Stadtbeamter würde dann ein Geschenk erhalten und ihn dem Feind übergeben. Seine Chance, zu Mara zurückzukehren, wäre dahin.

Arakasi rammte die Ellbogen gegen den Stapel, doch umsonst. Die Lücke, in der er feststeckte, wurde zwar breiter, doch das ließ ihn nur noch tiefer in die Spalte abrutschen. Die Bretterwand bescherte seinen Handgelenken und Unterarmen noch mehr stechende Splitter. Er fluchte lautlos vor sich hin, drückte und schob weiter und wand sich hin und her, obwohl er die Hoffnung längst aufgegeben hatte, sich noch unauffällig befreien zu können.

Die Türen des Lagerhauses gingen krachend auf. Der Supai konnte jetzt nichts mehr tun; er konnte nur noch beten, daß er eine Möglichkeit finden würde, sich durchzumogeln. Ein Aufseher brüllte: »Nehmt alle die da an der Wand.«

Sonnenlicht und der Gestank von Flußschlamm drangen in die Lagerhalle. Eine Needra muhte, Geschirr quietschte. Arakasi schloß daraus, daß Wagen vor der Halle warteten, um beladen zu werden. Er wägte seine Chancen ab. Jetzt die Aufmerksamkeit auf sich zu ziehen, hieße das Glück herauszufordern und darauf zu vertrauen, daß keiner seiner Feinde draußen wartete – ein Risiko, das er nicht einzugehen wagte. Er könnte wieder verfolgt werden, und ein zweites Mal würde er nicht soviel Glück haben. Dann wurde jedes weitere Nachdenken überflüssig, als eine Gruppe von Arbeitern ins Lagerhaus gerannt kam und der Stapel, hinter dem er eingeklemmt war, sich plötzlich bewegte.

»Hey«, rief jemand. »Seid vorsichtig mit den losen Teilen da.«

»Lose Teile«, blaffte der Aufseher. »Wer von euch Hunden hat das Band zerrissen, als die Ballen aufgestapelt wurden, und den Fehler nicht gemeldet?«

Ein empörtes Stimmengewirr übertönte jedes Geräusch, das Arakasi vielleicht verursacht haben könnte, als er seine Muskeln anspannte, um sich auf die unausweichliche Entdeckung vorzubereiten.

Nichts geschah. Die Arbeiter ergingen sich weiter in Entschuldigungen vor ihrem Aufseher. Arakasi nutzte die Gelegenheit und stemmte sich hoch. Diese Bewegung reichte aus, um den zuvor verrückten Stapel aus dem Gleichgewicht zu bringen; er fiel um und landete mit einem dumpfen Klatschen auf dem Boden.

Der Aufseher machte seinem Ärger lauthals Luft. »Du Trottel! Sie sind schwerer, als sie aussehen! Hol Hilfe, bevor du versuchst, sie von oben herunterzustoßen.«

Aha, schloß Arakasi: Der Makler mußte sein Dilemma begriffen haben und hatte für eine mögliche Tarnung gesorgt. Jetzt durfte er auch nicht den kleinsten Fehler machen, wenn die improvisierte Rettung gelingen sollte. Hastig warf er sich der Länge nach hin. Das Gesicht in die Stoffballen gepreßt, murmelte er unterwürfige Entschuldigungen.

»Los, mach weiter!« brüllte der Aufseher. »Deine Unbeholfenheit ist kein Grund, hier faul rumzuliegen. Sieh zu, daß die Wagen beladen werden!«

Arakasi nickte und rutschte von dem Stapel herunter; er kämpfte darum, auf den Beinen zu bleiben, denn seine steifen Muskeln wollten ihm nicht gehorchen. Der Schock war zu groß, nach stundenlanger erzwungener Bewegungslosigkeit. Bevor er hinfallen konnte, beugte er sich nach vorne, lehnte sich gegen den herabgestürzten Ballen und reckte sich, als würde er nach Verletzungen suchen. Ein Arbeiter beobachtete ihn verdrießlich, als er sich wieder aufrichtete. »Bist du in Ordnung?«

Arakasi nickte so stürmisch, daß ihm die Haare übers Gesicht fielen.

»Dann hilf hier«, sagte der Arbeiter. »Wir sind auf dieser Seite beinahe fertig.«

Arakasi tat wie beholfen und packte den Ballen. Zusammen mit dem Arbeitr kehrte er zu der Gruppe zurück, die die Wagen belud. Mit gebeugtem Kopf und geschäftigen Händen benutzte er jeden Trick, der ihm einfiel, um seine Erscheinung zu verändern. Schweiß tropfte von seinem Kinn. Er verschmierte ihn mit den Händen und verrieb ihn mit Staub und Schmutz an den Wangenknochen, um sie dunkler zu machen. Er fuhr mit den Fingern durch die eine Haarsträhne, die er färbte, seit sie weiß geworden war; dann schmierte er weiter, um die Schatten zu verlängern und den Eindruck zu erwecken, als wäre sein Kinn kürzer. Er ließ die Brauen etwas tiefer sinken, als würde er ein finsteres Gesicht machen, und schob den Unterkiefer gegen die Oberlippe. Für einen Außenstehenden sollte er jetzt wie ein nicht besonders intelligenter Arbeiter aussehen; als er das Ende des Ballens hochhob, starrte er stur geradeaus und tat nichts, was ihn möglicherweise als einen Mann auf der Flucht entlarvt hätte.

Der Weg vom Lagerhaus zum Wagen zerrte jedesmal erneut an seinen Nerven. Als die Wagen endlich beladen waren, hatte er einen einzelnen Herumtreiber auf der anderen Seite der Straße ausgemacht, der sich dort im Schatten der Ladenfront herumdrückte. Die Augen des Mannes wirkten leer, ein Bettler, den zu häufiger, regelmäßiger Genuß von Tateesha dumm gemacht hatte; nur daß seine Augen ein bißchen zu konzentriert waren. Arakasi unterdrückte ein leichtes Frösteln. Der Feind war immer noch hinter ihm her.

Die Wagen waren zum Aufbruch bereit, und die Arbeiter stiegen auf. Maras Supai hievte sich auf die Ladung, wie es von ihm erwartet wurde, und stieß dem Mann neben sich den Ellbogen in die Rippen.

»Hat dic kleine Cousine das Kleid gekriegt, das sie wollte?« fragte er laut. »Das mit dem Blütenmuster am Saum?«

Peitschen knallten, und ein Fahrer rief etwas. Die Needra stemmten sich in die Geschirre, und die schwer beladenen Wagen ruckelten ächzend los. Der Arbeiter, den Arakasi angesprochen hatte, starrte ihn völlig überrascht an. »Was?«

Arakasi lachte laut, als ob der Mann etwas Witziges gesagt hätte. »Du weißt schon. Lubals kleine Tochter. Die, die Simetos Gruppe immer das Essen zu den Docks bringt.«

Der Arbeiter grunzte. »Von Simeto habe ich schon gehört, aber Lubal sagt mir nichts.«

Arakasi schlug sich beschämt gegen die Stirn. »Bist du denn nicht sein Freund Jido?«

Der andere Mann räusperte sich den Staub aus der Kehle und spuckte aus. »Noch nie von ihm gehört.«

Die Wagen hatten jetzt die Straßenecke erreicht und schwangen herum, um die Kurve zu nehmen. Der Fahrer des ersten Wagens fluchte angesichts der Straßenkinder, die im Weg waren, und der Aufseher schüttelte drohend die Faust. Die Kinder antworteten mit obszönen Gesten; dann stoben sie wie ein aufgescheuchter Vogelschwarm auseinander. Zwei räudige Hunde schossen hinter ihnen her. Arakasi wagte einen Blick zurück zum Wohnhaus des Maklers. Der schwachsinnige Tateesha-Abhängige sabberte immer noch vor sich hin und stierte auf die Türen der Lagerhalle, die jetzt von einem Diener geschlossen und verriegelt wurde.

Vielleicht hatte die List funktioniert.

Arakasi murmelte dem Mann, den er belästigt hatte, entschuldigende Worte zu und ließ seinen Kopf auf die verschränkten Unterarme sinken. Während der Wagen über unebenes Gelände holperte und den Abfall zur Seite spritzen ließ, der die Rinnsteine an den Docks überschwemmte, unterdrückte er einen erleichterten Seufzer. Er war noch nicht ganz außer Gefahr und würde erst in Sicherheit sein, wenn er sich einige Meilen von Ontoset entfernt hatte. Seine Gedanken richteten sich auf die Zukunft: Wer immer die Falle beim Makler gestellt hatte, würde annehmen, daß sein Netz entdeckt war. Er würde glauben, daß seine ihm entwischte Beute wußte, daß eine andere Organisation am Werk war. Aller Logik zufolge würde der unbekannte Feind mit Gegenmaßnahmen reagieren, um genau die Art von Suche zu vereiteln, die Arakasi jetzt durchführen mußte. Ablenkungsmanöver und falsche Fährten würden die Spur vernebeln, während das Acoma-Netzwerk hier in Ontoset verloren war. Sämtliche Verbindungen, die bisher der Übermittlung von Nachrichten gedient hatten, mußten gekappt und ohne weitere Spuren zu hinterlassen aufgelöst werden. Zwei weitere Dinge galt es schnellstens zu tun: Zum einen mußte in den anderen Provinzen nach undichten Stellen gesucht werden, und dann mußte er einer kalten Fährte folgen, um diesen neuen Feind aufzustöbern.

Die Schwierigkeiten schienen nahezu unüberwindlich. Arakasi hatte ein gewisses Talent für schwierige Rätsel, ja. Doch dieses war möglicherweise tödlich, wie eine im Sand vergrabene Schwertklinge, in die jeder hineintreten konnte. Er brütete vor sich hin, bis die Wagen an den Docks anhielten. Zusammen mit den anderen Arbeitern sprang er auf den Kai hinunter und machte sich an einer Winde zu schaffen. Die Tuchballen wurden einer nach dem anderen von den Wagen gezogen und in Netze verladen. Immer wenn ein Netz voll war, stemmte sich Arakasi zusammen mit den anderen in die Stangen der Winde, hob die Ladung hoch und ließ sie auf das Deck der am Kai schaukelnden Barke schwingen. Die Sonne stieg höher, und es wurde wärmer. Bei der ersten sich bietenden Gelegenheit schlich Arakasi unter dem Vorwand, er würde einen Schluck Wasser brauchen, davon und verschwand im Armenviertel.

Er mußte ohne Hilfe aus Ontoset herauskommen. Sich einem anderen Verbindungsmann seines Netzwerks zu nähern, war ein zu großes Risiko; möglicherweise würde er erneut entdeckt werden. Und was noch schlimmer war: Womöglich würde er seine Verfolger auf ihnen bisher unbekannte Agenten oder Unternehmungen hinweisen und dadurch noch mehr von seiner verdeckten Arbeit enthüllen. Es gab Männer in dieser Stadt, die gegen Bezahlung Flüchtlinge aufnahmen, doch Arakasi wagte es nicht, sich ihnen zu nähern. Sie konnten vom Feind gekauft sein, und die Notwendigkeit zu fliehen, mochte ihn unwiderlegbar mit dem Vorfall im Lagerhaus in Verbindung bringen. Er sehnte sich nach einem Bad und einer Möglichkeit, die Splitter herauszuziehen, die noch immer in seinen Armen und Beinen steckten, doch beides war unmöglich. Zunächst mußte er in der grauen Kleidung eines Sklaven oder den Fetzen eines Bettlers aus der Stadt herauskommen. War er erst einmal jenseits der Mauern, mußte er sich auf dem Land verkriechen, bis er sicher sein konnte, daß er seine Verfolger endgültig abgeschüttelt hatte. Erst dann konnte er sich als Kurier verkleiden und versuchen, die Verzögerung aufzuholen.

Er seufzte unbehaglich. Er würde eine lange Zeit unterwegs sein, ganz allein mit seinen Gedanken – beunruhigenden Gedanken über einen unbekannten Gegner, der ihn mit einem einzigen Zug beinahe aus dem Spiel geworfen hatte, und über den Herrn dieses Feindes, der eine unsichtbare, unangreifbare Bedrohung darstellte. Da ein Krieg der Clans zwischen Mara und Lord Jiro von den Magiern verboten worden war, befand sich seine geliebte Lady der Acoma in Gefahr. Jetzt, wo sich Opportunisten und Feinde gegen sie verbündeten, würde sie alle Informationen brauchen, die seine Agenten beschaffen konnten. Nur dann würde es möglich sein, sie vor weiteren mörderischen Intrigen des Großen Spiels zu schützen.

Der Schneider ließ den Saum der Seidenrobe auf den Boden fallen. Er hatte Nadeln aus fein geschnitzten Knöchelchen zwischen den Zähnen und trat einen Schritt zurück, um die Paßform des offiziellen Gewandes zu betrachten, das der Lord der Anasati in Auftrag gegeben hatte.

Lord Jiro erduldete die Begutachtung des Schneiders mit unterdrückter Verachtung. Sein Gesicht war ausdruckslos, während er mit vom Körper abgespreizten Armen dastand, um zu verhindern, daß die Nadeln an den Manschetten ihn stachen. Er stand so reglos, daß noch nicht einmal die Pailletten in der Form von Mördervögeln auf der Vorderseite der Robe im Licht schimmerten, das durch den geöffneten Laden fiel.

»Mylord«, flüsterte der Schneider mit den Nadeln zwischen den Zähnen, »Ihr seht fabelhaft aus. Ganz gewiß wird jede unverheiratete Tochter aus edler Familie, die Euch in dieser Pracht sieht, Euch ohnmächtig zu Füßen fallen.«

Jiros Lippen zuckten. Er war kein Mann, der Schmeicheleien genoß. Er war so vorsichtig mit seinem äußeren Erscheinungsbild, daß die Unaufmerksamen ihn fälschlicherweise für eitel halten mochten, und er wußte sehr gut den Wert von Kleidung zu schätzen, wenn es darum ging, Eindruck zu machen. Das falsche Gewand konnte einen Menschen dumm aussehen lassen, übergewichtig oder auch frivol. Da der Kampf mit der Klinge und die Unbilden des Krieges nicht nach Jiros Geschmack waren, benutzte er jedes andere Mittel, seine Sicht von Männlichkeit zu betonen. Ein kleiner Vorteil konnte errungen werden oder ein Wettstreit des Geistes in einen Sieg verwandelt werden, der feinsinniger war als jeder Triumph auf dem Schlachtfeld.

Jiro war stolz auf seine Fähigkeit, seine Feinde ohne Blutvergießen zu bezwingen, und mußte sich beherrschen, um auf das gedankenlose Kompliment des Schneiders nicht mit Entrüstung zu reagieren. Der Mann war ein Handwerker, ein Mietling, der kaum seine Beachtung verdiente, geschweige denn seine Wut. Seine Worte hatten weniger Bedeutung als der Wind, und nur der Zufall hatte ihn an etwas rütteln lassen, dessen Jiro sich noch immer voller Groll erinnerte. Obwohl er soviel Wert auf Manieren und Kleidung legte, hatte Lady Mara ihn verschmäht. Hatte statt dessen den unbeholfenen, grobschlächtigen Buntokapi vorgezogen. Schon die flüchtige Erinnerung sorgte dafür, daß Jiro vor unterdrücktem Zorn zu schwitzen begann. All die Jahre sorgfältiger Bemühungen hatten ihm nichts gebracht; sein Verstand und sein geübter Charme waren von den Acoma abgewiesen worden. Sein lächerlicher, rüpelhafter Bruder hatte über ihn triumphiert.

Er würde Bunto sein Grinsen niemals vergeben können; die Erinnerung an diese Demütigung schmerzte noch immer. Seine Hände ballten sich zu Fäusten, und plötzlich konnte er nicht mehr stillstehen. »Ich mag diese Robe nicht«, schnaubte er gereizt. »Sie mißfällt mir. Macht eine andere, und laßt diese in Fetzen reißen.«

Der Schneider wurde blaß. Er nahm die Nadeln aus dem Mund und fiel auf den Parkettboden, die Stirn gegen das Holz gepreßt. »Mylord! Wie Ihr wünscht, selbstverständlich. Ich bitte unterwürfig um Vergebung für meinen Mangel an Geschmack und Urteilsvermögen.«

Jiro sagte nichts. Mit einem Ruck seines gerade vom Barbier behandelten Kopfes bedeutete er einem Diener, ihm die Robe auszuziehen und auf einen Haufen zu werfen. »Ich werde das blau-rote Seidengewand tragen. Holt es her.«

Sein Befehl löste nervöse Betriebsamkeit aus. Der Lord der Anasati bestrafte seine Sklaven und Dienerschaft selten, doch seit dem Tag, da er sein Erbe angetreten hatte, hatte er klargestellt, daß er nichts anderes als unbedingten Gehorsam tolerieren würde.

Der Erste Berater Chumaka spürte die fast an Wahnsinn grenzende Unterwürfigkeit der Diener, als er eintraf, um seinen Bericht abzugeben. Er zuckte jedoch mit keiner Wimper; er war der Weiseste im Haushalt der Anasati und kannte seinen Lord am besten von allen. Sein Herr mochte übertriebene Unterwürfigkeit nicht; ganz im Gegenteil. Jiro war als zweiter Sohn groß geworden, und er liebte es, wenn alles ruhig und unspektakulär geschah. Doch da er den Herrschermantel geerbt hatte, ohne für diese Aufgabe jemals erzogen worden zu sein, reagierte er höchst sensibel auf das Verhalten seiner Untergebenen ihm gegenüber. Er würde es bemerken, wenn sie ihm nicht den ihm als Lord zustehenden Respekt zukommen ließen, und sie sofort zurechtweisen.

Der Diener, der zu spät seinen Titel ausgesprochen hatte, der Sklave, der sich bei Erscheinen nicht ohne Zögern verbeugte – niemals vergaß er ihre Fehler. Wie feine Kleidung und glatte Manieren, bildete auch das Festhalten am traditionellen tsuranischen Kastensystem eine der Grundlagen, auf der Herrscher von ihren Kollegen beurteilt wurden. Und während er sich vom Schlachtfeld – das er für einen barbarischen Aspekt der Traditionen hielt – immer ferngehalten hatte, war Jiro zu einem Meister zivilisierten Verhaltens geworden.

Die achtlos weggeworfene Robe aus feinster Seide zu seinen Füßen schien vergessen, als er Chumaka zunickte, der sich gerade aus seiner Verbeugung erhob. »Was führt Euch zu dieser Stunde hierher, Erster Berater? Habt Ihr vergessen, daß ich vorhabe, mit den Scholaren aus Migran zu diskutieren?«

Chumaka neigte den Kopf leicht zu einer Seite und fixierte seinen Herrn wie ein hungriges Nagetier seine Beute. »Ich schlage vor, Mylord, daß die Scholaren ein wenig warten sollen, während wir einen kurzen Spaziergang unternehmen.«

Lord Jiro war verärgert, doch er zeigte es nicht. Er ließ sich erst von seinem Diener die Schärpe um die Robe binden, bevor er sagte: »Ist denn so wichtig, was Ihr mir zu sagen habt?« Wie alle im Raum Anwesenden genau wußten, hielt Jiro nachmittags mit den Maklern Hof, um sich um Geschäftliches zu kümmern. Wenn sich das Treffen mit den Scholaren verschob, würde es bis zum nächsten Morgen warten müssen, wodurch ihm wiederum die gewohnte Stunde zum Lesen geraubt werden würde.

Der Erste Berater der Anasati lächelte trocken und überreichte ihm rasch den Bericht. »Er bezieht sich auf Lady Mara und jene

Verbindung, die ich einmal in bezug auf die besiegten Tuscai geäußert habe.«

Jiros Interesse nahm zu. »Da gibt es eine Verbindung?«

Chumakas Schweigen vor den Bediensteten war Antwort genug. Jetzt war Lord Jiro neugierig geworden und klatschte nach dem Läufer in die Hände. »Such meinen Hadonra und sage ihm, er soll sich um die Unterhaltung unserer Gäste kümmern. Laßt ihnen mitteilen, daß ich aufgehalten worden bin und sie morgen früh treffen werde. Damit diese Änderungen sie nicht verärgern, sollen sie erfahren, daß ich eine Schirmherrschaft erwäge, wenn es ihnen gelingt, mich mit ihrer Kunst des Debattierens zu beeindrucken.«

Der Läufer verneigte sich bis zum Boden und eilte davon. Chumaka leckte sich erwartungsvoll die Lippen, als sein Herr sich mit ihm zum äußeren Laden aufmachte, der zum Garten führte.

Jiro setzte sich auf eine Steinbank, die bei einem Fischteich im Schatten stand. Er ließ die Finger lässig durch das Wasser gleiten, während er Chumaka aufmerksam ansah. »Sind es gute oder schlechte Nachrichten?«

Wie immer war die Antwort des Ersten Beraters nicht eindeutig. »Ich bin nicht sicher.« Bevor sein Herr seinem Mißfallen Ausdruck verleihen konnte, rückte Chumaka seine Robe zurecht und fischte ein Bündel Dokumente aus einer tiefen Tasche. »Vielleicht beides, Mylord. Eine kleine, vorbeugende Überwachung, die ich angeordnet hatte, brachte uns auf die Spur einer Person, die ganz weit oben im Spionage-Netzwerk der Acoma angesiedelt ist.« Er hielt inne, mit seinen Gedanken bei irgendwelchen unzugänglichen, vagen Spekulationen.

»Und was ist dabei herausgekommen?« drängte Jiro. Er war nicht in der Stimmung für schlaue Spielchen, denen zu folgen ihm das Geschick fehlte.

Chumaka räusperte sich. »Er ist uns entwischt.«

Jiro blickte verärgert drein. »Wie können das gute Nachrichten sein?«

Chumaka zuckte mit den Schultern. »Wir wissen ganz sicher, daß er jemand von großer Wichtigkeit war; das gesamte Netzwerk in Ontoset wurde danach stillgelegt. Der Makler des Hauses Habatuca wurde plötzlich genau das, was er immer zu sein vorgegeben hatte: ein Makler.« Nach einem kurzen Moment fügte er hinzu: »Das Geschäft läuft schlecht, daher können wir annehmen, daß die Waren, mit denen dieser Mann handelte, den Acoma gehörten, nicht den Habatuca.« Er warf einen Blick auf eines seiner Dokumente und faltete es zusammen. »Wir wissen, daß die Habatuca keine Günstlinge der Acoma sind, sondern fest im Clan Omechan verwurzelt. Außerdem sind sie Traditionalisten, die uns eines Tages noch von Nutzen sein könnten. Sie haben nicht den leisesten Verdacht, daß dieser Mann nicht ihr loyaler Diener ist. Allerdings ist das ganze Haus ziemlich unorganisiert.«

Jiro tippte sich mit einem sorgfältig manikürten Finger gegen das Kinn. »Die Entfernung dieses Maklers aus dem Netzwerk – ist das ein bedeutungsvoller Schritt?«

»Ja, Mylord«, sagte Chumaka. »Der Verlust dieses Agenten wird die Unternehmungen der Acoma im Osten behindern. Ich bin ziemlich sicher, daß beinahe alle Informationen, die aus diesem Gebiet kamen, durch Ontoset liefen.«

Jiro lächelte, doch es war ein kaltes Lächeln. »Nun denn, haben wir ihnen also einen Stich versetzt. Doch jetzt wissen auch sie, daß wir sie mit unseren eigenen Agenten überwachen.«

»Das war nicht zu vermeiden, Mylord«, sagte Chumaka. »Ich bin überrascht, daß sie nicht früher auf uns aufmerksam geworden sind. Ihr Netzwerk ist gut aufeinander eingespielt und hat viel Erfahrung. Daß wir sie so lange unentdeckt beobachten konnten, grenzt an ein Wunder.«

Jiro bemerkte den Glanz in den Augen seines Ersten Beraters. »Was gibt es noch?«

»Ich sagte, daß dies etwas mit dem lang verstorbenen Lord der Tuscai zu tun hat, mit einer Zeit, da Ihr noch nicht geboren wart. Kurz bevor Jingu von den Minwanabi das Haus Tuscai vernichtete, hatte ich die Identität eines ihrer wichtigsten Agenten herausgefunden. Als der Natami der Tuscai begraben wurde, nahm ich an, daß dieser Mann seine Rolle als unabhängiger Händler einfach weiterspielen würde. Er hatte keine öffentlichen Verbindungen zu den Tuscai und daher keinerlei Verpflichtung, den Status eines Ausgestoßenen anzunehmen.«

Jiro schwieg, als er von dieser indirekten korrupten Unehrlichkeit hörte. Die Bediensteten eines Herrn galten im Falle seines Todes als von den Göttern verflucht; die Krieger wurden zu Sklaven oder Grauen Kriegern – oder waren es geworden, bis Lady Mara verächtlich die Tradition gebrochen hatte.

Chumaka ignorierte das Unbehagen seines Herrn; er war völlig in seine eigenen Gedanken versunken. »Meine Annahme war falsch, wie ich jetzt glauben muß. Wie auch immer, bis vor kurzem spielte dies keine Rolle. – Unter denen, die in Ontoset ein und aus gingen, waren auch zwei Männer, von denen ich wußte, daß sie dem Kornhändler in Jamar gedient hatten. Sie zeigten mir die Verbindung. Da niemand außer Lady Mara Graue Krieger in den Dienst dem Haus gegenüber übernommen hat, können wir daraus schließen, daß der Supai und seine früheren Tuscai-Agenten jetzt den Acoma die Treue geschworen haben.«

»Also haben wir jetzt diese Verbindung«, sagte Jiro. »Können wir unsere eigenen Leute einschleusen?«

»Es wäre ein leichtes, Mylord, den Kornhändler zu narren und Euren eigenen Agenten einzuschleusen.« Chumaka runzelte die Stirn. »Doch der Supai der Acoma würde es bemerken. Er ist sehr gut. Sehr, sehr gut.«

Jiro unterbrach ihn mit einer schnellen, abgehackten Bewegung.

Wieder bei der vor ihnen liegenden Aufgabe, kam Chumaka zum Punkt. »Zumindest haben wir den Acoma einen Schlag versetzt, indem sie einen wichtigen Zweig ihrer Organisation im Osten aufgeben mußten. Weit besser noch: Wir wissen jetzt genau, daß der Agent in Jamar wieder arbeitet; dieser Mann muß früher oder später seinem Herrn antworten, und dann nehmen wir die Jagd wieder auf. Dieses Mal werde ich nicht zulassen, daß irgendwelche Dummköpfe die Sache in die Hand nehmen und versagen, wie in Ontoset. Wenn wir uns in Geduld üben, werden wir bald eine deutliche Spur haben, die uns zum Supai der Acoma führt.«

Jiro war weniger enthusiastisch. »All unsere Bemühungen könnten vergebens sein, jetzt, da unser Feind weiß, daß sein Agent enttarnt wurde.«

»Das ist wahr, Mylord.« Chumaka fuhr sich mit der Zunge an den Zähnen entlang. »Aber auf lange Sicht liegen wir vorn. Wir wissen, daß der Supai der Tuscai jetzt für Lady Mara arbeitet. Ich war in dieses Netzwerk eingedrungen, noch bevor die Tuscai vernichtet wurden. Ich kann die Überwachung der Agenten wieder aufnehmen, die ich schon vor Jahren als Tuscai-Spione verdächtigte. Wenn diese Männer noch in den gleichen Positionen sind, wird allein diese Tatsache sie als Spione der Acoma entlarven. Ich werde weitere Fallen aufstellen, und ich werde unseren Leuten persönlich Anweisungen geben. Gegen diesen Supai werden wir unser Bestes geben müssen. O ja.« Der Erste Berater schien sich selbst zu beglückwünschen. »Es war ein Zufall, der uns zum ersten Agenten führte und der uns beinahe einen wichigen Mann gefangennehmen ließ.«

Chumaka wedelte mit dem Dokument, um seine geröteten Wangen etwas zu kühlen. »Wir beobachten jetzt das Haus, und ich bin sicher, daß unsere Beobachter wiederum beobachtet werden, also habe ich andere eingesetzt, die beobachten, wer uns beobachtet ...« Er schüttelte den Kopf. »Mein Gegner ist so verdammt schlau, daß es fast mein Begriffsvermögen übersteigt. Er –«

»Euer Gegner?« unterbrach Jiro ihn.

Chumaka unterdrückte ein Zusammenzucken und nickte respektvoll. »Der Diener des Feindes meines Lords. Mein Gegenspieler, wenn Ihr so wollt. Gewährt einem alten Mann diese kleine Eitelkeit, Mylord. Dieser Diener der Acoma, der gegen mich arbeitet, ist ein sehr argwöhnischer und schlauer Mann.« Er bezog sich wieder auf seine Papiere. »Wir werden diese andere Verbindung im Jamar isolieren. Dann können wir den nächsten –«

»Erspart mir die langweiligen Details«, warf Jiro ein. »Ich hatte gedacht, ich hätte Euch aufgetragen, die Person zu verfolgen, die versucht die Anasati zu verleumden, indem sie falsche Beweise über den Attentäter vorlegt, der meinen Neffen getötet hat?«

»Ah ja«, sagte Chumaka freudig erregt, »aber die beiden Ereignisse sind ja miteinander verbunden. Sagte ich das nicht bereits?«

Jiro verlagerte sein Gewicht. Er war es nicht gewohnt, ohne bequeme Kissen zu sitzen. »Falls Ihr es getan habt, könnte nur ein ebenso verdrehter Geist wie Eurer die Anspielung bemerkt haben.«

Diese Aussage wertete der Erste Berater der Anasati als Kompliment. »Herr, Eure Nachsicht ist beeindruckend.« Er strich über das Dokument, als wäre es etwas besonders Kostbares. »Ich habe endlich einen Beweis. Diese elf Acoma-Agenten, die alle Teile einer Kette waren, die Informationen durch die Provinz Szetac schaffte, und die alle im gleichen Monat auf geheimnisvolle Weise ermordet wurden – es gibt da tatsächlich eine Verbindung zwischen ihnen und fünf anderen Männern, die ebenfalls starben ... im Haushalt von Tasaio von den Minwanabi.«

Jiro hatte jenen starren Gesichtsausdruck, hinter dem sich wachsende Gereiztheit verbarg. Doch bevor er sprechen konnte, fuhr Chumaka fort: »Sie alle waren einmal *Tuscai-Agenten,* jeder einzelne. Es sieht jetzt so aus, als wären sie getötet worden, um eine undichte Stelle im Spionagenetzwerk der Acoma zu schließen. Wir hatten einen Mann im Haushalt Tasaios plaziert. Obwohl er entlassen wurde, als Mara das Land der Minwanabi übernahm, ist er uns gegenüber immer noch loyal. Ich habe hier seinen Bericht. Die Morde in Tasaios Herrenhaus wurden von Hamoi Tong begangen.«

Jiro war fasziniert. »Ihr glaubt, Maras Mann überlistete die Tong und brachte sie dazu, das Mißgeschick der Acoma zu vertuschen?«

Chumaka blickte selbstgefällig drein. »Ja. Ich glaube, ihr viel zu raffinierter Supai hat den Fehler begangen, Tasaios Siegel zu schmieden. Wir wissen, daß der Obajan mit dem Lord der Minwanabi sprach. Es heißt, sie wären beide ziemlich verärgert gewesen – wären sie aufeinander wütend gewesen, hätte Tasaio den Tod gefunden, lange bevor Mara ihn herbeigeführt hat. Wenn die Acoma selbst hinter der Vernichtung ihrer eigenen enttarnten Agenten standen und die Tong als ahnungsloses Werkzeug benutzten, um sich von der Belastung zu befreien, haben sie den Tong eine große Beleidigung zugefügt. Wenn es wirklich so war, wird die Bruderschaft der Roten Blume sich auf eigene Faust rächen.«

Jiro verdaute dies mit zusammengekniffenen Augen. »Warum sollten sie die Tong in etwas verwickeln, was nach einer ganz normalen Säuberungsaktion aussieht? Wenn Maras Mann so gut ist, wie Ihr behauptet, kann er kaum ein solcher Narr gewesen sein.«

»Es muß eine höchst verzweifelte Angelegenheit gewesen

sein«, räumte Chumaka ein. »Es war sehr schwer, sich in Tasaios Haushalt einzuschleichen. Wir selbst brachten unseren Agenten an Ort und Stelle, bevor Tasaio Herrscher wurde; zu einem Zeitpunkt, da er noch Unteroffizier in der Armee des Kriegsherrn auf Midkemia war.« Als Jiro erneut Anzeichen von Ungeduld zeigte, gestattete sich Chumaka einen leichten Seufzer. Wie sehr wünschte er sich, seinem Lord beibringen zu können, mit etwas mehr Voraussicht zu denken und zu handeln. Doch Jiro war schon immer unruhig gewesen, selbst als kleiner Junge. Der Erste Berater faßte noch einmal zusammen: »Mara hatte keine Agenten mehr im Haus Minwanabi, die nicht enttarnt waren. Die Morde mußten also von einer Person begangen werden, die nicht dort lebte – da bot sich der Handel der Tong mit Tasaio geradezu an.«

»Ihr vermutet das alles nur«, sagte Jiro.

Chumaka zuckte mit den Schultern. »Es ist genau das, was ich in einer solchen Situation getan hätte. Der Supai der Acoma zeichnet sich durch einen enormen Einfallsreichtum aus. Wir hätten Kontakt mit dem Netz in Ontoset bekommen und dessen Aktivitäten zehn Jahre lang verfolgen können, ohne jemals zu bemerken, daß es eine Verbindung zwischen den Agenten im Norden, denen in Jamar und denjenigen gibt, die Informationen durch die Provinz Szetac weitergegeben haben. Daß wir so weit gekommen sind, haben wir mehr dem Glück als meinen Fähigkeiten zu verdanken, Mylord.«

Jiro schien nicht sonderlich beeindruckt von dem Thema, das seinen Ersten Berater so fesselte. Er wandte sich statt dessen der Angelegenheit zu, die am meisten mit der Ehre der Anasati zu tun hatte. »Ihr habt einen Beweis, daß die Tong auf eigene Faust gehandelt haben«, blaffte er. »Indem sie einen Beweis fingiert haben, der die Ermordung Ayakis als Ergebnis einer geheimen Absprache zwischen uns und ihnen erscheinen läßt, haben die Tong die Ehre meiner Ahnen befleckt. Wir müssen dieser verabscheuungswürdigen Inszenierung ein Ende machen! Und zwar sofort.«

Chumaka blinzelte und unterbrach seine Gedankenspiele. Schnell leckte er sich die Lippen. »Aber nein, mein ehrenwerter Herr. Vergebt mir meine Anmaßung, wenn ich versuche, Euch mit meinem bescheidenen Rat vom Gegenteil zu überzeugen.«

»Warum sollten wir zulassen, daß diese Hunde von Hamoi Tong das Haus Anasati beschämen?« Jiro richtete sich auf der Bank auf und starrte vor sich hin. »Ihr solltet dafür einen guten Grund haben.«

»Nun ja«, gestand Chumaka, »um Lady Mara zu töten, natürlich. Herr, es ist einfach zu brillant. Welchen gefährlicheren Feind könnten die Acoma haben als eine ganze Horde von Tong-Attentätern? Jedes neue Attentat wird ihr den Frieden ein bißchen mehr rauben, bis sie keine Ruhe mehr findet. Und am Ende werden die Tong Erfolg haben. Mara muß sterben; die Ehre der Bruderschaft verlangt es. Die Hamoi Tong erledigen die Arbeit für uns, und wir können uns in der Zwischenzeit voll und ganz der Aufgabe widmen, die Traditionalisten zusammenzuschweißen.« Chumaka schwenkte belehrend einen Finger. »Nun, da die Magier beiden Seiten den Krieg verboten haben, wird Mara nach anderen Möglichkeiten suchen, Euch zu vernichten. Ihre Mittel sind schier unerschöpflich, und sie verfügt über unzählige Verbündete. Als Dienerin des Kaiserreiches besitzt sie Popularität und Macht, genauso wie das Ohr des Kaisers. Wir dürfen sie nicht unterschätzen. Und zu den Vorteilen, die ich gerade genannt habe, kommt eines noch hinzu: Sie ist eine ungewöhnlich begabte Herrscherin.«

Leichter Tadel schwang in Jiros Stimme mit, als er sagte: »Ihr singt in meiner Gegenwart ein Loblied auf sie?« Sein Ton blieb gemäßigt, doch Chumaka machte sich nichts vor; sein Herr war beleidigt.

Er antwortete im Flüsterton, denn er wollte nicht, daß ein Gärtner oder ein patrouillierender Wachposten zufällig etwas mitbekam. »Ich habe Euren Bruder Bunto niemals sonderlich gemocht. Daher hat sein Tod für mich persönlich kaum eine Rolle gespielt.« Jiros Gesicht rötete sich vor Wut, doch Chumaka war noch nicht fertig: »Und auch Ihr habt ihn niemals besonders gemocht, Mylord Jiro.« Als der elegante Herrscher mit starrer, ausdrucksloser Miene eingestand, daß er die Wahrheit sprach, fuhr Chumaka fort: »Ihr überseht das Offensichtliche: Mara hat Bunto statt Euch geheiratet – doch das rettete Euch das Leben ... Mylord.« Ohne jede Schmeichelei beendete der Erste Berater seine Erklärung: »Wenn Ihr also Euren Haß auf die Gute Dienerin nähren wollt, werde ich mich von ganzem Herzen der Aufgabe widmen, sie zu vernichten. Aber ich werde langsam und überlegt vorgehen, denn sich das Urteilsvermögen durch Wut vernebeln zu lassen, ist nicht nur töricht – bei Mara kommt es einem Selbstmord gleich. Bittet einen Ährenleser vom Tempel Turakamus, Verbindung mit Jingu, Desio und Tasaio von den Minwanabi aufzunehmen. Ihre Geister werden es bestätigen.«

Jiro starrte gedankenverloren in den Teich; die Wasseroberfläche kräuselte sich, wann immer einer der orangefarbenen Fische nach oben kam. Nach einiger Zeit seufzte er. »Ihr habt recht. Ich habe mir niemals etwas aus Bunto gemacht; er hat mich immer schikaniert, als wir Kinder waren.« Er ballte eine Hand zur Faust und schlug ins Wasser; erschreckt huschten die Fische davon. »Meine Wut ist möglicherweise ungerechtfertigt, doch sie brennt trotz allem!« Er blickte mit zusammengekniffenen Augen wieder Chumaka an. »Aber ich bin der Lord der Anasati. Es wird von mir nicht erwartet, daß ich immer vernünftig bin. Meinem Haus wurde Schaden zugefügt – und dieser Schaden wird gerächt werden!«

Chumaka verneigte sich mit deutlichem Respekt. »Ich werde

für den Tod der Lady der Acoma sorgen, Herr, nicht weil ich sie hasse, sondern weil es Euer Wille ist. Ich war immer Euer treuer Diener. Jetzt, da wir wissen, wer Maras Supai ist –«

»Ihr kennt diesen Mann?« rief Jiro verwundert. »Ihr habt niemals erwähnt, daß Ihr die Identität des Supai der Tuscai kennt!«

Chumaka machte eine abwehrende Geste. »Nicht mit Namen, nicht vom Aussehen, verflucht brillanter Teufel, der er ist. Ich habe ihn niemals bewußt getroffen, doch ich erkenne seine Handschrift, seine Arbeitsweise. Sie ist ebenso eindeutig wie die Signatur eines Schreibers.«

»Was alles andere als ein handfester Beweis ist«, entgegnete Jiro rasch.

»Der letzte Beweis wird schwer zu bekommen sein. Sollte dieser frühere Supai der Tuscai in Maras Dienst getreten sein, dann lächeln die Götter schon jetzt auf uns herab. Er mag voller meisterhafter Schliche und Listen stecken, doch ich weiß, *wie* er arbeitet. Mein Wissen von den Aktionen der Tuscai in Jamar sollte uns befähigen, unsere eigenen Leute in sein Netzwerk einzuschleusen. Nach einigen Jahren haben wir möglicherweise Zugang zu dem Mann selbst, und dann können wir die Informationen in Maras Netz so manipulieren, wie wir wollen. Um von unserem eigentlichen Ziel abzulenken, werden wir immer wieder versuchen, den Handel der Acoma und ihre Beziehungen zu ihren Verbündeten zu stören. In der Zwischenzeit werden die Tong ebenfalls alles tun, um Mara zu vernichten.«

»Vielleicht könnten wir die Bruderschaft in ihren Bemühungen ein bißchen ermutigen«, bot Jiro hoffnungsvoll an.

Schon allein dieser Vorschlag ließ Chumaka hastig nach Luft schnappen. Er verneigte sich, ehe er sprach, was er nur tat, wenn er aufs höchste beunruhigt war. »Mylord, das können wir nicht wagen. Die Tong sind eine verschworene Gemeinschaft, und sie verstehen ihre tödliche Arbeit zu gut, als daß wir uns mit ihnen anlegen sollten. Am besten sorgen wir dafür, daß die Angelegenheiten der Anasati so wenig wie möglich mit den Machenschaften der Tong in Berührung kommen.«

Mit Bedauern mußte Jiro ihm in diesem Punkt recht geben, während der Erste Berater bereits voller Optimismus fortfuhr: »Die Hamoi-Bruderschaft wird nicht unüberlegt oder hitzig handeln, nein. Wenn sie auf eigene Faust arbeiteten, taten sie es immer sehr langsam und kaltblütig. Es gab Handel zwischen den Hamoi und Midkemia, was ich damals nicht verstanden habe; doch jetzt vermute ich, daß es ein Teil eines auf lange Sicht angelegten Plans ist, den Acoma zu schaden. Die Lady hat eine wohlbekannte Schwäche für barbarische Ideen.«

»Das ist wahr«, räumte Jiro ein. Seine Wut wich der Nachdenklichkeit; er betrachtete das Spiel der Fische. Kein anderes Haus besaß einen Berater wie Chumaka, der wie kein zweiter dazu in der Lage war, Informationen miteinander zu verknüpfen, die scheinbar nichts miteinander zu tun hatten. Und das gesamte Kaiserreich hatte die Gerüchte über Lady Maras Tändelei mit einem midkemischen Sklaven gehört. Darin lag eine Verletzbarkeit, die man sehr wohl ausnutzen konnte.

Jiro hatte sich mittlerweile wieder beruhigt, wie Chumaka wohl bemerkt hatte. Er hatte auf diesen Augenblick gewartet und wählte seine Worte mit Bedacht. »Die Anasati können diese kleine Beleidigung durch die stümperhaften Beweise ertragen. Narren und Kinder mögen so plump dargebrachte Informationen glauben. Doch die weiseren Herrscher wissen alle, daß die Tong ihre Geheimnisse sorgsam hüten. Die Mächtigen im Kaiserreich werden niemals ernsthaft einem solch durchsichtigen Trick Glauben schenken, mit dem Euer Name mit einem gemieteten Mörder in Verbindung gebracht werden soll. Der Name der Anasati ist alt. Seine Ehre ist untadelig. Zeigt Kühnheit angesichts derart armseliger Beleidigungen, Mylord. Sie verdienen die Aufmerksamkeit eines großen Lords nicht. Laßt irgendeinen Herrscher vortreten und das Gegenteil behaupten, und Ihr werdet die Angelegenheit überzeugend berichtigen.« Chumaka beendete seine Ausführungen mit einem Zitat aus einem Stück, das Jiro besonders schätzte. »Kleine Taten sind für kleine Häuser und kleine Geister.«

Der Lord der Anasati nickte. »Ihr habt recht. Meine Wut macht mich manchmal blind.«

Chumaka verneigte sich bei dem Kompliment. »Mylord, ich bitte um die Erlaubnis, mich zurückzuziehen. Ich habe bereits damit begonnen, über Fallen nachzudenken, die wir Maras Supai stellen könnten. Denn während wir so tun, als würden wir mit unserer inzwischen enthüllten Hand in Ontoset herumfuchteln, lenken wir ihre aufmerksamen Blicke von der anderen ab, die in aller Stille in Jamar daran arbeitet, der Lady der Acoma den Dolch an die Kehle zu legen.«

Jiro lächelte. »Exzellent, Chumaka.« Er klatschte als Zeichen der Entlassung in die Hände. Während sein Erster Berater sich erneut verneigte und davoneilte und dabei bereits mögliche Pläne vor sich hinmurmelte, blieb der Lord noch am Fischteich sitzen. Er dachte über Chumakas Ratschlag nach und spürte ein tiefes Gefühl von Befriedigung. Als die Versammlung der Magier den Krieg zwischen seinem und Maras Haus verboten hatte, war er ganz im geheimen begeistert gewesen. Denn von dem Augenblick an, da die Lady ihre Armee nicht mehr einsetzen durfte und damit ihrer deutlichen Überlegenheit auf dem Schlachtfeld beraubt war, stand es unentschieden zwischen ihnen.

»Verstand«, murmelte der Lord der Anasati, während er mit einer Hand das Wasser aufwühlte und die Fische dazu brachte, in verwirrten Kreisen davonzuschwimmen. »Tücke und List, nicht das Schwert, werden den Untergang der Guten Dienerin herbeiführen. Sie wird in dem Wissen sterben, daß es ein Fehler war, meinen Bruder mir vorzuziehen. Ich bin der bessere Mann, und wenn ich Buntokapi nach meinem Tod in den Hallen des Roten Gottes treffen werde, wird er wissen, daß ich mich gerächt und sein kostbares Haus Acoma unter meiner Ferse zu Staub zermalmt habe!«

Arakasi verspätete sich. Sein Nichterscheinen strapazierte die Geduld der älteren Berater der Acoma bis zu dem Punkt, da Kommandeur Lujan sich fürchtete, den abendlichen Beratungen beizuwohnen. Er eilte zu seinen Gemächern, um den Helm mit dem Federbusch zu holen, den er in den pflichtfreien Stunden abgelegt hatte. Sein Gang war entschlossen und so gleichmäßig, wie es nur bei einem erfahrenen Schwertkämpfer möglich war; und doch waren seine Gedanken mit etwas anderem beschäftigt. Nur mechanisch nickte er den patrouillierenden Wachen zu, die salutierten, als er an ihnen vorbeischritt.

Im Herrenhaus der Acoma waren jetzt ebenso viele bewaffnete Männer wie Bedienstete; seit Ayakis Ermordung gab es so gut wie keine Privatsphäre mehr, schon gar nicht nachts, wenn zusätzliche Krieger in der Schreibstube und den verschiedenen Gemächern des Gästeflügels schliefen. Justins Kinderzimmer erinnerte an ein bewaffnetes Heerlager; Lujan dachte, daß der Junge bei dem unaufhörlichen Trampeln von Kampfsandalen auf dem Boden seines Zimmers wohl kaum mit Spielzeugsoldaten spielen konnte.

Doch da er – abgesehen von Mara – der Letzte der Acoma-Blutslinie war, war seine Sicherheit von allergrößter Bedeutung. Ohne Arakasis zuverlässige Berichte schienen die Patrouillen sich auf ihren Rundgängen weit weniger sicher zu fühlen. Jeder Schatten ließ sie zusammenzucken, und sie zogen fast schon die Schwerter, wenn sie die Schritte von Arbeitern hörten, die sich zum heimlichen Stelldichein mit ihren Geliebten trafen. Lujan seufzte; dann erstarrte er, plötzlich hellwach und aufmerksam wegen dem Geräusch eines aus der Scheide gleitenden Schwertes.

»Du da!« rief ein Wachposten. »Bleib stehen!«

Jetzt rannte Lujan, stürzte um eine Ecke im Gang. Ein Stück voraus stand ein Krieger mit gezogenem Schwert in halbgebückter, kampfbereiter Haltung. Er stand vor einer tief im Schatten liegenden Nische, an der nichts Besonderes zu sein schien. Hinter ihm war plötzlich ein leichtes Klopfen und Schlurfen zu vernehmen – die Geräusche eines Mannes, der sich hastig mit einer Krücke fortbewegte –, und Lujan wußte, daß auch Keyoke, Maras Kriegsberater, die Störung gehört hatte. Er war zu lange Kommandeur im Feld gewesen, um eine Herausforderung als Krieger zu ignorieren, und so eilte auch er herbei, um herauszufinden, wer in die innersten Gänge des Herrenhauses eingedrungen war.

Laß es nicht einen weiteren Attentäter sein, betete Lujan, während er rannte. Er versuchte in der Dunkelheit irgend etwas zu erkennen und stellte dabei fest, daß eine Lampe dunkel war, die eigentlich hätte brennen sollen. Kein gutes Zeichen, dachte er grimmig; plötzlich schien ihm die Ratssitzung, die sich wegen des Eindringlings verschieben würde, die angenehmere Alternative. Störungen in den Handelsbeziehungen und die beunruhigenden Veränderungen der Kräfteverhältnisse an Ichindars Hof mochten ohne Arakasis Wissen um die Hintergründe verwirrend genug sein, um einen Mann in den Wahnsinn zu treiben. Doch die Vorstellung, daß hier, inmitten des von Wachen wimmelnden Herrenhauses, ein weiterer Tong-Bogenschütze zuschlagen könnte, war zu grauenvoll, als daß er darüber nachdenken wollte. Obwohl Monate vergangen waren, hatte Justin noch immer Alpträume vom Anblick des zusammenbrechenden Wallachs …

Lujan blieb abrupt bei dem Krieger stehen; die Nägel seiner Sandalen ratschten über den Boden. »Wer ist da?« verlangte er zu wissen.

Der alte Keyoke kam ebenfalls zum Stehen, und er stellte mit trockener Stimme dieselbe Frage.

Der Krieger wandte noch nicht einmal für einen Augenblick den Blick von seinem Ziel, sondern machte mit dem Schwert eine Geste zu der Spalte zwischen zwei Stämmen, die eine Verbindung der Dachbalken stützten. Bei einer Reparatur war vor langer Zeit ein vermodertes Stück Holz ersetzt worden. Das Herrenhaus, das Mara und Hokanu bewohnten, war alt, und dies war einer der ursprünglichen Bereiche. Der Schiefer, in dem Lujans Kampfsandalen weiße Kratzer hinterlassen hatten, war nahezu dreitausend Jahre alt und von den Schritten unzähliger Generationen zerfurcht. Es gibt zu viele Ecken, in denen sich Eindringlinge verbergen können, dachte Lujan, als er dorthin blickte, wohin die Wache deutete. In den Schatten bewegte sich ein Mann. Er stand mit ehrerbietig ausgestreckten Händen dort, doch sein Gesicht war verdächtig verschmiert, als hätte er Lampenruß benutzt, um die verräterische Blässe seiner Haut zu schwärzen.

Lujan zog sein Schwert. Mit unergründlichem Blick hob Keyoke seine Krücke, drückte auf einen verborgenen Knopf und brachte eine dünne Klinge zum Vorschein. Obwohl er ein Bein verloren hatte, hielt er ohne erkennbare Mühe das Gleichgewicht.

Der Eindringling fand sich jetzt drei blanken Klingen gegenüber; Lujan sagte kurz angebunden: »Komm heraus. Halt deine Hände hoch über dem Kopf, wenn du nicht aufgespießt werden willst.«

»Ich möchte lieber nicht wie ein Stück Fleisch beim Metzger empfangen werden«, entgegnete eine Stimme, die wie verrostetes Eisen klang.

»Arakasi«, sagte Keyoke und hob die Waffe zum Gruß. Ein bei ihm seltenes Lächeln huschte über sein scharfgeschnittenes Gesicht.

»Bei den Göttern!« fluchte Lujan. Er legte eine Hand auf die

Schulter des Kriegers, der sein Schwert sinken ließ. Der Kommandeur der Acoma zitterte, als er begriff, wie knapp Maras Supai dem Tod entgangen war. Wie leicht hätte eine der Hauswachen ihn töten können. Dann mischten sich Erleichterung und Genugtuung, und er begann laut zu lachen. »Endlich! Wie viele Jahre haben Keyoke und ich versucht, Wachen aufzustellen, deren Patrouillengänge man nicht vorhersehen kann! Kann es wirklich sein, mein Bester, daß es dir dieses eine Mal nicht gelungen ist, einfach so an ihnen vorbeizuspazieren?«

»Es war eine harte Reise hierher zurück«, gestand Arakasi. »Und nicht nur das; in diesem Herrenhaus gibt es mehr Krieger als Bedienstete. Man kann keine drei Schritte machen, ohne über einen bewaffneten Mann zu stolpern.«

Keyoke schob seine Klinge wieder in ihr Versteck und klemmte sich die Krücke unter die Schulter. Dann fuhr er mit den Fingern durch das weiße Haar, wie er es als Kommandeur nie hatte tun können, da er ständig einen Helm getragen hatte. »Lady Maras Ratssitzung beginnt in Kürze. Sie wartet auf Eure Neuigkeiten.«

Arakasi antwortete nicht, sondern trat hinter den Stämmen hervor, die ihn bisher verborgen hatten. Er war gekleidet wie ein Sraßenbettler. Sein ungekämmtes Haar war strähnig, und er schien sich die Haut mit Ruß eingerieben zu haben. Er roch unangenehm nach dem Rauch von Holzfeuern.

»Du siehst aus wie jemand, der aus einem Kamin gezogen worden ist«, bemerkte Lujan mit einer auffordernden Geste zu dem Krieger, den unterbrochenen Wachgang wieder aufzunehmen. »Oder als ob du mindestens sieben Tage auf Bäumen geschlafen hättest.«

»Das ist nicht ganz falsch«, murmelte Arakasi und warf einen irritierten Blick zur Seite. Keyoke wartete nicht gerne auf jemanden; jetzt, da er die Ungeduld zeigen durfte, die er jahrelang hatte unterdrücken müssen, als er noch die Truppen befehligte, stapfte er auf das Zimmer zu, in dem die Sitzung abgehalten werden sollte. Als würde ihn der Weggang des alten Mannes erleichtern, beugte sich Arakasi hinunter, hob den Saum seines Gewandes und kratzte sich an einer eiternden Wunde.

Lujan strich sich über das Kinn. Taktvoll meinte er: »Du hättest zuerst in mein Quartier kommen sollen. Mein Leibdiener ist geübt darin, innerhalb kürzester Zeit ein Bad herzurichten.«

Eine kurze Stille folgte.

Schließlich seufzte Arakasi. »Splitter«, sagte er.

Da dieses eine Wort alles war, was er an Erklärung erhalten würde, machte sich Lujan seine eigenen Gedanken. »Es hat sich entzündet. Das heißt, die Splitter sind nicht frisch. Du warst zu sehr in Eile, um sie herauszuziehen.«

Wieder folgte eine Stille, die Lujans Vermutung bestätigte. Er und Arakasi kannten sich bereits aus der Zeit, bevor das Haus Tuscai gefallen war, und sie hatten mehrere Jahre als Graue Krieger miteinander verbracht. »Komm mit mir«, drängte der Kommandeur. »Wenn du so bei Lady Mara sitzt, werden die Diener hinterher die Kissen verbrennen müssen. Du stinkst wie ein Khardengo, der seinen Wagen verloren hat.«

Arakasi war nicht glücklich darüber, mit dem Mitglied einer umherziehenden Familie verglichen zu werden, die von Stadt zu Stadt zog und dabei billige Unterhaltung anbot und verrufene Aufgaben erledigte; er verzog die Lippen. »Kannst du mir eine Metallnadel besorgen?« versuchte er vorsichtig zu feilschen.

Lujan lachte. »Wie es der Zufall will, kann ich das. Unter den Näherinnen ist ein Mädchen, das mich bewundert. Aber du schuldest mir dann etwas. Wenn ich sie darum bitte, mir einen solchen Schatz zu leihen, wird sie Forderungen an mich stellen.«

Arakasi war nicht im geringsten beeindruckt; er wußte, daß kaum ein junges Mädchen im Haushalt nicht aus freiem Willen ihre zukünftige Position auf dem Rad des Lebens hergeben würde, wenn Lujan ihr einen Kuß versprach. »Ich kann genausogut einen von meinen Dolchen nehmen.«

Seine offenkundige Gleichgültigkeit machte Lujan nervös: »Du bringst keine guten Nachrichten.«

Jetzt blickte Arakasi den Kommandeur direkt an. Das Licht der Lampe im Korridor fiel auf seine hageren Wangen und vertiefte die Höhlen unter den Augen. »Ich glaube, ich werde dein Angebot akzeptieren und ein Bad nehmen«, antwortete er ausweichend.

Lujan hütete sich, seinen Freund damit aufzuziehen, daß er außerdem so aussah, als hätte er eine Woche lang nichts gegessen und nicht geschlafen. Die Bemerkung wäre kein Spaß gewesen, sondern hätte schlichtweg der Wahrheit entsprochen. »Ich besorge dir die Nadel«, meinte er und versuchte gleichzeitig, Arakasis verletzten Stolz mit etwas Humor aufzurichten. »Auch wenn du sie sicherlich nicht brauchst, wenn du deine Messer bei dir hast. Ich glaube kaum, daß der Wachposten, der dir das Schwert unter die Nase hielt, begriffen hatte, daß du ihn mit Leichtigkeit hättest töten und zerstückeln können, bevor er auch nur ein einziges Mal hätte zustoßen können.«

»Ich bin gut«, gab Arakasi zu. »Doch heute – glaube ich – nicht *so* gut.« Er machte einen Schritt nach vorn. Erst jetzt wurde deutlich, daß er alles andere als sicher auf den Beinen war. Verblüfft und betroffen hielt Lujan den Atem an, was Arakasi zu einem Blick voller Mißfallen veranlaßte. »Es untersteht deiner Ehre, mir nicht zu erlauben, in der Wanne einzuschlafen.«

»Einzuschlafen oder zu ertrinken?« witzelte Lujan und streckte schnell seine Hand aus, um dem Supai zu helfen, das Gleichgewicht zu halten. »Mann, was hast du nur gemacht?«

Doch so sehr er ihm auch zusetzte, der Kommandeur erhielt erst eine Erklärung, nachdem der Supai ein Bad genommen, er selbst den Helm wieder aufgesetzt und die Ratssitzung schon einige Zeit begonnen hatte.

Keyoke saß bereits im gelben Lichtschein der Lampen; seine ledrigen Hände ruhten auf der Krücke, die quer über seinen Beinen lag. Die Nachricht von Arakasis Rückkehr war an die Küche weitergegeben worden, und Bedienstete eilten mit Tabletts voller Kleinigkeiten herbei. Hokanu saß rechts von Mara auf dem Platz, der normalerweise dem Ersten Berater vorbehalten war, während Saric und Incomo – in eine leise Unterredung vertieft – gegenüber Platz genommen hatten. Jican kauerte hinter einem hohen Berg von Tafeln, die Arme um die Knie geschlungen. Rechts und links von ihm standen mit Rollen vollgestopfte Kästen, und sein Gesicht wirkte etwas mitgenommen.

Arakasi ließ seinen Blick rasch über die Versammlung schweifen und mutmaßte in seiner trockenen Art: »Die Handelsgeschäfte sind während meiner Abwesenheit nicht sehr gut gelaufen, wie ich sehe.«

Jican fuhr bei diesen Worten zornig auf, was völlig von Arakasis angegriffenem Zustand ablenkte. »Wir haben keinen ernsthaften Schaden erlitten«, verteidigte sich der kleine Hadonra schnell, »doch einige Unternehmungen sind schiefgelaufen. Wir haben Verbündete unter den Kaufleuten verloren, die die Interessen der Anasati teilen.« Seine Erleichterung war deutlich spürbar, als er schloß: »Die Seidenauktionen haben nicht darunter gelitten.«

»Noch nicht«, fügte Incomo ungefragt hinzu. »Die Traditionalisten versuchen weiterhin, Einfluß zu gewinnen. Ichindars Kaiserliche Weiße mußten mehr als einmal zu den Waffen greifen, um Aufstände in Kentosani niederzuschlagen.«

»Die Nahrungsmittelmärkte am Kai«, bestätigte Arakasi knapp. »Ich habe davon gehört. Unser Kaiser könnte die Meinungsverschiedenheiten sehr viel einfacher beenden, wenn er endlich einen Erben zeugen würde – und nicht nur Töchter.«

Die Berater wandten ihre Blicke jetzt der Lady der Acoma zu, während sie darauf warteten, was sie von ihnen verlangen würde.

Sie war noch dünner als bei Ayakis Beerdigung, doch ihre Haltung war tadellos. Ihr Gesicht war ohne jede Schminke. Ihre Augen blickten entschlossen und scharf, und die Hände ruhten in ihrem Schoß, als sie begann: »Arakasi hat herausgefunden, daß wir uns einer neuen Bedrohung stellen müssen.« Nur ihre Stimme zeugte von der andauernden Spannung, die sie hinter ihrer beherrschten tsuranischen Fassade verbarg. Niemals vor Ayakis Tod hatte sie mit solch deutlichem Haß gesprochen. »Ich bitte Euch alle, ihm ohne Fragen jede Hilfe zukommen zu lassen, die er von Euch benötigt.«

Lujan warf Arakasi einen säuerlichen Blick zu. »Du hattest also bereits ihre Kissen beschmutzt, wie ich jetzt erkenne«, murmelte er verletzt und gereizt zugleich. Keyoke sah leicht verstimmt aus. Erst jetzt begriffen sie, daß die Wache, die den durch die Gänge schleichenden Supai endlich festgehalten hatte, dies erst getan hatte, nachdem er bereits eine Unterredung mit seiner Mistress geführt hatte, unentdeckt von allen anderen. Incomo und Saric hatten das Geplänkel bemerkt, doch der Brauch verlangte, daß sie es ignorierten, und so neigten sie in Anerkennung von Maras Wünschen lediglich die Köpfe. Nur Jican zappelte unruhig hin und her; er wußte, daß Maras Entscheidung zusätzlichen Schaden in der Schatzkammer der Acoma anrichten würde. Arakasis Dienste bestanden meist aus kostspieligen Unternehmungen, die dem Hadonra unaufhörliche Sorgen bescherten.

Eine Brise wehte durch die offenen Fenster oben in der großen Halle herein, die in den Berg gehauen war, an dem das Herrenhaus stand. Trotz der Helligkeit der Lampen lagen die entfernten Winkel im Dunkeln. Die Cho-ja-Kugeln waren nicht entzündet worden, und das niedrige Podest, das bei inoffiziellen Konferenzen benutzt wurde, bildete die einzige erleuchtete Insel. Bedienstete warteten in diskreter Entfernung; nah genug für den Fall, daß sie benötigt wurden, doch weit genug entfernt, daß sie von der Diskussion nichts mitbekamen. Mara fuhr fort: »Was wir jetzt besprechen, muß unbedingt unter uns bleiben.« Sie wandte sich an Arakasi: »Wieviel Zeit benötigt Ihr, um gegen diese neue Bedrohung vorzugehen?«

Arakasi breitete mit einem leichten Schulterzucken entschuldigend die Arme aus und offenbarte dabei einen blauen Fleck auf dem Handgelenk. »Ich kann nur Vermutungen anstellen, Mistress. Mein Instinkt sagt mir, daß die Organisation, der ich begegnet bin, ihr Zentrum östlich von uns hat, wahrscheinlich in Ontoset. Wir haben lockere Verbindungen zwischen Ontoset, Jamar und der Stadt der Ebene, da die Geschäfte eines Maklers als Tarnung dienten. Ein Feind, der über unser Netzwerk im Westen stolperte, wird in der Verbindung mit dem Osten nichts als einen Zufall sehen. Und doch weiß ich nicht, wo der Schaden seinen Ausgangspunkt hatte. Die Spur könnte auch woanders begonnen haben.«

Mara kaute an ihrer Unterlippe. »Erklärt das näher.«

»Ich habe flüchtige Untersuchungen angestellt, bevor ich nach Sulan-Qu zurückgekehrt bin.« Noch nicht einmal Keyoke mochte so kalt und gelassen in eine Schlacht gezogen sein, wie der Supai jetzt wirkte, als er erläuternd hinzufügte: »Oberflächlich betrachtet scheinen unsere Handelsinteressen nach Westen und Norden sicher zu sein. Die neuerliche Ausweitung, die ich bedauerlicherweise kürzen mußte, lag im Süden und Osten. Unser unbekannter Gegner mag in eine Operation gestolpert sein, die wir gerade erst anlaufen ließen; oder auch nicht. Ich weiß es nicht. Was er getan hat, ist jedoch eindeutig. Er hat etwas von unserem Kuriersystem mitbekommen und daraus auf einige von unseren Methoden geschlossen, so daß er ein Netzwerk einrichten konnte, um uns zu beobachten. Dieser Feind hat Beobachter an einer Stelle eingesetzt, wo sie sehr wahrscheinlich jemanden fangen, von dem sie hoffen, daß er sie auf die Spur einer höhergestellten Person führen wird. Daher vermute ich, daß unser Feind sein eigenes Spionagenetzwerk hat; sonst könnte er aus einer solchen Gelegenheit keinen Vorteil ziehen.«

Hokanu legte einen Arm um Maras Rücken, obwohl nichts in ihrer Haltung darauf hindeutete, daß sie Trost brauchte. »Wie könnt Ihr da so sicher sein?«

Unverblümt antwortete Arakasi: »Weil es genau das ist, was ich getan hätte.« Er glättete seine Robe, um die Kratzer zu verbergen, die die Splitter an seinen Schienbeinen hinterlassen hatten. »Ich wurde beinahe gefangengenommen, und das geschieht nicht so leicht.« Keinerlei Arroganz lag in seiner Stimme, als er einen Finger hob. »Ich mache mir Sorgen, weil wir enttarnt wurden.« Er hob einen zweiten Finger und fügte hinzu: »Ich bin erleichtert, daß mir eine saubere Flucht gelungen ist. Hätten diejenigen, die mich verfolgen ließen, auch nur die geringste Ahnung davon gehabt, wen sie da in die Enge getrieben haben, hätten sie zu noch härteren Maßnahmen gegriffen. Sie hätten auf jede Täuschung oder List verzichtet, wenn sie mich statt dessen hätten gefangennehmen können. Deshalb müssen sie einen Kurier oder Aufseher erwartet haben. Meine Identität als Supai der Acoma ist höchstwahrscheinlich nicht enttarnt worden.«

Plötzlich richtete sich Mara auf. »Dann scheint es mir nur weise zu sein, wenn Ihr Euch von diesem Problem fernhaltet.«

Arakasi mußte an sich halten, um vor Überraschung nicht zusammenzuzucken. »Mylady?«

Mara interpretierte seine Reaktion falsch, denn sie nahm an, daß sie auf verletzte Gefühle hindeutete, da seine Kompetenz in Frage gestellt worden war, und sie versuchte, ihre Erklärung ein wenig abzumildern. »Ihr seid zu wichtig für eine andere Angelegenheit, der wir uns zuwenden müssen.«

Sie entließ Jican mit einer knappen Geste. »Ich denke, die Handelsprobleme können warten.« Während der kleine Mann zustimmend nickte und mit einem Fingerschnippen seine Sekretäre herbeirief, um sich beim Einsammeln der Tafeln und Rollen helfen zu lassen, befahl Mara allen anderen Bediensteten, die große Halle zu verlassen. Als die wuchtigen Doppeltüren sich wieder geschlossen hatten und sie mit dem inneren Zirkel ihrer Berater allein war, wandte sie sich an den Supai. »Ich habe eine andere Aufgabe für Euch.«

Arakasi sagte deutlich, was er dachte. »Mistress, wir sehen uns einer großen Gefahr gegenüber. In der Tat fürchte ich beinahe, daß derjenige, der über dieses feindliche Netzwerk gebietet, der gefährlichste Mann auf der ganzen Welt sein könnte.«

Mara verriet nichts von ihren Gedanken, als sie ihn mit einem Nicken bat fortzufahren.

»Bis zu diesem Zwischenfall besaß ich die Eitelkeit, mich selbst als Meister meines Berufes zu sehen.« Zum ersten Mal seit Eröffnung der Diskussion mußte der Supai innehalten, um nach Worten zu suchen. »Diese Lücke in unserer Organisation hatte nicht das geringste mit Nachlässigkeit zu tun. Meine Männer in Ontoset arbeiteten absolut untadelig. Aus diesem Grund fürchte ich, daß mir *dieser* Feind überlegen sein könnte.«

»Damit ist die Entscheidung gefallen«, verkündete Mara. »Ihr werdet diese Angelegenheit jemandem übergeben, dem Ihr vertraut. Sollte sich dieser bisher noch nicht bekannte Feind Eures Lobes würdig erweisen, so werden wir auf diese Weise zumindest nur einen Mann verlieren, der für unsere Bedürfnisse weniger wichtig ist.«

Arakasi verneigte sich; seine Bewegung wirkte hölzern und zugleich verzweifelt. »Mistress –«

»Ich habe eine andere Aufgabe für Euch«, wiederholte Mara scharf.

Arakasi schwieg. Die tsuranische Sitte verbot es einem Diener, seinem Herrscher zu widersprechen; darüber hinaus war Lady Mara fest entschlossen. Die Härte, die sie seit dem Verlust ihres Erstgeborenen zeigte, machte es vollkommen unmöglich, mit ihr zu verhandeln; das erkannte er jetzt. Es war offensichtlich, daß auch Hokanu es spürte, denn selbst er enthielt sich jeglichen Kommentars in dieser Angelegenheit. Die unbequeme Wahrheit blieb ungesagt: daß niemand in Arakasis Netzwerk vorsichtig und erfahren genug war, um einer Bedrohung dieser Größenordnung wirksam entgegentreten zu können. Der Supai würde seiner Mistress gehorchen, auch wenn er zutiefst besorgt um ihre Sicherheit war. Alles, was er tun konnte, war ein verschlungenes Schema zu befolgen: Ihrem Befehl im wörtlichen Sinne zu gehorchen, in seinen allgemeinen Handlungen jedoch zu umgehen. Zuerst einmal mußte er sicherstellen, daß der Mann, dem er der Form halber den Auftrag gab, diese neue Organisation auszugraben, ihm regelmäßig Bericht erstatten konnte. So verstört er auch war, daß Lady Mara diese fürchterliche Bedrohung mit solcher Leichtigkeit beiseite wischte, respektierte er sie doch genug, um sich ihre Gründe anzuhören, bevor er zu einem Urteil kam. »Was ist das für eine andere Angelegenheit, Mylady?«

Die Schärfe war schon wieder aus Maras Stimme verschwunden, als sie antwortete: »Ich möchte, daß Ihr soviel wie möglich über die Versammlung der Magier herausfindet.«

Zum ersten Mal, seit er in Maras Dienste getreten war, schien Arakasi von ihrer Kühnheit verblüfft. Seine Augen weiteten sich, und seine Stimme wurde zu einem Flüstern. »Die Erhabenen?«

Mara nickte Saric zu, da die Erklärungen, die jetzt folgen würden, besonders auf seinen Bemühungen beruhten.

»Einige Ereignisse in den letzten paar Jahren haben mich dazu veranlaßt, mir die Frage nach den Motiven der Schwarzgewandeten zu stellen«, begann der junge Berater. »Der Tradition nach nehmen wir es als gegeben hin, daß sie für das Wohl des Kaiserreiches handeln. Doch würde es nicht ein neues Licht auf die Dinge werfen, wenn es in Wirklichkeit gar nicht so wäre?« Sarics trockener Humor verflog angesichts der unbehaglichen Atmosphäre, die vor Spannung zu knistern schien. »Von besonderer Bedeutung ist dabei die Frage: was, wenn die Weisheit der Versammlung sich auf ihre eigenen Interessen richtet? Immer wieder schieben sie die Stabilität des Kaiserreichs vor; doch warum sollten sie den Zusammenprall der Acoma mit den Anasati als Folge gerechter Rache fürchten?« Der Erste Berater der Acoma beugte sich vor, die Ellenbogen auf den im Schneidersitz verschränkten Knien. »Diese Magier sind sicher nicht dumm. Ich kann mir nicht vorstellen, daß sie nicht begreifen, daß sie das Kaiserreich in fürchterliche Zwietracht stürzen, wenn sie einen verräterisch mordenden Lord ungestraft davonkommen lassen. Ein Mord, der nicht gerächt wird, ist ein ausdrücklicher Widerspruch zur Ehre. Ohne das politische Ränkespiel des Hohen Rates, ohne das beständige Geben und Nehmen der Fraktionen haben wir einen Zustand, in dem jedes Haus ungebunden ist, das Überleben abhängig von dem guten Willen und den Versprechen anderer.«

Mara wandte sich erklärend an ihren Supai: »Innerhalb eines Jahres werden ein Dutzend oder mehr Häuser zu existieren aufhören, weil es mir verboten wurde, auf dem Schlachtfeld gegen jene vorzugehen, die die Herrschaft des Kriegsherrn wieder einführen wollen. Ich bin machtlos in der politischen Arena. Mein Clan darf nicht das Schwert gegen die Traditionalisten erheben, die jetzt Jiro als ihren Mann an der Spitze benutzen. Wenn ich keinen Krieg gegen ihn führen darf, kann ich nicht länger mein Versprechen halten, jene Häuser zu beschützen, die von einem Bündnis mit den Acoma abhängig sind.« Sie schloß einen Moment die Augen und schien sich zu sammeln.

Mara stieg noch weiter in Arakasis Achtung, da er schlagartig etwas verstand: Sie hatte sich von der Trauer genügend erholt und wieder Vernunft angenommen. Sie wußte tief in ihrem Innern, daß die Beweise gegen Jiro zu offensichtlich waren, als daß man sie hätte ernst nehmen können. Doch jetzt mußte sie ohne mit der Wimper zu zucken die Konsequenzen dafür tragen, daß sie bei der Beerdigung die Beherrschung verloren hatte. Sie hatte den Namen ihrer Familie beschämt, Jiros Schuld oder Unschuld war gar nicht mehr wichtig. Seine Unschuld jetzt zuzugeben, wäre das öffentliche Eingeständnis eines Fehlers. Und das konnte sie nicht ehrenhaft tun, ohne daß sich eine weit schlimmere Frage erhob: Glaubte sie wirklich, daß die Hände ihres Feindes nicht mit Ayakis Blut besudelt waren – oder verzichtete sie einfach nur darauf, Vergeltung für Ayaki zu fordern? Einen Mord nicht zu rächen, bedeutete einen unwiderruflichen Verlust der Ehre.

So bedauerlich sie ihren Wutausbruch und ihre falschen Gedanken inzwischen finden mochte – jetzt konnte Mara gar nicht mehr anders, als so zu tun, als hätte sie die ganze Zeit an den Verrat der Anasati geglaubt. Alles andere wäre nicht tsuranisch gewesen und hätte eine Schwäche bedeutet, die ihre Feinde sofort ausnutzen würden, um sie zu Fall zu bringen.

Als würde sie unangenehmen Erinnerungen entfliehen, fuhr Mara fort: »Innerhalb von zwei Jahren werden viele von denen, die wir zu unseren Verbündeten zählen, tot oder entehrt sein, und viele andere, die eigentlich neutral sind, werden überredet oder durch politischen Druck dazu gezwungen worden sein, ins Lager der Traditionalisten zu wechseln. Die ziemlich erschöpfte Kaiserliche Partei wird sich wehren, doch ohne unsere Unterstützung besteht die verheerende Wahrscheinlichkeit, daß ein neuer Kriegsherr den Rat wieder einberufen wird. Sollte dieser traurige Tag anbrechen, wird der Mann im weißgoldenen Mantel Jiro von den Anasati sein.«

Arakasi rieb sich mit einem Knöchel über das Kinn; wilde Gedanken kreisten in seinem Kopf. »Ihr vermutet also, daß die Versammlung ihre ganz eigenen Gründe hat, sich in die Politik einzumischen. Es ist wahr, daß die Magier immer eifersüchtig über ihre Privatsphäre gewacht haben. Ich kenne keinen Menschen, der jemals ihre Stadt betreten und von dieser Erfahrung berichtet hätte. Lady Mara, in diese Festung einzudringen ist sehr gefährlich und schwierig, wenn nicht gar völlig unmöglich. Sie benutzen einen Wahrheitszauber, um zu verhindern, daß sich jemand in ihre Reihen einschleust. Ich habe Geschichten gehört … Auch wenn ich nicht der erste Supai sein sollte, der versucht dort einzudringen – niemand, der einem Erhabenen mit Verrat im Herzen begegnete, stirbt eines natürlichen Todes.«

Mara ballte die Hände zu Fäusten. »Wir müssen einen Weg finden, wie wir etwas über ihre Motive herausfinden können. Mehr noch, wir müssen einen Weg finden, ihre Einmischung zu beenden, oder zumindest hinter die Grundsätze kommen, nach denen sie uns behandeln. Wir müssen wissen, wieviel wir tun können, ohne ihren Zorn auf uns zu ziehen. Im Laufe der Zeit finden wir vielleicht Mittel und Wege, mit ihnen zu verhandeln.«

Arakasi neigte seinen Kopf, etwas resigniert, aber bereits mit voller Energie bei dem gewaltigen Problem, das vor ihm lag. Er hatte niemals erwartet, alt zu werden; Rätsel, selbst gefährliche, waren die ganze Freude, die er hatte, auch wenn dasjenige, das seine Lady ihm gerade gestellt hatte, nur zu gut eine Einladung zur schnellen Vernichtung sein konnte. »Wie Ihr wünscht, Mistress. Ich werde sofort damit beginnen, die Interessen unserer Agenten in den Nordwesten auszurichten.« Die Hoffnung auf Verhandlungen war nutzlos, daher schob Arakasi sie sofort beiseite. Um verhandeln zu können, mußte man entweder über Streitkräfte verfügen oder die überzeugende Kunst der Verführung beherrschen. Mara besaß zwar Macht und war beliebt, doch er war auch Zeuge jenes Schauspiels gewesen, als Milamber die Kräfte eines Magiers demonstriert und ganz allein die Kaiserlichen Spiele unterbrochen hatte. Maras Tausende von Kriegern – und die aller ihrer Freunde und Verbündeten – waren nichts, verglichen mit den geheimnisvollen Kräften, über die die Versammlung herrschte. Und was auf dieser Welt konnte irgend jemand besitzen, das ein Erhabener sich wünschen und sich nicht einfach selbst nehmen konnte?

Fröstelnd überdachte Arakasi die letzte Alternative, wie Druck ausgeübt werden konnte: durch Erpressung. Wenn die Versammlung ein Geheimnis besaß und Entgegenkommen zeigen würde, damit andere nicht davon erfuhren, wenn sie bereit war, Zugeständnisse zu machen, um sich Maras Schweigen zu versichern … Diese Idee war völlig verrückt. Die Erhabenen standen über jedem Gesetz. Selbst wenn er das Glück hätte, ein solches Geheimnis ausfindig zu machen, wäre es viel wahrscheinlicher, daß die Schwarzgewandeten Maras Schweigen einfach dadurch sicherstellten, indem sie sie auf schmerzlichste Weise töteten.

Saric, Lujan und Keyoke begriffen dies ebenfalls, wie er fühlte, denn ihre Augen waren unverwandt auf ihn gerichtet, als er aufstand und sich zum Abschied verneigte. Dieses Mal wagte Mara zuviel, und sie alle fürchteten, was dabei herauskommen würde. Kalt bis ins Innerste, wandte Arakasi sich ab. Nichts an seiner Haltung deutete daraufhin, daß er ein unbarmherziges Schicksal verfluchte. Sein Instinkt sagte ihm ganz deutlich, daß Lady Mara ihrer bisher gefährlichsten Bedrohung gegenüberstand, doch er durfte sich dieser Angelegenheit nicht ernsthaft widmen, konnte im Augenblick noch nicht einmal wirksame Gegenmaßnahmen einleiten. Ganze Sektionen seines Netzwerks würden eine Weile still vor sich hinschlummern, bis er ein Geheimnis offenbart hatte, an das sich bisher noch niemand gewagt hatte. Das Rätsel wartete darauf, gelöst zu werden – hinter den Ufern eines namenlosen Gewässers, das nur als der See bekannt war, der die Insel der Stadt der Magier umgab.

Fünf

Machenschaften

Zwei Jahre vergingen.

Es hatte keine neuerlichen Versuche gegeben, die Lady der Acoma zu ermorden, und wenn auch alle wachsam blieben, so war doch das Gefühl einer ständigen, unmittelbaren Bedrohung allmählich verschwunden.

Die Ruhe, die sich über das Herrenhaus legte, während der erste Schimmer der Morgendämmerung in das Schlafzimmer sickerte, war dennoch so kostbar wie ein seltener Schatz; vor allem angesichts der unvorteilhaften Entwicklungen in den Handelsgeschäften und der Reibereien zwischen den verschiedenen politischen Gruppierungen, die dem Haus Acoma immer neue Lasten aufbürdeten.

Doch jetzt machten nur die Wachen ihre Runden, und die Boten mit den Neuigkeiten des Tages würden erst später eintreffen. Vom Ufer des Sees ließ ein Vogel seinen Ruf erschallen. Hokanu schlang seine Arme fester um seine geliebte Lady. Seine Hände berührten die elfenbeinweiße, zarte Haut ihres Bauches, und die leichte Rundung, die er spürte, ließ ihn aufmerksam werden. Plötzlich begriff er, warum sie sich in den letzten Tagen morgens häufig von ihm und ihren engsten Ratgebern ferngehalten hatte, und ein freudiges Gefühl stieg in ihm auf. Hokanu lächelte, das Gesicht tief in ihren duftenden Haaren vergraben.

»Haben die Hebammen dir schon gesagt, ob das Haus Acoma einen neuen Erben oder eine Erbin bekommen wird?«

Die Augen voller Entrüstung weit aufgerissen, wand Mara sich in seinen Armen. »Ich habe dir nicht gesagt, daß ich schwanger bin. Welche meiner Zofen hat dir hinter meinem Rücken davon erzählt?«

Hokanu antwortete nicht; nur sein Lächeln wurde noch breiter.

Mara ergriff seine Hände, die immer noch auf ihrem Bauch lagen, und meinte: »Ich verstehe. Meine Zofen waren alle loyal; nur kann ich noch immer keine Geheimnisse vor dir verbergen.«

Natürlich konnte sie das. Denn so innig das Verhältnis zwischen ihnen auch sein mochte, so gab es doch Tiefen in ihrem Wesen, die noch nicht einmal Hokanu ausloten konnte; schon gar nicht seit dem Tod ihres Erstgeborenen, als sich Kummer wie ein Schatten über sie gelegt hatte. Obwohl die Herzlichkeit, mit der sie ihr Gesicht an seinen Körper schmiegte, ehrlich war, genau wie ihre Freude, als sie ihm feierlich ins Ohr flüsterte, daß er bald nicht nur Vater eines adoptierten, sondern auch eines eigenen Kindes sein würde, spürte Hokanu einen düsteren Unterton. Irgend etwas beunruhigte Mara. Und diesmal hatte es nichts mit dem Verlust von Ayaki zu tun; genausowenig wie mit der Einmischung der Versammlung in ihre Rachepläne in bezug auf Jiro. Er spürte aber auch, daß dies nicht der geeignete Zeitpunkt war, tiefer in sie zu dringen.

»Ich liebe dich, Lady«, murmelte er. »Du gewöhnst dich besser an meine Besorgtheit, denn ich werde dich bis zum Tag deiner Niederkunft schamlos verwöhnen.« Er zog sie an sich und küßte sie. »Danach werden wir möglicherweise feststellen, daß wir uns beide zu sehr an mein Verhalten gewöhnt haben.«

Mara kuschelte sich an ihn; ihre Finger wanderten über seine Brust. »Du bist der beste Ehemann im ganzen Kaiserreich, mein Geliebter, viel besser, als ich es verdiene.«

Darüber ließe sich streiten, doch Hokanu schwieg. Er wußte, daß sie ihn von ganzem Herzen liebte und ihm soviel Zuwendung und Befriedigung schenkte, wie es eine Frau nur tun konnte. Die in seinem tiefsten Innern empfundene Gewißheit, daß sie etwas aus ihrer Beziehung fernhielt, war ein Gefühl, das auszuloten er sich wieder und wieder bemüht hatte. Dabei log die Lady ihn niemals an, knauserte niemals mit ihrer Zuneigung. Doch es gab Augenblicke, in denen ihre Gedanken weit weg waren, an einem Ort, den er niemals würde erreichen können. Sie brauchte etwas, von dem sein Instinkt ihm sagte, daß er es ihr niemals würde geben können.

Als ein pragmatischer Mann versuchte er nicht, das Unmögliche mit Gewalt zu erzwingen, sondern baute auf ihre gemeinsamen Jahre voller Zufriedenheit und Frieden, die so stark und fest wie eine Säule waren. Er hatte sie glücklich gemacht – bis zu dem Tag, an dem ihr Sohn getötet worden war.

Sie schmiegte sich an ihn, während ihre Augen auf den Blumengarten auf der anderen Seite des geöffneten Ladens gerichtet waren. Die Kekali-Blüten, die sie so sehr liebte, wiegten sich sanft im Wind, und ihr intensiver Geruch wehte durch das Zimmer. Irgendwo in einiger Entfernung schalt der Brotbäcker einen Sklavenjungen wegen seiner Faulheit. Merkwürdig verstärkt vom still daliegenden See und dem Morgendunst klangen die Geräusche von der Anlegestelle herüber, die verrieten, daß gerade die Barke für die Boten beladen wurde.

Hokanu faßte nach Maras Fingern und streichelte sie; sie reagierte nicht – der Beweis, daß sie nicht einfach über gewöhnliche Handelsangelegenheiten nachdachte.

»Denkst du wieder über die Versammlung der Magier nach?« fragte er. Er wußte, daß dies nicht der Fall war, aber er war sich auch der Tatsache bewußt, daß eine indirekte Annäherung die kalte Mauer um ihre Gedanken brechen und ihr helfen würde, über die Dinge zu sprechen, die sie wirklich bewegten.

Mara drückte fest seine Hand. »Die Schwester deines Vaters

hat zwei Söhne, und einer deiner Cousins zweiten Grades hat fünf Kinder; drei davon sind Jungen.«

Hokanu nickte. Er war sich noch nicht sicher, wohin diese Eröffnung führen würde, doch er griff ihren Gedanken bereitwillig auf. »Wenn Justin etwas zustoßen sollte, bevor unser Kind geboren ist, könnte mein Vater unter mehreren Cousins und anderen Verwandten auswählen, wer nach mir den Mantel der Shinzawai tragen soll. Aber du solltest dir keine Sorgen machen, meine Liebe; ich habe vor, am Leben zu bleiben und für deine Sicherheit zu sorgen.«

Mara runzelte die Stirn. Sie schien weitaus mehr beunruhigt, als er ursprünglich vermutet hatte. »Nein. Das haben wir alles schon oft besprochen. Ich will nicht, daß der Name der Acoma in dem der Shinzawai aufgeht.«

Hokanu zog sie an sich, als ihm plötzlich der Grund für ihre Anspannung klar wurde. »Du fürchtest also um den Namen der Acoma. Das kann ich verstehen. Bis unser Kind geboren sein wird, bist du die letzte eures Geschlechts.«

Ihr angespanntes Nicken verriet, wie tief die Furcht war, mit der sie sich in den letzten beiden Jahren insgeheim herumgeschlagen hatte. Und nach allem, was sie durchgemacht hatte, um das Geschlecht der Acoma zu sichern – nur, um dann ihren Sohn doch zu verlieren –, gab es für ihn daran nichts auszusetzen.

»Im Gegensatz zu deinem Vater habe ich keine Cousins und auch sonst keine andere Möglichkeit.« Sie holte tief Luft – und kam dann geradewegs zur Sache.

»Ich möchte, daß Justin auf den Natami der Acoma schwört.«

»Mara!« sagte Hokanu erschrocken. »Geschehen ist geschehen! Der Junge ist beinahe fünf und hat bereits auf die Shinzawai geschworen!«

Mara wirkte verloren. Ihre Augen schienen viel zu groß für ihr Gesicht, die Wangenknochen traten viel zu scharf hervor; Kummer und Schmerz hatten sie gezeichnet. »Entbinde ihn von dem Schwur.«

Eine Aura der Verzweiflung umgab sie, eine Entschlossenheit und Härte, die sie sonst nur zeigte, wenn Feinde zugegen waren; und die Götter wußten, er war alles andere als ein Feind. Er unterdrückte seinen ersten Schreck und zog sie erneut an sich. Sie zitterte, obwohl sie keineswegs zu frieren schien, denn ihre Haut fühlte sich nicht kalt an. Er nahm sich Zeit, sorgfältig über ihre Worte nachzudenken. Er versuchte, ihre Gründe zu erkennen und zu verstehen, um sich so besser mit ihr auseinandersetzen zu können. Denn er erkannte, daß er niemandem einen Gefallen tun würde, wenn er Justins Haus-Loyalität änderte – am allerwenigsten dem Jungen selbst. Der war inzwischen nämlich alt genug, um die Bedeutung des Namens zu begreifen, zu dem er gehörte.

Der Tod seines älteren Bruders war für den Kleinen schlimm genug gewesen, er mußte jetzt nicht auch noch zum Spielball politischer Interessen werden. So sehr Hokanu Mara auch liebte, so wenig wollte er ein unschuldiges Kind mit der Bürde von Jiros Feindschaft belasten.

Das tiefe Verständnis zwischen Mara und ihrem Ehemann bestand in beide Richtungen. Auch Mara war in der Lage, Hokanus geheimste Gedanken zu erkennen. »Es ist sehr viel schwieriger, einen Jungen umzubringen, der laufen, sprechen und Fremde erkennen kann, als einen Säugling in der Wiege«, sagte sie. »Unser neues Kind wäre sicherer als Erbe der Shinzawai. Und es würde nicht ein Haus, ein ganzes Geschlecht davon abhängen, ob es lebt oder stirbt.«

Dieses logische Argument war nicht so einfach zu widerlegen. Doch Hokanu mochte Justin viel zu gern, um Maras Vorschlag sofort zuzustimmen – ganz abgesehen davon, daß Kamatsu, sein Stiefvater, den Jungen mittlerweile abgöttisch liebte. Konnte ein Mann ein Kind, das gerade alt genug war, die Freuden des Lebens zu schmecken, mitten in die größte Gefahr hineinstoßen? Aber konnte ein Mann das Leben eines unschuldigen Säuglings aufs Spiel setzen?

»Wenn ich sterbe«, flüsterte Mara, »wird nichts mehr dasein. Kein Kind, keine Acoma. Meine Vorfahren werden ihren Platz auf dem Rad des Lebens verlieren, und niemand wird mehr dasein, um die Ehre der Acoma vor den Augen der Götter zu bezeugen.« Sie brauchte nicht hinzuzufügen, daß damit auch alles, was sie getan und erreicht hatte, hinfällig werden würde.

Hokanu setzte sich aufrecht hin, zog sie an sich, so daß sie sich gegen ihn lehnen konnte, und strich ihr das dunkle Haar aus dem Gesicht. »Meine Lady, ich werde über das nachdenken, was du gesagt hast.«

Mara wand sich, entzog sich seinen Armen. Schön, entschlossen und verärgert saß sie kerzengerade da und sah ihn an. »Du sollst nicht nachdenken. Du sollst eine Entscheidung treffen. Entbinde Justin von seinem Schwur, damit die Acoma nicht einen einzigen weiteren Tag ohne einen Erben sein müssen.«

Ein Hauch von Hysterie schwang in ihrer Stimme mit. Doch Hokanu spürte darin auch noch eine andere Sorge, eine Sorge, die sie bis jetzt noch nicht erwähnt hatte. »Du bist beunruhigt, weil Arakasi seinen Auftrag immer noch nicht erfüllt hat«, sagte er, einer plötzlichen Eingebung folgend.

Mara schien in sich zusammenzusinken. »Ja. Vielleicht habe ich zuviel von ihm verlangt, oder vielleicht habe ich auch einen Weg eingeschlagen, der viel gefährlicher ist, als ich gedacht hatte, als ich ihn beauftragt habe, sich in die Angelegenheiten der Versammlung einzumischen.« Sie hatte nur selten Selbstzweifel, doch jetzt gab sie zu: »Ich war wütend und unbeherrscht. Tatsächlich ist alles sehr viel besser gelaufen, als ich befürchtet hatte. Wir haben die Offensive der Traditionalisten ohne große Schwierigkeiten in den Griff bekommen.«

Hokanu hörte ihre Worte, doch er konnte sich beim besten Willen nicht vorstellen, daß sie wirklich glaubte, die Angelegenheit sei erledigt. Wenn überhaupt, dann deuteten die derzeitige Ruhe und die gelegentlichen Streitereien in Handelsangelegenheiten darauf hin, daß etwas weitaus Größeres bevorstand. Tsuranische Lords waren verschlagen. Ihre ganze Kultur hatte über Tausende von Jahren demjenigen Herrscher am lautesten applaudiert, der im verborgenen agieren, der verwickelte Langzeitpläne schmieden und Jahre später in einen brillanten Sieg umsetzen konnte. Es war nur zu wahrscheinlich, daß Lord Jiro seine Zeit nutzen würde, um den alles entscheidenden Schlag vorzubereiten. Er war kein Minwanabi, der eine Lösung auf dem Schlachtfeld suchen würde. Das Edikt der Versammlung hatte ihm praktisch unbegrenzte Zeit zugestanden und außerdem die Erlaubnis, gegen das Haus Acoma zu intrigieren – was er ohnehin mit Vorliebe tat.

Weder Hokanu noch Mara wollten sich über diesen Punkt – der ihnen beiden Unbehagen bereitete – weiter auslassen. Stille breitete sich zwischen ihnen aus, eine Stille, in die sich die Geräusche des erwachenden Landsitzes mischten. Das Licht, das durch die geöffneten Läden ins Zimmer fiel, veränderte sich von Grau zu Goldrosa, und Vogelgezwitscher untermalte die Befehle der Offiziere beim Wachwechsel. Vor Ayakis Tod hatten die Wachen nie so nah am Haus patrouilliert.

Zwischen ihnen bestand zudem das unausgesprochene Einverständnis, daß der falsche Beweis, den die Tong beim Attentat auf Ayaki zurückgelassen hatten, sehr wohl dazu hatte dienen sollen, ihren Zorn auf die Anasati zu lenken. Jiro und die Traditionalisten wollten Maras Tod, seine Feindschaft war somit eine logische Folge. Doch vielleicht agierte eine dritte Gruppe im verborgenen, um einen Keil in das Bündnis zwischen den Acoma und den Anasati zu treiben, das mit Ayakis Leben besiegelt worden war. Der

Anschlag hatte Mara gegolten. Wenn sie wie geplant getötet worden wäre, hätte ihr Sohn sein Erbe angetreten. Hokanu wäre in der verletzlichen Position als Regent mit dem Problem konfrontiert worden, einen Zusammenstoß zwischen den Acoma – deren Unabhängigkeit er gemäß den Wünschen seiner Lady hätte erhalten müssen – und den Anasati zu verhindern. Letztere hätten sicher versucht, das Haus Acoma zu vereinnahmen, um ihre Blutsbande mit Ayaki zu stärken.

Doch wenn der Kontrakt mit den Tong, der zu Ayakis Tod geführt hatte, nicht von Jiro geschlossen worden war, dann hatte möglicherweise alles, was seither geschehen war, einer dritten Partei in die Hände gespielt – vielleicht dem Lord, dessen Spione Arakasis Sicherheitssystem durchbrochen hatten.

»Ich glaube«, sagte Hokanu freundlich, aber bestimmt, »wir sollten in dieser Angelegenheit erst eine Entscheidung treffen, wenn wir Nachricht von Arakasi oder einem seiner Agenten haben. Wenn er mit seinem Versuch vorangekommen ist, Einblicke in den Rat der Erhabenen zu gewinnen, dann wird er uns eine Botschaft zukommen lassen. Im Augenblick sind keine Neuigkeiten die besten Neuigkeiten.«

Bleich und erschöpft nickte Mara. Sie fröstelte. Die Unannehmlichkeiten ihrer Schwangerschaft würden so oder so Besprechungen schon bald unangenehm werden lassen. Sie lag müde in den Armen ihres Mannes, während er mit den Fingern schnippte und nach ihren Zofen rief. Es war ein Teil seiner einzigartigen Hingabe, daß er in den Stunden ihrer morgendlichen Übelkeit an ihrer Seite verweilte, und er lächelte nur, als sie mit dem Hinweis, daß er sicher Besseres zu tun habe, leisen Protest anmeldete.

Die Uhr schlug. Mara wischte sich eine feuchte Haarsträhne aus der Stirn und seufzte. Sie schloß für einen Moment die Augen, eine Erholung nach den seitenlangen, in winziger Handschrift verfaßten Berichten des Maklers aus Sulan-Qu. Doch dieser Augenblick der Ruhe dauerte nur Sekunden.

Eine Zofe kam herein, ein Tablett in der Hand. Mara zuckte angesichts der Störung leicht zusammen, fand sich jedoch mit der Unterbrechung ab, als die Dienerin begann, eine leichte Mahlzeit auf dem kleinen Schoßtisch auszubreiten. Das Tischchen daneben war voller Geschäftspapiere.

Als sie den Blick ihrer Herrin auf sich ruhen fühlte, verbeugte sich die Dienerin; ihre Stirn berührte mit einer Ehrerbietung, die schon fast der einer Sklavin gleichkam, den Boden. Wie Mara vermutet hatte, trug das Mädchen eine blaue Livree – die Farbe der Shinzawai.

»Mylady, der Herr hat mich zu Euch gesandt, um Euch eine Mahlzeit zu bringen. Er sagt, Ihr seid zu dünn, und das Baby würde nicht genug bekommen, wenn Ihr Euch nicht die Zeit nehmt, etwas zu essen.«

Mara legte eine Hand auf ihren runden Bauch. Der Junge, den die Hebammen ihr versprochen hatten, schien sich prächtig zu entwickeln. Wenn sie selbst verhärmt aussah, so lag das eher an ihrer Ungeduld und Anspannung als daran, daß sie zuwenig essen würde. Die Schwangerschaft zerrte an ihren Nerven, ungeduldig wie sie war; sie wollte, daß es vorüber und die Frage des Erben endlich geklärt wäre. Sie hatte erst gemerkt, wie sehr sie sich an Hokanus Gegenwart gewöhnt hatte, als die Spannungen zwischen ihnen aufgekommen waren. Für ihren Wunsch, Justin zum Erben der Acoma zu machen, hatte sie einen hohen Preis bezahlt, und sie sehnte den Zeitpunkt der Geburt herbei, um die Auseinandersetzung mit Hokanu hinter sich zu lassen.

Doch die Monate schienen sich bis in alle Ewigkeit zu dehnen. In Gedanken versunken starrte Mara aus dem Fenster, wo die Akasi-Reben blühten und die Sklaven emsig damit beschäftigt waren, sie zurechtzustutzen, um den Weg freizuhalten. Der schwere Duft erinnerte sie an ein anderes Arbeitszimmer auf ihrem ehemaligen Landsitz und an einen Tag in der Vergangenheit, als ein rothaariger barbarischer Sklave ihr Konzept von der tsuranischen Kultur zutiefst erschüttert hatte. Jetzt schien Hokanu der einzige Mann im ganzen Kaiserreich zu sein, der ihre fortschrittlichen Träume und Ideen teilte. Doch es war in letzter Zeit schwierig geworden, mit ihm zu sprechen, ohne daß das Problem des Erben aufkam.

Die Zofe verließ unauffällig den Raum. Mara betrachtete das Tablett voller Früchte, Brot und kaltem Käse mit wenig Begeisterung. Dennoch zwang sie sich dazu, etwas auf einen Teller zu füllen und zu essen, auch wenn die Speisen alle keinen Geschmack zu haben schienen. Die Vergangenheit hatte sie gelehrt, daß Hokanu später vorbeischauen würde, und sie hatte keine Lust, in seine inständig flehenden zärtlichen Augen blicken zu müssen – denn genau das würde geschehen, sollte sie ihrer Neigung nachgeben und die Mahlzeit unberührt lassen.

Der Bericht, der sie so sehr in Anspruch nahm, war weitaus ernster, als es zuerst den Anschein gehabt hatte. In einem Lagerhaus am Fluß hatte es gebrannt, und dabei waren die Lagerbestände zu Schaden gekommen – Felle, die nicht auf den Frühlingsmärkten angeboten worden waren. Die Preise waren in dieser Saison noch nicht auf dem üblichen Stand gewesen, und statt das Leder zu einem niedrigeren Preis zu verkaufen, hatte Jican die Bestände zurückgehalten, um später die Sandalenmacher damit zu beliefern. Mara fröstelte. Aus reiner Gewohnheit stellte sie den fast noch unberührten Teller beiseite. Obwohl es kein Geheimnis war, daß ihr Haus das einzige im ganzen Kaiserreich war, das seine Sklaven – Sänftenträger und Feldarbeiter – mit Sandalen versorgte, hatte diese Tatsache sie bisher allenfalls zur Zielscheibe von Gespött gemacht. Die Lords der Traditionalisten brachen in schallendes Gelächter aus und behaupteten, Sklaven würden den Haushalt der Acoma führen; ein besonders mürrischer alter Priester im Tempel von Chochocan, dem Guten Gott, hatte ihr eine schroffe Nachricht geschickt, daß es gegen den Willen der Götter sei, Sklaven allzu freundlich zu behandeln. Schließlich hätten sie das Mißfallen des Himmels erregt, und wenn man ihnen ihr Leben zu leichtmachte, hatte der Priester gewarnt, würde dieses Vergehen nicht gesühnt. Sie würden womöglich als Nagetier oder als ein anderes niederes Tier auf dem Rad des Lebens zurückkehren, weil sie in ihrem jetzigen Leben nicht genug gelitten hatten. Ihre Füße vor Schnitten oder Blasen zu bewahren, war sicherlich zum Schaden der ewigen Geister der Sklaven.

Mara hatte dem Priester eine Botschaft voller beschwichtigender Gemeinplätze geschickt und ihre Sklaven weiter mit Sandalen ausgestattet.

Doch dieser Bericht mit der Signatur ihres Agenten und dem Abdruck des abgenutzten Siegels, das für die Wochenabrechnungen benutzt wurde, war eine andere Geschichte. Zum ersten Mal hatte ein Feind versucht, ihre freundliche Eigenart zum Schaden des Hauses Acoma auszunutzen. Auf die beschädigten Häute würde schon bald – da war sie sich sicher – ein plötzliches, scheinbar aus dem Nichts entstandenes Gerücht in den Sklavenbaracken folgen, daß sie heimlich selbst für das Feuer gesorgt habe, um sich die Kosten für die Sandalen zu sparen. Da der Besitz von Sandalen nicht nur für Bequemlichkeit sorgte, sondern den Sklaven im Dienste des Hauses Acoma auch einen besonderen Status gewährte, hüteten sie dieses Privileg. Zwar würde ein tsuranischer Sklave niemals an Rebellion denken – jeder Ungehorsam gegenüber einem Herrn oder einer Herrin war schließlich gegen den Willen der Götter –, doch allein die Vorstellung, ihre jährliche Zuteilung an Sandalen sei in Gefahr, würde einen Groll verursachen, der nicht offen sichtbar werden würde, sondern sich in nachlässiger Arbeit oder aus irgendwelchen Gründen nicht erfüllter Aufgaben zeigen würde. Die Auswirkungen auf den Wohlstand der Acoma würden gering, aber dennoch spürbar sein. Der Anschlag auf das Lagerhaus mochte sich sogar als noch weitaus heimtückischerer Plan erweisen, denn bei dem Versuch, dem Ledermangel abzuhelfen, würde Mara möglicherweise mehr als nur die Aufmerksamkeit eines alten Fanatikers im Tempel, der gerne Briefe schrieb, auf sich lenken. In gewissen Kreisen mochte ihre Verletzlichkeit erkannt werden, und Tempel, die ihr bisher freundlich gesonnen waren, konnten plötzlich »neutral« oder gar offen feindselig werden.

Und wenn sie etwas zu diesem Zeitpunkt überhaupt nicht gebrauchen konnte, dann waren das Probleme von seiten der Priesterschaft; nicht jetzt, wo sich die Feinde des Kaisers mit ihren eigenen verbündet hatten, um sie zu vernichten.

Das Tablett mit der Mahlzeit war vergessen, als sie Papier und Stift in die Hand nahm und dem Makler in Sulan-Qu die Genehmigung erteilte, neues Leder zu kaufen und an die Sandalenmacher weiterzuleiten. Dann schickte sie ihren Botenjungen los, um Jican zu holen, der seinerseits den Auftrag bekam, dafür zu sorgen, daß Diener und Aufseher auf Gerüchte achten und sie mit dem Hinweis zerstreuen sollten, daß es keine Probleme hinsichtlich der Fußbekleidung für Sklaven geben würde.

Als die Angelegenheit schließlich geklärt war, schwammen die Früchte in ihrem eigenen Saft, und der Käse war in der warmen Nachmittagsluft geschmolzen. Sie war schon mit einem weiteren Bericht von dem Stapel befaßt – diesmal ging es um Handelsgeschäfte, die geeignet waren, den Anasati Unannehmlichkeiten zu bereiten –, als sie Schritte von der anderen Seite des Ladens hörte.

»Ich bin mit dem Essen fertig«, murmelte sie, ohne aufzublicken.

Da sie davon ausging, daß die Dienerin die Reste ihrer Mahlzeit wie gewöhnlich schweigsam und dienstbeflissen entfernen würde, hing sie weiter ihren Gedanken nach. Doch gleichgültig, wie viele Karawanen ausgeraubt oder wie viele Hwaet-Felder der Anasati abgefackelt wurden, gleichgültig, wie viele Lieferungen mit Kleidungsstücken auf ihrem Weg zu den Märkten in die Irre geführt oder wie viele Schiffe zum falschen Hafen geschickt wurden, es verschaffte Mara keinerlei Befriedigung. Ihr Kummer wurde nicht geringer. Sie suchte in dem Geschriebenen nach einem Ansatzpunkt, um den Feind ihren Haß dort fühlen zu lassen, wo es am meisten schmerzen würde.

Hände griffen über ihre Schulter hinweg, entwanden ihr das Schriftstück und begannen zärtlich ihren Nacken zu massieren, der von der Anspannung ganz steif geworden war. »Die Köche werden darum bitten, sich mit dem Schwert das Leben nehmen zu dürfen, wenn sie sehen, wie wenig Aufmerksamkeit du deiner Mahlzeit gewidmet hast, Mylady«, flüsterte Hokanu ihr ins Ohr. Er ließ dieser Ermahnung einen Kuß auf ihren Scheitel folgen, während Mara errötete, weil sie ihn für einen Diener gehalten hatte.

Sie betrachtete reumütig die kaum angerührte Mahlzeit. »Verzeih mir. Ich war so in diese Angelegenheiten versunken, daß ich es glatt vergessen habe.« Sie seufzte, dann wandte sie sich zu ihm um und küßte ihn ebenfalls.

»Was war es denn dieses Mal? Noch mehr Schimmel in den Thyza-Säcken?« fragte er. Seine Augen blitzten übermütig.

Mara rieb sich die Stirn; sie hatte Kopfschmerzen. »Nein. Die Häute für die Sandalenmacher. Wir werden Ersatz beschaffen müssen.«

Hokanu nickte. Er war einer der wenigen Männer im Kaiserreich, der nicht der Ansicht war, Sandalen für Sklaven wären reine Geldverschwendung. Mara wußte, wie glücklich sie sich schätzen konnte, einen solchen Ehemann zu besitzen. Sie nahm ihn in die

Arme und streckte dann tapfer die Hand nach dem Tablett mit dem Essen aus.

Hokanu ergriff ihr Handgelenk mit einer Nachdrücklichkeit, die keinen Widerspruch duldete. »Diese Mahlzeit ist verdorben. Wir lassen die Diener etwas Neues bringen, und ich werde hierbleiben und mit dir zusammen essen. Wir haben in den letzten Tagen viel zuwenig Zeit gemeinsam verbracht.«

Er ging um ihr Kissen herum. Wie immer strahlte die Eleganz seiner Bewegungen – etwas, das er sich als Schwertkämpfer erworben hatte – außerordentliche Schönheit aus, obwohl es sich eigentlich um eine Ansammlung tödlicher Reflexe handelte. Hokanu trug eine lose Seidenrobe mit einem Perlmuttgürtel, dessen Schnalle mit Lapislazuli eingelegt war. Sein Haar war feucht, denn wie gewöhnlich hatte er ein Bad genommen, nachdem er mit seinen Offizieren geübt hatte.

»Du bist vielleicht nicht hungrig, aber ich könnte einen Harulth verschlingen. Lujan und Kemutali waren fest entschlossen herauszufinden, ob ich durch die Vaterschaft allzu selbstzufrieden geworden bin.«

Mara lächelte leicht. »Sie sind hoffentlich beide verschwitzt und zerschunden?« fragte sie erwartungsvoll.

»Genau wie ich noch vor ein paar Minuten«, bekannte Hokanu.

»Und – bist du selbstzufrieden?« forschte Mara weiter.

»Bei den Göttern, nein.« Hokanu lachte. »In diesem Haus werde ich das auch niemals sein. Justin hat mich auf dem Weg zum Bad zweimal überfallen und noch einmal, als ich herauskam.« Doch er wollte nicht weiter auf Justin eingehen, dessen Zukunft zwischen ihnen zum Streitobjekt geworden war. Daher fragte er sie schnell, aus welchem Grund sie immer noch die Stirn runzelte. »Es sei denn, du machst nur ein böses Gesicht, um ebenfalls meine Selbstzufriedenheit zu testen«, beendete er den Satz.

Mara war so überrascht, daß sie zu lachen begann. »Nein. Ich weiß, wie leicht dein Schlaf ist, Geliebter. Wenn du anfangen solltest, selbstzufrieden zu werden, werde ich es daran merken, daß du aufhörst, bei jedem noch so leisen ungewohnten Geräusch hochzuschrecken und Kissen und Bettzeug beiseite zu werfen.«

Hokanu war froh darüber, für einen Augenblick so etwas wie Heiterkeit bei ihr zu erleben. Er klatschte in die Hände und rief einen Diener herbei, der das Essenstablett abtragen und eine neue Mahlzeit aus der Küche holen sollte. Doch als er sich nach dieser kurzen Unterbrechung wieder zu Mara umdrehte, erkannte er an ihrem in eine unbestimmte Ferne gerichteten Blick, daß sie schon wieder in Grübeleien versunken war. Ihre Hände lagen fest verschränkt in ihrem Schoß, ein Hinweis darauf, daß sie bereits erneut über die Aufgabe nachdachte, die sie ihrem Supai auferlegt hatte.

Seine Ahnung wurde umgehend bestätigt, als sie zu sprechen begann: »Ich frage mich, wie weit Arakasi mit seinem Versuch gekommen ist, sich in die Stadt der Magier einzuschleichen.«

»Wir werden uns erst dann über diese Frage unterhalten, wenn du etwas gegessen hast«, meinte Hokanu. »Wenn du weiter hungerst, wird nichts anderes mehr von dir übrigbleiben als ein gewaltiger Bauch.«

»In dem dein Sohn und Erbe heranwächst«, erwiderte Mara. Ihre Entgegnung hatte spielerisch geklungen, und doch war sie deutlich weniger einfühlsam, als er es von ihr gewohnt war, denn sonst hätte sie wohl kaum auf ein so heikles Thema angespielt.

Hokanu ging nicht darauf ein. Er wollte keinen neuen Streit vom Zaun brechen; ihm war lieber, wenn sie ein bißchen von den Früchten, dem Brot und dem Fleisch zu sich nahm, nach dem er geschickt hatte. Und je länger er darüber nachdachte, desto mehr war er davon überzeugt, daß Arakasis Versuch, sich in die Stadt der Magier einzuschleichen, vielleicht doch das bessere Gesprächsthema war.

Arakasi saß in diesem Augenblick gerade im Norden der Provinz Neshska in einer lärmigen Taverne. Er trug die gestreifte Robe eines freien Karawanentreibers und roch – ganz wie es sich gehörte – kräftig nach Needra. Sein rechtes Auge schielte, während das linke zum Ausgleich pausenlos zwinkerte. Auf diese Weise konnte er unauffällig das Wasser wegblinzeln, das ihm der brennende Geschmack von dem Schnaps in die Augen trieb, den die Thun angeblich aus Knollen brannten, die in der Tundra wuchsen. Arakasi benetzte seine Zunge erneut mit dem abscheulichen Gesöff und bot die Flasche dann dem Karawanenmeister an, den er schon seit Stunden betrunken zu machen versuchte.

Doch der Karawanenmeister schien Schnaps zu trinken, als wäre es Wasser. Er war kahlköpfig und muskulös, und er hatte nicht nur ein donnerndes Lachen, sondern darüber hinaus auch noch die beklagenswerte Angewohnheit, seinen Gefährten kräftig auf die Schulter zu hauen. Vielleicht war das der Grund, warum die Bänke auf seiner anderen Seite leer geblieben waren, dachte Arakasi. Seine Rippenpartie war mit blauen Flecken übersät, weil er jedesmal, wenn der Mann ihm wieder einen seiner »kameradschaftlichen« Hiebe versetzte, gegen die Tischkante krachte. Im nachhinein war er sich nicht mehr so sicher, ob er wirklich eine gute Wahl getroffen hatte, als er diesen Mann als Informationsquelle auswählte. Doch die anderen Karawanenmeister standen meist mit ihren Leuten zusammen, und er hatte einen einzelnen Mann gebraucht. Sich in eine verschworene Gruppe einzuschmeicheln und einen Mann von seinen Kumpanen wegzulocken, hätte zuviel Zeit erfordert. Er besaß zwar die nötige Geduld und hatte in der Vergangenheit viele Monate damit verbracht, das Vertrauen seiner Opfer zu gewinnen, um Mara die gewünschten Informationen liefern zu können. Aber hier, in dieser gottverlassenen Taverne im hohen Norden, würde ein Mann mit guten Freunden sich leicht an einen Fremden erinnern können, der nach Dingen gefragt hatte, die ein einheimischer Wagenlenker längst wissen müßte.

»Aah«, brüllte der riesige Karawanenmeister viel zu laut für Arakasis Geschmack. »Ich weiß nicht, warum ein Mann solch eine Pisse trinken sollte.« Der Mann packte die Flasche mit seiner gewaltigen Pranke und warf einen zweifelnden Blick hinein. »Das schmeckt schlimm genug, um sich daran die Zunge zu verbrennen.« Er beendete seine Tirade mit einem kräftigen Schluck.

Arakasi sah einen weiteren freundschaftlichen Klaps auf sich zukommen und stützte sich gerade noch rechtzeitig auf der Tischplatte ab. Der Schlag traf ihn zwischen die Schulterblätter; die Erschütterung brachte die Böcke, die die schwere Tischplatte trugen, zum Wackeln und das billige Tongeschirr zum Klappern.

»He!« dröhnte die Stimme des Wirts von der anderen Seite der Theke. »Hier drinnen gibt's keine Schlägereien!«

Der Karawanenmeister rülpste. »Was für ein Dummkopf«, flüsterte er vertraulich. Seine Fahne nahm Arakasi fast den Atem. »Wenn wir in der Stimmung wären, ein bißchen Kleinholz zu machen, bräuchten wir nur die Tische gegen die Wände zu schleudern und das verdammte Dach zum Einsturz zu bringen. Wäre kein großer Verlust. Zwischen den Dachsparren hängen ohnehin Netzspinner, und in den Matratzen auf dem Dachboden hocken bissige Käfer.«

Arakasi betrachtete die gewaltige Tischplatte und dachte, daß sie sehr wohl als Rammbock dienen konnte. »Schwer genug, um die Tore der Stadt der Magier aufzubrechen«, murmelte er, um das Gespräch in die richtige Richtung zu lenken.

»Hah!« Der Hüne knallte die Flasche hart auf den Tisch. »Nur ein Narr würde das versuchen! Hast du von dem Jungen gehört, der sich letzten Monat in einem Wagen versteckt hatte? Also, die Diener von diesen Magiern haben die ganzen Waren durchsucht und konnten den Jungen nicht finden. Doch als dann der Wagen unter den Torbögen der Brücke zur Insel hindurchrollt, da kommt doch dieser Lichtblitz aus dem Torbogen herunter und röstet die Oberfläche von dem Wollballen, in dem der Junge sich verkrochen hatte.« Der Wagenlenker lachte und ließ die Faust auf den Tisch krachen, daß das Tongeschirr auf der Platte hüpfte. »Bei den sieben Höllen! Ich kann dir sagen, da rennen die Diener der Magier alle wild herum und stoßen Warnschreie aus, rufen Tod und Verzweiflung. Und dann heult der Junge plötzlich laut auf – laut genug, um noch in Dustari gehört zu werden –, und dann rennt er die Straße hinunter, zurück in den Wald, als ob ihm der Arsch brennt. Hab ihn später gefunden, im Schuppen eines Köhlers. Stell dir vor, er hatte nicht die kleinste Verletzung, aber es dauerte Tage, bis er endlich zu heulen aufhörte.« Der Karawanenmeister legte einen Finger an die Schläfe und zwinkerte Arakasi wissend zu. »Sie haben was mit seinem Kopf gemacht, verstehst du? Er bildete sich ein, er wird von Feuerdämonen gefressen oder so was.«

Arakasi verdaute das Gehörte, während der Karawanenmeister noch einen Schluck aus der Flasche nahm. Er wischte sich mit seinem dicht beharrten Handgelenk die Lippen und starrte Maras Supai an. Seine Stimme wurde leiser und bekam einen bedrohlichen Unterton. »Du darfst nicht einmal einen Witz darüber machen, die Tore zur Stadt der Magier zu durchbrechen. Leg dich mit der Versammlung an, und wir alle hier verlieren unsere Arbeit. Ich habe keine Lust, mein Leben als Sklave zu beenden, ganz und gar nicht.«

»Aber der Junge, der versucht hat, ihnen einen Streich zu spielen und in die Stadt zu schlüpfen, hat seine Freiheit nicht verloren«, wies Arakasi auf das Offensichtliche hin.

»Es wäre nicht viel anders gewesen«, sagte der Karawanenmeister verdrießlich. Er nahm noch einen Schluck. »Hätte sie genausogut verlieren können. Er kann nicht schlafen, weil er dann Alpträume kriegt, und tagsüber läuft er rum, als ob er schon tot wäre. Sein Kopf ist immer noch durcheinander.«

Er senkte voller Furcht die Stimme. »Ich habe gehört, daß sie irgendwie wissen, was in den Köpfen von denen vor sich geht, die zur Insel rüber wollen. Er war nur ein Lausejunge, deshalb haben sie ihn leben lassen. Aber ich hab Geschichten gehört ...! Wer ihnen was Böses will« – er streckte die Hand aus, den Daumen nach unten –, »findet sich ganz schnell auf dem Grund des Sees wieder.« Er flüsterte, als er fortfuhr: »Der Seegrund ist voller Leichen. Es ist zu kalt da unten, deshalb kommen sie nicht aufgedunsen wieder an die Oberfläche wie andere Wasserleichen. Sie bleiben einfach dort unten.« Mit einem bekräftigenden Nicken beendete der Karawanenmeister das Gespräch, jetzt wieder in normaler Lautstärke: »Magier mögen es nicht, wenn man sich mit ihnen anlegt. Das ist eine Tatsache.«

»Sollen sie doch machen, was sie wollen.« In einem ungewöhnlichen Anflug von Ärger angelte sich Arakasi die Flasche. Die Aufgabe, die Mara ihm gestellt hatte, war praktisch unlösbar. Die Karawanen zogen nur bis zum Tor an der Brücke über den Fluß. Dort übergaben die Treiber und Wagenlenker die Zügel an Diener aus der Inneren Stadt, und jede Ladung wurde genau durchsucht, bevor die Wagen weiterrollten. Die Brücke überspannte nicht den ganzen See, sondern endete an einem Anlegeplatz, wo die Waren in Boote umgeladen und ein zweites Mal untersucht wurden. Dann erst wurden sie zur Stadt der Magier hinübergebracht.

Dies war der dritte Mann, der etwas über das Schicksal von Eindringlingen erzählte. Niemand gelangte heimlich in die Stadt der Magier, und jeder, der es versuchte, wurde auf magische Weise in ein nasses Grab befördert oder in den Wahnsinn getrieben.

Angesichts dieser trostlosen Aussichten nahm Arakasi einen tiefen Schluck aus der Flasche. Dann schob er sie wieder dem Karawanenmeister zu und ging unauffällig hinaus, um sich auf dem Abort zu erleichtern.

Auf dem Abort der Taverne, umgeben von Gestank und Düsternis, studierte Arakasi die Wände, in die vorbeiziehende Karawanentreiber eine bunte Mischung aus Initialen, hämischen Kommentaren über die Qualität des hier ausgeschenkten Biers oder die Namen ihrer Lieblingsdamen aus den Bordellen des Südens gekratzt hatten. Unter all dem Gekritzel und Geschreibsel war auch das Zeichen, das er suchte: ein mit weißer Kreide gezeichnetes, aufrecht stehendes Strichmännchen. Bei den Knien war die Linie etwas ausgefranst, als ob die Hand des Zeichners in der Eile verrutscht wäre. Als er dies sah, schloß Arakasi für einen Augenblick seine müden Augen und stieß einen Seufzer der Erleichterung aus.

Sein Agent, der Laufbursche eines Köhlers, war hier gewesen – und er hatte gute Neuigkeiten. Das Lagerhaus, in dem er beinahe seinen Feinden in die Hände gefallen wäre, war seit zweieinhalb Jahren nicht mehr Bestandteil seines Netzwerks, doch endlich hatte der Färber von der anderen Straßenseite seinen ältesten Lehrling befördert. Der Sohn des Händlers, der sich für die jetzt freigewordene Stelle beworben hatte, war ein Agent der Acoma. Endlich konnte Arakasi damit beginnen, sein Netzwerk neu aufzubauen. In dem Lagerhaus waren seit dem Desaster seiner Beinahe-Gefangennahme nur normale Geschäfte abgewickelt worden. Der Eigentümer hatte seine Degradierung vom Spion zum Makler mit steinernem Gesicht hingenommen. Er brannte genauso wie Arakasi darauf, einige Angestellte und Schauerleute zu entlassen, doch dies durfte nicht überstürzt geschehen. Die Männer waren wertvoll, und einige von ihnen würden auch als Agenten in anderen Positionen nützlich sein, aber nicht, solange das Lagerhaus noch von den Feinden beobachtet wurde. Und gemessen daran, wie unauffällig das Netz funktionierte, das ihn beinahe erwischt hätte, wagte Arakasi nicht, von anderen Voraussetzungen auszugehen. Er mußte das Problem ganz langsam und sorgfältig von einem anderen Punkt aus angehen. Ein Agent im Hause des Färbers, der sich aufmerksam danach umschauen konnte, wer noch immer das Lagerhaus beobachtete, würde ihm eine Menge sagen können.

Plötzlich wurde ihm bewußt, daß er nicht zu viel Zeit auf dem Abort verbringen durfte. Er verrichtete seine Notdurft und ging durch die quietschende Holztür wieder hinaus. Dabei kam ihm der unangenehme Gedanke, daß die Stelle im Laden des Färbers womöglich doch nicht so zufällig frei geworden war. Wenn er selbst jener überaus kluge Feind wäre, würde er dann nicht versuchen, seinen eigenen Agenten in diese Position zu bringen? Was gab es denn für eine bessere Möglichkeit, das Lagerhaus zu überwachen? Schließlich waren Herumtreiber oder Bettler an irgendwelchen Hausecken weitaus verdächtiger als normale Angestellte.

Kalte Gewißheit jagte ihm einen Schauer über den Rücken; dieser Feind war ebenso klug wie er. Arakasi fluchte und wirbelte herum. Aufgeregt vor sich hinmurmelnd – als ob er etwas vergessen hätte – schubste er den Sohn eines Viehtreibers beiseite, der quer über den Hof auf den Abort zuging, und stürmte wieder hinein.

»Die Götter seien gepriesen, da ist er«, murmelte er, als ob es völlig normal wäre, wichtige Dinge in stinkenden öffentlichen Einrichtungen liegenzulassen. Mit einer Hand riß er einen Perlmutt-Knopf von seiner Manschette ab, mit der anderen wischte er den Kopf der Kreidefigur aus und kratzte mit dem Fingernagel ein obszönes Symbol daneben.

Er hastete hinaus und zuckte angesichts des wütenden Jungen

entschuldigend mit den Schultern. »Ein Glücksbringer von meiner Liebsten. Sie bringt mich um, wenn ich ihn verliere.«

Der Viehtreiber-Junge schnitt eine freundliche Grimasse und beeilte sich, in den Abort zu kommen; so, wie er aussah, hatte er mehr Bier getrunken, als gut für ihn war. Arakasi wartete, bis die Tür ins Schloß gefallen war; erst dann glitt er in den Wald am Straßenrand. Mit ein bißchen Glück würde der Köhlerbursche innerhalb der nächsten Woche wieder vorbeikommen. Er würde das veränderte Kreidezeichen sehen – und das obszöne Symbol, das bedeutete, den Versuch, den Agenten als Lehrling des Färbers einzusetzen, nicht fortzuführen. Während sich Arakasi unter einem für diese Jahreszeit ungewöhnlich grauen Himmel lautlos zwischen den Nadelbäumen hindurchbewegte, kam er zu dem Schluß, daß es vielleicht wirklich mehr bringen würde, den Burschen, der schließlich Lehrling werden würde, genau zu beobachten. Wenn er unschuldig war, würde ihm kein Leid geschehen; doch wenn er ein Doppelagent war – wie Arakasis Intuition ihm drängend zuflüsterte –, dann würde er sie womöglich zu seinem Herrn führen ...

Später lag Arakasi bäuchlings unter tropfenden Büschen und zitterte in der ungewohnten Kälte der nördlichen Ebenen. Der leichte Regen und eine frische Brise vom See her schienen sich gegen ihn verschworen zu haben. Doch er hatte zu den verschiedensten Gelegenheiten schon viele Stunden hier verbracht. Die in den See hinausragende, dicht bewaldete Halbinsel war ein hervorragender Beobachtungspunkt, von dem aus er nicht nur die Torbrücke im Auge behalten konnte, sondern auch den Anlegeplatz, wo Diener, deren Loyalität ausschließlich den Magiern galt, die Waren auf kleine Boote umluden und zur Stadt hinüberruderten. Ihm war schon lange klargeworden, daß der Versuch, sich auf einem Versorgungswagen einzuschmuggeln, von vornherein zum Scheitern verurteilt war. Die Geschichte des Karawanenmeisters hatte nur seinen Verdacht bestätigt, daß die ankommenden Waren auch mit magischen Mitteln auf Eindringlinge untersucht wurden. Jetzt suchte er nach einem Weg, der ihm mit Hilfe irgendeiner List Zugang zur Stadt gewähren würde und auf dem er den anscheinend allessehenden Torbogen auf der Brücke vermeiden konnte.

Die Entfernung zur Insel war zu groß, um einfach hinüberzuschwimmen. Von Arakasis Versteck aus schien es, als wären alle Gebäude zu einer Masse aus spitzen Türmen verschmolzen, von denen einer so hoch war, daß er bis in die Wolken ragte. Durch das Fernrohr, das er in einem Laden am Ufer gekauft hatte, konnte er von steilen Mauern umgebene Häuser und dazwischen verlaufende, geschwungene Gehwege ausmachen. Das Seeufer war vollgestopft mit steinernen Häuserfronten, merkwürdig geformten Fenstern und Eingängen mit fremdartigen Bögen. Es gab keine Wehrmauern und – soweit er feststellen konnte – auch keine Wachposten. Das schloß natürlich nicht aus, daß es auf Magie basierende Verteidigungsanlagen gab. Doch die einzige Möglichkeit, wie ein Eindringling heimlich die Stadt betreten konnte, lag klar auf der Hand: Man mußte nachts mit dem Boot hinüberfahren und eine Gartenmauer hochklettern oder irgendeine Spalte suchen, um sich Zugang zu verschaffen.

Arakasi seufzte. Das war eine Aufgabe für einen Dieb, und außerdem brauchte er ein Boot – und das an einem Ort, wo es noch nicht einmal ein Fischerdorf gab. Das bedeutete, daß er ein Boot auf einem Frachtwagen hierherschmuggeln mußte; keine leichte Aufgabe, da die Karawanen praktisch ausschließlich aus Männern bestanden, die sich sehr gut kannten. Außerdem brauchte er jemanden, der sich mit Listen und Täuschungsmanövern auskannte – und solche Männer fand man nicht unter ehrlichen Händlern. Kein einziges dieser Probleme würde sich leicht und schnell lösen lassen. Mara würde lange auf Informationen warten müssen, die sich – wie man ehrlicherweise zugeben mußte – als unmöglich zu beschaffen erweisen konnten.

Arakasi erhob sich von seinem feuchten Aussichtspunkt und tauchte wieder tiefer in den Wald ein. Er massierte seinen steif gewordenen Nacken, schüttelte die Feuchtigkeit aus seiner Kleidung und machte sich auf den Weg zurück zur Taverne. Während er dahinschritt, dachte er angestrengt nach, eine Angewohnheit, der er so manch plötzliche Eingebung verdankte. Dabei kreisten seine Gedanken nicht um das Problem, das ihn momentan frustrierte, sondern er dachte über eine andere Sache nach, eine, die anfangs nicht besonders wichtig erschienen war, aber zunehmend mehr Ärger bereitete.

Er konnte versuchen, was er wollte, aber es schien völlig unmöglich zu sein, neue Agenten in den Haushalt der Anasati einzuschleusen. Nur ein einziger Agent war dort noch aktiv, und das war ein älterer Mann, der das Vertrauen von Jiros Vater genossen hatte, vom jungen Lord aber nicht sehr gemocht wurde. Der Diener war auf eine vollkommen unbedeutende Position verbannt worden, und was er an Neuigkeiten noch mitbekam, war kaum informativer als der Klatsch und Tratsch auf den Straßen. Zum ersten Mal fragte sich Arakasi, ob seine fehlgeschlagenen Versuche, jenen Agenten zu ersetzen, vielleicht mehr zu bedeuten haben mochten, als er bisher geglaubt hatte.

Es hatte alles so harmlos ausgesehen, sicherlich; alle sieben Versuche waren an Dingen gescheitert, die wie Pech oder der falsche Zeitpunkt schienen: ein Anfall von schlechter Laune bei Jiro, ein Makler in einer Stimmung, die zu aggressiv war, um einem alten Freund einen Gefallen zu tun; und schließlich, erst vor kurzem, eine Magenverstimmung, die einen Diener, der das Vertrauen seines Herrn genoß, daran hinderte, eine Empfehlung für die Anwerbung eines Neulings abzugeben.

Arakasi blieb abrupt stehen. Er spürte den Regen nicht mehr, der mittlerweile viel stärker geworden war. Er spürte die Kälte und die Feuchtigkeit nicht mehr, die ihm den Rücken hinunterrann. Er zitterte aus ganz anderen Gründen.

Was war er für ein Narr gewesen, daß er nicht eher Verdacht geschöpft hatte! Das war nicht einfach Schicksal, diese Reihe von unglücklichen Zufällen, die anscheinend überhaupt nichts miteinander zu tun hatten. Könnte es nicht sein, daß schon die ganze Zeit alle seine Versuche, den Haushalt der Anasati zu unterwandern, von einem Verstand abgewehrt worden waren, der noch klüger und schärfer war als sein eigener?

Bis ins Mark erschüttert, stürmte Arakasi weiter. Er hatte den Ersten Berater Chumaka, dessen politisches Gespür den Anasati bereits zu Lebzeiten von Jiros Vater zugute gekommen war, schon immer bewundert. Jetzt fragte sich Arakasi, ob möglicherweise der kluge Chumaka sein unsichtbarer Gegner war.

Unerbittlich verfolgte er diesen Gedanken weiter. War es möglich, daß die Anasati hinter der Falle beim Seiden-Lagerhaus gesteckt hatten? Die Eleganz dieser Möglichkeit faszinierte den Supai. Ein brillanter echter Feind machte viel mehr Sinn als zwei gleichermaßen hochbegabte Gegner, die überhaupt nichts miteinander zu tun hatten.

Zutiefst verstört beschleunigte Arakasi seine Schritte. Er sehnte sich nach Wärme und trockenen Kleidern, und er brauchte ein ruhiges Plätzchen, wo er ungestört nachdenken konnte. Denn jede einzelne seiner vereitelten Bemühungen offenbarte, daß er einem Rivalen gegenüberstand, der ihm absolut ebenbürtig war. Die Vorstellung, daß zwischen Maras größtem Feind und einem solchen Mann eine Verbindung bestehen konnte, war besorgniserregend – vor allem, wenn man in Betracht zog, daß dieser Rivale seine eigenen Fähigkeiten womöglich übertraf.

Einen Spion in die Stadt der Magier zu schleusen war ein aussichtsloses Unterfangen, und dieser Auftrag verblaßte zur Bedeutungslosigkeit angesichts der Gefahr, die Maras Spionage-Netzwerk von Jiros Ratgeber drohte. Denn Arakasi machte sich keinerlei Illusionen. Dafür verstand er das Spiel des Rates viel zu gut. Hier ging es um mehr als nur um eine Fehde zwischen zwei mächtigen Familien. Mara war eine wichtige Figur am Hof des Imperators; nur zu leicht konnte ihr Untergang einen Bürgerkrieg auslösen.

Sechs

Spiele

Chumaka runzelte die Stirn.

Mit zunehmender Beunruhigung überflog er die Berichte, die zwischen die Bündel von Papieren gestopft waren, die er für die anstehende Ratssitzung seines Herrn vorbereitet hatte. Das waren keine guten Neuigkeiten. Er begann wütend und unzufrieden an seinen Fingernägeln zu kauen. Er war dem Supai, der hinter dem ehemaligen Tuscai-Netzwerk steckte, so dicht auf den Fersen gewesen! Er hatte gewußt, daß sich das Netz in Ontoset als Folge der verpfuschten Jagd beim Seiden-Lagerhaus still verhalten würde. Doch es machte überhaupt keinen Sinn, daß nach beinahe drei Jahren auch der Zweig in Jamar – der mit dem in Ontoset anscheinend nichts zu tun hatte – noch immer schlief.

Jene Häuser, die sich ein Netzwerk von Spionen leisteten, das grundsätzlich immer für Aufregung und Kosten sorgte, neigten dazu, sich völlig auf dieses Netzwerk zu verlassen. Es war schlichtweg undenkbar, daß irgendein Lord, der sich daran gewöhnt hatte, durch Spione zu seinen Informationen zu gelangen, nur wegen der Entdeckung eines Kuriers seinen mühsam erarbeiteten Vorteil aufgeben würde. Und am allerwenigsten Lady Mara! Sie war manchmal mutig und machmal vorsichtig – ganz nach Lage der Dinge –, aber sie war niemals grundlos furchtsam. Auch der Tod ihres Sohnes konnte ihr Wesen nicht so tiefgreifend verändert haben. Sie würde jedes Mittel nutzen, das ihr zur Verfügung stand, und sich niemals von einem kleinen Rückschlag abschrecken lassen. Chumaka zuckte leicht zusammen, als er sich auf das empfindliche Fleisch unter seinen Nägeln biß. Er tupfte den blutenden Nagel an der Robe ab und ordnete besorgt seine Papiere. Die Situation ärgerte ihn. Mit jedem neuen Tag wurde es wahrscheinlicher, daß Jiro Antworten von ihm forderte. Der Erste Berater der Anasati gab ungern zu, daß er allmählich verzweifelte. Er hatte keine andere Wahl, er mußte über das Undenkbare nachdenken: daß er es womöglich dieses Mal mit einem Gegner zu tun hatte, der ihm überlegen war.

Die Idee, daß irgendein Verstand im Kaiserreich ihn ausmanövrieren könnte, wurmte Chumaka gewaltig.

Und doch konnte er diese Möglichkeit nicht mehr so einfach von der Hand weisen. Sein Gefühl sagte ihm, daß das Netzwerk keineswegs aufgelöst war, sondern nur schlief oder in einen versteckten Winkel untergetaucht war. Aber wo? Und warum? Auf diese Frage keine Antworten zu wissen, bescherte Chumaka schlaflose Nächte. Dunkle Ringe und geschwollene Tränensäcke unter den Augen gaben seinem ohnehin kantigen Gesicht etwas Sorgenvolles.

Das Scharren von geöltem Holz riß Chumaka aus seinen bekümmerten Grübeleien. Die Sklaven schoben bereits die Läden in der großen Halle für Jiros öffentliche Ratssitzung beiseite. Omelo hatte die Ehrengarde des Lords neben dem Podest antreten lassen, und der Hadonra beaufsichtigte die Aufstellung seiner Makler und Sekretäre. In wenigen Minuten würden die Verbündeten und Abgesandten jener Häuser eintreffen, die ein Gespräch mit dem Lord der Anasati suchten, und entsprechend ihrem Rang zu ihren Plätzen geleitet werden. Lord Jiro würde die Halle als Letzter betreten, um Bittsteller anzuhören, gesellschaftliche Gespräche zu führen und manchmal auch neue Geschäfte abzuschließen.

Chumaka rollte die Papiere zusammen und stopfte sie in seine Tasche. Leise vor sich hinmurmelnd stapfte er zu dem Podest hinüber, um sich zu vergewissern, daß seine Lieblingskissen zu seiner Zufriedenheit arrangiert waren. Die Liste mit Jiros Gästen war lang; diese Sitzung konnte bis in den Abend hinein dauern. Und bei langen Besprechungen konnte der Kissenstapel gar nicht dick genug sein, besonders für einen dünnen, knochigen Mann wie ihn. Körperliche Beschwerden lenkten ihn vom Denken ab, und solange der gegnerische Supai sich als Meister darin erwies, seine Ränke zu durchschauen, konnte er es sich nicht erlauben, auch nur die kleinste Nuance dessen zu verpassen, was gesagt werden würde.

Die große Halle füllte sich langsam. Bedienstete eilten hin und her, brachten Erfrischungen oder gaben Anweisungen, wo sich die Sklaven der Gäste hinzubegeben hatten. Der Tag war heiß, und Jiro hatte es sich zur Gewohnheit gemacht sicherzustellen, daß seine Gäste Kühle und Behaglichkeit genossen. Er versorgte sie mit allem, um ihre Geduld zu vergrößern, und die Gäste – im Glauben, er verwöhne sie, um ihre Gunst zu gewinnen – fühlten sich so geschmeichelt, daß sie ihm häufig viel größere Zugeständnisse gewährten, als sie eigentlich vorgehabt hatten.

Lord Jiros Auftritt war zurückhaltend. Sein Schreiber rief seinen Namen, und nur zwei Krieger marschierten links und rechts einen halben Schritt hinter ihrem Herrn. An diesemTag trug er einfach geschnittene Kleidung, die aber aus feinsten Seidenstoffen bestand. Er bevorzugte Gewänder, die wertvoll, aber nicht protzig wirkten und die je nach dem Vorteil, den er sich davon versprach, stark und männlich oder jungenhaft unschuldig wirkten. Chumaka betrachtete den doppeldeutigen Effekt und strich sich über das Kinn. Wäre Jiro von den Göttern nicht auserwählt worden, den Mantel der Anasati zu tragen, wäre er vielleicht ein hervorragender Feldagent geworden, dachte der Erste Berater.

Chumaka beendete seine leichtfertigen Spekulationen abrupt, als der junge Lord das Podest betrat. Seine Krieger flankierten ihn beiderseits, als er sich auf den Kissen niederließ und die förmlichen Eröffnungsworte sprach: »Die Audienz beginnt.«

Während sein Verwalter sich durch die Reihen der Gäste bewegte, um den ersten auf der Liste anzukündigen, beugte sich Jiro zur Seite, um leise einige Worte mit Chumaka zu wechseln. »Worauf muß ich heute besonders achten, Erster Berater?«

Chumaka tippte sich mit einem Fingerknöchel ans Kinn. »Um die Unterstützung der Xacatecas für Lady Mara neutralisieren zu können, brauchen wir Verbündete. Genauer gesagt, wir brauchen ihren Reichtum. Denkt über das Angebot des Lords der Matawa nach, im Tausch gegen einige Zugeständnisse unser Korn nach Süden zu transportieren.« Er zog die entsprechende Notiz aus einem der Bündel, die in seiner Tasche steckten, und überflog sie noch einmal. »Der Lord wünscht eine gute Partie für seine Tochter. Vielleicht reicht schon der illegitime Neffe Eures Cousins? Er ist jung, aber nicht ungeschickt. Die Einheirat in ein vornehmes Haus würde seine Ambitionen auf ein neues Ziel lenken und uns auf längere Sicht einen neuen Verbündeten verschaffen.« Chumaka senkte die Stimme, als andere Personen sich dem Podest näherten. »Es geht das Gerücht, daß der Lord der Matawa mit Midkemiern aus der Stadt LaMut Handel treibt.«

Jiro rümpfte die Nase bei diesen Worten. »Ein Gerücht? Oder die Ausbeute eines Eurer Lauscher?«

Chumaka räusperte sich und ging absichtlich nicht weiter auf diesen Punkt ein. »Ich möchte meinen Lord daran erinnern, daß viele Mitglieder des Handelskonsortiums von LaMut in Tsuranuanni geboren wurden. Sie könnten uns den gleichen Vorteil bringen, den die Acoma durch ihre exklusiven Handelsverträge genießen.« Chumakas Stimme wurde zu einem Flüstern. »Mara hat klug vorausgedacht, als sie dafür sorgte, sich vom Bewahrer des Kaiserlichen Siegels eine Ausnahmegenehmigung ausstellen zu lassen. Sie handelte aufgrund einer vagen Vermutung und band alle üblichen Waren an sich, die durch den Spalt von Midkemia zu uns gelangen. Doch weil sie sich nur auf Vermutungen stützte, konnte sie nicht an alles denken. Es gibt ein halbes Dutzend Waren, die wir importieren und die uns reich machen können. Und wenn es Mara auch gelingen sollte, die Versuche der Anasati, Waren von Midkemia hierherzutransportieren, erfolgreich zu blockieren, so kann sie nur wenig tun, um die Kaufleute von LaMut daran zu hindern, etwas an den Lord der Matawa zu verkaufen.«

Jiro lächelte. »Wie sehr wünscht sich der Lord der Matawa eine exklusive Transportgenehmigung? Und – wie häßlich ist seine Tochter?«

Chumaka zeigte ein breites Grinsen. »Seine Tochter kommt nach ihrer Mutter, und die sieht aus wie ein Hund – ein besonders häßlicher Hund, wie man leider sagen muß. Es gibt auch noch zwei jüngere Schwestern, die haben beide schiefe Zähne. Und der Titel kann nur mit der ältesten vergeben werden. Ihr Vater braucht eine größere Mitgift, wenn er seinen jüngeren Töchtern das Schicksal ersparen will, Ehefrauen einfacher Kaufleute zu werden. Das bedeutet, daß der Lord der Matawa sich die Handelskonzession wirklich sehnlichst wünscht.«

Als der Delegierte des absolut unwichtigsten Hauses sich dem Podest näherte und eine ehrerbietige Verbeugung ausführte, beendete Jiro das Gespräch mit Chumaka. »Euer Ratschlag klingt vernünftig. Ich werde dafür sorgen, daß der Lord der Matawa ein glücklicher Mann wird.«

Er blickte freundlich nach vorn, um dem ersten Bittsteller zuzuhören, als am hinteren Ende der Halle Unruhe entstand und die Hälfte aller Anwesenden sich umdrehte. Ein kräftiger Mann in purpurner Robe hatte sich zwischen den Bediensteten an der Tür hindurchgedrängelt. Diese waren Sklaven; voller Furcht, das Mißfallen ihres Herrn erregt zu haben, warfen sie sich demütig zu Boden. Der Mann, der sich so rüde Zugang verschafft hatte, schenkte ihnen keinerlei Beachtung, sondern stürmte vorwärts in die Halle; er ließ sich auch von den Hausdienern der Anasati nicht stören, die mit lautem Protestgeschrei an seinen Fersen klebten. Er marschierte durch die Reihen von Jiros Gästen, als ob sie überhaupt nicht anwesend wären; schnurstracks rauschte er den langen Weg zum Podest entlang – so schnell, daß sich die Kriegsbanner zwischen den Dachsparren vom Luftzug bewegten. Er kam vor Jiro zum Stehen und rief, zu aufgebracht, um sich an gute Manieren oder zeremonielle Höflichkeit zu erinnern: »Ihr könnt Euch nicht vorstellen, was sie getan hat!«

Der Delegierte, den er zur Seite gedrängt hatte, blickte verärgert drein. Jiro selbst verspürte Unbehagen, doch er überspielte es mit einem kurzen Blick zu Chumaka, der hinter vorgehaltener Hand den betreffenden Namen murmelte, so leise, daß nur sein Herr es verstehen konnte.

Um diese überraschende Situation unter Kontrolle zu bekommen, wählte Jiro seinen kältesten Tonfall. »Willkommen, Lord Dawan. Ihr wirkt ... aufgebracht.«

Der stiernackige Mann reckte seinen Kopf nach vorn. Er sah jetzt beinahe wie ein Needra-Bulle aus, der gleich den nächsten Zaun durchbrechen würde, um zu einer brünstigen Kuh zu gelangen. Er ruderte mit beiden Armen in der Luft, und die Wut ließ ihn seine Worte förmlich ausspeien: »Aufgebracht? Mylord, ich bin ruiniert!«

Jiro hörte das Gemurmel der Lords und Abgesandten in der Halle, die wegen dieser eklatanten Verletzung der guten Sitten warten mußten. Beschwichtigend hob er die Stimme. »Lord Dawan, bitte setzt Euch doch, bevor Euer Kummer und die Hitze Euch überwältigen.« Auf ein Zeichen von ihrem Herrn eilten Diener herbei, um dem verzweifelten Mann eine kalte Erfrischung zu reichen.

Jiro wollte vermeiden, daß der Eindruck entstand, er würde irgend jemanden bevorzugen. Er wußte, daß er versuchen mußte, die Vorbehalte der anderen Bittsteller im Zaum zu halten. Außerdem konnte er dann besser einschätzen, ob er aus der Unterbrechung einen direkten Vorteil ziehen konnte. Dawan von den Tuscobar war ein gelegentlicher Geschäftspartner und ein unsicherer Verbündeter. Es war Jiro bisher nicht möglich gewesen, ihn für seine Sache zu gewinnen; das war zwar ärgerlich, aber eine vergleichsweise unbedeutende Unannehmlichkeit. Die weiterreichenden Konsequenzen dieses Geplänkels waren allerdings alles andere als unbedeutend. Das Haus Tuscobar besaß Einfluß beim Lord der Keda, und dessen Unterstützung in egal welcher Konfrontation mit Mara würde den Anasati einen gewichtigen Vorteil verschaffen. Jiro war überzeugt, daß dieses Bündnis in der Zukunft herausragende Bedeutung würde erlangen können, wenn der Plan der Traditionalisten, den Hohen Rat wieder einzusetzen, schließlich zum Erfolg führen würde.

Über das verstimmte Gemurmel seiner Bittsteller hinweg rief Lord Jiro laut: »Mögen alle, die die Unterstützung der Anasati suchen, achtgeben. Mein Haus lauscht voller Anteilnahme den Schwierigkeiten bewährter Freunde. Mylord der Tuscobar, was ist geschehen?«

Der schwergewichtige Lord nahm einen tiefen Schluck von dem kalten Fruchtsaft, den Jiros Bedienstete ihm gebracht hatten. Er trank hastig und versuchte sich wieder unter Kontrolle zu bekommen. »Meine ganze Flotte ist versenkt worden ... mit der gesamten Kornernte dieses Jahres an Bord!«

Jiros Augen weiteten sich vor Erstaunen. »Versenkt? Aber wie ...?«

»Durch einen bösartigen Zauberspruch der verfluchten Hexe«, antwortete Dawan.

»Was für eine Hexe?« Jiro wölbte die Augenbrauen.

Dawan stellte das Glas mit dem Fruchtsaft beiseite und griff nach dem Wein, den ein Diener ihm reichte. Er nahm einen tiefen Schluck und wischte sich den Mund ab, bevor er sich gefestigt genug fühlte, um sich genauer zu äußern. »Mara von den Acoma, wer sonst? Wie jedermann weiß, hat sie als Dienerin des Kaiserreichs grenzenloses Glück und den Segen der Götter. Sie hat mich ruiniert, indem sie meinem Flottenmeister falsche Anweisungen zukommen ließ. Sie trug ihm auf, die Ernte dieses Jahres nach Dustari zu verschiffen, anstatt zum Kornmarkt von Lepala!« Lord Dawan weinte beinahe vor Verzweiflung, als er weitersprach. »Das allein wäre schon schlimm genug. Armut und Not wären über mich gekommen. Aber mehrere Tagesreisen entfernt von Jamar geriet die Flotte in einen für diese Jahreszeit sehr ungewöhnlichen Sturm. Kein einziges Schiff ist davongekommen! Ich bin ruiniert!« Tapfer bekämpfte er seine Sorgen mit einem weiteren Schluck Wein. »Ich schwöre Euch bei meinen Vorfahren, Jiro: Niemals wieder werde ich mich weigern, Euch bei Euren Anstrengungen zu unterstützen, dem bösen Einfluß dieser Frau ein Ende zu bereiten.«

Jiro stützte sein Kinn auf die Faust. Nach langem Nachdenken sagte er: »Ich danke Euch dafür, daß Ihr uns eine Bestätigung des Risikos gegeben habt, das in Maras Abkehr von den Traditionen liegt. Doch auch wenn Ihr nichts gesagt hättet, würde ich einem alten Freund der Familie helfen.« Er drehte sich zu Chumaka um. »Laßt unseren Hadonra einen Kreditbrief für den Lord der Tuscobar ausstellen.« An Dawan gewandt fügte er hinzu: »Nehmt Euch, soviel Ihr braucht. Laßt Euch Zeit mit der Rückzahlung, und überlegt Euch selbst Bedingungen, die Ihr für gerecht haltet.«

Dawan versteifte sich. Der Wein war vergessen, während er Jiro mißtrauisch beäugte. »Zinsen?«

Jiro wedelte mit der Hand, als sei es etwas ganz Alltägliches, sich gegenüber den Bedürftigen großzügig zu zeigen. »Keine! Ich ziehe aus dem Unglück eines Freundes keinen Gewinn.« Leise fügte er hinzu: »Vor allem, wenn mein Feind für dieses Leid verantwortlich ist.«

Dawan erhob sich. Er machte eine tiefe Verbeugung. »Jiro, jeder der hier Anwesenden soll mein Zeuge sein! Ihr seid ein Mann von wahrem Adel und unendlicher Großzügigkeit. Eure Vorfahren blicken voller Stolz auf Euch herab.« Er verbeugte sich noch einmal, jetzt auch mit verspätetem Respekt vor der Geduld der anderen, die selbst darauf warteten, die Aufmerksamkeit des Lords der Anasati zu erlangen. »Ich bitte um Vergebung, daß ich diese würdevolle Versammlung unterbrochen habe.«

Jiro erhob sich. Er machte Chumaka ein Zeichen, ihn zu begleiten, und dann geleitete er den Lord der Tuscobar zu einer Seitentür, wobei er freundschaftlich murmelte: »Unsinn. Es gibt nichts zu vergeben. Und jetzt zieht Euch in eines meiner Badezimmer zurück und macht Euch frisch. Ihr könnt gern bis zum Abendessen bleiben oder – wenn Ihr wollt – auch die Nacht hier verbringen und morgen nach Hause zurückkehren.« Er winkte einen Sklaven herbei, der den sich geschmeichelt fühlenden und leicht angeheiterten Lord der Tuscobar weiter ins Haus führte.

Während er sich auf den Rückweg zu seinem Podest machte, dabei in Vollendung die Rolle des großmütigen Lords spielend, murmelte Chumaka: »Das ist merkwürdig, findet Ihr nicht auch? Warum sollte Mara einem Zauderer wie Dawan etwas antun? Das macht doch überhaupt keinen Sinn.«

Jiro warf seinem Ersten Berater einen belustigten Blick zu. »Sie hat ja auch nichts getan. Ich habe die Sache selbst arrangiert. *Ich* habe die falschen Anweisungen an Dawans Flottenmeister geschickt.«

Chumaka kicherte lautlos und verneigte sich leicht. So leise, daß keiner der Bittsteller es hören konnte, sagte er: »Ihr überrascht mich, Mylord. Ihr werdet zu einem erfahrenen Spieler, beim Shah wie im Spiel des Rates. Wie ist es Euch gelungen, Mara dafür verantwortlich zu machen?«

Jiro grinste selbstgefällig. »Unser Hadonra hat auf meinen Befehl hin für Gerüchte gesorgt. Dawan und einige andere haben so von den Beleidigungen und Missetaten erfahren, die Lady Mara uns in den letzten Jahren zugefügt hat. Ich habe einfach nur ihre Methoden nachgeahmt und Dawan seine eigenen Schlüsse ziehen lassen.« Entschlossen schritt er zum Podest zurück. »Ah ja, ich habe natürlich auch dafür gesorgt, daß Dawan hörte, daß das Korn der Acoma in dieser Saison zu den Märkten von Lepala verschifft wurde.«

Chumaka errötete vor Freude. »Bewundernswert, Herr. Die Idee ist so gut, daß ich mir wünschte, ich hätte selbst zuerst daran gedacht.«

Als der Lord und sein Erster Berater auf das Podest traten, hatten sie den gleichen Gedanken: Beide schätzten sich glücklich, daß sie einander hatten, denn sie arbeiteten ganz hervorragend zusammen. Wenn der alte Hohe Rat wieder eingesetzt und das Geheimnis von Maras Spionage-Netzwerk geknackt war, würde die Lady genügend Grund zur Sorge haben; denn nicht einmal das beeindruckende Glück einer Guten Dienerin des Kaiserreiches würde ihr Haus dann noch vor dem Untergang bewahren.

Mara lief unruhig auf und ab. Seit Wochen trennte die Kühle zwischen ihr und ihrem Ehemann sie wie eine Wand voneinander. Hokanus Widerstand gegen ihren Wunsch, Justin möge seinen Bindungen an die Shinzawai abschwören und der Erbe der Acoma werden, war verständlich. Hokanus Zuneigung war so tief, als ob der Junge sein eigener Sohn wäre. Ayakis Tod hatte ihn zu einem noch beschützenderen Vater gemacht, und als sie sich wieder an diesen Verlust erinnerte, fühle Mara eine Bitterkeit, die niemals geringer zu werden schien.

Sie unterbrach ihre ruhelosen Schritte, eine Hand an dem Laden, der sich in ihren privaten Garten öffnete. Wie sehr wünschte sie sich jetzt eine, nur eine einzige Stunde mit der alten Nacoya und ihrer Weisheit. Ihre Amme, Stiefmutter und Erste Beraterin hatte immer eine tiefe, direkte Einsicht in den Kern einer jeden Schwierigkeit gehabt. Selbst wenn Mara ihre Ratschläge zurückgewiesen oder darauf bestanden hatte, Risiken einzugehen, die für die alte Frau nicht akzeptabel waren, hatte Nacoya immer klar und deutlich gesehen, was richtig war. In Herzensangelegenheiten war ihre Wahrnehmungsfähigkeit unvergleichlich gewesen. Mara seufzte. Nacoya war es gewesen, die die wachsende Zuneigung ihrer Herrin zu Kevin, dem barbarischen Sklaven, bemerkt hatte, lange bevor Mara es sich selbst eingestanden hatte. Jetzt hätte sie die Ratschläge der alten Frau dringend gebrauchen können. Mara versuchte Nacoyas Stimme heraufzubeschwören, aber der Schatten der geliebten alten Frau ruhte an diesem Tag in sehr weiter Ferne.

Ein Tritt in ihrem Bauch beendete ihre Grübeleien. Sie keuchte, preßte eine Hand gegen ihre angeschwollene Mitte und begegnete der Unannehmlichkeit mit einem Lächeln. Ihr ungeborenes Kind hatte die Kraft eines barbarischen Tigerjungen. Bestimmt würde Hokanu anders empfinden, wenn er erst einmal sein neugeborenes erstes Kind gesehen hatte. Sein Stolz, Vater geworden zu sein, würde ihn weicher machen, und er würde seine Dickköpfigkeit aufgeben und ihrer Forderung, Justin zum Acoma-Erben zu erklären, nachgeben. Das Kind, das von seinem eigenen Blute war, würde ihn verstehen lassen, daß dies der Wille der Götter war – daß dieses Kind, das er gezeugt und sie geboren hatte, der wahre Erbe für den Titel des Lords der Shinzawai war.

Mara lehnte sich gegen den Sturz oberhalb des Ladens und

schwelgte in der Vorfreude des Ereignisses. Sie hatte zwei Kinder geboren, eines von einem Mann, den sie verabscheute, ein zweites von einem Mann, den sie über alles liebte. Die beiden Kleinen hatten ihr etwas vollkommen Unerwartetes geschenkt. Was als Pflicht – eine zwar ehrenvolle, nichtsdestoweniger nur durch die Notwendigkeit, den Fortbestand der Acoma zu sichern, entstandene Pflicht – mit der Empfängnis Ayakis begonnen hatte, hatte sich in echtes Glück verwandelt, als sie den Erben lieben lernte, für den sie sich gequält hatte. Es war *ihr* Kind, das die Größe der Acoma erben würde. Wenn sie ein Kind erst einmal in den Armen hielt und sich an seinem Babylachen erfreute, konnte die Ehre der Familie nicht mehr als abstraktes, fernes Ding erscheinen.

Mara erwartete sehnsüchtig den Augenblick, in dem Hokanu diesen Zauber selbst spüren würde. Die Geburt ihres Sohnes würde sie einander näherbringen und diesen kalten Streit beenden. Es würde wieder Friede zwischen ihnen einkehren, und beide Kinder – der Erbe der Acoma und der Erbe der Shinzawai – würden in eine großartige Zukunft hineinwachsen.

Während Mara sich niemals vor Leidenschaft für den Mann verzehrt hatte, den sie als Ehemann liebte, hatte sie sich daran gewöhnt, sich auf seine Nähe zu verlassen. Sein Verständnis war ein Trost, sein Wissen ein Schutz, sein Witz eine Ablenkung von Gefahren und Sorgen und sein stilles, intuitives Verständnis eine Zärtlichkeit, ohne die sie nicht mehr leben konnte. Sie vermißte ihn. Seine Liebe war die Nabe ihres Glücks geworden – erst jetzt, da sie gezwungen war, ohne sie auszukommen, wurde ihr das wirklich bewußt. Denn wenn er auch immer noch in der Nähe war, so war er doch im Geist sehr weit weg. Und dieser Mangel an innerer Nähe verursachte ihr einen Schmerz, der sehr viel tiefer ging, als sie es sich hätte vorstellen können.

Unaufhörlich wurde sie immer wieder daran erinnert; beim

Aufwachen vermißte sie die leichte, scheinbar zufällige Geste, mit der er ihr sonst mit der Hand übers Gesicht gestrichen hatte; während der Hofhaltung heute war niemals das leichte Hochziehen seiner Mundwinkel, normalerweise Zeichen seiner Erheiterung, zu sehen gewesen. Nachmittags tranken sie keinen Chocha mehr zusammen, wenn Hokanu die Berichte seiner militärischen Berater durchging und sie sich den Handelslisten weit entfernter Makler widmete, die Jican täglich präsentierte. Ihre Beziehung war still und angespannt geworden, und obwohl Hokanu um die Sache kein Aufhebens gemacht hatte, hatte er seine Waffenübungen in die Zeit hinein ausgedehnt, die sie einst gemeinsam verbracht hatten. Es waren keine scharfen Worte gefallen, nichts, was einem hitzigen Streit gleichgekommen wäre, doch die Meinungsverschiedenheit über Justins Erbe stand immer im Raum und vergiftete alles, was sie taten. Mara strich über die Haut, die sich über ihrem Bauch spannte; sie betete darum, daß diese Entfremdung mit der Geburt ihres Kindes enden würde.

Hokanu war mit Ausnahme von Nacoya der einzige Mensch, den sie jemals getroffen hatte, der ihren Überlegungen ohne Mißverständnisse folgen konnte. Ein weiterer Tritt traf ihre Eingeweide. Mara lachte. »Bald, mein Kleiner«, flüsterte sie dem ungeborenen Kind zu.

Der Klang ihrer Stimme ließ eine Dienerin, die im Zimmer wartete, hochschrecken. »Mistress?«

Mara trat mit schweren Schritten von dem Laden zurück. »Mir fehlt nichts – außer dieses Kind, das genauso sehnsüchtig wie ich darauf zu warten scheint, endlich geboren zu werden.«

Die Dienerin straffte sich alarmiert. »Soll ich nach –«

Mara hob die Hand. »Nein. Es ist noch Zeit. Mindestens noch einen Monat, meinen die Hebammen und der Heiler.« Sie runzelte die Stirn. »Ich frage mich allerdings, ob dieses Kind vielleicht zu früh dran sein könnte.«

Ein höfliches Klopfen erklang an einer der Türen, die zum Innern des Hauses führten. Mara zog ihr Gewand bequemer über ihren schwerfälligen Körper und nickte der Dienerin zu, die Tür zu öffnen. Draußen stand Jican, ihr Hadonra, und verbeugte sich tief. »Herrin, hier ist ein Händler, der um Erlaubnis bittet, mit den Acoma handeln zu dürfen.«

Es war ungewöhnlich, daß Jican sie mit einer Sache belästigte, um die er sich normalerweise selbst kümmerte. Er hatte ihre Güter lange genug verwaltet, um mittlerweile alle ihre Entscheidungen voraussagen zu können – selbst diejenigen, mit denen er nicht unbedingt einverstanden war. Besorgt fragte Mara: »Um was geht es?«

Zurückhaltend, wie man es von ihm in ungewöhnlichen Situationen gewohnt war, antwortete Jican vorsichtig: »Ich glaube, Ihr solltet Euch die Waren dieses Mannes selbst ansehen, Herrin.«

Dankbar für eine Abwechslung an einem weiteren Nachmittag ohne Hokanus Gesellschaft, klatschte Mara in die Hände und ließ sich von ihrer Zofe ein Gewand bringen, das in der Gegenwart eines Fremden geeigneter war. In ein langärmliges, weit fallendes Gewand aus schimmernder Seide gehüllt, gab sie ihrem Hadonra ein Zeichen, ihr den Weg zu zeigen. Der Händler wartete in der schattigen Säulenhalle in jenem Flügel, in dem die Schreiber lebten. Mara und Jican schritten von den sonnigen Gemächern, die sie mit Hokanu teilte, durch die höhlenartigen Korridore, die teilweise wie Tunnel den Hügel durchzogen. Jicans schnelle Schritte zeigten deutlich, wie zappelig er war. »Sind die Waren, die dieser Händler anzubieten hat, etwas Besonderes?« fragte Mara.

»Vielleicht.« Der kleine Hadonra sah sie von der Seite her an. Sein Blick verriet Unbehagen. »Ich glaube, Euer Urteil ist vonnöten, um das Angebot dieses Mannes einzuschätzen.«

Die vielen Jahre, die er ihr jetzt schon voller Loyalität diente, hatten Mara gelehrt, den Ahnungen ihres Hadonra Beachtung zu schenken. Daher fragte sie, als er nicht sogleich mit der Beschreibung der angebotenen Waren begann: »Was ist sonst noch?«

Jican blieb stehen. »Ich …« Seine Unsicherheit ließ ihn zögern. Er verbeugte sich tief zur Entschuldigung, und dann platzte er heraus: »Ich weiß nicht recht, wie ich diesen Mann behandeln soll, Mylady.«

Mara kannte die Eigenschaften ihres Hadonra gut genug, um zu wissen, daß irgendwelche Fragen ihm jetzt nur noch zusätzlichen Kummer bereiten würden. Deshalb ging sie einfach schweigend weiter.

Ein paar Schritte später folgte die Erklärung. »Er ist … war nämlich ein Tsurani«, sagte Jican.

Mara überdachte dieses Detail. »Aus LaMut?« LaMut wurde von Hokanus Bruder regiert, und die meisten Handelsdelegationen aus dem Königreich wurden von einem ehemaligen Tsurani-Krieger begleitet, der als Dolmetscher fungierte.

Jican nickte, sichtlich erleichtert, daß er nicht weiter um das Thema herumschleichen mußte. »Ein Tsurani, der die Lebensart des Königreiches bevorzugt.«

Jetzt wurde der Grund für das Unbehagen des Hadonra deutlicher. Mara mochte die Traditionen beugen und herrenlose Krieger auf den Natami der Acoma schwören lassen, doch die Denkweise derjenigen Tsurani, die es vorzogen, ohne Verbindung zu einem Haus in einer fremdartigen Welt zu bleiben – und es spielte keine Rolle, daß einer davon Hokanus Bruder Kasumi war –, war selbst für sie fremd und völlig unverständlich. Wenn solch ein Mann die Handelsdelegation anführte, würden sich die Verhandlungen tatsächlich schwieriger als üblich gestalten.

Der lange Korridor öffnete sich schließlich auf einen von Säulengängen umgebenen Portikus auf der Südseite des Landsitzes. Der Kiespfad zum Haupteingang lief daran entlang, und dort, im

Schatten alter Bäume, wartete das Gefolge des Besuchers, eine kleine Gruppe aus Trägern und zehn Leibwächtern. Maras Augen weiteten sich. Sie bemerkte zunächst gar nicht, daß es mehr Wächter als üblich waren – denn sie waren riesig! Mara betrachtete sie genauer und stellte fest, daß es alles Midkemier waren, und das war so ungewöhnlich – und daher so auffällig –, daß auch die Wachen am Eingang zum Landsitz immer wieder verstohlen hinüberstarrten. Gesprächsfetzen einer fremden Sprache drangen an Maras Ohr, und der vertraute Klang ließ sie zwischen zwei Schritten kurz stocken. Erinnerungen an Kevin von Zun stiegen in ihr auf, bis Jicans ungeduldiges Händeringen sie wieder in die Gegenwart zurückholte. Sie gewann augenblicklich ihre Selbstbeherrschung zurück und hastete in den Dienstbotenflügel und in jene Halle, in der der Händler wartete.

Der Mann saß in korrekter Haltung neben dem Podest, das sie benutzte, wenn sie mit Fremden verhandelte. Säcke und Kisten voller Warenproben standen an seiner Seite, während seine Hände offen sichtbar auf seinen Knien lagen. Er trug eine herrliche Seidenrobe, der man sofort ansah, daß sie an einem anderen Ort hergestellt worden war: Sie besaß einen fremdartigen Glanz, und die Farben formten Muster, wie man sie noch nie zuvor in Tsuranuanni gesehen hatte. Der Effekt war verwegen, fast schon unverschämt, entschied Mara, während sie auf den Mann zuging und ihn dabei aus zusammengekniffenen Augen musterte. Obwohl dieser Mann sich als Händler vorgestellt hatte, war er herausgeputzt, als wäre er einer der höchsten Herrscher im Kaiserreich. Doch der Mann war kein Adliger; denn statt eines Haussiegels auf der Schärpe oder der Schulter trug er das barbarische Symbol von LaMut – eine hundeähnliche Kreatur, die Wolf genannt wurde. Der Mann war arrogant, dachte Mara, während Jican ihr die Stufen hinauf und zu ihren Kissen half.

Immerhin hatte der Fremde untadelige Manieren. Nachdem

die Lady sich gesetzt hatte, verbeugte er sich, bis seine Stirn die Matte berührte, auf der er kniete. Er wartete lange genug, um tiefen Respekt zu bezeugen, während Jican ihn vorstellte. »Mylady, dies ist Janaio aus LaMut.«

Janaio richtete sich in einer eleganten Bewegung wieder auf und lächelte. »Ehre Eurem Haus, Gute Dienerin. Geht es Euch gut, Lady Mara?«

Mara neigte leicht das Haupt. »Es geht mir gut, Janaio von ... LaMut.«

Plötzlich sprang ihr etwas ins Auge: Dieser Mann trug Gold! Mara gelang es gerade noch, ihre Würde zu bewahren und nicht überrascht nach Luft zu schnappen. Es gab ein kaiserliches Edikt, wonach alle Schmuckstücke und persönlichen Habseligkeiten aus Metall beim Eintritt durch den Spalt von Midkemia sorgfältig katalogisiert wurden. Die Händler der Barbarenwelt regten sich manchmal fürchterlich auf, wenn ihre Stiefel beschlagnahmt wurden und ihnen statt dessen Sandalen für ihre Reisen durch das Kaiserreich zur Verfügung gestellt wurden. Aber die beschlagnahmten Dinge wurden stets zurückgegeben, wenn die Händler das Kaiserreich wieder verließen. Die kaiserliche Schatzkammer hatte eine harte Lektion erteilt bekommen, als die erste midkemische Handelsdelegation ohne ihre Stiefel nach Hause zurückgekehrt war, während die wirtschaftlichen Verhältnisse in der Provinz Lash auf den Kopf gestellt worden waren. Und das alles nur wegen der eisernen Nägel in den Stiefeln, die aus den Sohlen gezogen und gegen Centis eingetauscht worden waren.

Der Händler befingerte die Halskette. »Ich habe mein Wort gegeben, daß ich diese Kette nicht im Kaiserreich zurücklassen werde, Lady Mara«, sagte er, als er ihren Blick bemerkte. Das erinnerte sie daran, daß er ein Tsurani von Geburt war. Einem Barbaren wäre niemals geglaubt worden, daß er sein Wort halten würde, sollte er in Versuchung geführt werden. Midkemier bekannten sich nicht zum Glauben an das Rad des Lebens, daher band ihre Ehre sie auch nicht daran, den Verlust der Gunst der Götter zu fürchten.

Mara blieb äußerlich ruhig. Dieser Mann war dreist! Während ein solches Schmuckstück auf der anderen Seite des Spalts ein bescheidener Besitz für einen reichen Mann sein mochte, entsprach es auf Kelewan dem Jahreseinkommen eines kleineren Hauses. Und das wußte dieser Mann sehr wohl. Daß er einen solchen Schatz so offen zur Schau stellte, war genau berechnete Großtuerei. Voller Erwartungen, doch zugleich auch reserviert, wartete Mara darauf, was dieser Händler anzubieten hatte.

Als sie fand, daß mittlerweile genug Zeit verstrichen war, um ihn daran zu erinnern, wo sein Platz war, fragte sie: »Nun, was kann ich für Euch tun?«

Dem Mann entging nicht, daß dieser tsuranische Satz aus der Sprache des Königreichs übersetzt worden war. Maras kluge Eröffnung informierte ihn ohne viel Aufhebens darüber, daß sie schon des öfteren mit midkemischen Händlern zu tun gehabt hatte. Er reagierte mit untadeliger Tsurani-Etikette: »Ich handle mit gewissen Gewürzen und Köstlichkeiten, Herrin. In Anbetracht meiner Geschichte« – er gestikulierte vage – »habe ich den Vorteil, die Produkte zu kennen, die es nur in meinem neuen Heimatland gibt und mit denen sich im Kaiserreich gute Profite erzielen lassen würden.«

Mara gab ihm mit einem Nicken recht. In schmeichlerischem Ton fuhr Janaio fort: »Doch statt weiter mit Gerede Eure wertvolle Zeit zu verschwenden, möchte ich um die Erlaubnis bitten, meine Waren für sich selbst sprechen zu lassen.«

»Was schlagt Ihr vor?« fragte Mara neugierig.

Janaio deutete auf die Kisten und Säcke neben seinem Ellbogen. »Das sind alles Proben. Da sich die Stunde nähert, in der viele

Menschen im Kaiserreich ihre Arbeit unterbrechen und sich eine Tasse Chocha gönnen, möchtet Ihr vielleicht etwas Exotischeres versuchen?«

Zu ihrem Leidwesen daran erinnert, daß Hokanu normalerweise gemeinsam mit ihr eine Erfrischung zu sich nahm, unterdrückte Mara einen Seufzer. Sie war müde und erschöpft und wollte gern ein Nickerchen machen, denn das Baby in ihrem Bauch ließ sie nachts häufiger aufwachen. »Dafür ist eigentlich keine Zeit.«

»Bitte«, sagte Janaio schnell. Er verneigte sich in dem Versuch, sie günstig zu stimmen. »Ich werde Eure Geduld nicht lange in Anspruch nehmen. Und Ihr werdet dafür mit besonderen Genüssen und Reichtum belohnt werden, das versichere ich Euch.«

Jican beugte sich zu seiner Lady hinüber. »Laßt mich nach einem Vorkoster schicken, Mylady«, schlug er vor.

Mara warf ihrem Hadonra einen prüfenden Blick zu. Auch er war neugierig. Aber da war noch mehr; er hatte noch etwas anderes über diesen geheimnisvollen Händler von der anderen Seite des Spalts zu sagen. Sie griff nach unten und zog ihren Fächer aus der Schärpe. Sie öffnete ihn und verbarg damit die Lippen vor ihrem Besucher, als sie flüsterte: »Was muß ich sonst noch über diesen Mann wissen?«

Jican sah unglücklich aus. »Es ist nur ein Verdacht«, murmelte er so leise, daß nur sie es verstehen konnte. »Ich habe Nachrichten von einem Makler, der uns freundlich gesonnen ist. Dieser Janaio hat auch versucht, mit dem Lord der Matawa ins Geschäft zu kommen.«

»Der ein treuer Verbündeter von Jiro und den Traditionalisten ist.« Mara wedelte mit ihrem Fächer. »Glaubt Ihr, daß er sich aus unserer Rivalität einen größeren Gewinn erhofft?«

Der Hadonra zog einen Schmollmund, wie häufig, wenn er nachdachte. »Das kann ich nicht sagen. Möglich ist es. Wenn er

Waren von großem Wert hat, wird das Haus, das die Konzessionen erhält, enorm davon profitieren.«

Das brachte Maras Gedanken zum wichtigsten Punkt zurück. Sie durfte sich nicht einfach ihrer von der Schwangerschaft herrührenden Müdigkeit hingeben und dadurch womöglich den Anasati kampflos irgendeinen Vorteil überlassen. Sie klatschte in die Hände, um ihren Läufer zu rufen. Dann sandte sie ihn in die Küche, um einen Koch zu holen, der als ihr Vorkoster dienen sollte. Sie schickte auch nach Saric und Lujan, denn deren Ratschläge mochten später benötigt werden.

Janaio beobachtete ihre Vorsichtsmaßnahmen mit unterwürfiger Zustimmung. »Ihr seid sehr weise, Lady Mara. Obwohl ich Euch versichern kann, daß meine Absichten vollkommen ehrlich sind.«

Mara faltete ohne weiteren Kommentar ihre Hände über ihrem Bauch. So kurz vor der Geburt von Hokanus Sohn konnten die Vorsichtsmaßnahmen gar nicht streng genug sein. Sie wartete, ohne auf Janaios Versuche einzugehen, erneut ein Gespräch zu beginnen, bis ihre Ratgeber eintrafen.

Saric wirkte überrascht, als er die Halle betrat; das bewies, daß er den Mann für einen Midkemier gehalten hatte, der sich im Stil des Kaiserreichs kleidete. Ein kurzer Blick auf den Ersten Berater der Acoma ließ Janaio sich straffen. Als ob seine Instinkte ihn warnten, daß man sich vor Sarics Wahrnehmungsfähigkeit in acht nehmen mußte, zählte er knapp seine Bürgschaft auf: »Ich möchte alles tun, um Eure Sorgen zu zerstreuen, große Lady. Und da die Waren, die ich bei mir habe, so exotisch sind, daß niemand in diesem Land sie gut genug kennt, um irgendeine Verfälschung feststellen zu können, schlage ich vor, daß ich jede Tasse mit Euch teile.«

Unbeeindruckt von der goldenen Kette und den rhetorischen Fähigkeiten des Händlers blieb Sarics Gesicht bei dieser Ankündigung ausdruckslos. Er sah genau hin, als der Händler seine Ärmel hochschob, um zu zeigen, daß er weder einen Ring noch einen Armreifen trug und nichts in seiner Robe verbarg. »Wenn Ihr Eure Diener heißes Wasser, drei Töpfe und Tassen aus Euren Schränken vorbereiten laßt, werde ich die Zutaten beisteuern. Dann könnt Ihr wählen, aus welcher Tasse ich trinken soll und aus welcher Ihr trinken wollt.« Er lächelte breit angesichts des schweigenden Saric und meinte: »Wenn es Euch beruhigt, Lady, werde ich das gleiche Risiko tragen.«

Trotz der Zurückhaltung ihres Ersten Beraters war Mara fasziniert. »Was versucht Ihr unserem Kaiserreich zu bringen?« fragte sie.

»Köstliche Getränke, Herrin. Ein wundervolles Sortiment von ungewöhnlichen aromatischen Getränken, die Euren Gaumen erstaunen werden. Sollte dieses Unternehmen sich als profitabel erweisen – und ich versichere Euch, das wird es –, dann werde ich auch exotische Weine und Biere ins Kaiserreich bringen, von den besten Winzern und Brauern des Königreichs der Inseln.«

Mara wog ihre Eindrücke gegeneinander ab. Kein Wunder, daß dieser Mann auf Midkemia geblieben war. Er mochte als Soldat eines Hauses gedient haben, vor jener letzten Schlacht des Spaltkrieges, doch er war ein geborener Kaufmann. Sie warf Lujan, der gerade eintraf und rasch zu seinem Platz marschierte, einen verstohlenen Blick zu. Wenn das Schicksal ihn auf die andere Seite des Spalts verschlagen hätte, dann wäre er – in Anbetracht seiner gewandten Zunge und seines flinken Verstandes – vielleicht jetzt derjenige, der vor ihr sitzen und exotische Waren anpreisen würde.

Dieser Gedanke war irgendwie beruhigend. Dennoch war es nicht ihre Natur, leichtgläubig zu sein, besonders wenn Saric das Anliegen dieses Fremden mit keinem einzigen Wort unterstützt hatte. Mara entschloß sich, direkt auf die mögliche Verbindung mit ihren Feinden einzugehen. »Wie habt Ihr Euch mit dem Lord der Matawa geeinigt?«

Janaio grinste sie an wie ein geborener Midkemier. Ein anderer tsuranischer Herrscher wäre vielleicht von solcher Direktheit verärgert gewesen, doch Mara hatte Kevin zu gut gekannt, um dieses Grinsen mißzuverstehen. Wenn überhaupt, dann erleichterte sie die fremdartige Geste. »Ihr habt von meinen Gesprächen gehört, aber ich versichere Euch, sie sind kein Geheimnis«, begann Janaio. »Die Waren, die ich bei mir habe, sind Luxusgüter, mit denen sorgfältig umgegangen werden muß; sie brauchen erfahrene Händler, um sie auf den entsprechenden Märkten einzuführen. Ich wäre ein armseliger Kaufmann, wenn ich nicht alle Möglichkeiten in Betracht ziehen würde. Der Lord der Matawa hat viele Gesandte durch den Spalt geschickt, um Handelsbeziehungen aufnehmen zu können.«

Maras Lippen wurden schmal, als sie über diese Neuigkeit nachdachte. Jican flüsterte Saric etwas zu, woraufhin dieser nickte und sachte ihren Arm berührte. »Mylady, wir wissen, daß die Matawa in Euren Handelsmarkt eindringen wollen. Sie können das kaiserliche Patent, das Euch die alleinigen Handelsrechte für einige Güter zusichert, nicht gefährden, aber sie hoffen, zu einem rivalisierenen Faktor zu werden und jedweden nicht exklusiven Handel an sich zu reißen, den sie unseren Maklern entringen können. Sie könnten in den Bereichen, über die wir keine Kontrolle besitzen, ganz legal alleinige Handelsrechte auf der anderen Seite des Spalts etablieren. Arakasis Bericht deutet darauf hin, daß die Mittel für dieses Unternehmen sehr wohl von Jiro kommen könnten.«

Krank von der Vorstellung, daß die Politik selbst die harmlosesten Unternehmungen bestimmen könnte, neigte Mara ihren Kopf in Janaios Richtung. »Laßt Euch bringen, was Ihr benötigt.«

Ihre Bediensteten waren eifrig. Stolz, die Ehre ihrer Lady hochzuhalten, brachten sie schnell Tabletts mit mehreren Töpfen und Tassen. Ein Sklave eilte mit einem Kessel voll dampfendem Wasser hinterher.

Mit einer theatralischen Geste breitete Janaio seine verschiedenen Päckchen und Fläschchen aus. »Als erstes«, kündigte er an, »etwas Pikantes und Wohlschmeckendes.« Er goß Wasser in einen der Töpfe und tauchte einen kleinen Beutel hinein. »Diese Köstlichkeit wächst auf einem Busch im Süden des Königreichs, Herrin. Es ist teuer, die Blätter zu trocknen und zu transportieren, und da sie leicht schimmeln, können es sich nur die sehr Reichen leisten, jene kleinen Mengen zu kaufen, die den Norden erreichen. Aus diesem Grund ist das Getränk, das ich jetzt vorbereite, in meiner Heimatstadt LaMut nicht besonders verbreitet. Wenn Ihr es einmal versucht habt, werdet Ihr mir zustimmen, daß dies nur an dem Mangel an Vertrautheit liegt, da bin ich mir sicher.« Er hob den Deckel von dem Topf, roch an dem Dampf und schloß die Augen. »Ich glaube, Ihr werdet mir beipflichten, daß dieses feine Getränk unter den tsuranischen Adligen mit Geschmack großen Beifall finden wird.«

Mit diesen Worten begann er die Tassen zu füllen, und ein exotischer, würziger Duft erfüllte den Raum. Als drei Tassen voll waren, nickte er Maras Diener zu, der das Tablett zum Podest hinübertrug, damit die Lady ihre Wahl treffen konnte. Sie gab dem Sklaven, der den Kessel getragen hatte, ein Zeichen, einen Schluck aus einer der Tassen zu nehmen. Der Diener gab ihr eine der beiden anderen und trug das Tablett zurück zu Janaio.

Der Kaufmann hob seine Tasse. »Trinkt vorsichtig, wenn Ihr Euch nicht die Zunge verbrennen wollt, Herrin.«

Das fremdartige Aroma faszinierte Mara. Es war ganz anders als alles, was sie bisher gekannt hatte; es war verführerisch. Sie nahm einen Schluck von dem Gebräu. Der Geschmack war zunächst bitter und fremd, aber auch belebend und würzig. Sie überlegte einen Augenblick und meinte dann: »Ich vermute, ein bißchen Honig würde es weniger bitter machen.«

Der Händler lächelte. »Ihr eilt mir voraus, Gute Dienerin. Auf Midkemia benutzen wir auch weißen Zucker, der aus einer Pflanze gemacht wird, die Rübe genannt wird. Einige Leute bevorzugen auch einen Spritzer Milch; andere den Saft einer sauren Frucht, die der Ketundi Kelewans ähnelt.«

Mara nahm einen weiteren Schluck und merkte, daß es ihr immer besser schmeckte. »Wie nennt Ihr es?«

Der Mann lächelte. »Es ist Tee, Gute Dienerin.«

Mara lachte. »Viele Dinge werden ›Tee‹ genannt, Janaio von La-Mut. Wie heißt die Pflanze, die Ihr aufgebrüht habt?«

Der Händler antwortete mit einem tsuranischen Achselzucken. »Das ist der Name der Pflanze oder genauer der Blätter von dem Busch. Wenn in LaMut jemand ›Tee‹ sagt, dann sprechen sie hiervon, nicht von den in heißem Wasser ziehenden Mischungen aus Pflanzenstengeln, die Ihr hier trinkt. Doch auch von dieser Köstlichkeit gibt es viele verschiedene Sorten, kräftig, sanft, süß und bitter. Man wählt je nach Anlaß.«

Mara nickte, mittlerweile fasziniert. »Was habt Ihr sonst noch?«

Janaio nahm einen zweiten Topf und bereitete ein zweites heißes Getränk zu. »Dies ist etwas ganz anderes.«

Eine schwarze Flüssigkeit, die kräftig und berauschend duftete, wurde Mara gereicht. Diesmal ersetzte Jican den Vorkoster; seine Aufregung ließ ihn die sonst übliche Vorsicht vergessen. Mara konnte es kaum erwarten, bis ihr Hadonra einen Schluck genommen hatte, damit sie selbst versuchen konnte. Das Getränk war bitter und doch pikant. »Wie nennt Ihr dies hier? Es erinnert mich schwach an Chocha.«

Janaio verbeugte sich angesichts ihrer spürbaren Begeisterung.

»Das ist Kaffee, Herrin. Und wie der Tee hat er tausend unterschiedliche Vettern. Was Ihr gerade trinkt, wächst in Pflanzungen hoch auf den Hügeln von Yabon. Gut, kräftig, doch kaum eine Köstlichkeit.« Er klatschte in die Hände, und einer seiner Diener brachte einen anderen Korb, kleiner und mit festlichen Bändern geschmückt. »Laßt mich Euch ein Geschenk anbieten. Hier sind ein Dutzend Proben für Euch, die Ihr ausprobieren könnt, wann immer Ihr wollt. Auf jeder Probe ist genau beschrieben, aus welchen Bohnen sie besteht und wie sie zuzubereiten ist.«

Mara stellte ihre halbleere Tasse beiseite. Diese Probe lenkte sie von ihrer problematischen Ehe ab, und der Tag verstrich. Sie zögerte, auf die Stunde zu verzichten, die sie immer mit ihrem Sohn verbrachte, wenn er sein Abendessen zu sich nahm. Justin war gerade einmal fünf Jahre alt, zu jung, um Verspätungen zu verstehen.

Janaio, der ihre Ungeduld spürte, hob bittend eine Hand. »Das erstaunlichste Getränk habt Ihr noch nicht gekostet.« Schnell, bevor die Lady sich erheben und gehen konnte, fragte er ihren Diener: »Bitte, könnte ich etwas Needra-Milch bekommen?«

Mara hätte der Dreistigkeit dieses Mannes widersprechen können, doch von einem Midkemier mußte man geradezu erwarten, daß er sich ungestüm aufführte. Sie verbarg ihre Müdigkeit und gab dem Diener ein Zeichen, das Gewünschte herbeizubringen. In der Zwischenzeit neigte sich Saric zu seiner Lady. »Achtet darauf, wie raffiniert er ist«, flüsterte er. »Dieser Mann wurde als Tsurani geboren. Er ahmt die midkemische Dreistigkeit nur nach, ganz so, als ob er wüßte, daß Ihr einmal eine Vorliebe für solch ein Verhalten hattet. Ich mag dieses glatte Spiel mit Euren Sympathien nicht, Mylady. Bitte seid vorsichtig.«

Mara tippte sich mit dem Fächer ans Kinn. Ihr Berater hatte recht, wenn er Zurückhaltung von ihr wünschte. »Dieser Janaio trinkt aus dem gleichen Topf wie ich. Sicher wird eine weitere Probe keinen Schaden verursachen. Danach ist die Audienz beendet.«

Sarics Antwort bestand aus einem leichten Nicken, doch er wechselte mit Jican einen Blick, der den Hadonra nachdenklich werden ließ. Als der Diener mit einem kleinen Milchkrug zurückkehrte, meinte Jican, daß er ebenfalls eine Tasse zum Versuchen haben wollte, unabhängig von dem Sklaven, der weiter seiner Aufgabe nachgehen würde.

»Aber natürlich«, stimmte Janaio mit freundlicher Stimme zu. »Ihr seid ein gewitzter Mann, der jede Nuance des Handels, dem sich Euer Haus vielleicht widmen wird, verstehen will.« Während Maras Ratgeber erstaunt zusahen, goß der Händler zu gleichen Teilen Milch und heißes Wasser in den letzten Topf. Seine Kette glitzerte, als er sich zu seinem Korb hinüberbeugte; dabei sprach er die ganze Zeit. »Zuweilen werdet Ihr vielleicht nur Milch verwenden wollen, denn das macht das Getränk vollmundiger.«

Er beendete seine Vorbereitungen mit noch schwungvolleren Bewegungen als zuvor. Wieder gab er das Tablett mit den Tassen dem Diener, damit Mara ihre zuerst wählen konnte. Sie tat es nicht, sondern wartete, bis Jican und der Vorkoster ihre Wahl getroffen hatten. Der Duft dieses Getränks war berauschend. Der kleine Hadonra schüttelte seine Angst ab und trank. Er zuckte mit einem unterdrückten Aufschrei zurück, als er sich die Zunge verbrannte.

Der Händler hatte die Würde, nicht zu lachen. »Ich bitte um Entschuldigung, Mylady. Ich hätte daran denken sollen, Euch zu warnen: Dieses Getränk wird sehr heiß serviert.«

Jican gewann seine Haltung zurück. »Mylady«, sagte er aufgeregt, »der Geschmack dieser Kostbarkeit ist unglaublich.«

Der Hadonra und die Lady blickten zu dem Sklaven, der als Vorkoster diente. Er war vorsichtiger gewesen als Jican und hatte sich nicht die Zunge verbrannt, und jetzt schlürfte er mit so offensichtlichem Wohlbehagen, daß Mara dem Diener ein Zeichen gab, ihr das Tablett zu reichen.

Als sie eine der letzten beiden Tassen auswählte, sagte Janaio: »Wenn Kaffee Euch an Chocha erinnert, dann mag dieses Wunder Euch an die Chocha-la erinnern, die Ihr für Eure Kinder zubereitet. Doch ich möchte in aller Bescheidenheit behaupten, daß Chocha-la sich zu Schokolade verhält wie mein bescheidenes Selbst zu Eurer Herrlichkeit.«

Mara nahm einen Schluck und schloß die Augen angesichts des wunderbaren Geschmacks. Unfähig, ihre Überraschung und ihr Vergnügen zu verbergen, seufzte sie glücklich.

Grinsend nahm Janaio die letzte Tasse vom Tablett und trank einen großen Schluck. »Dies ist Schokolade, Herrin.«

Mara konnte nicht anders, sie mußte an Kevin denken, der bei mehr als einer Gelegenheit erzählt hatte, daß er die Süßigkeiten aus Schokolade vermißte, die auf den Festen seiner Heimatwelt gereicht wurden. Jetzt endlich verstand sie ihn.

Sie blinzelte, um die Feuchtigkeit aus ihren Augen zu vertreiben, und tat dabei so, als würde sie den Dampf aus der Tasse meiden. »Das ist etwas Wunderbares«, sagte sie.

Janaio stellte seine leere Tasse beiseite und verbeugte sich. »Ich bitte um die Erlaubnis, die alleinige Lizenz zum Import zu erhalten, Herrin.«

Mara schüttelte bedauernd den Kopf. »Das kann ich Euch nicht gewähren, Janaio von LaMut. Mein von der Kaiserlichen Regierung ausgestelltes Patent ist auf ganz bestimmte Waren beschränkt.«

Offensichtlich enttäuscht, begann der Händler wild zu gestikulieren. »Dann vielleicht eine Handelsabmachung. Wenn Ihr mir keine Exklusivität gewähren könnt, dann laßt mich zumindest durch das mächtigste Handelshaus im Kaiserreich handeln.«

Mara trank noch einen Schluck von der wunderbaren Flüssigkeit; sie erinnerte sich wieder daran, daß sie vorsichtig sein wollte. »Was ist mit den Matawa?«

Janaio räusperte sich mißbilligend. »Ihr Angebot war beleidigend, nein, erniedrigend, und sie haben keine so erfahrenen Makler wie Ihr. Sie brauchen immer noch Dolmetscher, um ihre Geschäfte zu machen, und das ist eine unglückliche Situation für jemanden wie mich, der mit Luxusartikeln handelt. Ich wünschte mir keine Vorgehensweise, die zwangsläufig zu Mißverständnissen führen muß, oder auch nur die Möglichkeit, ausgenutzt zu werden.«

Mara kostete die letzten Tropfen des Getränks aus und sagte dann: »Soviel kann ich Euch zusagen.« Bedauern schwang in ihrer Stimme mit, als sie hinzufügte: »Ich kann andere nicht daran hindern, diese Getränke zu uns zu bringen. Aber vielleicht können einige gewitzte Einkäufe in LaMut es anderen erschweren, mit Erfolg gegen unsere Interessen anzutreten.« Mit diesen Worten bereitete sie ihren Abgang vor. Die Regelung der letzten Details konnte sie getrost Jican überlassen.

Der Händler verbeugte sich, bis seine Stirn den Boden berührte. »Herrin, Eure Weisheit ist legendär.«

Mara erhob sich. »Wenn wir beide vom Import der Schokolade ins Kaiserreich reich geworden sind, werde ich dieses Kompliment akzeptieren. Doch jetzt muß ich mich um andere Angelegenheiten kümmern. Jican wird die Dokumente aufsetzen, die unsere Partnerschaft besiegeln.«

Während Diener herbeieilten, um die benutzten Tassen abzutragen, und Jican die Stirn in Falten legte und die komplizierten Feinheiten des Handelsabkommens überdachte, verließ Mara mit Lujan und Saric den Raum. Draußen, im Zwielicht des Korridors vor Blicken geschützt, warf Saric seiner Herrin einen griesgrämigen Blick zu. »Ihr habt ein großes Risiko auf Euch genommen,

Mylady. Jeder Händler aus Midkemia, der als Tsurani geboren wurde, könnte einst zu den Minwanabi gehört haben.«

Mara war gereizt, weil sie keine Ruhepause gehabt hatte. Ihre Antwort klang scharf. »Ihr habt es alle gesehen. Er hat genausoviel getrunken wie ich.« Etwas weicher fügte sie hinzu: »Und diese exotischen Getränke haben mir ein wundervolles Gefühl beschert.«

Saric verbeugte sich stumm, ein Zeichen seines Mißfallens.

Mara bewegte sich in Richtung Kinderzimmer, aus dem Justins wütendes Geschrei zu hören war, obwohl es noch einen ganzen Flügel entfernt lag. Ihr Seufzen wurde zu einem Lachen. »Ich bin spät dran, und die Dienerinnen haben anscheinend alle Hände voll zu tun.« Sie legte eine Hand auf ihren unförmigen Bauch. »Ich warte sehnlichst darauf, daß dieses Kind endlich zur Welt kommt. Obwohl dann wahrscheinlich keiner von uns mehr Ruhe und Frieden haben wird.« Mit einem mädchenhaften Lächeln ging sie weiter in die Richtung, aus der Justins Krawall drang. »Möglicherweie werde ich es vermissen, verhätschelt zu werden, wenn ich erst wieder ohne die Hilfe zweier kräftiger junger Männer dasitzen muß.«

Lujan grinste verschmitzt, und Sarics Gesicht hatte genau den gleichen Ausdruck. »Hokanu wird sein Bestes tun, damit Ihr Euch bis ans Ende Eurer Tage um immer neue Kinder kümmern könnt.«

Mara lachte, doch ihren beiden Ratgebern entging der bittere Unterton nicht. »Das wird er, da bin ich mir sicher – wenn wir uns darauf einigen können, daß Justin der Erbe der Acoma werden wird.«

»Dickschädel«, hauchte Saric seinem Vetter über den Kopf seiner Lady hinweg zu.

Lange nach Einbruch der Dunkelheit kehrte der Händler, der Janaio von LaMut genannt wurde, mit seinem Gefolge aus angeheuerten midkemischen Wächtern zu einem verlassenen Lagerhaus in Kentosani zurück. Es war schon spät. In den reichen Vierteln waren die Dochte der Lampen bereits weit heruntergebrannt, während in den heruntergekommenen Mietshäusern nahe dem Fluß der untergehende Viertelmond die einzige Lichtquelle war. Die Straßen lagen in tintiger Schwärze, und vom Gagajin wallten Nebel herauf. Wo einst die übleren Bewohner der Stadt jeden ausgeraubt hatten, der sich ohne Wachen bis hierher vorgewagt hatte, trieben jetzt die Kaiserlichen Patrouillen Kentosanis Rebellen und Vagabunden in die tiefsten Hinterhöfe. Nur noch Straßenköter schlichen durch die Nacht und suchten in den Marktabfällen nach Nahrung.

Obwohl die Stadt für tsuranische Verhältnisse still war, war sie für midkemische Ohren alles andere als friedlich. Selbst im Innern des Lagerhauses konnte man das Geschrei einer Dame der Ried-Welt hören, die einen Kunden beleidigte, der grob zu einem ihrer Mädchen gewesen war. Hunde bellten, und ein wachsamer Jiga-Vogel krächzte. Irgendwo in der Nähe weinte ein Kind. Die Söldner, die als Eskorte für Janaio angeworben worden waren, traten unruhig von einem Bein aufs andere; der feuchte Schlamm der Untiefen des Flusses trug einen fremdartigen Geruch in ihre Nasen. Sie wußten nicht, warum sie zu diesem leeren, halbverfallenen Gebäude gebracht worden waren. Sie wußten auch nicht so recht, warum man sie eigentlich dafür bezahlt hatte, von der anderen Seite des Spalts herüberzukommen. Der Mann, der sie angeworben hatte, hatte lange Gespräche mit ihnen geführt und verlangt, daß sie kein Tsurani sprachen. Doch seit der Schlacht bei Sethanon gab es für ihresgleichen wenig Arbeit im Königreich, und für Männer, die wenig oder gar nichts mit ihrer Heimat verband, war die gebotene Summe mehr als genug gewesen.

Die Träger stellten ihre Lasten ab und warteten auf Befehle, während die Leibwächter ihre Formation hinter Janaio beibehielten. Plötzlich fielen Seidenschnüre mit beschwerten Enden von den Dachsparren herunter. Es geschah völlig lautlos. Die Seidenschnüre schlangen sich blitzartig um die Hälse der unachtsamen barbarischen Krieger.

Attentäter in Schwarz sprangen aus ihren Verstecken unter dem Dach hinterher; sie nutzten ihr Gewicht und ihren Schwung, um die Söldner von den Füßen zu reißen. Bei vier Männern brach das Genick sofort, während die anderen strampelten und nach Luft japsten, als sie hochgehoben und langsam erdrosselt wurden.

Die Träger sahen voller Entsetzen, wie die Söldner starben. Mit weit aufgerissenen Augen, vor Schreck erstarrt, wagten sie noch nicht einmal zu schreien. Doch ihre Angst war schnell vorbei. Zwei weitere schwarzgekleidete Mörder tauchten aus den Schatten auf und huschten durch ihre unbewaffneten Reihen wie Wind durch Schilfrohr. In weniger als einer Minute waren Janaios Träger tot; das Blut aus ihren durchschnittenen Kehlen tränkte den hölzernen Fußboden. Die Attentäter, die die Söldner hielten, ließen ihre Seidenschnüre los. Tote Midkemier krachten als leblose Bündel zu Boden; hier einer mit zerschmetterten Knöcheln unter der Hüfte, dort ein anderer, dessen Bart rot gefärbt von seiner durchbissenen Zunge war.

Janaio zog seine wertvollen Roben aus und warf sie zwischen die Leichen. Einer der Schwarzgekleideten verbeugte sich vor ihm und hielt ihm einen kleinen Beutel hin. Janaio zog eine schwarze Robe heraus und warf sie sich über die Schultern. Dann zog er ein Fläschchen aus seiner Tasche und schmierte süßlich riechende Salbe auf seine Hände. Das Fett entfernte eine Farbschicht; wenn es heller gewesen wäre, hätte man jetzt die rote Farbe und die Tätowierung eines Hamoi-Attentäters sehen können.

Aus der finstersten Ecke erklang eine Stimme: »Ist es vollbracht?«

Der Mann, der kein Händler war und sich nur aus praktischen

Gründen Janaio nannte, verbeugte sich. »Wie Ihr es befohlen habt, verehrter Meister.«

Ein kräftig gebauter Mann trat mit leichtem Schritt aus seinem Versteck. Es klapperte und klimperte, wenn er sich bewegte; bei jedem Schritt stießen an Lederriemen hängende, aus Knochen geschnitzte Schmuckstücke gegen die tödlichen Waffen, die er am Gürtel trug. Seine Robe war mit Knöpfen übersät, die aus den Schädeln seiner Gefangenen geschnitzt waren; die Riemen seiner Sandalen bestanden aus getrocknetem Menschenfleisch. Er warf keinen einzigen Blick auf die Leichen, vermied es aber, in die Blutlachen zu treten. Der Obajan der Hamoi Tong nickte; die Skalplocke, die von seinem ansonsten kahlgeschorenen Schädel hing, tanzte über seinen Rücken. »Gut.« Er hob einen mit gewaltigen Muskeln versehenen Arm und zog ein Fläschchen aus der Brusttasche seiner Robe. »Du bist sicher, daß sie getrunken hat?«

»So wie ich es getan habe, Meister.« Der falsche Händler verbeugte sich noch einmal tief. »Ich habe den Trank in die Schokolade getan, weil ich wußte, daß dieses Getränk unwiderstehlich ist. Ihr Hadonra ist noch einmal davongekommen; er hatte das Glück, sich die Zunge zu verbrennen. Aber die Lady hat ihre Tasse bis auf den letzten Tropfen ausgetrunken. Sie hat so viel von dem langsam wirkenden Gift zu sich genommen, daß es ausreichen würde, drei Männer zu töten.« Als er geendet hatte, leckte sich der Attentäter nervös die Lippen. Ängstlich und schwitzend riß er sich zusammen und wartete.

Der Obajan rollte das Fläschchen zwischen seinen Handflächen hin und her – das Fläschchen mit dem Gegenmittel gegen das seltene Gift, das in der Schokolade gewesen war. Mit steinernem Gesichtsausdruck beobachtete er, wie die Augen seines Untergebenen der Bewegung folgten. Aber der Leidende hielt seine Verzweiflung zurück. Er brach nicht zusammen und bettelte nicht.

Ein dünnes Lächeln teilte die Lippen des Obajan. »Du hast gute Arbeit geleistet.« Er reichte das Fläschchen seinem Gegenüber; es war grün, die Farbe des Lebens. Der Mann, der sich Janaio von LaMut genannt hatte, ergriff das Begnadigung versprechende Gefäß mit zitternden Händen, riß das Wachssiegel ab und trank das bittere Gebräu. Dann lächelte auch er.

Eine Sekunde später erstarrte sein Gesichtsausdruck. Er verspürte plötzlich Furcht und etwas, das zunächst wie ein Hauch von Unsicherheit wirkte. Seine Augen weiteten sich, als Schmerzen durch seinen Unterleib stachen, und er starrte das leere Fläschchen an. Seine Finger wurden plötzlich kraftlos. Der Behälter mit seinem falschen Versprechen fiel zu Boden, und die Knie des falschen Händlers zitterten. Ein Stöhnen kam über seine Lippen. Er stürzte zu Boden und krümmte sich.

»Warum?« Seine Stimme, die dieses Wort mühsam zwischen krampfartigen Schmerzwellen ausstieß, war nur noch ein Krächzen.

Die Antwort des Obajan war sehr sanft. »Weil sie dein Gesicht gesehen hat, Kolos, genau wie auch ihre Ratgeber. Und weil es den Zielen der Hamoi dient. Du stirbst ehrenvoll, im Dienst an den Tong. Turakamu wird dich mit einem großen Fest in seinen Hallen willkommen heißen, und du wirst in einer höheren Position auf das Rad des Lebens zurückkehren.«

Der betrogene Mann kämpfte gegen den Wunsch an, sich vor Schmerzen hin und her zu werfen. Leidenschaftslos bemerkte der Obajan: »Die Schmerzen werden bald vorbei sein. Schon jetzt beginnt das Leben zu schwinden.«

Flehentlich verdrehte der sterbende Mann die Augen und suchte das Gesicht des anderen in der Dunkelheit. Er erkämpfte sich einen halberstickten, keuchenden Atemzug. »Aber ... Vater ...«

Der Obajan kniete nieder und legte eine rotgefärbte Hand auf die Stirn seines Sohnes. »Du machst deiner Familie Ehre, Kolos. Du machst mir Ehre.«

Das schweißbedeckte Fleisch unter seiner Handfläche erschauerte noch zweimal und wurde dann schlaff. Anscheinend völlig ungerührt von dem Gestank, als die Schließmuskeln des Vergifteten im Tod erschlafften, erhob sich der Obajan und seufzte. »Und außerdem habe ich noch andere Söhne.«

Der Meister der Hamoi Tong gab ein Zeichen, und seine schwarzgewandeten Männer gruppierten sich um ihn. Schnell und geräuschlos huschten sie auf seinen Befehl aus dem Lagerhaus und ließen die Toten liegen, wo sie waren. Allein inmitten des Gemetzels, ungesehen von lebenden Augen, nahm der Obajan ein kleines Stück Pergament aus seiner Robe und warf es zu Füßen seines toten Sohnes. Die goldene Kette an der Leiche würde die Aufmerksamkeit von Aasgeiern erregen; die Leichen würden gefunden und bestohlen werden, und das Papier würde in einer späteren Untersuchung auftauchen. Als der Anführer der Tong auf dem Absatz kehrtmachte, um den Raum zu verlassen, flatterte das rotgelbe Siegel des Hauses Anasati hinunter auf Holzdielen, die klebrig von frischem Blut waren.

Der erste Schmerz erreichte Mara kurz vor der Morgendämmerung. Sie wachte zusammengerollt auf und unterdrückte einen Schrei. Neben ihr schoß Hokanu aus dem Schlaf hoch. Seine Hände streichelten sie sofort in besorgter Zuneigung. »Ist alles in Ordnung?«

Das Unwohlsein ging vorüber. Mara stützte sich auf einen Arm und wartete. Nichts passierte. »Ein Krampf. Nichts weiter. Es tut mir leid, daß ich dich gestört habe.«

Hokanu betrachtete seine Frau im grauen Zwielicht kurz vor der Dämmerung. Er strich ihr das in Unordnung geratene Haar zurück, und das Lächeln, das so viele Wochen nicht mehr dagewesen war, ließ seine Mundwinkel nach oben wandern. »Das Baby?«

Mara lachte vor Freude und Erleichterung. »Ich nehme es an. Vielleicht hat er getreten, während ich geschlafen habe. Er ist sehr energisch.«

Hokanu ließ seine Hand über ihre Stirn und die Wange gleiten und legte sie dann sanft auf ihre Schulter. Er runzelte die Stirn. »Dir ist kalt.«

Mara zuckte mit den Schultern. »Ein wenig.«

Seine Besorgnis wuchs. »Aber heue morgen ist es warm.« Er strich noch einmal über ihre Schläfe. »Dein Kopf ist schweißnaß.«

»Es ist nichts«, sagte Mara schnell. »Mir geht es gut.« Sie schloß die Augen und fragte sich dabei unbehaglich, ob die fremden Getränke, die sie am Abend zuvor probiert hatte, sie vielleicht unpäßlich gemacht hatten.

Hokanu spürte ihr Zögern. »Laß mich den Heiler rufen, damit er nach dir sieht.«

Die Vorstellung, daß ein Diener in diesen Augenblick eindringen könnte, in dem zum ersten mal seit Wochen zwischen ihr und Hokanu wieder so etwas wie Nähe herrschte, war Mara unangenehm. »Ich habe schon früher Kinder bekommen, mein Gemahl.« Sie bemühte sich, ihre Stimme nicht zu scharf klingen zu lassen. »Es geht mir gut.«

Doch beim Frühstück hatte sie keinen Appetit. Sie war sich Hokanus Blicken bewußt, machte leichte Konversation und ignorierte dabei das brennende Kribbeln, das für einen Augenblick wie Feuer ihr Bein hinuntergeströmt war. Sie hatte sich beim Sitzen einen Nerv eingeklemmt, redete sie sich ein. Der Sklave, der ihr als Vorkoster gedient hatte, wirkte vollkommen gesund, als er die Tabletts hinaustrug. Als Jican mit seinen Tafeln ankam, vergrub sie sich in Handelsberichten, innerlich dankbar dafür, daß das Mißgeschick mit dem Krampf vor dem Morgengrauen Hokanus Entfremdung verjagt zu haben schien. Er kam zweimal, um nach ihr zu sehen; einmal, als er seine Rüstung für seine morgendlichen Übungskämpfe mit Lujan anlegte, und ein zweits Mal, als er zurückkehrte, um sein Bad zu nehmen.

Drei Stunden später begannen die Schmerzen richtig. Die Heiler eilten herbei, um sich um die Lady zu kümmern, als sie keuchend zu ihrem Bett getragen wurde. Hokanu ließ einen Brief an seinen Vater zur Hälfte geschrieben liegen, um an ihre Seite zu eilen. Er blieb, seine Hand um ihre Hände geschlungen, und bewahrte die Fassung, damit seine Furcht nicht noch zu ihrem Elend beitrug. Doch Kräuter-Heilmittel und Massagen brachten keine Erleichterung. Maras Körper zog sich in Spasmen zusammen, schweißgebadet von Krämpfen und Schmerzen. Der Heiler hatte die Hände auf ihren Unterleib gelegt und nickte seinem Helfer ernst zu.

»Ist es soweit?« fragte Hokanu.

Er bekam eine wortlose Bestätigung, als der Heiler weiter Maras Unterleib abtastete und der Helfer herumwirbelte und den Läufer nach den Hebammen schickte.

»Aber schon so früh?« verlangte Hokanu zu wissen. »Seid Ihr sicher, daß alles in Ordnung ist?«

Der Heiler blickte auf; er wirkte aufs höchste angespannt, fast verzweifelt. Seine Verbeugung war kaum mehr als ein flüchtiges Nicken. »So etwas kann geschehen, Lord. Und jetzt überlaßt die Lady bitte ihrer Mühsal und schickt ihre Zofen herein. Sie wissen besser als Ihr, was die Lady jetzt braucht. Wenn Ihr nicht einfach so herumstehen wollt oder eine Ablenkung braucht, könnt Ihr die Köche beauftragen, heißes Wasser zu machen.«

Hokanu ignorierte die Anweisungen des Heilers. Er beugte sich vor, küßte seine Frau auf die Wange und flüsterte ihr ins Ohr:

»Meine tapfere Lady, die Götter wissen ganz sicher, wie sehr ich dich schätze. Sie werden für deine Sicherheit sorgen und dafür, daß deine Mühen nicht zu schwer werden, oder der Himmel wird mir für ihre Verfehlung Rede und Antwort stehen müssen. Meine Mutter hat immer gesagt, daß Shinzawai-Kinder es eilig haben, auf die Welt zu kommen. Unseres scheint da nicht anders zu sein.« Mara antwortete auf seine Freundlichkeit mit einem Händedruck, bevor ihre Hände seinen Fingern entrissen wurden, als die Dienerinnen auf die aufgebrachten Anweisungen des Heilers hin den Gemahl der Lady der Acoma aus seinen eigenen Gemächern schoben.

Hokanu sah seine Frau an, bis die vorgeschobenen Läden sie seinen Blicken entzogen. Dann, nur mit sich und seiner Sorge allein im Korridor, wollte er sich zuerst Wein bringen lassen. Doch er änderte seine Meinung sofort, als ihm einfiel, daß Mara ihm einmal erzählt hatte, wie ihr brutaler erster Ehemann sich sinnlos betrunken hatte, während sie Ayaki zur Welt brachte. Nacoya hatte den Flegel mit Ohrfeigen einigermaßen nüchtern machen müssen, um ihm die freudige Neuigkeit überbringen zu können, daß er einen Sohn hatte.

Das Ereignis mußte gefeiert werden, sicherlich, aber Hokanu wollte Mara keine unglückliche Erinnerung verursachen, indem er an ihre Seite zurückkehrte und nach Alkohol roch. So ging er einfach auf und ab, unfähig, sich eine angemessene Ablenkung einfallen zu lassen. Er konnte nicht anders, er mußte einfach lauschen, um jeden einzelnen Laut zu hören, der hinter den geschlossenen Läden hervordrang. Das Geräusch schneller Schritte gab keine Antwort, und in der nachfolgenden Stille fragte er sich besorgt, was Mara wohl durchmachen mußte. Er verfluchte sich und tobte innerlich, daß er von den Mysterien der Geburt ausgeschlossen war. Dann verzog er das Gesicht zu einem halbherzigen Lächeln, als ihm klar wurde, daß diese häßliche, nagende Ungewißheit dem Gefühl sehr ähnlich sein mußte, das eine Frau hatte, wenn ihr Mann in die Schlacht zog.

Nach einiger Zeit wurde seine Wache unterbrochen, als Lujan, Saric, Incomo und Keyoke auftauchten. Sie kamen aus der großen Halle, weil Mara dort an diesem Morgen nicht zur Beratung erschienen war. Ein einziger Blick auf Hokanus verzweifeltes Gebaren, und Incomo hatte begriffen; kein Diener hatte sich bisher die Zeit genommen, sie zu informieren. »Wie geht es Lady Mara?« fragte er.

»Sie sagen, das Kind kommt«, antwortete Hokanu.

Keyokes Gesicht wurde ausdruckslos; er versuchte seine Besorgnis hinter einer steinernen Miene zu verbergen. Lujan hingegen schüttelte zweifelnd den Kopf. »Es ist zu früh.«

»Aber so etwas kann passieren«, beeilte sich Incomo zu versichern. »Babys werden nicht nach irgendwelchen festgesetzten Regeln geboren. Mein ältester Sohn wurde nach acht Monaten geboren. Er war gesund und kräftig und schien niemals gegenüber anderen Nachteile zu haben.«

Doch Saric blieb still. Er machte keine seiner geistreichen Bemerkungen, mit denen er normalerweise für bessere Stimmung sorgte, wenn die anderen aus lauter Besorgnis nervös wurden. Er beobachtete Hokanu sorgfältig und sagte nichts, hing nur seinen düsteren Gedanken nach – Gedanken über einen Händler, der eine herrliche Goldkette getragen hatte, als ob sie vollkommen wertlos gewesen wäre.

Stunden vergingen. Maras Ratgeber ließen sich nicht durch vernachlässigte Pflichten von dem langen Warten abhalten. Sie hielten zusammen, hatten sich in unausgesprochener Unterstützung für Hokanu in jenes gemütliche Zimmer zurückgezogen, in dem die Lady sonst meditierte. Gelegentlich schickten Keyoke oder Lujan einen Diener mit Anweisungen für die Garnison los, und ab und zu kamen Botschaften von Jican, die Saric beantworten mußte, doch als es allmählich heiß wurde und die Dienerinnen auf Hokanus Aufforderung hin das Mittagsmahl brachten, hatte keiner von ihnen Lust, etwas zu essen. Maras Zustand schien sich nicht zu verbessern, und als der Nachmittag zum Abend wurde, mochte selbst Incomo die anderen nicht mehr beruhigen und beschwichtigen.

Die Tatsache konnte nicht länger geleugnet werden: Mara schien eine schwere Geburt zu haben. Einige Male hallten Schreie und leises Stöhnen durch den Korridor, doch meist hörten Maras Vertraute nur Stille. Diener huschten fast lautlos umher und entzündeten die Lampen, als der Abend hereinbrach. Jican kam, den Kreidestaub noch an den Fingern, und bekannte, daß es keinerlei Rechnungen mehr durchzugehen gab.

Hokanu wollte ihn gerade seiner freundschaftlichen Sympathie versichern, als Maras Schrei die Stille wie ein Messer zerschnitt.

Hokanu straffte sich, wirbelte dann ohne ein Wort herum und rannte den Korridor hinunter. Der Eingang zum Zimmer seiner Lady stand halb offen; wäre es nicht so gewesen, hätte er den Laden zerschmettert. Dahinter, hell erleuchtet vom Licht der Lampen, hielten zwei Hebammen seine Frau, während sie sich vor Schmerzen krümmte. Die zarte weiße Haut ihrer Schultern und Handgelenke war gerötet von Stunden voller Qualen.

Krank vor plötzlicher Furcht, sog Hokanu tief die Luft ein. Er sah den Heiler am Fußende der Schlafpritsche knien, seine Hände rot von ihrem Blut. Seine Konzentration wich der Panik, als er aufblickte, um seinen Gehilfen um kalte Lappen zu bitten, und sah, wer hinter ihm im Zimmer stand.

»Herr, Ihr solltet nicht hier sein!«

»Ich werde nirgendwo anders hingehen«, knurrte Hokanu in dem Ton, in dem er sonst seinen Soldaten Befehle erteilte. »Erklärt mir sofort, was hier nicht in Ordnung ist!«

»Ich …« Der Heiler zögerte, und als der Körper der Lady sich in schmerzhaften Krämpfen aufbäumte, verstummte er ganz.

Hokanu eilte an Maras Seite. Er schob eine erschöpfte Hebamme beiseite, packte Maras wild um sich schlagenden Arm und beugte sein Gesicht über ihres. »Ich bin hier. Sei ganz ruhig. Alles wird gut, das verspreche ich dir bei meinem Leben.«

Zwischen weiteren Krämpfen rang sie sich ein Nicken ab. Ihre Gesichtszüge waren schmerzverzerrt, ihre Haut wächsern und schweißnaß. Hokanu hielt ihren Blick fest, er tat es einerseits, um ihr Kraft zu geben, andererseits jedoch auch, um nicht zugeben zu müssen, daß er vor einem Problem stand, das er nicht lösen konnte. Er mußte sich darauf verlassen, daß der Heiler und die Hebammen ihre Pflicht erfüllten, so gut sie es vermochten, auch wenn seine geliebte Lady in ihrem eigenen Blut zu schwimmen schien. Das Bettzeug um ihren Unterleib herum war scharlachrot. Hokanu hatte gesehen – es sich aber noch nicht eingestehen wollen –, was die schluchzenden Dienerinnen bei seinem Eintritt nicht schnell genug verdeckt hatten: die kleine blaue Gestalt, die leblos wie eine Gliederpuppe nahe Maras Füßen lag. Es war jetzt nichts weiter als ein Stück Fleisch, voller blauer Flecken und ganz ohne Leben.

Ärger stieg in ihm auf, daß niemand es gewagt hatte, ihm zu sagen, daß sein – und Maras – Sohn tot geboren worden war.

Die Krämpfe ließen nach. Mara erschlaffte, und er zog sie zärtlich in seine Arme. Sie war so erschöpft, daß sie einfach nur dalag, die Augen geschlossen, nach Atem ringend und ohne ihn zu hören. Hokanu schluckte die Qual wie glühende Kohlen hinunter und richtete traurige Augen auf den Heiler. »Was ist mit meiner Frau?«

Der Diener schüttelte stumm den Kopf. Seine Stimme war kaum mehr als ein Flüstern, als er schließlich sagte: »Schickt Euren schnellsten Läufer nach Sulan-Qu, Mylord. Er soll einen

Priester Hantukamas suchen. Denn ich«, seine Stimme versagte fast vor Kummer, »kann nichts mehr tun. Eure Frau liegt im Sterben.«

Sieben

Übeltäter

Der Läufer wich aus.

Sich nur halb der Tatsache bewußt, daß er gerade dem Schicksal entgangen war, über den Haufen gerannt zu werden, blieb Arakasi ruckartig auf der Straße stehen. Es war fast Mittag. Für einen Acoma-Boten stand die Sonne eigentlich zu hoch am Himmel, um sich in solcher Eile zu bewegen – außer sein Auftrag war wirklich dringend. Arakasi runzelte die Stirn, als er an den grimmigen Gesichtsausdruck des Läufers dachte. Blitzschnell wirbelte der Supai herum und rannte zurück in Richtung Kentosani.

Er war leichtfüßig und wie der Botenläufer eines kleinen Kaufmanns gekleidet. Dennoch benötigte er einige Minuten, um den Läufer einzuholen, und nicht einmal seine verzweifelte Frage ließ den Mann seinen Schritt verlangsamen.

»Ja, ich trage Botschaften des Hauses Acoma bei mir«, antwortete der Läufer. »Ihr Inhalt geht dich nichts an.«

Es war heiß, die Straße war staubig und uneben, und es erforderte eine gewaltige Anstrengung, mit dem Mann, der sich nicht aufhalten lassen wollte, auf gleicher Höhe zu bleiben. Aber Arakasi hielt mit. Er betrachtete den Läufer genau, seine engstehenden Augen, seine breite Nase, sein kräftiges Kinn, und suchte in seinem Gedächtnis nach dem Namen des Mannes.

»Hubaxachi«, sagte er nach einer Pause. »Als Maras treuer Diener geht es mich sehr wohl etwas an, weswegen du in der heißen Mittagszeit wie ein Verrückter in Richtung Kentosani rennst. Die Lady würde nie aus einer Laune heraus riskieren, daß einer ihrer Läufer einen Hitzschlag bekommt. Daraus läßt sich ganz klar ableiten, daß etwas nicht in Ordnung ist.«

Der Läufer blickte überrascht zu ihm hinüber. Schließlich erkannte er Arakasi als einen von Maras Beratern und verfiel in einem langsameren Trab. »Ihr!« rief er verblüfft. »Wie hätte ich Euch in dieser Verkleidung erkennen sollen? Sind das da nicht die Farben der Händlergilde von Keschai?«

»Vergiß das einfach«, blaffte Arakasi, dem allmählich die Puste und die Geduld ausgingen. Er nahm das Stirnband ab, das den Läufer irritiert hatte. »Erzähl mir, was passiert ist.«

»Es geht um die Herrin«, keuchte der Läufer. »Sie hatte eine schwere Geburt. Ihr Sohn hat es nicht überlebt.« Er schien sich zusammenzureißen, bevor er die nächsten Worte sprach. »Sie blutet fürchterlich. Ich wurde losgeschickt, um einen Priester Hantukamas zu suchen.«

»Bei der Göttin der Barmherzigkeit.« Arakasi schrie es beinah. Er wirbelte erneut herum und lief auf das Landhaus der Acoma zu. Das Stirnband, das seine Verkleidung vervollständigt hatte, flatterte vergessen in seiner Faust im Wind.

Wenn der schnellste Läufer der Lady losgeschickt worden war, um einen Priester Hantukamas herbeizuschaffen, dann konnte das nur bedeuten, daß Mara im Sterben lag.

Eine sanfte Brise bewegte die Vorhänge, und die Bediensteten huschten lautlos hin und her. Hokanu saß an Maras Bett, sein Gesicht eine gelassene Maske, die seinen Kummer verbergen sollte. Er wünschte sich, er könnte sich den Schwertern von tausend Feinden entgegenstellen, anstatt sich auf Hoffnung, Gebete und die zweifelhaften Ideen von Heilern verlassen zu müssen. Er durfte nicht an das totgeborene Kind denken, an den armseligen kleinen Leichnam. Das Baby war tot, war zu Turakamu gegangen, ohne einen einzigen Atemzug getan zu haben. Die Lady lebte jedoch noch – wenn auch nur sehr schwach.

Ihr Gesicht war totenbleich, und die Umschläge und kalten Kompressen, die die Hebammen benutzten, um die Blutung zu stillen, schienen wenig zu nützen. Der scharlachrote Strom floß unaufhaltsam weiter. Hokanu hatte fürchterliche, tödliche Wunden auf dem Schlachtfeld gesehen, die ihn weniger bekümmert hatten als dieses schleichende, heimtückische Bluten, das die Umschläge jedes Mal, wenn sie gewechselt wurden, erneut rot färbte. Er biß sich in stummer Verzweiflung auf die Lippen, nahm weder das Sonnenlicht draußen wahr noch die Hornsignale der Depeschenbarke mit den täglichen Neuigkeiten aus Kentosani.

»Mara«, flüsterte Hokanu sanft, »vergib meinem starrsinnigen Herzen.« Obwohl er kein tief religiöser Mann war, hielt er sich doch an den Tempelglauben, daß das Wallum hören und sich merken konnte, was die Ohren und das Bewußtsein nicht vermochten. Er sprach so, als ob Mara bei Bewußtsein wäre und ihm zuhören würde und nicht reglos wie eine Statue im Koma auf dem Bett liegen würde.

»Du bist die letzte der Acoma, Lady, und das nur, weil ich deinen Forderungen nicht nachgeben wollte, Justin zu deinem Erben zu machen. Jetzt bedauere ich meine Selbstsüchtigkeit und meine Weigerung, die Bedrohung des Namens der Acoma einzugestehen.« Hokanu machte eine Pause; er mußte sich zwingen, seine Stimme fest klingen zu lassen. »Ich, der ich dich liebe, konnte mir keinen Feind vorstellen, der es wagen würde, sich an mir vorbeizudrängen und dich niederzustrecken. Die Natur selbst oder die Gefahren der Geburt habe ich nicht einkalkuliert.«

Maras Lider bewegten sich nicht. Ihr Mund zitterte nicht, und er lächelte auch nicht; nicht einmal die Falte zwischen ihren Brauen war zu sehen. Hokanu streichelte ihr dunkles Haar, das sich weit über die seidenen Kissen ausbreitete, und bekämpfte den Drang zu weinen. »Ich sage es ganz förmlich«, fügte er hinzu, aber jetzt ließ ihn seine Stimme im Stich. »Lebe, meine starke, wunderschöne Lady. Lebe, damit du einen neuen Erben der Acoma auf den Natami der Familie schwören lassen kannst. Höre, geliebte Frau. In diesem Augenblick entbinde ich Justin, Kevins Sohn, von seinen Verpflichtungen gegenüber dem Haus Shinzawai. Er soll dir gehören, um den Namen und das Erbe der Acoma stark zu machen. Lebe, meine Lady, und gemeinsam werden wir neue Söhne haben, für die Zukunft unserer beiden Häuser.«

Maras Augen öffneten sich nicht im Angesicht ihres Sieges. Schlaff und reglos lag sie unter ihrer Decke, als ihr Mann seinen Kopf neigte und schließlich den Kampf gegen seine Tränen verlor. Und sie zuckte auch nicht zusammen, als ein fast lautloser Schritt zu hören war und eine samtweiche Stimme sagte: »Aber sie hat einen Feind, der sie – und das Kind in ihrem Schoß – kaltblütig niederstrecken würde.«

Hokanu sprang mit einem Satz auf, wirbelte herum und sah sich einer schattenhaften Gestalt gegenüber: Arakasi, der gerade mit der Depeschenbarke angekommen war; seine Augen waren so undurchdringlich wie Onyx.

»Was redet Ihr da?« Hokanus Stimme war so scharf wie die Klinge seines Schwertes. Er betrachtete Arakasi genauer, wie er staubig, erschöpft und verschwitzt dastand, das rostfarben-blau gestreifte Stirnband noch immer in der zitternden Faust. »Ist dies hier nicht nur eine Fehlgeburt?«

Der Supai schien sich zu sammeln. Dann überbrachte er seine Neuigkeiten, ohne mit der Wimper zu zucken. »Jican hat es mir erzählt, als ich hereinkam. Maras Vorkoster ist aus seinem Nachmittagsschlaf nicht mehr erwacht. Der Heiler hat nach ihm gesehen und meint, er liege im Koma.«

Für einen kurzen Augenblick schien Hokanu ein Mann aus Glas zu sein – seine Verletzbarkeit war klar und deutlich sichtbar. Dann biß er grimmig die Zähne zusammen. Als er sprach, war seine Stimme so hart wie der Stahl der Barbaren. »Wollt Ihr sagen, meine Frau ist vergiftet worden?«

Arakasi konnte nicht sprechen. Der Anblick von Mara, wie sie so hilflos dalag, hatte ihn zutiefst erschüttert; er konnte nur noch stumm nicken.

Hokanus Gesicht wurde bleich, aber er war beherrscht bis in die Fingerspitzen, als er flüsterte: »Ein Gewürzhändler von der anderen Seite des Spalts kam gestern vorbei und bot Mara Handelslizenzen an. Es ging um exotische Getränke, die aus teuren Kräutern und Pflanzen von Midkemia gebraut werden.«

»Mara hat sie probiert?« Arakasi hatte schließlich seine Stimme wiedergefunden.

Hokanu stieß ein erstицktes Wort der Zustimmung aus – und wie ein Mann hetzten beide auf den Korridor hinaus.

»Die Küche«, keuchte Hokanu, als sie beinahe die Hebamme umrannten, die zurückgekommen war, um Maras Umschläge zu wechseln.

»Das habe ich auch gerade gedacht«, erwiderte Arakasi, während er dem Läufersklaven auswich, der auf seinem Posten im Korridor wartete. »Besteht irgendeine Möglichkeit, daß die Utensilien noch nicht gewaschen wurden?«

Das Landhaus war riesig, mit Räumen, die über Jahrhunderte hinweg angebaut und verändert worden waren und verschiedene Stilrichtungen widerspiegelten. Als Hokanu so schnell er konnte durch das Labyrinth aus Dienstbotengängen, Torbögen und kurzen Treppenfluchten rannte, fragte er sich, woher es kam, daß Arakasi den kürzesten Weg zur Küche kannte, wo er doch nur so selten zu Hause war. Denn der Supai rannte, ohne sich von Maras Gemahl irgendeinen Hinweis geben zu lassen.

Als die beiden eine kleine Halle durchquerten, von der fünf Gänge in verschiedene Flügel abgingen, steuerte Arakasi ohne zu zögern auf den richtigen Korridor zu. Hokanu war so erstaunt, daß er vorübergehend sogar seine Furcht vergaß.

Trotz seiner eigenen Sorgen bemerkte es Arakasi. »Karten«, keuchte er. »Ihr vergeßt, daß dies einst das Heim von Maras größtem Feind war. Ich wäre ein armseliger Supai, wenn ich mich im Haus eines solchen Mannes nicht genauestens auskennen würde. Man muß den Agenten sagen, an welchen Türen sie zu lauschen haben, ganz zu schweigen von jener Situation, als ich einem Attentäter genaueste Anweisungen geben mußte, welche fünf Diener er zu töten –«

Arakasi brach ab. In seine Augen trat ein nachdenklicher Ausdruck.

»Was ist?« fragte Hokanu, während sie einen gefliesten Portikus hinabrannten; seidene Vorhänge wehten in ihrem Luftzug. »Was denkt Ihr? Ich weiß, es betrifft Mara.«

Arakasi schüttelte abwehrend den Kopf. »Ich hatte gerade so etwas wie eine Ahnung. Wenn ich sie mit Tatsachen untermauern kann, werde ich Euch mehr sagen.«

Hokanu respektierte die Fähigkeiten des Supai und drängte daher nicht weiter auf eine Antwort. Er richtete sein Herz und all seine Energie aufs Laufen und erreichte die Küche einen halben Schritt vor Arakasi.

Die Bediensteten blickten erschrocken auf. Sie bereiteten gerade das Abendessen für die Feldarbeiter zu. Mit weit aufgerissenen Augen blickten sie auf die unordentliche Erscheinung ihres Herrn, dann warfen sie sich ehrerbietig zu Boden.

»Euer Wille geschehe, Herr«, rief der Chefkoch, seine Stirn auf die Fliesen gepreßt.

»Schalen, Tassen«, keuchte Hokanu unzusammenhängend. »Jedes Geschirr, das meine Lady benutzt hat, als der fremde Gewürzhändler hier war. Holt alles heraus, damit der Heiler es sich ansehen kann.«

Der Chefkoch erblaßte; selbst sein Nacken wurde weiß. »Herr«, murmelte er, »ich habe bereits darin versagt, Eure Forderungen zu erfüllen. Die Tassen und Schalen von gestern wurden wie immer bei Sonnenuntergang gereinigt und weggeräumt.«

Arakasi und Hokanu tauschten gehetzte, verzweifelte Blicke. Was auch immer an Abfällen nicht den Jiga-Vögeln vorgeworfen worden war, war sicherlich verbrannt worden, um keine Insekten anzulocken.

Es war keine Spur von den Giften übriggeblieben, die der Gewürzhändler aus Midkemia dabeigehabt haben mochte. Und solange sie nicht herausfanden, welches Gift Mara gefällt hatte, gab es auch keinerlei Hoffnung, ein Gegenmittel zu finden.

Arakasi spürte instinktiv, daß Hokanu kurz davorstand, zu explodieren und seine Verzweiflung in sinnlose Taten münden zu lassen. Er packte den Lord an der Schulter. »Hört mir zu!« sagte der Supai in einem Ton, der die auf dem Bauch liegenden Diener und Dienerinnen sich winden ließ. »Sie liegt im Sterben, das stimmt, und das Baby ist schon tot. Aber noch ist nicht alles verloren!«

Hokanu antwortete nicht; doch Arakasi spürte, daß sein Körper wie ein Drahtseil gespannt war.

Etwas freundlicher fuhr der Supai fort: »Sie haben ein langsam wirkendes Gift benutzt –«

»Sie wollten, daß sie leidet!« schrie Hokanu qualvoll. »Ihre Mörder wollten, daß wir alle zusehen und doch nichts tun können.«

Arakasi riskierte unaussprechliche Konsequenzen – nicht nur, weil er die Hände auf einen Edlen legte, sondern auch, weil er einen Mann provozierte, den Wut und Schmerz ohnehin schon an den Rand des Zusammenbruchs gebracht hatten –, als er den

Lord der Shinzawai schüttelte. »Ja und noch mal ja!« brüllte er zurück. »Aber es ist genau diese Grausamkeit, die ihr das Leben retten wird!«

Jetzt besaß er Hokanus Aufmerksamkeit – und viel von der Wut des Kriegers richtete sich jetzt auf ihn. Arakasi war sich der Gefahr nur zu bewußt; schwitzend sprach er weiter: »Es ist unmöglich, rechtzeitig einen Priester Hantukamas zu finden. Der nächste –«

»Sie wird verbluten, lange bevor das Gift sie umbringen wird«, unterbrach ihn Hokanu.

»Bedauert sie deswegen – nein«, sagte Arakasi brutal. »Bei meiner Ankunft sprach ich mit der Hebamme. Sie hat jemanden zum Tempel Lashimas gesandt, um Blätter der goldenen Kronenblume kommen zu lassen. Ein Umschlag aus ihnen wird die Blutung zum Stillstand bringen. Das gibt mir eine sehr, sehr kurze Zeitspanne, um den Gewürzhändler ausfindig zu machen.«

Allmählich kehrte die Vernunft in Hokanus Augen zurück. »Der Kaufmann hatte barbarische Träger.«

Arakasi nickte. »Er war auch sehr protzig gekleidet. Das Gold muß viel Aufsehen erregt haben.«

Trotz seiner alles überwältigenden Sorgen zeigte Hokanu seine Überraschung. »Woher wißt Ihr das? Seid Ihr dem Mann auf der Straße begegnet?«

»Nein«, antwortete Arakasi mit einem dünnen Lächeln, als er Maras Ehemann losließ. »Ich hörte das Getratsche der Diener und Dienerinnen.«

»Überseht Ihr denn nie irgendeine Kleinigkeit?« fragte Hokanu verwundert.

»Viele, zu meiner immerwährenden Enttäuschung.« Arakasi blickte verlegen auf den Fußboden. Ebenso wie Hokanu wurde ihm in diesem Moment bewußt, daß das Küchenpersonal ihnen immer noch demütig zu Füßen lag.

»Beim Segen der Götter!« rief Hokanu. »Ihr alle, bitte steht auf und kümmert euch wieder um eure Pflichten. Es ist nicht eure Schuld, daß die Herrin krank ist.«

Während die Sklaven und Bediensteten sich vom Fußboden erhoben und sich wieder ihren Aufgaben am Hackklotz und Bratspieß zuwandten, fiel Arakasi vor Hokanu auf die Knie. »Herr, ich bitte um die Erlaubnis, aufbrechen zu dürfen, um diesen Händler exotischer Gewürze zu verfolgen und ein Gegenmittel für Lady Mara zu finden.«

Hokanu antwortete mit dem kurzen Nicken, das ein Kommandeur im Feld einem Krieger geben mochte. »Macht das und verliert nicht noch mehr Zeit durch Ehrerbietigkeit, Arakasi.«

Der Supai war schneller wieder auf den Beinen, als man mit den Augen zwinkern konnte, und bewegte sich auf die Tür zu. Erst als er sicher hindurch war und eins mit den Schatten im Korridor, ließ seine eiserne Kontrolle nach. Besorgt dachte er über die Möglichkeiten nach, die er Hokanu nicht enthüllt hatte.

Der Gewürzhändler war in der Tat auffällig gewesen mit seinen barbarischen Trägern und einem offen zur Schau gestellten Reichtum. Und das war ganz sicher kein Zufall. Ein Mann, der auf Kelewan geboren worden war, würde niemals Metall auf einer öffentlichen Straße tragen, wenn es dafür nicht einen guten Grund gab. Arakasi wußte bereits, daß es leicht sein würde, der Spur des Mannes zu folgen; denn der Mann wollte, daß man ihm folgte. Der Supai würde nur finden, was der Herr des Händlers ihn finden lassen wollte, und das Gegenmittel für Mara gehörte sicher nicht dazu.

Im Portikus zwischen der Großen Halle und den Treppenaufgängen zu den Wohnräumen der Dienerschaft begann Arakasi zu laufen. Er hatte bereits einen Verdacht: Er erwartete, daß er nur noch die Leichen des Gewürzhändlers und seiner Träger finden würde.

In einem engen, keilförmigen Raum auf dem Speicher über den Lagerräumen öffnete Arakasi eine Truhe. Die ledernen Angeln quietschten, als er den Deckel gegen die Wand lehnte; er stöberte in der Truhe herum und zog schließlich die hwaetfarbene Robe eines Wanderpriesters einer unbedeutenderen Gottheit – Alihama, die Göttin der Reisenden – heraus. Das Gewand war voller alter Fettflecken und Straßenstaub. Schnell warf sich Maras Supai das Kleidungsstück über die nackten Schultern und zog die Schlingen und Haken zu. Dann förderte er ein Paar zerschlissener Sandalen zutage, dazu eine purpurn gestreifte Schärpe und eine weit herunterfallende kapuzenartige Kopfbedeckung mit Troddeln. Als letztes griff er nach einem Rauchfaß aus Porzellan, das mit Tonglöckchen besetzt war.

Seine Verkleidung als Priester Alihamas war damit vollständig, doch da er außerdem Maras Supai war, steckte er sieben wertvolle Wurfmesser aus Metall ein; jedes von ihnen war sorgfältig ausbalanciert und rasiermesserscharf geschliffen. Fünf der Messer verbarg er unter seiner breiten Schärpe, die anderen beiden schob er zwischen die Sohlen seiner Sandalen aus Needra-Leder.

Als er die enge Kammer verließ, tat er dies mit rollenden, schlaksigen Schritten, und auf der Treppe achtete er sehr sorgfältig darauf, wohin er trat, denn er schien auf einem Auge zu schielen.

So vollständig war seine Verwandlung, daß Hokanu ihn beinahe verpaßt hätte, obwohl er direkt an ihm vorbeiging, als er das Landhaus verließ. Doch dann fiel der Blick des Erben der Shinzawai auf die breite, knallig-bunte Schärpe, und da er nichts davon mitbekommen hatte, daß ein Priester Alihamas in der Küche verköstigt worden war, zuckte er plötzlich unter der Erkenntnis zusammen, daß Arakasi beinahe an ihm vorbeigeschlüpft wäre.

»Wartet!« rief er.

Der Supai drehte sich nicht um, sondern schlurfte weiter auf die

Anlegestelle zu, ganz wie jemand, der unbedingt die nächste Barke erwischen wollte, die Botschaften nach Kentosani bringen sollte.

Hokanu mußte rennen, um ihn noch einzuholen, was nicht ganz einfach war, da er hohe midkemische Reitstiefel und enge Reithosen trug. Er packte den Supai an der Schulter – und zuckte erschreckt zurück, als der Mann bei seiner Berührung mit unglaublicher Geschwindigkeit herumschnellte.

Arakasis Hand löste sich von seiner Schärpe. Er warf Hokanu einen Blick aus schielenden Augen zu und sagte mit samtweicher Stimme: »Ihr habt mich erschreckt.«

»Das habe ich bemerkt.« Hokanu wirkte ungewöhnlich verlegen. »Ihr seid viel zu langsam, wenn Ihr die Barke benutzt und anschließend die Straßen entlangwandert. Ich werde Euch begleiten – und wir werden beide auf Pferden reiten.«

Der Supai versteifte sich. »Euer Platz ist an der Seite Eurer Lady.«

»Ja, ich weiß.« Man konnte Hokanu seinen Kummer ansehen. Er nestelte nervös an der ledernen Reitpeitsche herum, die in seiner Schärpe steckte. »Aber was kann ich hier schon tun – außer dasitzen und zusehen, wie sie elend dahinsiecht. Nein, ich werde Euch begleiten.« Er sprach nicht aus, was beiden klar war: daß Arakasi in den Diensten der Acoma stand und Hokanu als Maras Gemahl nicht sein rechtmäßiger Herr war; er konnte nicht über Arakasis Loyalität befehlen. »Ich kann Euch nur bitten«, sagte er, und man konnte den Schmerz in seiner Stimme hören. »Bitte erlaubt mir, Euch zu begleiten. Laßt mich helfen – um unserer Lady willen.«

Arakasi betrachtete Hokanu abschätzend, ohne jedes Mitgefühl in seinen dunklen Augen; dann schaute er weg.

»Ich sehe, was ich Euch antun würde, wenn ich Eurer Bitte nicht nachkommen würde«, sagte er leise. »Aber Pferde wären unpassend. Ihr könnt als mein Akolyth reisen, wenn Ihr wollt.«

Aber Hokanu bewies seinen Scharfsinn. »Wie viele Menschen außerhalb dieser Güter haben jemals in ihrem Leben ein Pferd von der barbarischen Welt jenseits des Spalts gesehen? Glaubt Ihr wirklich, irgend jemand würde auf die Reiter achten? Sie werden die Tiere anstarren, und wenn sie damit fertig sind, werden wir schon längst in einer Staubwolke verschwunden sein.«

»Also gut«, gab Arakasi nach, auch wenn ihn das Mißverhältnis zwischen seiner Verkleidung und dem von Hokanu vorgeschlagenen Transportmittel nach wie vor störte. Es bedurfte nur eines klugen Mannes, der dazu in der Lage war, sein Gesicht mit einem Priester in Verbindung zu bringen, der sich nicht gemäß seinen Ordensregeln verhielt, und dazu mit einer exotischen Kreatur von der anderen Seite des Spalts, und all seine Arbeit wäre vergebens. Doch noch während er über dieses Risiko nachdachte, wurde ihm plötzlich klar: Er liebte Mara mehr als seine Arbeit, mehr als sein eigenes Leben. Falls sie starb, würde sein Anteil an der Zukunft, am Aufbau eines besseren, stärkeren Kaiserreiches wie Staub verwehen.

Einer Eingebung folgend sagte er: »Es soll geschehen, wie Ihr wünscht, Mylord. Aber Ihr werdet mich an den Sattel binden, und ich werde wie ein Gefangener vor Euch hergetrieben werden.«

Hokanu, der schon unterwegs zu den Ställen war, warf einen überraschten Blick über die Schulter. »Was? Bei Eurer Ehre, niemals könnte ich Euch so mißbrauchen!«

»Ihr werdet es tun müssen.« Mit einem Schritt war Arakasi bei ihm. Er schielte immer noch auf einem Auge; wie es schien, konnte keine Ablenkung ihn dazu bringen, aus seiner selbstgewählten Rolle zu fallen. »Ihr müßt es tun! Ich werde dieses Priestergewand auch später noch benötigen, daher müssen wir uns passende Umstände zurechtschneidern. Ich bin ein heiliger Mann, der unehrenhaft genug war, einen Diebstahl zu begehen.

Eure Diener haben mich gefangen. Jetzt werde ich nach Kentosani zurückgebracht, um der Gerichtsbarkeit des Tempels übergeben zu werden.«

»Das klingt vernünftig genug.« Hokanu winkte ungeduldig einen Diener beiseite, der herbeigeeilt kam, um das Tor zu öffnen, und kletterte über den Zaun, um Zeit zu gewinnen. »Aber Euer Wort genügt. Ich werde Euch nicht an den Sattel binden.«

»Ihr werdet es tun«, antwortete Arakasi mit einem dünnen Lächlen, »es sei denn, Ihr wollt alle paar hundert Schritte anhalten und mich aus dem Straßenstaub auflesen. Lord Hokanu, ich habe in jeder nur denkbaren Verkleidung gearbeitet, die man sich in diesem Kaiserreich vorstellen kann, dazu noch in etlichen fremdartigen. Doch bei der Liebe der Götter für Abartiges, ich habe niemals versucht, auf einem Tier zu reiten. Allein schon die Vorstellung jagt mir kalte Schauer über den Rücken.«

Sie hatten den Hof erreicht, wo auf Hokanus Anweisung ein angeheuerter freier Midkemier mit zwei gesattelten Pferden wartete. Das eine war dunkelgrau, das andere ein Fuchs, und obwohl sie weniger feurig waren als der Rappe, der Ayaki gehört hatte, bemerkte Hokanu, daß Arakasi die Tiere beklommen beäugte. Doch nicht einmal jetzt hörte der Supai auf zu schielen.

»Ihr lügt«, sagte Hokanu, doch der Tonfall nahm seinen Worten die Schärfe. »Durch Eure Adern rinnt Eiswasser anstatt Blut, und wenn Ihr besser mit dem Schwert umgehen könntet, würdet Ihr einen ganz hervorragenden Feldherrn abgeben.«

»Laßt ein Seil herbeibringen«, antwortete Arakasi kurz und bündig. »Ich werde Euch einige Knoten zeigen, die die Seeleute benutzen, Lord Hokanu. Und um unser beider willen hoffe ich, daß Ihr sie ordentlich festzurren werdet.«

Die Pferde donnerten im Galopp dahin, ihre Hufe ließen ockergelben Staub in der Luft aufwirbeln. Dem Verkehr auf der Straße tat das nicht besonders gut. Die Needra vor den Wagen und Karren schnaubten und scheuten und versuchten, an den Straßenrand – und damit in Sicherheit – zu gelangen. Die Fahrer fluchten und brüllten vor Wut, doch aus dem Wutgebrüll wurden Entsetzensschreie, als die vierbeinigen Wesen aus der Welt jenseits des Spalts an ihnen vorbeischossen. Läufer sprangen mit weit aufgerissenen Augen zur Seite, und Handelskarawanen lösten ihre Formation auf, während die Treiber und Karawanenmeister gaffend wie Bauern daneben standen.

»Ihr habt diese Kreaturen niemals außerhalb des Landsitzes verwendet«, vermutete Arakasi mit unbewegter Stimme. Seine Hände waren am Sattelhorn festgezurrt, seine Knöchel mit einem Seil, das unter dem Bauch des Pferdes hindurchging, zusammengebunden, was ihm bei seinem Versuch, Haltung und Würde zu bewahren, unbeschreibliche Unannehmlichkeiten bereitete. Seine Priesterrobe flatterte wie eine Fahne im Wind, und sein Rauchfaß schlug ihm jedesmal gegen die Wade, wenn der Wallach seine Hufe aufsetzte.

»Versucht Euch zu entspannen«, meinte Hokanu in dem Versuch, hilfreich zu sein. Er saß scheinbar mühelos im Stattel, die Zügel fest in der Hand; seine dunklen Haare wehten im Wind. Er wirkte ganz und gar nicht wie jemand, der sich beim Reiten an unaussprechlichen Stellen wundscheuerte. Wahrscheinlich hätte er das Spektakel sogar genossen, das seine fremdartigen Tiere auf der Straße verursacht hatten, wenn er sich nicht so viel Sorgen um seine Frau gemacht hätte.

»Woher wißt Ihr, daß es Sinn macht, in Kentosani mit der Suche zu beginnen?« fragte Hokanu, als er entlang eines bewaldeten Abschnitts der Straße die Pferde zügelte, um ihnen eine Verschnaufpause zu gönnen.

Arakasi schloß die Augen, als ihm erneut ein Stoß durch den ganzen Körper fuhr. Sein Wallach hatte auf den Zug am Leitzügel reagiert und fiel aus dem Galopp in Trab, schließlich in sanften Schritt. Der Supai seufzte und trat das Rauchfaß von seinem mit blauen Flecken übersäten Knöchel weg. Der Blick, den er zur Seite warf, sprach Bände. Seiner Stimme war allerdings nichts anzumerken, als er Hokanus Frage beantwortete.

»Die Heilige Stadt ist der einzige Ort im ganzen Kaiserreich, wo bereits Midkemier wohnen, wo Thuril und selbst die Wüstenbewohner von Tsubar in den Gewändern ihrer Heimat herumlaufen. Ich nehme an, daß unser Gewürzhändler auffallen wollte, um danach seine Spur ein bißchen besser zu verwischen; nicht zu sehr, damit wir ihr immer noch folgen können, aber genug, daß wir ihn nicht zu schnell aufstöbern. Ich bin mir ziemlich sicher, daß er einen Herrn bat, der ihm klare, eindeutige Befehle bezüglich Eurer Lady gegeben hat – und dieser Mann, dieser Feind, wird sein Geheimnis bewahren wollen.«

Der Supai hatte noch eine zweite, weit aufschlußreichere Vermutung, doch die behielt er zunächst für sich. Er wollte nicht einfach einen Verdacht äußern, sondern warten, bis er Beweise hatte. Schweigend ritten die beiden Männer unter einem Blätterdach aus Ulo-Bäumen dahin. Beim Anblick und Geruch der fremden Tiere flatterten Scharen von Vögeln wild durchs Geäst. Die Pferde schnappten nach Fliegen und schenkten den Vögeln keinerlei Beachtung.

Hokanus Freude am Reiten stand deutlich erkennbar im Gegensatz zu den Gefühlen, mit denen er innerlich zu kämpfen hatte. Hinter jeder Wegkrümmung, im Schatten eines jedes Baumes schien eine Bedrohung zu lauern. Erinnerungen quälten ihn, Erinnerungen an Maras bleiches Gesicht auf dem Kopfkissen, an ihre Hände, die so unnatürlich still auf der Decke gelegen hatten. Die Sorge raubte ihm seine Energie, doch sooft er sich auch deswegen schalt, er konnte seine Gedanken auf nichts anderes richten. Er haderte mit sich, daß er nicht mehr tun konnte, als Arakasi mit Pferden zu versorgen, damit er schneller mit seiner Rettungsaktion beginnen konnte. Der Supai war gut in dem, was er tat; irgendeine Art von Kameradschaft behinderte ihn nur bei der Arbeit. Doch Hokanu wußte ganz genau, daß, wenn er zu Hause geblieben wäre, der Anblick von Mara, wie sie so hilflos dalag, ihn nur wütend gemacht hätte. Er hätte seine Krieger zusammengerufen und wäre gegen Jiro marschiert – verflucht seien die Versammlung und ihr Edikt! Er runzelte die Stirn. Selbst jetzt mußte er sich zusammenreißen, um nicht die Reitpeitsche herauszuziehen und auf das Tier unter sich einzuschlagen. Wenn er der in ihm aufgestauten Wut, seinen Schuldgefühlen und seinem Schmerz freien Lauf lassen würde, würde er das Tier zum Galopp peitschen, bis es zusammenbrach.

»Ich bin froh, daß Ihr mich begleitet«, sagte Arakasi aus heiterem Himmel.

Hokanu schreckte aus seinen düsteren Gedanken und sah den geheimnisvollen Blick des Supai auf sich gerichtet. Er wartete. Nach einer kurzen Pause, in der nur das Rauschen der Bäume im Wind zu hören war, fügte Arakasi hinzu:

»Mit Euch an meiner Seite darf ich es mir nicht erlauben, unvorsichtig zu sein. Die Verantwortung für Euch wird mich bremsen, wenn ich zum ersten Mal in meinem Leben den Drang verspüre, leichtsinnig zu sein.« In Gedanken versunken betrachtete er mit einem Stirnrunzeln seine gefesselten Hände. Er spannte die Gelenke an, prüfte die Knoten. »Mara ist etwas Besonderes für mich. Was ich für sie empfinde, habe ich niemals für meinen früheren Herrn empfunden, nicht einmal, als sein Haus von seinen Feinden vernichtet wurde.«

»Ich wußte nicht, daß Ihr schon einem anderen Haus gedient habt«, sagte Hokanu überrascht.

Arakasi zuckte mit den Schultern, als ob ihm erst jetzt klargeworden wäre, daß er gerade etwas Vertrauliches preisgegeben hatte. »Ich habe mein Netzwerk ursprünglich für den Lord der Tuscai aufgebaut.«

»Aha.« Hokanu nickte. Diese dürftige Tatsache erklärte vieles. »Dann seid Ihr zur gleichen Zeit wie Lujan und die anderen ehemaligen Grauen Krieger in den Dienst der Acoma getreten?«

Der Supai nickte. Er ließ Hokanu nicht aus den Augen, achtete genau auf jede Regung und Bewegung. Schließlich schien er zu einem Entschluß zu kommen. »Ihr teilt ihre Träume«, stellte er fest.

Hokanu war schon wieder überrascht. Die unglaublich ausgeprägte Wahrnehmungsfähigkeit dieses Mannes verursachte ihm beinahe Unbehagen. »Ich möchte ein Kaiserreich, das frei ist von Ungerechtigkeit, gebilligtem Morden und Sklaverei, wenn es das ist, wovon Ihr sprecht.«

Die Pferde trotteten weiter, ließen in einer entgegenkommenden Karawane Verwirrung ausbrechen, als die Treiber und der Lenker des Küchenwagens alle gleichzeitig zu schreien begannen und aufgeregt herüberdeuteten. Trotz des Lärms war Arakasis leise Antwort gut zu verstehen. »Ihr Leben ist weit bedeutungsvoller als Eures oder meines. Wenn Ihr weiter an meiner Seite bleiben wollt, Herr, so sollte Euch eines klar sein: Ich werde Euer Leben genauso rücksichtslos riskieren, um sie zu retten, wie mein eigenes.«

Hokanu spürte, daß der Supai aus tiefstem Herzen sprach und daß ihm nicht wohl dabei war, derart vertraulich mit einer anderen Person umzugehen. Er verzichtete auf eine direkte Antwort. »Es wird Zeit, daß wir uns mal wieder ein bißchen bewegen.« Er schlug seinem Wallach die Fersen in die Weichen und trieb beide Tiere zum Galopp.

In den engen Gassen von Kentosani hing der Gestank nach Abfällen und den Nachttöpfen der Armen. Der Supai der Acoma und der Lord der Shinzawai hatten ihre Pferde in der Obhut eines zitternden Herbergswirts zurückgelassen, der sich unaufhörlich verbeugt und gewinselt und gestottert hatte, daß er unwürdig sei, auf solch seltene Tiere aufzupassen. Nackte Furcht hatte in seinem Gesicht gestanden, und der Aufruhr, den die Anwesenheit der Pferde unter den Bediensteten der Herberge verursacht hatte, hatte Arakasi und Hokanu die Möglichkeit verschafft, unauffällig zu verschwinden. Die Bediensteten standen immer noch draußen – genau wie sämtliche Gäste –, starrten die Pferde an und gestikulierten wild, während Stallburschen, die bisher nur an stumpfsinnige, träge Needras gewohnt waren, sich an diesen weit temperamentvolleren Tieren zu schaffen machten.

In einem Rollentausch, dem es nicht an Ironie mangelte, besaß jetzt der Supai die Oberhand, während Hokanu – nur mit seinem Lendenschurz bekleidet – die Rolle eines Büßers spielte, der sich als Diener des Priesters auf einer Pilgerfahrt befand, um die weniger wichtige Gottheit zu beschwichtigen, die er angeblich beleidigt hatte. Sie mischten sich in die Menge, die nachmittags die Straßen von Kentosani bevölkerte.

Zu Fuß – statt wie sonst in einer Sänfte – und zum ersten Mal in seinem Leben nicht von einer Ehrengarde umgeben, bemerkte Hokanu schnell, wie sehr sich die Heilige Stadt verändert hatte, seit der Kaiser den Hohen Rat entmachtet und die absolute Herrschaft errungen hatte. Die Lords und Ladys großer Häuser reisten nicht mehr mit einer schwerbewaffneten Abteilung von Kriegern, da beständig Kaiserliche Weiße durch die Straßen patrouillierten, um für Ruhe und Ordnung zu sorgen. Während die Hauptdurchgangsstraßen auch früher schon sicher gewesen waren, obwohl es auf ihnen von Menschen, Tieren und Wagen gewimmelt hatte, waren die dunkleren, engen Seitenstraßen, in denen die Arbeiter und Bettler hausten, oder die nach Fisch stinkenden Gassen hinter den Lagerhäusern am Hafen keine Orte gewesen, an die sich ein Mann oder eine Frau ohne bewaffnete Eskorte hätte wagen dürfen.

Und doch hatte Arakasi sich in diesen schummrigen Gäßchen und Wegen bereits ausgekannt, bevor Ichindar das Amt des Kriegsherrn abgeschafft hatte. Er führte sie einen verschlungenen Weg entlang, durch feuchte, moosbewachsene Säulengänge, zwischen Mietshäusern hindurch, die so dicht beieinanderstanden, daß kein einziger Sonnenstrahl zwischen ihnen auf den Boden fallen konnte, und einmal sogar durch einen übelriechenden, müllverstopften unterirdischen Abwasserkanal.

»Warum ein so umständlicher Weg?« fragte Hokanu, während sie einmal haltmachten und eine Horde kreischender Straßenkinder auf der Jagd nach einem klapperdürren Köter an ihnen vorbeiraste.

»Gewohnheit«, erklärte Arakasi. Das qualmende Rauchfaß schwang in Kniehöhe hin und her, doch der Weihrauch konnte den Gestank, der aus der Gosse aufstieg, nur teilweise überdecken. Sie gingen an einem Fenster vorbei, an dem ein verhutzeltes Mütterchen saß und mit einem Knochenmesser eine Jomach schälte. »Die Herberge, in der wir die Tiere gelassen haben, ist eigentlich ein ehrliches Haus, doch es wimmelt dort von Klatschmäulern, die irgendwelche Neuigkeiten aufschnappen wollen. Ich wollte verhindern, daß man uns folgt; als wir von dort aufbrachen, war uns ein Diener der Ekamchi auf den Fersen. Er hatte unsere Pferde am Haupttor gesehen und sofort gewußt, daß wir zum Haushalt der Acoma oder der Shinzawai gehören.«

»Haben wir ihn abgeschüttelt?« fragte Hokanu.

Arakasi lächelte dünn; seine Hand schien segnend über dem Haupt eines Bettlers zu schweben. Der Mann hatte einen irren Blick und murmelte pausenlos vor sich hin. Offensichtlich hatten ihn die Götter berührt. »Wir haben ihn tatsächlich abgeschüttelt«, erklärte der Supai, während er das Rauchfaß schwang.

Weihrauchschwaden zogen durch die Luft. »Anscheinend wollte er seine Sandalen nicht in der Abfallgrube ruinieren, die wir zwei Blöcke von hier durchquert haben. Er ist drumherum gegangen, hat uns für einen Augenblick aus den Augen verloren ...«

»Und wir sind den Kanal entlanggewatet«, ergänzte Hokanu kichernd.

Sie passierten den geschlossenen Laden eines Webers und rasteten kurz bei einem Bäcker, wo Arakasi ein Brötchen kaufte und damit begann, San-Marmelade im Zickzack auf der gebutterten Oberseite zu verteilen. Der Bäcker erwartete noch andere Kundschaft und gab seinem Lehrling ein Zeichen, den vermeintlichen Priester und den Büßer in ein durch einen Vorhang abgeteiltes Hinterzimmer zu führen. Einige Minuten später tauchte der Bäcker auf. Er beäugte seine beiden Besucher genau und sagte schließlich zu Arakasi: »Ich habe Euch in diesen Gewändern nicht erkannt.«

Der Supai leckte sich die letzten Marmeladenreste von den Fingern. »Ich brauche Informationen. Dringend. Es geht um einen auffällig gekleideten Gewürzhändler. Er trug Metallschmuck und hatte barbarische Träger. Könnt Ihr ihn finden?«

Der Bäcker wischte sich den Schweiß von seinen wabbeligen Hängebacken. »Falls Ihr bis zum Sonnenuntergang warten könnt, wenn wir die Teigreste für die Bettlerkinder auf die Straße werfen, könnte ich Euch eine Antwort geben.«

Arakasi wirkte verdrosssen. »Zu spät. Ich brauche Euren Botenläufer.« Wie durch Zauberei hielt er plötzlich eine Pergamentrolle in der Hand. Vielleicht hatte der Supai sie die ganze Zeit in seinem Ärmel versteckt gehabt, dachte Hokanu, war sich aber nicht sicher.

»Laßt dies zu dem Sandalenmacher an der Ecke Böttcherstraße und Gerbergasse bringen. Der Eigentümer heißt Chimichi. Sagt ihm, Euer Kuchen brennt.«

Der Bäcker warf ihm einen zweifelnden Blick zu.

»Macht schon!« zischte Arakasi. Seine Stimme klang so scharf, daß sich die Härchen in Hokanus Nacken aufstellten.

Der Bäcker hob in einer entschuldigenden Geste seine mehligen Hände und brüllte nach seinem Lehrling, der sofort mit dem Pergament verschwand. Die ganze Zeit, während sie warteten, lief Arakasi ruhelos auf und ab, wie ein Sarcat im Käfig.

Der Sandalenmacher Chimichi erwies sich als gertenschlanker Mann, in dessen Adern das Blut der Wüstensöhne von Tsubar floß, wie nicht zuletzt die verschwitzten Talisman-Troddeln belegten, die er unter seiner Robe trug. Sein strähniges Haar fiel ihm bis in die Augen, die einen gerissenen Ausdruck hatten. Seine Hände waren mit Narben übersät, die er sich vielleicht bei der Arbeit zugezogen hatte, wenn er mit dem Messer abgerutscht war. Wahrscheinlicher schien es Hokanu jedoch, als er sich die Zahl und die Lage der Narben genauer ansah, daß der Mann einmal gefoltert worden war. Er schob sich durch den Vorhang, immer noch blinzelnd wegen des Übergangs vom hellen Sonnenlicht in den halbdunklen Raum; in seiner Hand hielt er ein Brötchen, auf dem die Marmelade in genau dem gleichen Muster verteilt war wie bei dem, das Arakasi noch immer umklammerte.

»Narr«, fauchte er den Priester an. »Du gefährdest meine Tarnung, wenn du mir das Signal für den Notfall schicken läßt und mich hierher beorderst. Für diese Gedankenlosigkeit wird der Meister dich verbrennen lassen.«

»Das wird der Meister ganz sicherlich nicht tun«, antwortete Arakasi trocken.

Der Sandalenmacher trat vor Überraschung einen Schritt zurück. »Ihr seid es selbst! Bei allen Göttern, in diesen Priesterlumpen habe ich Euch nicht erkannt.« Chimichi legte die Stirn in düstere Falten. Jetzt sah er erst recht wie ein tsubarischer Wüstensohn aus. »Was ist los?«

»Es geht um einen gewissen Gewürzhändler mit einer Goldkette, der von midkemischen Sänftenträgern getragen wurde.«

Chimichis Gesichtsausdruck hellte sich auf. »Tot«, sagte er. »Und seine Träger auch. In einem Lagerhaus an der Straße der Hwaet-Händler, wenn man darauf vertraut, daß der Räuber, der versucht hat, bei den Geldwechslern Kettenglieder gegen Centis einzutauschen, die Wahrheit gesagt hat. Doch allein die Tatsache, daß ein solcher Mann in den Besitz von Gold kam, spricht dagegen, daß er die Geschichte nur erfunden hat.«

»Wissen die Kaiserlichen Patrouillen schon etwas von den Leichen?« warf Arakasi ein.

»Wahrscheinlich nicht.« Chimichi legte sein Brötchen beiseite und wischte sich die marmeladenverschmierten Finger an seinem Schurz ab. Die tief in ihren Höhlen liegenden, verschlagenen Augen richteten sich auf den Supai. »Habt Ihr jemals erlebt, daß ein Geldwechsler den offiziellen Stellen irgend etwas erzählt hat, was er nicht erzählen mußte? Die Steuern auf Metalle sind hoch in diesen Tagen. Unser Licht des Himmels muß seine Armee vergrößern, um der Drohung durch die Traditionalisten begegnen zu können.«

Arakasi brachte den Mann mit einer erhobenen Hand zum Schweigen. »Es geht um jede Sekunde, Chimichi. Ich werde mit meinem Begleiter zu dem Lagerhaus gehen und die Leichen untersuchen. Eure Aufgabe ist es, für ein Ablenkungsmanöver zu sorgen, das die Kaiserlichen Patrouillen lange genug beschäftigen wird, damit wir in das Gebäude hinein- und wieder herauskommen. Ich will nicht, daß auch nur ein einziger Kaiserlicher Weißer Zeit hat, sich jetzt um diese Morde zu kümmern.«

Chimichi warf die dunklen Haare aus dem Gesicht. Sein Grinsen enthüllte ein erstaunlich ebenmäßiges weißes Gebiß, dessen Schneidezähne nach tsubarischer Sitte spitz zugefeilt waren. »Bei Keburchi, dem Gott des Chaos«, fluchte er offensichtlich erheitert. »Ist schon viel zu lange her, seit wir den letzten richtigen Aufruhr hatten. Das Leben fing allmählich an, langweilig zu werden.«

Als er den Satz beendet hatte, war der Raum bereits leer. Er blinzelte überrascht. »Die Mutter dieses Mannes muß ein verdammter Schatten gewesen sein«, murmelte er. Dann legte er sein Gesicht in nachdenkliche Falten und eilte davon, um sich der Aufgabe zu widmen, einen ganz normalen, friedlichen Tag im Handelsviertel in absolutes Chaos zu verwandeln.

Die Abenddämmerung brach herein; in dem ohnehin düsteren Lagerhaus wurde es noch dunkler. Hokanu kauerte neben Arakasi, eine brennende Fackel aus um einen Holzspan gewickelten Tüchern in der Hand. Von den angrenzenden Straßen drangen Schreie und die Geräusche von berstendem Holz zu ihnen. Irgend jemand stieß obszöne Flüche aus, während Geschirr scheppernd zu Bruch ging.

»Die Läden dcr Weinhändler«, murmelte Hokanu. »In wenigen Minuten werden wir Gesellschaft bekommen.« Er machte eine Pause, um die Fackel, die beinahe bis zu seinen Fingern abgebrannt war, anders anzufassen. »Die Türen an diesem Gebäude sind nicht besonders stabil.«

Arakasi nickte; sein Gesicht war unter der Priesterkapuze nicht zu erkennen. Seine Finger bewegten sich geräuschlos und schnell über den Körper von einem der Träger. Der Leichnam war schon über die Totenstarre hinaus und wirkte bereits etwas aufgedunsen. »Erwürgt«, murmelte er, »genau wie die anderen.«

Er huschte durch die Dunkelheit, während dünne Bahnen hellen Lichts von Bränden oder Fackeln durch die Lücken in den Bretterwänden fielen. Seine Konzentration ließ nicht einen einzigen Augenblick nach.

Hokanu zuckte zusammen, als die Flamme ihrer Behelfsfackel

immer näher auf seine Finger zukroch. Er versuchte sie noch ein Stück weiter unten anzufassen und entzündete den letzten zusammengeknüllten Leinenstreifen, den er von seinem ohnehin schon spärlichen Lendenschurz noch entbehren konnte. Als er wieder aufschaute, untersuchte Arakasi die Leiche des Gewürzhändlers.

Die Kette und die feinen Seidenroben des Mannes waren verschwunden, gestohlen von dem Wegelagerer, den Chimichi erwähnt hatte. Selbst im schwachen Schein der Behelfsfackel war leicht zu erkennen, daß der Mann nicht erwürgt worden war. Seine Hände waren krampfartig zu Fäusten geballt und seine weit aufgerissenen Augen so verdreht, daß nur noch das Weiße zu sehen war. Sein Mund stand offen, und man konnte sehen, daß er sich die Zunge durchgebissen hatte. Getrocknetes Blut glänzte dunkel auf dem Fußboden und in seinem noch immer gekämmten, parfürmierten Bart.

»Ihr habt etwas gefunden«, sagte Hokanu, als ihm Arakasis Reglosigkeit bewußt wurde.

Der Supai blickte auf, seine Augen funkelten im Schatten seiner Kapuze. »Viel.« Er drehte die Hand des Mannes um, so daß eine Tätowierung zu erkennen war. »Unser Übeltäter ist ein Hamoi Tong. Er trägt das Zeichen. Daß er sich als ein Mann präsentiert hat, der auf der anderen Seite des Spalts lebt, spricht für eine langwierige, sorgfältige Planung.«

»Das ist nicht Jiros Stil«, meinte Hokanu.

»Ganz und gar nicht.« Arakasi ließ sich auf die Fersen zurücksinken. Die Geräusche von draußen, die dem Lagerhaus immer näher kamen, schienen ihn nicht zu stören. »Aber genau das sollen wir glauben.«

Draußen begann ein Seemann zu fluchen, und jemand anderer brüllte zornig zurück. Noch näher erklangen jetzt die unzähligen Stimmen wütender, aufgeregter Menschen – und dann übertönte das Hornsignal eines Patrouillenführers der Kaiserlichen Weißen den Lärm.

Auch Hokanu hatte das Pergament mit dem Siegel der Anasati als einen falschen Beweis verworfen. Kein Sohn des alten Lord Tecuma – und schon gar keiner mit einem so teuflisch schlauen Berater wie Chumaka – würde sich jemals zu etwas so Offensichtlichem herablassen. »Wer war es dann?« fragte Hokanu, und die Verzweiflung in seiner Stimme war nicht zu überhören. Mit jeder Minute, die verstrich, schwanden seine Chancen, Mara jemals lebend wiederzusehen. Die Erinnerung daran, wie sie dagelegen hatte, als er aufgebrochen war – bleich, bewußtlos und immer noch blutend –, lähmte beinahe sein Denken. »Lassen sich die Tong für mehr als einen einfachen Mord anheuern? Ich habe immer gedacht, sie würden ihre Verträge anonym abschließen.«

Arakasi war noch immer beschäftigt; er tastete die Unterwäsche des Gewürzhändlers ab. Die Tatsache, daß er sie im Todeskampf beschmutzt hatte, schreckte ihn nicht ab, genausowenig wie der Gestank. »›Vertrag‹, das ist das entscheidende Wort, vermute ich. Verfügt irgendein hartgesottener Traditionalist in diesem Kaiserreich über genügend Reichtum, um Bettlern goldene Ketten vor die Füße zu werfen – nur um sicherzustellen, daß wir eine Spur haben, der wir folgen können?« Seine Hände blieben einen Augenblick still liegen, griffen dann erneut zu und kamen schließlich mit einem kleinen Gegenstand wieder zum Vorschein. »Aha!« Triumph schwang in der Stimme des Supai mit.

Hokanu erhaschte einen Blick auf etwas aus grünem Glas. Er vergaß den Gestank toter Männer, kroch näher heran und hob die brennende Fackel über den Gegenstand, den Arakasi in der Hand hielt.

Es war eine kleine Phiole. Die Innenseite war mit einer dunklen, klebrigen Flüssigkeit überzogen; der Korken – wenn es denn einen gegeben hatte – fehlte.

»Eine Gift-Phiole?« fragte Hokanu.

Arakasi schüttelte den Kopf. »Es ist zwar Gift drin« – er hielt Hokanu die Phiole unter die Nase; der Inhalt roch harzig und stechend bitter –, »aber das Glas ist grün. Und diese Farbe benutzen die Apotheker normalerweise nur für Gefäße, in denen Gegenmittel sind.« Er warf einen Blick auf das Gesicht des Gewürzhändlers; es verriet, wie schrecklich sein Todeskampf gewesen sein mußte. »Armer Kerl. Du hast wohl gedacht, du würdest aus der Hand deines Herrn dein Leben zurückerhalten.«

Dann blickte der Supai Hokanu an. »Damit ist klar, warum Maras Vorkoster keinen Verdacht schöpfen konnte. Dieser Mann hat das Gift ebenfalls zu sich genommen, genau wie Mara und der Vorkoster. Er wußte, daß es ein langsam wirkendes Gift war, und er war sich sicher, rechtzeitig das Gegenmittel zu bekommen.«

Der Span flackerte, als Hokanus Hand zu zittern begann. Draußen wurde das Geschrei noch lauter, und der Klang aufeinanderprallender Schwerter rückte näher.

»Wir müssen weg«, sagte Arakasi drängend.

Hokanu fühlte sich von kräftigen Händen gepackt und auf die Füße gestellt. »Mara«, murmelte er. All sein Kummer und seine Verzweiflung lagen in diesem Wort. »Mara.«

Arakasi zerrte ihn voran. »Nein«, sagte er entschlossen, »es gibt jetzt neue Hoffnung.«

Hokanu sah Arakasi an. Aus seinen Augen war jeglicher Glanz gewichen. »Was? Aber der Gewürzhändler ist tot. Wie könnt Ihr da behaupten, daß es Hoffnung gibt?«

Arakasi fletschte voller grimmiger Befriedigung die Zähne. »Weil wir jetzt wissen, daß es ein Gegenmittel gibt. Und die Gift-Phiole trägt den Stempel eines Apothekers.« Er zerrte und schob den benommenen Hokanu weiter auf das lockere Brett an der zum Hafen gerichteten Seitenwand zu, durch das sie sich Zugang zum Lagerhaus verschafft hatten. »Ich kenne den Apotheker, der dieses Zeichen benutzt. Ich habe in der Vergangenheit manchmal Informationen von ihm erworben.« Der Supai duckte sich und kroch in die dunkle, stickige Gasse hinaus, in der der Gestank der Fischhändler von gegenüber hing. »Wir müssen jetzt nur noch den Tumult umgehen, den Chimichi als Ablenkung ausgelöst hat, und dann den Mann finden und ihn befragen. Das ist alles.«

Acht

Befragung

Hokanu rannte.

Die Straßen waren ein einziges Chaos aus Lärm und fliehenden Bürgern, in dem sich Arakasi wie ein Schatten bewegte. Nur seine weite, wehende Priesterrobe unterschied ihn von den anderen rennenden Menschen. Hokanu war zwar ein geübter Krieger, aber er war es nicht gewohnt, barfuß zu laufen. Nachdem er sich die Zehen an hochstehenden Pflastersteinen gestoßen hatte, durch den Schlamm der Abwasserkanäle geschlittert und beinahe ausgerutscht war und einmal mit voller Wucht in eine Tonscherbe getreten war, hätte er mit Freuden jede Art von Schuhwerk angezogen – sogar schlecht sitzende Sandalen, von denen er Blasen bekommen hätte. Doch selbst wenn Arakasi seine Schwierigkeiten bemerkt haben sollte – er wurde deswegen kein bißchen langsamer.

Hokanu wäre eher gestorben, als sich zu beklagen. Maras Leben stand auf dem Spiel, und mit jeder Minute, die verstrich, wuchs seine Furcht, daß es bereits zu spät sein könnte, daß das schreckliche, langsam wirkende Gift sich schon so weit ausgebreitet haben könnte, daß eine Heilung unmöglich wäre.

»Denk nicht nach«, redete er sich keuchend ein, »renn einfach!«

Sie eilten am Stand eines Topfhändlers vorbei. Der Besitzer hastete in seinem Nachtgewand hin und her und drohte den Vorbeirennenden mit den Fäusten. Arakasi drängte den Shinzawai nach rechts.

»Soldaten«, murmelte er. Er schien kaum außer Atem zu sein. »Wenn wir weiter geradeaus rennen, laufen wir ihnen genau in die Arme.«

»Kaiserliche?« Hokanu gehorchte dem Richtungswechsel. Er zog eine Grimasse, als er in etwas Weiches trat, das zwischen seinen Zehen hochquoll und nach verfaulten Zwiebeln stank.

»Ich weiß nicht«, antwortete Arakasi. »Das Licht ist so schlecht, daß ich nur Federbüsche erkennen kann.« Er sog tief die Luft ein. »Wir werden nicht hier bleiben, um es herauszufinden.«

Er duckte sich nach links in eine Gasse, die womöglich noch enger und widerlicher als die letzte war. Die Geräusche des Aufruhrs wurden schwächer; bald konnten sie statt dessen das leichte Scharren und Rascheln von Ratten hören, die schleifenden Schritte eines lahmen Laternenanzünders auf dem Nachhauseweg und das Quietschen eines Gemüsehändler-Karrens, der von einer dürren Needra gezogen wurde.

Arakasi schlug die Kapuze hoch, bückte sich und trat in einen moosbewachsenen Eingang. »Wir sind da. Seid vorsichtig mit der Tür, der Torbogen ist sehr niedrig.«

Hokanu mußte sich weit vorbeugen, um einzutreten. Dahinter lag ein enger, unkrautbewachsener Hof mit etwas, das wie der von Heilpflanzen überwucherte Garten eines Heilers aussah. Mitten im Hof gab es einen Fischteich, der ebenfalls fast völlig von Unkraut und Riedgräsern zugewachsen war. Hokanu nutzte die Gelegenheit, um seine Füße zu waschen. Das Wasser war lauwarm und roch widerlich. Er fragte sich voller Ekel, ob womöglich Menschen oder Hunde den Platz als Abtritt benutzt hatten.

»Das war ursprünglich eine Zisterne«, flüsterte Arakasi, als ob er Hokanus Gedanken gelesen hätte. »Nach dem Geruch zu urteilen, kippt Korbargh seine Waschwasser hinein.«

Hokanu rümpfte die Nase. »Korbargh? Was ist das für ein Name?«

»Ein thurilischer«, antwortete der Supai. »Aber der Bursche stammt nicht aus dem Hochland. Ich würde sagen, daß eher das Blut der Wüstensöhne durch seine Adern fließt. Laßt Euch nicht täuschen. Er ist schlau, und er spricht ebenso viele Sprachen wie ich.«

»Und wie viele sind das?« wollte Hokanu im Flüsterton wissen.

Doch Arakasi hatte schon die Hand erhoben und pochte kräftig an das große Brett, das Korbargh als Haustür diente.

Die Tür wurde so heftig aufgerissen, daß Hokanu zusammenzuckte.

»Wer ist da?« schnarrte eine barsche Stimme von drinnen.

Gelassen antwortete Arakasi in der gutturalen Sprache der Wüstensöhne. Wer immer es war, den er angesprochen hatte, er versuchte die Tür wieder zuzudrücken, doch der Supai rammte sein Rauchfaß in die Öffnung, so daß sich das dicke Brett verklemmte. »Laß uns rein, wir wollen deinen Herrn sprechen, du verschlagener Zwerg – oder ich werde dir die Zunge herausreißen«, sagte er in einem tsuranischen Dialekt, den Diebe und Bettler benutzten. Hokanu hatte Arakasi noch nie in einem solchen Ton reden hören, der ihm kalte Schauer über den Rücken jagte.

Der Zwerg erwiderte etwas, das wie eine Obszönität klang.

»Das war nicht gut genug«, entgegnete Arakasi. Mit einem sanften Nicken forderte er seinen Gefährten im Büßergewand auf, mit ihm die Tür zu stürmen.

Außer sich vor Sorge um Mara, war Hokanu sofort mit Feuereifer bei der Sache. Er warf sich mit der Schulter mit solcher Kraft gegen das Brett, daß der Zwerg zurückgeschleudert wurde und die ledernen Angeln nachgaben. Die Tür krachte auf den Boden, und Arakasi und Hokanu stürmten in einen Raum, der als Empfangshalle zu dienen schien. Er war mit Terrakottafliesen ausgelegt, die Wände mit Friesen verziert, die aus einer Zeit stammen mußten, da die Nachbarschaft noch nicht so heruntergekommen gewesen war. Der Zwerg jammerte in einem Gemisch aus allen möglichen Sprachen über seine Finger, die er sich gequetscht hätte, und behauptete, daß der Türriegel, der aus seiner Halterung gerissen worden war und jetzt in tausend Teile zersprungen auf dem Fußboden lag, ihm einen Schlag auf den Kopf versetzt hätte.

»Der war sowieso vermodert«, meinte Hokanu, der sich die Splitter von der Schulter wischte. »Der hätte in seinem Zustand nicht einmal eine Ratte am Eindringen hindern können.«

Eine leichte Berührung von Arakasi gebot ihm zu schweigen. Hokanu gehorchte sofort, ohne sich über die Anmaßung zu entrüsten. Seine Augen weiteten sich, als ein großer, kräftiger, unglaublich muskulöser, in eine mit Li-Vögeln verzierte Robe gekleideter Mann den Raum betrat. »Habt Ihr nicht etwas von Wüstenblut erzählt«, murmelte er mit unterdrückter Stimme.

Arakasi beachtete Hokanus Bemerkung nicht weiter, sondern sagte zu dem Zwerg einige Worte in der Sprache der Wüstenbewohner, woraufhin die Kreatur mit ihrem Gezeter aufhörte, sich wie ein gehetztes Gazen aufrappelte und durch eine Nische in einer Seitenwand fluchtartig den Raum verließ.

»Bei den Göttern über uns«, dröhnte die Stimme des Riesen in dem femininen Gewand, »Ihr seid kein Priester.«

»Es freut mich, daß Ihr das bemerkt habt«, antwortete der Supai. »Das spart uns unnötiges Geplänkel.« Er hob die Arme, als wolle er seine Kapuze zurückschlagen. Die Ärmel rutschten zurück und enthüllten kreuz und quer um seine Unterarme geschlungene Lederriemen. Die an ihnen befestigten Messerscheiden waren leer; das, was sie normalerweise enthielten, lag wie silberne Blitze in Arakasis Händen, als er die Arme wieder senkte.

Hokanus überraschter Atemzug, daß Maras Supai Waffen aus

wertvollem Metall besaß, wurde von dem wütenden Gebrüll Korbarghs abgeschnitten. »So ist das also! Ihr seid derjenige, der meinen Lehrling getötet hat.«

Arakasi fuhr sich mit der Zungenspitze über die Zähne. »Wie ich sehe, ist Euer Erinnerungsvermögen ausgezeichnet. Das ist gut.« Er stand so starr da wie eine Steinstatue. »Dann erinnert Ihr Euch sicherlich auch daran, daß ich in der Lage bin, Euch schneller, als Ihr denken – und geschweige denn wegrennen – könnt, ein Messer ins Herz zu stoßen.« An Hokanu gewandt, fuhr der Supai fort: »Macht meinen Gürtel los und bindet ihm Hand- und Fußgelenke zusammen.«

Der Riese holte tief Luft, als ob er protestieren wollte, doch ein leichtes Zucken von Arakasis Messerhand bewog ihn dazu, es zu unterlassen. Hokanu achtete sorgfältig darauf, nicht zwischen die beiden zu geraten, als er den priesterlichen Gürtel löste. Er war aus geflochtenem Needra-Leder und stärker als zusammengedrehtes Tauwerk. Hokanu zog die Knoten so fest er konnte; die Sorge um Mara vertrieb jeden Anflug von Barmherzigkeit, was die Bequemlichkeit des Mannes betraf.

Ein großer Holzbalken stützte die Decke. In ihn waren Haken aus Horn eingelassen, um die Öllampen aufzuhängen, die die Reichen bevorzugten. Jetzt hingen nur Spinnweben an ihnen, doch im Gegensatz zu den Lederschlaufen, die die Armen für den gleichen Zweck verwendeten, waren die Haken weder verrottet noch sonstwie brüchig geworden.

Hokanu, der Arakasis Blick gefolgt war, lächelte beinahe entschuldigend. »Ihr wollt, daß ich ihn an den Handgelenken aufhänge?«

Auf Arakasis Nicken begann der Riese in einer Sprache zu kreischen, die Hokanu nicht kannte. Der Supai antwortete mit ähnlich gutturalen Lauten, wechselte dann jedoch aus Höflichkeit gegenüber dem Shinzawai in die Sprache des Kaiserreichs.

»Ihr braucht nicht auf Hilfe zu hoffen, Korbargh. Eure Frau und dieser Flegel von einem Leibwächter, den Ihr ihr mitgegeben habt, sind aufgehalten worden. In der Stadt herrscht Chaos, und unzählige Kaiserliche Weiße sind draußen unterwegs und sperren die Straßen ab, in denen sie eingekauft hat. Wenn sie klug ist, wird sie die Nacht im Schutz einer Herberge verbringen und erst morgen früh hierher zurückkehren. Mekeh, Euer Diener, versteckt sich zur Zeit hinter dem Bierfaß im Schuppen hinterm Haus. Er hat gesehen, wie Euer letzter Lehrling gestorben ist, und solange ich hier bin, wird er sich nicht aus seinem Versteck wagen – auch nicht, um Hilfe zu holen. Also frage ich Euch, und Ihr werdet mir antworten, welches Gegenmittel in der Phiole sein sollte, die mein Gefährte Euch zeigen wird.«

Hokanu zog die Fesseln stramm, band sie an einem der Haken fest und brachte das grüne Fläschchen zum Vorschein, das sie bei der Leiche des Gewürzhändlers im Lagerhaus gefunden hatten.

Korbargh war schon blaß wegen der unbequemen Haltung, dic ihm die hochgereckten Arme verursachten; jetzt jedoch wurde er schneeweiß. »Ich weiß nichts davon. Überhaupt nichts.«

Arakasi wölbte die Augenbrauen. »Nichts?« Seine Stimme klang sanft, bedauernd. »Ach Korbargh, Ihr enttäuscht mich.« Dann verhärteten sich seine Gesichtszüge. Unglaublich schnell fuhr seine Hand durch die Luft.

Stahl flog in einem glitzernden Bogen quer durch die kleine Halle. Die Klinge fuhr scharf an Korbarghs Wange vorbei, durchtrennte eine fettige Haarsträhne und grub sich mit einem trockenen Geräusch in den Stützbalken.

Mit veränderter Stimme sagte Arakasi: »Auf der Phiole sind drei Zahlen, in den Schriftzeichen der Wüste. In Eurer Handschrift. Also sprecht.« Als der Gefangene trotzig das Kinn reckte, um erneut zu leugnen, sprach Arakasi weiter. »Mein Gefährte ist ein Krieger. Seine Frau stirbt an Eurem elenden Gebräu. Soll er

Euch die einfallsreichen Methoden beschreiben, mit denen er gefangenen feindlichen Kundschaftern Informationen zu entlocken pflegt?«

»Von mir aus«, keuchte Korbargh. Seine Sturheit war noch immer größer als seine deutlich sichtbare Furcht. »Ich werde nichts sagen.«

Arakasi warf Hokanu einen schnellen Blick zu. Seine Lippen verzogen sich zu einem dünnen, kalten, gnadenlosen Lächeln. »Um Eurer Lady willen, erzählt dem Mann, wie Ihr Gefangene zum Sprechen bringt.«

Hokanu hatte verstanden, worauf der Supai hinauswollte. Er lehnte sich lässig gegen die Wand und begann zu erzählen. Als hätte er alle Zeit der Welt, beschrieb er Foltermethoden, schusterte zusammen, was er vom Hörensagen kannte oder was in den alten Schriften der Minwanabi gefunden worden war, als man das Herrenhaus für Maras Ankunft gereinigt hatte. Er erzählte die Geschichten, die normalerweise dazu dienten, die neuen Rekruten nervös zu machen, und schließlich erfand er einfach einiges. Da Korbargh nicht wie ein Mann wirkte, der über ein besonderes Vorstellungsvermögen verfügte, begann Hokanu unseligen Gefallen daran zu finden, in den unappetitlichen Details zu schwelgen.

Korbargh begann zu schwitzen. Er fummelte an seinen Fesseln herum; nicht etwa, weil er glaubte, wirklich entkommen zu können, sondern in sinnloser, verzweifelter Angst. Im genau richtigen Augenblick wandte sich Hokanu an Arakasi. »Was meint Ihr, welche Methode sollen wir zuerst ausprobieren – die heißen Nadeln oder die Brechstangen und Seile?«

Arakasi kratzte sich nachdenklich am Kinn. Seine Augen schienen den zitternden Körper des Alchemisten zu streicheln. Dann lächelte er. »Nun gut«, sagte er schleppend. Seine Augen waren kalt wie Eis. »Ihr wollt wissen, was ich meine?«

Korbargh bäumte sich in seinen Fesseln auf. »Nein!« sagte er heiser. »Nein. Ich werde Euch erzählen, was Ihr wissen wollt.«

»Wir warten«, knurrte Hokanu. »Ich denke, die Stange im Nebenzimmer, an der der Wandteppich aufgehängt ist, würde eine hervorragende Brechstange abgeben. Und ich weiß, wo wir diese fleischfressenden Insekten finden können. Es ist nicht weit ...«

»Nein! Wartet!« kreischte Korbargh.

»Dann«, warf Arakasi ein, »werdet Ihr uns das Rezept für das Gegenmittel geben, das in dieser Phiole hätte sein sollen?«

Korbargh nickte hektisch. »Sessali-Blätter, die zwei Stunden in Salzwasser gezogen haben. Süßt die Mixtur großzügig mit dem Honig der Rotbienen, damit Eure Lady die salzigen Blätter nicht erbricht. Ein kleiner Schluck. Wartet eine Minute. Noch ein Schluck. Wieder warten. Dann soll sie soviel trinken, wie sie kann. Je mehr sie davon hinunterbekommt, desto schneller wird es ihr besser gehen. Dann, wenn ihre Augen wieder klar werden und das Fieber sie verlassen hat, drei Tage lang alle zwölf Stunden eine kleine Tasse von dieser Mixtur. Das ist das Gegenmittel.«

Arakasi wirbelte herum und sah Hokanu an. »Geht«, sagte er knapp. »Nehmt die Pferde und macht, daß Ihr nach Hause kommt. Jeder Heiler besitzt einen Vorrat an Sessali-Pflanzen, und für Mara ist Zeit das Wichtigste überhaupt.«

Hokanu warf einen gequälten Blick auf die am Balken festgebundene Gestalt, die jetzt in hysterischer Erleichterung vor sich hinschluchzte.

»Ich will herausfinden, welche Verbindungen er hat«, sagte Arakasi erklärend. Doch Hokanu war bereits durch die geborstene Tür verschwunden.

Kühle Nachtluft wehte durch die Öffnung. Ein Stück die Straße hinunter torkelten zwei Betrunkene singend nach Hause. Irgend jemand schüttete einen Topf mit Waschwasser aus einem

Fenster; es platschte in die Gasse, und ein Straßenköter heulte erschrocken auf.

Arakasi stand völlig reglos da.

Von der Stille beunruhigt, reckte sich Korbargh in seinen Fesseln. »L-laßt Ihr m-mich jetzt g-gehen?« Allmählich wurde seine Stimme fester. »Schließlich habe ich Euch das Gegenmittel verraten.«

Arakasi drehte sich um. Er war nicht viel mehr als ein Schatten vor der dunklen Wand. Nur seine Augen glühten wie die eines Raubtiers, als er sagte: »Aber Ihr habt nicht gesagt, wer das Gift gekauft hat. Das Gift, das in der grünen Phiole war.«

Korbargh warf sich gegen seine Fesseln. »Es kostet mich das Leben, wenn ich Euch das erzähle.«

Lautlos ging Arakasi zu dem Gefangenen und zog das Messer aus dem Balken. Die Klinge blitzte im düsteren Licht auf – ein Gegenstand von unschätzbarem Wert in der an Metallen armen Kultur von Kelewan. Der Supai befingerte den Stahl, als würde er die Schärfe der Klinge prüfen. »Aber Euer Leben ist nichts, worüber noch verhandelt werden müßte. Das einzige, was noch zu entscheiden wäre, ist die Art Eures Todes.«

»Nein«, winselte Korbargh. »Nein. Ich kann nicht mehr sagen. Nicht einmal, wenn Ihr mich hängen würdet und die Götter meinen Geist in Schande vom Rad des Lebens stoßen würden.«

»Ich werde Euch hängen«, sagte Arakasi schnell, »es sei denn, Ihr redet; das ist gewiß. Aber eine Klinge kann einem Mann sehr, sehr weh tun, bevor schließlich ein Seil dazu benutzt wird, ihn zu töten. Es geht nicht mehr um Ehre oder Schande, Korbargh, sondern um ein schnelles, gnädiges Ende oder lange, qualvolle Schmerzen. Ihr kennt die Drogen, die den Tod angenehm machen.« Er berührte mit der Messerspitze ganz leicht den fetten Oberarm seines Gefangenen. »Und Ihr wißt auch, welche Drogen noch auf Euren Regalen stehen – Drogen, die dafür sorgen, daß Ihr Euch lange Zeit vor Schmerzen krümmt und windet, bis endlich der Tod eintritt, Drogen, die Euer Schmerzempfinden erhöhen, die verhindern, daß Ihr bewußtlos werdet, und die Euch das Gefühl geben, daß die Zeit unendlich langsam verstreicht.«

Die Augen vor Entsetzen weit aufgerissen, hing Korbargh in seinen Fesseln.

Arakasi tippte gedankenverloren mit einem Finger auf die Messerspitze. »Ich habe alle Zeit der Welt, aber ich werde keine Zeit damit vergeuden, mir Euer Schweigen anzuhören.«

»Meine Frau –« begann der verzweifelte Giftmischer.

»Wenn Eure Frau nach Hause kommt, bevor Ihr mir erzählt habt, was ich wissen will, wird sie Euer Schicksal teilen«, unterbrach ihn Arakasi. »Euer Leibwächter wird sterben, noch bevor er einen Schritt über die Türschwelle getan hat, und Ihr werdet zusehen, wie ich meine Methoden an Eurem Weib ausprobiere. Ich werde Ihr Drogen einflößen, die verhindern, daß sie das Bewußtsein verliert, und dann werde ich ihr die Haut in Streifen abziehen!« Als der große Mann voll panischer Angst zu schluchzen begann, fragte Arakasi: »Wird Euer Lehrling, der Zwerg, Euer Haus einsacken, oder wird er dafür sorgen, daß Ihr und Euer Weib angemessen bestattet werdet?« Er zuckte mit den Schultern. »Er wird alles stehlen, was sich irgendwie verkaufen läßt, das wißt Ihr genau.« Er sah sich im Raum um und fügte hinzu: »Wenn ich mir überlege, wo Ihr wohnt und was für eine Kundschaft Ihr habt, kommen mir große Zweifel, daß irgend jemand Euren Tod schnell der Stadtwache melden könnte. Es ist gut möglich, daß niemals ein Priester für Euch und Eure Frau ein Gebet sprechen wird.«

Korbargh knurrte irgend etwas Unverständliches, und Arakasi verstummte. Er trat vor, packte den Saum der Robe seines Gefangenen und schnitt einen Stoffstreifen ab. Das Gewand war zwar nicht aus Seide, aber es war überaus fein gewoben und am

Saum mit Stickereien verziert. Fachmännisch legte und drehte Arakasi den Stoffstreifen zu einem Knebel zusammen. Doch bevor er Korbargh damit knebeln konnte, begann der große Mann zu keuchen und zu jammern.

»Seid Ihr denn ein Narr? Wenn Ihr mich schon knebelt, noch bevor Ihr überhaupt mit Euren unmenschlichen Foltermethoden angefangen habt, wie kann ich Euch dann sagen, was Ihr hören wollt, selbst wenn ich mich dazu entschließen sollte zu reden?«

Arakasi ließ sich von Korbarghs Gejammer nicht ablenken, sondern rammte ihm wortlos den Stoffstreifen zwischen die Zähne. Der große Mann wand und sträubte sich, konnte aber nicht verhindern, daß Arakasi die Enden des Knebels mit einem Seemannsknoten festband. »Ich bin alles andere als ein Narr«, sagte er mit samtweicher Stimme.

Arakasi wandte sich von dem gefesselten, geknebelten Mann ab und stürzte die Treppen hinauf. Als er zurückkehrte, hatte er mehrere Phiolen in der Hand, die er Korbargh nacheinander einzeln unter die Nase hielt. »Tai-Gi-Wurzeln, um das Schmerzempfinden zu erhöhen«, begann er. »Ein Pulver aus gemahlener Jinab-Rinde, das einen Mann eine Woche lang wach hält. Sinquoi-Blätter, die dafür sorgen, daß die Zeit langsamer vergeht. Ihr werdet schon bald entdecken, daß ich all diese Substanzen genausogut kenne wie ein Heiler. Und den Umgang mit einem Messer hat mich ein absoluter Meister gelehrt. Wenn die Schmerzen beginnen, werdet Ihr noch nicht einmal Gelegenheit zum Schreien haben. Und falls Ihr Euch wünschen solltet, Euch diese Qualen doch zu ersparen und lieber zu reden – diese Chance habt Ihr bereits vertan.« So sanft, daß seinem Gefangenen kalte Schauer über den Rücken liefen, öffnete der Supai Korbarghs Robe. Er entblößte einen dichtbehaarten Bauch, der vom Genuß von zuviel San-Wein kündete, drehte sich um und verschwand kurz im angrenzenden Zimmer.

Wie ein Fisch am Haken warf sich Korbargh gegen seine Fesseln und hörte erst damit auf, als er völlig erschöpft war. Als Arakasi zurückkehrte – in der einen Hand die Öllampe, die normalerweise dem Lohnbuchhalter Licht spendete, wenn er sich um die Rechnungen kümmerte, in der anderen den Korb, den eine Dienerin für Näharbeiten benutzte –, hing der Giftmischer schlaff in seinen Fesseln.

Maras Supai stellte die Öllampe und den Korb auf einen kleinen Tisch, den er anschließend nach vorn trug und links von sich abstellte. Dann zog er ein Messer aus seiner Schärpe und überprüfte die Klinge auf irgendwelche Kratzer oder Scharten. Doch da sie aus Metall war, blitzte sie so rasiermesserscharf wie immer.

Der Gifthändler jammerte in seinen Knebel hinein, als Arakasi sagte: »Ich werde zunächst ohne Drogen anfangen. Ihr könnt Euch aber vielleicht vorstellen, was Ihr empfinden werdet, wenn ich sie Euch verabreiche.« Er trat einen Schritt nach vorn und machte zwei sorgfältige Schnitte in die oberste Hautschicht des Gefangenen, schräg vom Nabel aus auf seine Lenden zu. Blut tropfte auf die Fliesen, und Korbargh stieß einen erstickten Schrei aus. Er zappelte und trat um sich.

»Haltet still«, warnte ihn Arakasi, »ich verachte schlechte Arbeit.«

Sein Gefangener war nicht in der Position, darauf Rücksicht zu nehmen, aber das schien dem Supai gleichgültig zu sein. Er bewegte seine Hand so schnell, daß Korbarghs Gezappel keine Rolle spielte. Nach einem weiteren oberflächlichen Schnitt hob er ein dreieckiges Hautstück ab und warf es achtlos beiseite. Dann schnitt er durch die Fettschicht und legte den darunterliegenden Muskel frei, gerade so, als ob er Sektionen an einer Schule für Heiler vornehmen würde.

»Werdet Ihr jetzt reden?« fragte er im Plauderton.

Korbargh schüttelte verneinend den Kopf. Er war schweißüberströmt, Blut tropfte von seinem Bauch, und er stöhnte in seinen Knebel, doch in seinen Augen stand noch immer Kampfeslust.

Arakasi seufzte. »Nun gut. Obwohl ich Euch warnen möchte: Die Schmerzen haben noch nicht einmal richtig begonnen.« Das Messer in seiner Hand bewegte sich mit unglaublicher Präzision und zerteilte den Unterleibsmuskel seines Gefangenen.

Erneut stieß Korbargh einen erstickten Schrei aus. Ohne darauf zu achten, nahm der Supai die durchtrennten Adern und band sie mit Zwirn ab. Dann ließ er die Klinge über die jetzt offen daliegenden Eingeweide gleiten, und das Blut begann schneller zu fließen.

Der blutverschmierte Fußboden wurde schlüpfrig wie in einem Schlachthaus, und in der Luft hing der gleiche Geruch. Korbargh verlor die Kontrolle über seine Blase, deren Inhalt die Pfütze zu seinen Füßen vergrößerte.

»Und jetzt«, sagte Arakasi, und sein Schatten an der Wand ahmte seine Bewegung nach, als er sich aufrichtete und dem Gifthändler ins Gesicht sah, »habt Ihr jetzt irgend etwas zu sagen, was uns weiterbringt? Nein? Ich fürchte, dann werden wir uns jetzt den Nerven widmen müssen.«

Das Messer glitt durch lebendes Gewebe, legte einen Nervenstrang frei und kratzte daran, zunächst nur ganz leicht.

Unfähig, seinen Schmerz hinauszuschreien, bäumte Korbargh sich auf. Er rollte wild mit den Augen, und seine Zähne gruben sich tief in den feuchten Stoff des Knebels. Dann verlor er das Bewußtsein.

Kurze Zeit später zuckte sein Kopf zurück, als ihm ein stechender Geruch in die Nase drang. Während er noch verwirrt blinzelte, träufelten ihm starke Hände eine faulig schmeckende Flüssigkeit am Knebel vorbei in den Mund, wobei sie ihm gleichzeitig die Nase zuhielten, so daß er gezwungen war zu schlucken.

Die Schmerzen verdoppelten sich, wurden zu blinder, wahnsinniger Agonie. Sein Verstand hingegen wurde von einer schrecklichen Klarheit erfaßt.

»Ihr werdet jetzt sprechen«, schlug Arakasi vor. »Andernfalls werde ich bis zum Morgen mit Euch weitermachen.« Er wischte sein blutverschmiertes Messer ab, steckte es in seine Schärpe und löste die Knoten, die Korbargh am Sprechen hinderten. »Und wenn dann Euer Weib kommt, werde ich mir auch sie vornehmen, um festzustellen, ob sie etwas weiß.«

»Dämon!« keuchte der blutende Mann. »Teufel! Euer Körper und Euer Geist sollen verrotten! Ihr sollt Euer nächstes Leben als Pilz verbringen!«

Arakasi sah Korbargh einen Augenblick ausdruckslos an, griff in die klaffende, blutverschmierte Wunde und zwickte.

Korbargh stieß einen markerschütternden Schrei aus.

»Den Namen«, drängte der Supai unerbittlich.

Und dann sprudelten Worte über Korbarghs Lippen, gaben ihm die Informationen, die er suchte.

»Ilakuli«, wiederholte Arakasi, »ein Gerüchteverbreiter, der in der Straße der Sorgenvollen Träume zu finden ist.«

Der Gifthändler antwortete mit einem kaum merklichen Nicken. Er hatte zu schluchzen begonnen. »Ich glaube, er war ein Hamoi Tong.«

»Ihr glaubt es?« Arakasi seufzte, als würde er ein Kind verbessern. »Ich weiß es.«

»Was geschieht jetzt mit meiner Frau?«

»Vielleicht werden die Tong sie finden. Aber Ihr kanntet das Risiko, als Ihr zugestimmt habt, ihnen etwas zu verkaufen. Ich allerdings werde schon einige Stunden verschwunden sein, wenn sie zurückkehrt; in dieser Hinsicht wird ihr also nichts geschehen.« Mit einer einzigen schnellen Bewegung hob Arakasi die Hand und schnitt Korbargh die Kehle durch.

Er machte einen Satz zurück, als das Blut aus dem Gefangenen herausspritzte und er sich zum letzten Mal in diesem Leben aufbäumte. Blitzschnell löschte Arakasi die Öllampe, und eine gnädige Dunkelheit senkte sich über den Raum und verbarg das Gemetzel.

Arakasi arbeitete in der Dunkelheit weiter. Seine Hände zuckten krampfartig. Er schloß Korbarghs Robe und zog die Schärpe zu, damit die junge Frau des Giftmischers von den allzu blutigen Einzelheiten dieser nächtlichen Befragung verschont bliebe, wenn sie am Morgen zurückkehrte. Der Supai schnitt den Leichnam von seinen Fesseln los und legte ihn auf den Boden, als ob er sich ausruhen würde. Was das Blut anging, konnte er nichts tun. Denn bei der Suche nach der Lampe hatte er festgestellt, daß es in diesem Haushalt kein vorbereitetes Waschwasser gab. Er wischte seine Finger daher so gut es ging an einem Wandteppich ab; ansonsten hätte nur noch eine Gebetsmatte als Handtuch dienen können. Und dann, in einer Ecke von Korbarghs Schlafzimmer, gab er schließlich dem Drang nach, den er schon seit einiger Zeit bekämpfte: Er kniete sich vor einem halbvollen Nachttopf hin und erbrach sich heftig.

Er würgte noch lange, nachdem sein Magen schon längst leer war. Schließlich verließ er durch ein Fenster Korbarghs Haus. Er verspürte nicht das geringste Verlangen, noch einmal die kleine Empfangshalle zu durchqueren.

Die Straßen waren fast völlig verlassen, der Aufruhr hatte sich längst gelegt. Einige wenige Nachzügler hasteten nach Hause, schattenhafte Gestalten lauerten in den dunklen Gassen. Ein zitternder, verdreckter Priester besaß sicher nichts, was sich zu rauben lohnte, und so blieb Arakasi unbehelligt. Der kühle Nachtwind in seinem Gesicht half ihm, sein Gleichgewicht wiederzufinden. Ein kurzer Halt an einem reichverzierten Teich im Eingangsbereich eines Hauses, bei dem es sich höchstwahrscheinlich um ein Bordell handelte, ermöglichte es ihm, sich die Hände zu waschen. Unter seinen Fingernägeln klebte noch immer geronnenes Blut, doch im Augenblick war sein Magen nicht stabil genug, sie mit dem Messer zu säubern. Er lief los, und um die Alpträume zu vertreiben, die in Korbarghs Empfangshalle ihren Anfang genommen hatten, richtete er seine Gedanken auf die Informationen, die er auf eine Weise erlangt hatte, die ihn selbst anekelte.

Von Ilakuli hatte er schon gehört; es gab einen Mann in dieser Stadt, der wissen würde, wo er sich herumtrieb. Arakasi eilte weiter durch die Nacht.

Hokanu rannte. Seine zwei erschöpften Pferde führte er am Zügel neben sich her; sie waren schweißbedeckt und ihre Nüstern so gebläht, daß man die roten Schleimhäute sehen konnte. Die Angst um Mara hielt ihn auf den Beinen, obwohl seine Muskeln und Sehnen längst erschöpft waren. Er trug noch immer den Lendenschurz eines Büßers. Nur seine Sandalen hatte er sich umgeschnürt, als er bei der Herberge kurz angehalten und die Pferde und seine Kleidung abgeholt hatte. Alles andere hatte er in die Satteltaschen des rötlichen Wallachs gestopft und nicht einen einzigen Gedanken daran verschwendet, daß er – halbnackt, schmutzig und schweißbedeckt, wie er war – wie ein Bettler aussah.

Alle seine Gedanken kreisten um das Rezept für das Gegenmittel, das die letzte Hoffnung barg, seine Frau zu retten.

Nebel lag über den Niederungen und verlieh den Bäumen und Wegmarkierungen im Zwielicht kurz vor der Morgendämmerung ein geisterhaftes Aussehen. Das Gebetstor zu Ehren Chochocans ragte aus dem weißen Dunst hervor wie etwas, das dem Geisterland entstammte, das von Turakamu, dem Gott der Toten, regiert wurde. Hokanu raste unter dem Torbogen hindurch und nahm weder die Heiligenbilder in den Ecken wahr, noch die Votiv-Lampe, die ein vorbeikommender Priester angezündet hatte. Er stolperte weiter; ihn interessierte nur, daß dieses Tor das nahende Ende seiner Reise bedeutete. Nur noch eine Hügelkette und ein Hohlweg, der von seinen eigenen Leuten bewacht wurde, lagen zwischen im und den Grenzen des Acoma-Gebiets. Bei dem Wachtposten im Hohlweg würde es auch einen Läufer geben ebenso wie einen vertrauenswürdigen Offizier und einen Mann, der als Feldheiler ausgebildet war. Mit ein bißchen Glück würden die Kräuter für das Gegenmittel unter seinen Vorräten zu finden sein; und in der Küche eines jeden herrschaftlichen Haushalts gab es den Honig der Rotbienen.

Hokanu hoffte, der Gute Gott möge ihm vergeben, daß er bei seinem Durchgang kein Gebet gesprochen hatte, obwohl das Gebetstor ein solches Gebet inspirieren sollte. Aber jeder einzelne Knochen in seinem Körper schmerzte, und er keuchte vor Erschöpfung; er hatte einfach nicht genug Luft, um zu sprechen, und er wußte, daß er auf der Stelle zusammenbrechen und das Bewußtsein verlieren würde, sollte er auch nur einen Augenblick stehenbleiben. Benommen von Schwäche und Erschöpfung lief Hokanu unter dem Torbogen hindurch und tauchte in den perlmuttfarbenen Nebel dahinter ein.

Die Pferde spürten den Hinterhalt lange vor ihm.

Der große Wallach blieb schnaubend stehen, und die Stute scheute. Der plötzliche Ruck versetzte Hokanu einen Stoß nach vorn, und er keuchte verzweifelt. Doch der Pfeil, der aus einem Dickicht am Straßenrand abgefeuert worden war, verfehlte ihn um etliche Zentimeter und fuhr weiter hinten in den Boden, ohne Schaden anzurichten.

Sofort rammte Hokanu dem Wallach seinen Ellbogen in die Seite, worauf das Tier sich wie verrückt um sich selbst zu drehen begann. Die wild schnaubende Stute bockte, und der Wallach wieherte schrill und keilte aus. Hokanu riß sein Schwert aus der Scheide am Sattel. Im Schutz der nervösen, unruhigen Tiere zog er sich unter den Torbogen von Chochocans Gebetstor zurück.

Er durfte nicht davon ausgehen, daß nur ein einziger Mann im Hinterhalt lag. Er sandte ein kurzes Stoßgebet an den Guten Gott, verbunden mit dem innigen Wunsch, daß wer immer ihm hier aufgelauert hatte, nicht mit den Pferden von der barbarischen Welt vertraut war, denn die Tiere waren seine einzige Chance, am Leben zu bleiben.

Immer noch mit dem Führungszügel aneinandergebunden, traten die Pferde vor dem Torbogen weiter um sich; der Wallach versuchte zur Verteidigung um sich zu beißen, während die Stute sich in panischer Angst hin und her wand, sich aufbäumte und kurz davor stand, durchzugehen. Hokanu nahm an, daß kein Attentäter, der auf Kelewan geboren worden war, es wagen würde, sich an diesen ausschlagenden Hufen vorbeizudrücken, um in den Torbogen zu gelangen und ihn gefangenzunehmen. Die einzige Möglichkeit der Attentäter bestand darin, das Gebetstor zu umgehen und ihm von der anderen Seite in den Rücken zu fallen. Doch, Chochocan sei Dank, welcher längst verstorbene Lord von den Minwanabi es auch gewesen sein mochte, der dieses Gebetstor zu Ehren des Guten Gottes errichtet hatte, er hatte keine Kosten gescheut. Das Tor war wuchtig, aus Stein und Fachwerk gebaut und wegen seiner enormen Höhe mit Strebebögen versehen. Es besaß komplizierte Reliefs, kostbare, vergoldete Türmchen und eine Vielzahl von inneren Wölbungen, Nischen und Gebetswinkeln. Sechs Bogenschützen konnten sich darin verbergen und den Durchgangsverkehr ernsthaft behindern, was ohne Zweifel auch der wirkliche Grund hinter der Geste der Ergebenheit gewesen war.

Hokanu konnte für eine derartige Pietätlosigkeit jedoch jetzt nur dankbar sein, als er den Schutz der verschreckten Pferde verließ und begann, an den kannelierten Verschnörkelungen hochzuklettern und sich dann Hand über Hand an einem Balken hochzuziehen, der unterhalb der Dachsparren entlanglief. Er schwang sich nach oben und duckte sich in eine Nische, in der das gemalte Bildnis der Glückseligkeit hing. Leise vor Erschöpfung keuchend, quetschte sich Hokanu in den schmalen Schattenstreifen. Wenig später lehnte er sich mit dem Rücken gegen die Nische und starrte mit weit geöffneten und doch blinden Augen vor sich hin, verzweifelt bemüht, wieder zu Atem zu kommen. Ein Augenblick verging, der eine Ewigkeit zu dauern schien. Als die Benommenheit von ihm wich, bemerkte der Sohn der Shinzawai, daß das Gesicht über im hohl war. Die Rückseite war wie eine Schießscharte angelegt, mit Löchern in den Augenhöhlen, so daß ein im Verborgenen auf der Lauer liegender Mann jeden beobachten konnte, der unter dem Gebetstor hindurchschritt – gleichgültig, ob er kam oder ging.

Wäre Hokanu nicht so außer Atem gewesen – und durch den Attentäter noch immer in Lebensgefahr –, hätte er am liebsten laut aufgelacht. Nicht einmal die Religion vermochte sich im Kaiserreich dem Spiel des Rates zu entziehen. Offensichtlich hatten frühere Lords der Minwanabi hier Beobachter stationiert gehabt, die den Landsitz lange vor ihrer Ankunft vor Besuchern warnen oder auch nur die zufällig auf der Straße vorbeiziehenden Händler und Reisenden ausspähen konnten. Doch welche List auch immer einst von dieser Stelle ausgegangen sein mochte – jetzt konnte Hokanu die Gunst des Augenblicks nutzen. Er packte den Stützbalken, der die Maske in ihrer Nische festhielt, zog sich in die leere Höhlung dahinter und warf dann durch die Augenlöcher einen Blick nach draußen.

Die Stute und der Wallach tänzelten immer noch nervös herum, mittlerweile durch den Führungszügel hoffnungslos miteinander verheddert. Eines der Pferde hatte anscheinend gegen einen Stützpfeiler ausgetreten, denn in einer der Karyatiden, die den Eingangsbogen trugen, war deutlich eine Delle in der Form eines Pferdehufes zu erkennen. Plötzlich drehten sich die Tiere gleichzeitig in eine Richtung; der Wallach schnaubte. Dann starrten beide in die Nacht, angespannt, die Ohren lauschend nach vorn gerichtet. Vom Verhalten der Pferde gewarnt, sah Hokanu Bewegung in den Schatten auf der anderen Seite des Gebetstors.

Dunkel gekleidete Gestalten schlichen dort in breiter Formation heran. Die vorderen drei trugen Bögen; zwei weitere folgten als Rückendeckung. Doch zur großen Erleichterung des Mannes, den sie jagten, ließen sie ihre Blicke nur über die unteren Ecken und Winkel des Gebetstors schweifen.

Die Stute entdeckte die Männer früher als der Wallach. Sie warf ihren Kopf mit solcher Wucht zurück, daß der Zügel riß, und raste mit einem Schnauben auf der Straße davon. Die Angst trieb sie zum Galopp, ihr Instinkt wies ihr die Richtung nach Hause zum Stall. Die schwarzgekleideten Männer wichen vor ihr zur Seite und formierten sich danach neu. Der Wallach, wesentlich träger als die Stute, beäugte die Männer, die Ohren und den Schwanz wachsam aufgestellt. Dann schüttelte er den Kopf, daß die Mähne flog, rieb sich an einem Träger der eingedellten Karyatide eine juckende Stelle an seinem Hals und trottete schließlich einige Schritte davon, um am Straßenrand zu grasen.

In der dunklen, klammen Höhlung des Gebetstors wurde es vollkommen still. Die Bestürzung versetzte Hokanu einen Stich. Seine Lungen lechzten nach dem anstrengenden Lauf immer noch nach Luft, und jeder Versuch, ruhiger zu atmen, machte ihn sofort gefährlich benommen. Vor eine unangenehme Entscheidung gestellt, entschied er sich, lieber entdeckt zu werden und zu kämpfen, anstatt das Bewußtsein zu verlieren und seinen Feinden die Möglichkeit zu geben, ihn bewußtlos gefangenzunehmen.

Die fünf Angreifer hörten ihn sofort. Sie erstarrten wie

Hunde, die ein Wild aufgestöbert hatten, und richteten ihre Blicke auf das Versteck ihrer Beute. Dann streiften zwei ihren Bogen von der Schulter. Die übrigen drei nahmen Verteidigungspositionen ein, während die ersten beiden am Gebetstor hochzuklettern begannen.

Hokanu drehte sein Schwert um und schleuderte es wie einen Speer. Die Waffe traf den kräftigeren der beiden Männer von oben in die Kehle, fuhr hinter seinem Brustbein entlang und durchbohrte sein Herz. Zum Schweigen gebracht, bevor er auch nur einen einzigen Schrei ausstoßen konnte, fiel er mit einem dumpfen Geräusch zu Boden; der Wallach am Straßenrand zuckte erschreckt zusammen und hob den Kopf. Eher unbewußt nahm Hokanu wahr, daß das Pferd nervös um einen Pfeiler auf der anderen Seite des Gebetstores herumtänzelte. Er war viel zu sehr damit beschäftigt, sich wieder hinzuwerfen und in Deckung zu gehen, als drei Pfeile auf sein Versteck zuzischten. Einer grub sich mit einem trockenen Geräusch in einen Balken, die anderen beiden rissen Splitter aus dem Ohr der Glücksmaske, bevor sie sich in das Fachwerk bohrten. Hokanu griff nach dem Messer, das er schon die ganze Zeit in seinem Lendenschurz versteckt hatte. Er zog sich so weit in die Höhlung zurück, wie es seine Größe zuließ, und griff mit der linken Hand nach oben, um einen der Pfeile aus dem Holz zu ziehen.

Eine schwarzgekleidete Gestalt tauchte auf, ein schemenhafter Umriß vor dem Hintergrund der Verstrebungsbalken, die den Innenraum des Gebetstors stützten. Hokanus Messer zischte durch die Luft und bohrte sich in den Hals des Mannes; mit einem gurgelnden Geräusch stürzte er rücklings in die Tiefe. Sein Kumpan war nicht so dumm, ihm zu folgen, sondern duckte sich und griff nach seinem Bogen. Hokanu sah die Pfeilspitze in der Düsternis schwach aufblitzen. Seine Haut prickelte angesichts der Gewißheit, daß ihn jeden Augenblick ein Pfeil durchbohren würde.

Er drehte den Pfeil in seiner Hand herum, so daß er damit zustechen konnte, und machte sich bereit, auf den Bogenschützen loszustürmen.

Von unten erklang eine barsche Stimme. »Du brauchst dich nicht zu beeilen. Nagle ihn nur in seinem Versteck fest. Oridzu wird die andere Statue hochklettern und ihn von oben erledigen.«

Mit einem elenden, flauen Gefühl in der Magengegend stellte Hokanu fest, daß seine Deckung ihn nur vor einem Angriff von unten schützen würde. Doch links und rechts ragten die Statuen des Gottes so weit in die Höhe, daß sie einem Bogenschützen, der dort hinaufkletterte, einen eindeutigen Vorteil verschaffen würden. Sollte er versuchen, sich vor einem Angriff von oben zu schützen, so würde er ein leichtes Ziel für den Bogenschützen unter dem Gebetstor abgeben. Noch schlimmer – und eine grausame Ironie des Schicksals – war das Wissen, daß die Rezeptur des Gegenmittels, das Mara retten könnte, mit ihm sterben würde. Arakasi hatte keinen Grund daran zu zweifeln, daß er es sicher nach Hause geschafft hatte. Hokanu verfluchte die Eile, mit der er Kentosani verlassen hatte; er hatte nicht eine einzige Minute dafür opfern wollen, eine Eskorte zusammenzustellen. Dabei hätte er zumindest Söldner anheuern können, wenn er schon nicht die Zeit gehabt hatte, Soldaten aus Maras Stadthaus oder dem seines Vaters anzufordern. Jede Art von bewaffneter Unterstützung hätte diesen Hinterhalt vielleicht vereiteln können.

Aber er hatte auf eine Eskorte verzichtet, hatte allein auf die Geschwindigkeit gesetzt, mit der er dahinrasen konnte, wenn er auf dem fremdartigen Pferd aus dem Königreich ritt. Die Tiere waren weit schneller als der flinkste Läufer, und Hokanu hatte Maras Leben über sein eigenes gestellt.

Jetzt würde Mara für seine Torheit bezahlen. Sie, die letzte der Acoma, würde sterben und niemals erfahren, wie nah der Mann, der sie liebte, daran gewesen war, ihr das Gegenmittel zu bringen.

Hokanu fluchte, als die verstohlenen Geräusche sich leise bewegender Männer an sein Ohr drangen. Nicht nur einer, sondern zwei Attentäter hatten damit begonnen, die Statuen zu erklettern. Von beiden Seiten würde er mit Pfeilen gespickt werden, und in Anbetracht der verdrehten Denkweise der Minwanabi traute er es dem toten Lord zu, daß auch hinter anderen Reliefs und Schnitzereien des Gebetstors verborgene Schießscharten angelegt worden waren. Es war gut möglich, daß er von Pfeilen durchbohrt wurde, ohne die Angreifer überhaupt zu sehen.

In die Enge getrieben und vor Erschöpfung und Wut zitternd packte Hokanu voller Verzweiflung den Pfeil, der seine einzige Waffe war. Er machte sich bereit, auf den Mann loszugehen, der ihn in seinem Versteck festnagelte. Er würde sterben, aber vielleicht könnte er noch einen weiteren Angreifer mit in die Hallen Turakamus nehmen. Doch als er sich straffte, um sich von der Wand abzustoßen, zischte ein Pfeil heran. Er warf sich flach auf den Boden, aber es war zu spät. Mit einem dumpfen Geräusch grub sich der Pfeil bis zum Knochen in seine Hüfte.

Der Schmerz war so groß, daß Hokanu die Zähne fletschte, während er versuchte, einen Schrei zu unterdrücken. Furchtbare Schmerzen und eine glühende Wut schienen alles in ihm zu verbrennen – und sein Geist erlangte eine beinahe übernatürliche Klarheit. Er packte den Pfeilschaft und brach ihn ab. Die anschließende Agonie ließ ihn unwillkürlich zusammenzucken; die Schmerzen trieben ihm Tränen in die Augen. Ein zweiter Pfeil bohrte sich dort ins Holz, wo gerade eben noch seine Brust gewesen war. Auf ein Knie gestützt, tastete er mit blutverschmierten Fingern herum, um etwas zu finden, an dem er sich festhalten und aufrichten konnte. Sein verletztes Bein war durch den Schock nutzlos geworden, während das unverletzte völlig verkrampft schien.

Doch wie durch ein Wunder schloß sich seine Hand um das geglättete Ende eines kleinen Balkens, abgerundet und geschliffen wie ein Griff. Hokanu zog eine Grimasse. Er sammelte noch einmal all seine Kräfte, um sich emporzuziehen, und stieß einen überraschten Schrei aus, als der Griff sich quietschend drehte und nach unten nachgab.

Er ist nicht richtig festgemacht, dachte er voller Panik. Er hörte kaum den Einschlag, als sich ein weiterer Pfeil knapp neben seinem Ohr ins Holz bohrte. Völlig erschöpft spürte er, wie er abwärts zu rutschen begann, als ein Teil der Wand nachgab …

Aber natürlich! dachte er. Plötzlich rauschte das Blut wieder heiß durch seine Adern, und er lachte laut auf. Der namenlose alte Minwanabi-Lord hatte einen Notausgang für seine Spione einbauen lassen, und er hatte zufällig den Auslöser entdeckt. Die Falltür klappte nach außen, zog ihn aus der Dunkelheit und dem Kreuzfeuer feindlicher Bogenschützen in eine perlmuttfarbene Morgendämmerung.

Seine Füße waren vom Balken gerutscht, als sich der Boden weit geöffnet hatte; jetzt hing er nur noch mit einer Hand am Auslöser der Falltür festgeklammert in der Luft. Der Sprung war eine Kleinigkeit für einen gesunden Mann, kaum dreieinhalb Meter. Doch mit einer Pfeilspitze in der Hüfte fürchtete Hokanu, daß der Sturz ihn töten oder ihm zumindest das Bewußtsein rauben könnte.

Er ließ den nutzlosen Pfeil fallen, trat um sich und wand sich, doch es gelang ihm nicht, sich noch irgendwo anders festzuhalten. Seine Wunde schmerzte gewaltig, und seine Augen tränten.

Ein schwarzgekleideter Krieger tauchte hinter der Nische auf, die Hokanu gerade verlassen hatte. Mit behandschuhten Händen setzte er einen neuen Pfeil auf die Sehne und begann, langsam den Bogen zu spannen.

Keuchend warf Hokanu einen Blick nach unten, nur um zu sehen, wie ein Ring aus Feinden von allen Seiten zusammenströmte. Das einzige, was sie noch daran hinderte, wild drauflos zu stürmen, war der Wallach, der mit am Boden schleifenden Zügeln am Straßenrand stand und graste. Das Pferd war harmlos, doch die Attentäter erinnerten sich noch zu gut daran, daß die Tiere zuvor nervös ausgekeilt, geschnaubt und sich aufgebäumt hatten, und so blieben sie vorsichtig. Das Pferd sah die Attentäter näher kommen und trottete von ihnen weg, bis es genau unter Hokanu stand.

»Chochocan segne dich«, murmelte Hokanu halb schluchzend. Er ließ los.

Der Sturz drehte ihm den Magen um, und der Schlag, mit dem er auf dem Sattel aufprallte, ließ ihn beinahe bewußtlos werden. Die Schmerzen in der Hüfte wurden von dem Anschlag auf seine Männlichkeit weit in den Schatten gestellt. Der Wallach schnaubte, riß erstaunt den Kopf hoch, und ging unter der Wucht des Aufpralls in die Knie.

»Lauf los, du Hundefutter!« brüllte Hokanu. Sein Schrei sollte nicht nur das Pferd antreiben, sondern war auch ein Ventil für seine ungeheuren Schmerzen. Er warf sich nach vorn und krallte sich mit beiden Händen in der Mähne fest. Obwohl er halb aus dem Sattel herausgerutscht war und ein Bein an der Flanke des Wallachs herunterhing, hämmerte er dem Tier die andere Ferse in die Seite und zwang es auf die Beine.

In diesem Augenblick begannen die Bogenschützen zu schießen. In Hals, Schulter und Kruppe getroffen, bockte der Wallach, aber noch immer lächelte das Glück auf Hokanu herab. Die Bewegung warf ihn hoch und gab ihm die Gelegenheit, sein gesundes Bein um das Seitenblatt des Sattels zu schwingen. Dann explodierte der Wallach förmlich und begann in Richtung seines heimischen Stalls zu galoppieren.

Die ruckartigen Bewegungen drohten Hokanu abzuwerfen. Benommen und betäubt vor Schmerzen klammerte er sich fest.

Seine Hände krallten sich so sehr in die Mähne des Pferdes, daß die Fingerknöchel weiß wurden, und sein Blut tropfte zu Boden, vermischte sich mit dem seines Reittiers. Er versuchte sich richtig hinzusetzen, um besser das Gleichgewicht halten zu können, aber sein verletztes Bein hinderte ihn daran, sich vollständig in den Sattel zu ziehen. Er war doch nicht deshalb so weit gekommen, dachte er mit zusammengebissenen Zähnen, um jetzt alles durch einen Sturz vom Pferd zunichte zu machen.

Aber langsam und unerbittlich rutschte er immer weiter ab, bis sein Fuß im Straßenstaub schleifte. Dann begann das Pferd zu stolpern. Ein, zwei, drei Drehungen hielt er sich noch fest. Dann gaben seine Hände nach. Sein Körper rutschte endgültig zur Seite –

Und wurde von kräftigen Händen in Stulpenhandschuhen aufgefangen und völlig unzeremoniell aus der Vorwärtsbewegung gerissen.

»Verdammt!« brüllte Hokanu, und dann krachte er auf den Boden. Der Schmerz machte sich in einem markerschütternden Schrei Luft. Alles wurde schwarz, dann blendend weiß, und er hörte Stimmen.

Eine dieser Stimmen war die von Lujan.

»Attentäter«, brachte Hokanu keuchend heraus, »sie verfolgen mich.«

»Sie sind bereits tot, Mylord«, sagte Maras Kommandeur knapp. »Haltet still, Ihr blutet.«

Hokanu zwang sich, die Augen zu öffnen. Der Himmel über ihm schien zu verschwimmen, unglaublich grün und ohne den kleinsten Nebelfetzen. Die ersten Strahlen der aufgehenden Sonne tauchten die Gesichter seiner eigenen Patrouille in goldenes Licht.

»Wir sahen, wie die Stute angerast kam – reiterlos«, sagte jemand. »Daraus schlossen wir, daß es auf der Straße Ärger gegeben haben mußte. War Arakasi bei Euch?«

»Nein«, keuchte Hokanu. »Er ist in Kentosani. Hört zu.« Und er schaffte es, trotz seiner Schmerzen das Rezept für das Gegenmittel herunterzubeten, das die einzige Hoffnung für Maras Rettung war.

Mit seiner in vielen Jahren im Feld gewonnenen Erfahrung befahl Lujan dem schnellsten Soldaten, die Rüstung abzulegen und mit den von Hokanu gerade erteilten Anordnungen zum Heiler zu rennen. Während der Mann schon loseilte und um ihn herum die Soldaten in hektische Betriebsamkeit ausbrachen, klammerte sich Hokanu grimmig an sein letztes Fünkchen Bewußtsein.

Weitere Männer wurden losgeschickt, um eine Sänfte zu besorgen, mit der Lady Maras verletzter Ehemann zum Landhaus getragen werden konnte, während die Welt vor Hokanus Augen abwechselnd verschwamm oder sich in schmerzhafter Klarheit präsentierte. Er hörte, wie Stoff zerrissen wurde, spürte den Wind an seiner schmerzenden Hüfte, als Lujan die Wunde freilegte.

»Mylord«, sagte der Kommandeur der Acoma, »diese Pfeilspitze sollte sofort herausgeschnitten werden, damit die Wunde nicht zu eitern beginnt.«

Hokanu holte tief Luft. »Ihr werdet gar nichts mit dieser Pfeilspitze tun«, sagte er keuchend. »Nicht bevor ich wieder an der Seite meiner Lady bin und mit eigenen Augen gesehen habe, daß das Gegenmittel wirkt.«

»Wie Ihr wünscht, Mylord.« Der Kommandeur der Acoma erhob sich, schroff und voller Hast. »Patrouillenführer«, rief er seinem Unteroffizier zu, »nehmt Euch vier Männer und baut eine Trage. Lord Hokanu möchte so schnell wie möglich zu seiner Frau gebracht werden.«

Neun

Das Wunder

Der Himmel wurde dunkel.

Diener traten auf leisen Sohlen in Maras Zimmer, um die Läden zu schließen und die Lampen anzuzünden. Als sie ihre Aufgabe beendet hatten, verneigten sie sich stumm vor ihrer Herrin, die reglos und totenblaß auf ihren Kissen lag. Dann verschwanden sie und ließen Hokanu allein an ihrem Bett wachen, in einer Stille, die an seinen Nerven zerrte.

Sieben Stunden waren vergangen, seit sie das Gegengift erhalten hatte, und noch immer war keine Besserung eingetreten. Weder zuckten Maras Augenlider im Schlaf noch wurde ihre Atmung schneller oder langsamer. Als die Dämmerung zunahm und der matte Schimmer der Lampe seine Frau aus der Düsternis hervorhob, begann Hokanu zu zweifeln. Was, wenn Korbargh sie angelogen und in die Irre geführt hatte, indem er ihnen ein falsches Gegenmittel gegeben hatte? Was, wenn der Hinterhalt am Gebetstor seine Ankunft um jene entscheidenden Minuten verzögert und die Medizin Mara zu spät erreicht hatte? Was, wenn die Götter sich gegen sie gestellt hatten und alles, was sie in ihrem Leben vollbracht hatten, durch ein längst festgelegtes Schicksal nutzlos wurde?

Der Schmerz seiner Pfeilwunde und die Sorge um Maras Zustand verstärkten Hokanus Verstörtheit. Er litt unter dem Bedürfnis, etwas tun zu wollen, obwohl nichts mehr getan werden konnte, und nahm Maras Hand in die seine. War es Einbildung, oder war ihre Haut wirklich weniger feucht? Oder wurde sein eigener, erschöpfter Körper jetzt fiebrig und heiß, weil die unversorgte Wunde an der Hüfte zu eitern begann? Zweifel folgten den Unsicherheiten, und um den Kreislauf sinnloser Angst zu durchbrechen, versuchte Hokanu etwas zu sagen.

»Mara«, begann er. Die Leere des Raumes unterstrich noch seine Einsamkeit. »Mara.« Vergeblich suchte er nach Worten; doch alles war gesagt, die endlosen Entschuldigungen, die Beteuerungen seiner Liebe. Daß das Leben einer Frau, die selbst soviel Leben in sich trug, durch die armselige Politik in Gefahr war, schien die grundsätzlichen Fehler der tsuranischen Gesellschaft nur noch zu unterstreichen: Fehler, die zu ändern Mara sich und die Acoma verpflichtet hatte. Hokanu schloß die Augen, um die Tränen zurückzuhalten, unsicher, ob seine Schwäche von dem tiefen Bedauern herrührte oder von seiner Wunde.

Er hätte nicht sagen können, wie lange er reglos dagesessen hatte, Gefühle bekämpfend, die der Frau unwürdig waren, die auf der Schlafmatte mit dem Tod rang. Doch als es an der Tür klopfte und er den Kopf hob, sah er, daß es draußen bereits Nacht und vollkommen dunkel war.

»Herein«, rief er, benommen von der plötzlichen Bewegung. Er erinnerte sich, daß er an diesem Tag noch gar nichts gegessen hatte; sicherlich war das der Grund.

Lujan trat herein und verneigte sich kurz. Obwohl er normalerweise um diese Zeit keinen Dienst mehr gehabt und sich beim abendlichen Essen bereits entspannt hätte, trug er noch immer seine Rüstung und das einfache Schwert, das er im Feld bevorzugte. Er war voller Staub und roch nach Schweiß, als er sich aufrichtete, den Lord mit einem durchdringenden Blick ansah, während er auf die Erlaubnis zu sprechen wartete.

Hokanu machte eine schwache Handbewegung.

»Mylord?« Der Ton der Frage war ungewöhnlich für den Kommandeur der Acoma.

Sicher würde jetzt eine taktvolle Frage bezüglich seines eigenen Gesundheitszustands kommen, dachte Hokanu und versteifte sich. Seine Hand schloß sich fester um Maras, und er sagte ein wenig barsch: »Ihr wollt Bericht erstatten?«

Lujan reckte das Kinn. »Ich nahm mir die Freiheit, einen Sondertrupp von Kundschaftern unter unserem Zweiten Kommandeur Irrilandi auszuschicken.« Der frühere Kommandeur der Minwanabi hatte schon Patrouillen in diesen Bergen befehligt, als Lujan noch nicht einmal geboren war.

Hokanu bedeutete dem Offizier der Acoma fortzufahren.

»Die Patrouille griff einen kleinen Trupp auf, der sich für einen Überfall bewaffnet hatte. Es kam zu einer Auseinandersetzung. Die meisten der Feinde sind tot, doch zwei wurden lebend gefangengenommen. Einer war bereit zu reden. Es scheint, als wären die fünf Bogenschützen, die Euch überfielen, nur Kundschafter gewesen. Sie hatten die Straße ausspionieren sollen, um den Ort für einen besseren Hinterhalt auszuwählen. Doch sie hatten nicht damit gerechnet, daß Ihr auf einem Pferd und in solcher Geschwindigkeit kommen würdet. Sie wurden überrascht und mußten sich schnell etwas einfallen lassen. Die anderen Männer, die sich als Banditen verkleidet hatten, waren noch nicht an Ort und Stelle, und es scheint, als hätte Euch nur die Gunst der Götter am Leben erhalten.«

Halb verwirrt durch seine schmerzende Wunde nickte Hokanu. »Konntet Ihr herausfinden, wer die Mörderbande beauftragt hat?«

Lujan zögerte, ehe er antwortete. Seine Augen blieben auf den Lord gerichtet, und blanke Sorge lag in ihnen, als er seine Daumen hinter seinem Gürtel vergrub. »Jiro«, meinte er schließlich. »Der Beweis ist eindeutig. Der Lord der Anasati steckt dahinter.«

Hokanu blinzelte, um seinen Kopf freizubekommen. »Dann wird er sterben müssen.«

»Nein. Hokanu, du darfst so etwas nicht einmal aussprechen. Wie können wir uns gegen das Edikt der Versammlung der Magier stellen?« murmelte eine schwache Stimme von den Kissen.

Lujan und Hokanu wirbelten herum.

Mara hatte die Augen geöffnet, sie wirkten klar und groß in dem abgespannten Gesicht. Ihre Finger verkrampften sich zitternd, umschlungen von der Hand ihres Mannes. »Wie können wir Jiro töten, wenn die Erhabenen die Blutfehde verboten haben?«

»Den Göttern sei Dank!« rief Hokanu. Er neigte sich über seine Frau und küßte sie auf die Wangen, obwohl die Bewegung ihn benommen machte. »Meine geliebte Mara, wie fühlst du dich?«

»Ziemlich verärgert«, gestand Mara. »Ich hätte es besser wissen müssen und die Schokolade nicht probieren sollen. Meine Gier, noch ein Handelsmonopol zu bekommen, hat mich beinahe umgebracht.«

Hokanu streichelte ihre Hand. »Ruh dich jetzt aus. Wir sind glücklich, daß du wieder bei uns bist.«

Mara zog die Stirn in Falten. »Was ist mit dem Baby? Was ist aus unserem Sohn geworden?« Ein Blick in Hokanus Gesicht sagte ihr alles, was sie wissen mußte. Sie schlang die Arme um sich und schloß die Augen. »Zwei Söhne«, flüsterte sie. »Zwei Söhne sind tot, und wir dürfen keine Vergeltung üben.« Der Satz schien ihr auch die letzte Kraft zu rauben, denn sie sank in tiefen Schlaf, die Zornesröte immer noch auf den Wangen.

Bedienstete betraten sofort das Krankenzimmer, als die Lady eingeschlafen war. Ein Heiler zeigte ihnen, wie sie Maras Bettzeug lüften sollten, und ließ sie die Dochte in den Lampen löschen. Lujan wartete nicht auf Anweisungen, sondern trat zu Hokanu und zog ihn mit seinen starken Armen von Maras Seite.

»Kommandeur!« knurrte der Lord der Shinzawai gereizt. »Ich kann allein gehen! Ihr seid für heute entlassen.«

Lujan antwortete mit seinem entwaffnendsten Grinsen. »Ich stehe im Dienst meiner Lady, Lord Hokanu. Heute werde ich von einem Shinzawai keine Befehle entgegennehmen. Wenn Ihr einer meiner Krieger wärt, würde ich Euch geradewegs verbieten, mit einer solchen Wunde noch zu gehen. Und um die Wahrheit zu sagen: Ich fürchte den Zorn meiner Lady noch mehr. Ich werde dafür sorgen, daß Ihr den Arzt aufsucht, damit er die Pfeilspitze entfernen kann. Es würde Mara nichts nützen, wenn Ihr an Jiros Machenschaften sterben solltet, während sie schläft.« Sein Ton war beinahe unverschämt, doch in seinen Augen stand tiefe Dankbarkeit gegenüber dem Mann, der die Frau gerettet hatte, die ihnen beiden alles bedeutete.

Der Arzt legte die blutbefleckten Instrumente beiseite und schaute von der Arbeit auf. Er begegnete Lujans Blick. Das Licht brachte den Schweiß auf seinem Gesicht zum Glänzen und offenbarte seine Anstrengung. »Nein, das Licht reicht«, sagte er heiser. »Ich kann genug sehen, um zu arbeiten.«

»Dann ist die Prognose nicht gut«, flüsterte Lujan. Seine Hände blieben ruhig und fest auf Hokanus Bein; es war nicht nur für den verletzten Mann eine Beruhigung, sondern auch für den Heiler, der nicht mit einem unangebrachten Zucken rechnen mußte. Hokanu war mit San-Wein mit einem Schuß narkotisierender Kräuter benommen gemacht worden und begriff möglicherweise nicht gut genug, wo er war oder was geschah, um seiner Ehre zu genügen und sich still zu verhalten. Doch wie verwirrt das Bewußtsein eines Mannes auch sein mochte, sein Geist blieb klar. Wenn die Neuigkeiten schlecht sein würden, brauchte Hokanus Wallum, sein inneres Selbst, nichts davon zu erfahren, bevor er sich genügend erholte und seine Selbstbeherrschung wiedererlangt hatte.

Doch entweder hatte Lujan nicht leise genug gesprochen, oder

der verwundete Mann war nicht willens, sein Bewußtsein so weit aufzugeben, um geschont zu werden. Hokanu schüttelte schwach den Kopf. »Wenn etwas nicht in Ordnung ist, möchte ich es sofort wissen.«

Der Heiler wischte seine Hände an einem Tuch ab. Er strich sich auch über die Stirn, obwohl es im Krankenzimmer nicht heiß war, warf Lujan einen sorgenvollen Blick zu, und als der nickte, sah er Maras Mann an. »Die Pfeilspitze ist entfernt, Lord. Doch sie steckte tief im Knochen, und Eure Bewegungen haben viel Schaden angerichtet. Sehnen und Bänder sind beschädigt, einige so sehr, daß meine Fähigkeiten sie nicht retten können.« Er fügte nicht hinzu, daß die Wunde tief war und die Verletzungen eine Infektion verursacht hatten. Er würde Umschläge machen, doch das war alles, was er tun konnte.

»Wollt Ihr damit sagen, daß ich nie wieder gehen werde?« Hokanus Stimme zitterte nicht, doch in ihr lag die Schärfe eines Befehls.

Der Heiler seufzte. »Ihr werdet gehen können, Lord. Doch Ihr werdet niemals wieder eine Schlacht anführen. Ihr werdet hinken, und Euer Gleichgewicht ist beeinträchtigt. In einem Kampf würde jeder Feind es bemerken und könnte Euch schnell töten. Mylord, Ihr dürft niemals mehr eine Rüstung tragen.« Er schüttelte mitleidsvoll den grauhaarigen Kopf. »Es tut mir leid. Das ist das Beste, was ich versprechen kann.«

Hokanu wandte sein Gesicht der Wand zu; er war absolut still. Er ballte nicht einmal die Hände zu Fäusten; seine Wut und sein Schmerz blieben verborgen. Doch Lujan, der ebenfalls ein Krieger war, kannte seine Gedanken: daß er trotz allem der Erbe seines Vaters war und den Shinzawai als Kommandeur gedient hatte. Es war nicht gut für einen Mann, der den Mantel eines großen Hauses erben würde, wenn er ein Krüppel war. Lujan spürte das winzige Zittern der Sehnen unter seinen Händen. Sein Herz verkrampfte sich, doch er durfte kein Mitleid zeigen, wenn Hokanus verzweifelte Bemühung um Würde nicht umsonst sein sollte.

Der Mann, den Mara geheiratet hatte, bewies wieder einmal seine innere Stärke. »Beginnt mit Eurer Arbeit, Heiler«, sagte er. »Näht zusammen, was Ihr könnt, und um der Liebe der Götter willen, gebt mir nichts mehr von dieser Wein-Mischung. Ich möchte bei vollem Bewußtsein sein, wenn meine Lady aufwacht.«

»Dann rückt die Lampe zurecht«, murmelte der Heiler. »Ich werde so schnell machen, wie ich kann.«

»Bester Diener, hierbei kann ich vielleicht helfen«, erklang eine ruhige Stimme aus Richtung der Tür.

Der Heiler zuckte überrascht zusammen, die Hände schon beinahe bei seinen Instrumenten. Lujan ließ in anfänglicher Verärgerung beinahe Hokanus Bein los. »Ich habe den Wachen auf dem Gang doch erklärt, daß ihr Lord nicht gestört werden darf. Unter keinen Umständen.« Er drehte sich halb um und holte schon Atem, um den nachlässigen Soldaten zur Rede zu stellen, als er entsetzt innehielt.

Der verhutzelte Mann in der derben, braunen Robe, der am Rande des Lampenscheins stand, war kein Diener, sondern ein Priester Hantukamas, des Gottes des Heilens. Lujan hatte bereits einmal einen gesehen – an dem Tag, als Keyokes Leben gerettet worden war, trotz vieler im Kampf erlittener Verletzungen und einer gefährlichen Beinamputation. Er erkannte den Orden des Fremden an dem rasierten Halbkreis am Hinterkopf und an dem kompliziert geflochtenen Zopf, der von seinem Nacken hing. Da ihm klar war, wie schwierig es war, die Dienste eines solchen Priesters für sich zu gewinnen, warf sich Lujan zu Boden wie der niedrigste Küchenjunge, um für seine gedankenlose Anrede zu büßen.

»Vergebt mir mein schlechtes Benehmen, guter Priester. Ich begrüße Euch im Namen meiner Mistress. Mein ungehobeltes Verhalten ist nur eine armselige Spiegelung der Ehre dieses Hauses.«

Der barfüßige Priester trat lautlos vor. Sein sonnengebräuntes Gesicht ließ nicht darauf schließen, daß er sich gekränkt fühlte, und mit tiefem Mitgefühl berührte er den Soldaten an der Schulter. »Ihr wärt ein schlechter Wächter, wenn Ihr nicht dafür sorgen würdet, daß Euer Herr und Eure Herrin unbelästigt bleiben, jetzt, wo beide verletzt sind.«

Lujan preßte sein Gesicht weiterhin gegen den Boden. »Guter Priester, wenn Ihr gekommen seid, um zu helfen, spielen meine Gefühle gegenüber den Bedürfnissen des Lords und meiner Lady keine Rolle.«

Jetzt runzelte der Priester die Stirn, und ein besorgter Ausdruck trat in das Gesicht, das gewöhnlich gelassen war. Er bückte sich und bedeutete Lujan mit einem festeren Griff an der Schulter, sich aus seiner unterwürfigen Haltung zu erheben. »Im Gegenteil«, meinte er nachdrücklich. »Vor dem Angesicht meines Gottes sind der Geist und die Gefühle eines jeden Menschen gleich. Euer Fehlverhalten sei Euch vergeben, ehrbarer Soldat. Geht jetzt. Überlaßt mich meiner Aufgabe mit Eurem Herrn und wacht an der Tür mit größer Wachsamkeit.«

Lujan salutierte dem Priester kurz mit der Faust über dem Herzen und verschwand wie befohlen. Der Heiler deutete eine knappe Verbeugung an und wollte ebenfalls den Raum verlassen. Doch der Priester hielt ihn zurück, als er an Hokanus Bett trat. »Mein Novize ist noch ein Junge und zu müde von der Reise, um mir zu assistieren. Er schläft, doch wenn ich meinem Gott dienen will, brauche ich Hilfe.«

Der Priester stellte seine Tasche ab. Er nahm die schweißnassen Finger des verletzten Mannes in seine Hand und blickte Hokanu in die Augen. »Sohn meines Gottes, wie geht es Euch?«

Hokanu nickte schwach; es war alles, was er zustande brachte.

»Es geht mir gut genug. Gesegnet sei Euer Gott und Chochocans Gunst, daß er Euch zu diesem Haus führte.« Er holte schwerfällig Luft und zwang seine Stimme, trotz der Schmerzen nicht zu zittern. »Wenn ich vorschlagen darf, möchte ich Euch bitten, nach meiner Lady zu sehen. Sie braucht Euch dringender als ich.«

Der Priester verzog die Lippen. »Nein. Ich behaupte, daß es nicht so ist« – er hob die Hand und wehrte Hokanus Proteste ab –, »und ich treffe die Entscheidungen. Ich habe die Gute Dienerin bereits gesehen. Ich bin hergekommen, um ihr zu helfen, denn die Anhänger meines Gottes anerkennen ihre Liebe zu ihrem Volk und die Opfer, die sie ihm bringt. Doch sie wird auch ohne den Segen Hantukamas gesunden. Ihr habt das Gegengift noch zum richtigen Zeitpunkt gebracht.«

Hokanu schloß die Augen; seine Erleichterung war beinahe greifbar. »Ich bin dankbar, daß es ihr wieder bessergehen wird.«

»Es wird ihr wieder bessergehen.« Der Priester hielt inne, und plötzlich sah sein Gesicht sorgenvoll aus. Als suchte er bedächtig nach den richtigen Worten, fügte er hinzu: »Doch Ihr als ihr Mann solltet wissen, daß sie nur noch eine Schwangerschaft haben wird. Das Gift hat großen Schaden angerichtet, und dies war das Beste, was die Heilkräfte meines Gottes zuließen.«

Hokanu öffnete schlagartig wieder die Augen, und sie wirkten schwarz im flackernden Schein der Lampe. Er hielt die Beherrschung aufrecht und unterdrückte seinen Ärger darüber, daß seine Lady nicht so viele Kinder haben konnte, wie sie sich wünschte, um sowohl ihr Geschlecht als auch seines zu sichern. »Dann ist das genug, guter Priester.«

Stille senkte sich über die Kammer; der Heiler stand reglos da aus Achtung vor den Gefühlen seines Herrn. Das Zischen der Öllampe vermischte sich mit dem Wispern des Windes draußen vor dem Laden, und aus einiger Entfernung erklangen die Schritte eines Kriegers beim Wachwechsel. Der Sommer war vorbei, und so schwiegen die Amphibien am Ufer; nur Insekten ließen in der weichen Wärme der Nacht ihr Lied erklingen.

In diese Stille hinein sprach der Priester Hantukamas. »Lord Hokanu, es ist nicht genug.«

Maras Ehemann wandte ihm mit einiger Anstrengung den Blick zu und versuchte, die benebelnde Wirkung des Weins abzuschütteln. Er blickte den schlanken, kleinen Priester an und richtete sich halb auf. »Was sonst könntet Ihr von mir wollen, das ich nicht bereits gegeben habe?«

Der Priester Hantukamas seufzte und lächelte dünn. »Es ist so, daß Ihr zuviel gebt, Sohn meines Gottes. Eure Liebe und Hingabe Eurer Lady gegenüber verbraucht alles, was Ihr habt und was Ihr seid. Ihretwegen hat der Erbe der Shinzawai sein Bein riskiert, und ihretwegen würde er sein Leben opfern, wenn das ihres retten könnte. Ich behaupte als die Stimme meines Gottes, daß dies zuviel ist.«

Jetzt färbten sich Hokanus Wangen rot vor Ärger. »Welche Ehre läge darin, wenn ich lieber mich retten würde als Mara?«

Der Priester drückte ihn mit sanftem, aber festem Griff wieder in die Kissen zurück. »Sie benötigt Eure Rettung nicht«, sagte er unverblümt. »Sie ist die Gute Dienerin des Kaiserreiches und Lady der Acoma. Sie hat ihre eigene Kraft und Stärke. Sie benötigt Euch als Vertrauten und Kameraden, nicht als einen Schild.«

Hokanu holte tief Luft und setzte zu einer Antwort an. Der Priester schüttelte ihn energisch, und er keuchte vor Unbehagen. »Ihr seid in den Augen des Kaiserreiches und meines Gottes nicht geringer als sie. Der Fortbestand dieser Nation und das bessere Leben, das das Licht des Himmels allen versprochen hat, hängt ebenso von Euch als Erben des Hauses Shinzawai ab wie von ihr. Ihr spielt eine Hauptrolle in diesem veränderten Spiel des Rates. Das müßt Ihr verstehen.«

Zu schwach, um sich zu streiten, sank Hokanu zurück. »Ihr

klingt, als würdet Ihr die Zukunft kennen«, sagte er müde. »Was seht Ihr, das wir nicht sehen?«

Doch der Priester wollte es nicht sagen. Statt dessen trat er zur Seite und legte seine Hände auf die Haut neben der Wunde an Hokanus Hüfte. Mit sanfter, aber fester Stimme wandte er sich an den Heiler. »Öffnet meine Tasche, guter Heiler. Wenn dieser Mann aufstehen soll, ohne zu hinken, steht uns eine lange Nacht voller Arbeit bevor – und die Notwendigkeit, den Segen meines Gottes herbeizurufen.«

Arakasi befand sich auf einer Barke flußabwärts nach Kentosani, als er von dem Anschlag auf Hokanu erfuhr und davon, daß Mara sich wieder erholte. Der Bote erschien kurz nach der Morgendämmerung während eines Halts zum Laden von frischem Obst. Er kam mit den Sklaven an Bord, die Jomach-Kisten aufluden, und schlüpfte unbemerkt zwischen die vielen Passagiere, die je einen Centi für eine ungemütliche Fahrt bezahlten. Drei Familien von umherziehenden Obstarbeitern waren auf der Barke, zwei schäbige Bettler, die aus Kentosani verjagt worden waren, weil sie dort ohne offizielle kaiserliche Lizenz gebettelt hatten, und ein Gildenläufer mit einem geschwollenen Knöchel, der sich unterwegs in den Süden befand, um einen Onkel um Aufnahme zu bitten, solange seine Verletzung nicht verheilt war.

Arakasi saß zwischen zwei festgebundenen Fässern, die dunkle Kapuze tief ins Gesicht gezogen. Da er so schmutzig wie ein Bettler aussah und so zwielichtig wie ein Dieb von der Straße, hatten die Bauernfrauen mit ihren nörgelnden Kleinkindern einen großen Bogen um ihn gemacht. Der Neuankömmling fand genug Platz neben ihm und teilte ihm flüsternd die Neuigkeiten vom Landsitz der Acoma mit.

Die Augen geschlossen, den Kopf gegen ein Faß gelehnt, sah es so aus, als würde der Supai schlafen; Holzkohle hatte seine Fingernägel schwarz gefärbt, und er hatte Schorf am Kinn. Er roch, als hätte er sich seit vielen Tagen nicht gewaschen. Doch seine Ohren hörten nur zu gut. Nach einem Augenblick, während seine Gedanken rasten, murrte er schläfrig, rollte auf die Seite und antwortete so leise wie möglich.

»Ich werde an der Flußgabelung nicht von Bord gehen. Tragt der Kontaktperson auf, einen Gruß an unseren Herrn und unsere Herrin zu überbringen. Wenn ich benötigt werde, soll das Netz mit dem Juwelensetzer neben dem Trophäenhändler in Sulan-Qu Kontakt aufnehmen. Ihr werdet den Laden an dem Haruith-Schädel auf dem Hinweisschild erkennen.«

Der Bote drückte kurz zur Bestätigung die Hand des Supai. Dann machte er ein Geräusch, als würde er sich ekeln, beugte sich zu den nächstbesten Passagieren und begann, für eine obskure Priesterschaft von Lulondi, dem Gott der Bauern, zu werben.

»Verschwinde, Abschaum«, blaffte das belästigte Opfer. »Ich mag kein Gemüse, und die Fliegen auf dieser Reise reichen auch ohne Euer Gemecker!«

Der Bote verbeugte sich, wobei er unachtsam seinen Ellbogen gegen das Knie einer Bäuerin stieß. Sie verfluchte ihn und trat mit dem Fuß gegen sein Schienbein.

Die Störung erweckte die Aufmerksamkeit des Bootsmeisters. »Ihr da! Seid endlich ruhig, sonst lasse ich euch über Bord werfen!«

Die Bauersfrau protestierte laut. »Dieser Abschaum hier bettelt. Hat er überhaupt für seine Reise bezahlt?«

Der Barkenmeister fluchte, stampfte zu ihnen und blickte düster auf den sich ehrerbietig verbeugenden Mann, auf den die Bäuerin mit dem Finger zeigte.

»Du da! Schmutziger, verseuchter Kerl! Hast du einen Centi für die Reise?« Der Barkenmeister hielt die Hand auf; er schwitzte vor Ärger.

Der Mann murmelte mitleiderregend vor sich hin. »Um der Güte Lulondis Segen willen, ich bitte Euch, laßt mich bleiben.«

Der Bootsmeister runzelte die Stirn und schnippte mit den Fingern. »Ich werde dir den Segen Lulondis sofort erteilen.« Auf sein Zeichen erhoben sich zwei Ruderer von ihrem Ruheplatz an der Reling. Sie hatten Muskeln wie Ringer, als sie auf krummen Beinen vortraten und sich vor ihrem Bootsmeister verneigten. »Schmeißt ihn über Bord«, befahl der Mann angeekelt. »Und nicht allzu sanft. Er dachte, er könnte als blinder Passagier mitfahren.«

Die Ruderer grinsten breit. Sie schnappten sich das Opfer an den Handgelenken, hoben den Mann hoch und warfen ihn über Bord.

Er landete mit einem Klatschen im schmutzigen Wasser, das so hoch aufspritzte, daß der Unterstand des Obstverkäufers naß wurde, der an der Bordwand befestigt war. Die Sklaven stießen ihn mit den Paddeln weg, und die Barkenmannschaft, die Passagiere an Deck und die Zuschauer am Ufer lachten, als der Unglückselige sich von seiner Robe befreite und wie ein Wassernagetier zum trockenen Ufer schwamm.

»Lulondis Segen, allerdings«, grunzte der Barkenmeister. Er drehte sich um, in Gedanken schon wieder ganz bei seinen Geschäften, und trat über den schnarchenden Arakasi, ohne ihn auch nur eines Blickes zu würdigen.

Zwei Tage später verließ Maras Supai die Barke in Sulan-Qu. Unbemerkt schritt er am Ufer entlang. Die Straßen waren nahezu verlassen, die Geschäfte in der Mittagszeit geschlossen. Die wenigen Herumtreiber schliefen entweder im Schatten der Fenstermarkisen oder Balkone, oder sie stocherten auf der Suche nach etwas Eßbarem im Abfall in der Gosse herum. Arakasi ging zum Haus der Sieben Sterne, einem Freudenhaus, das hauptsächlich von wohlhabenden Edlen mit einem etwas außergewöhnlichen Geschmack besucht wurde. Unter einem mit küssenden Putten verzierten Bogen einer Hintertür klopfte er in einem vorgeschriebenen Rhythmus. Die Tür öffnete sich, und eine unglaublich fette Frau voller Perlen- und Corcara-Ketten zog ihn ins Innere des Gebäudes.

»Bei den Göttern«, murmelte sie mit einer Stimme, die so tief wie die eines Mannes war, »müßt Ihr immer nach Abfall stinken, wenn Ihr kommt? Wir haben Kunden, die Anstoß daran nehmen könnten.«

Arakasi strahlte sie an. »Nun, Bubara, sagt mir nicht, Ihr hättet das ganze Badewasser mit Kekali-Blättern und Citrus schon so früh am Tag aufgebraucht?«

Die Puffmutter grunzte. »Wohl kaum. Die Mädchen und Jungen müssen gut riechen.« Sie schob ihren schwabbeligen Arm durch einen Vorhang, und ein nacktes, taubstummes Kind, dessen Haut die Farbe von Chocha-la-Bohnen hatte, eilte heraus und verbeugte sich vor ihr.

Sie gab Arakasi ein Zeichen und nickte.

Der kleine Junge sah den schmutzigen Besucher an, legte den Kopf schief und grinste erfreut, als er ihn wiedererkannte. Ohne sich um den Geruch zu scheren, ergriff er die holzkohleverschmierte Hand und führte den Supai davon.

Arakasi fuhr dem Jungen durch die Haare und holte aus einer verborgenen Tasche ein Cho-ja-Bonbon. Der Junge lächelte und zeigte eine bemitleidenswert große Lücke, wo in seinem Alter eigentlich hätten Zähne sein sollen. Er gab ein leises Stöhnen der Zufriedenheit von sich und neigte immer wieder die Stirn bis zu den Fäusten nach unten, um so seinen Dank auszudrücken.

Arakasi gab ihm noch zwei Münzen. »Jemand sollte dir etwas zum Anziehen kaufen«, murmelte er und hielt den Jungen am Ellenbogen fest, als dieser sich unterwürfig auf den Boden werfen wollte. Er tätschelte wieder den Kopf des Jungen und winkte ihn davon, da er diesen Weg schon viele Male gegangen war und wußte, welches Zimmer er suchte.

Er ging den Korridor entlang, berührte eine bestimmte Schnitzerei, die eine verborgene Tür entriegelte, und stieg die schmalen, im Dunkel liegenden Stufen zu einem kleinen Raum unter dem Dachvorsprung hinauf, während der Junge hinter ihm die geliebten Geschenke an sich preßte und sich viele unbemerkte Minuten lang auf den schönen Teppichen herumdrückte.

In dem engen Zimmer, das wegen der von der Mittagssonne aufgeheizten Schindeln glühend heiß war, wühlte Arakasi in einer Reihe verschiedener Kisten mit Kleidungsstücken aller Art, von mit Perlen versehenen glitzernden Roben bis zum Kittel eines Feldarbeiters. Er wählte eine orange-violette Livree und ein Paar staubige Sandalen mit einem Loch in der Spitze des linken Schuhs. Dann warf er seine ungewaschenen Gewänder in eine andere Kiste, die aussah, als enthielte sie Bettlerlumpen, und ging nur mit dem befleckten Lendenschurz bekleidet den Weg zurück, um es sich in der Badewanne der Puffmutter gutgehen zu lassen.

Eine Stunde später rutschte er in den Amtsräumen der Geldverleihergilde auf den Knien herum, eine Bürste und einen Eimer in der Hand. Der Nachmittagsbetrieb war wieder aufgenommen worden, und obwohl er übermäßig lang brauchte, um die Fliesen um den Schreibtisch des Angestellten am Gang zu reinigen, sagte niemand etwas dazu. Die Kaufleute pflegten ihn mit einem Tritt aus dem Weg zu scheuchen, wenn sie kamen und gingen, besonders wenn sie mit der Zahlung geliehener Gelder in Rückstand geraten waren oder ihr Wunsch nach einem Kredit einem Unglück entsprungen war: Möglicherweise war eine Karawane an Banditen verlorengegangen, oder eine Seidenlieferung war durch Nässe verdorben.

Die Auseinandersetzungen wurden in der Hitze des Nachmittags gewöhnlich feuriger, und niemand bemerkte, daß der Diener mit sich redete, während er die Fliesen schrubbte.

Nur der Buchhalter hörte es, der den Kopf zur Seite neigte, während er Ziffern abschrieb.

»... muß die Hundescheiße wegmachen«, grunzte Arakasi. »Es sollte verboten werden, daß die Schoßhündchen der großen Ladys in den Straßen ihre Haufen machen dürfen.« Er schniefte, verfluchte seinen schmerzenden Rücken und fuhr in genau demselben Singsang fort. »Beleidigt meine Nase, dieser Gestank. Und hast du gemerkt, ob der rote Junge irgendwelche Nachrichten für verdammtes Geld rausgeschmuggelt hat? Noch mal Scheiße in meinem Waschwasser, und ich habe keine Lust mehr, den Eimer nachzufüllen.«

Der Buchhalter strich sich den Schweiß von der Stirn, nahm eine Tafel von der Ecke seines Tisches und machte sich eine Notiz. Dann schob er sie zu einem anderen Stapel mit Tafeln, die voller radierter Stellen und Kreidestaub waren. Er trat mit dem Fuß so kräftig zu, daß er dem Mann, der die Fliesen schrubbte, einen harten Schlag in die Rippen versetzte. »Hier, du. Mach die da sauber.«

Arakasi zupfte an seiner Stirnlocke und preßte die Nase auf die nassen Fliesen. »Wie Ihr wünscht, Herr, wie Ihr wünscht.« Er nahm die Tafeln, schlurfte davon, um einen Lappen zu holen, und begann mit der ihm aufgetragenen Aufgabe. Sein Gemurmel hörte nicht auf, und auch der Tonfall blieb gleich, selbst als er zu der Tafel mit der verschwommenen Bemerkung kam. Angesichts der Symbole und verschlüsselten Zeichen auf der einen Seite konnte er den Wischlappen kaum noch ruhig halten. Dreimal hin und her, und die Tafel war leer, die Symbole und Daten seinem Gedächtnis übergeben. Äußerlich war ihm nichts anzumerken, doch sein Herz schlug plötzlich doppelt so schnell.

Denn »roter Junge« war der Kodename für die Anasati und der Buchhalter ein sorgfältig eingesetzter Agent. Die ausgetauschten Informationen hatten große Summen in Metall bedeutet, die der Erste Berater der Anasati ausgegeben hatte. Dies war nicht zum Zwecke eines Handels geschehen; einen solchen hätte der Hadonra unterzeichnet. Eine der Summen war geborgt worden, kurz vor der Zeit von Arakasis gefährlichem Erlebnis in dem Seidenlager. Konnte es sein, daß die beiden Ereignisse miteinander zusammenhingen? Und die anderen beiden Daten vor kurzer Zeit waren möglicherweise Zahlungen an die Hamoi Tong, Blutgeld für Attentate.

Arakasi polierte die letzte Tafel und schlurfte zurück zum Tisch des Buchhalters. Er fuhr fort, den Boden zu wischen und fluchte laut, als der Buchhalter mit einem Stück Thyza-Papier auf den Mülleimer zielte und ihn verfehlte. Das zerknitterte Papier landete neben Arakasi auf den geputzten Fliesen. Er hob es auf, verneigte sich unterwürfig und steckte es in den Papierkorb. Doch ein zweites Stück verschwand in seiner Handfläche und dann in seinem Lendenschurz.

Er erduldete die Tritte und Stöße der Kaufleute, während er den Gang schrubbte, bis er Schutz in einer entfernten Ecke fand.

Kurz bevor geschlossen werden sollte, als die Stimmen am lautesten und die anwesenden Personen am angespanntesten waren, erschien ein aufsehenerregend gekleideter Kaufmann am Tisch des Buchhalters, der Arakasis Agent war. Er ließ seinen Blick rasch im Zimmer umherschweifen, sah, daß alle Angestellten beschäftigt waren, und stellte eine Frage.

Der sichtbar nervös gewordene Buchhalter ließ die Kreide sinken. Arakasi tauchte seine Bürste in den Eimer und machte sich an einer neuen Stelle auf dem Boden zu schaffen, doch er neigte den Kopf dabei so, daß er unter seinem Arm hindurch die Unterhaltung am Tisch des Buchhalters deutlich mitverfolgen konnte.

Die beiden Männer unterhielten sich einige Minuten. Unsichtbar für jene, die standen – doch nicht für einen auf dem Boden knienden Diener –, wechselten Münzen den Besitzer. Der Kaufmann blickte nach links und rechts, die Augen glänzend vor Erregung.

Arakasi unterdrückte vor sich hin murmelnd ein Stirnrunzeln. Wo habe ich diesen Mann schon einmal gesehen? fragte er sich. Wo? Und nach einiger Zeit begriff er, der außerordentlich fähig darin war, unwichtige Einzelheiten von wichtigen zu trennen, egal wie nebensächlich sie auch gewesen sein mochten.

Er begriff mit einem Gefühl höchster Erregung, daß der als auffälliger Kaufmann verkleidete Mann kein anderer war als Chumaka, der Erste Berater der Anasati!

»Bei Chochocans Gunst«, murrte er. »Dieser verdammte Boden nimmt kein Ende.« Er zog den Eimer etwas zur Seite und versperrte dadurch den Weg zur Toilette. Einen Augenblick später erhielt er wieder einen Stoß in die Rippen, als der Buchhalter, dem Ruf seines Körpers folgend, über ihn stolperte.

»Elender Tolpatsch!« Er bückte sich, um ihm zur Strafe noch einen Schlag zu versetzen, und stieß zwischen zwei Flüchen hervor: »Der Kaufmann wollte wissen, ob jemand sich für die Konten der Anasati interessiert hat. Ich habe ihm gesagt, daß mehrere zwielichtige und zweifelhaft aussehende Gestalten mir zu diesem Zweck Bestechungsgelder angeboten haben, nur um ihn etwas nervös zu machen.«

Arakasi unterdrückte ein Grinsen und preßte das Gesicht gegen den Boden, wie es sich für einen Sklaven, der sich entschuldigte, gehörte. »Es tut mir leid, Herr, es tut mir leid. Das sind verdammt interessante Neuigkeiten, und vergebt mir meine Unbeholfenheit, ich bitte Euch.«

»Nichts ist dir vergeben!« rief der Buchhalter. »Raus auf die Straße mit dir! Schrubb die Treppe! Und achte darauf, falls irgendwelche Straßenbälger an den Säulen zur Gasse hin Wasser gelassen haben, wenn du schon dabei bist.«

Arakasi verbeugte sich und schlich dann hastig durch die Tür nach draußen. Doch obwohl er die besten Straßenkinder aufforderte, die Spur des Kaufmanns aufzunehmen, konnte Chumaka nicht gefunden werden.

Gegen Sonnenuntergang mußte Maras Supai dem Mann einige Schlauheit zugestehen. Er war besorgt. Ihn fröstelte bei dem Gedanken, daß er im gegnerischen Lager auf einen Mann getroffen war, dessen Fähigkeiten sich mit seinen messen konnten, wenn es um Täuschung, List und Tücke ging. Denn Jiro hatte nicht nur geschworen, Mara zu vernichten, er war auch noch das gefährlichste Mitglied der Traditionalisten, die den Kaiser zu Fall bringen wollten. Andere mochten in ihrem Widerstand offener sein, doch Arakasi zweifelte nicht daran, daß Jiro sich einen Vorteil dadurch zu verschaffen suchte, daß er andere seine Wünsche aussprechen ließ. Die Fortschritte, die sie in ihrem Bemühen gemacht hatten, einen in Stagnation verfallenen Staat zu ändern, waren in größter Gefahr. Als es Abend wurde, eilte Arakasi durch dämmrige Straßen zum Haus der Sieben Sterne. Er mußte seine Identität erneut verändern und sofort zu seiner Herrin zurückkehren. Denn auch wenn er in seinem Bemühen, die Hamoi Tong auszulöschen, in eine Sackgasse geraten war, hatte er andere beunruhigende Neuigkeiten, die die politischen Angelegenheiten im Kaiserreich betrafen. Noch unangenehmer war seine zufällige Entdeckung, daß Chumaka, der Erste Berater, aus irgendeinem Grunde das Bedürfnis hatte, seine Spuren zu verwischen.

Welcher von seinen Spionen, fragte sich Arakasi besorgt, war entlarvt worden?

Zehn

Zwischenspiel

Mara war unruhig.

Die Folgen der Vergiftung vergingen ihr zu langsam. Zwei Monate waren seit dem Vorfall verstrichen, und immer noch war sie zu schwach, um reisen zu können. Sie betrachtete die Nachmittagssonne, die Streifen auf den Teppich in ihrem Arbeitszimmer warf, und runzelte die Stirn. Sie sollte in der Heiligen Stadt sein, bei der halbjährlichen Versammlung der Vertrauten und Berater des Kaisers. Die Gesundheit von Frasai von den Tonmargu, dem Kaiserlichen Oberherrn, ließ immer mehr zu wünschen übrig; manche flüsterten hinter verstohlener Hand, daß er langsam senil werde. Die Gerüchte entbehrten jeder Grundlage, doch selbst in seinen starken Jahren als Clanlord hatte der Lord der Tonmargu mit unsicherer Hand regiert, indem er stets versuchte, alle Parteien zufriedenzustellen. Mara machte sich Sorgen. Frasais Autorität bröckelte, und dem Kaiserlichen Kanzler Kamatsu, Hokanus Vater, setzten die Traditionalisten mit Angriffen zu, die nicht nur seinen eigenen Wohlstand bedrohten, sondern auch den seiner Verbündeten und Unterstützer. Nur zu leicht konnte sich die Versammlung dieses Herbstes in ein Schlachtfeld verwandeln.

Die blutigen Tage, als das Spiel des Rates noch unter einem Kriegsherrn gespielt wurde, lagen noch nicht lange genug zurück, um schon vergessen zu sein.

Mara schlug mit ihrer kleinen Faust in einer ungewöhnlichen Zurschaustellung von Wut und Verzweiflung auf den Tisch und erhob sich, um auf und ab zu gehen. Daß sie zu schwach war, um ohne die Hilfe eines Stockes zu gehen, ärgerte sie zusätzlich. Die Bediensteten, die sich um sie kümmerten, selbst der Botenjunge an der Tür, wandten ihre Gesichter ab, als sich mit beschämender Offenheit die Gefühle auf dem Gesicht ihrer Herrin widerspiegelten.

Doch heute war sie zu verzweifelt, um Mühe darauf zu verschwenden, die tsuranische Fassade aufrechtzuerhalten. Wäre Kevin, der midkemische Barbar noch hiergewesen, hätte er sie deshalb sicher aufgezogen. Mara spürte einen Stich an einer Stelle, von der sie geglaubt hatte, daß sie bereits verheilt wäre. »Verflucht sei dieser Mann«, murmelte sie und stampfte zur Betonung mit dem Stock auf.

Eine sanfte Stimme erklang mit leichtem Tadel aus Richtung der Tür. »Das Kaiserreich wird nicht auseinanderfallen, nur weil es seiner geliebten Guten Dienerin zu schlechtgeht, um an der Ratsversammlung teilzunehmen.« Hokanu trat ein; er trug wenig mehr als eine vom Schweiß der Kampfübungen feucht gewordene Überrobe. Das leichte Humpeln war beinahe ganz verschwunden. Als Mara sich wütend zu ihm umdrehte, hielt er ihre Hände fest. Sie hatte keine Kraft; seine Finger konnten ihre Gelenke mühelos umklammern, so dünn war sie, und er mußte aufpassen, daß er ihr keine blauen Flecken zufügte. Seine Stimme war daher auch viel fester als sein Griff. »Mylady, Lord Hoppara wird darüber wachen, daß die Situation nicht außer Kontrolle gerät. Die Ratsversammlung wird nicht auseinanderbrechen, nur weil du nicht dabei bist.«

Sie schaute auf, und ihre Augen funkelten. »Hör auf, mich zu behandeln, als wäre ich aus Glas. Du und ich, wir wissen beide, daß die Traditionalisten boshafte Intriganten sind, und nicht einmal die Hälfte dessen, was geschieht, vollzieht sich in der Halle des Rates. Verhandlungen werden geführt, Ziele gesetzt und Bedingungen vereinbart, und viele, die sonst Vorsicht walten lassen, werden es nicht tun, *weil ich nicht da bin!*«

Hokanu lächelte, ließ ihre Hände los und strich eine offene Haarsträhne zurück. Als er sie unter die vermutlich richtige Jade-Nadel zurückschob, verbarg er seinen Schmerz darüber, daß ihre Haare ihren sanften Glanz verloren hatten und ihre Haut nicht mehr wie Perlmutt schimmerte. Ihre tänzerische Geschmeidigkeit war während der vielen Wochen auf dem Krankenbett verschwunden. Sie wirkte immer noch verhärmt, und nicht einmal Lujan konnte sie dazu bewegen, sich während der heißen Nachmittage auszuruhen. »Lassen wir die kaiserliche Politik einmal beiseite, mein hübscher Vogel. Ich habe mir die Freiheit genommen, deine Zofen zusammenzutrommeln. Du hast Besuch.«

»Gütige Götter, Staatskleidung?« Maras Wut verwandelte sich in Ärger. »Ich werde ersticken. Wessen Vater ist diesmal gekommen, in der Hoffnung, daß die Berührung meiner Robe ihm hilft, vielversprechende Ehemänner für seine vom Schicksal benachteiligten fünf Töchter zu finden?«

Hokanu lachte, umschlang ihre Taille und zog sie in seine Arme. »Wie zickig wir heute wieder sind. Wußtest du, daß Jican von einem Kaufmann angesprochen wurde, der ihm Metall für deine abgelegte Kleidung bot? Er wollte aus den Fetzen Schleifen nähen und als Andenken verkaufen.«

Mara versteifte sich. »Das hat Jican mir nicht erzählt!«

»Er wußte –« begann Hokanu und grunzte, als die abgemagerte Frau in seinen Armen mit dem Ellbogen gegen sein Zwerchfell stieß. Er veränderte ihre Lage, daß sie nicht in die Nähe des blauen Flecks kam, den er sich bei den Übungen geholt hatte, und fuhr mannhaft fort: »Dein Hadonra hat es dir nicht gesagt, weil er wußte, daß du den armen Mann von deinem Anwesen peitschen lassen würdest, und er hielt das für eine unangebrachte Gastfreundschaft, selbst für einen groben Intriganten.«

Als ihr Mann auf den Gang trat, sprach Mara ein Wort aus, das sicherlich das ehrfürchtige Bild befleckt hätte, das das gewöhnliche Volk von ihr hatte. Dann stieß sie ihrem Mann gegen den Arm. »Also wer ist jetzt dieser Besuch, den anscheinend ihr beide – Jican und du – für geeignet haltet, daß ich ihn sehen darf?«

Ein Grinsen zeigte sich auf Hokanus gutaussehendem Gesicht. »Du wirst dich zurechtmachen wollen. Es ist Lady Isashani von den Xacatecas.«

»Hier?« Maras Stimme klang schrill vor Bestürzung. Sie streckte die Hand aus und fingerte besorgt in ihren Haaren herum.

Da dies das erste Mal seit der Fehlgeburt war, daß sie sich um ihr Aussehen sorgte, dankte Hokanu im stillen der provokanten Schönheit, die in Maras bestem Zimmer auf sie wartete. Vielleicht würde die Lady der Acoma nach dem heutigen Tag Vernunft annehmen und aufhören, die Kräfte zu verschleudern, die sie für ihre Heilung und endgültige Wiederherstellung benötigte. Der Heilpriester hatte erklärt, daß das Gegengift Mara direkt vor den Toren der Halle des Roten Gottes weggeholt hatte und daß es drei Monate voller Entspannung und Ruhe dauern würde, bis sie sich wieder ganz erholt hätte. Doch Maras Gefühlszustand war nach dem Tod eines weiteren Kindes – und beinahe auch ihrem eigenen – alles andere als ausgeglichen. Hokanu fürchtete, es würde länger als drei Monate dauern, ehe seine Frau wieder so wie früher sein würde.

Als Mara sich in seinen Armen wand, spürte Hokanu schmerzhaft, daß nicht nur ihre Gesundheit gelitten hatte. Wenn er nicht bald ein heißes Bad nahm, würde er unangenehm steif in den Knochen werden. Sie verstand seine Grimasse.

»Du darfst dich nicht zu lange mit dem Bad aufhalten, mein Lieber. Wenn Isashani kommt, werden Listen und Intrigen wie immer eine große Rolle spielen. Wir werden ein hübsches Gesicht benötigen, um Informationen aus ihr herauszulocken, und da ich kein Mann und Favorit von ihr bin, nehme ich dich bei deiner Ehre, als Mann der Lady der Acoma dabei zu sein.«

Hokanu war nicht so müde von seinen Übungen und verstand die Feinheiten gut genug, um die Angst nicht zu überhören, die in der Stimme seiner Frau mitschwang. »Was besorgt dich, Lady? Gewöhnlich bist du begeistert über einen Besuch von Lady Isashani.«

Mara schaute ihn an; in der Dunkelheit des Korridors wirkten ihre Augen tiefschwarz. »Das Große Spiel«, murmelte sie. »Es führt zu häufig zu Blutvergießen, und wieder gibt es Gerüchte über eine Intrige gegen den Kaiser.«

Hokanus Gesicht verhärtete sich. »Ich werde dasein. Doch nach meinem Bad, und wenn deine Dienerinnen die Möglichkeit hatten, deine äußere Erscheinung aufzufrischen.« Bedrohliche Politik mochte der Grund hinter dem Besuch der Lady der Xacatecas sein; doch Hokanu wollte verflucht sein, wenn er die Möglichkeit verstreichen ließ, daß Mara von der Einsicht und dem scharfen Verstand der früheren Herrscherin der Xacatecas profitierte.

Die prächtigen Gewänder, die Mara zu Ehren ihres Gastes angelegt hatte, ließen sie wie ein Gespenst erscheinen. Sie betrat den Raum mit kleinen, gesetzten Schritten, aber nicht um besonders zierlich zu erscheinen, sondern weil sie so schwach war. Der Glanz ihrer Smaragde und des Jadeschmucks überwog den ihrer Augen, und die Verbeugung vor der großen Frau, die in violettgoldfarbenen Roben auf sie wartete, fiel zwangsläufig knapp aus. Mehr Ehrerbietung hätte mit einem Kniefall auf dem Boden geendet, und ihr störrischer Stolz hinderte sie daran, sich von einem Diener begleiten und stützen zu lassen.

Als Lady Isashani von den Xacatecas sich von den Kissen erhob, rauschte eine Unmenge vorzüglicher Seide, und der Duft ihres Parfums verteilte sich im Raum. Ihre Augen waren tiefbraun und auf exotische Weise schräg: Die rotbraunen Haare hatten silbrige Strähnen, und in dem Thyza-Puder, mit dem sie ihre ausdrucksvollen Wangenknochen betonte, mußten Stückchen von gemahlenem Perlmutt sein. Die kleinen Partikel schimmerten hin und wieder im Licht und verstärkten den Milch-und-Rosen-Charakter der Haut, die sich durch eine magische Beschwörung den Glanz der Jugend bewahrt hatte. Die Witwe der Xacatecas, berühmt für ihre Schönheit, gefürchtet wegen ihres scharfen Verstandes und anerkannt als unnachahmliche Manipulatorin, beeilte sich, Mara mit einem leichten Griff unter den Ellenbogen zu stützen.

»Ihr seid ganz offensichtlich nicht gesund, meine Liebe.« Ihre Stimme hatte etwas Feinkörniges, Ausgereiftes, wie der Ton eines alten, geschätzten Instruments, das Generationen von Spielern überstanden hatte. »Und Formalitäten sind zwischen Freundinnen überflüssig.«

Mara ließ sich dankbar in die tiefen Kissen fallen. Ihre eigene Stimme klang trocken wie geriebener Sand, als sie die Unterhaltung mit den althergebrachten Begrüßungsworten eröffnete, die man jemandem von höherem Rang schuldete. »Willkommen in meinem Haus, Lady. Geht es Euch gut?«

Isashani neigte den Kopf, und ein freches Lächeln zauberte Grübchen auf ihre Wangen. »Ich danke der Guten Dienerin für die unverdiente Höflichkeit«, antwortete sie. In ihrer Stimme lag aufrichtige Freude über Maras Umkehrung ihrer Stellung. Wenn sie Mara auch an Alter und Erfahrung überlegen war, so war sie doch nur eine frühere Herrscherin, Mara aber die Gute Dienerin des Kaiserreiches. »Es geht mir gut, aber Ihr seht aus wie Hwaet-Schleim, den das Vieh in der Sonne vergessen hat. Meine Liebe, eßt Ihr denn gar nichts mehr?« Es überraschte Mara nicht, daß

Isashanis Worte so direkt waren wie ein Speerstoß; diese Unverblümtheit hatte schon viele Gegner des Hauses Xacatecas aus dem Konzept gebracht, Gegner, deren Verstand zuvor von der verführerischen Lieblichkeit der Lady durcheinandergebracht worden war.

Mara senkte den Blick vor dem grellen Leuchten der violetten Seide, in die kostbare Goldfäden eingearbeitet worden waren, und sie wandte ihn auch schnell von dem Tablett voller süßer Leckereien und Obststücke ab, die die Bediensteten zur Erfrischung ihres Gastes gebracht hatten. Sie wich aus. »Ihr seid sicherlich nicht gekommen, um mich über meine gesundheitliche Verfassung klagen zu hören.« Tatsächlich hatte die Nahrungsaufnahme nichts Angenehmes für sie. Ihr Magen war durcheinander und empfindlich von den Nachwirkungen des Gifts.

Die Antwort der Lady war so scharf wie eine Riposte. »Ich bin sicherlich nicht gekommen, um Eurem beleidigten Schmollen zuzusehen und es zu unterstützen.«

Mara zwang sich, nicht zusammenzuzucken. Bei jeder anderen Person hätte sie einen solchen Tadel als Beleidigung und Angriff auffassen müssen; doch in den Augen Isashanis lag tiefe Sympathie, die sie wie ein Hieb traf, weil sic aufrichtig war. Sie seufzte, und der harte Knoten, der sich seit ihrer Fehlgeburt in ihrem Innern gebildet hatte, löste sich etwas. »Es tut mir leid. Ich habe nicht gewußt, daß meine Stimmung so offensichtlich ist.«

»Es genügt nicht, daß es Euch leid tut.« Isashani streckte eine perfekt gepflegte Hand aus, nahm einen Teller und füllte ihn mit Obst. »Eßt, oder ich werde Eure Zofen kommen lassen und dafür sorgen, daß sie Euch geradewegs ins Bett stecken.«

Das würde sie tatsächlich tun, dachte Mara, und ihre perfiden Zofen würden möglicherweise gehorchen, ohne darüber nachzudenken, ob der Wunsch ihrer Herrin damit vielleicht nicht übereinstimmte. Isashani übte ihre Autorität wie ein gereizter Kommandeur auf dem Feld aus, und die Leute in ihrer Gegenwart neigten dazu, nach ihrer Pfeife zu tanzen und erst hinterher darüber nachzudenken, was sie getan hatten. Da Mara sich nicht stark genug fühlte, um mit ihr zu streiten, begann sie, an einer Jomach zu knabbern. Auch sie konnte direkt sein. »Was führt Euch hierher?«

Isashani warf ihr einen abschätzenden Blick zu; dann, als wäre sie sicher, daß Maras innere Stärke nicht so angegriffen war wie ihre körperliche Verfassung, schenkte sie sich etwas Chocha aus der Kanne auf dem Tablett ein. »Lord Jiro von den Anasati hat Kontakt mit dem ältesten unehelichen Sohn meines verstorbenen Mannes aufgenommen.« Ihre Stimme war jetzt hart wie barbarischer Stahl, etwas, das gar nicht zu ihrer zerbrechlichen Schönheit paßte.

Mara legte gedankenlos die halb aufgegessene Jomach auf den Teller zurück. Sie runzelte die Stirn. »Wenaseti«, sagte sie; es klang wie eine leise Frage.

Ein vornehmes Nicken ihres Gastes bestärkte sie, daß dies der Name des Bastards war; Isashani lächelte anerkennend. Daß Mara den Namen kannte, war beeindruckend, da der verstorbene Lord Chipino Konkubinen und Kurtisanen gesammelt hatte wie erlesene Weine. Seine Bastarde waren so zahlreich wie Ungeziefer, und obwohl alle gleichberechtigt vom Haus Xacatecas aufgezogen worden waren, unterschieden sie sich in Wesen und Eigenschaften wie das Wetter. Der alte Lord war nur zu bereit gewesen, seine Laken mit Frauen ihrer Schönheit oder ihres Verstandes wegen zu teilen, und obwohl keine der von ihm geschwängerten Frauen Isashanis vorrangige Stellung als Lady und Ehefrau hatte gefährden können, waren einige durch diese Zurücksetzung so verbittert, daß sie ihre Sprößlinge mit Vorbehalten gegen die Xacatecas aufgezogen hatten. Der gegenwärtige Erbe Hoppara verließ sich auf die scharfe Auffassungsgabe seiner

Mutter in den Belangen der Familienpolitik, um die Menge der Geschwister und verwandten Bastarde in Schach zu halten.

»Es ist unser großes Glück«, ergänzte Isashani mit einem Blitzen in den Augen, »daß Wenaseti seinem Geschlecht gegenüber ein loyaler Sohn ist. Jiro wurde zurückgewiesen.«

Die Falten auf Maras Stirn glätteten sich noch nicht, und auch das Glitzern in Isashanis Blick wurde nicht weicher. Als Stellvertreter des Kaiserlichen Oberherrn Lord Frasai hatte Lord Hoppara von den Xacatecas eine zentrale Stellung am Hof des Kaisers inne. Seine Jugend machte ihn auf einem solchen Posten verletzbar; seine feste, beharrliche Entschlußkraft und seine schnelle Auffassungsgabe stützten häufig Lord Frasais beeinflußbares Wesen, wenn es darum ging, rechtzeitig zu handeln, um die immer wiederkehrenden Versuche der Traditionalisten abzuwehren, die Reformen zu behindern und das abgeschaffte Amt des Kriegsherrn wieder einzuführen.

Lord Hopparas Entfernung aus seinem Amt hätte den Verlust einer Schlüsselstellung bedeutet – einen gefährlichen Schritt näher am mit Mühe verhinderten Bürgerkrieg. Etwas in Isashanis Miene warnte Mara.

»Es gab ein Attentat«, sagte sie.

Isashanis Gesicht wurde so reglos wie Porzellan. »Mehrere.«

Mara schloß die Augen. Sie fühlte sich zutiefst geschwächt, niedergedrückt von einer plötzlichen Müdigkeit. Angesichts der sich wie ein Ring aus blanken Klingen um sie schließenden Gefahr sehnte sie sich danach, den großen Kampf aufzugeben und ihre Hoffnungen und Bemühungen auf das Überleben der Acoma zu beschränken. Doch sie war die Gute Dienerin des Kaiserreiches und nicht mehr das unerfahrene Mädchen, das aus dem Dienst im Tempel Lashimas gerissen worden war, um die Herrschaft über ein bedrohtes Haus zu übernehmen. Die Feinde des Kaisers waren auch die Feinde der Acoma; sie war so etwas wie der Dachstuhl, der das gesamte Gewicht des Daches trug. Um die Herrschaft des Kaisers zu schwächen, mußten Jiro und seine Verbündeten zuerst einmal jegliche Unterstützung verhindern.

Sofort danach folgte der Gedanke, daß die Hamoi Tong viel zu erfolgreich mit ihren Attentaten gegen Freunde, Verbündete und ihre Familie gewesen waren. Denn solange Jiro herrschte, würden die Anasati nicht aufhören, sich der Attentäter zu bedienen. Die Tong waren zu einem Sicherheitsrisiko geworden, das sie nicht länger ignorieren durfte. Mara würde niemals die Furcht vergessen, als sie beinahe erwürgt worden war, oder die Schmerzen und die seelischen Qualen ihrer Fehlgeburt. Und unter Ayakis Tod würde sie bis ans Ende ihres Lebens leiden. Versunken in ihre trostlosen Gedanken, bemerkte Mara die Anwesenheit Hokanus erst, als sie Isashanis formelle Begrüßungsworte hörte.

Sie öffnete die Augen und sah, wie sich ihr Ehemann über die Hand der Lady beugte. Er war befangen wie ein Junge und machte eine sonderbare Miene für einen Mann, der ganze Armeen im Namen seines Kaisers befehligt hatte und dessen Anmut im gesellschaftlichen Umgang Mara zum Neidobjekt unverheirateter Töchter großer Häuser hatte werden lassen. Doch Isashani war so geschickt darin, Männer zu verwirren, daß das Gerücht ging, sie wäre eigentlich eine Hexe, die ihre Bewunderer durch Zauberei manipulierte. Hokanu war einer ihrer Lieblinge, und ihre sanften, scherzhaften Schmeicheleien lockerten seine Anspannung sofort. Es hieß, daß Männer, die sie nicht mochte, in ihrer Gegenwart eine erstaunlich lange Zeit mucksmäuschenstill blieben.

Noch halb benommen von Isashanis Charme setzte sich Hokanu neben seine Frau. Er nahm Maras Hände in seine und meinte: »Wir sind es ebenfalls leid, Mo-Jo-Go mit den Tong zu spielen.« Er bezog sich auf ein Kartenspiel, das oft um hohe Einsätze gespielt wurde. »Wirklich, es wäre für uns alle eine Erleichterung, wenn Ichindar einen Sohn zeugen würde. Ein männlicher Erbe für den kaiserlichen Thron würde das Feuer der Traditionalisten zum guten Teil ersticken.«

In Isashanis Augen blitzte Erheiterung auf. »Es waren sicher ein paar langweilige Jahre, was das Verkuppeln von Pärchen betrifft, seit jeder hochgeborene Sohn sich eher Konkubinen als eine Ehefrau nimmt, in der Hoffnung auf eine kaiserliche Tochter zum Heiraten. Die Parteien werden geradezu gehässig, da viele unverheiratete Mädchen sich gegenseitig anspucken wie junge Sarcats.«

Das Gesprächsthema wandte sich jetzt dem Handelskrieg zwischen einem Konsortium des Clans Omechan und einer Gruppe des Clans Kanazawai zu, durch den Hokanus Vater Rückschläge im Harzhandel erlitten hatte. Die Gilde der Waffenhersteller, verzweifelt über die sich daraus ergebenden Kürzungen in der Produktion von laminiertem Leder, stand kurz davor, sich in den Kampf einzuschalten; das gleiche galt für die Kapitäne und Stauer von Jamar, die beunruhigt waren, da die Handelssperre den Verkehr auf sämtlichen Gewässern beeinträchtigte. Da in den Lagerhäusern der Acoma in Sulan-Qu Needra-Felle verschimmelten, in denen der Anasati jedoch nicht, war es allgemeine Überzeugung, daß Verbündete von Jiro hinter der ganzen Geschichte steckten. Es tat den Omechan nicht gut, sich daran zu erinnern, daß es ihre eigene Uneinigkeit gewesen war, die die absolute Herrschaft des Kaisers überhaupt erst ermöglicht hatte.

Der Nachmittag ging in den Abend über. Als Maras Müdigkeit unübersehbar wurde und sie andeutete, daß sie sich zurückziehen wolle, verabschiedete sich Isashani schließlich. Als sie im Innenhof in ihrer Sänfte saß und die Träger bereits ihre Positionen eingenommen hatten, richtete sie ihre dunklen Augen auf Hokanu und schenkte ihm eine letzte, spitze Bemerkung. »Wirklich, junger Lord, Ihr solltet Euch mehr Mühe geben, Eure Frau zum Essen zu bewegen, sonst macht das Gerücht die Runde, daß Ihr sie zu Tode hungern laßt, in der Hoffnung, Euch dem Kreis der Bewerber anschließen zu dürfen, die nach Ichindars ältester Tochter hecheln.«

Hokanu wölbte die Brauen, als hätte ihn jemand mit der Schwertspitze berührt. »Lady, ist das eine Drohung?«

Isashani lächelte mit giftiger Lieblichkeit. »Nun, mein verstorbener Ehemann mochte Mara sehr, und ich möchte nicht, daß sein Schatten mich verfolgt. Außerdem würde Hoppara Euch möglicherweise zu einem Duell in dieser Angelegenheit auffordern, wenn er die Lady so traurig sehen würde. Seit ihrer Heldentat in der Nacht der Blutigen Schwerter vergleicht er alle jungen Frauen mit ihr.«

»Tatsächlich?« Hokanus Stimme wurde ernst. »Niemand im Kaiserreich sorgt sich so sehr um unsere Gute Dienerin wie ich. Und Euer Besuch hat möglicherweise mehr bewirkt, als Ihr ahnen könnt.«

Lady Isashanis Besuch brachte Mara zumindest dazu, sich wieder mehr um ihr Äußeres zu kümmern. Sie machte sich die Fähigkeiten der Zofen zunutze, und wenn ihr verbessertes Aussehen zunächst auch nur der Schminke zu verdanken war, achtete Hokanu darauf, sie nicht weiter zu bedrängen. Wenn sie sich lange Stunden mit Berichten beschäftigte, bemühte sie sich wenigstens zu essen; und als sie erst ihre Meditationsübungen in einem kleinen Boot auf dem See wieder aufgenommen hatte, verschwand auch ihre Blässe.

»Es ist sehr schwer, sich mit all dem Wasser ringsum Sorgen zu machen, so friedvoll ist es unter diesem Himmel«, sagte sie eines Abends und trat ans Ufer, während das Abendrot die kleinen Wellen und die Landschaft in sanftes Gold tauchte. Hokanu umarmte sie; er haßte es, diesen Augenblick zu zerstören. Doch schon bald würde sie es herausfinden, und wenn er nicht einen

Wutausbruch herbeiführen wollte, sollte er die Neuigkeiten nicht zu lange für sich behalten.

»Arakasi ist zurück.«

»So rasch?« Mara hob das Gesicht und küßte ihren Mann geistesabwesend auf die Lippen; ihre Gedanken waren bereits anderweitig beschäftigt. »Er muß von dem Anschlag auf Lord Hoppara schon gehört haben, bevor ich ihn aufforderte zurückzukehren.«

Der herzliche Augenblick war beendet, als die Lady zu ihrem Supai eilte. Hokanu begleitete sie ins Haus, durch die von den abendlichen Schatten düsteren Korridore, vorbei an Bediensteten, die die Öllampen anzündeten. Aus einem der Innenhöfe drang schwach das Echo von Justins glücklichen Rufen zu ihnen.

»Was stellt der Kleine wieder an?« fragte Mara.

Hokanu legte den Arm um ihre Schulter. »Es ist ein neues Spiel. Euer Kriegsberater schloß eine Wette mit dem Jungen ab, daß er sich bei ihm nicht unbemerkt in einen Hinterhalt legen könne. Justin hat sich entschlossen, ihm hinter den Möbeln aufzulauern, und die Diener benutzen die hinteren Flure nicht mehr, aus Angst, überfallen zu werden.«

»Und Keyoke?« Mara bog um die letzte Ecke und ging einen Korridor mit alten, abgeschliffenen Mosaiken entlang. »Ist er in einen Hinterhalt geraten?«

Hokanu lachte. »Mehrmals. Sein Gehör ist nicht mehr so gut wie früher, und seine Krücke macht ihn zu einer leichten Beute.«

Mara schüttelte den Kopf. »Justin sollte ihn nicht so terrorisieren. Der alte Kämpfer hat genug Wunden im Dienst der Acoma erhalten, als daß er in seinen letzten Jahren geschlagen werden sollte.«

Doch Hokanu wußte, daß Keyoke sich an den blauen Flecken nicht im mindesten störte. Als der Enkel, den der alte Mann nie gehabt hatte, besaß Justin all seine Zuneigung.

Das Paar erreichte den Gang, der zu Maras Arbeitszimmer führte. Dort hob Hokanu den Arm und warf seiner Frau einen fragenden Blick zu. Die Bediensteten waren noch nicht bis hierher gekommen, und die Lampen brannten noch nicht. Maras Gesicht war ein blasses Oval in den Schatten, und ihr Gesichtsausdruck war nicht zu deuten. Nach einem Augenblick meinte sie: »Bleib dieses Mal bei mir. Lady Isashanis Neuigkeiten haben mich etwas beunruhigt, und ich brauche deinen Rat.«

Hokanu hörte die Sorge in ihrer Stimme. »Soll ich nach Saric und Incomo schicken lassen?«

Mara schüttelte den Kopf. »Nein. Sie würden das, was ich vorhabe, nicht gutheißen, und ich sehe keine Notwendigkeit, ihre Kritik zu ertragen.«

Plötzlich fröstelte Hokanu in der dunklen Wärme. Der Geruch des Abendessens wehte von der Küche herüber. Hokanu hob Maras Kinn mit einem Finger. »Was heckst du da wieder aus, hübsche Lady?« Sein Ton paßte so gar nicht zu der Besorgnis, die ihm die Kehle zuschnürte.

Mara antwortete nach einer kurzen Pause. »Ich denke, daß die Hamoi Tong zu lange Unruhe gestiftet haben. Ich habe einen Sohn verloren und ein ungeborenes Kind. Ich möchte nicht, daß Lady Isashani das gleiche Schicksal erleiden muß; das schulde ich zumindest ihrem verstorbenen Mann, Lord Chipino.«

Hokanu atmete hörbar aus; dieses Gespräch über die beiden Kinder setzte ihm zu. »Es sind nicht die Tong, die wir fürchten müssen, sondern der Feind, der ihnen Aufträge erteilt.«

Mara nickte kaum wahrnehmbar. »Ich weiß. Deshalb werde ich Arakasi bitten, in ihr Hauptquartier einzudringen und ihre Aufzeichnungen zu stehlen. Ich will wissen, wer sie beauftragt hat – und dann diese Intrigen öffentlich machen.«

»Der Name ist vermutlich Anasati«, sagte Hokanu.

»Einer der Namen.« Maras Ton hatte etwas Bedrohliches. »Ich

möchte auch die anderen Namen kennen, damit nicht noch mehr Eltern junge Erben durch mörderische politische Winkelzüge verlieren. Komm, laß uns weitergehen und Arakasi von seiner schwierigen Aufgabe unterrichten.«

Hokanu konnte nur nicken, als er seine Frau den Gang entlang begleitete. Er hatte Respekt, beinahe sogar Ehrfurcht vor dem Supai, seit er ihn in der Nacht auf der Suche nach dem Gegengift beobachtet hatte. Doch selbst von einem Mann mit seinen Fähigkeiten konnte man unmöglich verlangen, die Hamoi Tong auszuspionieren. Doch Hokanu hatte kein Argument gegen die Idee, daß seine Lady ihren Supai zu einem Zeitpunkt, da sie seine Dienste am dringendsten benötigte, auf eine Todesmission schickte.

Arakasi verließ in Gedanken versunken das Arbeitszimmer seiner Lady. Seine Stimme war heiser, denn er hatte an diesem Abend viel zu berichten gehabt, das Ergebnis von vielen Monaten Arbeit vor Ort. Der Supai hatte seine Agenten hart bedrängt, hatte sie ermahnt, selbst im Angesicht der tödlichen Bedrohung durch den Ersten Berater Chumaka, nach Antworten zu suchen. Zwei Männer hatten ihre Deckung aufgegeben, um Informationen zu erhalten, und sich dann für den Selbstmord durch das Schwert entschieden, um nicht eine Befragung unter der Folter erdulden und möglicherweise ihre Herrin verraten zu müssen. Und obwohl sie verschiedene Pläne der Traditionalisten und Veränderungen in den alten Bündnissen gegen den Kaiser hatten ausmachen können, waren sie der Frage, wer die Hamoi Tong gegen Mara aufgehetzt hatte, kein bißchen näher gekommen.

Noch beunruhigender als der letzte fehlgeschlagene Angriff auf Lord Hoppara war, daß einige andere Versuche durch Arakasis Agentin im Haushalt der Xacatecas zunichte gemacht worden waren. Zweimal war sie in der Küche »unbeholfen« gewesen und hatte Mahlzeiten umgestoßen, die sie für vergiftet gehalten hatte.

Dieser Bericht hatte Mara sichtlich zusammenzucken lassen. Ihr Gesicht war erst blaß geworden und hatte sich dann vor tiefer Wut gerötet, wie Arakasi es noch nie gesehen hatte. Ihre Worte waren ihm noch im Gedächtnis; sie verrieten einen Schmerz, der sie seit Ayakis Tod niemals verlassen hatte. »Arakasi«, hatte sie gesagt, »ich bitte Euch, einen Weg zu finden, die Aufzeichnungen der Hamoi Tong zu stehlen. Diese Angriffe gegen uns und jetzt auch gegen die Verbündeten unseres Kaisers müssen ein Ende haben. Wenn nicht nur die Anasati dahinterstecken, möchte ich, daß Ihr es herausfindet.«

Arakasi hatte den Befehl angenommen, mit der Faust auf dem Herzen wie ein salutierender Soldat. Nach monatelangen vergeblichen Versuchen, Einblick in die Geschäftsbücher der Anasati zu erhalten, und drei erfolglosen Bemühungen, neue Agenten in Jiros Herrenhaus einzuschleusen, betrachtete er den Auftrag, sich direkt der Tong anzunehmen, beinahe mit Erleichterung. Arakasi hatte sich damit abgefunden, daß Chumaka bei weitem der klügste Gegner war, dem er jemals begegnet war. Doch selbst ein so brillanter Spieler wie der Erste Berater der Anasati würde einen so tollkühnen Zug wie die Herausforderung der Attentäter nicht voraussehen. Und wenn Chumaka den Supai von Mara auch nicht mit Namen kannte, entwickelte er doch ein gewisses Verständnis, das Arakasis Methoden für ihn immer durchschaubarer machte. Eine kleine Dosis Unerwartetes, besonders, wenn sich keine klaren Motive erkennen ließen, könnte Chumaka eine Weile aus dem Gleichgewicht bringen.

Lautlos wie ein Schatten und tief in Gedanken versunken bog Arakasi um eine Ecke; aus Gewohnheit hielt er sich an die dunkleren Gänge. Dieser schmale Flur führte durch den ältesten Teil des Herrenhauses. Die Böden waren auf zwei verschiedenen Ebenen angelegt, die Erbschaft eines vergessenen Lords, der geglaubt hatte, daß er immer über seinen Bediensteten stehen müßte. Er –

oder vielleicht eine seiner Frauen – war außerdem Anhänger von allerlei Schnickschnack gewesen. In den Wänden befanden sich Nischen für Statuen und Kunstwerke, einige groß genug, um einem Attentäter Unterschlupf zu gewähren – oder einem großen Kind.

So überraschte es ihn nicht übermäßig, als hinter ihm ein ohrenbetäubender Schrei erklang und jemand sich mit einem geschmeidigen Sprung daranmachte, ihn von hinten niederzustrecken.

Er wirbelte herum, schnell und gewandt, und hatte einen sechsjährigen Wildfang in den Armen, der um sich trat und enttäuscht war, daß sein Überraschungsangriff erspürt worden war.

Maras Supai blies eine Locke aus rotgoldenem Haar von seinen Lippen und sagte gelassen: »Sehe ich Keyoke heute so ähnlich, daß du es für nötig gehalten hast, meine Reflexe zu testen?«

Justin kicherte und wand sich; es gelang ihm, das Spielzeugschwert aus lackiertem, mit Einlegearbeiten verziertem Holz hochzuheben. »Ich habe Keyoke heute schon zweimal getötet«, krähte er stolz.

Arakasi legte die Stirn in Falten. Er veränderte seinen Griff, überrascht über die Kraft, die notwendig war, um den kleinen Jungen festzuhalten. Ganz sicher war er der Sohn seines Vaters, mit derselben unverschämten Einstellung und Beinen so lang wie die einer Corani, einem antilopenähnlichen Wesen, das für seine atemberaubende Geschwindigkeit berühmt war. »Wie viele Male hat Keyoke dich heute getötet, Racker?«

Justin blickte verlegen drein. »Viermal.« Er fügte einen unhöflichen Ausdruck in der Sprache der Barbaren hinzu; wahrscheinlich hatte er ihn von einem der Soldaten aufgeschnappt, die Kevin nahegestanden hatten. Arakasi merkte sich insgeheim, daß die Ohren des Jungen so schnell waren wie sein Verstand; das Kind war nicht mehr jung genug, um die Älteren nicht zu belauschen. »Ich habe das Gefühl, es ist längst Schlafenszeit für dich«, meinte der Supai anklagend. »Wissen deine Zofen, daß du noch wach bist?« Er machte sich daran, in die Richtung weiterzugehen, in der die Gemächer des Jungen lagen.

Justin schüttelte den Kopf, und die Locken flogen hin und her. »Sie wissen nicht, wo ich bin.« Er lächelte stolz und sah dann bestürzt aus, als Zweifel in ihm aufstiegen. »Ihr werdet es ihnen doch nicht sagen? Ich werde dann sicher bestraft werden.«

Arakasis Augen funkelten. »Unter einer Bedingung«, sagte er ernst. »Du wirst mir als Ausgleich für mein Schweigen etwas versprechen müssen.«

Justin blickte ihn feierlich an. Dann hob er, wie er es bei den Soldaten gesehen hatte, wenn sie eine Schuld beim Würfelspiel besiegelten, die geschlossene Faust und berührte mit dem Daumen die Stirn. »Ich halte mein Wort.«

Arakasi unterdrückte mit Mühe ein Grinsen. »Also gut, ehrenvoller junger Herr. Du wirst keinen Laut von dir geben, wenn ich dich in dein Schlafzimmer bringe, und du wirst dich ohne Aufsehen zu erregen auf deine Matratze legen, die Augen schließen und sie erst wieder öffnen, wenn du aufwachst, und zwar morgen früh.«

Justin brüllte auf, als er den Betrug erkannte. Ganz wie sein Vater, dachte Arakasi, als er den protestierenden Jungen zu seinen Gemächern schleppte. Auch Kevin wollte niemals das Protokoll beachten – oder den Anstand. Er war ehrlich, auch wenn es eine offene Beleidigung war, und log, wenn es ihm gefiel. Er paßte ganz und gar nicht zu einem gut geführten tsuranischen Haushalt, doch das Leben war sicherlich weniger unterhaltsam geworden, seit er durch den Spalt zurück nach Midkemia gegangen war. Selbst Jican, der meist die Zielscheibe von Kevins Späßen gewesen war, hatte wehmütige Bemerkungen über seine Abwesenheit fallenlassen.

In echter Bewahrung der Form hörte Justin mit dem Geschrei auf, sobald sie die Schwelle zu seinem Zimmer erreicht hatten. Sein Wutanfall war es nicht wert, den Zorn der Zofen zu riskieren. Er hielt sich an sein Ehrenwort als Krieger, als Arakasi ihn unter die Laken steckte; doch er schloß nicht sofort die Augen. Statt dessen blickte er entrüstet auf, als Arakasi neben ihm stehenblieb und wartete, bis er schließlich den Kampf gegen die Müdigkeit verlor und in den tiefen und gesunden Schlaf eines kleinen Jungen fiel.

Der Supai zweifelte nicht daran, daß er sich wieder aus dem Zimmer gestohlen hätte, wenn er nicht dageblieben wäre, um ihn an sein Ehrenwort zu erinnern. In vielerlei Hinsicht war der Junge mehr ein Medkemier als ein Tsurani, etwas, das seine Mutter und sein Stiefvater bestärkt hatten.

Ob sich sein untsuranisches Wesen im Erwachsenenalter als Vorteil erweisen oder ob es den Namen und den Natami der Acoma noch verletzlicher gegenüber Jiro und seinen Verbündeten machen würde, konnte niemand wissen. Arakasi seufzte, als er durch den Laden hinausschlüpfte und den mondbeschienenen Garten durchquerte. Als er die Gemächer erreichte, die er bei seinen seltenen Aufenthalten auf dem Landsitz bewohnte, zog er seine jüngste Verkleidung aus, die eines mit billigen Juwelen umherziehenden Hausierers. Er badete in mittlerweile lauwarmem Wasser, unwillig, Zeit damit zu verlieren, es von Bediensteten heißer machen zu lassen, und dachte nach, während er sich den Schmutz der Straße vom Körper rieb.

Die einzigen schriftlichen Aufzeichnungen der Verträge, die die Hamoi oder ein anderer Tong besaßen, würden im Besitz des Obajan selbst sein. Nur der bewährte und getreue Nachfolger, gewöhnlich ein Sohn, würde wissen, wo diese Rollen versteckt waren, zum Schutz vor der Möglichkeit, daß der Obajan zufällig verstarb. Um die Aufzeichnungen zu finden, mußte Arakasi daher in die Nähe des Anführers der Bruderschaft der Roten Blume gelangen, des mächtigsten Tong im Kaiserreich.

Arakasi schrubbte sich die Farbe aus den Haaren; das heftige Scheuern wirkte wie eine Befreiung von seiner Frustration. Das Herz der Tong zu stehlen war weit schwieriger als seine vergangenen Diebeszüge im kaiserlichen Palast.

Arakasi hatte die Risiken unerwähnt gelassen. Ein einziger Blick in Maras bleiches Gesicht hatte genügt, um zu wissen, daß noch mehr Sorgen ihre Gesundung nur weiter verlangsamen würden. Wenn sie die Gefahren kannte, die mit ihrem jüngsten Auftrag verbunden waren, stand sie ohnehin genug unter Druck, auch ohne daß ihre Entscheidung deutlich von jemandem in Frage gestellt werden mußte.

Arakasi lehnte sich zurück; es kümmerte ihn nicht, daß die letzte Wärme im Wasser verflogen war. Er dachte über die Begegnung mit Justin nach. Maras Sorgen würden um das Wohlergehen ihres überlebenden Kindes kreisen, wie Arakasi wußte. Es war seine Pflicht, ebenfalls dafür zu sorgen, daß der Junge lebte und das Erwachsenenalter erreichte. In diesem Augenblick bedeutete das, Mittel zu finden, den bestbewachten Mann im ganzen Kaiserreich zu Fall zu bringen: den Obajan der Hamoi Tong.

Es störte Arakasi nicht weiter, daß jeder geistig gesunde Mensch diese Aufgabe als unmöglich betrachtet hätte. Was seinen verschlungenen Verstand beunruhigte, war die Tatsache, daß er zum ersten Mal in seiner langen und bewegten Laufbahn keine Ahnung hatte, wo er beginnen sollte. Die Lage des Hauptquartiers der Bruderschaft der Attentäter war ein sorgsam gehütetes Geheimnis. Die Agenten, die die Bezahlung für die Aufträge entgegennahmen, waren nicht so einfach zu handhaben wie der Apotheker, den er in einer Seitengasse in Kentosani gefoltert hatte. Sie würden Selbstmord begehen – wie schon so oft im Laufe der Geschichte –, bevor sie den nächsten Kontaktmann ihrer Kette verraten konnten. Sie waren ihrem eigenen mörderischen Kult gegenüber so loyal wie viele von Arakasis Agenten gegenüber Mara. Besorgt stieg Arakasi aus der Wanne und trocknete sich ab. Er kleidete sich in eine einfache Robe. Beinahe die halbe Nacht verharrte er in einem fast meditativen Zustand, richtete seine Gedanken auf verschiedene Ereignisse und Personen, die ihm möglicherweise einen Ansatzpunkt liefern konnten.

Wenige Stunden vor der Dämmerung stand er auf, machte einige Körperübungen und suchte jene Dinge zusammen, von denen er dachte, daß er sie brauchen könnte. Er schlich sich aus dem Herrenhaus, ohne die Aufmerksamkeit der Wachen zu erregen. Hokanu hatte einmal gescherzt, daß eines Tages ein Krieger aus Versehen den Supai töten würde, sollte Arakasi weiterhin bei Nacht auf dem Anwesen herumschleichen. Arakasi hatte erwidert, daß eine Wache, die ihn erschlug, eine Beförderung erhalten sollte, da sie Mara von einem wenig wirkungsvollen Diener befreit haben würde.

Als es dämmerte, war Arakasi bereits auf der anderen Seite des Sees. Während er schnell voranschritt, dachte er weiter nach. Er hatte Pläne erstellt, überarbeitet und schließlich wieder verworfen, doch er spürte keine Verzweiflung, nur das rasch zunehmende Gefühl einer echten Herausforderung. Bei Sonnenuntergang war er am Fluß und mischte sich unter die Reisenden, die auf eine Handelsbarke warteten, ein namenloser Passagier unter vielen auf dem Weg in die Heilige Stadt.

Elf

Ein Trauerfall

Monate vergingen.

Endlich kehrte die Farbe auf Maras Wangen zurück. Der Frühling kam, die Needra schenkten ihren Kälbern das Leben, und die fremdartigen Stuten brachten gesunde Fohlen zur Welt. Mit Lujans Erlaubnis lieh sich Hokanu zwei Patrouillen Schwertkämpfer, denen er im Laufe des Sommers zunächst das Reiten beibrachte und dann zeigte, wie man auf dem Rücken eines Pferdes kämpfte.

Der Staub der Manöver hing in der trockenen Hitze über den Feldern, und spätnachmittags herrschte ausgelassenes, fröhliches Gelächter am Ufer, wenn die dienstfreien Soldaten zusahen, wie ihre auserwählten Kameraden die von der Barbarenwelt stammenden Tiere ins Wasser führten oder den Schweiß von ihrem glänzenden Fell wuschen. An einigen Tagen, wenn das Spiel besonders rauh war, wurden nicht nur Reiter und Pferde naß. Häufig sah Mara von der Terrasse aus zu, von der aus früher Tasaio die Übungen seiner Soldaten verfolgt hatte. Zofen und ihr kleiner Sohn waren bei ihr und immer häufiger auch ihr Mann, der noch das Reitleder trug, den Säbel und die geflochtene Reitpeitsche.

Eines Nachmittags, als ein vernarbter und ergrauter alter Veteran sich hinabbeugte, um seiner geliebten Stute einen Kuß auf die Schnauze zu drücken, lächelte Mara zum ersten Mal seit Wochen völlig befreit. »Die Männer gewöhnen sich eindeutig an die Pferde. Nicht wenige ihrer Liebsten beklagen sich bereits, daß sie mehr Zeit in den Ställen als in ihren Betten verbringen.«

Hokanu grinste und schlang seinen Arm um ihre Taille. »Beklagst du dich auch, Mylady?«

Mara drehte sich in seinen Armen um, und sie sah, wie Justin sie arglos aus großen blauen Augen anstarrte. Der Blick erinnerte sie deutlich an seinen Vater, bevor er mit den Händen ein unanständiges Symbol nachahmte, das er sicherlich nicht von seinen Ammen gelernt hatte. »Du wirst heute ein Baby machen«, sagte er stolz über seine Schlußfolgerung und war ganz und gar nicht verblüfft, als er von der Zofe neben sich eine Ohrfeige erhielt.

»Unverschämter Junge! Wie kannst du es wagen, so mit deiner Mutter zu sprechen? Und wo immer du dieses Zeichen gelernt hast – machst du das noch einmal, wirst du ausgepeitscht!« Mit rotem Gesicht verbeugte sich die Zofe vor ihrem Herrn und ihrer Herrin und drängte dann den widerstrebenden Justin ins Haus, um ihn ins Bett zu bringen.

»Die Sonne ist aber noch gar nicht untergegangen«, protestierte er. »Wie soll ich schlafen können, wenn ich noch nach draußen sehen kann?«

Das Paar verschwand auf den Stufen, die den Hügel hinunterführten. Justins Haare schimmerten im Licht der tiefstehenden Sonne flammend rot.

»Bei den Göttern, er wird groß«, sagte Hokanu zärtlich. »Wir werden bald nach einem geeigneten Lehrmeister suchen müssen, der ihm den Umgang mit den Waffen beibringt. Rechnen und Schreiben reichen offensichtlich nicht aus, um ihn daran zu hindern, den Bediensteten nachzuspionieren.«

»Das hat er nicht getan.« Mara faßte ihren Mann fester um die schlanke Taille; sie liebte die Muskeln, die er vom stundenlangen Sitzen im Sattel bekam. »Er schleicht sich zu den Soldatenunterkünften oder den Sklavenquartieren, wann immer er die Gelegenheit hat. Und er lauscht begierig, wenn die Männer sich mit ihren Heldentaten mit den Frauen der Ried-Welt oder den Dienerinnen brüsten. Was das Anstarren von Frauen angeht, so ist er ganz der Sohn seines Vaters, und was er heute morgen zu meiner Zofe Kesha gesagt hat, brachte sie zum Erröten, als wäre sie eine Jungfrau, was sie aber ganz sicher nicht ist.«

Sie neigte den Kopf etwas zur Seite und sah ihren Mann durch die langen Wimpern an. »Er ist ein lüsterner, unanständiger kleiner Junge, der besser früh verheiratet werden sollte, damit er nicht Acoma-Bastarde wie Hwaet sät und die Väter der Hälfte aller Mädchen im Kaiserreich mit dem Schwert hinter ihm her sind.«

Hokanu kicherte. »Von allen Problemen, die du mit ihm hast, macht mir das am wenigsten Sorgen.«

Mara riß die Augen auf. »Er ist erst sieben!«

»Höchste Zeit also, daß er einen kleinen Bruder bekommt«, sagte Hokanu. »Einen anderen kleinen Teufel, um den er sich kümmern kann, damit er nicht ständig auf dumme Ideen kommt.«

»Du bist ein lüsterner, unanständiger großer Junge«, konterte Mara und entzog sich mit einem schnellen, atemlosen Lachen seiner Umarmung. Sie rannte den Hügel hinunter, die Robe bereits zur Hälfte ausgezogen.

Überrascht folgte ihr Hokanu. Sein Gesicht war eher vor Freude als vor Erschöpfung gerötet. Seine Lady hatte schon viel zu lange keine Lust mehr auf Spielereien gehabt – seit der Vergiftung nicht mehr. Er lief gelassen hinterher, so daß er sie erst einholte, als sie die Lichtung am Ufer bereits erreicht hatte.

Es war Hochsommer. Durch das trockene Gras schimmerten noch immer Spuren von Grün. Die Stechmücken vom Sommeranfang waren verschwunden, doch noch waren die Nächte erfüllt vom Zirpen der Nachtinsekten. Die Luft war schwülwarm. Hokanu riß seine Frau mitten in der Bewegung an sich, und sie stolperten beide auf den Boden, atemlos, zerzaust und ganz und gar unernst.

»Mylord und Gemahl, wir scheinen ein Problem zu haben, nämlich einen gewissen Mangel an Erben.«

Seine Finger waren bereits damit beschäftigt, die restlichen Bänder ihres Untergewandes zu lösen. »Lujans Wachen patrouillieren nachts am Ufer.«

Sie lächelte ihn wieder an, und ihre Zähne blitzten weiß in der Dämmerung. »Dann gibt es gleich mehrere Gründe, weshalb wir keine Zeit verlieren sollten.«

»Das«, sagte Hokanu unbekümmert, »dürfte wohl kaum ein Problem sein.« Und dann verschwendete keiner von ihnen mehr seinen Atem zum Sprechen.

Der langersehnte und häufig zum Streitthema gemachte Erbe der Shinzawai mußte in dieser Nacht empfangen worden sein, entweder unter freiem Himmel oder später auf den duftenden Kissen in ihren Gemächern, nachdem sie noch ein Glas San-Wein getrunken hatten. Sechs Wochen später wußte Mara es genau. Sie kannte die Zeichen, und obwohl sie sich beim Aufwachen elend fühlte, hörte Hokanu sie morgens singen. Sein Lächeln war bittersüß. Im Gegensatz zu ihr wußte er, daß dieses Kind ihr letztes sein würde – das einzige Wunder, das die Heiler aus der Priesterschaft Hantukamas hatten vollbringen können.

Erst als er zufällig die Küchenjungen und den Bastard eines Maklers aus dem Haushalt der Acoma darüber spekulieren hörte, kam es ihm in den Sinn, daß das Kind auch ein Mädchen sein könnte. Er ließ die Angelegenheit jedoch auf sich beruhen und kümmerte sich nicht um die Wetten, die um das Geschlecht des Kindes in den Unterkünften der Bediensteten und Soldaten abgeschlossen wurden.

Er konnte den Gedanken einfach nicht ertragen, daß Maras letztes Kind, der zukünftige Erbe seiner Familie, womöglich kein Sohn sein sollte.

Die Sorglosigkeit, mit der die Schwangerschaft begonnen hatte, wich angesichts der Vergiftung und der Attentatsversuche auf Verbündete der Acoma bald einer anderen Stimmung. Lujan verdreifachte die Patrouillen und kümmerte sich persönlich um die Wachposten an den Straßen. In den Türmen des Gebetstors über dem Eingang am See waren immer Wachen, und ständig war eine Kompanie Krieger in Bereitschaft. Doch der Herbst kam, die Needra wurden zum Markt getrieben, und der Handel verlief ohne Störungen. Es fand kein einziger Überfall auf die Seidenkarawanen statt, was jedoch so ungewöhnlich war, daß es niemanden beruhigte. Jican verbrachte pausenlos vor sich hinmurmelnd Stunden über ganzen Bergen von Rechentafeln. Nicht einmal der Überschuß an Einnahmen schien ihn zufriedenzustellen.

»Die Natur ist häufig dann besonders großzügig, wenn der große Sturm droht«, grollte er pessimistisch, als Mara sich darüber beklagte, daß sein hastiges Voranschreiten ihr Nackenschmerzen verursache. Der dicke, schwere Bauch krümmte ihren Rücken, und es war ihr unmöglich mitzugehen, um seinen Berichten zu lauschen.

»Es ist viel zu still«, sagte der kleine Hadonra und ließ sich wie ein vom Pfeil getroffener Vogel auf die Kissen vor Maras Schreibtisch fallen. »Das gefällt mir nicht. Und ich bezweifle, daß Jiro unschuldig herumsitzt und die Nase in Buchrollen vergräbt.«

Es waren Nachrichten von Arakasis Agenten gekommen. Tatsächlich saß Jiro nicht müßig herum; ganz im Gegenteil, er hatte Maschinenbauer und Schreiner angeheuert und ließ sie auf dem früheren Truppenübungsplatz seines Vaters seltsam aussehende Maschinen bauen. Es war nur zu wahrscheinlich, daß die Ausrüstung für Belagerungen gedacht war, und durch geschickt gestreute Gerüchte hatte Lord Hoppara von den Xacatecas den alten Frasai von den Tonmargu überzeugen können, deshalb kaiserliche Gelder bereitzustellen. Arbeiter hatten damit begonnen, die Risse in den Stadtmauern Kentosanis auszubessern und die Schäden an der inneren Zitadelle des Kaisers in Ordnung zu bringen, die noch von dem Erdbeben stammten, das der abtrünnige Magier Milamber Jahre zuvor heraufbeschworen hatte, als er bei den Kaiserlichen Spielen seinem Zorn freien Lauf gelassen hatte.

Als der Herbst ins Land zog und die Regenzeit sich näherte, war Mara genauso unruhig wie ihr Hadonra, ohne jedoch wie er auf und ab schreiten zu können. Ihre einzige Abwechslung war Justins achter Geburtstag, als Hokanu ihm sein erstes richtiges Schwert schenkte, keine Spielzeugwaffe für Kinder. Er hatte die gutgearbeitete kleine Klinge mit feierlicher Miene entgegengenommen und dem Impuls widerstanden, sie durch die Luft zu schwingen und jedem in der Nähe unter die Nase zu halten. Keyoke mochte ihm das richtige Verhalten für diesen Anlaß beigebracht haben, doch am nächsten Morgen war es bereits wieder vergessen, als Justin zur Übungsstunde mit seinem Lehrer mit gezogener Klinge den Hügel hinabrannte.

Mara beobachtete ihren Sohn von der Terrasse aus; sie wünschte, sie könnte zu ihm gehen und dem Unterricht zusehen. Doch die Heiler würden nicht zulassen, daß sie sich von den Kissen erhob, und ihr Mann, der gewöhnlich nachgiebig wurde, wenn sie starrsinnig war, würde diesmal hart bleiben. Der Erbe in ihrem Bauch durfte keiner Gefahr ausgesetzt werden. Um ihre Einengung zu lindern, wurden sämtliche Wünsche, die sie hatte, sofort erfüllt.

Als der Zeitpunkt der Geburt näher rückte, trafen Geschenke von anderen Edlen ein. Einige davon waren üppig und verschwenderisch, andere kleiner – das Minimum, das die Tradition verlangte. Jiros Geschenk an die Gute Dienerin des Kaiserreiches war eine teure, aber unleugbar häßliche Vase. Mara lächelte nur süffisant und gab sie den Bediensteten zum Leeren der Nachttöpfe.

Doch das schönste Geschenk von allen waren die Kisten mit seltenen Büchern, die nach Schimmel und Staub rochen. Isashani hatte sie geschickt, anstelle der üblichen lackierten Schatullen oder exotischen Vögel. Beim Lesen der Geschenkkarte hatte Mara lachen müssen. Unter der Schminke und ihrem weiblichen Äußeren kannte Isashanis Raffinesse keinerlei Grenzen. Dafür schickte ihr Sohn, Hoppara, ein traditionelles, wenn auch erstaunlich extravagantes Arrangement aus lieblichen Blumen.

Umgeben von bemalten Vasen sog Mara den Duft der geschnittenen Kekali-Blüten ein und versuchte, nicht an Kevin, den Barbaren, zu denken, der sie als erster gelehrt hatte, was es bedeutete, eine Frau zu sein – damals, vor vielen Jahren in einem dämmrigen Garten. Mit einem Stirnrunzeln, das nichts mit dem Licht zu tun hatte, studierte sie eine Abhandlung über Waffen und Feldzüge. Das Runzeln vertiefte sich, als ihr bewußt wurde, daß Jiro wahrscheinlich genau den gleichen Text gelesen hatte. Ihre Gedanken schweiften ab. Arakasis Botschaften trafen nur noch in unregelmäßigen Abständen ein, seit sie ihm aufgetragen hatte, die Aufzeichnungen der Hamoi Tong zu stehlen. Sie hatte ihn seit Monaten nicht mehr gesehen und vermißte seinen scharfen Verstand und seinen unfehlbaren Sinn für merkwürdigen Klatsch. Sie schloß das Buch und versuchte sich vorzustellen, wo er jetzt war. Vielleicht saß er in einer weit entfernten Schankstube, verkleidet als Needra-Treiber oder Seemann. Oder er hatte ein spätes Abendessen mit einem Händler in einer fernen Stadt. Sie wehrte sich vehement gegen den Gedanken, daß er womöglich tot sein könnte.

Arakasi lag in diesem Augenblick in einem Gewirr aus Seidenlaken auf der Seite und fuhr mit erfahrenen Fingern geschickt über den Oberschenkel einer nackten Frau. Daß sie aufgrund eines Vertrags das Eigentum eines anderen Mannes war und er sein Leben aufs Spiel setzte, indem er sie verführte, darüber machte er sich im Augenblick wenig Gedanken. Er war durch das Fenster hereingekommen. Jetzt, am späten Nachmittag, waren die Gemächer des abwesenden Herrn der letzte Ort, an dem ein Diener oder eine Wache, dem moralischen Schutz der Konkubine verpflichtet, erwarten würde, sie mit einem Liebhaber zu überraschen.

Die Frau war gelangweilt genug, um die Aufregung, die ihr dieses Abenteuer bot, willkommen zu heißen, und jung genug, um sich einzubilden, daß sie gegen Unheil gefeit sei. Ihr derzeitiger Herr war alt und fett, und seine Potenz hatte mit dem Alter nachgelassen. Arakasi war eine ganz andere Herausforderung. Sie war diejenige, die abgespannt und verbraucht war, seit ihrem sechsten Lebensjahr auf Vergnügen und Liebesspiel ausgerichtet. Würde er es schaffen, sie wirklich in Erregung zu versetzen? Das war die Frage, um die es ihr ging.

Für Arakasi hatte das, was er durch diese Tändelei zu erfahren hoffte, eine weitaus wichtigere Bedeutung.

Die Luft in dem düsteren Raum, dessen Läden geschlossen waren, war mit Weihrauch und dem Parfum der jungen Frau geschwängert. Die Laken waren mit Kräutern behandelt worden, die in gewissen Kreisen als Aphrodisiakum betrachtet wurden. Arakasi, der Berichte über Heilkunde gelesen hatte, wußte, daß das nur ein Mythos war. Der alte Herr war jedoch reich genug und mußte sich keine Gedanken darüber machen, wie sein Geld verschwendet wurde. Die Gerüche waren von betörender Süße, und Arakasi bedauerte, daß die Läden geschlossen bleiben mußten. Beinahe hätte er lieber den stinkenden Lendenschurz und die Schürze ertragen, die er von den Färbern in Sulan-Qu erworben hatte und immer dann als Verkleidung bevorzugte, wenn er nicht wollte, daß Passanten aus gutem Hause sein Gesicht zu eingehend betrachteten. Der Geruch hätte zumindest seine Wachsamkeit aufrechterhalten. So aber mußte er dagegen ankämpfen, nicht einzuschlafen, denn das hätte tödlich für ihn enden können.

Die junge Frau rührte sich. Laken glitten von ihrem Körper, und die Seide rauschte leise auf ihrer Haut. Sie war bezaubernd, wie sie in dem dämmrigen Nachmittagslicht dalag, die honigbraunen Locken über die Kissen verteilt. Ein Blick aus jadegrünen schräggestellten Augen heftete sich auf Arakasi. »Ich habe niemals gesagt, daß ich eine Schwester habe.«

Sie bezog sich auf eine Bemerkung, die bereits einige Minuten zurücklag. Die Hände des Supais glitten hinter ihre Hüfte, tauchten hinab und fuhren fort, sie zu streicheln. Ihre wunderbaren Augen schlossen sich halb, und ihre Hände verkrampften sich in den Seidenlaken wie Katzenkrallen.

»Ich weiß es von dem Händler, der dich verkauft hat«, sagte Arakasi mit samtweicher Stimme.

Sie verstellte sich unter seiner Berührung und machte zehn Minuten seiner zärtlichen Fürsorge zunichte. Sie hatte Männer genug gehabt und machte sich nichts daraus. »Das war keine kluge Bemerkung.«

Es ging nicht darum, daß Arakasis Aussage eine Beleidigung beinhaltet haben könnte; daß sie in Wahrheit nicht viel mehr war als eine teure Prostituierte, war keine Frage. Doch wer der Käufer ihrer Schwester gewesen war – das war gefährliches Wissen, und der Händler, der sie verkauft hatte, würde kaum so frei oder so dumm sein, es preiszugeben. Arakasi strich ihre honiggoldenen Locken beiseite und kraulte den Nacken der Frau. »Ich bin kein kluger Mann, Kamlio.«

Ihre Augen weiteten sich, und ihre Lippen verzogen sich zu einem frechen Grinsen. »Nein, das bist du nicht.« Dann wurde sie ernst. »Du bist ein seltsamer Mann.« Sie atmete tief ein und zog einen Schmollmund. »Manchmal denke ich, du bist ein Edler, der den armen Händler spielt.« Sie sah ihn unverwandt an. »Deine

Augen sind älter als deine übrige Erscheinung.« Als einige Zeit verstrich und er nicht antwortete, fuhr sie fort: »Du bist nicht sehr mitteilsam.« Dann fuhr sie verführerisch über ihre Lippen. »Und du bist auch nicht sehr erheiternd. Also. Heitere mich auf. Ich bin das Spielzeug eines anderen. Warum sollte ich meine Entwürdigung in Kauf nehmen, indem ich deines werde?«

Als Arakasi tief Luft holte, um zu antworten, legte Kamlio rasch einen Finger auf seine Lippen. Ihre Nägel waren mit Gold bestäubt, dem teuersten Kosmetikum überhaupt. »Sag jetzt nicht, du wirst mich aus Liebe freikaufen. Das wäre banal.«

Arakasi segnete die rosa Fingerspitzen mit einem Kuß. Dann entfernte er sanft ihre Hand, damit er sprechen konnte. Sein Gesichtsausdruck hatte beinahe etwas Gekränktes. »Es wäre nicht banal. Es wäre die Wahrheit.« Mara hatte seinen Ausgaben keine Grenze gesetzt – das hatte sie auch in der Vergangenheit niemals getan –, und wenn es um etwas so Bedeutendes ging wie das Oberhaupt der Tong, würde sie sich seinen finanziellen Forderungen kaum verschließen.

Die Frau in seinen Armen wurde frostig vor Mißtrauen. Sie aus dem Sieben-Jahres-Vertrag freizukaufen, mit dem ihr betagter Herr sie erworben hatte, wärc ein Stadthaus wert; die Kosten ihres Wertes jedoch aufzuwiegen, ihrer Ausbildung und Erziehung, die der Händler des Freudenhauses investiert hatte – das wäre so viel wie ein kleines Herrenhaus. Ein neuer Vertrag würde geschlossen werden, und wieder einer, so lange, bis ihre Schönheit so weit verblaßt war, daß selbst ihre Fähigkeiten im Bett verschmäht werden würden. »Du bist niemals so reich.« Selbst ihre Stimme klang geringschätzig. »Und wenn der Herr, bei dem du angestellt bist, so wohlhabend ist, riskiere ich mein Leben, indem ich auch nur mit dir spreche.«

Arakasi beugte den Kopf und küßte ihren Nacken. Seine Hände ruhten weich auf ihrem angespannten Körper; sie konnte sich jeden Augenblick abwenden, eine Nuance, die sie begriff, und in Anerkennung dieser Freiheit hielt sie still. Nur wenige Männer behandelten sie, als hätte sie einen eigenen Willen oder eigene Gefühle. Dieser hier war etwas Besonderes. Und seine Hände waren sehr geübt. Sie hörte den Ernst in seiner Stimme, als er hinzufügte: »Aber ich arbeite gar nicht für einen Herrn.«

Sein Tonfall sagte alles. Also für eine Herrin – eine Herrin, die wenig Verwendung für eine teure Kurtisane haben würde. Das Angebot, ihr die Freiheit zu schenken, mochte also ernst gemeint sein, wenn er Zugang zu dem Geld hatte.

Arakasis Hände eroberten allmählich verlorenes Terrain zurück, und Kamlio erbebte. Er war mehr als etwas Besonderes – er war begnadet. Sie bewegte sich leicht, schob sich mit der Seite in die Krümmung seines Körpers.

Als würden nicht draußen im Korridor, lediglich durch einen Laden abgeschirmt, Bedienstete kommen und gehen, glitten Arakasis Hände weiter über die goldfarbene Haut der jungen Frau. Sie schmiegte sich an ihn. Nur selten empfand sie, die für die Bedürfnisse anderer gekauft und verkauft wurde, selbst Vergnügen. Sollten sie entdeckt werden, würde sie geschlagen werden, und ihr Partner würde unehrenhaft am Ende eines Strickes baumeln. Er war entweder außerordentlich mutig oder aber sorglos bis zur Dummheit. Durch ihre Haut, die durch seine Zärtlichkeiten ungewohnt empfindsam geworden war, konnte sie seinen gleichmäßigen, gelassenen Herzschlag spüren.

»Diese Mistress«, murmelte Kamlio träge. »Sie bedeutet dir eine ganze Menge, nicht?«

»Gerade in diesem Augenblick habe ich eigentlich nicht an sie gedacht«, sagte Arakasi, aber es waren nicht seine Worte, die sie überzeugten, sondern die Zärtlichkeit, mit der er seine Lippen auf die ihren preßte; es lag beinahe schon so etwas wie Verehrung darin. Der Kuß wischte alle Zweifel beiseite und kurz danach auch alle Gedanken. Das durch die Läden gefilterte Licht vermischte sich mit einem rotgoldenen Dunst hinter ihren Augen, als die Leidenschaft sie mitriß.

Schließlich, keuchend und naßgeschwitzt, vergaß Kamlio alles andere um sich herum und klammerte sich an die schlanke Gestalt des Mannes, als der Druck sich in einer wilden Explosion auflöste. Sie lachte und weinte, und irgendwo zwischen Verwunderung und Erschöpfung verriet sie ihm den Ort, an den ihre Schwester im weit entfernten Ontoset verkauft worden war.

Trotz seiner geheimnisvollen Ausstrahlung war es Kamlio nie in den Sinn gekommen, daß ihr Partner nichts weiter als ein besonders vollendeter Schauspieler sein könnte – bis sie sich umdrehte. Die leichte Berührung auf ihrer Haut war nichts anderes als die Falte eines warmen Lakens. Sie warf die schwarzen, feuchten Haare zurück, und der Blick ihrer hübschen Augen wurde stürmisch und verkniffen, als sie das geöffnete Fenster sah und begriff, daß er weg war, mitsamt seinen Kleidungsstücken.

Sie öffnete schon den Mund, um voller Groll einen Schrei auszustoßen und dafür zu sorgen, daß er gefangengenommen und hingerichtet werden würde, ungeachtet seiner raffinierten Hände und Lügenmärchen. Doch in dem Augenblick, da sich ihre Lungen mit Luft füllten, hörte sie den Riegel am Laden.

Arakasi mußte den schweren Schritt ihres alten Herrn, der früh von dem Treffen mit seinem Hadonra zurückkehrte, schon eher gehört haben. Die Schultern gebeugt, teilweise gelähmt und grauhaarig schlurfte er in ihr Zimmer. Seine milchigen Augen blinzelten angesichts der zerwühlten Laken, und seine trockenen, kühlen Hände strichen über ihre Haut, die noch immer heiß und feucht von einem Übermaß an Leidenschaft war.

»Meine Liebste, bist du krank?« fragte der alte Mann.

»Schlechte Träume«, sagte sie mit einem Schmollmund, doch genügend geübt, die Stimmung instinktiv zu nutzen und sich noch verführerischer zu präsentieren. »Ich bin in der Nachmittagshitze eingeschlafen und hatte Alpträume, nichts weiter.« Dankbar, daß ihr geschickter dunkelhaariger Liebhaber entkommen war, seufzte Kamlio und widmete sich jetzt mit all ihren Fähigkeiten ihrem altersschwachen Herrn, der manchmal, wie es schien, schwerer zufriedenzustellen war als sie selbst.

Draußen vor dem Fenster, durch einen Vorhang aus Reben und ungeschnittenen Akasi-Büschen vor neugierigen Augen geschützt, lauschte Arakasi gespannt auf die Geräusche aus dem Schlafzimmer. Erleichtert, aber ungewohnt ärgerlich zog er lautlos seine Kleider an. Er hatte nur einmal gelogen: Niemals hatte er aufgehört, an seine Herrin zu denken. Im Laufe der Jahre, seit er den Acoma den Dienst geschworen hatte, war Mara für ihn zum Lebensinhalt geworden.

Doch das Mädchen, halb verdorben und voller Härte und Groll einer in der Ried-Welt aufgewachsenen Hure, hatte ihn tief im Innern berührt. Seine Anteilnahme war echt gewesen, und das allein war beunruhigend. Arakasi schüttelte die Erinnerung an Kamlios lange, wunderbare Haare und ihre juwelenklaren Augen ab. Er hatte eine Aufgabe zu erledigen, bevor er sich um ihre Freiheit kümmern konnte. Denn die Information, die sie ihm in dem naiven Glauben gegeben hatte, daß es sich nur um eine Familienangelegenheit handelte, würde ihn möglicherweise zu dem Ort führen, wo der Harem des Obajan der Hamoi Tong zu finden war. Die schwache Verbindung, die sie mit ihrer Schwester hatte aufrechterhalten können, um unregelmäßig Mitteilungen auszutauschen, war weit gefährlicher, als sie ahnte.

Arakasi hatte Monate damit zugebracht, ein Gerücht zu verfolgen, daß eine Frau von ungewöhnlicher Schönheit, die außerdem eine Schwester hatte, von einem bestimmten Händler erworben worden war, den der Supai schon lange verdächtigte, ein Agent der Hamoi Tong zu sein. Dieser Händler war jetzt tot –

eine notwendige Begleiterscheinung ihres Zusammentreffens –, doch daß er eine so teure Kurtisane überhaupt gekauft hatte, führte Arakasi zu der beinahe sicheren Überzeugung, daß sie für den Obajan oder einen seiner engsten Vertrauten bestimmt sein mußte.

Und die Tatsache, daß sie nach Ontoset geschickt worden war, machte besonders Sinn; es war sicherer für die Tong, ihren Sitz weit entfernt von dem Ort zu haben, wo man mit ihnen Kontakt aufnehmen konnte: einem unbedeutenden Schrein außerhalb des Tempels von Turakamu. Arakasi hatte selbst einige Agenten, die sein Hauptquartier in Jamar oder Yankora vermuteten, weil alle Botschaften, die sie erhielten, von dort kamen.

Arakasi hatte der Versuchung widerstanden, sofort nach Ontoset aufzubrechen, und wertvolle Wochen damit verbracht, in Kentosani nach dieser Schwester zu suchen.

Der Supai hatte seine Beute mehrere Wochen lang beobachtet, bevor er sich mit ihr bekannt gemacht hatte. Er wich Kamlios Fragen geschickt aus und veranlaßte sie zu glauben, daß er der Sohn eines mächtigen Edlen sei, dessen Erbe aufgrund eines romantischen Abenteuers sehr geschmälert worden war.

Als er wiederholt einen unehrenhaften Tod riskierte, um sie zu sehen, hatte Kamlio ihn schließlich in ihr Bett gelassen.

Ohne sie hätte Arakasi sein ganzes Leben lang suchen können, ohne jemals auch nur einen Hinweis auf das zu erhalten, was er auf Maras Befehl suchte. Als er so dasaß, reglos wie ein Stein, und auf die Dunkelheit und die Chance, sich davonzumachen, wartete, dachte er darüber nach, wieviel er einer Frau schuldete, die aufgewachsen war, um nichts weiter als eine Bettgespielin zu sein. Er wußte, daß er diese Frau eigentlich verlassen und niemals wiedersehen sollte, doch sie hatte irgend etwas in seinem Innern berührt. Jetzt sah er sich einer anderen Furcht gegenüber: daß er Mara inständig bitten würde, das Mädchen aus dem Kontrakt freizukaufen, und daß Kamlio, wenn sie erst einmal frei wäre, über seine aufrichtige Fürsorge lachen würde.

Es fiel ihm, der von Frauen der Ried-Welt aufgezogen worden war, nicht besonders schwer, ihre Verachtung zu verstehen. Arakasi seufzte. Im Schutz der Büsche bemühte er sich, die Insektenstiche und Muskelkrämpfe von seiner erzwungenen starren Haltung nicht zu beachten. Er schloß die Augen, doch noch immer drangen die Geräusche aus dem Schlafzimmer an sein Ohr, wo Kamlio jetzt schon einige Zeit versuchte, die Lüsternheit eines Mannes zu erfreuen, der längst zu alt und unfähig für solche Dinge war. Arakasi erduldete eine Wartezeit, die schmerzlich langsam verging. Als er sicher war, daß der alte Herr eingeschlafen war, stahl er sich heimlich davon. Doch ihm folgten lebhafte Erinnerungen und das unangenehme, unerwünschte Bewußtsein, daß er sich um Kamlio sorgte. Seine Gefühle für sie waren blanker Irrsinn; jede gefühlsmäßige Verbindung zu anderen als den Acoma machte ihn verletzbar. Und er wußte, wenn er verletzbar war, war es Lady Mara auch.

Der Bote zögerte, nachdem er sich verneigt hatte. Noch atemlos vom Laufen über die Hügel hätte er sich eigentlich eine richtige Pause verdient, um Atem zu schöpfen; doch seine Hände waren angespannt, und der Blick, den er zu Hokanu erhob, war düster vor Mitleid.

Der Erbe der Shinzawai war kein Mann, der sich vor Unheil drückte. Feldzüge hatten ihn gelehrt, daß man sich Rückschlägen sofort stellen und sie überwinden muße, wenn nicht die Feinde eine Lücke ausnutzen und den Triumph für sich verbuchen sollten. »Es sind schlechte Neuigkeiten«, sagte er rasch. »Erzähl es mir.«

Immer noch sprachlos vollführte der Junge aus Mitleid eine zweite Verbeugung, dann entnahm er der Tasche eine Pergamentrolle. In dem Augenblick, da Hokanu die rote Farbe an den Rändern des Pergaments sah, wußte er: Es ging um Tod, und noch als er das Dokument an sich nahm und das Siegel brach, erriet er, daß der Name seines Vaters darin stehen würde.

Es hätte keinen schlechteren Zeitpunkt dafür geben können, dachte er in der betäubten, ungläubigen Pause, bevor die Trauer seinen Verstand wie ein Faustschlag traf. Sein Vater, fort. Der Mann, der ihn verstanden hatte wie kein anderer; der ihn adoptiert hatte, als sein leiblicher Vater in die Versammlung der Magier berufen wurde, der ihn mit all der Liebe aufgezogen hatte, die sich ein Sohn nur wünschen konnte.

Es würde nie mehr mitternächtliche Gespräche bei Hwaet-Bier geben, keine Witze mehr über den Kater am Morgen. Es würde keine geistreichen Auseinandersetzungen und keine gemeinsame Freude über Siege mehr geben. Der Enkel, den Mara bald gebären sollte, würde niemals seinen Großvater sehen.

Hokanu mußte plötzlich gegen Tränen ankämpfen und entließ den Boten mechanisch. Jican erschien, als hätte er etwas geahnt, und sorgte ruhig für Erfrischungen und die Aushändigung der Münze, die der Kurier gewöhnlich als Beweis für die Ausführung seines Auftrags erhielt. Der Hadonra brachte die notwendigen Dinge zu Ende und wandte sich dann erwartungsvoll dem Ehemann seiner Mistress zu. Hokanu hatte sich nicht bewegt, außer daß er die rotgeränderte Rolle in den Händen zerdrückte.

»Es ist eine schlechte Nachricht«, vermutete Jican voller Mitgefühl.

»Mein Vater«, sagte Hokanu gepreßt. »Er starb, während er schlief, ohne jede Qual, ganz natürlich.« Er schloß für einen Moment die Augen. »Unsere Feinde werden dennoch frohlocken.«

Jican fingerte an den Troddeln seiner Schärpe, zaghaft, vorsichtig und schweigend. Er hatte Kamatsu von den Shinzawai kennengelernt; er kannte den Hadonra des Lords sehr gut. Der einzige sinnvolle Beitrag, der ihm einfiel, war kein gewöhnlicher und auch kein besonders eleganter. Er sagte es dennoch. »Er war ein Mann, der von seinen Untergebenen vermißt werden wird, Mylord. Er wurde sehr geliebt.«

Hokanu sah ihn mit schmerzlichen Augen an. »Genau das wurde er.« Er seufzte. »Er tat niemals einem Menschen oder einem Tier etwas zuleide. Sein Herz war groß. Wie Mara war er in der Lage, mit gerechtem Blick hinter die Traditionen zu blicken. Er hat mich zu dem gemacht, was ich bin.«

Jican unterbrach die Stille nicht, die sich jetzt ausbreitete, während draußen vor dem Fenster die Schritte einer Wache zu hören waren. »Mara ist in der Arbeitsscheune beim Spielzeugmacher«, sagte er schließlich.

Der neue Lord der Shinzawai nickte. Er begab sich auf die Suche nach seiner Frau, und die Last auf den eleganten Schultern wurde noch schwerer von einer zusätzlichen Furcht. Dieser Erbe war jetzt noch wichtiger als zuvor. Denn wenn Hokanu auch zahlreiche Cousins hatte und sogar einen oder zwei Bastard-Neffen, war keiner von ihnen geübt in der Weitsicht seines Stiefvaters. Nicht ein einziger besaß die Wahrnehmungsfähigkeit und die Gedankenschärfe, um in die Fußstapfen eines Mannes zu treten, der die rechte Hand von Kaiser Ichindar gewesen war.

In der Arbeitsscheune herrschte eine Mischung aus Staub, einer Wärme, die durch die sonnenüberfluteten lichtundurchdringlichen Dachziegel entstand, den aromatischen Gerüchen von Holzspänen, Harz und dem scharfen Gestank von Needra-Leim. Die Ecken waren zugestellt mit Regalen voller Stoffreste, Körben mit Federn und säuberlich angeordneten Werkzeugen, von denen ein unschätzbares Metallmesser wohl das kostbarste Stück war. Mara hatte es aus der barbarischen Welt eingeführt und sich damit die ewige Bewunderung und Hingabe Orcatos eingehandelt

– des Spielzeugmachers, Genies und Täuschers, der eine Schwäche für unanständige Witze und Sauferei hatte. Mara sah über sein grobschlächtiges Verhalten hinweg, seine Neigung, zu vergessen, daß sie eine Frau war, und mit ihr zu sprechen, als wäre sie seinesgleichen, und auch über seinen Gestank, der eine Mischung aus altem Schweiß und den Tecca-Samen war, mit denen er sein Essen würzte. Als Hokanu eintrat, beugten die Lady und der Handwerker ihre Köpfe gerade über einen taillenhohen Apparat aus Holz, um den herum eine Armee aus bemalten Spielzeugsoldaten aufgestellt war.

»Hier«, sagte Orcato mit der leicht zitternden Stimme eines alten Mannes, in der noch kindliche Begeisterung mitschwang. »Wenn Ihr an diesem Seil zieht und diesen Hebel löst, Mistress, werden wir wissen, ob wir unsere Zeit verschwendet haben.«

Sein Sarkasmus wurde jedoch von dem unheiligen Glanz in seinen Augen Lügen gestraft; zerzaust, erhitzt und hochschwanger beugte Mara ihr Gesicht, dessen eine Wange staubverschmiert war. Sie stieß einen sehr unweiblichen Schrei aus und zog an dem Seil.

Die Vorrichtung auf dem Boden antwortete mit einem Klicken, einem heftigen Schlag und einem kräftigen Peitschen von Seil, Holz und Korbgeflecht. Was Hokanu als Nachahmung einer Maschine erkannte, die erbaut worden war, um Felsstücke über die Mauern einer belagerten Stadt zu befördern, verfolgte hier ein anderes Ziel. Der Arm der Maschine wirbelte in einem Bogen herum und trug die Geschosse mitten in die ordentlichen Reihen der Feinde. Spielzeugsoldaten flogen durch die staubige Luft. Hokanu fuhr zusammen, als seine Lady einen ungezwungenen Freudenschrei von sich gab.

Der Spielzeugmacher Orcato kicherte vor Vergnügen und zog aus einer Tasche unter der Needrafell-Schürze eine Flasche hervor. »Einen Trinkspruch auf die Götter des Ulks und Unfugs?«

Er bot der Lady einen Schluck an und erstarrte, als er Hokanu an der Tür stehen sah.

»Wir haben es geschafft, Mylord«, verkündete er vor Aufregung munter wie ein Junge. »Wir haben einen Weg gefunden, wie wir Jiros Schwäche für Maschinen auf seine eigenen Truppen zurückwerfen können.« Er hielt inne, nahm einen tiefen Schluck und kicherte erneut, dann reichte er die Flasche Hokanu.

Es war Mara, die Hokanus ausdruckslose Miene bemerkte. »Was ist geschehen?« fragte sie so erschreckt, daß sie beinahe schrie. Sie hievte ihren dicken Bauch um die Spielzeugmaschine und trat dabei auf einen der Soldaten.

Als so plötzlich die Freude aus ihrem Gesicht wich, verstärkte sich Hokanus Trauer noch, und er mußte nach Worten suchen.

»Götter«, murmelte Mara. Sie streckte die Hände aus und suchte unbeholfen seine Umarmung. »Es ist dein Vater, nicht wahr?« Sie zog ihn zu sich, das Ungeborene zwischen ihnen. Er spürte, wie sie zitterte, und wußte, daß ihre Trauer echt war. Alle hatten seinen Vater geliebt. Mit hölzerner Stimme hörte er sich wiederholen: »Er starb auf natürliche Weise. Ohne Schmerzen. Im Bett.«

Der Spielzeugmacher reichte ihm die Flasche. Hokanu nahm einen tiefen Schluck, ohne zu merken, was es eigentlich war. Der scharfe Geschmack reinigte seine Stimme, und die Gedanken begannen schwerfällig wieder zu funktionieren. »Es wird ein Staatsbegräbnis geben. Ich muß dort anwesend sein.« Er war sich der Verletzlichkeit seiner schwangeren Frau sehr wohl bewußt und wußte, daß der Erbe jetzt keiner Gefahr ausgesetzt werden durfte. Als sie gerade Luft holen wollte, schüttelte er den Kopf und kam ihr zuvor. »Nein. Du wirst nicht mitkommen. Ich werde dich oder unser ungeborenes Kind nicht unseren Feinden aussetzen.«

Mara wollte protestieren.

Hokanu schüttelte sie sanft, ungeachtet des Alkohols, der bei der Bewegung aus der Flasche tropfte und ihr Gewand an der Schulter befleckte. »Nein. Kamatsu würde es verstehen, Mara. Er würde das tun, was ich tun muß, und dich anflehen, nach Kentosani aufzubrechen und deine Adoptivfamilie aufzusuchen, die du in der letzten Zeit bitter vernachlässigt hast. Du wirst dorthin reisen und Kaiser Ichindar die Ehre erweisen. Er hat mit meinem Vater einen wichtigen Verbündeten verloren. Es ist nur natürlich, daß du bei ihm bist, um seine Trauer zu lindern.«

Sie entspannte sich, und er erkannte darin ihr Verständnis und ihre Dankbarkeit. Sie würde nicht mit ihm streiten, obwohl er an der Art, wie sie das Gesicht in seinem Ärmel verbarg, erkannte, daß sie weinte. Sie weinte um ihn und deswegen, weil die Boshaftigkeiten der Politik sie in der Stunde eines solchen Trauerfalls von seiner Seite rissen.

»Mylady«, sagte er weich und verbarg sein Gesicht in ihren Haaren.

Lautlos schritt der Spielzeugmacher über die gefallenen Abbilder von Jiros Armee und verschwand.

Zwölf

Warnung

Die Menge schrie.

Die Soldaten der Acoma, die ihre Herrin begleiteten, mußten sich anstrengen, um die Reihen gegen den unnachgiebigen Druck der vielen Körper geschlossen zu halten. Die Menschen riefen der Guten Dienerin des Kaiserreiches ehrfürchtige und anerkennende Bemerkungen zu und bemühten sich, mit ausgestreckten Armen wenigstens die Vorhänge der Sänfte zu berühren. Der Legende nach bedeutete die Berührung einer Guten Dienerin Glück. Die Soldaten hatten begriffen, daß, da die Lady selbst außerhalb ihrer Reichweite war, das Volk sich auch mit ihrer Kleidung oder den Sänftenvorhängen begnügen würde. Das erste Mal waren sie überrascht worden. Mara hatte sich mit einer Eskorte, die vor der Verleihung des Titels ausreichend gewesen wäre, zu einer Verabredung auf den Weg durch die Stadt gemacht und war dort mit unordentlichen Gewändern und Vorhängen angekommen. Seitdem hatten ihre Offiziere gelernt.

Jetzt ging Mara nicht mehr ohne eine Eskorte von mindestens fünfzig Kriegern an die Öffentlichkeit. Heute, mußte Lujan schweißnaß erkennen, waren sogar fünfzig kaum ausreichend. Das Volk liebte seine Gute Dienerin so sehr, daß es ihretwegen zerdrückte Zehen, Prellungen und selbst einen Schlag mit einem Speer in Kauf nahmen, um noch näher an sie heranzukommen. Der schlimmste und beunruhigendste Aspekt ihrer Beliebtheit war, daß die Massen sich ganz und gar nicht an der Härte störten, mit der die Soldaten sie zurückdrängten. Sie überließen sich willig der Mißhandlung, die ernsthaften Verletzungen sehr nahe kam, während sie jubelten und Maras Namen schrien.

Mara lehnte unterdessen in einer schlichten Robe mit geschlossenen Augen in den Kissen. Die schweren Vorhänge schützten sie vor den Blicken der Menge, verursachten jedoch gleichzeitig eine stickige Luft. Ihre Hände ruhten auf dem dicken Bauch. Sie konnte kaum den Weihrauch der Tempel riechen, der ein besonderes Zeichen der Heiligen Stadt war und so viele Erinnerungen barg. Der Duft der blühenden Bäume erreichte sie gar nicht, auch nicht die musikalischen Rufe der Verkäufer. Ihr blieb nichts übrig, als das Drängeln der Massen und ihre kehligen Schreie zu ertragen. Wehmütig rief sie sich die Tage ihrer Jugend in Erinnerung, als sie, noch Novizin von Lashimas Tempel, genau diese Straßen mit bloßen Füßen entlanggelaufen war. Sie zwang sich, nicht an eine spätere Zeit zu denken, als ein großer, rothaariger Barbar neben ihrer Sänfte hergeschritten war, unverschämte Bemerkungen machte und ihre Augen mit seinem Lächeln erfüllte.

Statt dessen saß sie in der erdrückenden Dunkelheit hinter den Vorhängen, die zu Ehren des Todesgottes und des Verscheidens von Hokanus Vater rot gefärbt waren, und grübelte über ihren Mann. Er mußte allein zu dem Begräbnis gehen, sich Feinden und Intrigen stellen und herausfinden, welche von seines Vaters Freunden zu ihm halten würden, jetzt, da er den Mantel des Hauses Shinzawai angelegt hatte. Ohne Erben würden rasch die Händler auf ihn aufmerksam werden, die Verträge mit Kurtisanen verkauften; unverheiratete jüngere Töchter würden ihn umschmeicheln, in dem Bemühen, ihren Status durch die Möglichkeit zu erhöhen, den Bastard eines mächtigen Mannes auszutragen.

Sie wünschte, ihr Abschied hätte nicht so hastig vonstatten gehen müssen. Doch der Geburtstermin war schon nah, und da Kamatsu ein in der kaiserlichen Machtstruktur hoch angesiedelter Lord gewesen war, gab es durch seinen Tod mehr zu regeln als nur die Sicherung des Hauses Shinzawai. Kamatsus Tod ließ einen der wichtigsten Posten im Kaiserlichen Rat unbesetzt, und politische Machenschaften würden folgen, bis die Macht in andere Hände gelegt worden war.

Mehr als ihre persönliche Sicherheit erforderte Maras Besuch bei der Familie des Kaisers. Und obwohl die Kaiserlichen Weißen ihren jungen Sohn Justin gut beschützen würden, mit all der Wachsamkeit, die sie den Kindern des Lichts des Himmels zukommen ließen, machte sie sich Sorgen.

Seit der Abschaffung des Amts des Kriegsherrn war der Palast das Zentrum aller Intrigen geworden. Arakasi hatte Agenten hier; sie würden achtgeben und versuchen, Machenschaften aufzudecken. Doch ihr Leben wäre noch eingeengter, noch stärker an Zeremonien gebunden und ohne jene alltäglichen Herausforderungen des Marktes, die sie zu Hause genoß. Obwohl Jican mehr als vertrauenswürdig war und die Angelegenheiten in ihrer Abwesenheit regeln konnte, tröstete sie dies nicht. Die wahre Befürchtung war eine andere: Sie wollte ihr Kind nicht in einem fremden Bett gebären, ohne Hokanus liebevollen Schutz. Wenn sie das Kind dort bekam, würde sie so lange in Kentosani bleiben müssen, bis es in der Lage war, die Unbilden einer Reise zu überstehen.

Maras Finger verkrampften sich um die feuchte Robe, als wollte sie die kräftigen Stöße des ungeborenen Kindes unterdrücken. Eine unbestimmte Angst beschlich sie, als wären alle Kräfte gegen sie. Acoma, Shinzawai und der Kaiser – sie alle würden weder warten noch ruhen, bis die als Erben vorgesehenen Kinder die für ihre Entwicklung notwendigen Jahre verbringen konnten.

Die Sänfte senkte sich und kam mit einem leichten Ruck zum

Stehen. Mara setzte sich aufrecht hin, als die Vorhänge zurückgeschoben wurden und blendendes Licht hereinströmte. Sie erreichte den Palast und war so tief in ihre Gedanken versunken, daß sie erst jetzt das Fehlen der lärmenden Menge bemerkte; die einfachen Leute schrien und riefen noch, doch aus weiter Ferne, von der anderen Seite des vergoldeten Weges, der in das Kaiserliche Viertel der Stadt führte.

»Mylady?« fragte Saric. Der Erste Berater reichte ihr die Hand zum Aussteigen. Incomo war bei dieser Reise nicht dabei, sondern hatte Hokanu begleitet, um ihm bei der Abfertigung der Gäste zu helfen, die zur Beerdigung auf das Anwesen der Shinzawai kommen würden. Immer noch in den Dreißigern hatte Saric viel gelernt, seit er die Soldatenuniform abgelegt hatte, um das Amt des Beraters einzunehmen. Mara hatte lange gezögert, ehe sie ihm das Amt offiziell übertragen hatte, und eine Weile Incomo für diese Position in Erwägung gezogen, da er bereits bei den Minwanabi in dieser Funktion gearbeitet hatte. Doch am Ende hatte sie dem Urteil seiner Vorgängerin vertraut: obwohl sie ihn ständig schalt, hatte Nacoya, Maras frühere Erste Beraterin, eine hohe Meinung von seinem scharfen Verstand und der flinken Auffassungsgabe gehabt. Saric erwies sich als gute Wahl. Mara schaute auf und sah in seine haselnußbraunen Augen, und der Mann starrte sie mit einem Lächeln auf den Lippen an, das dem von Lujan sehr ähnelte.

»Was denkt Ihr, Mylady?« fragte er, als er ihr aus der Sänfte half. Das Leuchten in seinen Augen strafte die Unschuld der Frage Lügen, und als er sah, daß auch seine Lady dies dachte, kicherte er. Wie Lujan gab er sich häufig unförmlich, manchmal bis an die Grenze der Unverschämtheit.

Trocken betrachtete sie seine gutgearbeitete, aber ansonsten eher schlichte Reiserobe. »Ich denke, wir sollten ein bißchen an Eurer Vorstellung von formeller Kleidung arbeiten.«

»Ich war so beschäftigt, seit ich mein Amt antrat, daß ich keine Zeit für einen Schneider hatte, Mylady. Ich werde mich sofort um formelle Kleidung kümmern.« Dann grinste er. »Ich bezweifle jedoch, daß die Zeremoniengewänder der alten Frau mir schon passen.«

Was heißen sollte, daß er weder ihre gebeugten Schultern hatte noch genügend graue Haare. Mara spürte einen wehmütigen Stich, als sie an die alte Nacoya dachte. »Ihr habt ein ziemlich lockeres Mundwerk, so über Eure Verantwortung zu reden, vor allem wenn Euch bereits die Aufsicht über meinen Erben entglitten ist, wie ich sehen muß.«

»Justin?« Saric fuhr herum. Der Junge war tatsächlich von seiner Seite gewichen, wo er noch einen Augenblick zuvor gestanden hatte. Sarci verbarg den Impuls, trotz der steinernen Miene zu fluchen. Er hätte die Rastlosigkeit des Jungen voraussehen müssen, nach dem Wutanfall, der zuvor erfolgt war, als Justin gezwungen worden war, in der Sänfte zu reisen statt auf seinem Lieblingsbeförderungsmittel: auf Lujans breiten Schultern an der Spitze der Prozession. Daß das jedoch einer öffentlichen Einladung an Attentäter gleichgekommen wäre, da die Straßen voller Menschen waren, die die Gute Dienerin bewundern wollten, leuchtete seiner kindlichen Vorliebe fürs Abenteuer nicht ein.

Ein schneller Blick über den Hof mit den wunderschönen Bäumen voller blühender Reben offenbarte eine Reihe von Bogengängen, in denen der Junge sich hätte verstecken können.

»Gut«, sagte Mara reumütig, »er wird sich im Palast kaum in Lebensgefahr bringen können, umgeben von zweitausend Kaiserlichen Weißen.« Sie fügte nicht hinzu, daß er ganz sicher irgendwelchen Unfug anstellen würde. Und da der Kaiser persönlich herkam, um sie zu begrüßen, war es eine Beleidigung, wenn sie die Soldaten auf die Suche nach ihm schickte, ehe sie die Begrüßungsformalitäten erledigt hatten.

Sie rückte die Schärpe zurecht, reckte das Kinn und trat vor, bereit, sich vor dem Licht des Himmels zu verbeugen.

Ichindar half ihr wieder auf die Füße, bevor ihr dicker Bauch ernsthaft Probleme bereitete. Seine Hand fühlte sich warm an, wenngleich sie jeden einzelnen Knochen spüren konnte. Mara lächelte und blickte in sein Gesicht, das von Sorgen gezeichnet war. Obwohl er noch jung war, wurde er von der Last der Verantwortung niedergedrückt. Er war gebeugter, seit sie ihn das letzte Mal gesehen hatte, und seine Augen wirkten größer, oder das Gesicht war dünner geworden. Niemals ein Krieger, verließ er sich auf den Schnitt und die Kostbarkeit seiner Gewänder, um seiner Gestalt die notwendige Würde des Amtes zu verleihen. Heute schien er in diamantenglitzerndem Stoff mit unschätzbaren Silberfäden zu versinken. Die Haare hingen schlaff unter einer massiven Kopfbedeckung mit goldenem Federbusch, und am Hals, an den Handgelenken und um die Taille trug er glänzendes Gold. Seine Augen waren warm und hell, als er sie ansah und ihr die kaiserliche Begrüßung zukommen ließ.

Dann, als sie die Formalitäten erledigt hatten, ließ er ihre Handgelenke los und nahm seine gewaltige Kopfbedeckung ab. Ein Diener rannte zu ihnen, verneigte sich bis zum Boden und nahm sie schweigend entgegen. Ichindar, einundneunzigmal Kaiser von Tsuranuanni, fuhr mit den Händen voller glänzender Ringe durch seine honigbraunen Haare und grinste. »Ich habe Euch vermißt, Lady. Es ist lange her, daß wir Eure Gesellschaft genossen haben.« Sein Ton klang aufrichtig, obwohl es kein Geheimnis war, daß er männliche Gesellschaft bevorzugte. Getrieben von der Notwendigkeit eines Erben verbrachte er die Nächte mit einer endlosen Prozession von Frauen, alle eher wegen ihrer Schönheit und Gebärfähigkeit als wegen ihres Verstandes ausgewählt.

Doch er hatte Mara zur Guten Dienerin des Kaiserreiches ernannt, für ihren Beitrag bei der Sicherung seiner Macht auf dem Goldenen Thron. Sie hatte dem Kaiserreich Stabilität gebracht, indem sie bei der Abschaffung des Amts des Kriegsherrn geholfen hatte – einem Streitgegenstand, der die Nation viel zu häufig an den Rand eines Bürgerkriegs getrieben hatte.

Obwohl der Kurs seither festgelegt war, war er noch unsicher, und obwohl die Fraktion der Traditionalisten täglich mehr und mehr Unterstützung erhielt, zählte Ichindar Lady Mara zu seinen mächtigsten Verbündeten, mehr noch: Er sah sie als Freundin. Ihr Kommen bereitete ihm eine seltene Freude. Er betrachtete sie eingehend, sah ihre verstohlenen Blicke zu den Bogengängen und lachte. »Euer Sohn rannte gerade mit meiner ältesten Tochter Jehilia davon. Er ist im Obstgarten mit ihr, vermutlich im Baum, und pflückt grüne Jomach. Sollen wir zu ihnen gehen und ihnen einen kleinen Klaps geben, bevor sie sich Bauchschmerzen holen?«

Maras Gesicht wurde weicher. »Bauchschmerzen wären das Harmloseste«, gestand sie. »Wie ich meinen Jungen kenne, stehen wahrscheinlich Wachen unter unehrenhaftem Beschuß.«

Doch als Mara sich von ihren Bediensteten und dem Gepäck befreit und sich die persönliche Wachmannschaft um den Kaiser neu formiert hatte, hallte ein hoher, jungenhafter Wutschrei über den heiteren, sonnenbeschienenen Hof. Gleichzeitig beschleunigten Mara und Ichindar ihre Schritte und liefen ihrer Eskorte durch den nach links führenden Bogengang davon.

Sie eilten einen mit Büschen und Beeten voller seltener Blumen gesäumten Weg entlang und erreichten den Garten gerade rechtzeitig, um das Platschen zu hören. Der Junge, Justin, stand am Marmorrand eines Fischteichs, die Hände in die Hüften gestemmt, die Brust herausgestreckt wie ein aufgeblähter Jiga-Vogel. Ein Mädchen saß zu seinen Füßen im Wasser; die weißgoldenen Gewänder waren klitschnaß, und die blonden Haare klebten am Kopf, wähend teure Schminke das wütende Gesicht hinunterlief.

Mara versuchte ihre ernsthafteste mütterliche Miene aufzusetzen, während der Kaiser ein Lachen unterdrückte. Doch bevor einer von ihnen unterbrechen konnte, was sich gerade zu einem Ringkampf zu entwickeln begann, raste eine dritte Gestalt herbei. Ihre Gewänder waren ebenso teuer wie die des Mädchens, doch sie dufteten nach exotischen Parfums. Auch sie war blond und von außerordentlicher Schönheit, trotz der händeringenden Proteste und einer offensichtlichen Unsicherheit bezüglich der etwas energischeren Aspekte der Elternschaft.

»Oh«, rief sie aus. »Oh! Du elender Junge, was hast du mit meinem Juwel gemacht?«

Justin wandte ihr sein rotes Gesicht zu und sagte klar und deutlich über Jehilias Geschrei hinweg: »Sie hat mir ins Gesicht geschlagen, Euer kostbares Juwel.«

»Oh«, schrie die Frau. »Das würde sie niemals! Mein Juwel!«

An dieser Stelle schritt Mara ein, nahm Justin am Arm und zog ihn von seiner Position am Teichrand fort. »Also deshalb hast du ihr ein Bein gestellt, ja?«

Sie erhielt als Antwort ein unverschämtes Grinsen, und blaue Augen blitzten inmitten eines sommersprossigen Gesichts. Ihre Ohrfeige mit der flachen Hand beendete das Lächeln rasch, und obwohl sich seine Backe rot verfärbte, gewährte Mara ihm keine Gnade. »Du wirst der Prinzessin die Hand reichen und ihr aus dem Teich helfen. Und dann wirst du dich entschuldigen.«

Als der Junge seinen Mund öffnete, um zu protestieren, schüttelte sie ihn. »Tu es jetzt sofort, Justin. Du hast die Ehre der Acoma befleckt und mußt es wiedergutmachen.«

Die beleidigte Jehilia half sich selbst aus dem Teich. Fische kreisten lebhaft um ihre Füße, als sie sich glühend vor Wut darauf vorbereitete, daß nachsichtig mit ihr umgegangen werden würde.

»Oh, meine Kostbare, geh aus diesem Wasser«, jammerte die Frau, deren Ähnlichkeit sie als Lady Tamara offenbarte, Ichindars erste Frau und Mutter des Mädchens. »Du könntest krank werden, wenn du die nassen Sachen anbehältst!«

Jehilia runzelte die Stirn, ihr rosa-goldfarbener Teint nahm eine rötliche Färbung an. Sie starrte auf Justins ausgestreckte Hand, als wäre es eine Viper, während ihr Vater – Kaiser von ganz Tsuranuanni und Licht des Himmels – in hilfloser Erheiterung daneben stand. Er war besser darin, über streitbare Lords zu herrschen, als die Streitigkeiten zwischen seinen Nachkommen und denen seiner adoptierten Familie zu regeln.

Mara spürte die Sackgasse und wies das Mädchen zurecht. »Nehmt Justins Hand, Prinzessin. Es ist das einzig Richtige, da Ihr seinen Stolz verletzt habt, als Ihr ihn schlugt. Es ist feige, einen Mann zu schlagen, da er eine Frau nicht zurückschlagen wird. Wenn Justin Euch ein Bein stellte, habt Ihr das Untertauchen verdient, und ich schlage vor, Ihr lernt aus diesem Unglück, Euch zu benehmen. Handelt wie eine erwachsene Lady, sonst sorge ich dafür, daß Eure Ammen Euch beide wie die Kinder verprügeln, die ihr ganz sicher seid.«

»Oh! Mein Liebling darf niemals geschlagen werden!« schrie die Mutter der Prinzessin. »Wenn das jemand wagt, falle ich in Ohnmacht.«

Ichindar richtete seine haselnußbraunen Augen mit leuchtender Ironie auf die Lady der Acoma. »Mein Leben ist ein einziges Unglück durch ein Übermaß an zerbrechlichen Frauen. Die Kinder können nicht geschlagen werden, weil sie sonst in Ohnmacht fallen.«

Mara lachte. »Schlagt die Kinder, wie sie es verdienen, und laßt die Ladys ruhig ohnmächtig werden, wenn sie wollen. Es härtet sie möglicherweise ab.«

»Oh!« Die Lady erbleichte. So wütend jetzt wie ihre Tochter, erwiderte sie: »Das würde unser Licht des Himmels niemals wagen! Er ist ein sanfter Mann, und alle seine Frauen bewundern ihn.«

Ichindars Mund verzog sich vor schwachem Widerwillen. Ganz offensichtlich hätte er sich lieber zurückgezogen, als diese Disharmonie weiter zu ertragen. Frauen verwirrten ihn, erkannte Mara. Etwas bekümmert, daß er so unter Druck stand, und nach einem kleinen Einblick, was es heißen mußte, schon im Alter von zwölf Jahren die ehelichen Pflichten erfüllen zu müssen – jeden Monat mit einer anderen Frau oder Konkubine –, mischte sie sich erneut ein.

Justin vollendete seine Entschuldigung vor Jehilia. Er sprach die Worte ohne Verdruß oder Verbitterung, so schnell bereit zu vergeben wie sein barbarischer Vater. Als er sich verbeugt hatte, hielt Mara die eisige Hand des Mädchens fest und führte sie sicher zu ihrer angegriffenen und ärgerlichen Mutter. »Jehilia«, sagte die Lady der Acoma, »bringt Lady Tamara hinein und übergebt sie der Obhut einer Zofe. Dann zieht Euch um und kommt zu mir in den Garten. Ich werde Euch zeigen, wie es mein Bruder mir zeigte, was Ihr tun müßt, wenn unverschämte Jungen versuchen, Euch ein Bein zu stellen.«

Jehilias Wut löste sich in erfreute Überraschung auf. »Ihr wißt, wie man ringt, Gute Dienerin?«

Mara lachte. »Ich werde es Euch beibringen, und wenn Justin sich bereit erklärt, Euch von Fischteichen fernzuhalten, wird er dabei helfen.«

Der Erbe der Acoma neben ihr gab mit einem Aufschrei seine Zustimmung, und Jehilia, nicht weniger losgelöst, schrie wie ein Krieger. Dann wirbelte sie herum und schob ihre widerstrebende und protestierende Mutter aus dem Garten, während Ichindar verblüfft hinterherstarrte.

Er warf Mara einen Blick zu, aus dem Achtung sprach. »Ich

sollte Euch häufiger hierherholen und die Leitung meines Harems übertragen.«

Maras Lächeln erstarb. »Große Götter, nein. Wißt Ihr denn gar nichts von Frauen? Der beste Weg, Zwietracht zwischen ihnen zu säen, ist, sie in die Hand einer Frau zu geben. Ich würde mich ganz schnell als Leiterin einer fürchterlichen, kleiderzerreißenden Rebellion wiederfinden, Mylord. Und das einzige Problem, das ich zwischen Eurer Hoheit und dem Harem erkenne, ist, daß Ihr in der Minderheit seid, fünfhundertsiebenunddreißig gegen einen.«

Der Kaiser lachte. »Nur zu wahr. Ich bin der am meisten bepickte Jiga-Vogel im ganzen Kaiserreich. Wenn die Ladys nur nicht alle so hübsch wären, würde es mir leichter fallen, sie zu schelten.«

Mara schnaubte. »Wenn ich meinem Kommandeur glauben darf, der in seiner Freizeit eine Schneise durch die jungen Frauen schlägt, so ist die Notwendigkeit für Schelte größer, je hübscher das Gesicht ist.«

»Möglicherweise«, räumte Ichindar ein. Ein wehmütiger Klang trat in seine Stimme. »Wenn ich sie besser kennen würde, wäre es vielleicht einfacher. Nur jene, die mir ein Kind gebären, bleiben, wie Ihr wißt. Von diesen fünfhundert ... wie viele Frauen es auch sind, ich habe nur mit sieben öfter als bei einer Handvoll Gelegenheiten gesprochen.« Sein beunruhigter Ton entging Mara nicht. Die Palastwände waren kein Schutz für den Klatsch auf der Straße: Selbst das Licht des Himmels hatte von seinem Versagen gehört, einen Sohn zu zeugen. Obwohl er seit zwanzig Jahren verheiratet war, hatte er nur sieben Kinder, und alle waren Mädchen, die älteste gerade zwei Jahre älter als Justin. Ichindar deutete auf die schattige Empfangshalle. »Die Erfrischungen warten, Mylady. Es wäre eine Beleidigung, Euch in Eurem Zustand noch eine Sekunde länger in der Sonne stehen zu lassen.«

Der Rauch von den Beerdigungsriten hing schwer in der Luft. Ein scharfer Aschegeruch brannte in Hokanus Nase, als er mit aufgestützten Ellenbogen an einem Geländer der Galerie stand, von wo er den mit Gästen gefüllten Hof beobachten konnte. Gegenüber den üppigen Gärten des Acoma-Anwesens und der Kaiserlichen Residenz wirkte der Garten der Shinzawai beinahe winzig. Die Gäste schritten die schmalen Pfade entlang und unterhielten sich leise, zwischendurch immer wieder nach den leichten Erfrischungen greifend, die ihnen von den Bediensteten bei jeder Runde gereicht wurden. Da Kamatsu einen hohen Rang gehabt und große Ehre genossen hatte, waren auch viele gekommen, die nicht mit dem Clan oder der Familie verwandt waren, und beanspruchten die Gastlichkeit des Hauses.

Die Zeremonie zu Ehren des verstorbenen Shinzawai-Lords war wegen der Hitze eilig durchgeführt worden; man hatte nur auf die Ankunft des Erben gewartet. Viele Gäste hatten den Landsitz vor ihm erreicht; die höflicheren oder weniger unverschämt Neugierigen hatten gewartet, bis Hokanu sich auf dem Gut befand.

Die späte Nachmittagssonne schickte ihre Strahlen durch den Rauch, der noch immer vom Feuer aufstieg. Die Aufzählung von Kamatsus Ehren war lang gewesen und hatte bis nach Mittag gedauert. Jetzt war die Asche noch zu heiß, um sie in die Zeremonienurne zu schaufeln, die Hokanu dann in den Heiligen Hain zum Natami der Familie tragen würde. Die Luft roch nach Zitronen, Nelken und Mandeln, um den Gestank des Todes zu versüßen, und nach selteneren Gerüchen wie den Parfums der Ladys und dem süßlichen Öl, mit dem manche Edlen ihre Haare zurückstrichen. Hin und wieder löste eine Brise den Qualm auf, und der Duft der Blumen in den irdenen Gefäßen überall im Hof setzte sich durch. Etwas schwächer war die tintenähnliche Schärfe der rotgefärbten Totenbehänge. Manchmal trat noch der

Duft von gekochtem Fleisch, frischem Brot und Kuchen hinzu. Die Bediensteten in der Küche hatten viel zu tun.

Hokanu lehnte in seinen roten Roben lässig am Geländer, die Augen halb geschlossen; er hätte ein Mann sein können, der sich gerade Tagträumen hingab, wenn nicht seine Hand an der Balustrade kreideweiß gewesen wäre. Die Unterhaltung unter ihm kreiste um Politik. Zwei Themen überwogen: die in Frage kommenden Junggesellen, die sich um die Hand der zehnjährigen Prinzessin Jehilia bemühten, und welchem Lord das Licht des Himmels nach Kamatsus Tod am ehesten das freie Amt anbot.

Die habgierigen Aasfresser hätten wenigstens warten können, bis die Asche des alten Mannes erkaltet war, dachte Hokanu verärgert.

Er hörte einen Schritt auf den abgetretenen Holzdielen hinter sich. Sein Rücken spannte sich bereits in Erwartung eines weiteren Dieners, der ihn mit »Mylord« anreden würde, doch der Titel kam nicht. Ein unangenehmes Gefühl beschlich Hokanu, und er drehte sich halb um, die Hand reflexartig am metallenen Ahnenschwert, das er zu Ehren dieses Tages trug; bei der Zeremonie, in der der Geist seines Vaters in die Hallen Turakamus entlassen worden war, hatte er damit die rote Kordel um seine Handgelenke zerschnitten.

Doch er stand keinem Attentäter gegenüber. Ein Mann mittlerer Größe erwartete ihn, unerkennbar in dunklen Stoff gehüllt.

Hokanu ließ den seidenumwickelten Griff der Waffe mit schuldbewußter Eile los. »Es tut mir leid. Erhabener, ich habe keinen Gong gehört, der Eure Gegenwart angekündigt hätte.«

»Ich bin auf gewöhnliche Weise gekommen«, sagte der Magier mit einer tiefen, vertrauten Stimme. Er schob die Kapuze zurück, und Sonnenlicht bestrich ein Gesicht, das zerfurcht war und heute beinahe verbittert wirkte. Die Linien der Wangen und Augenbrauen hatten eine große Ähnlichkeit mit denen Hokanus; und wenn die Augen weniger geheimnisvoll gewesen wären, hätte man sie als beinahe identisch bezeichnen können. Der Erhabene, dessen Name Fumita war, trat zum Geländer und umarmte Hokanu formell.

Dem Blut nach waren die beiden Vater und Sohn, doch entsprechend den Statuten der Versammlung zählten die Blutsbande nicht.

Hokanu sah die Müdigkeit im Gesicht des alten Mannes. »Du solltest jetzt nicht hier sein«, flüsterte er. In ihm kämpften widerstrebende, kaum zurückgehaltene Gefühle miteinander. Sein Vater hatte erst spät seine Macht entwickelt, ein seltenes, aber nicht ungewöhnliches Phänomen. Als Mann in den besten Jahren hatte er seine Frau und den kleinen Sohn verlassen, um fortan die schwarze Robe zu tragen. Hokanu besaß nicht viele frühe Erinnerungen an Fumita, doch die wenigen waren sehr lebhaft: seine rauhen Wangen, wenn der Junge am Abend die Arme um den Hals des Vaters schlang, der Geruch von Schweiß, wenn er auf dem Übungsplatz der Soldaten die mitgenommene Rüstung ablegte. Als jüngerer Bruder des Lords der Shinzawai war Fumita für den Posten als Kommandeur der Shinzawai vorgesehen gewesen, bis zu dem Tag, an dem die Magier ihn mitgenommen hatten. Hokanu erinnerte sich schmerzlich daran, daß seine Mutter danach nie wieder gelacht hatte.

Fumita versuchte, ein Stirnrunzeln zu unterdrücken. »Ein Erhabener kann gehen, wohin er will, zu jeder Zeit.« Und der Tote war sein Bruder; seine magischen Fähigkeiten hatten sie getrennt, und die Geheimnisse um diese Fähigkeiten hatten sie auch weiterhin auf Distanz gehalten. Niemals sprach der Magier von der Frau, die ihren Namen und Rang aufgegeben und einem Orden beigetreten war. Er schaute in das Angesicht eines Sohnes, den er nicht mehr *seinen* Sohn nennen durfte, und die seidenen Gewänder, die schwerelos in der Brise flatterten, schienen seine Schultern nach unten zu ziehen.

Er sagte nichts.

Hokanu, dessen Wahrnehmungsfähigkeit manchmal an die Grenze magischer Talente geriet, sprach für ihn. »Wenn ich mich entscheide, die Politik meines Vaters fortzusetzen und dem Kaiser zur Seite zu stehen, muß ich meine Ziele offenbaren, und zwar bald. Dann müssen die Feinde, die sich sonst gegen das Licht des Himmels verbünden, sich mir als seinem Schild zeigen.« Er lachte kurz und humorlos. »Als ob das eine Rolle spielt. Wenn ich zurücktrete und die Ehre des Kaiserlichen Kanzleramtes einem rivalisierenden Haus überlasse, werden die Feinde als nächstes auf meine Frau losgehen, die den Erben unseres Namens in sich trägt.«

Lachen erhob sich über das allgemeine Summen der Gespräche. Ein Diener schritt an dem Laden zur Galerie vorbei, er sah den jungen Lord in einer Unterhaltung mit einem Magier, verneigte sich und verschwand lautlos. Außergewöhnlich empfindsam gegenüber den Düften, seiner Umgebung und der Trauer um seinen Adoptivvater, die seine Nerven strapazierte, hörte Hokanu die lauten Ausrufe eines streitenden Cousins. Der unartikulierten Sprechweise nach zu urteilen hatte Devacai keine Zeit verschwendet, sich um den Wein zu kümmern. Es war nicht schwer, sich vorzustellen, was mit der Ehre und dem Wohlstand der Shinzawai geschehen würde, wenn dieser entfernte Zweig der Familie der Erbe wäre.

Irgendwo im Herrenhaus kicherte eine Zofe, und ein Kind schrie. Das Leben ging weiter. Und an dem eindringlichen Blick Fumitas erkannte Hokanu, daß er nicht nur gekommen war, um seinen verstorbenen Bruder zu ehren.

»Es ist nichts Angenehmes, nehme ich an, aber du willst mir doch noch etwas anderes sagen?« meinte er. Seine Kehle schnürte sich zu bei der Mühe, die es ihn kostete, den Mut aufzubringen und das Thema als erster anzusprechen.

Fumita sah beunruhigt aus, ein böses Zeichen. Selbst bevor er die schwarze Robe angelegt hatte, war er ein Meister im Umgang mit seiner Mimik gewesen, was ihn zu einem unangenehmen Kartenspieler gemacht hatte. Er verdrehte die Daumen im Gürtel der Taille und setzte sich unbeholfen auf den Rand einer mit Blumen gefüllten Vase. Blüten wurden unter seinem Gewicht zerdrückt und verliehen der schwülen, rauchigen Luft den vollen Geruch von lebendigem Grün. »Ich möchte dich warnen, als Ehemann der Guten Dienerin.«

Die Wahl des Titels verriet viel. Hokanu hätte sich am liebsten ebenfalls hingesetzt, doch Flecken auf seiner Trauerkleidung hätten als Zeichen der Schwäche mißdeutet werden können, als hätte er sich vergessen oder wäre erschöpft gewesen. Er blieb also stehen, obwohl seine Füße schmerzten. »Die Versammlung ist wegen meiner Frau beunruhigt?« wollte er wissen.

Es herrschte eine Zeitlang Schweigen, nur unterbrochen von den Stimmen der Gäste, die jetzt, da der Wein seine Wirkung tat, immer lauter wurden. Schließlich begann Fumita vorsichtig zu sprechen. Er sah Hokanu dabei nicht an, sondern senkte den Blick auf die Dielenbretter, als wären dort verborgene Zeichen zu entdecken. »Merke dir meine Worte: Zuerst einmal ist die Versammlung genau wie jede andere Gruppe von Menschen, wenn es darum geht, eine Übereinstimmung zu erzielen. Sie streiten, diskutieren und spalten sich in einzelne Fraktionen. Niemand möchte der erste sein, der das Unglück auf sich lädt und das Leben der Guten Dienerin des Kaiserreiches gefährdet.«

Hokanu atmete hörbar ein. »Sie wissen von Maras Spielzeugmacher.«

»Und von Jiros Experimenten mit den Maschinen.« Fumita schaute auf und sah ihn eindringlich an. »Es gibt wenig im Kaiserreich, was wir nicht wissen. Wenn wir ausweichend antworten, dann nur, weil wir uns nicht auf eine Handlungsweise einigen können. Doch jede Provokation wird sie vereinen. Denke immer daran.«

Hokanu beachtete den Qualm und die Gerüche nicht mehr. Er hielt dem Blick des Erhabenen stand und erkannte hinter der starren Miene große Qualen. »Ich höre. Was noch?«

Fumita blinzelte. »Du wirst dich an ein früheres Mitglied der Versammlung erinnern, den barbarischen Erhabenen Milamber, der bei den Kaiserlichen Spielen große Zerstörung angerichtet hat.«

Hokanu nickte. Er war nicht dabeigewesen, wohl aber Mara und Lujan. Ihre Beschreibungen der Ereignisse waren der Stoff für Alpträume, und niemand, der die zusammengestürzten Mauern, das vom Feuerregen verbrannte Holz und die durch Erdbeben gespaltenen Gebäude in der Heiligen Stadt gesehen hatte, würde es jemals wieder vergessen.

»Kein Erhabener hat die Kraft von Milamber. Die meisten haben weit weniger. Einige widmen sich eher dem Studium als dem Wirken von Zaubersprüchen.« Fumita schwieg erneut, doch seine Augen glänzten erwartungsvoll.

Hokanu griff das Stichwort auf. »Andere sind streitlustig, unbedeutend und vielleicht zu sehr mit ihrer eigenen Wichtigkeit beschäftigt, um entschieden zu handeln.«

»Wenn es Ärger gibt«, sagte Fumita langsam, »hast du das gesagt. Niemals ich.« Sehr viel leiser fügte er hinzu: »Das Beste, was du erhoffen kannst, ist ein Aufschub des Unheils, das auf euch niederfährt. Diejenigen, die den Veränderungen der Traditionen ein Ende setzen wollen, nehmen zu. Sie zum Diskutieren zu zwingen wird euch etwas Zeit verschaffen, aber niemand von denen, die euch helfen wollen, wird die Hand gegen seinesgleichen erheben.« Er sah seinen früheren Sohn mit einem Blick an, der unausgesprochene Gefühle enthielt. »Was auch geschieht, ich kann euch nicht beschützen.«

Hokanu nickte.

»Sag meinem Bruder Kamatsu an meiner Stelle Lebewohl«, bat der Magier zum Schluß. »Er war Freude und Kraft und Weisheit, und die Erinnerung an ihn wird meine Inspiration bleiben. Herrsche weise und gut. Er hat mir oft erzählt, wie stolz er auf dich war.« Er holte ein kleines Metallgerät aus der Robe und betätigte einen Knopf.

Ein tiefes, unnatürliches Summen überlagerte das Gemurmel im Hof, und Hokanu befand sich wieder allein auf der Galerie. Es waren Feinde unter den Verwandten und Gästen, die nur darauf warteten, bei anderen Schwächen oder Stärken zu finden, die sich ausnutzen ließen. So war das Spiel des Rates. Doch als der neue Lord der Shinzawai durch den dunstigen Qualm auf ihre feinen Kleider blickte, konnte er nicht umhin, zu erkennen, daß niemals zuvor soviel auf dem Spiel gestanden hatte. Dieses Mal war der Preis, um den es ging, das Kaiserreich Tsuranuanni selbst.

Das letzte, private Ritual für den verschiedenen Shinzawai-Lord wurde in der Dämmerung abgeschlossen. Eine dünne Nebeldecke schwebte über dem Boden des Heiligen Hains, als der neue Herrscher einige Zeit an dem Ort der Besinnung verweilte und sich von der zunehmenden Dämmerung beruhigen ließ und von der Möglichkeit, allein zu sein.

Die herbstlichen Schatten zwischen den obstbeladenen Bäumen wurden länger. Hokanu setzte sich auf eine Steinbank, doch es herrschte noch immer eine drückende Hitze. Es gab keine Brise, die Kühlung hätte bringen können, und der Geruch verbrannter Asche hing noch immer in der Luft. Hokanu fingerte am ausgefransten Saum der Kleidung herum, die er für Kamatsus Beerdigung angelegt hatte. Er ballte die Hände zu Fäusten und zerknüllte den Stoff. Das Haus war voller Gäste, um die er sich kümmern sollte; es war selbstsüchtig, sich einen Augenblick des Friedens zu gönnen.

Doch die Ruhe des Heiligen Hains und das träge Summen der sich vom Fallobst nährenden Insekten gaben ihm die Möglichkeit nachzudenken. Fumitas Warnung hatte nicht nur Mara gegolten, erkannte er. Hokanu kräuselte die Stirn. Die sparsamen Worte des Magiers waren mindestens genauso für ihn bestimmt gewesen, für den Sohn, der jetzt den Mantel des Lords trug.

Denn wenn Hokanu sich als Lord der Shinzawai entschied, um Maras willen gegen die Anasati vorzugehen, würde der Versammlung der Magier nichts anderes übrigbleiben als zu handeln – weil er Maras Mann war. Zwar war er durch die Heirat nicht ihr Lord geworden, doch wenn er auch dem Namen nach kein Acoma war, so doch zu einem großen Teil im Herzen. Er war nicht der Gute Diener des Kaiserreiches. Er besaß nicht Maras Rang und Ehren als schützenden Schild.

Nein, Fumita hatte *ihn* warnen wollen, ihn ganz allein. Er mahnte ihn, die Geduld der Versammlung nicht überzustrapazieren, die sich über nie dagewesene Angelegenheiten entzweit hatte.

Hokanu begriff mit einem leichten Schauder, daß er die Shinzawai unter allen Umständen aus der Fehde mit Lord Jiro heraushalten mußte. Seine Wahrnehmungsfähigkeit ließ ihn erkennen, was Fumita verschwiegen hatte. Daß er jetzt Lord eines der mächtigsten Häuser im Kaiserreich war – und wenn auch noch nicht offiziell Kriegslord, so doch bei der nächsten Ratssitzung des Clans Kanazawai. Wenn sich die Streitkräfte der Acoma und Shinzawai zusammenschlossen und die Clans Kanazawai und Hadama anführten, würde keine Streitmacht im Kaiserreich sie aufhalten können. Und unter solch verzweifelten Umständen würde die zerstrittene Versammlung ihre Streitigkeiten beiseite schieben.

Es durfte niemals einen solchen Grund geben, oder die Acoma und Shinzawai würden zu Staub zermalmt werden und sich niemals wieder erheben. Hokanu hatte den Tod von zweihundert Kriegern gesehen, dem die Vernichtung eines ehrenvollen Hauses gefolgt war – und all das durch die Hand eines einzigen Magiers. Wenn sich Hunderte von ihnen verbündeten, würde sich keine Armee ihnen entgegenstellen können.

Hokanu erhob sich. Der Heilige Hain der Shinzawai war kein Ort des Friedens mehr, und der Schweiß auf seiner Haut ließ ihn frösteln. Der Platz neben ihm, an dem an fast allen anderen Orten Mara gestanden hätte, fühlte sich noch kälter und leerer an.

Dreizehn

Wendung

Arakasi wartete.

Die Wache unter ihm bewegte sich lautlos, die Füße in wattierten Strümpfen, damit er unbemerkt blieb. Er trug eine kurze schwarze Robe, die übliche Kleidung für einen Attentäter der Hamoi Tong, und die Kopfbedeckung verhüllte alles bis auf die Augen. Über seinem Rücken hing ein Kurzbogen, und am Gürtel waren ein Hüftköcher mit Pfeilen und eine Auswahl von Stichwaffen befestigt. Er huschte unter dem Baum hindurch, in dem der Supai hockte und kaum zu atmen wagte, und verschwand wie ein geisterhafter Schatten in der Dämmerung. Arakasi zählte im Kopf mit, nach einem System, das er sich im Laufe der Jahre angeeignet hatte, und legte den Verlauf fest, unabhängig vom Atmen oder von anderen Einflüssen, die das Zählen stören könnten. Die Übung mit sandgefüllten Stundengläsern hatte sein System bis zur Perfektion gesteigert. Als er die Ziffer erreicht hatte, die für zehn Sekunden stand, nahmen seine Augen eine Bewegung am anderen Ende des Pfads wahr. Die Befriedigung über diesen Triumph berauschte ihn. Die zweite Wache war genau seinen Messungen entsprechend aufgetaucht.

Die gefährlichste Aufgabe, die er jemals übernommen hatte, begann vielversprechend. Arakasi machte sich keine Illusionen darüber, daß dieses Glück lange anhalten würde; er war allein und noch dazu in einer Position, wo nicht einmal die Gunst des Himmels das Leben eines Mannes schützen konnte. Arakasi lag reglos auf dem Ast im Garten des Obajan der Hamoi Tong. Unter ihm schritt eine Wache einher, die ihn, ohne eine Sekunde zu zögern, töten würde. Wie sein Vorgänger untersuchte auch er das Gras, den Pfad und die Büsche nach Anzeichen für einen Eindringling. Der Supai hatte keine Spuren hinterlassen; doch er schwitzte. Die Wachen waren unheimlich in ihrer Gründlichkeit. Der zweite Attentäter schritt entsprechend seinem Rhythmus weiter. Arakasi wartete auf einen bestimmten Moment, dann glitt er lautlos vom Baum herab. Er achtete sorgfältig darauf, nur auf die flachen Ziersteine zwischen den Blumenbeeten zu treten, und huschte zu einer kleinen Senke mit einem Entwässerungsgraben, wo er seine wenigen Habseligkeiten versteckt hatte. Dort, hinter einem schützenden Khadi-Busch gleich jenseits der Linie, entlang der die Hamoi Tong patrouillierten, kauerte er sich hin, atmete tief ein und beruhigte seine angespannten Nerven.

Am Rand des Waldes, etwa hundert Schritt weiter westlich, wartete ein Mann zu seiner Unterstützung, das Messer bereits in der Hand, falls er entdeckt werden sollte. Arakasi hob einen abgebrochenen Zweig und machte einige Gesten, um ihm anzuzeigen, daß die Patrouille sich genau nach Plan verhielt. Der Garten, in den er eindringen wollte, wurde von achtzehn Attentätern bewacht, allesamt sehr aufmerksame Wachen, doch menschlich genug, um fehlbar zu sein. Das Muster, nach dem sie den Garten überprüften, war komplex und wirkte auf den ersten Blick zufällig. Doch nur wenige Beobachter besaßen Arakasis eisige Geduld oder seine Begeisterung für Mathematik. Er machte sich nichts aus den Tagen, die er im Schmutz verbracht hatte, zerstochen von Insekten, gepeinigt von Sonne und Regen. Was zählte, war, daß er ihr System durchschaut und eine Möglichkeit gefunden hatte, ihre Routen vorherzusehen.

Sein Helfershelfer trug die Kleider eines Lashiki-Bogenschützen – ein Söldner aus der nördlichen Provinz. Wie Arakasi hatte auch er es im Lauf der Jahre gelernt, ein Dutzend Verkleidungen anzulegen, und so gab seine äußere Aufmachung nichts von seiner wahren Identität preis. Und sein richtiger Name war auch nicht Sabota. Arakasi ließ ihm diese Eigenheit; es war seine Sache, wer er wirklich war, denn er hatte sich unzählige Male als zuverlässiger Kurier erwiesen. Von allen Agenten in der Nähe Ontosets, die für den Supai der Acoma arbeiteten, war Sabota der vertrauenswürdigste. Und Arakasi hatte diesem Mann einen Auftrag zu erteilen, der für das Überleben seiner Lady so wichtig war wie sein eigener.

Ein mehrere Wochen alter Bart verbarg das Gesicht des Supai. Nach der Zeit, die er auf dem Land verbracht hatte, sah er aus wie ein Bettler. Doch wäre ihm ein Beobachter jetzt, als er mit dem Stock erneut Zeichen gab, nahe genug gekommen und hätte seine Augen gesehen, hätte er ihn für nichts anderes halten können als das, was er war: ein höchst gefährlicher Mann, der eine Mission begann, die er nicht zu überleben glaubte.

Der Mann namens Sabota beobachtete die Nachricht Arakasis von seinem Platz am Rand der Bäume aus. Er besaß ein tadelloses Erinnerungsvermögen. Er nickte einmal und verschwand, ohne noch einen Blick zurückzuwerfen.

Arakasi hockte hinter einem Gestrüpp aus Dornen und schloß die Augen. Er betete nicht. Er setzte Hoffnung an die Stelle eines Gebets. Denn Sabota nahm Anweisungen an den stellvertretenden Supai der Acoma mit, einen Mann, den Mara niemals gesehen hatte, den Arakasi jedoch zu seinem Ersatz bestimmt hatte, sollte er von diesem Unternehmen nicht zurückkehren.

Das Spiel begann. Wenn er nicht innerhalb einer bestimmten Anzahl von Tagen eine weitere Nachricht schickte, würde sich ein neuer Supai der Lady der Acoma vorstellen. Jede Einzelheit über die Tong, die Arakasi herausgefunden hatte, würde weitergereicht und neue Pläne würden geschmiedet werden, um den Obajan doch noch zu vernichten und das von Chumaka von den Anasati bewerkstelligte Eindringen zu stoppen.

Arakasis Kopf schmerzte vor Anspannung, was nicht normal war. Das Leben war für ihn immer ein blutleerer, kalkulierter Tanz gewesen und die Gefahr seine leidenschaftslose Partnerin. Der Gedanke störte ihn, daß er Sabota möglicherweise länger als nötig bei sich behalten hatte: Er hatte die Patrouillengänge bereits vor zwei Tagen entschlüsselt. Das Warten danach war keine Vorsichtsmaßnahme gewesen; tatsächlich erhöhte sich nur das Risiko, daß die Tong ihre Gewohnheiten änderten, um genau solchen Erkenntnissen einen Strich durch die Rechnung zu machen, wie er sie gewonnen hatte. Arakasi rieb sich die Schläfen. Innere Konflikte waren ihm völlig unbekannt, und er holte ein paarmal tief Luft, um sich zu beruhigen.

Arakasi leitete eine unverbrüchliche Loyalität zu Mara, seit seine langersehnte Rache an den Minwanabi von den Acoma durchgeführt worden war. Jetzt trieb ihn die Sorge um die Sicherheit seiner Lady an, denn wenn er bei dieser irrsinnigen Aufgabe starb, würde ein Mann mit noch weniger Talent seinen Posten übernehmen. Nachdem er seinen Versuch aufgegeben hatte, sich in die Stadt der Magier einzuschleichen, deuteten bestimmte Anzeichen auf eine Einmischung der Agenten in Jamar hin, die ihren aktiven Status wieder aufgenommen hatten. Dies konnte nur das Werk Chumakas sein. Viele schlaflose Nächte hindurch hatte Arakasi die Patrouillen der Tong beobachtet und sich Gedanken über den richtigen Zeitpunkt gemacht. Es war beängstigend, jetzt, wo das Netz wie stark auch immer unterwandert war, darüber nachzudenken, die Zügel einem anderen zu übergeben. Arakasi tadelte sich in Gedanken. Wenn er sterben mußte, was zählte dann sein Leben? Niemals zuvor hatte er sich unnötige Sorgen um etwas gemacht, das außerhalb seiner Kontrolle lag.

Die Zeit für gefühlvolle Augenblicke war vorbei. Er schob

einen anderen, unerträglich unpassenden Gedanken beiseite, eine Erinnerung an seine Hände, die über das honiggoldene Haar einer Kurtisane strichen, die er längst vergessen haben sollte. Er zwang sich, seine Konzentration wieder auf das zu richten, was vor ihm lag. Die nächste Pause im Patrouillengang stand kurz bevor. Wenn er es heute tun wollte, durfte er nicht zögern, denn nach allem, was er in wochenlanger Beobachtung erfahren hatte, befand sich in der großen, bemalten Sänfte, die bei diesem Landsitz angekommen war, der lang abwesende Herr.

Der Obajan der Hamoi Tong hatte sich wieder einmal in sein Freudenhaus zurückgezogen.

Arakasi kletterte aus dem Graben, drängte sich durch die Büsche und rannte vornübergebeugt einen Gartenweg entlang. Er warf sich bäuchlings in den Schatten einer niedrigen Ziegelwand, völlig im klaren darüber, daß er sein Schicksal jetzt unwiderruflich herausgefordert hatte. Es gab keine weiteren Lücken in den Patrouillen entlang der Grenze, und am nächsten Morgen bei Anbruch des Tageslichts würde er keine Gelegenheit mehr haben, die Mauer zu überqueren, ohne von einem der Holzbalkone an den Hausvorsprüngen beobachtet zu werden.

Das Warten unterhalb der Mauer würde mindestens eine Stunde dauern. Um die Zeit irgendwie zu nutzen, ging Arakasi sämtliche Vorbereitungen noch einmal durch, schaute sich jede kleine Einzelheit an, die seine Mission bis zu diesem Augenblick begleitet hatte.

Es war ein langer Weg gewesen, an dessen Anfang das Aufspüren der Schwester der Kurtisane gestanden hatte. Es hatte sich als einfach herausgestellt, den Sklavenhändler aufzutreiben, der die Mädchen verkauft hatte, doch am Markt, wo Kamlios Zwillingsschwester ihrem neuen Besitzer hätte übergeben werden müssen, verloren sich sämtliche Spuren.

Dann wurde die Arbeit durch die Nähe zu Ontoset behindert,

wo das neue Netzwerk noch im Aufbau begriffen war, nachdem das Mißgeschick im Seidenlager das alte zerstört hatte. Wochenlang verfolgte er falsche Fährten, die ihn schließlich zu dem Schluß führten, daß die für die Tong bestimmten Mädchen niemals den Marktplatz von Ontoset erreicht hatten.

Arakasi hatte einen Weg zurückverfolgt und aus der beiläufigen Bemerkung eines betrunkenen Fahrers erfahren, daß hin und wieder Sklavenwagen mit Mädchen von unglaublicher Schönheit in die welligen Ausläufer der Berge nördlich der Stadt umgeleitet wurden. Es folgten weitere Wochen mit der Erforschung dieses Gebiets, in denen jeder Fußweg ausprobiert und verzeichnet wurde, jeder Wildpfad und jeder Sumpf dieses weiten Landes. Sabota und drei andere Agenten hatten dies getan, ernährten sich wie Banditen von dem, was ihre Umgebung zu bieten hatte, stahlen Jiga-Vögel oder Gemüse von den Bauern, fischten in den Bächen und aßen sogar Beeren und Nüsse. Einer war getötet worden, als er versucht hatte, in einem kleinen Dorf einige Kilometer nordwestlich Korn zu erwerben. Dieser Verlust war dennoch aufschlußreich gewesen, sagte er ihnen doch, daß diese Ansiedlung unter der Kontrolle der Tong stand, bei denen Fremde nicht willkommen waren. Der »Bauer« hatte den Acoma-Spion von hinten mit einem Messer ermordet; Arakasi, selbst ein Meister im Umgang mit dem Dolch, hatte die aus dem Fluß gefischte Leiche untersucht. Es war die Tat eines professionellen Mörders gewesen. Arakasi hatte auf dem Speicher einer Mühle flußabwärts gelegen und dem Klatsch gelauscht; die Dorfbewohner, die dabeigewesen waren, erwähnten ihn niemals, sondern fuhren mit ihren täglichen Angelegenheiten fort, als wäre nichts geschehen.

Niemand hatte Wind von der Gegenwart des Supai bekommen; niemand hatte die Spur bemerkt, die er verwischte, als er verschwand. Er hielt sich noch einmal die Abläufe vor Augen, die er in Ontoset beobachtet hatte, zählte die hereingekommenen

Bauernkarren und machte sich bewußt, welche Farbe der Staub an den Rädern hatte, als sie zum Wachtor kamen. Es war ihm niemand gefolgt, das war jedenfalls sicher. Weitere Wochen hatte er in einem Straßengraben verbracht, lebte von trockenen Keksen und Obst. Einige Monate nach der Ermordung seines Agenten hatte Arakasi drei Wagen aus diesem Dorf aufgespürt. Zurück in Ontoset hatte er sich die Kleider eines Viehtreibers angezogen und war nachts zum Zechen ausgegangen. Karren kamen und gingen, bis darunter schließlich einer der von ihm gesuchten war. Ein kleiner Abstecher von drei schwankenden, singenden Kameraden: Er hatte sich an den Wagen gelehnt, um sich zu entleeren, und dann hatte er mit einem Messer in der anderen Hand eine Kerbe in das gehärtete Leder geritzt, das um die Felge des Wagenrads gebunden war.

Sabota hielt Wache an der Straße; er mußte noch einige Tage im Regen warten. Dann endlich führte der so markierte Wagen sie zu der Stelle, wo das Freudenhaus der Tong lag.

Arakasi wußte, daß er gute Arbeit geleistet hatte. Niemand hätte sein Saufgelage in der Taverne mit einem anderen armen Wanderarbeiter in Beziehung gebracht, der mit herunterhängendem Kopf in der Hitze von einer Ernte zur nächsten ging. Dennoch schwitzte er. Der Mann, auf den er es abgesehen hatte, war das geheimnisvollste Wesen im ganzen Kaiserreich – und das bestbewachte. Es gab Lords, die gestorben waren, nur weil sie das Gesicht des Obajan gesehen hatten.

Tasaio von den Minwanabi war eine seltene Ausnahme gewesen, und die Schmiergelder, die er – in Metall – dafür bezahlt hatte, boten Stoff für Legenden, sofern man nicht wußte, daß er während seines Dienstes auf der anderen Seite des Spalts verbotenerweise Waren geschmuggelt hatte.

Die Pause in den Patrouillengängen würde bald kommen. Arakasi kaute an einem Streifen Trockenfleisch, obwohl er keinen

Appetit hatte. Essen diente jetzt nur dem Überleben; sonst würde es die letzte Mahlzeit seines Lebens sein.

Er schluckte den letzten Bissen hinunter und legte sich flach auf die feuchte Erde. Die Augen wieder geschlossen, richtete er seine Sinne auf die Nacht, lauschte jedem Geräusch und Insekt, roch die schwüle Luft. Bei jeder noch so kleinen Veränderung würde er sofort bereit sein. Sein Zeitplan erforderte absolute Aufmerksamkeit. Er wartete, schwitzte noch mehr. Seine Gedanken schweiften wieder ab, getrübt von einem neuen, unklaren Unbehagen, das er nicht benennen konnte.

Das war ungewohnt und bereitete ihm ernsthaft Sorgen, doch er konnte dem nicht nachgehen, da jetzt der Augenblick gekommen war. Die knirschenden Sandalen auf dem Kiesweg gingen jetzt genau an der anderen Seite der Mauer entlang; zehn Sekunden, zwanzig Sekunden, dreißig: Arakasi glitt durch die Nacht wie ein Geist.

Er war mit einem Satz über der Mauer, durchquerte den Garten, sprang lautlos über die Pfade und hielt sich an die Schieferplatten der Blumenbeete, damit ihn der knirschende Kies nicht verriet. Licht flackerte zwischen den Bäumen auf. Arakasi tauchte bäuchlings nach unten und zwängte sich unter den Boden einer Zierbrücke. Das Wasser in dem kleinen Bach stand um diese Jahreszeit hoch, und das Rauschen übertönte sein Plätschern. Er fand gerade genug Platz für seinen Kopf unter dem Mittelbalken, um sich nicht zu verraten. Das Geräusch der Strömung über einem Stein verbarg seine Atemzüge, als er erstarrte. Sein Herz schlug schneller. Eine Gruppe Männer kam den Pfad entlang. Vier trugen die schwarze Kleidung der Attentäter, mit weißen Schärpen, die von ihrem hohen Rang kündeten. Zwei weitere, Wachen, schritten rechts und links von ihnen. Einer der beiden Männer, die sie beschützten, war dünn und trug ein Seidengewand mit Hamoi-Blumenmuster, und seine Augen huschten unruhig hin und her. Doch es war der andere Mann, der Arakasis Aufmerksamkeit erregte.

Dieser hatte einen stämmigen Körperbau, doch ohne ein Gramm Fett. Er trug ein wehendes, braunes Gewand, und die zurückgeworfene Kapuze enthüllte ein Gesicht, das draußen immer verborgen sein würde. Der Mann, der früher möglicherweise einen Wanderpriester oder Mönch abgegeben haben mochte, zeigte stolz den komplizierten Knoten und die lange Skalplocke, die von seinem außergewöhnlichen Rang kündeten. Auf seinem ansonsten rasierten Schädel befand sich eine komplizierte rote Tätowierung, die nur einen Obajan schmücken durfte.

Arakasi grinste, als er in der Dunkelheit die dumpfen, knirschenden Schritte über sich vernahm; seine Mühe war also nicht umsonst gewesen. Er war nur eine Handbreit vom Herrscher der Hamoi Tong entfernt.

Doch noch war die Zeit zum Zuschlagen nicht gekommen. Die Wachen durchstöberten die Büsche zu beiden Seiten des Pfads. Der ungewöhnlich hohe Wasserstand machte es in der schmalen Spalte unter der Brücke für einen Menschen von normaler Größe unmöglich, sich zu verstecken, ohne daß sich das Wasser staute. Und tatsächlich hätte sich kein gewöhnlicher Mann außerhalb des Bachs einkeilen können, indem er die Ellenbogen gegen die Seitenbalken stemmte. Arakasi ignorierte die Schmerzen in seinen Muskeln. Jetzt waren vierundzwanzig Attentäter in dem Herrenhaus. Er unterdrückte seinen Stolz. Selbst das zufällige Aufblitzen seiner Zähne konnte ihn verraten. Achtzehn oder vierundzwanzig Attentäter – er war dabei, seinen Kopf in den Schlund eines Harulths zu stecken und den gefährlichsten Jäger ganz Kelewans herauszufordern.

Als die pechschwarze Nacht sich schließlich aufzulösen begann, zitterte Arakasi vor Müdigkeit. Er lag jetzt halb im Wasser und dankte Chochocan, dem Guten Gott, daß die Anwesenheit des Obajan nicht zu einer Veränderung bei den Patrouillen geführt hatte. Er zwang sich, seinen Magen mit Wasser zu füllen. Er hatte die hoffnungsloseste Tat seines Lebens vor sich, als er sich darauf vorbereitete, in das Haus zu gelangen. Die nächste Wache tauchte genau nach Plan auf. Arakasi blinzelte unter der Brücke hervor. Als der Mann aus seinem Blickfeld verschwunden war, glitt der Supai lautlos ins Freie. Der Tau würde die Tropfen verbergen, die von seiner nassen Kleidung herunterfielen. Er bewegte sich rasch, wissend, daß er den Abstand zwischen den beiden Männern einhalten mußte, die jeden begeistert töten würden, den sie fanden. Wenn der vor ihm innehielt, um sich irgendwo zu kratzen, oder der hinter ihm schneller als üblich ging, mochte Arakasi tot sein, noch bevor er merkte, daß er entdeckt worden war.

Der Supai widerstand der Versuchung, seine Geschwindigkeit noch zu erhöhen. Nur wenige Situationen verlangten eine so präzise Kontrolle. Er bewegte sich so ruhig wie möglich weiter, indem nur die Unterarme, Knie und Zehen den Boden berührten. Die Auswirkung auf seine körperliche Kraft war enorm.

Nach etwa siebzig Metern brach Arakasi zusammen. Es wurde ihm schwindlig, als er die Luft anhielt, doch er zwang sich, angestrengt auf ein Zeichen zu lauschen, daß er gesehen worden war. Nichts geschah. Er betrachtete den Himmel. Das schwache Grau kurz vor der Dämmerung wurde langsam heller. Aus Erfahrung wußte er, daß die Wachen in der Morgen- und Abenddämmerung am schlechtesten sehen konnten, wenn alles zu undeutlichen Schatten zu werden schien.

Schritte erklangen. Die Wache, die hinter ihm gewesen war, ging nur einen Meter an ihm vorbei. Doch der Mann hatte seine Aufmerksamkeit auf die Mauer gerichtet, nicht auf den Boden links von ihm. Und Arakasi war zu einem Schatten im Gras neben dem Herrenhaus geworden. Er hielt den Atem an.

Die Wache blieb stehen. Arakasi zählte; der Schweiß brach ihm aus. Bei einer bestimmten Zahl ging der Mann weiter. Sofort sprang Arakasi auf, nahm ein Seil von seinem Gürtel und warf das beschwerte Ende über einen Ast, der sich zum Haus hinwand, zwischen die Balkone, hinter denen noch mehr Wachen waren. Von drei Seiten ungeschützt hatte er nur wenige Sekunden, bevor die nächste Wache um die Ecke bog. Das Glück mußte ihm hier hold sein. Arakasi wuchtete sich empor, dicht am dicken Stamm, um das Geräusch raschelnder Blätter zu vermeiden. Er warf sich bäuchlings auf den Ast.

Ab hier halfen ihm seine Beobachtungen nicht weiter. Er konnte auf keine Weise das Leben im Haus erforschen und hatte somit auch keinerlei Wissen, außer einem ungefähren Grundriß, den er sich aus dem Kommen und Gehen der Bediensteten zurechtgebastelt hatte.

Arakasi hörte Stimmen und wußte, daß die Bewohner des Hauses erwachten. Schon bald würden Köche und Leibdiener ihren Pflichten nachgehen, und er mußte sich an seinem Platz befinden.

Arakasi zog sich am Ast entlang. Er mußte vorsichtig sein. Dies war ein Takai-Baum, der wegen seiner saftigen Früchte angebaut wurde; die Zweige des tragenden Baumes waren schwach und brachen leicht, sobald zusätzliches Gewicht sie belastete. Das Laub war dünn und bot nur wenig Schutz, als er unter die Balken eines der Balkone kletterte. Die Notwendigkeit, sich lautlos zu verhalten, ließ seine Muskeln verkrampfen, und der angehaltene Atem brannte in seinen Lungen wie Feuer.

Häuser auf Kelewan besaßen gewöhnlich ein wenig Platz für Luft zwischen dem inneren und äußeren Dach, damit die Hitze aus den Dachvorsprüngen entweichen konnte. Dieses Haus würde nicht anders sein, aber möglicherweise war ein Gitter aus Holz hinzugefügt worden, um den Schutz zu erhöhen. Arakasi hatte keinen sicheren Hafen mehr, und er war zu weit im Bereich des Herrenhauses, um sich mit einer auch nur geringen Chance zurückziehen zu können. Der Himmel wurde bereits silbrig, doch unter den Dachsparren herrschte noch absolute Finsternis. Arakasi tastete sich in den Schatten weiter.

Der Weg ins Innere, den er zu finden gehofft hatte, existierte, doch wie er vermutet hatte, versperrten dünne Holzlatten den Zugang zu dem schmalen Platz zwischen den Dachziegeln oberhalb und dem Gipsdach unterhalb. Arakasi zog eines seiner Wurfmesser aus Metall hervor. Der Stahl hielt der Belastung stand, als er die Latten aus ihren zusammengebundenen Enden löste, während eine tsuranische Klinge aus laminiertem Leder längst zerbrochen wäre. Arakasi arbeitete schnell. Er zog sich Splitter und Kratzer zu, als er sich durch die schmale Öffnung wand, dann benutzte er seinen eigenen Schweiß, um die Pflöcke ohne Quietschen zurückzubiegen. Er gestattete sich einen Augenblick stummen Jubels. Er hatte das Unmögliche geschafft. Er war eingeschlossen in einem viel zu kleinen Spalt, aber immerhin im Innern des Gebäudes.

Er ruhte sich aus, während die Wachen draußen wechselten. Dann tastete er sich weiter über die Balken, bis er den First ausgemacht hatte. Er machte sich auf eine längere Wartezeit gefaßt, denn den vor ihm liegenden Tag wollte er dazu nutzen, die Anordnung der Räume unter sich auszukundschaften.

Arakasi lag auf dem Rücken und lauschte angestrengt dem wohltuenden Klang der Frauenstimmen von unten. Sein Erfolg hing jetzt davon ab, ob der Obajan seine Frauen besuchen würde, denn der Supai bezweifelte, daß er noch einen Tag schwitzend in dem luftarmen Spalt unter dem Dach überleben würde.

Das rauhe Holz der staubigen Dachsparren drückte sich in seine Oberschenkel und Arme und schürfte die Haut durch die dünne Kleidung hindurch auf. Er ertrug es und bewegte abwechselnd die einzelnen Glieder, um sie vor mangelnder Durchblutung zu bewahren. Die Luft war noch stickiger geworden, seit die Sonne die Dachziegel erhitzt hatte. Obwohl er seit mittlerweile zwei Tagen nicht geschlafen hatte, widerstand er wild entschlossen dem Wunsch nach Schlaf. Hier oben seinen körperlichen Bedürfnissen nachzugeben, würde seinen Tod bedeuten. Wenn er einnickte, konnte er von dem schmalen Querbalken fallen und durch die dünne Gipswand unter ihm krachen. Mit grimmigem Humor dachte er auch daran, wie schnell sein Schnarchen die Wachen zu seinem Versteck führen würde. Kampfbereit mit dem Stahl in seinen Händen lag er da, erduldete das Kribbeln der ziellos über Wangen und Hände krabbelnden Insekten. Eine Mischung aus Hochgefühl und Bedauern erfüllte ihn: Hochgefühl, daß er es so weit geschafft hatte, ohne entdeckt zu werden; Bedauern, weil noch so viele Aufgaben zu erledigen waren.

Kleine Risse im Gips unter ihm ließen ein orangefarbenes Glühen sichtbar werden. Bedienstete hatten die Lampen entfacht, was bedeutete, daß die Nacht hereingebrochen war. Er hörte das silbrige Lachen der Frauen; der Klang der einen erinnerte ihn an eine andere Frau und an einen Nachmittag zwischen seidenen Bettlaken. Arakasi rührte sich etwas und schalt sich. Kamlio drängte sich viel zu häufig in seine Gedanken: das Gefühl ihrer vollen Haare unter seinen Händen, ihrer zarten Haut und ihrer Küsse; allein bei der Erinnerung an sie brach ihm vor Verlangen der Schweiß aus. Doch was seinen Verstand immer wieder bedrängte, war nicht nur die körperliche Vereinigung. Er träumte von ihren tiefgründigen Augen, deren Intelligenz abwechselnd von Langeweile verschleiert wurde oder nur verschlagen wirkte. Sie gab sich hart, doch es war ein Zynismus, der einen Abgrund an Schmerzen überdeckte. Er wußte genauso sicher, wie seine Hände und sein Körper ihr Vergnügen bereitet hatten, daß er nach einer gewissen Zeit Zugang zu ihrer liebevollen Seite erhalten würde, die sie wie einen Schatz in sich verschloß.

Wenn er diesen Auftrag überlebte, würde er ihre Freiheit erkaufen, ihr vielleicht die berauschenderen Freuden des freien Lebens zeigen. Wenn sie ihn haben wollte; wenn sie Männer nicht nach einem lebenlangen Eingehen auf die Launen verschiedener Herren ganz und gar verabscheute ... Arakasis Lippen kräuselten sich voller Selbstverachtung. Er träumte! Er träumte wie ein liebeskranker Junge! Hatte das Leben ihn nicht gelehrt, den unvorhersehbaren Wünschen des Herzens niemals Aufmerksamkeit zu schenken?

Er unterdrückte den Wunsch zu fluchen.

Es war eine Ironie der bittersten und schwärzesten Sorte, daß diese Mission, durch die er sie kennengelernt hatte, ihr äußersten Schaden zufügen konnte. Seine Vernunft sagte ihm in der erstickenden Hitze unter dem Dachbalken: Es würde ein Wunder der Götter benötigen, wenn er lebend aus dieser Unternehmung hervorgehen wollte. Es sprach jetzt alles dafür, daß er seinen Schlag gegen den Obajan wie geplant durchführen konnte. Doch selbst, wenn er glücken und sich als tödlich erweisen sollte, schien es unmöglich, anschließend den besten Tong-Attentätern zu entkommen und danach dem rachsüchtigen Zorn des Tiranjan, des Nachfolgers des Obajan.

Arakasi zitterte vor Müdigkeit und Anspannung. Er veränderte den Griff um das eine Messer, das glitschig geworden war vom Schweiß seiner Zweifel. Wie konnte eine Zauberin von Kurtisane ihn nur dazu verführen, daß er ihr Wohlergehen über den Willen Maras stellte, seiner Mistress, deren Leben er mehr als sein eigenes liebte? Und doch hatte Kamlio genau das getan. Für Mara würde der Obajan der Hamoi Tong sterben. Doch der Supai begriff, daß wenn er die Folgen überlebte, ein kleiner, verschlossener Teil in ihm sein eigener bleiben mußte. Seine Sorge um die Kurtisane, möglicherweise Liebe, die aber ihre Wurzeln auch in närrischem Mitleid haben konnte, schrie geradezu danach, untersucht zu werden. Die Selbstachtung, die er mit der Zerstörung des Hauses Minwanabi wiedererlangt hatte, verlangte dies: daß er seine Bedürfnisse als Mann wahrnahm und sie mit den Pflichten, die ihn täglich der Gefahr aussetzten, in Einklang brachte.

Tausende von Malen wäre er namenlos gestorben, in der Verkleidung eines Bettlers, Wanderpredigers, Seemanns, Wahrsagers, Gewürzhändlers, Gemüseverkäufers oder Boten. Und Tausende von Malen hatte er sich solchen Gefahren ohne Zögern entgegengestellt, denn er hatte in den Abgrund geschaut und fürchtete den Tod nicht. Doch jetzt, wo er eine Behinderung am allerwenigsten gebrauchen konnte, zählte es plötzlich. Wenn der Tod ihn ergriff, wollte er, daß seine Asche ehrenvoll auf dem Land der Acoma lag, und die hübsche Kurtisane mit den mißmutigen Augen sollte am Scheiterhaufen weinend seinen Namen rufen. Jetzt, da seine Identität um jeden Preis ein Geheimnis bleiben mußte, belastete ihn dieses Gefühl.

Der Fortbestand der Acoma, dessen geliebte Lady ihm wieder zu Ehren verholfen hatte, und möglicherweise das Kaiserreich selbst hingen von seiner fehlerlosen Selbstbeherrschung ab. Arakasi hatte eine solch zusammenhanglose Existenz geführt, daß Liebe ihn nur ein einziges Mal gefesselt hatte, und auch da war es eher die Loyalität der Frau gegenüber, die ihm Würde und Ehre zurückgegeben hatte. Arakasi ehrte sie wie ein Priester seine Göttin. Doch Kamlio hatte einen Teil von ihm berührt, der allen anderen verschlossen gewesen war. Besonders ihm selbst, wie er still bereute.

Das Gelächter der Frauen legte sich. Arakasi straffte sich; knirschende Schritte rissen ihn aus seiner Grübelei. Das Geräusch zeugte von Ledersandalen mit nagelbesetzten Sohlen und deutete auf einen schweren Mann hin. Eine weibliche Stimme begrüßte ihn, und bloße Füße huschten über den Boden; man brachte dem Herrn Kissen und Erfrischungen zur Entspannung, vermutete Arakasi. Er veränderte seine Position geringfügig.

Die Enge des Spalts, in dem er hockte, schien plötzlich unerträglich drückend. Er kämpfte gegen den instinktiven Wunsch an, nach Luft zu schnappen, sich zu bewegen, voreilig zu handeln. Doch er zwang seine Muskeln, sich trotz der Schmerzen zu entspannen und so zu bleiben, wie sie waren. Die vermischten Parfumdüfte wehten in der heißen Luft und gelangten auch durch die Lücken zwischen dem Gips und den Balken. Jetzt hörte Arakasi das Klirren ausgesuchter Kristallgläser, als Dienerinnen ihrem Herrn Erfrischungen brachten; später hörte er einen Vielle-Spieler, der eine Sängerin begleitete. Er roch süße Öle und hörte die tiefen, zufriedenen Seufzer eines Mannes, der von geübten Masseuren behandelt wurde. Der mißhandelte Körper des Supai dagegen wurde von Krämpfen gequält.

Geduld, mahnte er sich schweigend.

Mit halbgeschlossenen Augen betrachtete Arakasi das Bild unter sich. Der Musiker war zu einem langsameren Rhythmus übergegangen, und die Sängerin hatte inzwischen auf Worte verzichtet und summte statt dessen träge. Die Kristallkaraffe mit dem gewürzten San-Wein klang hell, als sie auf dem polierten Tablett aus Stein abgesetzt wurde – inzwischen beinahe leer, wie Arakasi am Glasrand erkannte. Wachskerzen waren weit heruntergebrannt. Das schwache Licht, das durch die winzigen Risse in der Decke heraufdrang, hatte jetzt den wärmeren Schein einer Öllampe. Arakasi hörte das Rascheln von feinem Stoff, der beiseite geschoben wurde, und der Herr erhob sich mit einem leichten Knacken in den Kniegelenken. Sein Seufzer war gewaltig, als er sich streckte.

Zum ersten Mal, seit er den Harem betreten hatte, sprach der

Obajan. »Jeisa.« Er hielt einen Augenblick inne; möglicherweise glitzerten seine Augen vor Lust. »Alamena, Tori.« Er wartete und ließ die greifbare Spannung sich in die Länge ziehen, während die anderen, nicht genannten Frauen zu seinen Füßen darauf warteten, ob er sie auswählen oder verschmähen würde, ohne ihre Enttäuschung oder Freude bei welcher Wahl auch immer zu verraten.

Der Obajan seufzte erneut. »Kamini«, endete er. »Der Rest meiner Blumen kann gehen.«

Arakasi blinzelte etwas fort, das er für Schweiß halten wollte. Nicht Kamini; die Götter waren heute nacht nicht gnädig. Er wünschte Kamini weit fort von der Schlafkammer des Obajan, denn sie war Kamlios Schwester.

Grimmig verbannte Arakasi Kamlio aus seinen Gedanken. Noch weitere Tagträumereien und Sorglosigkeit, und er würde hier sterben.

Ein Laden wurde zischend zugezogen; dafür öffnete sich ein anderer, und Arakasi hörte das Zirpen der Nachtinsekten über dem Knistern der Öllampe. Es war nicht kühler geworden in seinem Versteck; die Dachziegel hatten die Hitze des Tages gespeichert, obwohl die Sonne längst untergegangen war und sich bereits Tau über das Land gelegt haben mußte. Der Musiker und die Sängerin verringerten die Lautstärke jetzt zu kaum mehr als einem Flüstern, und Arakasi konnte das Rauschen von Seidenlaken hören und das erstickte Gekicher eines Mädchens. Er wartete, reglos wie ein Raubtier, und lauschte begierig auf die zufriedenen Seufzer seiner Beute, aus denen hastige, erregte Atemstöße wurden, und er wartete auch noch, als eines der Mädchen vor Vergnügen aufstöhnte ... oder was zumindest wie Vergnügen schien. Arakasi verbannte seine Gedanken an eine andere Frau, die seit ihrer Kindheit dazu erzogen worden war, alle Feinheiten der Leidenschaft vorzutäuschen ...

Arakasi schalt sich im stillen. Er hatte zuviel geschwitzt, und die Austrocknung machte ihn gefährlich benommen. Er zwang sich zur Konzentration, jeden Muskel in höchster Anspannung. Das Messer in seiner Hand fühlte sich an wie die Verlängerung seines Körpers, als der Obajan umschlungen von Mädchen und Laken den Mund öffnete und auf dem Höhepunkt der Erlösung aufschrie.

Dieser Augenblick war der einzige, in dem der Herrscher über die Hamoi Tong mehr als einen Handgriff entfernt von seinen Waffen und Wachen war, nackt und ganz und gar dem körperlichen Akt hingegeben.

Der Supai stieß sich ab und krachte in einer Fontäne aus Gipsstücken, Splittern und Staub durch die Decke. An die Dunkelheit gewöhnt, erkannte er im Lampenlicht deutlich die hügeligen Formen der Gestalten auf der Schlafmatte. Er entschied sich für die größte und winkelte sein Messer entsprechend ab.

Dann prallte er auf die schwitzenden Körper und trieb den kostbaren Stahl in menschliches Fleisch. Arakasi spürte, wie die Klinge von Sehnen und Knochen abgelenkt wurde. Er hatte den tödlichen Stoß verfehlt.

Der Obajan hatte einen gewaltigen Körper, aber kein Gramm Fett. Das Stöhnen vor Vergnügen wandelte sich jetzt zu einem Schmerzensschrei. Doch Arakasi flog von seiner Beute wie ein Fisch von einem Fischerboot. Seine Ferse verhakte sich am Bein einer der Frauen, und er stürzte. Der Obajan war nicht nur stark, er war auch schnell. Seine Hand schoß zu den Waffen neben dem Bett. Drei Pfeile krachten in die Seidenlaken, noch während sich Arakasi zur Seite rollte. Ein Mädchen schrie gellend auf.

Die Öllampe erlosch. Der Vielle-Spieler glitt zu Boden, und die Sängerin heulte hysterisch. Dumpfe Schritte ertönten jetzt im Gang, während Arakasi sich von den Laken befreite und ein Mädchen abschüttelte, das ihre Nägel in seine Schulter grub. Ein zweites Messer glitt in seine Hand, als besäße es ein eigenes Leben, um seinem Wunsch entgegenzukommen. Mit einem Zucken seines Handgelenks rammte sich die Klinge in den Nacken des Obajan.

Der Herrscher der Hamoi Tong brüllte wutentbrannt auf. Doch die Klinge hatte die Arterie getroffen, und Blut schoß in einer Fontäne empor. Er versuchte, den Schwall mit der Hand aufzuhalten und hätte sich beinahe den Daumen an der scharfen Kante abgetrennt, die noch herausragte. Vor dem blassen Umriß der Tür sah Arakasi die Schultern des Mannes erzittern, während das Leben aus ihm herausfloß. Die Haarlocke fiel über seinen Rücken, während er auf die Knie sank, die Brust blutüberströmt.

Arakasi wirbelte herum, schleuderte die Mädchen und Laken in die Dunkelheit. Er warf ein Kissen hinter sich, auf das Geräusch ihn verfolgender Schritte zu. Jemand stolperte und stürzte mit lautem Aufprall auf die Bodenfliesen. Vier weitere Wachen hielten fälschlicherweise diesen Mann für den Attentäter und drückten den Unglücklichen zu Boden. Seine Protestschreie verbargen Arakasis Bewegungen, als er, mit der Hand an der Mauer, zum anderen Ende des Raums hastete.

Die Sterne erhellten das Zimmer gerade genug, daß er sehen konnte. Arakasi zog ein weiteres Messer aus seiner Gürtelschlaufe, bemüht, daß es nicht zufällig unter einem Lichtstrahl aufblitzte und seine Position verriet. Er schleuderte die Klinge einem der Wächter in den Bauch, und der Mann heulte auf. Sein Schreien lenkte die anderen ab, und Arakasi hatte Zeit, weitere Messer zu ziehen und die vier Wachen auszuschalten, die von draußen hereinstürmten. Sie starben einer nach dem anderen zwischen den Schreien der Frauen und des verwundeten Wächters auf dem Boden. Der Obajan lag reglos auf dem Bett.

Arakasi schlüpfte durch den Laden und schlich um den Türsturz herum, außer Sichtweite. Er wagte nicht nachzusehen, ob eines der Mädchen ihn hatte gehen sehen, ob sie ihn verrieten. Mit einem kraftvollen Sprung, der nur einem gewaltigen Adrenalinstoß zu verdanken war, hechtete er in die Höhe und krallte sich am Eckbalken des Daches fest. Er hievte sich hoch und kroch in den Schatten unter dem Dachvorsprung, die letzte Klinge zwischen den Zähnen.

Er hatte sich gerade in sein Versteck zurückgezogen, als Schritte vom Flur in den Raum donnerten.

»Nach draußen!« schrie einer der Hamoi Tong. »Der Mörder ist in den Garten geflohen!«

Verzweifelt griff Arakasi nach einer Schindel an der Dachrinne. Mit einem Hieb von unten löste er das Stück und warf es in ein Blumenbeet. Ein scharfäugiger Wächter schoß sofort durch die Tür und geradewegs in die Büsche, die er mit seinem Schwert gründlich zerhackte. Arakasi hätte mit seinen Fingerspitzen den Kopf des Mannes berühren können, als dieser unter ihm vorbeihuschte.

Noch mehr Attentäter strömten in den Garten. »Wo ist er?«

Der Mann mit dem Schwert hielt inne. »Ich habe etwas gehört.«

»Schnell!« rief der zweite Wächter. »Wir brauchen Fackeln! Der Mörder entkommt, während wir noch zögern!«

Sie verteilten sich, durchkämmten den Garten, während Männer mit Fackeln herbeikamen und die Suche unterstützten. Arakasi ließ sich vom Dach herunter. Ein Schatten in der Dunkelheit, verschwand er hinter einem angrenzenden Laden und schlich zurück ins Haus. Noch hatten die Verfolger nicht daran gedacht, ihn dort zu suchen.

Immer mehr Männer strömten aus dem Schlafzimmer. Sie trafen den ersten, der wieder von draußen zurückkehrte. »Er muß über die Mauer geflüchtet sein. Sucht die Grenze ab, bevor er tatsächlich entkommt!«

Laute Fragen erschollen aus dem Haremsinnern. Die Neugkeit vom Tod des Obajan hatte die Bediensteten geweckt, und einige gerieten in Panik. Die Tong waren rasch und unbarmherzig in ihrer Rache, und da das Haus so gut bewacht wurde, würden sie schnell vermuten, daß wer immer ihren Herrn getötet hatte, einen Komplizen oder eine Komplizin unter der Dienerschaft haben mußte. Möglicherweise würden alle umgebracht werden, um zu verhindern, daß die verräterische Person überlebte. Die intelligenteren Bediensteten begriffen, daß ihre beste Chance in der Flucht lag. Furcht allein kettete diese Unglückseligen an die mörderische Bruderschaft; die meisten würden die Aussicht auf eine unsichere Zukunft vorziehen, statt sich einem unehrenhaften Tod zu stellen.

Arakasi konnte nur hoffen, daß die Verwirrung durch die Dutzenden von erschreckten Bediensteten ihm entgegenkam, denn wenn auch jeder vernünftige Mensch zu fliehen versucht hätte, war sein Auftrag noch nicht ganz abgeschlossen. Um Maras willen mußte er in das Arbeitszimmer des Obajan zurückkehren und die Pergamentrolle mit den Auflistungen der Tong stehlen.

In dem Schlafzimmer war es jetzt still. Arakasi mußte damit rechnen, daß die Wachen ihren toten Herrn im Eifer des Gefechts zurückgelassen hatten. Er betrat den Raum durch die selbe Tür, durch die er geflohen war, und fand sich dem Anblick eines Gemetzels gegenüber.

Überall im Umkreis von drei Metern vom Bett war Blut. Neben dem abgeschlachteten Herrn kauerten zwei nackte Mädchen; das Sternenlicht malte ihre Körper in silbrigen Konturen. Eine von ihnen starrte ihn schweigend an. Mit halbwahnsinnigen, monotonen Bewegungen versuchte sie, scharlachrotes Blut von der hoffnungslos verschmierten Haut zu wischen. Die andere krümmte sich wimmernd in den Laken. Sie war von einem Giftpfeil getroffen worden und konnte sich nicht mehr erheben. Mit grimmiger Entschlossenheit holte Arakasi sich zwei Messer zurück; das eine zog er aus dem Nacken des Obajan und das andere aus dem Bauch eines Wächters, der zu Füßen seines Herrn lag.

Arakasi trat ans Fußende des Bettes und betrachtete die verwundete Kurtisane. Er hielt jäh inne, seine Aufmerksamkeit gegen seinen Willen von ihrem Anblick gefesselt. Die Haare der jungen Frau ergossen sich wie ausgelaufenes Öl im Mondlicht um ihr Gesicht, hellgolden und glänzend. Ihr Gesicht war nach oben gewandt und wurde vom flackernden Fackellicht aus dem Garten beleuchtet. Seine Brust zog sich zusammen, als er erkannte, daß sie die gleichen Gesichtszüge hatte wie ihre Schwester.

Sie waren Zwillinge.

Arakasi war wie betäubt, und auch seine Vernunft vermochte ihn nicht zur Besinnung zu bringen. Wie sie so im Mondlicht dalag, die Hände hilflos nach dem Pfeil greifend, der aus ihrer Brust ragte, konnte er sie nicht von der Frau unterscheiden, die er berührt, mit der er geschlafen hatte. Ein schmerzhafter Stich schoß durch seinen Kopf und drohte ihm den Atem zu rauben. Mühsam versuchte er, auf seine kalte, analytische Herangehensweise zurückzugreifen. Er war der Supai der Acoma, auf einer Mission für die Gute Dienerin des Kaiserreiches. Er mußte seinen Verstand behalten und die Pergamentrollen des Obajan finden.

Doch als er seine starken Nerven am bittersten benötigte, verließ ihn sein gefühlloses Wesen. Vor der sterbenden Kurtisane schien sein eigenes Überleben plötzlich so bedeutungslos wie der Versuch, Sonnenlicht mit bloßen Händen einzufangen

Arakasis Intellekt schrie förmlich danach, Mara die Treue zu halten, während sein Herz ihn neben dem verletzten Mädchen auf die Knie zwang. Zeit und Umstände verschwammen vor seinem Bewußtsein. Er konnte nicht länger trennen, wer die Kurtisane war, die ihn an sich gebunden hatte, und wer die Zwillingsschwester. Im düsteren Mondlicht, in dem schmerzhaften Augenblick des Verlustes, schienen sie miteinander zu verschmelzen. Gegen jeden Instinkt der Selbsterhaltung riß Arakasi ihren Körper an sich. Er streichelte sie, die mit weit aufgerissenen Augen reglos in seinen Armen hing, bis sie zitterte, keuchte und nach einer kleinen Ewigkeit schließlich aufhörte zu atmen.

Arakasi hatte das Gefühl, als wäre er geschlagen worden. Seine Nägel hatten sich in seine Handinnenflächen gebohrt, sein Lippen waren zerbissen. Es wurde ihm übel von dem salzigen Geschmack auf der Zunge und dem Gestank des Todes, der in seine Nase drang. Er bemerkte kaum die noch lebende Frau, die in den blutverschmierten Laken stöhnte. Seine Gedanken nahmen ihr Gemurmel zwar wahr, verstanden es aber nicht. Arakasi holte tief Luft und bewegte sich. Sein Herz schien stillzustehen, als die tote Frau aus seinen Armen glitt. Mechanisch reagierte er auf ein Geräusch hinter sich, drehte sich um und riß ein Messer heraus. Sein Wurf saß beinahe richtig. Der Diener, ein Kastrierter, dem die Leitung des Harems unterstand, hatte nach seinen Schützlingen sehen wollen. Das Messer verursachte einen glänzenden Schnitt an seinem Hals. Er riß den Mund auf und prallte gegen den Türpfosten. Schnell war Arakasi immer gewesen, doch jetzt waren seine Glieder unbeholfen, als er über das zu Boden gefallene Mädchen stolperte. Seine Füße verfingen sich in den blutverschmierten Laken. Er versetzte dem Kastraten einen heftigen Hieb in den Bauch und schlug ihn zur Seite. Der sterbende Mann besaß noch eine unheimliche Kraft. Arakasi suchte nach einem Halt und rutschte. Er grub seine Finger in die Wunde und erkannte an der Blutfontäne, die in sein Gesicht spritzte, daß er die Arterie getroffen hatte. Mit den Handknöcheln hinderte er den Mann am Schreien, mußte dafür aber einen Biß ertragen, der bis auf den Knochen ging.

Wären die Wächter des toten Obajan nicht damit beschäftigt

gewesen, das Anwesen nach einem Attentäter zu durchkämmen, der nach allen Regeln um sein Leben fliehen mußte, hätte der Kampf Aufmerksamkeit auf sich gezogen. Dennoch erschien es Arakasi ziemlich unwirklich, wie er an einem sterbenden Mann hing, der schräg an den Wandbehängen hinabgerutscht und dann gegen Kommoden und Tisch gefallen war. Es dauerte einige Zeit, bis der Kastrat tot war. Als seine Glieder schließlich erschlafften, taumelte Arakasi aus dem Raum.

Er hatte das Haus niemals von innen gesehen. Der Orientierungssinn, den er während seiner Wartezeit unter dem Dach hatte entwickeln können, verließ ihn jetzt, als er die Berichte suchte, die das Herz der Tong bildeten. Eine solche Schriftrolle verzeichnete jeden Vertrag und seine genaue Ausführung in Chiffren, die nur der Obajan kannte. Den Mittelsmännern wurde nichts als der Name jener Person mitgeteilt, die sterben sollte.

Die Aufzeichnungen der Tong waren das Erbe des Tiranjan, der nach dem Attentat die Leitung übernehmen mußte. Die Schriftrollen würden also nicht ungeschützt irgendwo liegen, und noch bevor die Unruhe durch die Suche nach dem Attentäter erstarb, würde der in eine geblümte Robe gekleidete Berater des Obajan den Tiranjan losschicken, sie zu holen.

Arakasi hörte entfernte Stimmen und einen Schrei. Seine Zeit in diesem Haus beschränkte sich jetzt auf weniger als ein paar Minuten, und sein Kopf war noch ganz benommen von den Erinnerungen an den qualvollen Tod einer jungen Frau. Er zwang sich mit aller Gewalt, seine letzten Vermutungen zu überdenken, als er Stunden in der stickigen Lücke unter dem Dach verbracht hatte. Dies war ein Freudenhaus, und der Obajan hatte sich Zeit für seine Vergnügen genommen. Die Schriftrolle, die niemals weit von ihm entfernt sein würde, mußte hier sein, an einem dafür vorgesehenen Ort. Die Tür mit der festesten Konstruktion mußte der Tresorraum sein, wo die Tong-Rollen aufbewahrt wurden.

Arakasi huschte den Gang entlang, so weit wie möglich in den Schatten bleibend. Er löschte die Laternen, wo er es wagte, zitternd und bei jedem entfernten Geräusch zusammenfahrend. Er kam um eine Ecke und stieß beinahe mit einem Mann zusammen, der ihm den Rücken zuwandte. Das Klirren, als er sein letztes Metallmesser herauszog, veranlaßte den Mann, sich umzudrehen. Er war ein Krieger, eingeteilt zur Bewachung einer verschlossenen Tür. Arakasi hechtete vor und zerschlitzte die Sehnen seiner Hände, noch während der Tong sein Schwert ziehen wollte. Der Supai spürte keinen Schmerz, als er seine zerbissenen, blutenden Finger gegen die Luftröhre der Wache preßte und ihn mit einem heftigen Schlag gegen das Holz rammte.

Jemand rief etwas wegen dem Lärm.

Aus Mangel an Zeit drückte Arakasi den Mann durch das Holz hindurch. Der Wachposten wehrte sich, die Augen voller Entsetzen weit aufgerissen. Als er nach hinten in den Tresorraum stolperte, tastete er mit der noch beweglichen Hand verzweifelt an der Wand entlang.

Dann sackte er zusammen. Ein Stolperdraht hatte seine Achillessehnen berührt, und Pfeile waren von den Wänden abgeschossen worden. Als er zu Boden fiel, senkte sich dieser mit einem knirschenden Geräusch, und spitze Pflöcke aus geharztem Holz ragten durch vorgesehene Öffnungen in den Fliesen hervor und spießten seine zuckenden Überreste auf.

Arakasi kümmerte sich nicht um den qualvollen Todeskampf seines Opfers. Die letzte Tat des Mannes hatte ihm einen Hinweis gegeben, und er untersuchte die Wand, wo er eine Nische zwischen den Wandgemälden fand. Er erkannte die Lücke als das, was sie war: eine Öffnung für einen Riegel, der die mechanische Falle unwirksam machen würde. Er rammte sein Messer in die Spalte und eilte weiter.

Eine Gänsehaut lief ihm über den Rücken. Er hörte eilige Schritte im Gang, die näher kamen. Vor ihm stand, nur von einer einzigen Lampe beleuchtet, ein tischähnliches Gerüst mit einem schweren Buch obendrauf. Er sprang über die Leiche, seine Gedanken rasten.

Wenn es an der Tür eine Falle gab, mußte es am Tisch ebenso sein. Wenn ein Dieb die Verteidigungsmaßnahmen bis hierher überlebt hatte, mußte er sehr talentiert sein und ein Meister raffinierter Vorrichtungen. Deshalb wählte Arakasi die unvorhersehbare Taktik: Er würde es mit Gewalt versuchen.

Arakasi spürte den metallenen Geschmack von Panik. Er griff nach der schweren Keramiklampe und schlug sie gegen die Einlegearbeit am Boden des Tisches. Er schaute auf, um das Labyrinth aus raffinierten Fäden und Hebeln auszuschalten, das eine Falle auslöste, sobald er das Buch hochheben würde. Er fand etwas anderes.

Eine fest zusammengerollte Pergamentrolle lag unter dem Mechanismus. Er zog sie heraus und warf einen Blick darauf. Chiffren waren zu sehen und rote Schleifen mit der Blume der Hamoi Tong, um es zusammenzubinden. Das Buch auf dem Tisch war nur eine Attrappe, als Ablenkung so offen präsentiert. In der Hand jedoch hielt er die wirklichen Berichte der Tong.

Die Alarmrufe kamen näher. Arakasi schob rasch die Rolle in sein Gewand und eilte aus der Tür. Er riß das Messer aus dem Loch und rannte davon, fort von den Stimmen, die um die Ecke hinter ihm zusammenströmten.

Er hastete blindlings weiter; sein Erfolg hatte ihn in neue Furcht versetzt. So weit er geplant hatte, so sorgfältig er auch für seinen Schutz gesorgt hatte – niemals war er davon ausgegangen, den Tod des Obajan zu überleben. Jetzt hatte sich der Preis verdoppelt, denn ohne die Aufzeichnungen konnte der Tiranjan seine Führungsposition nicht einnehmen. Verträge würden unerfüllt bleiben, und die Hamoi-Attentäter würden ihre Ehre verlieren. Tatsächlich hielt Arakasi den Natami der mörderischen Bruderschaft in seinen Händen. Ohne ihn würden die Tong jede Glaubwürdigkeit verlieren und sich schließlich wie Rauch in nichts auflösen.

Laute Rufe erschollen in dem Gang, den Arakasi gerade erst verlassen hatte. Sie hatten die zerbrochene Tür entdeckt, und Schreie folgten, als Wächter hineinströmten und in die Fallen stürzten, die er mit dem Dolch wieder aktiviert hatte. Die Überlebenden nahmen sofort die Verfolgung auf, verteilten sich überall im Haus. Arakasi gelang es gerade noch, einem von ihnen knapp durch das Fenster zu entkommen.

Ein Stich in der Schulter zeigte ihm, daß er von einem Pfeil getroffen war. Er war sicherlich vergiftet, doch es blieb ihm nichts anderes übrig, als es zu ignorieren. Das Gegenmittel, das er für den Fall, getroffen zu werden, mitgebracht hatte, lag zusammen mit den übrigen Sachen jenseits der Grenze. Er hetzte durch den Garten, sprang in einen Baum und warf sich über die erste Mauer. Er hielt einen Augenblick inne und hörte Pfeile durch die Zweige über seinem Kopf zischen.

Er suchte verzweifelt nach einer Möglichkeit zu entkommen. Eine in Panik geratene Gruppe von Bediensteten stürmte vorbei. Sie wollten von dem Anwesen fliehen und suchten dicht an der Mauer entlang nach einem Ausweg in die Freiheit.

Arakasi schlich sich in ihre Mitte und brachte eine Frau zum Schreien; ein Mann warf sich vor ihm auf die Knie und flehte um Gnade. Sie hatten den Supai wegen seiner schwarzen Kleidung für einen Hamoi Tong gehalten, begriff er mit beinahe hysterischer Schadenfreude. Er holte tief Luft, dann schrie er: »Die Diener haben den Obajan ermordet! Tötet sie alle!« Sein wilder Schrei zerstreute die Dienstboten in alle Richtungen, und er raste wie sie auf die äußere Mauer zu. Sollten die Tong in dieser

Verwirrung ruhig seine Spur aufnehmen, dachte er, als er sich beim Sprung über die Mauer die Handflächen aufschürfte.

Körperlich und mental am Rande der Erschöpfung, bahnte er sich den Weg zu dem Versteck, das er sich ausgesucht hatte für die unwahrscheinliche Möglichkeit, seinen Auftrag zu überleben. Dort waren das Gegengift und einige Drogen verborgen, die ihn weiter wach und aufmerksam halten würden, bis er in Sicherheit oder tot war. Er würde einen fürchterlichen Preis für die Benutzung zahlen und Wochen zur Genesung benötigen, doch das Überleben war es wert. Er nahm schnell eine bestimmte Dosis und riß sich die blutige Kleidung vom Leib. Er versteckte sie unter einem großen Stein. Aus einer anderen Phiole schüttete er eine scharfe Flüssigkeit, die seine Augen zum Tränen brachte. Es war die Essenz einer Slu-Leeth, eines großen Schwamm-Wesens, das andere Tiere mieden. Kein Hund würde einer solchen Fährte folgen. Als er sich das stinkende Gebräu auf die Haut rieb, erinnerte ihn der Stich in der Schulter daran, daß noch ein Pfeil in seinem Fleisch steckte. Er zog den mit Widerhaken versehenen Schaft heraus und schlüpfte in ein frisches Hemd. Für die zerbissenen Knöchel konnte er nichts tun, und er fluchte angesichts der Gewißheit, mit der die Hand anschwellen und sich entzünden würde.

Er konnte nichts tun, als auf die Wirkung des Gegengifts zu vertrauen, das er geschluckt hatte. Er hatte versucht abzuschätzen, welches er benötigen würde, ein Wissen, das er sich angeeignet hatte, als er die Regale Korbarghs durchstöberte.

Arakasi begann durch die Nacht zu laufen, und seine sandalenbeschuhten Füße huschten über den Pfad. Während er durch das taufeuchte Gras lief, kamen Erinnerungen an Korbarghs Ende und den Tod einer anderen Person hoch, und er bemerkte die Veränderungen in sich. Niemals wieder würde er solche Maßnahmen gegen einen Mann ergreifen können, nicht für Mara, nicht aus Pflicht, nicht für die Ehre. Nicht, seit er eine sterbende Kurtisane in den Armen gehalten und sie für einen Augenblick mit einem anderen Mädchen verwechselt hatte. Wenn Korbarghs Gegenmittel und das Gift in seinem Körper nicht zusammenpaßten ... Arakasi war fatalistisch – bis eine andere Erinnerung in seine Gedanken trat: das wahnsinnige Mädchen im Zimmer des Obajan. Ihr tränenreicher hysterischer Ausbruch spulte sich jetzt vor seinem geistigen Auge noch einmal ab, und ihr Gemurmel bekam nun eine furchterregende Klarheit. Sie hatte gesagt: *»Er kennt Kamini!«*

Kamini war nur die eine Hälfte der Zwillinge; die eine gehörte einem impotenten alten Mann, die andere lag tot neben dem Obajan. Arakasi begann zu rennen, schon jetzt atemlos und voller Schmerzen. Zum ersten Mal in seinem Leben betete er inbrünstig zu den Göttern Kelewans, flehte Sibi an, ihn nicht in die Hallen ihres Bruders Turakamus zu holen. Er benötigte Glück oder ein Wunder, am besten beides. Seine Unaufmerksamkeit im Schlafzimmer des Obajan war ein Fehler gewesen, der Kamlio den Tod bringen würde. Er hatte das wahnsinnige Mädchen leben lassen, immer noch murmelnd, und ein Attentäter wurde gesucht. Die Hamoi Tong würden nicht jeden Spalt in der Dunkelheit durchsuchen können. Doch bei Tageslicht, wenn der Tiranjan die folgenden Aktivitäten leiten mußte, würde eine systematischere Suche beginnen. Die Kurtisane würde befragt werden.

Eine zweite Erkenntnis brach sich Bahn: Wegen Kamlio konnte er zum Reden gebracht werden, sollte er gefaßt werden. Er würgte seine Qual hinunter. Die einzige Möglichkeit, den von ihm geliebten Zwilling zu schützen, war mit Maras Hilfe; und die einzige Weise, die Lady zu schützen, war durch Kamlio, die wußte, daß er für eine mächtige Mistress mit großem Reichtum gearbeitet hatte. Es gab wenige solcher Herrscherinnen im Kaiserreich. Die Tong würden ihre Angriffe auf Mara verdoppeln.

Wenn die Tong bisher aus Gründen der Ehre zugeschlagen hatten, würden sie es jetzt tun, um zu überleben. Arakasi würde nur Minuten vor den Attentätern bei Kamlio sein, um sie retten zu können. Wenn er einen seiner neuen Mittelsmänner in Ontoset fand, konnte er seine kostbare Bürde übergeben, doch er durfte keinen Moment vergeuden. Sobald bekannt wurde, daß der Mörder des Obajan eine Verbindung zu Kamini gehabt hatte, würde die Bruderschaft Untersuchungen anstellen, den Weg zurück vom Herrenhaus zum Sklavenhändler verfolgen, zu der überlebenden Zwillingsschwester. Sie würden Leichen am Wegrand zurücklassen. Wenn ihre Agenten in Kentosani eher Bescheid erhielten, als er Kamlio fortschaffen konnte …

Schwitzend beschleunigte Arakasi sein Tempo, durch Felder und Gärten hindurch und die festgetretene Erde eines Wildtierpfades entlang, der in die Richtung einer Durchgangsstraße führte. Wenn er jetzt doch bloß eines von Hokanus verfluchten Pferden haben könnte …

Selbst in der Gewißheit seiner Verpflichtung gegenüber Mara hatte er es doch auch aus eigenen Gründen eilig. Arakasi wurde von einem seltsamen Hochgefühl erfaßt, als hätte er jetzt erst begriffen, daß er lebte. Sein wahnwitziger Anschlag auf den Obajan war erfolgreich gewesen, und er hielt die Aufzeichnungen der Tong in seinen Händen. Der Sieg machte ihn schwindlig. Die harte Straße unter seinen Füßen, die schmerzenden Splitter in seiner Haut, das Brennen bei jedem mühsamen Atemzug – das alles waren Empfindungen, die er innerlich bejubelte. Ein Teil seines Bewußtseins erkannte, daß es die Wirkungen der Drogen waren, die er genommen hatte, doch er wußte auch, daß diese übernatürliche Wahrnehmung von der Entdeckung dessen herrührte, was wirklich für ihn auf dem Spiel stand.

Als er durch die Nacht eilte, untersuchte er diese Offenbarung. Als Sohn einer Frau der Ried-Welt hatte er die Liebe zwischen einem Mann und einer Frau niemals als etwas Geheimnisvolles betrachtet. Er hatte immer mit seinem Verstand gelebt, mit seiner Wahrnehmung und seinen Fähigkeiten, die er aus einem ausgewogenen Beobachten seiner Mitmenschen erhielt. Er hatte Maras Verbindung mit dem Barbaren Kevin gesehen und war fasziniert gewesen. Er hatte das Feuer in den Augen seiner Herrin als weibliches Bedürfnis nach der Romantisierung von Beziehungen gedeutet. Warum sonst sollte sie die Last und Mühe einer Schwangerschaft auf sich nehmen? hatte er kühl geschlossen.

Doch jetzt, als er so schnell rannte, daß ihm schier das Herz zu zerspringen drohte, schnürten ungeweinte Tränen ihm die Kehle zu, als er an eine noch lebende junge Frau mit honigfarbenen Haaren dachte und an ihre tote Zwillingsschwester. Er begriff, während er durch taufeuchte Büsche sprang und mit verblüffender Sorglosigkeit im offenen Mondlicht auf die Straße trat, daß es falsch gewesen war. Absolut falsch und dumm.

Er hatte ein halbes Leben lang gelebt und beinahe die Bedeutung der Magie verpaßt, die die Poeten Liebe nannten. Er stoppte abrupt und hielt in beiden Richtungen nach der Sänfte Ausschau, die ihn erwarten sollte.

Er fragte sich, während er nach Luft schnappte, ob er, falls er überlebte, um die eine Frau vor der Rache der Tong zu retten – er fragte sich, ob ihr zynisches, aus zertrümmerten Träumen geborenes Wesen ihr wohl jemals gestatten würde, ihn zu lehren, was er jetzt unbedingt wissen mußte. Er sehnte sich danach zu erfahren, ob die Leere, die er in sich entdeckt hatte, jemals wieder gefüllt werden konnte.

Er wirbelte herum und begriff noch etwas anderes: Dies war der letzte Auftrag, den er in dem Glauben ausführen konnte, daß es keine persönlichen Konsequenzen für ihn gab. Unwiderruflich hatte er den Abstand verloren, der ihn von seinen Mitmenschen entfernt und ihm die eiskalte, klare, neutrale Sichtweise ermöglicht hatte, durch die er zu einem wahren Meister seines Fachs geworden war.

Ein Bedürfnis war in ihm wach geworden, das ihn für immer veränderte: Er konnte nicht länger durch eine Brille gefühlloser Teilnahmslosigkeit auf andere blicken. Er konnte sie nicht länger nachahmen und ihre Identität nach Bedarf annehmen. Die hellhaarige Kurtisane hatte dies ein für allemal geändert.

Ein Nachtvogel sang irgendwo im Wald. Das Blätterwerk überdeckte die Straße und verdunkelte das Mondlicht und die feingesprenkelten Sterne. Als Arakasi im treibenden Nebel auf der leeren Straße stand, ohne jeden Anhaltspunkt, in welcher Richtung die Sänfte warten mochte, entschied er sich willkürlich für eine Richtung. In gequälter Ironie fragte er sich, ob sein Gegner im Spiel der Intrigen, Chumaka von den Anasati, auch einen solch menschlichen Fehler hatte und ohne Liebe lebte. Oder, wenn nicht, ob die neue Verletzlichkeit ihn wohl dem Angriff eines Mannes aussetzte, der bereits eine unheimliche Liebe für das Spionieren besaß und Maras unerbitterlicher Feind war.

Arakasi zermarterte sich das Gehirn; der Klang der in der Nacht munter werdenden Tiere erschien ihm wie Spott und Hohn. Er empfand in diesen wenigen Minuten mehr Qualen als in allen bisherigen Jahren seines Lebens, und eilte erschöpft, voller Furcht und doch jubelnd weiter, einer Zukunft und einem Ziel entgegen, das beängstigender war als alles, was er hinter sich gelassen hatte.

Vierzehn

Offenbarung

Der Nebel löste sich auf.

Arakasi ging benommen vor Müdigkeit durch das Viertel am Fluß von Jamar. Er hatte in den vergangenen Nächten alles getan, um seine Spuren zu verwischen, und dennoch wagte er es nicht, zum Ausruhen anzuhalten. Die Tong waren irgendwo hinter ihm, sie folgten ihm wie die Hunde der Fährte eines Wildtiers. Sie würden ihn in dieser Stadt inmitten der zehntausend Fremden verlieren und sich der anderen Spur zuwenden – jener, die zu Kaminis Schwester führte. Es blieben ihm nur wenige Tage, bevor sie Kamlio fanden.

Da Mara noch immer im Kaiserlichen Palast weilte, würde er all die kostbare Zeit, die er gewonnen hatte, verlieren. Die schnellste Handelssänfte mit zwei zusätzlichen Mannschaften aus Läufern hatte ihn in einer Woche von Ontoset nach Jamar gebracht. Schlaf war auf der holprigen Reise nicht möglich gewesen, doch sein drogengeschwächter Körper war mehrere Stunden am Tag, wenn die Träger eine Pause machten, in eine tiefe Benommenheit gefallen.

Jetzt, sechs Tage, nachdem er den Obajan getötet hatte, hatte er die erschöpften Sänftenträger am Eingang zu Jamars Hauptmarkt bezahlt und sich dann unter die Arbeiter gemischt, die die Verkaufsstände der Kaufleute aufstellten und die Waren auslegten. Jamar war der geschäftigste Handelsplatz im Kaiserreich, und das Viertel am Fluß bildete eine kleine eigene Gemeinschaft, wo auf See gehende Schiffe auf Flußboote trafen. Arakasi fand einen Bettlerjungen vor einem Bordell, das um diese frühe Stunde am Morgen noch geschlossen war. Er hielt eine Münze im Wert von hundert Centis hoch – das war mehr, als der Junge in einem ganzen Jahr erbetteln konnte. »Was ist der schnellste Weg flußaufwärts?«

Der Junge sprang auf und gestikulierte, um ihm zu zeigen, daß er nicht sprechen konnte. Arakasi bedeutete ihm, es zu zeigen. Der Junge schoß durch die Menge, die sich vor dem Stand des Wurstverkäufers versammelt hatte, und führte ihn flußaufwärts zu einer Anlegestelle, wo rund ein halbes Dutzend kleinerer Boote festgemacht war. In der Nähe eines beleibten Bootsmannes gestikulierte der Junge, daß hier der Ort wäre, wo Arakasi zu sein wünschte. Der Supai gab ihm die Münze.

Die Übergabe entging dem Bootsmann nicht, der den unsauberen Mann bisher ebenfalls für einen Bettler gehalten hatte. Als er die Münze sah, warf er ihm noch einen abschätzenden Blick zu und lächelte breit. »Ihr sucht eine Reisemöglichkeit flußaufwärts?«

»Ich muß Kentosani so schnell wie möglich erreichen«, antwortete Arakasi.

Stolz breitete sich auf dem rundlichen Gesicht des Mannes aus. »Mir gehört das schnellste Boot in der Stadt, guter Herr.« Er deutete zum Fluß auf ein niedriges, sauberes Botenboot mit einer winzigen Kabine, das in einiger Entfernung vom Pier angebunden war. »Ich nenne sie *Flußherrin.* Vier Bänke für acht Ruderer und volle Segel.« Arakasi begutachtete ihre Konturen und die wirkungsvollen dreieckigen Segel. Sie war möglicherweise nicht ganz so gut wie die Prahlerei ihres Besitzers, doch er würde auf der Suche nach einem unwesentlich schnelleren Boot nur unnötig Zeit verlieren.

»Sie macht einen ordentlichen Eindruck«, erklärte Arakasi neutral. »Sind die Ruderer an Bord?«

»Allerdings«, sagte der Kapitän. »Wir warten auf einen Händler aus Pesh, der nach Sulan-Qu möchte. Er hat die Kabine, doch wenn Ihr bereit seid, zunächst auf Deck zu reisen, könnt Ihr sie von Sulan-Qu bis Kentosani benutzen. Der Preis beträgt normalerweise fünfhundert Centis, aber da Ihr das Boot die Hälfte der Zeit teilen müßt, nehme ich dreihundert.«

Arakasi griff in eine verborgene Tasche in seinem Ärmel und zog einen Silberklumpen von der Größe eines Daumennagels hervor. Beim Anblick des glänzenden Metalls von mehr Wert, als jeder Bootsmann jemals auf einmal zu sehen erwarten konnte, weiteten sich die Augen des Kapitäns. »Ich nehme die Kabine«, sagte Arakasi fest entschlossen. »Und wir fahren sofort. Der Händler aus Pesh muß sich nach einem anderen Gefährt umsehen.«

Welche ethischen Widerworte dem Kapitän auch auf der Zunge gelegen haben mochten, sie erstarben sofort. Angesichts des angebotenen Reichtums stolperte er beinahe nach hinten, als er sich beeilte, Arakasi zu dem Dingi zu geleiten, das am unteren Ende der Anlegestelle schaukelte. Sie stiegen die Leiter hinab, und der Kapitän ruderte, als würden zehntausend Dämonen ihn verfolgen, damit nicht womöglich noch der Händler auftauchte und die Ehre von ihm verlangen würde zurückzukehren.

Arakasi ging an Bord, während der Kapitän das Dingi am Anlegeplatz vertäute und die *Flußherrin* losmachte. Der grüne Rumpf war unsauber bemalt, doch es gab keine Anzeichen von Fäulnis oder mangelhafter Wartung. Der Kapitän mochte ein sparsamer Mann sein, aber er hielt sein Boot in Ordnung.

Die Ruderer und der Steuermann erhielten ihre Befehle, und der Kapitän führte Arakasi zu der winzigen Kabine, während die *Flußherrin* wendete und ihren Weg in der Strömung flußaufwärts nahm.

Die Kabine war wenig mehr als ein kleiner Schuppen mittschiffs zwischen dem Steuer und den Ruderern, doch es gab genug Platz zum Schlafen für zwei Leute. Zwei kleine Luken an beiden Seiten ließen ein wenig Licht herein, und eine kleine Öllampe würde nachts für Licht sorgen. Die Kabine war dunkel und modrig, ein schwacher, muffiger Geruch von altem Lampenöl und dem Parfum des Vorgängers. Die Luken hatten verblaßte Seidenvorhänge, und die Kissen waren an den Kanten abgewetzt und mitgenommen, doch Arakasi hatte schon Schlimmeres gesehen.

»Es wird gehen«, sagte er. »Nun, da ist etwas, das ich verlange: Niemand darf mich stören. Jeder, der die Kabine betritt, bevor wir Kentosani erreichen, wird sterben. Ist das klar?«

Arakasi war nicht der erste merkwürdige Passagier des Bootsbesitzers, und angesichts des Preises, den Arakasi bezahlt hatte, waren seine Bedingungen kein Hindernis.

Arakasi setzte sich hin und schloß die kleinen Türen, dann holte er das Bündel aus seiner Robe hervor. Er hatte die Aufzeichnungen der Tong stets dicht am Körper getragen, seit er vom Besitz des Obajan geflohen war. Jetzt, als er die erste Möglichkeit hatte, sich die Seiten anzusehen, begann er mit der Aufgabe, die kodierten Einträge zu studieren. Doch die fremden Zeichen verschwammen vor seinen Augen. Sein Kopf sackte vornüber auf das vergilbte Pergament, und er fiel in einen tiefen Schlaf.

Als er das Bewußtsein wiedererlangte, zeigte ihm ein Blick durch eine der Luken, daß sie auf halbem Weg zur Heiligen Stadt waren. Er hatte zwei Tage und eine Nacht durchgeschlafen. Er nahm etwas von dem Früchtekorb, der vermutlich für den Kaufmann aus Pesh hingestellt worden war, und begann, die Chiffren der Tong zu entziffern. Es war ein raffinierter Kode, aber nicht unlösbar für Arakasi, der die nächsten drei Tage ohnehin nichts anderes zu tun hatte. Es gab vier Spalten, und er vermutete, daß jeder Eintrag aus vier verschiedenen Informationen bestand: das Vertragsdatum, der vereinbarte Preis, der Name des Ziels und der Name der Person, die den Vertrag abgeschlossen hatte. Bis auf die paar letzten waren alle abgehakt.

Arakasi blätterte in den Berichten zurück, bis er auf einen anderen Eintrag ohne Häkchen stieß. Er schätzte, daß es sich um Maras Namen handelte, und die Person, die den Preis aussetzte, mußte Desio von den Minwanabi sein. Noch weiter zurück fehlte wieder ein Haken, und dort stand ebenfalls Maras Name bei dem Eintrag, zusammen mit Desios Vater Jingu. Der Vergleich der Einträge verdeutlichte, daß es sich um einen sehr komplexen Kode handelte, der einen mit jedem Eintrag leicht abgewandelten Schlüssel benutzte.

Stundenlang studierte Arakasi die Seiten, versuchte die eine, dann die andere Lösung, verwarf eine dritte. Doch nach anderthalb Tagen harter Arbeit begann er allmählich, ein Muster in den Veränderungen zu erkennen.

Als er Kentosani erreichte, hatte er den Bericht übersetzt und mehrere Male durchgesehen. Er ließ sich Stift und Papier vom Kapitän bringen und fertigte für Mara einen Schlüssel an, da er sich aus Furcht, der Bericht könnte in andere Hände fallen, nicht traute, ihn zu übersetzen. Doch er markierte den einen Eintrag, den er mit einigem Kummer enthüllt hatte, denn die damit verbundenen Notwendigkeiten erforderten die Aufmerksamkeit seiner Lady.

Als das Boot die Heilige Stadt erreichte, sprang Arakasi vom Deck auf das Pier, ehe der Besitzer richtig angelegt hatte, und verschwand ohne ein weiteres Wort in der Menge. Er hielt nur lange genug an, um passende Kleidung zu erstehen, und eilte zum Palast. Dort angekommen, ließ er Lady Mara benachrichtigen und wartete voller Ungeduld bei den Kaiserlichen Wachen, während seine Botschaft von einem Diener zum nächsten gereicht wurde und schließlich Mara erreichte. Hätte er mehr Mut oder Zeit gehabt, hätte er sich eine Verkleidung ausgedacht und sich ihr direkter genähert. Doch die Pergamentrolle war zu wichtig, als daß er riskieren konnte, von den Kaiserlichen Weißen als Attentäter getötet zu werden.

Schließlich wurde er zu Mara in ihren privaten Garten geführt. Sie lächelte ihm zu, doch ihr fortgeschrittener Zustand machte es ihr unmöglich, sich zur Begrüßung zu erheben.

Eine frische Nachmittagsbrise wehte und wirbelte zwischen den Steinen der Bepflanzungen Staub auf, als der Supai sich vor Mara verbeugte.

»Lady, der Auftrag ist ausgeführt.« Hinter seiner ansonsten trockenen Art wurden Gefühle sichtbar.

Mara entging die Veränderung in ihrem Supai nicht. Ihre Augen weiteten sich, und sie bedeutete ihren Bediensteten, sie allein zu lassen, dann forderte sie Arakasi auf, sich neben sie auf die Bank zu setzen.

Arakasi gehorchte und überreichte seiner Herrin ein in Seide eingewickeltes Bündel. Sie öffnete es und sah die Pergamentrolle mit den roten Bändern und dem Zeichen der Hamoi-Blume.

»Die Tong sind vernichtet?« fragte Mara.

Arakasis Stimme kündete von Müdigkeit; das war ungewohnt bei ihm. »Beinahe. Es gibt noch eine kleine Aufgabe zu erledigen.«

Mara blickte auf die Chiffren, sah den Schlüssel und legte den Bericht für eine spätere Begutachtung beiseite. »Arakasi, was ist los?«

Der Supai fand nur schwer die richtigen Worte. »Ich habe … etwas über mich erfahren … auf dieser Reise, Mistress.« Er holte tief Luft. »Ich bin möglicherweise nicht mehr der Mann, der ich einst war …, nein, ich bin ganz sicher nicht mehr der Mann, der ich einst war.«

Mara widerstand dem Impuls, ihm in die Augen zu blicken. Sie versuchte nicht, seine Zweifel zu erraten, sondern wartete darauf, daß er fortfuhr.

»Mistress, jetzt, wo die Herausforderung an uns besonders groß ist, durch die Versammlung und Jiro von den Anasati ... ich bin nicht sicher, ob ich den vor uns liegenden Aufgaben noch gewachsen bin.«

Mara nahm seine Hand in sanfter Anteilnahme. »Arakasi, ich habe immer Euren Einfallsreichtum bewundert und mich über Euch amüsiert, wenn Ihr geheimnisvoll in dieser oder jener Verkleidung erschienen seid.« Sie sah ihn mit einem ernsten, doch warmherzigen Blick an. »Aber für jede seltsame Verkleidung gab es eine Geschichte, einen Auftrag voller Gefahren und Schmerzen.«

»Eine junge Frau ist gestorben«, sagte Arakasi.

»Wer war sie?« wollte Mara wissen.

»Die Schwester einer anderen.« Er zögerte, schmerzhaft unsicher.

»Sie bedeutet Euch etwas, diese andere Frau?«

Arakasi starrte in den grünen Himmel über sich und rief sich ein Gesicht in Erinnerung, das von dem Anblick einer höhnischen Kurtisane zu dem einer sterbenden Frau wechselte. »Ich weiß es nicht. Ich habe niemals jemanden wie sie gekannt.«

Mara schwieg einen Augenblick. »Ich habe gesagt, daß ich Euch von allen, die in meinem Dienst stehen, am meisten bewundere.« Sie schaute ihm fest in die Augen. »Doch von allen mir am nächsten stehenden Offizieren habt Ihr am wenigsten den Eindruck erweckt, als würdet Ihr Zuneigung brauchen.«

Arakasi seufzte. »Tatsächlich habe auch ich gedacht, daß ich dieses Bedürfnis nicht hätte. Jetzt bezweifle ich das.«

»Ihr seid der Meinung, daß der Supai der Acoma sich keine Freundschaften leisten kann?«

Arakasi schüttelte energisch den Kopf. »Nein, das kann er nicht, und deshalb haben wir ein Problem.«

»Was für ein Problem?« fragte sie.

Arakasi erhob sich, als gäbe er einer Unruhe nach, um seine innere Qual zu besänftigen. »Der einzige Mann, dem ich es zutraue, Euch an meiner Stelle zu schützen, ist unglücklicherweise genau jener, der Euch zu vernichten sucht.«

Mara blickte auf, und Humor blitzte in ihren Augen auf. »Chumaka von den Anasati?«

Arakasi nickte. »Ich muß weiterhin seine Agenten suchen und vernichten.«

»Was ist mit dieser unerledigten Angelegenheit der Tong?«

Arakasi erkannte sofort, daß sie die ganze Geschichte hören wollte, und so erzählte er von seiner Reise in den Süden, die schließlich zum Tod des Obajan geführt hatte. Er erwähnte das Risiko, das die Kurtisane Kamlio für sie darstellte. »Solange die Tong noch Hoffnung hegen, ihre Berichte zurückzuerhalten, werden die Attentäter alle töten, die möglicherweise Informationen haben. Erst wenn ihre Ehre öffentlich in Mitleidenschaft gezogen wurde, werden sie wirklich vernichtet sein. Diese Rolle ist das einzige Mittel, das sie haben, um sicherzustellen, wen sie töten sollen. Wenn erst bekannt wird, daß die Berichte gestohlen wurden, kann jeder behaupten, daß die Tong einen Tod schuldig sind, ohne daß sie die Person nachweislich der Lüge bezichtigen können. Mehr noch, die Rolle ist ihr Natami, und wenn sie fort ist, heißt dies, daß Turakamu nicht länger wohlwollend auf sie herabblickt.«

Arakasi schob seine Finger in die Schärpe. Er hielt inne, als würde er nach Worten suchen. »Wenn Ihr die Berichte eingehend studiert habt, werde ich dafür sorgen, daß jeder Gerüchtemacher in der Heiligen Stadt von dem Diebstahl erfährt. Sowie sich die Nachricht verbreitet, werden die Tong sich in Luft auflösen wie Rauch.«

Wieder ließ Mara sich nicht von dem anderen, tieferliegenden Thema ablenken. »Diese Kurtisane, ist sie diejenige, die … diese Veränderung in Euch bewirkt hat?«

Arakasis Augen verrieten seine Verlegenheit. »Möglicherweise. Vielleicht ist sie aber auch nur ein Symptom. Wie auch immer, sie ist … eine Gefahr für Eure Sicherheit. Schon aus Klugheit sollte sie … zum Schweigen gebracht werden.«

Mara unterzog den Supai eine Weile ihrem prüfenden Blick, dann kam sie zu einer Entscheidung. »Geht und rettet sie vor den Tong«, befahl sie. »Bringt sie zum Schweigen, indem Ihr sie unter den Schutz der Acoma stellt.«

»Es wird eine Menge Geld kosten, Mistress.« Sein Hinweis auf ein praktisches Problem konnte kaum seine Erleichterung und Verlegenheit verbergen.

»Mehr als Ihr jemals von mir verlangt habt?« erwiderte sie mit gespieltem Erschrecken. In all den Jahren war Arakasi ihr teuerster Offizier gewesen, und die üppigen Ausgaben, die sie ihm zugestanden hatte, hatten ihr jedes Mal ordentliche Schelte von Jican eingebracht.

»Das ist nichts, was ich für die Acoma tue«, gestand er in einer Art Bitte, die irgendwie seine eiserne Beherrschung durchbrochen hatte. Er war nicht der treue Diener, sondern ein Bittender. Nur einmal zuvor hatte Mara ihn so erlebt, als er sich als Versager empfunden und sie um die Erlaubnis gebeten hatte, sich das Leben mit dem Schwert nehmen zu dürfen. Sie erhob sich und drückte seine Hand. »Wenn Ihr dies für Euch selbst tut, dann auch für die Acoma. Dies ist mein Wille. Jican ist drinnen. Er wird Euch zur Verfügung stellen, was immer Ihr benötigt.«

Arakasi setzte zum Sprechen an, doch er fand keine Worte. Er verneigte sich daher nur kurz: »Mistress.«

Sie sah ihm nach, wie er verschwand, und als er ihre Gemächer im Palast betrat, winkte sie eine an der Türschwelle wartende Dienerin herbei. Sie benötigte ein kühles, beruhigendes Getränk. Als die Zofe zu ihr kam, dachte Mara über die möglichen Folgen nach. Sie war ein Risiko eingegangen, indem sie ihn ermutigt hatte, die Kurtisane zu verschonen. Doch dann stellte sich die Frage, wie sie mit einer Bitterkeit dachte, die vergangenen Verlusten entstammte, was die Zukunft irgendwem von ihnen bringen würde, wenn sie in Herzensangelegenheiten keine Zugeständnisse machte …

Das Licht schien durch die Kuppel herab. Es fing sich wie Feuer auf dem goldenen Thron und warf dreieckige Muster über das pyramidenförmige Podest. Zwanzig Stufen tiefer wärmte es die Marmorfliesen und blitzte auf dem Geländer, vor dem die Bittsteller knieten, wenn sie eine Audienz beim Licht des Himmels hatten. Trotz des kleinen Sklavenjungen, der eifrig mit dem gefiederten Fächer wirbelte, herrschte stickige Luft im Thronsaal des Kaisers. Die Beamten schwitzten unter ihren Gewändern, und der jüngere von ihnen, Lord Hoppara, saß reglos da. Der ältere Lord Frasai lehnte sich in den Kissen zurück und nickte dann und wann unter seinem Zeremonienhelm, als würde er gegen große Müdigkeit ankämpfen.

Die fünf anwesenden Priester murmelten etwas und kümmerten sich um die Weihrauchfässer, bereicherten die bereits stickige Atmosphäre noch um den intensiven Geruch von Weihrauch.

Auf dem goldenen Thron saß Ichindar, niedergedrückt unter dem Gewicht von verschiedenen Lagen von Mänteln und der gewaltigen Krone des Kaiserreiches. Er sah müde und dünn aus für einen Mann Ende Dreißig. Es war ein anstrengender Tag voller harter Entscheidungen gewesen, und die Sitzung war noch nicht zu Ende. Einmal wöchentlich hielt der Kaiser den Tag der Bittsteller ab, an dem er seinem Volk von Sonnenaufgang bis Sonnenuntergang zur Verfügung stand. Er mußte dazu auf seinem

Thron sitzen und so lange Entscheidungen treffen, wie noch Bittsteller kamen, bis die Stunde der Dämmerung gekommen war und die Priester ihre abendlichen Gebete anstimmten. Früher, als der Kriegsherr noch den Vorsitz über den Rat geführt hatte, war der Tag der Bittsteller etwas Zeremonielles gewesen. Bettler, niedere Priester, Gewöhnliche mit armseligen Beschwerden – sie alle hatten sich versammelt, um der Weisheit eines Herrschers zu lauschen, der Geheimnisse mit ihren Göttern teilte. Ichindar war oft in seinem Stuhl eingenickt, während die Priester als seine Stimme fungierten, Almosen oder Ratschläge entsprechend der Rechtschaffenheit ihrer Götter verteilten.

Seither hatte sich das Wesen des Tages der Bittsteller geändert. Diejenigen, die jetzt um Audienz baten, waren häufig Edle, oft sogar Feinde, die versuchten, die kaiserliche Herrschaft über Tsuranuanni zu schwächen. Jetzt saß Ichindar steif auf dem Goldenen Thron und spielte das tödliche Spiel des Rates, in Worten, in Urteilen und im Wissen, daß es häufig um seine eigene Vormachtstellung ging. Bei Sonnenuntergang war er regelmäßig erschöpft, und an vielen Tagen konnte er sich nicht zuverlässig an den Namen der Frau erinnern, die in dieser Woche das Bett mit ihm teilte.

An diesem Tag traute er sich nicht, seinen Kopf mehr als nur einen Bruchteil zu beugen, damit nicht das Gewicht der Krone seinen Nacken nach unten riß. Er winkte der Frau zu, die auf weißgoldenen Kissen zu seinen Füßen saß, die Fingernägel goldbestäubt.

»Lady, Ihr solltet nicht hier sein, sondern Euch im kühlen Garten beim Rauschen der Springbrunnen entspannen.«

Hochschwanger und müde genug, daß ihre Haut durchsichtig schimmerte, brachte Mara ein Lächeln zustande. »Wenn Ihr mir einen Befehl erteilen wollt, werde ich das Ansehen Eurer Autorität ruinieren, indem ich mich weigere zu gehen.«

Ichindar unterdrückte ein Kichern hinter einem perlenbestickten Ärmel. »Das würdet Ihr tun, Ihr unerträglich eigenwillige Frau. Als ich Euch zur Guten Dienerin des Kaiserreiches machte, habe ich ein Monster erschaffen.«

Maras Lächeln verschwand, als sie ihren Kopf dem nächsten sich nähernden Bittsteller zuwandte. Der Mann verbeugte sich. Ihre Augen wurden hart wie kostbares Metall und die Hände in ihrem Schoß kreideweiß.

Ichindar folgte ihrem Blick und stieß zwischen zwei Atemzügen etwas aus, das eine Lästerung der Götter sein mochte. Einer der Priester fuhr verärgert herum, schaute dann aber rasch wieder nach vorn, als die Stimme des Kaisers in der gewölbten Audienzkammer ertönte.

»Lord Jiro von den Anasati, wisset, daß Ihr das Ohr der Götter habt durch unser Ohr. Der Himmel wird Eure Bitte anhören, und wir werden antworten. Erhebt Euch. Ihr habt die Erlaubnis zu sprechen.«

Die leicht knallenden Konsonanten warnten vor Ichindars Gereiztheit. Seine haselnußbraunen Augen blickten kühl, als er zusah, wie der Lord der Anasati sich aus seiner ehrerbietigen Haltung erhob und am Geländer stand, den gierigen Blick auf den Goldenen Thron konzentriert und auf die Frau, die vor ihm saß, zu Füßen des Kaisers. Jiro verbeugte sich erneut. Obwohl er die Formen der Höflichkeit befolgte, wirkte die anmutige Ausführung wie Spott.

»Der Kaiserliche Rat ist heute zusammengetreten«, begann er. »Guten Tag, Lady der Acoma, Gute Dienerin des Kaiserreiches.« Seine Lippen wurden zu einer dünnen Linie, was ein Freund durchaus für ein Lächeln halten mochte. Ein Feind wußte es besser.

Mara spürte, wie ein Frösteln ihren Körper durchlief. Niemals zuvor hatte sie sich durch ihre Schwangerschaft so hilflos gefühlt;

jetzt jedoch, unter Jiros räuberischem Blick, entmutigte sie ihre Unbeholfenheit und Schwerfälligkeit. Dennoch verlor sie nicht die Beherrschung und weigerte sich, einen gehetzten Eindruck zu machen.

Ichindars Stimme durchbrach die Stille, während die Lady der Acoma und der Lord der Anasati ihre Blicke maßen. So schlank und mitgenommen der Kaiser auch aussehen mochte, seine Autorität war real, hing greifbar in der Luft, sogar in dieser gewaltigen Halle. »Wenn Ihr als Bittsteller zu uns gekommen seid, Lord Jiro, werdet Ihr Eure Zeit nicht mit gesellschaftlichen Floskeln verschwenden.«

Ganz der zuvorkommende Höfling, wischte Jiro den Tadel mit einem Aufblitzen von Gold beiseite; er trug Metallringe, seine einzige Affektiertheit, mit der er mit seinem Reichtum protzte. Der Rest der Kleidung war schlicht. »Aber mein Herrscher«, protestierte er in sanft vertrautem Ton, »ich komme wirklich als Bittsteller. Und der Grund dafür ist, wie ich zugeben muß, ein gesellschaftlicher.«

Mara widerstand dem Drang, sich auf den Kissen zu bewegen. Was konnte Jiro vorhaben? Sein informeller Ton allein war eine Beleidigung des Lichts des Himmels, aber keine, die bemerkt werden konnte, ohne daß Schande auf Ichindars Würde fiel. Auf Jiros Unverschämtheit zu reagieren bedeutete, seiner Person zuviel Gewicht beizumessen. Niemand auf dem Goldenen Thron konnte eine so armselige Beleidigung anerkennen.

Das Licht des Himmels behielt ein frostiges Schweigen bei, während Jiro mit aufreizend gewölbten Brauen wartete. Das bevorstehende Thema würde von dem Lord der Anasati angesprochen werden müssen, wenn es überhaupt zur Sprache kommen sollte.

Jiro neigte den Kopf, als wenn er sich erst jetzt an sein wirkliches Ziel erinnerte. Das Gesicht hintergründig anzüglich und ein

Augenlid vielsagend zu einem Blinzeln gesenkt, fuhr er fort: »Ich bin gekommen, weil ich Gerüchte über die berühmte Schönheit Eurer Tochter Jehilia gehört habe. Ich bitte Euch um eine Gunst, mein Herrscher: daß Ihr Eure Freude über sie mit Eurem Volk teilt. Ich bitte darum, Ihr vorgestellt zu werden.«

Mara konnte nur mit Mühe einen Wutausbruch unterdrücken. Jehilia war noch ein Mädchen, kaum zehn Jahre alt, und hatte noch nicht einmal ihre weibliche Reife erreicht. Sie war keine Frau der Ried-Welt, die sich von wildfremden Männern angaffen ließ! Und sie war ganz sicher noch viel zu jung, als daß ihr jemand den Hof machen konnte, und sei es auch nur zur Unterhaltung der Bewerber. Jiro war von verschlagener Raffinesse, daß er es wagte, herzukommen und einen solchen Gedanken öffentlich auszusprechen. Seine Aussage war von weitreichender Bedeutung, nicht nur eine Beleidigung der Männlichkeit des Lichts des Himmels. Ohne leibliche Söhne war er gezwungen, den Fortbestand des kaiserlichen Geschlechts durch die Heirat seiner Tochter zu sichern. Es war eine krasse Unverschämtheit, wie der Lord der Anasati ganz offensichtlich dem Klatsch der Straße Glauben schenkte und unterstellte, daß der Kaiser keinen Sohn haben würde und der zweiundneunzigste gekrönte Kaiser von Tsuranuanni derjenige sein würde, der Jehilias Hand erhielt.

Doch es durften keine zornigen Worte fallen, und Mara preßte die Zähne zusammen, der vor Wut rot anlaufenden Berater neben Ichindar gewahr. Sie spürte ihre eigene Verletzlichkeit und war sich bewußt, daß die drei Priester auf dem Podest betroffen waren, ohne daß sie die Macht besaßen einzugreifen. Lord Hoppara umklammerte die Schärpe an der Stelle, wo sein Schwert gehangen hätte, wären Waffen in der Gegenwart des Kaisers nicht verboten gewesen. Ichindar, als Vater des Mädchens, saß starr wie eine Statue da. Die Juwelen auf seinem Mantel waren eingefrorene Blitze, als hätte er sich selbst das Atmen untersagt.

Einen langen, schrecklichen Augenblick rührte sich nichts in der großen Audienzhalle.

Voll beispielloser Kühnheit wagte Jiro mit träger Stimme, seiner Bitte noch etwas hinzuzufügen. »Ich habe kürzlich einige interessante Studien betrieben. Ihr wißt, mein Herrscher, daß Euch vor Eurer Herrschaft sieben kaiserliche Töchter an oder vor ihrem zehnten Geburtstag präsentiert wurden. Ich kann Euch Namen nennen, wenn Ihr möchtet.«

Mara wußte, daß dies ein zweiter Schlag in das Gesicht eines Mannes war, dessen Amt einst lediglich bedeutet hatte, sich den Familienstammbaum einzuprägen oder sich mit religiösen Angelegenheiten zu beschäftigen, die nichts mit der Herrschaft über das Kaiserreich zu tun gehabt hatten. Ichindar wußte von diesen sieben Mädchen, wenn nicht sogar von den mildernden Umständen der Geschichte, die ihre öffentliche Präsentation vor der Pubertät erzwungen hatte. Und sein Amt bestand jetzt aus weit mehr als nur religiösen Zeremonien.

Die Sonne schien heiß auf den Marmorboden, und die Kaiserlichen Wachen standen da wie Statuen. Dann legte Ichindar mit eisiger Bedächtigkeit die zu Fäusten geballten Hände auf die Lehnen des Goldenen Throns. Wut ließ sein Gesicht erstarren. Doch seine Stimme klang beherrscht wie immer, wenn er sich zu einer Antwort herabließ.

»Mylord von den Anasati«, erklärte er, und präzise ausgesprochene Konsonanten hallten von der hohen Kuppel über ihm wider, »es würde uns besser gefallen, Euch unseren Sohn zu präsentieren, wenn die Götter sich entscheiden, uns mit einem Erben zu segnen. Was unsere Tochter Jehilia betrifft – falls der Lord der Anasati Gefallen daran findet, dem Klatsch ihrer Ammen zu lauschen, die jedem Kind, das sie abgöttisch lieben, außerordentliche Schönheit zuschreiben, gewähren wir Euch die Erlaubnis für ein Porträt, das wir von einem unter unserem Schutz stehenden Künstler anfertigen und zum Anwesen der Anasati bringen lassen. Dies ist unser Wille.«

Der traditionelle Satz erklang in der Stille. Ichindar war keine Galionsfigur wie seine Vorfahren, sondern ein Kaiser, der um den Erhalt seiner Autorität kämpfte. Mara lehnte sich zurück, plötzlich schlaff vor Erleichterung; sein Umgang mit Jiros Aggression war beispiellos gewesen. Ein Porträt von einem Kind! Ichindar hatte dem Dilemma geschickt die Spitze genommen. Doch traurigerweise blieb das größere Problem. Jiro hatte als erster gewagt, den Gedanken auszusprechen, daß Jehilia der Weg für einen Ehemann zum Goldenen Thron werden würde. Sie würde nicht länger ein hübsches, kaiserliches Kind bleiben, sondern eine heiß umkämpfte Trophäe im Großen Spiel werden. Mara, die einst als Mädchen abrupt aus dem Orden der Göttin Lashima in die Wirren der blutigen Politik des Kaiserreiches gestoßen worden war, empfand Mitleid für das Kind.

Die Zügel der Herrschaft würden Ichindar an dem Tag aus den Händen gleiten, da seine älteste Tochter heiratete. Solange er nicht einen männlichen Erben zeugen konnte, würden die Traditionalisten Jehilia dazu benutzen, ihn zu schwächen, besonders, wenn ihr Mann ein mächtiger Edler von hohem Rang war.

Unten am Geländer der Bittsteller stand Jiro und verschränkte in althergebrachtem kaiserlichem Gruß die Arme über der Brust. Er verbeugte sich lächelnd vor der Ehrenwache des Kaisers. »Ich danke meinem Herrscher. Ein Porträt von Jehilia an der Wand in meinem Zimmer wäre in der Tat sehr befriedigend.«

Es war eine böse Spitze; Jiro hatte es allerdings nicht gewagt, »an der Wand in meinem Schlafzimmer« zu sagen, wie Mara bemerkte. Doch daß er sich herabgelassen hatte, eine solch armselige Bemerkung in einer öffentlichen Anhörung von sich zu geben, zeugte von seiner Verachtung für den Mann auf dem Thron. Und Mara begriff plötzlich noch etwas: Jiro hätte sich nicht so bösartig verhalten, wenn sie abwesend gewesen wäre. Die höhnischen Bemerkungen gegenüber Ichindar hatten auch sie reizen sollen.

»Ich fürchte, heute war ich keine große Hilfe für Euch«, murmelte sie, während sich die großen Türen hinter dem Lord der Anasati schlossen.

Ichindar war schon im Begriff, voller Sympathie die Hände nach ihr auszustrecken, da besann er sich rechtzeitig seiner formellen Audienz und riß sich zusammen, bevor ein Berater eingreifen mußte. »Mylady, Ihr habt unrecht«, murmelte er zurück. Seine Haare hingen über die Stirn, zu feucht, um von den fächernden Bewegungen des Jungen aufgewirbelt zu werden. Jindars Fäuste umklammerten noch immer die Stuhllehnen. »Wärt Ihr nicht anwesend gewesen, fest wie ein Fels zu meinen Füßen, hätte ich sicherlich die Beherrschung verloren!« Er endete mit einer bissigen Bemerkung, die er gegenüber seinem Feind zurückgehalten hatte, so sehr er ihn auch erzürnt haben mochte. »Es muß schon ein sehr gewissenloser Mann sein, der sich dazu herabläßt, einen Menschen über dic Liebe zu seinem Kind anzugreifen.«

Mara schwieg. Sie hatte viele solcher gewissenloser Männer kennengelernt. Ihre Erinnerung wandte sich zwei ermordeten Kindern zu, einem Jungen und einem Mädchen, beide noch keine fünf Jahre alt – die Kinder des verstorbenen Lords der Minwanabi –, die als direkte Folge ihrer Handlungen starben. Ihre Hand ruhte auf der weichen Wölbung ihres Bauchs über ihrem ungeborenen Kind. Sie biß entschlossen die Zähne zusammen. Sie hatte einen Sohn verloren und ein weiteres Kind von Hokanu, das sie niemals kennengelernt hatte. Wieder schwor sie, daß all diese jungen Wesen ihr Leben nicht umsonst hatten lassen müssen. Sie würde sterben, und der Name der Acoma würde von dem Zorn der Versammlung der Magier zu Staub zerfallen, bevor sie Jiro das Amt des Kriegsherrn wieder einführen und die ungeheuer blutigen Konflikte zurückbringen ließ, die im Namen der Ehre immer einen Teil des Spiels des Rates ausgemacht hatten.

Jetzt, da die ersten Schritte in Richtung einer Veränderung getan waren, war sie fest entschlossen, keinen Zentimeter mehr zurückzuweichen.

Ihr Blick begegnete Ichindars, als hätte sie den Gedanken laut ausgesprochen. Dann öffneten sich die Türen, und der Kaiserliche Herold kündigte den nächsten Bittsteller an.

Es schien noch eine lange Zeit bis Sonnenuntergang.

Hokanu streifte die schweißfeuchten Reithandschuhe aus Leder ab. »Wo ist sie?« verlangte er von der weißgekleideten Person zu wissen, die den Türeingang versperrte.

Doch der unglaublich fette Diener rührte sich nicht. Sein strahlendes, rundes Mondgesicht wurde starr vor Mißfallen über die armselige Etikette des Lords der Shinzawai angesichts seiner unschicklichen Eile. Der kaiserliche Hadonra war ein Mann, der auf Nuancen achtete, und er führte den gewaltigen Komplex der privaten Gemächer des Kaisers mit unbeirrbarem, kaltherzigem Geschick. Niemals verpesteten Motten die kaiserlichen Toiletten, die Bediensteten erledigten ihre Arbeiten wie geölte Uhrwerke, und niemals störten ängstliche Ehemänner den morgendlichen Rundgang mit Befehlen, die auf das Schlachtfeld gehörten.

Fest im Eingang der Vorhalle verankert, verschränkte der riesige Mann seine fleischigen Arme. »Ihr könnt zu dieser Zeit nicht vorbei, Mylord.«

Hokanu enthielt sich einer ausgesprochen gehässigen Antwort. »Meine Frau, so sagte man mir, liegt seit zwei Tagen in den Geburtswehen. Ich bin so schnell es ging auf dem Rücken eines Pferdes von meinem Landsitz hinter Silmani hierhergeeilt und habe nicht geschlafen. Ich will jetzt wissen, ob es meiner Frau gutgeht und ob mein Erbe gesund ist. Wenn Ihr mich also bitte freundlicherweise zu ihren Gemächern gehen lassen würdet …!«

Der kaiserliche Hadonra kräuselte die Lippen. Der Geruch der barbarischen Tiere, der Hokanu umwehte, war eine Beleidigung. Egal, wie mächtig der Lord sein mochte, egal, ob er ein unerschütterlicher Unterstützer des Lichts des Himmels war – er stank nach Pferden und hätte erst baden sollen, ehe er sich in diesen Hallen blicken ließ. »Ihr könnt nicht vorbei«, sagte der Mann gelassen. »Der Kaiser hat eine Sobatu-Vorstellung für heute morgen bestellt.« Er bezog sich auf eine bestimmte Form der klassischen Oper, von der insgesamt nur zehn komponiert worden waren. Dann, als wäre Hokanu nicht gebildet und der Sohn eines herausragenden Hauses, fügte der Hadonra hinzu: »Die Kaiserliche Shalotobaku-Truppe benutzt die angrenzenden Kammern zum Ankleiden, und ich muß Euch wohl nicht daran erinnern, daß niemand außer der Familie des Kaisers einen Blick auf sie werfen darf.«

Hokanu unterdrückte seine Gereiztheit. Er war zu stolz, als daß er mit einem Diener über Nuancen in der Genealogie streiten wollte. Er riß sich zusammen, um nicht aus Wut zu seinem Schwert oder zu Drohungen zu greifen. »Dann also, guter und treuer Diener, werdet Ihr Eure Pflicht gegenüber den Schauspielern des Kaisers erfüllen und mir einen Weg um den Flügel herum zeigen, den sie gerade benutzen.«

Der Hadonra stemmte die Hacken in den Boden und reckte sein Kinn noch weiter empor. »Ich werde nicht gehen, Mylord. Es ist meine Pflicht, diese Tür zu bewachen und dafür zu sorgen, daß niemand vorbeigeht, der nicht von kaiserlichem Blut ist.«

Diese Bemerkung war zuviel für die Geduld eines besorgten Vaters. Hokanu verbeugte sich von der Taille an, als wäre er einverstanden mit dem lächerlichen Beharren des Hadonras auf Etikette. Dann preschte er ohne Vorwarnung vor. Seine nur schwach mit Muskeln versehene Schulter schlug kräftig in den Bauch des fetten Dieners, der keuchte und grunzte. Dann klappte der kaiserliche Hadonra zusammen und fiel zu Boden, ohne Atem für eine wütende Antwort zu haben.

Hokanu hätte ohnehin nichts mehr hören können, denn er hatte zu laufen begonnen, seit er in die Vorhalle eingedrungen war. Zwei Nächte und einen Tag auf dem Rücken eines Pferdes hatten ihn nicht so steif gemacht, daß sein Körper ihm nicht mehr gehorchen würde. Er schoß durch ein Gewirr von Männern in hellen Kostümen, einige mit den provokativen Roben von Kurtisanen, alle ohne Ausnahme mit auffälliger Schminke bemalt. Er sprang über den gebeugten Rücken eines Saganjin, jener Bestie, gegen die in den alten Legenden tsuranische Helden gekämpft hatten; der maskierte Kopf wandte sich nach ihm um, während das unaufmerksame Mittelteil sich unbeholfen drehte. Der Spieler, der als Vorderglied verkleidet war, wirbelte herum, um ein Unglück zu vermeiden, während der Bauch in die entgegengesetzte Richtung marschierte. Die Kreation taumelte, und einen Augenblick später brach alles der Länge nach in einem Wirrwarr aus um sich stoßenden Beinen zusammen, und Flüche drangen unterdrückt hinter Stoff und Leder hervor.

Ungeachtet seiner Überwältigung eines Drachens raste Hokanu weiter, durch eine Schar von Sängerinnen hindurch, die wenig mehr als Federn trugen. Die Federn lösten sich, als er vorbeirauschte, und wirbelten durch die Luft. Er duckte sich vor einem Holzschwert, das mit Bändern befestigt war, und wich einem mit einer lackierten Maske versehenen Karagabuge aus, der seine Zwergenhände ausstreckte und ihn zu Fall zu bringen versuchte.

Er fluchte und vermied es, auf etwas zu treten, das wie eine der kaiserlichen Töchter aussah, an den Fingern nuckelte und mit riesigen Augen auf den Baldachin um sie herum starrte. Sie erblickte Hokanu und erkannte ihn als den Mann, der sie mit Monstergeschichten unterhalten hatte, und so rief sie netterweise seinen Namen.

An einigen Tagen, entschied Hokanu, war der Gott des Mißgeschicks unersättlich, und keine Tat konnte ihn befriedigen und eine Pause bewirken, und so führte ein schlimmer Augenblick zum nächsten, ohne jede Erholung. Er würde eine drastische Summe als Entschädigung für die Ehre des kaiserlichen Hadonra zahlen müssen; ganz zu schweigen von dem sicherlich ungeheuren Wert, der der verletzten Würde eines Saganjin entsprach. Er errötete vor Scham und stank nach Schweiß und Pferd gleichermaßen, als er schließlich das Chaos der Opern-Truppe hinter sich ließ und sich Zugang zu dem Flur verschaffte, der zu den Quartieren seiner Lady führte.

Vor dem kunstvoll verzierten Laden traf er auf Misa, Maras Kammerzofe. Unfähig, seine Besorgnis für sich zu behalten, sprudelten die Worte aus ihm heraus. »Wie geht es ihr?«

Die Zofe lächelte ihn strahlend an. »Oh, Mylord! Ihr werdet stolz sein. Es geht beiden gut, und sie ist wunderschön!«

»Natürlich ist sie wunderschön«, erwiderte Hokanu begriffsstutzig vor Erleichterung. »Ich habe sie schließlich geheiratet.«

Nicht einmal dachte er daran, innezuhalten oder Misas Kichern zu hinterfragen, als er weitereilte, in eine Kammer, in der helles Sonnenlicht schien und eine leichte Brise wehte. Das sanfte Plätschern eines Springbrunnens drang von den Gärten herein. Er empfand seinen ungewaschenen Zustand als ziemlich unangenehm, als er jetzt auf dem gewachsten Boden abrupt vor seiner Frau zum Stehen kam.

Sie saß auf bestickten Kissen, ihr wieder schlankerer Körper locker in weiße Roben gehüllt. Ihre Haare hingen frei herab, und der Kopf war leicht geneigt. Ein verzücktes Lächeln trat auf ihre Lippen, als sie das Gesicht hob und ihren Mann sah. Und ja, ein weiß eingewickeltes Bündel strampelte in ihren Armen, mit dunklen Augen wie ihre und rosigen Lippen und Wickelbändern im Blau der Shinzawai: sein eigener, leiblicher Erbe von der Frau, die er liebte.

»Mylord«, strahlte Mara und sprach die traditionellen Sätze. »Willkommen zurück. Laßt mich Euch Eure Tochter und Erbin präsentieren, die ich nach Eurem Bruder Kasuma nennen möchte.«

Hokanu setzte gerade zum nächsten aufgeregten Schritt an. »Kasuma«, sagte er schärfer als beabsichtigt, doch die Überraschung machte ihn unbeholfen. »Aber das ist ein Mädchenname –« Er stolperte und blieb stehen; endlich verstand er. »Ein Mädchen?«

Mara nickte; ihre Augen strahlten vor Glück. »Hier.« Sie hob ihm das kleine Bündel entgegen, das ein Geräusch der Zufriedenheit von sich gab. »Nimm sie, damit sie ihren Vater kennenlernt.«

Reglos vor Verblüffung starrte er auf das Baby. »Eine Tochter.« Es war, als könnte er die Worte nicht begreifen. Er konnte nur in sprachlosem Schock dastehen und versuchen zu begreifen, daß die Götter so grausam sein mochten, daß sie Mara nur noch ein einziges Kind gewährt hatten und er um den Sohn betrogen wurde, den er so dringend benötigte, um die Größe seines Hauses fortzuführen.

Mara sah seine Verwirrung, und ihr Lächeln erstarb. Das Baby in ihren Armen strampelte selbstvergessen und machte es ihr schwer, die ausgestreckte Position beizubehalten, doch noch immer machte Hokanu keinerlei Anstalten, das warme Bündel an sich zu nehmen. »Was ist falsch?« fragte Mara. Eine Mischung aus Verzweiflung und Besorgnis färbte ihre Stimme. Sie war noch immer erschöpft von der Geburt und unfähig, vollkommen die Beherrschung zu bewahren. »Hältst du sie für häßlich? Ihr Gesicht wird in ein paar Tagen weniger rot und faltig sein.«

Hilflos angesichts des wachsenden Schmerzes seiner Frau und seines eigenen Zorns, weil das Schicksal so ungnädig mit ihnen war, schüttelte Hokanu den Kopf. »Sie ist nicht häßlich, meine geliebte Frau. Ich habe schon zuvor Neugeborene gesehen.«

Sie hielt das Baby noch immer seinem Vater entgegen, doch jetzt versteifte sich Mara vor Zorn. Verdutzt über die Kühle ihres Mannes brauste sie auf. »Dann mißfällt Euch dies hier, Mylord?«

»O Götter«, brach es aus Hokanu hervor. Er ärgerte sich über sich selbst, daß er jede Spur von Takt vermissen ließ, doch er war unfähig, seine Enttäuschung zu zügeln. »Sie ist sehr hübsch, Mara, doch ich wünschte, sie könnte ein Sohn sein! Ich brauche so dringend einen starken Erben.«

Jetzt flackerte Schmerz in Maras Augen auf und wandelte sich langsam zu Wut. Sie zog die erhobenen Arme zurück und drückte die kleine Kasuma an ihre Brust. Ihre Gesichtszüge verhärteten sich in hoheitsvollem Gekränktsein. »Meinst du damit, daß eine Frau nicht den Mantel eines großen Hauses anlegen und den Namen ihrer Ahnen zur Blüte bringen kann?« fragte sic kühl. »Glaubst du, das Haus Acoma hätte zu größerem Ruhm gebracht werden können, wenn es von einem Mann geführt worden wäre? Wie kannst du es wagen, Hokanu! Wie kannst du es wagen anzunehmen, daß aus unserer Tochter weniger wird als ich! Sie ist nicht mißgestaltet oder verblödet. Sie wird unter unserer Führung aufwachsen! Sie wird die Ehre der Shinzawai verkörpern, nichts weniger, und sie muß nicht irgendein wichtigtuerischer Junge sein, um ihren Weg zu der Größe zu finden, die ihre Bestimmung ist!«

Hokanu hob die Hände, die Handflächen nach außen gekehrt. Er ließ sich schwer auf das nächste Kissen fallen, verwirrt, müde und voller Enttäuschung, daß ihm die Fähigkeit fehlte, sich auszudrücken. Er wollte haben, was er mit Ayaki und Justin verloren hatte: die Kameradschaft, die darin lag, einem Jungen den

Weg eines Kriegers zu weisen, ihn die Erkenntnisse und Tücken eines Herrschers zu lehren. Er brauchte die Herzensbindung, die er verloren hatte, als sein Bruder in die barbarische Welt gegangen war, die Liebe, die er für seinen Vater empfunden hatte, der erst kürzlich in die Hallen Turakamus gegangen war. Er konnte niemals jene familiären Verbindungen zurückerhalten, doch er sehnte sich danach, ihr Erbe einem Sohn zu hinterlassen. »Du verstehst es nicht«, sagte er weich.

»Was verstehe ich nicht!« schrie Mara. Sie stand jetzt kurz davor, in Tränen auszubrechen. »Hier ist deine Tochter, von meinem Körper. Was mehr brauchst du in einem Erben?«

»Schau«, sagte Hokanu. »Mara, bitte. Ich war gedankenlos. Natürlich kann ich Kasuma lieben.« Er reagierte auf den Schmerz hinter dem Zorn seiner Frau und streckte tröstend die Hände aus.

»Faß mich nicht an!« platzte Mara heraus. Sie zuckte zurück. »Faß deine kleine Tochter an und heiße sie willkommen.«

Hokanu schloß die Augen. Er schalt sich im stillen, daß seine gewöhnlich scharfe Wahrnehmung ihn in diesem kritischsten aller Momente im Stich gelassen hatte. Wäre doch der Saganjin auf ihn gestürzt, oder hätte der kaiserliche Hadonra gesiegt, statt daß er so in Maras Kammer platzte und ihr Wiedersehen verdarb! Er nahm das Kind aus den steifen Armen seiner Frau und drückte es an sich. Ihm wurde warm ums Herz bei Kasumas eifrigem Gestrampel. Die winzigen rosafarbenen Lippen verzogen sich, und als sie die Augen öffnete, strahlten pechschwarze Juwelen in einem roten, faltigen Gesicht. Sie war reizend und wunderhübsch und wirklich seine Erbin. Und doch konnte er seine Enttäuschung darüber, daß sie nicht als Junge geboren worden war, nicht ganz verdrängen.

Hokanu dachte an mögliche Alternativen, da Mara keine weitere Schwangerschaft haben würde. Er konnte eine Kurtisane nehmen und so einen Sohn für die Shinzawai bekommen. Doch der Gedanke an eine andere Frau in seinem Bett quälte ihn, und er schreckte sofort davor zurück. Nein, er wollte keine Frau nur zum Gebären. Die meisten Lords hätten angesichts einer solchen Möglichkeit nicht einmal mit der Wimper gezuckt, doch Hokanu fand den Gedanken abstoßend.

Er schaute auf und sah, daß Mara weinte. »Meine Liebe«, sagte er weich, »du hast mir ein vollkommenes Kind geschenkt. Ich hatte kein Recht, so unbeholfen zu zerstören, was ein Anlaß zur Freude hätte sein sollen.«

Mara unterdrückte ein Schluchzen. Nach all den Wochen im Kaiserlichen Palast, in denen sie als rechte Hand des Kaisers an den Ratssitzungen teilgenommen hatte, war sie sich der Gruppierungen bewußt, die daran arbeiteten, die Autorität des Goldenen Throns zu schwächen. Sie spürte, wie die Welle der Politik erneut hochschwappte, um die Veränderungen rückgängig zu machen und die ältere, blutigere Ordnung mit dem Amt des Kriegsherrn wieder einzuführen. Wie eine Klinge an ihrer Kehle fühlte sie, wie nah das Kaiserreich einem offenen Bürgerkrieg war. Mehr als jemals zuvor benötigten sie eine feste Front gegenüber den Gruppierungen, die eine traditionalistische Herrschaft befürworteten.

»Kasuma ist Teil der neuen Ordnung«, sagte sie zu Hokanu. »Sie muß nach uns die Fackel tragen, und sie wird Justin als ihren Bruder haben. Sie wird Armeen führen, wenn es sein muß, genauso wie er danach streben wird, Frieden zu bewahren ohne Waffengewalt, um eine bessere Zukunft zu schmieden.«

Hokanu teilte ihren Traum. »Ich weiß das, liebste Mara. Ich stimme dir zu.«

Doch er konnte seine Trauer nicht ganz zurückhalten und nicht seine Enttäuschung, daß der Traum nicht von einem Jungen geformt wurde, der seine Liebe zu hartem Männersport teilte.

Mara spürte die Halbwahrheit hinter seinen Worten. Sie versteifte sich deutlich, als sie ihr Kind zurücknahm, und strich mit den Händen über die Decke, die sie über die kleine Kasuma legte. Daß Hokanu die Vorstellung von einer Tochter als Erbin nicht akzeptieren konnte, war nicht so leicht zu vergeben; schließlich kannte sie die Erklärung des Hantukama-Priesters nicht, daß sie keine weiteren Kinder mehr bekommen könnte.

Diese Information behielt Hokanu für sich, obwohl er wußte, daß Mara ihn sofort verstehen würde, wenn sie es erfuhr. Er sah sie an und erkannte, wie hohl ihre Wangen waren, wieviel älter ihr Gesicht vor Sorge aussah, seit sie im Kaiserlichen Palast weilte. Er beschloß, daß die leichte Entfremdung in ihrer Beziehung sich von selbst geben würde, im Laufe der Zeit; doch der Kummer, wenn sie von ihrer Unfruchtbarkeit erfuhr, würde sie niemals verlassen, ein Leben lang nicht. Sie soll sich an die Hoffnung klammern, entschied er, und sein Blick auf sie und seine neugeborene Tochter wurde zärtlich, wenngleich er von einiger Distanz war. »Wir werden es schaffen«, sprach er ermutigend, ohne zu merken, daß er laut dachte. Dann erinnerte er sich an die Warnung des Erhabenen Fumita. »Den Göttern sei Dank, daß die Shinzawai keinen Grund haben, gegen Jiro von den Anasati vorzugehen. Daraus würde eine Komplikation erwachsen, die niemand von uns ertragen könnte.«

Mara blickte ihn befremdlich an. Ihre Beschäftigung mit dem Kind wich einer unangenehmen Erinnerung, begriff Hokanu, als er sie in der sonnigen Kammer ansah. »Was ist los, Mara?« fragte er.

Ihr vorheriger Schmerz war nicht vergessen, sondern rückte nur in den Hintergrund, denn sie antwortete mit einiger Schärfe. »Schlechte Nachrichten. Arakasi beendete seine Mission gegen den Obajan der Hamoi Tong, und er brachte dies mit.«

Sie nickte mit dem Kopf in Richtung eines Berichts, der auf einem Beistelltisch lag. Hokanu nahm ihn an sich. Die Schrift war schwarz, und die Worte schienen in Chiffren geschrieben zu sein. Hokanu war gerade dabei zu überlegen, woher der Bericht wohl stammen mochte und was seine Bedeutung war, als er das Wasserzeichen auf dem Pergament sah, etwas verblaßt dort, wo das Sonnenlicht hinfiel. Das Muster zeigte die Blume der Hamoi Tong, und die Rolle mit den merkwürdigen Zeilen konnte nur die Berichte über ausgeführte oder geplante Attentate beinhalten.

Hokanu spürte den durchdringenden Blick seiner Frau. »Was ist das?«

Mara holte tief Luft. »Liebster, es tut mir leid. Dein Vater hatte Feinde, viele sogar. Sein Tod war keine Folge seines Alters, sondern trat aufgrund eines seltsamen Giftes ein, das mit einer Nadel während des Schlafs verabreicht wurde. Der Tod deines Vaters wurde von einem Tong-Attentäter ausgeführt, der von Jiro von den Anasati bezahlt wurde.«

Hokanus Gesicht nahm einen hölzernen Ausdruck an, und die Haut über seinen Knochen straffte sich. »Nein«, murmelte er ungläubig, und doch war er sich der Wahrheit von Maras Aussage bewußt. Er dachte an Fumitas Warnung bei der Beerdigung und wußte, daß sein leiblicher Vater, ein Magier, irgendwie von den Eingriffen der Tong in die natürliche Ordnung gewußt hatte. Erneut überkam ihn Trauer darüber, daß Kamatsus Zeit abgekürzt worden war, daß ein weiser alter Mann um seine letzten Tage im Sonnenlicht gebracht worden war.

Es war empörend! Eine Beleidigung seiner Ehre! Ein Lord der Kanazawai war vor der Zeit zu den Hallen des Roten Gottes geschickt worden, und Jiro von den Anasati würde für diese Beleidigung geradestehen – trotz der Warnung der Versammlung. Die Ehre der Familie und des Clans verlangten seinen Tod, um das Gleichgewicht wieder herzustellen.

»Wo ist Arakasi?« sagte Hokanu rauh. »Ich möchte mit ihm sprechen.«

Mara schüttelte traurig den Kopf. »Er übergab mir nur die Rolle, dann bat er um eine Pause von seinem Dienst, um eine Angelegenheit der persönlichen Ehre zu regeln.« Mara erwähnte nicht die Geldsumme, die er von ihr erbeten hatte, oder daß eine junge Frau damit zu tun hatte. »Sein Schlag gegen den Obajan war eine mutige und riskante Tat. Es gelang ihm zu überleben. Ich habe seine Bitte erfüllt.« Sie kräuselte leicht die Stirn und rief sich das Gespräch in Erinnerung, ihren Gedanken, daß er sie niemals in einer so gefährlichen Zeit um diesen Gefallen gebeten hätte, wäre die Verwirrung in seinem Herzen nicht so zwingend gewesen. »Er wird uns Bericht erstatten, sobald er kann«, schloß Mara. Niemand war sich des explosiven Materials in den Berichten der Tong so sehr bewußt wie der Supai. Mehr als nur Kamatsus Tod war dort aufgelistet, und es standen noch unausgeführte Attentate dort, zusammen mit den Geldzahlungen der Lords, die den Tod von Rivalen und Feinden wünschten.

Ein Attentat, in welcher Form auch immer, war eine Unehre an sich, sowohl für das Opfer als auch – sofern die Wahrheit ans Licht kam – für die Familie, die für den Mord bezahlt hatte. Die von Arakasi herbeigeschaffte Rolle beinhaltete genug empfindliches Material, um das Kaiserreich in ein Chaos aus sich befehdenden Familien zu stürzen, alle wie Hokanu von dem Gedanken an Rache beseelt.

Doch daß Kamatsu durch einen Attentäter gestorben war, war eine Untat, die sie nicht ignorieren konnte. Ihre Worte waren so hart wie barbarisches Eisen, als sie zu ihrem Mann sagte: »Hokanu, uns bleibt keine Wahl. Wir müssen einen Weg finden, wie wir das Edikt der Versammlung umgehen und Lord Jiro von den Anasati zu Fall bringen können.«

»Auch um Ayakis willen«, warf Hokanu ein. Niemals würde er das Bild des sterbenden Jungen vergessen, mit dem gewaltigen schwarzen Wallach auf seinem Körper.

»Nein.« Maras Worte enthielten sanftes Bedauern. »Für Ayaki haben wir bereits bezahlt.« Und mit Tränen in den Augen berichtete sie Hokanu von der persönlichen Feindschaft des Obajan mit dem Haus Acoma, verursacht durch eine vorgetäuschte Tat Arakasis, die fünf Minwanabi-Bediensteten den Tod gebracht hatte, um feindlichen Spionen keinen Zugang zum Netzwerk der Acoma zu ermöglichen. »Die Tong fühlten sich von den Acoma beleidigt«, endete sie. »Sie arbeiteten auf eigene Veranlassung darauf hin, mein Geschlecht auszulöschen, über das Ausmaß des Vertrages mit Tasaio von den Minwanabi hinaus.« Ihr letzter Satz klang bitter. »Sie versagten. Der Obajan ist tot, wie es sich gehört, ermordet durch Arakasis eigene Hände.«

Hokanu starrte sie an, mit Augen hart wie Feuerstein, als ihre Mutterschaft angesichts der düsteren Gedanken und blutigen Politik in Vergessenheit geriet. Kasuma zappelte unruhig, als sie den Mangel an Aufmerksamkeit spürte, und verzerrte schreiend das Gesicht. »Meine liebe Frau«, sagte er traurig, wütend und enttäuscht über die Ungerechtigkeit des Lebens, »laß uns nach Hause gehen.«

Sein Herz wurde weich, als sie ihn mit feuchten Augen voller ungeweinter Tränen ansah. »Ja«, sagte sie. »Gehen wir nach Hause.«

Doch es war nicht das schöne Anwesen am See, an das sie bei diesen Worten dachte, sondern die weiten Weideflächen, in deren Nähe sie als Kind aufgewachsen war. Plötzlich verspürte sie den starken und unwiderstehlichen Drang, zu dem Land ihrer Familie zurückzukehren. Sie brauchte eine vertraute Umgebung und die Erinnerung an die Liebe ihres eigenen Vaters, an eine Zeit, bevor sie zum ersten Mal den bitteren Geschmack von Macht und Herrschaft gekostet hatte. Vielleicht gelang es ihr, sich im Land ihrer Geburt mit ihrem Schmerz und den Ängsten abzufinden, die die Zukunft den Acoma und Shinzawai bringen würde.

Fünfzehn

Geheimnisse

Mara seufzte.

Von der Reise zu ihrem ursprünglichen Acoma-Landsitz erhitzt, müde und entmutigt, war der Aufenthalt in den Choja-Tunneln fern der Mittagssonne eine Erleichterung, beinahe ein vergessenes Himmelsgeschenk. Ihre Heirat mit Hokanu und das enge Verhältnis zwischen ihnen hatte ihr Bedürfnis nach solchem Trost ersetzt. Doch davor, in ihren früheren Jahren als Herrscherin, hatten die nach Gewürzen duftenden, dämmrigen Tunnel mit den eilig hin und her trippelnden Arbeitern eine Art Schutz geboten, als schier unüberwindliche Gefahren sie von allen Seiten bedrängt hatten.

Doch die Gefahren damals waren den Ideen menschlicher Feinde entsprungen. So überwältigend ihre Schwierigkeiten damals auch ausgesehen haben mochten, so unerfreulich ihre erste Heirat mit einem Sohn der Anasati damals gewesen war, hätte sie sich doch niemals die Nöte vorstellen können, in denen sie jetzt steckte. Körperliche Mißhandlungen waren durch Verletzungen der Seele und des Geistes ersetzt worden, ein Betrug des einzigen Mannes, der ihr Herz wirklich verstand. Welche hinterhältige Verletzung Jiro von den Anasati in der Zukunft auch anstrebte, ihre wirklichen Feinde waren die Magier, die nach Lust und Laune den Namen der Acoma auslöschen konnten, sogar die Erinnerung an ihre Existenz. Und es waren ihre Edikte, die Jiro schützten, während er weiter Pläne schmiedete.

Kamatsus Ermordung hatte in Maras Bauch einen harten Knoten hinterlassen. Die Angst, von der aus Gründen tsuranischer Würde niemals gesprochen werden durfte, ließ sie unaufhörlich mit den Zähnen knirschen. Mara hatte bereits früher so empfunden, wenn sie sich mit Feinden auseinandersetzen mußte, doch hatte sich das niemals über eine so lange Zeit erstreckt, und niemals hatte so viel auf dem Spiel gestanden. Alles, was sie liebte, war in Gefahr. Seit Ayakis Tod war ihr der Druck soweit vertraut geworden, daß sie vergessen hatte, wie es war, ohne Alpträume zu schlafen.

Die unterirdische Düsterkeit schützte sie. Sie war mit ihrer Stille ganz für sich, aber nicht allein, und entspannte sich, während ihre Sänfte tiefer in die vertrauten Tunnel des Stocks getragen wurde. Ihre Träger passierten vorbeirauschende Cho-ja, umgeben von den Befehlen, die die Soldaten mit hoher Stimme von sich gaben, und den klatschenden Geräuschen vom Aufprall der Chitin-Vorderglieder auf das Mittelteil, wenn Patrouillenführer ihrer Gefolgschaft salutierten. Obwohl Mara wußte, daß ihre Zurückgezogenheit zeitlich begrenzt war, gab sie sich der Illusion der Erleichterung hin. Für eine kurze Zeit fühlte sie sich in vergangene Tage zurückversetzt, als sie noch nicht soviel Verantwortung trug und ihr nicht so viele Dinge Kopfschmerzen bereiteten. Ihre Beherrschung schwand, und ihre Augen wurden feucht. Sie biß sich auf die Lippen, wischte die Tränen jedoch nicht weg. Der Stock wurde nur schwach von dem violettblauen Glühen der Lichtkugeln beleuchtet, und keiner würde ihre Schwäche bemerken. Die Sorgen und Enttäuschungen, das tägliche Erleiden ihrer Hilflosigkeit, der Wunsch, wiedergutzumachen, was ihrer Familie von den Anasati angetan worden war – all das verband sich zu einem unerträglichen Druck. Sie konnte ihre Gefühle nicht länger zurückhalten. Der Tod zweier ihrer Kinder und die Störung in ihrem Verhältnis zu Hokanu, ihrem engsten Vertrauten, drohten sie zu überwältigen.

Die Jahre, als Mara in der Zuversicht aufgewachsen war, jede Situation beherrschen zu können, schienen jetzt hohl. Ihr Aufstieg in dem althergebrachten Spiel des Rates wirkte jetzt wie eine falsche Errungenschaft, und das Edikt der Versammlung hielt sie mit einem Streich von dem alten Brauch ab, begangenes Unrecht gegen ihre Ehre zu rächen. Die Politik und Intrigen beschritten nichttraditionalistische Wege. Der Vorteil, der darin lag, bewußt mit den Konventionen zu brechen, etwas, das Mara immer genossen hatte, war für sie jetzt verloren, da alle Herrschenden im Kaiserreich um neue Mittel kämpften, wie sie alte Rivalen niederringen konnten.

Die alten Sitten und Bräuche waren in Auflösung begriffen.

Selbst die Vernichtung der Hamoi Tong und das eindeutige Wissen, wo Jiros wirkliche Schuld lag, brachte nur wenig Erleichterung. Denn obwohl die eine Bedrohung für die Acoma nicht mehr existierte, hinderten die Erhabenen sie daran, eine große Beleidigung ihrer Ehre zu rächen.

Maras Rückreise mit einer Flußbarke zu ihrem Heimatland war eine Notlösung gewesen, um den Schmerz und die Verwirrung in Schach zu halten, denn in Wahrheit wußte sie keinen vernünftigen Ort, an dem sie die Lösung zu den sie verfolgenden Problemen suchen sollte.

Mara schloß die Augen; sie wurde leicht durchgeschüttelt, als die Träger tiefer in die Tunnel marschierten. Die Luft hier war wärmer und voll der fremden Düfte des Schwarms. Die Lichtkugeln waren jetzt weiter voneinander entfernt, und die Geräusche eiliger Arbeiter verblaßten. Das Geräusch der Sandalen der Menschen überwog jetzt das Klicken der Chitin-Klauen. Mara wußte, daß sich ihre Gruppe der Höhle der Königin näherte. Doch der Weg war ihr längst nicht mehr so vertraut wie früher. Seit ihrem letzten Besuch waren die grob behauenen Wände und Bogengänge glattpoliert oder mit Schnitzereien und Wandteppichen geschmückt worden. Wenn die Anordnung von Farben und Troddeln für das menschliche Auge auch ungewohnt war, so hatte es doch einen außerordentlichen Effekt. Die Veränderungen schienen seltsam unpassend zu den Eindrücken, die wie unberührte Erinnerungen in ihrem Kopf waren. Doch den silbrigen Haaren nach zu urteilen, die sich an den Schläfen bildeten, war es fast, als besuche Mara ihre Kindheit. Das Haus, wo sie als Kind gespielt hatte, wo sie zum ersten Mal geheiratet und ein Kind zur Welt gebracht hatte, wo sie ihre Lust auf Macht entwickelt hatte, schien auf den ersten Blick noch das gleiche zu sein – bis sie mit einem Stich in der Brust bemerkte, daß Schweigen herrschte, wo einst ein junger Sohn tobend durch die Korridore gestürmt war.

Sie hatte große Einsamkeit verspürt. Nicht nur Ayaki hatte sie verloren. Die nur zu bekannte Umgebung brachte mit dem Trost auch Kummer. Bei den Göttern, wie sie sich danach sehnte, ihren rothaarigen Barbaren Kevin von Zun wiederzusehen, der sie die Bedeutung der Liebe und des Frauseins in den Kekali-Gärten gelehrt hatte; und Nacoya, ihre einstige Amme und Erste Beraterin, deren Schelte und weiser Rat mehr als einmal ein Unglück verhindert hatten. Wieder strömten Tränen aus Maras Augen. Obwohl Kevin sie häufig mit seinem halsstarrigen, unerzogenen Verhalten zur Weißglut getrieben hatte und Nacoyas kleinliches Pochen auf Korrektheit manchmal eine Behinderung gewesen war, vermißte sie beide. Das Verständnis, das sie mit Hokanu geteilt hatte, das diese verlorenen Beziehungen ersetzt hatte, war bis vor kurzem eine Bastion der Unfehlbarkeit gewesen. Doch seit seiner Bedenken wegen der Geburt einer Tochter schwebte ein Schatten zwischen ihnen. Sie war noch immer böse auf ihn. Mara rieb mit den Seidenärmeln über ihre Wangen. Der Stoff würde Wasserflecke bekommen, doch das kümmerte sie nicht! Es hatte beinahe die Auslöschung ihres Geschlechtes bedurft, um Hokanu erkennen zu lassen, wie dringend sie Justin als Erben für die Acoma benötigte.

Jetzt schuf Hokanus unverständliches Zögern, Kasuma als Erstgeborene der Shinzawai anzuerkennen, eine neue Mauer zwischen ihnen. Ein Sohn, und nur ein Sohn, würde ihn zufriedenstellen, so schien es. Als könnte sie nicht in Zukunft noch einen Jungen bekommen. Oder als hätte er nicht das Recht als Herrscher, ein Dutzend Konkubinen zu nehmen, um ihm zu diesem Sohn zu verhelfen. Nein, die Botschaft hinter seinem Verhalten war schmerzhaft klar: Was er bei seiner Frau akzeptieren konnte, fand er unvorstellbar bei einer Tochter, nämlich daß eine Frau der Herrschaft über ein großes Haus würdig war.

Wie so oft in vergangenen Zeiten, wenn die Verzweiflung sie zu entmutigen drohte, suchte Mara in den Cho-ja-Tunneln nach einer anderen Perspektive, einem anderen Blickwinkel, der ihr zu neuen Ideen verhelfen konnte.

Eine leichte Berührung riß Mara aus ihren Überlegungen; Lujan deutete mit einem leichten Nicken nach vorn und erinnerte sie daran, daß sie die Kammer der Königin erreicht hatten.

Während ihre Sänfte durch den letzten Bogen hindurchgetragen wurde, an Reihen kauernder Wachen vorbei, die so reglos waren, daß sie auch schwarzglänzende Statuen hätten sein können, nahm Mara wieder Haltung an. Sie benutzte einen alten Meditationsgesang, als sie die gewaltige Höhle betraten, um den noch schwelenden Groll zu vertreiben. Als ihre Träger schließlich die Sänfte vor dem großen Podest herunterließen, hatte sie ihre Würde voll und ganz wiedergewonnen.

Die Cho-ja-Königin beherrschte die Kammer. Ihr wuchtiger Körper wurde von einem gewaltigen Erdhügel gestützt. Mara erinnerte sich daran, wie winzig die Königin ausgesehen hatte, als sie sie zum ersten Mal getroffen hatte, weit weg in dem Stock, in dem sie ausgebrütet worden war. Das zarte Geschöpf von damals war älter geworden und hatte im ersten Jahr nach ihrer Geburt auf dem Landsitz der Acoma ihre volle Größe erreicht. Jetzt überragte sie ihre Wärter um ein Mehrfaches, stellte selbst den größten ihrer Krieger in den Schatten. Nur ihr Oberleib und der Kopf hatten noch die ursprüngliche Größe. Arbeiter huschten um ihren gewaltigen Körper herum, hielten sie sauber und sorgten dafür, daß es ihr gutging, während sie die Eier für die verschiedenen Klassen der Cho-ja produzierte: Krieger und Arbeiter, die in einer von rund einem Dutzend verschiedener Tätigkeiten spezialisiert waren, und, wenn es dem Stock so gutging, daß er unter Überbevölkerung litt, eine neue Königin.

Mara nickte leicht mit dem Kopf, wie es zwischen Gleichrangigen üblich war.

»Grüße, Lady von den Acoma, Gute Dienerin des Kaiserreiches«, sagte die Königin. Ihre hohe Stimme übertönte die Geräusche der Arbeiter.

»Ehre Eurem Schwarm, Königin«, antwortete Mara, während Lujan sie zu den Kissen führte, die für sie ausgelegt worden waren. Die Geschwindigkeit, mit der Cho-ja kommunizierten, war Mara immer noch ein Rätsel; irgendwie schien die Königin immer schon im voraus von ihrer Ankunft zu wissen, und – soviel konnte sie feststellen – die Herrscherin des Schwarms genoß diese Besuche. Mara hatte aufgehört, die Cho-ja mit menschlichen Vorstellungen verstehen zu wollen; das Zusammenleben mit einem Barbaren aus einer anderen Welt hatte sie gelehrt, daß der einseitige Blick durch tsuranische Augen blind gegenüber neuen Ideen und Erkenntnissen machen konnte.

Während Lujan sich um die Position ihrer Ehrengarde kümmerte, brachten ihre Bediensteten Süßes und midkemischen Tee zur Erfrischung, um die fremdartigen Köstlichkeiten mit den Cho-ja zu teilen. Gegen Jicans pessimistische Voraussage nach der Vergiftung durch den falschen midkemischen Händler hatte Mara eine Schwäche für das wohlschmeckende Getränk entwickelt. Sie, die niemals eine Gelegenheit vorüberziehen ließ, hatte sich über ihr eigenes persönliches Unglück hinweggesetzt und beherrschte jetzt den Handel mit Tee, Kaffee und Schokolade.

Nachdem die Banalitäten des Teeprobierens und Handels abgeschlossen waren, neigte die Königin ihren Kopf in einer Weise, die Mara inzwischen als Frage zu verstehen gelernt hatte. »Was führt Euch zu uns, Lady Mara? Die Leckereien, die Ihr mitgebracht habt, hättet Ihr genausogut auch durch jemanden schicken lassen können.«

Mara rang um eine Antwort. Ihr Zögern war so ungewöhnlich, daß Lujan seine Beherrschung als Soldat brach und einen unsicheren Blick zu seiner Herrin warf, ob alles in Ordnung wäre. Sein Fehler machte ihr bewußt, daß ihre Ruhe auch als Doppelspiel mißgedeutet werden konnte, und so entschied sich Mara zur Offenheit, obwohl sie riskierte, als dumm zu erscheinen. »Ich hatte keine wirkliche Absicht als die, Eure Weisheit zu nutzen.«

Die Königin schwieg. Die Wärter um sie herum fuhren mit ihren Aufgaben fort. Die Wächter hockten immer noch reglos da, doch Mara wußte, wie schnell sie sich auf ein Kommando hin bewegen konnten. Sie war unsicher, ob sie nicht irgendeine fremdartige Etikette verletzte und widerstand dem Impuls, Entschuldigungen hinterherzuschieben. Wenn sie jemanden angegriffen hatte und vor den Cho-ja ihre Schwäche zeigte, würde sie die Tunnel niemals lebend verlassen.

Die Königin schien ihr Unbehagen zu spüren. »Viele Eurer Vorstellungen und Ideen sind uns unbekannt, Lady von den Acoma. Das, was Ihr ›Weisheit‹ nennt, gehört dazu. Der Klang des Wortes deutet daraufhin, daß es sich um eine Idee handelt, die von einer vergangenen Generation auf eine mit weniger Lebenserfahrung übertragen wird. Vergebt mir, ich möchte nicht unterstellen, daß wir Euch in irgendeiner Weise überlegen sind, doch unser Bewußtsein ist nicht isoliert. Das Bewußtsein des

Schwarms, das wir nach Eurer Auffassung teilen, würde Jahrtausende umfassen. Für uns ist Eure Vorstellung etwas Vergängliches, gebunden an die Dauer eines menschlichen Lebens. Insoweit wir Cho-ja überhaupt etwas begreifen können, das außerhalb unseres Verständnisses liegt, werden wir versuchen, Euch zu helfen.«

Hier faltete die Königin die winzigen, rudimentären Vorderglieder, um zu zeigen, daß sie geduldig wartete.

Mara starrte auf den Bodensatz ihrer Teetasse, ohne wirklich etwas zu sehen. Sie war sich bewußt, daß die Individualität eines Cho-ja-Wesens niemals von dem Bewußtsein des Schwarms getrennt war; persönliche Autonomie spielte in ihrer Kultur keine Rolle, und erst Jahrhunderte von Kommunikation zwischen den Rassen hatten die insektenähnlichen Geschöpfe in die Lage gebracht, das Wesen eines Menschen zu verstehen, dessen Identität einzeln und getrennt vom Ganzen existierte. Individualität war für sie eine Ironie, verwirrend und konfliktfördernd. Das Konzept der Dummheit, die darin lag, daß jemand gegen die eigenen Interessen oder die der Familie handelte, erschien ihnen als eine Krankheit von unverzeihlichem Ausmaß. Der abstrakte Begriff »Weisheit« war zu flüchtig, als daß das Bewußtsein des Schwarms ihn ermessen konnte.

Mara runzelte die Stirn und versuchte es aufs neue. »In meiner kurzen Zeitspanne hat mich Euer Rat und der anderer Menschen gelehrt, daß ich in einer kleinen Welt lebe. Bis jetzt dachte ich, ich hätte die Kontrolle über diese Welt.« Sie mußte das Schicksal Ayakis nicht wiederholen – oder irgendein anderes Ereignis. Die Nachricht vom Eingreifen der Versammlung hatte sich bis in die entfernteste Provinz des Kaiserreichs herumgesprochen, und obwohl die Cho-ja möglicherweise nicht alle Nuancen der menschlichen Angelegenheiten verstanden, hatten sie eine deutliche Erinnerung an Ereignisse.

Vielleicht spürte das Bewußtsein des Schwarms, daß das Verbot der Versammlung die Wurzel von Maras Fragen war; sicherlich waren sie durch irgend etwas gewarnt worden. Denn wenn die Königin auch weiterhin reglos dasaß, gaben die Wärter um sie herum zum ersten Mal in Maras Anwesenheit ihre eifrige Tätigkeit auf und verharrten still. Sämtliche Aktivität in der riesigen Halle erlahmte, obwohl kein erkennbarer Befehl dazu erteilt worden war.

Maras Unsicherheit wandelte sich in Furcht.

Die Königin hatte vor langer Zeit einmal enthüllt, daß die Allianzen der Cho-ja als Ware erworben werden konnten. Mara hatte üppige Summen für die Loyalität der Stöcke auf ihren beiden Landsitzen ausgegeben. Sie zitterte bei dem Gedanken, daß der Einfluß der Erhabenen sich sogar bis hierher erstrecken konnte und daß sie durch ihre Worte oder Schlußfolgerungen ihre Strafe veranlaßte. Ein durch Magie hervorgerufenes Erdbeben, auch nur einen Bruchteil so stark wie das, welches die Heilige Stadt erschüttert hatte, als der schwarzgewandete Milamber seine Macht entfesselt hatte, konnte diese Tunnel zerstören. Bogengänge und Wölbungen würden zu Staub zerfallen, und tonnenweise würde schwarze Erde herniederprasseln … Mara fühlte ihre Hand zittern und steckte sie in die Ärmel. Sie durfte nicht denken! Nur handeln. Und tatsächlich hatte die Königin noch nichts darüber gesagt, wo der Schwarm seine Verbündeten suchen würde.

Sie konnte nur noch warten.

Die Stille wurde unheimlich. Nach einiger Zeit nahmen Maras überempfindliche Sinne ein schwaches Summen wahr, einen Ton, der so hoch war wie das Flügelschlagen von Insekten. Sie fragte sich, ob dieses Geräusch eine weitreichende Kommunikation darstellte, dann war sie sich dessen sicher, denn die Königin sprach mit der Autorität derjenigen, die zu einer Entscheidung gekommen war. »Mara von den Acoma, Ihr habt etwas angesprochen, das Ihr, wenn ich es so sagen darf, für weise halten würdet. Ihr bemerktet, daß Ihr in einer kleinen Welt lebt. Ihr tut gut daran, die Grenzen dieser Welt neu zu definieren und auf andere Welten zu schauen, die neben Eurer eigenen existieren.«

Mara kaute auf der Unterlippe; ihre Gedanken rasten. Hinter den gespreizten, sorgfältig auf die Etikette achtenden Worten der Cho-ja-Königin spürte sie ein Zögern. Auf der Suche nach einer verborgenen Möglichkeit drängte Mara nach weiteren Informationen. »Welche Welten soll ich bereisen?«

Die Arbeiter blieben weiterhin reglos, während die Königin antwortete. »Diese Welt, Kelewan, zuerst. Ihr habt uns häufig besucht, etwas, das keine anderen Edlen Eurer Nation jemals getan haben. Selbst in den Anfängen des Kaiserreichs, als unsere zwei Rassen den Vertrag schmiedeten, der sie noch immer bindet, versuchte kein tsuranischer Lord so etwas.«

Mara wölbte die Brauen. Sie hatte keine einzige Pergamentrolle gesehen, in der von einer formalen Vereinbarung zwischen den Cho-ja und den Menschen die Rede gewesen wäre. Die Beziehung zwischen den Tsurani und den Cho-ja wurde von Traditionen diktiert, hatte sie immer angenommen, so wie alle anderen Aspekte ihres Lebens und ihrer Kultur. Und doch reichten die Nationen weit zurück in die Geschichte; wie die Königin sie taktvoll erinnerte, war das menschliche Gedächtnis nicht sehr weitreichend. »Ich habe niemals etwas von einem solchen Vertrag gehört. Könnt Ihr mir mehr darüber sagen?«

Die gewaltige Form der Königin war so reglos, daß sie auch ein in schwarzen Lack gegossenes Monument hätte sein können »Das ist verboten.«

Vor Erstaunen vergaß Mara die unirdische Ruhe und die erstarrte Haltung der brütenden Arbeiter. Ihre Worte hallten. »Verboten? Von wem?«

»Das ist verboten.«

Der peitschende Tonfall der Königin versetzte Mara in Schrecken. Wenn sie unhöflich gewesen war, hatte man sie trotzdem noch nicht aus der königlichen Kammer verwiesen. Lujans Hände waren weiß von dem Druck um den Speerschaft, doch die Krieger der Königin blieben weiterhin gelassen. Bereit, ein Risiko einzugehen, hielt Mara sich an die Möglichkeit, daß die Zurückhaltung der Königin von einer äußeren Ursache herrührte. Soviel sie herausgefunden hatte, besaßen die Cho-ja keine Religion, keinen Glauben an Götter oder Kräfte jenseits der irdischen Natur. Wenn das Verbot nicht vom Himmel kam, was blieb dann? Die Traditionen? Mara verwarf diese Idee; die Cho-ja waren nach menschlichem Maßstab Kaufleute, wenn es um Beziehungen ging. Ihre Beständigkeit gründete sich mehr auf die Einigkeit des Schwarms als auf Gewohnheiten. Ein geheimer Eid schien ebenfalls nicht wahrscheinlich, da das Bewußtsein des Schwarms ein solches Konzept zurückwies: Privatheit war nur zwischen Individuen möglich.

Mara wählte ihre Worte mit Bedacht. »Was ist mit den Cho-ja, Königin? Wie ist die Geschichte Eurer Rasse?«

Die Königin klickte mit den Vorderklauen; eine Antwort auf einen unbegreiflichen Impuls. Wenn nicht ihre Arbeiter wie gebannt dagestanden hätten, hätte es sich ihrem Ton nach auch um eine gewöhnliche Unterhaltung handeln können. »Wir stammen vom Anfang, wie jede Rasse, entwickelten uns und reicherten Wissen an. Es gab, vor Jahrhunderten, eine Zeit, als wir sehr einfach lebten. Wir waren eine von vielen intelligenten Rassen, die ihren Platz auf einer reichen Welt suchten und die sich, als die Menschen zum ersten Mal kamen –«

»Die Goldene Brücke?« unterbrach Mara. Sie versuchte einzuflechten, was sie vom Ursprung ihres eigenen Volkes wußte.

»So sagt es unsere Geschichte«, erklärte die Königin. »Die Augen der Cho-ja waren keine Zeugen der Ankunft, doch an dem einen Tag waren die Menschen nicht da, und am anderen Tag lagerte eine Nation von Flüchtlingen am Ufer in der Nähe des Ortes, den Ihr Stadt der Ebene nennt.«

Mara konnte ihre Erregung kaum zügeln. »Ihr kennt Geschichten aus der Zeit vor der Goldenen Brücke?«

»Geschichten?« Die Königin zuckte mißbilligend mit einem ihrer Gliedmaßen. »Eure Worte scheinen eine Übertreibung zu beinhalten oder eine Verschwörung, die auf ungenügender Erinnerung gründet. Bitte fühlt Euch nicht verletzt durch meine Direktheit, aber unseresgleichen braucht für die Nachwelt nicht zu dramatisieren. Wir erinnern uns.«

Mara spürte ihr Herz rasen. »Wollt Ihr damit sagen, daß Ihr diese Berichte im Bewußtsein des Schwarms habt?« fragte sie. Sie tastete sich vorsichtig heran, denn sie spürte, daß es hier um etwas Besonderes ging. »Oder könnt Ihr Euch richtig entsinnen, als würdet Ihr mit den Augen Eurer Ahnen sehen?«

»Wir haben ein Bewußtsein, wie ein Wesen.« Auf ein nicht erkennbares Zeichen der Königin hin machten sich die Arbeiter wieder eifrig daran, ihre Aufgaben auszuführen. »Was von einem von uns erlebt wird, teilen alle, außer wenn einer abseits von allen anderen in der Isolation stirbt.«

Mara war erleichtert, daß es wieder um ein weniger heikles Thema ging, und sie dachte darüber nach. Sie hatte schon lange gewußt, daß Nachrichten mit unglaublicher Geschwindigkeit einen anderen Stock zu erreichen schienen, doch selbst in ihren wildesten Träumen hätte sie nicht gedacht, daß eine solche Kommunikation gleichzeitig geschehen konnte. »Ihr könnt ... mit der Stimme eines Wesens sprechen, das dort war ...?« Ihr Verstand versuchte, die Vorstellung eines so gewaltigen Bewußtseins zu erfassen, daß es die gesamte Vergangenheit enthielt.

Die Königin klickte amüsiert mit ihren Mundwerkzeugen.

»Wir waren da, Mara. Wie es der Vorstellung von Euch Menschen entsprechen würde ... ich war da ... nicht mit diesem Körper natürlich, aber ... wir waren da. Was meine Vorfahren sahen, kenne ich so wie sie.«

Mara bedeutete einem Diener, die Teetasse nachzufüllen; sie vergaß, daß das Wasser inzwischen kalt war. Lujan hütete sich, über ihre Versunkenheit zu grinsen. Sein Verstand war nicht so flink wie der seiner Herrin, doch er hatte sie schon so oft merkwürdiges Wissen in der politischen Arena in einen Vorteil verwandeln sehen, um ihre Phantasien als Launen abzutun. Und da er alles andere als dumm war, spürte auch er die grundlegende Bedeutung der Offenbarung der Königin. Was immer ein Mitglied der Cho-ja sah, wurde von allen anderen Cho-ja bewahrt, offensichtlich über Jahrhunderte hinweg. Fasziniert beobachtete er, wie Mara die Diskussion wieder auf gefährlicheres Terrain lenkte.

»Was geschah mit den Cho-ja seit der Ankunft der Menschen?«

Die Arbeiter behielten ihre Tätigkeit bei, als die Königin antwortete. »Wir waren erst einige unter vielen, wenn auch nicht so zahlreich wie jetzt. Wir mußten uns gegen andere Rassen bewähren – die Thun, die Nummongum, die Chadesh und die Sunn.« Von diesen Namen kannte Mara lediglich die Thun. Sie widerstand der Versuchung, ein Nebenthema zu verfolgen. Wenn sie die Mittel in die Hand bekam, um sich vor den Magiern zu schützen und zu überleben, würde sie viele Jahre zur Verfügung haben, um ihre Neugier zu befriedigen.

Als hätte die Königin die Wendung ihres Gastes gespürt, enthüllte sie eher allgemeine Fakten. »Unsere Krieger sind da, um zu schützen; Cho-ja gehen niemals gegen Cho-ja vor, außer in Zeiten der Hungersnöte, wenn ein Stock gegen einen anderen kämpft und nur der kräftigste überleben kann. Ein Wettkampf der Stöcke wird ohne Haß ausgetragen; Töten ist nicht unsere bevorzugte Natur. Doch gegen andere Rassen kämpfen wir, denn sie haben eine andere Vorstellung von ihrem Platz in der Welt. Viele Schwärme litten unnötigerweise, denn Wesen kamen zu uns, die tief unter jedem vernünftigen Gesetz standen, die für mehr als Nahrung und Schutz töteten. Sie kämpften aus Liebe zum Töten, schien es uns damals – und noch heute. Sie besetzten Land, das sie nicht benötigten, und begannen Schlachten, um sich mit einer Idee zu krönen, die wir nicht verstehen, mit Ehre.«

Das Blut wich aus Maras Gesicht. »Tsurani.«

»Menschen«, warf die Königin in sanfter Trauer ein. »Euch beurteilen wir anders, Lady Mara, doch das Bewußtsein des Schwarms weiß genau: Keine andere Rasse auf dieser Welt, die Ihr Kelewan nennt, gleicht Eurem Volk an Boshaftigkeit. Denn die Menschen kämpfen ohne Grund. Als Euer Kaiserreich im Laufe der Jahre wuchs, strebten wir Cho-ja danach, alle Angelegenheiten zwischen uns zu bereinigen, und doch kamen immer und immer wieder Menschen, suchten dieses oder jenes Ding, dieses oder jenes Recht. Und als wir uns weigerten, zu unvernünftigen Bedingungen einzuwilligen, folgte Blutvergießen. Oft verließen wir den Kampfplatz und dachten, die Angelegenheit wäre erledigt, nur um wieder aus Gründen angegriffen zu werden, die keine Logik bargen. Am Ende ergaben wir uns.«

Mara klopfte mit den Fingern gegen die Tasse und sah, wie sich Wellen in dem erkalteten Getränk ausbreiteten. »Ihr wurdet zu dem Vertrag gezwungen?«

Wieder wurde es totenstill in der Kammer, und der Ton der Königin hatte jetzt etwas Eisiges. »Das ist verboten.«

Maras Augen weiteten sich. »Haben wir Euch verboten, darüber zu sprechen?«

»Das ist verboten.«

Inzwischen überzeugt, daß sie die Königin nicht beleidigt hatte, sie aber durch irgendein Versprechen, das die Cho-ja nicht verletzen wollten oder konnten, gebunden war, ließ Mara ihren

Gedanken freien Lauf. »Wer hat die Macht, Euch zum Schweigen zu verdammen? Die Versammlung? Der Kaiser?«

»Das ist verboten.«

Mara nahm die Hand von der Tasse, um das feine Porzellan nicht zu zerbrechen. »Verzeiht meine Neugier. Ich werde woanders nach Antworten suchen.« Mara zitterte vor Besorgnis und Enttäuschung und probierte es erneut. »Welche anderen Welten sollte ich kennen?«

Die Spannung in der Kammer ließ nicht nach. Mara hielt die Luft an, während die Königin schwieg und nur das schwache Summen durch die Gänge hallte. Schließlich klickte sie mit den Mundwerkzeugen und sprach. »Es gibt nur zwei Dinge, die ich Euch sagen darf, ohne mein Versprechen zu brechen. Zuerst einmal gibt es jene, die sich um ihrer eigenen Ziele willen Euch entgegenstellen, und gegen diese müßt Ihr Schutz suchen. Hört gut zu, denn wir wissen es: Es wird der Tag kommen, da müßt Ihr die Acoma gegen Mächte verteidigen, die Ihr für überlegen haltet.«

Mara entließ den lange angehaltenen Atem; ihr wurde übel. Die einzigen Kräfte in Tsuranuanni, die für überlegen gehalten wurden, waren der Wille des Himmels und die Versammlung der Magier. Da die Cho-ja keiner Religion angehörten, konnte die Aussage der Königin nicht deutlicher sein. Die Acoma mußten gegen die Erhabenen antreten!

Während Mara um ihre Beherrschung kämpfte, fuhr die Königin fort: »Möglicherweise, Lady, mögt Ihr Euch selbst fragen: Wenn andere Welten existieren, wo sind sie?«

Mara bemühte sich, gegen die unbekannten Gefahren, die tief wie ein Abgrund vor ihr lauerten, anzukämpfen. »Meint Ihr Midkemia auf der anderen Seite des Spalts?«

»Ihr könnt durch das von den Erhabenen gestaltete Tor hindurchgehen, aber wo ist Midkemia innerhalb des Kosmos?«

Mara richtete sich erstaunt auf. Das letzte Wort verstand sie nicht. Jede tsuranische Bedeutung, die sie kannte, bezog sich auf etwas wie »Himmelsgewölbe« oder »Sternenfeld«. Meinte die Königin, daß Midkemia einen Platz am Himmel mit den Göttern hatte? Diese Vorstellung war absurd, geradezu lächerlich! Doch Mara wußte es besser, als sich über den Glauben anderer Kulturen zu erheben, ihn zu belächeln. Ein lang zurückliegender Krieg in der Wüste Tsubars hatte sie dies ebenso gelehrt wie viele anstrengende Streitereien mit ihrem barbarischen Liebhaber Kevin. Obwohl sie diese Gedanken taktvoll für sich behielt, blieben sie der größeren Wahrnehmungsfähigkeit der Cho-ja wohl nicht verborgen.

»Würde es Euch weniger herausfordern zu glauben, daß viele Welten existieren, von denen viele nicht weiter entfernt sind, als Ihr in Eurem Leben gehen könnt?« verlangte die Königin zu wissen. Ihre Wärter waren wieder aus der Reglosigkeit erwacht und trippelten erneut durch den Alkoven, der die Kammern mit den Eiern enthielt.

Obwohl völlig aus dem Gleichgewicht, bemühte sich Mara, einen Sinn in den Worten der Königin zu entdecken. Dies war kein Geheimnis, das durch die fremden Vorstellungen andersartiger Wesen geschaffen wurde; in menschlichen Begriffen schien die Königin beinahe Ka-Ta-Go mit ihr zu spielen, ein Ratespiel zwischen tsuranischen Kindern. Mara kam zu dem Schluß, daß sie bewußt um das eigentliche Thema herumgeführt wurde, von dem zu sprechen der Königin verboten war. Nach einigem Nachdenken meinte sie: »Ich könnte an viele Orte im Kaiserreich gehen, bevor meine Zeit zu sterben gekommen ist.«

»Ja.« Die Mundwerkzeuge der Königin bewegten sich in der Parodie eines menschlichen Lächelns. »Das könntet Ihr, sicherlich.«

Ermutigung, wenn nicht direkte Zusicherung. Maras Aufregung wuchs. »Die Thuril!«

Die Königin blieb sorgfältig unverbindlich. »Es gibt andere. Denkt an die Grenzen Eures Kaiserreichs.«

Überzeugt, daß die Information, die sie suchte, bereits beschrieben worden war, beugte sich Mara eifrig nach vorn. »Hinter den ...« Natürlich! Wie naiv sie ausgesehen haben mußte! Wie die meisten Tsurani war sie davon ausgegangen, daß alle Nationen unter der Herrschaft des Kaiserreiches standen, abgesehen von den verlorenen Gebieten im Süden und den Thuril im Osten. »Gibt es eine Bevölkerung östlich der Thuril-Konföderation?« fragte sie vorsichtig.

Die Königin antwortete sofort. »Sie heißen Chandana.«

Mara konnte ihre Aufregung kaum zurückhalten. »Menschen?«

»Sie ähneln Euch und den Thuril, Mylady.«

Mara warf Lujan einen Blick zu, der genauso überrascht aussah, wie sie sich fühlte. Wie provinziell ihr Volk war, sich selbst und ihr Kaiserreich als den Mittelpunkt aller Welten zu empfinden. Die tsuranische Philosophie konnte eher akzeptieren, daß Menschen auf einer anderen Welt jenseits eines Spalts lebten als auf einem anderen Kontinent Kelewans. »Was liegt jenseits der Länder dieser Chandana?«

»Riesige Wasserflächen«, ewiderte die Königin. »Salzwasser, wie im Blutigen Meer, der Heimat der Egu.«

Mara hatte niemals eine Egu gesehen, jene gigantischen Schlangen, die in den Tiefen der Ozeane lebten, doch sie war gesegelt und hatte Deckshelfer darüber reden hören, wie sie gegen die Verwüstungen dieser Wesen mit flammenden Lanzenspitzen gekämpft hatten. »Gibt es weiteres Land jenseits dieser Ozeane?«

»Viele Nationen, Lady«, bejahte die Königin. »So viele Länder wie im Meer westlich von uns.«

So sehr verwundert, daß er das Protokoll vergaß, schaltete Lujan sich ein. »Warum weiß unser Volk nichts davon?«

Schnell nickte Mara und bestätigte damit seine eigentlich unverschämte Einmischung. »Warum?«

»Das ist verboten.«

Maras Gedanken rasten. Was war verboten? Nicht das Wissen über die Nationen jenseits der Grenzen Tsuranuannis, sonst hätte die Königin ihr nicht einmal diese dürftigen Anhaltspunkte gegeben. Wußten die Fremden auf der anderen Seite des Meeres von der Bedrohung durch die Schwarzen Roben? Mara unterdrückte ein Zittern. Solche Gedanken waren zu gefährlich, um sie laut auszusprechen, selbst hier. Sie und die gewaltige Cho-ja-Königin blickten sich an, und die Anspannung in der Stille wuchs. Wenn sie nur beide offener sprechen könnten, würde sie soviel verstehen! Dennoch stachelte ihre Neugier sie weiter an. Mara fühlte neue Hoffnung in sich aufsteigen. Denn wenn auch die Macht der Versammlung noch immer übermächtig sein und ihr Name und der ihrer Familie der Vergessenheit anheim fallen sollte, war sie sich doch der Gegenwart einer größeren Welt jenseits des Kaiserreiches bewußt geworden. Sie konnte dorthin reisen, auf der Suche nach neuen Erkenntnissen, und vielleicht eine Antwort finden, die sie aus ihrer mißlichen Lage herausführte. Plötzlich spürte Mara die vielen Stunden, die sie bereits in den unterirdischen Höhlen verbracht hatte, und sie hatte das Bedürfnis zu gehen. Wenn sie vorhatte, das Kaiserreich zu verlassen, würde sie eine List anwenden und für Vorräte und sorgfältige Planung sorgen müssen. Ihre Feinde, besonders Jiro, durften von ihrem Vorhaben und ihrer Reise nichts erfahren. Während sie über praktische Dinge grübelte, wurde ihr klar, daß sie auch einige Bereiche ihrer eigenen Kultur noch erforschen mußte. Sie konnte bei den Tempeln beginnen, deren Priester in mächtigen Geheimnissen geschult wurden; und es gab die Magier des geringeren Pfades, Meister und manchmal Scharlatane, die nicht zum Studium in der Stadt der Magier zugelassen worden waren.

Begierig, endlich beginnen zu können, bereitete sich Mara auf ein Ende der Unterhaltung mit der Königin vor. »Königin, die Göttin des Schicksals muß mich hierhergeführt haben, denn mir wurde neue Hoffnung für meine Schwierigkeiten gegeben.«

Die Königin winkte mit einem Vorderglied. »Das freut uns. Obwohl wir es immer noch als merkwürdig empfinden, daß Ihr so weit flußabwärts reisen müßt, wo wir doch so nah sind.«

Mara wölbte die Brauen. »Dann ist das Bewußtsein der Schwärme also verbunden und eins? Ich könnte mit Euch sprechen, wenn ich mich an die Königin des Stocks richte, in deren Land ich jetzt wohne?«

»Immer.«

Mara war glücklich darüber, einen Weg der Kommunikation gefunden zu haben, wo immer ihre Reisen sie auch hinführen mochten. »Wenn ich das Kaiserreich verlasse, könnte ich in Kontakt mit Euch treten, wenn ich die Cho-ja einer entfernten Nation aufsuche?«

»Das ist verboten.«

Wieder quälte Mara die Nähe zu einer Entdeckung. »Eine Frage noch, falls Ihr zu einer Antwort bereit seid. Warum verhandelt Ihr mit mir und anderen, die Eure Eroberer waren?«

Die Königin zögerte. Mara fürchtete schon, doch noch die Grenze der Klugheit überschritten zu haben, und wagte kaum zu atmen. Doch dann, als die Wärter ihre Arbeit nach wie vor erledigten, erkannte sie: Die Königin war nicht verärgert, sondern suchte nach den richtigen Worten. Eine Weile erwartete Mara, daß auch diese Antwort verboten wäre.

Doch die Königin fügte sich, ihr Kopf zuckte leicht zurück und ihre Worte waren ernst. »Wir sind nicht erobert worden, Lady der Acoma.«

»Und der Vertrag?« Es ärgerte Mara, daß sie nicht mehr verstand.

Die Königin erklärte rasch: »Selbst ein gefangenes Volk kann verhandeln.«

Mara erhob sich von den Kissen, damit die Bediensteten, denen sie bereits das Zeichen zum Einpacken der Teeutensilien gegeben hatte, ihren Pflichten nachgehen konnten, ohne sie zu stören. »Warum erzählt Ihr mir all dies, Königin?«

Die schwarzen Facettenaugen hefteten sich auf Mara, so undurchdringlich wie die fremdartigen Gedanken dahinter. Dann sprach die Cho-ja-Herrscherin mit beinahe wehmütiger Erinnerung: »Eine junge Königin entsinnt sich, daß vor langer Zeit, als ich noch nicht mit dem Schwarmbewußtsein verschmolzen war, ein junges Mädchen zu ihr kam. Das Mädchen war sehr freundlich und sagte der Königin, sie wäre wunderschön. Ihr seid die einzige von allen Nationen, die zu uns kommt mit dem Wunsch, Harmonie zu schaffen. Ihr handelt wie andere, aber Ihr seid mehr ... Ihr seid, was Ihr Menschen vermutlich eine Freundin nennen würdet. Wenn die Bürde, die mein Volk durch diese Nationen erleiden muß, jemals verändert werden soll ... brauchen wir solch kühne und mutige Freunde wie Euch.«

Also war der »Vertrag« doch keine Vereinbarung, sondern auferlegte Bedingungen! Mara hielt den Atem an. Sie wagte nicht weiterzudrängen, nicht jetzt, da die Königin ihren Kommandeur zu sich gewinkt hatte, um sie aus der Brutkammer bringen zu lassen. Die Unterhaltung stand kurz vor ihrem Ende.

Unsicher, was das Protokoll für die formale Anerkennung von Freundschaft zwischen den Rassen vorschrieb, beließ es Mara bei einer Verbeugung, die eine Allianz zwischen den Häusern anzeigte, und fügte einige persönliche Worte hinzu: »Ihr seid immer eine Freundin für mich gewesen. Ich würde Eurem Volk die gleichen Ehren erweisen wie jedem Haus meines Clans.«

Nachdem die Cho-ja-Königin zustimmend genickt und die Gefolgschaft der Acoma liebenswürdig verabschiedet hatte, half

Lujan seiner Lady in die Sänfte. Vorbei war die matte Ruhe, die ihren Aufenthalt in dem Haus ihrer Kindheit geprägt hatte. Jetzt glänzten Maras Augen. Mit eifrigen Bewegungen forderte sie die Sänftenträger auf, die Stangen in die Hand zu nehmen. Der Kommandeur nickte und marschierte an ihrer Seite aus der Kammer.

Lujan, langjähriger Kamerad, Kommandeur ihrer Truppen und einstiger Bandit, konnte ein Grinsen nicht unterdrücken. Hier war eine Herrin, für die er ohne zu zögern sterben würde, nicht aus Gründen der Ehre und Pflicht gegenüber irgendeiner Herrscherin, sondern aus Liebe und Stolz. Trotz der überwältigenden Bedrohung durch die Versammlung der Magier zeigte Mara nun wieder den rastlosen Geist, der sein Herz von Beginn an gefangengenommen hatte. Denn während eine müde Frau mittleren Alters dieses Labyrinth betreten hatte, ging eine energiegeladene Lady auf der Höhe ihrer Macht wieder hinaus.

Viele tsuranische Herrscher hätten sich verzweifelt in ihre Schwerter gestürzt, wären sie wie die Lady der Acoma von den Erhabenen zu einem solchen Ehrverlust gezwungen worden. Ihr verstorbener Feind Tasaio von den Minwanabi, einst der mächtigste Mann im Kaiserreich, hatte lieber Selbstmord begangen, statt die Schande zu ertragen. Es war jedoch nicht Feigheit, sondern ein unermüdlicher Wille, der Mara an das Leben band.

Die Versammlung, entschied Lujan in einem unverfrorenen Anflug von Großspurigkeit, sollte sich lieber um ihre eigenen Interessen kümmern. Wenn auch nur die Götter wußten, welchen Weg seine kleine Lady finden würde, um gegen die mächtige Magie der Schwarzgewandeten vorzugehen.

Das Sonnenlicht fiel am Nachmittag durch die Läden und malte Streifen auf dem Parkettboden, und die Akasi-Reben am Rande der Gartenwege erfüllten die Luft im Raum mit ihrem Duft.

Mara war in ihrem alten Arbeitszimmer im ursprünglichen Herrenhaus der Acoma. Die Cho-ja-Uhr läutete immer noch sanft zu jeder Stunde; weicher jetzt durch die Lagen aus Wachs war das Stück Boden um den Laden herum, der abgeschmirgelt und nicht weiter bearbeitet worden war, seit dem Tag, da ihr erster Ehemann nach einer Jagd auf Arcats mit Schlachtsandalen den Raum betreten hatte. Ältere Erinnerungen drängten sich auf: Lord Sezu, der das Familiensiegel auf einige Dokumente drückte, während ihr Bruder Lanokota Bilder mit Kreide auf den Boden zu Füßen seines Vaters malte. Mara erinnerte sich daran, wie sie an dem Gekritzel gerubbelt hatte und ihre Kleinmädchenhände ganz verschmiert und weiß wurden. Der Geruch von Kreide stieg jetzt in ihre Nase, wie in den vergangenen Tagen ihrer Mädchenzeit. Doch das Kind zu ihren Füßen war Kasuma; und der Junge, der Bilder auf das abgeschmirgelte Holz kritzelte, die nur er verstand, war der stürmische Rotschopf eines barbarischen Vaters. Ihr gehörten die Hände, die jetzt das Acoma-Siegel in die Tinte tauchten, um den letzten Brief an diesem Tag zu versiegeln. Ein Behälter mit zusammengebundenen Pergamenten wartete neben dem Schreibtisch auf die Ankunft des Botenläufers, der ihn zur schnellen Weiterbeförderung zur Gilde bringen würde.

Mara legte das schwere Siegel beiseite und ging innerlich noch einmal ihre Anweisungen für Jican, Incomo und Keyoka durch, die auf dem Anwesen am See warteten. Sie würden ihre Angelegenheiten während ihrer vermutlich längeren Abwesenheit bestens weiterführen. Irrilandi, ihr Zweiter Kommandeur, war zur Zeit bei den Shinzawai und half Hokanu, die Kontrolle als Herrscher zu festigen. Es hatte kleinere Angriffe von Feinden gegeben, und eine oder zwei Allianzen waren auf Druck der traditionalistischen Gruppe in die Brüche gegangen. Hokanu hatte noch keine formale Antwort auf die Bitte des Kaisers geschickt, den kaiserlichen Posten seines Vaters einzunehmen. In seinem Brief an Mara hatte er erklärt, daß diese Verzögerung dem Versuch diente, einen unangenehmen Rivalen hervorzulocken.

»Dogondi, der Erste Berater meines Vaters, ist ein Schatz – er ist verteufelt schlau und dazu ein Humorist«, hatte Hokanu geschieben. *»Er liebt es, unsere Feinde zu beschämen, indem er sie lächerlich macht. Wie er mir erst kürzlich sagte: ›Tötet einen Mann, und Ihr gesteht ihm in den Augen der Götter Ehre zu. Lacht über ihn, und Ihr beschämt ihn.‹«*

Mara lächelte leicht über diese Wahrheit. Dann wurde sie wieder ernst, als sie an den übrigen Brief ihres Mannes dachte. Obwohl er unter großem Druck stand und täglich die Zielscheibe der Kritik einiger eifersüchtiger Cousins war, hätte er sich doch etwas intensiver nach dem Wohlergehen seiner Tochter erkundigen können. Daß Mara eine lange und möglicherweise gefährliche Reise vorhatte, während das Kind noch eine Amme benötigte, schien ihn nicht weiter zu beunruhigen.

Doch andererseits war Hokanu nicht der Mann, der auf seinen Sorgen herumritt. Er mochte innerlich vergehen vor Befürchtungen, sie damit jedoch nicht belästigen wollen. Mara konnte ihre Reise als Wallfahrt kaschieren, so sehr sie wollte, und die Traditionalisten würden möglicherweise auch darauf hereinfallen. Die Anasati schluckten die Täuschung vielleicht einige Monate, bevor Jiros Erster Berater die Wahrheit entdeckte. Die Versammlung der Magier würde jedoch rasch die List untersuchen, wenn sie auch nur die geringsten Zweifel hatte. Mara schloß die Augen und wischte feuchte Strähnen aus der Stirn. Sie schob die alptraumhafte Erinnerung an den Feuerregen beiseite, der die Kaiserliche Arena heimgesucht hatte, als Milamber seine magischen Kräfte entfesselt hatte.

Wenn die Schwarzgewandeten versuchten sie aufzuhalten, würde alles in einem schmerzvollen, brutalen Augenblick zu

Ende sein. Sie durfte ihnen keinen Anlaß geben, Verdacht zu schöpfen, und das bedeutete wochenlange sorgfältige Planung.

Wieder versuchte Mara, die Schrecken von Milambers Zerstörung bei den Kaiserlichen Spielen aus ihren Gedanken zu verbannen. Der barbarische Erhabene war widerspenstig gewesen, sogar dickköpfig, hatte sie gehört. Die Versammlung selbst hatte ihn verstoßen, nach seiner Tat, mit der er die Ordnung des Himmels überschritten und Sklaven die Freiheit geschenkt hatte. Ihr kam der Gedanke, daß dieser Milamber möglicherweise das Leben in derselben sonderbaren Weise betrachtete, wie ihr Liebhaber Kevin es getan hatte ... für den Leben mehr als Ehre bedeutete, während Religion nicht das Leben der Menschen regierte, sondern ihnen Führung anbot. Mara runzelte die Stirn. Wenn Milamber von seinen Kameraden als Abtrünniger betrachtet wurde, konnte er dann nicht eine Quelle der Einsicht in ihrem gegenwärtigen Dilemma darstellen?

Mara gab ihrem Impuls nach und klatschte in die Hände. Der Sklave, der von den Bediensteten als Botenjunge abgestellt war, erschien an der Tür, ein rothaariger Knabe von gerade zehn Jahren. Er war von seinem Posten als Hirtenjunge zum Haussklaven befördert worden und fühlte sich noch immer unbehaglich in der Livree. Mara sah ihn vor Ehrfurcht zittern, als er sich verbeugte.

Sie hatte Mitleid mit ihm, obwohl ihr eigener Sohn alles andere als scheu war und sie sich eher daran gewöhnt hatte, die jungen Krieger zurechtzuweisen, als einen ruhigen zu ermutigen. »Kalizo«, sagte sie. »Komm her.«

Der Junge erhob sich mit zitternden Knien und weit aufgerissenen Augen. Er kam zu ihr, stolperte unbeholfen über die Kante des Teppichs. Seine Sandalen waren noch neu und vom Laufen noch nicht weich geworden.

Mara fischte ein Bonbon der Cho-ja aus dem Gefäß auf ihrem Tisch. Sie warf es in die Luft und lächelte, als der Junge seine

Schüchternheit ablegte und es auffing. »Kalizo, kannst du mir sagen, wann die nächste Seidenlieferung zur Stadt der Ebene und dann nach Midkemia unterwegs ist?«

»Nächste Woche, Lady.« Der Junge lispelte etwas, verstärkt jetzt durch das harte Bonbon im Mund.

Mara überlegte einen Augenblick, dann griff sie mit zitternden Fingern nach ihrem Stift. »Ich habe hier einen Brief, den der Makler mitnehmen soll«, wies sie den Jungen an. »Hol ihn her, denn ich muß mit ihm sprechen.«

»Sofort, Lady.« Der Junge verbeugte sich, drehte sich um und verschwand mit einer Geschwindigkeit, die seine Beförderung rechtfertigte. Mara kaute auf der Unterlippe, als er hinter den Läden verschwand. Dann versiegelte sie schnell die Nachricht, die an Milamber, Magier, Königreich der Inseln, Midkemia, adressiert war. Als sie das Wachs aufsetzte und das Siegel in Tinte tauchte, fragte sie sich, ob sie mit dem Siegel auf dem Brief ihre eigene Verdammnis heraufbeschwor.

Dann trat der Seidenmakler ein, begleitet von Kalizo. Ihre Bedenken zerstreuten sich vor der Notwendigkeit, dem Mann Anweisungen zu geben, die ihn erzittern ließen. Seine offensichtliche Unruhe machte auch die kleine Kasuma nervös, und Mara mußte die Amme des Mädchens herbeirufen. Justin warf die Kreide mit der lauten Bemerkung weg, daß er jetzt Hunger hätte. Aufrecht und geschmeidig, im Gegensatz zu dem stämmigeren Ayaki, sprang er auf und forderte Kalizo zu einem Wettrennen zur Küche auf. Mara nickte dem Sklavenjungen zu, der angesichts des bevorstehenden Wettstreits grinsend aufschrie, ganz und gar nicht beschämt. Als die beiden Jungen mit Höchstgeschwindigkeit davonschossen, erwartete Mara beinahe den kreischenden Protest der alten Nacoya zu hören ... aber diese Tage waren für immer vorbei.

Allein mit ihren Gedanken, als die Sonne langsam im Westen

versank, rief Mara eine Dienerin, um die Läden zu öffnen. Jahre waren vergangen, seit sie die Shatra-Vögel bei Sonnenuntergang über das Land der Acoma hatte fliegen sehen. Es wurde als Glückssymbol ihres Hauses betrachtet, und die Geschöpfe waren stets ein Quell der Freude für Mara, wenn sie die Nacht mit einem Ritual begrüßten, einer Feier aus Flug und Gesang. Als ihre Blicke den Vögeln vor dem goldenen Himmel folgten, dachte sie an ihren Mann. Er hatte keine Konkubinen genommen, und er hatte sich auch nicht weiter zu der Enttäuschung über Kasumas Geschlecht geäußert. Mara nahm an, daß er die Angelegenheit absichtlich ruhen ließ. Hokanus einziger Bezug darauf war das Versprechen eines langen Gespräches bei ihrer Rückkehr auf ihren gemeinsamen Landsitz gewesen. Ein Boot, hatte er gesagt, nur mit ihnen beiden darin und einem Tablett mit leichtem Essen und San-Wein, auf dem ruhigen Wasser; keine Sklaven, keine Bediensteten, nur eine Laterne und er mit den Rudern. Daß er sich ansonsten gar nicht zu der Sache äußerte, zeugte von seinem Unbehagen. Mara stützte das Kinn in die Hände und seufzte. Was immer er zu sagen hatte, es würde Monate dauern, bevor sie die Zeit hatte, sich mit ihrem Mann zu treffen. Denn inzwischen war alles für ihre Abreise vorbereitet, und nur eine letzte Beratung mit Arakasi, der jederzeit mit seinem Bericht erwartet wurde, hielt sie noch zurück.

Viel später, als das Arbeitszimmer von Lampen erhellt wurde und die Sterne den Himmel schmückten, wo zuvor die Shatra-Vögel geflogen waren, wurde Mara beim Lesen von einem Diener gestört, der sie informierte, daß ein schäbiger, umherziehender Poet angekommen war und um Nachsicht der Lady bat.

Mara schaute interessiert von ihrer Rolle auf. »Du hast ihn nicht in die Küche geschickt«, stellte sie fest. »Dieser Poet, sagte er, daß er Verse in So-Mu-Ta-Reimen für mich hat?«

Der Diener runzelte die Stirn, der Bezug überstieg seinen Bildungshorizont. »In der Tat, Mylady. Er bestand darauf, daß Ihr damit etwas anfangen könntet.« Sein Gesicht verzog sich vor Bedenken. »Ich hätte ihn fortschicken sollen. Er sieht sehr zerlumpt aus.«

Mara lächelte jetzt warmherzig. »Sehr zerlumpt, ungebadet und vielleicht mit einer Frau im Schlepptau?«

Die Augen des Dieners weiteten sich. »Ihr kennt ihn?«

»Ja, ich kenne ihn.« Mara rollte erwartungsvoll ihr Pergamentstück zusammen. »Führe ihn zu mir.«

Der Diener verneigte sich, noch immer verwundert. »Wie Ihr wünscht, Lady.«

Sofort wurden der Poet und die Frau in Maras privates Arbeitszimmer gebracht. Arakasi trug einen Mantel, der aussah, als bestünde er aus mottenzerfressenen Tüchern, an den Ärmeln und Säumen mit billigen und geschmacklosen Fransen versehen, die von einem Teppich gerissen worden waren. Seine Begleiterin steckte unter einer geflickten, sonnenverblaßten Robe, die einst mit Pailletten geschmückt gewesen war. Die meisten waren im Laufe der Zeit abgerissen worden und ließen nur eine traurige Sammlung von Fäden zurück. Ihre Füße waren schmutzig, die Sandalen nur noch Fetzen.

Nach einem raschen Blick klatschte Mara in die Hände. »Waschwasser, Tücher, Seife und etwas Schönes und Sauberes aus meiner Kleiderkiste«, rief sie der Dienerin zu. Sie blinzelte unter die Kapuze der Konkubine und erhaschte einen Blick auf eine glänzende Haarsträhne, die so schwer und dick war, als wäre sie aus Rotbienenhonig gesponnen. »Es sollte etwas Grünes sein«, riet sie der Zofe. Dann lächelte sie Arakasi zu. »Wie groß soll das Abendessen sein? Wie immer seht Ihr sehr hungrig aus.« Sie hob einen Finger, als der Supai Atem schöpfte und zum Sprechen ansetzte. »Die Verse haben Zeit, bis Ihr beide Euch erfrischt habt.«

Arakasi verbeugte sich nach Art der Schauspieler und schob

die Kapuze seines Mantels zurück. Im Lampenlicht sah er vollkommen erschöpft und mitgenommen aus. Mara war betroffen. Dann zog die Konkubine die Robe aus, und die Lady der Acoma sah Arakasis Blick und verstand alles.

»Du mußt Kamlio sein«, begrüßte sie die Frau. »Ich heiße dich willkommen.«

Das Mädchen begann mit der tiefen Verbeugung, die ihren tiefen Status andeutete. Mara schüttelte den Kopf, und blitzschnell ergriff Arakasi sie am Ellenbogen und hielt sie von der Ehrerbietung ab, während sie vor seiner Berührung zurückzuckte.

Als hätte ihre Geste keine Zurückweisung bedeutet, wendete sich Arakasi in aller Ruhe an sie. »Die Mistress hat deine Freiheit gekauft, nicht deine Dienste. Dein Vertrag gehört jetzt dir, du kannst ihn zerreißen oder weiterverkaufen, wie du willst.« Seine geschickten Hände strichen die Kapuze ihres Gewandes zurück und enthüllten ein Gesicht von atemberaubender Schönheit, und blasse Augen blitzten hell auf vor Ärger.

Mara unterdrückte den Drang zurückzuweichen, so sehr erinnerte die Art der Frau sie an eine andere, die einst versucht hatte, sie zu töten. »Götter«, flüsterte sie atemlos. »Mögen die Götter Mitleid haben.« Die Worte galten Arakasi – und dem gequälten Mädchen, das er aus der Abhängigkeit befreit hatte.

Kamlio sprach jetzt, und ihre tiefe Stimme war ein einziger, hervorragend eingesetzter Ausdruck ihres Hasses. »Ich möchte ein solches Versprechen gerne von der Lady hören, die mich mit ihren Centis gekauft hat.«

Mara schob ihren Groll über diese Unverschämtheit beiseite. »Du kannst Arakasi in dieser Sache genauso trauen wie mir. Kamlio, auch ich verdanke ihm mein Leben. Ich habe mich entschieden, dieses Geschenk mit Freuden von ihm anzunehmen. Er hat dich gefunden, Kind. Doch vergiß niemals: Ich war es, die dich aus den Fesseln befreite. Du bist nicht als Belohnung für seine Dienste hierhergebracht worden.« Das Lampenlicht glitzerte in den Augen der jungen Frau, als sie sich anspannte. Mara nickte leicht und fuhr fort: »Du bist selbst für dich verantwortlich, Kamlio. Denn deinetwegen habe ich einen Sohn und eine Tochter, die überleben und ihr Erbe antreten können. Meine Dankbarkeit kennt keine Grenzen. Du kannst Arakasi verlassen, diesen Landsitz verlassen und in diesem Augenblick noch deiner eigenen Wege gehen. Ich werde dich mit genug Reichtum versorgen, wenn du dir ein Geschäft als Händlerin aufbauen oder einfach in bescheidener Behaglichkeit den Rest deines Lebens verbringen willst. Du kannst das Geschenk auch als Mitgift benutzen, solltest du einen Ehemann suchen. Wenn du jedoch in den Dienst bei mir treten willst, würde ich mich über deine Gegenwart freuen.«

Nur das schwache Zischen der Öllampen war in der sich anschließenden Stille zu hören. Kamlios Finger krampften sich um die abgerissene Robe, entkrampfen sich, verkrampften sich. Sie lächelte nicht, entspannte sich nicht, sondern blieb angespannt wie ein gefangenes und in die Enge getriebenes Tier. Mara zwang sich, dem feindseligen Blick ihrer edelsteinartigen Augen zu begegnen. »Was möchtest du, Kamlio?«

Das Mädchen mißtraute offensichtlich jeder Freundlichkeit. Ihre Augen schimmerten zu hell, und ihre Haltung war eine trotzige Herausforderung. »Gute Dienerin, Mylady, ich würde gerne allein sein. Ich möchte keine hübsche Robe, sondern eine häßliche. Ich möchte nicht die Blicke der Männer auf mich ziehen. Ich möchte eine Schlafmatratze und ein Zimmer für mich.«

»Du bekommst, was du möchtest«, erklärte Mara. Sie schickte nach ihrer Kammerzofe Misa, die bereits lange Zeit im Dienst der Acoma stand, und befahl ihr, Kamlio in ein Gästezimmer zu bringen und es ihr bequem zu machen. Als die beiden gegangen waren, und Arakasi sich mit dem Wasser und den Tüchern, die der Diener gebracht hatte, erfrischt hatte, befahl Mara ihrem Supai, sich zu setzen.

Er sank auf das nächste bequeme Kissen, als würden seine Knie nachgeben. Seine Augen waren eingefallen, beinahe gehetzt, und der Mund zuckte schief vor Ironie. »Danke, Lady«, sagte er leise.

»Sie bedeutet Euch so viel?« Mara schaute ihn mitfühlend an.

Der Supai stützte die Hände unter das Kinn, eine alte Gewohnheit, wenn er an einer schwierigen Erklärung arbeitete. »Sie hat mich verändert. Wenn ich sie ansehe, sehe ich manchmal meine Mutter. Wenn sie spricht, erinnert sie mich an meine Schwester. Beide konnten boshaft sein, in dem Augenblick, wenn sie am meisten verletzt waren.« Er hielt inne, fuhr dann fort: »Sie macht mich für den Tod ihrer Schwester verantwortlich. Nicht ganz zu Unrecht, wie ich fürchte.«

Ruhig winkte Mara den Diener zu sich, der mit dem Tablett an der Tür wartete. Während der Mann in ehrerbietigem Schweigen eintrat, betrachtete sie den Supai, den sie seit Jahren kannte, dessen Leben jedoch ein Geheimnis für sie geblieben war. Nachdem der Diener sie bedient hatte, schickte Mara ihn fort. Als sie und Arakasi allein waren, meinte sie: »Ihr habt mir gegenüber niemals jemanden von Eurer Familie erwähnt.«

Arakasi hob den Blick und starrte sie abwehrend an. »Es gibt nicht viel zu erzählen. Meine Mutter war eine Frau der Ried-Welt, von Krankheiten verfolgt, heruntergekommen und schließlich zu Tode gebracht durch ihre Arbeit. Meine Schwester trat in ihre Fußstapfen. Sie starb mit achtzehn durch die Hand eines gewalttätigen Kunden.«

»Das tut mir leid«, murmelte Mara, und sie meinte es auch so. Sie hätte ahnen können, daß Arakasi, der so viel Wert auf die Verbindung zu einem Haus legte, aus einer ehrlosen Familie stammte. »Wie kamt Ihr in den Dienst bei den Tuscai?«

Arakasi machte eine sich selbst herabwürdigende Geste. »Da war ein Krieger, der häufig unser Freudenhaus besuchte. Er lag oft bei meiner Mutter. Ich war erst drei und beeindruckt von seiner lauten Stimme und dem Schwert mit einem Edelstein im Griff. Manchmal gab er mir Bonbons und fuhr durch meine Haare, oder er gab mir kleinere Aufträge. Ich nahm sie sehr ernst und begriff erst später, daß er einfach nur taktvoller war als die meisten anderen und mich fortschickte, damit er die bezahlte Frau nehmen konnte, ohne daß ein dummer Junge zugegen war. Damals entschied ich, daß er mein Vater war.«

Mara drängte ihn nicht, sondern wartete, während Arakasi einen losen Faden von seinem Mantel zupfte. Dann fuhr er fort: »Als meine Mutter starb und der Soldat zu einem anderen Mädchen ging, kletterte ich aus einem Fenster und folgte ihm zu den Unterkünften. Er war ein Truppenführer der Tuscai. Seine Frau war Köchin. Sie gab mir hinter seinem Rücken zu essen. Ich habe mehr oder weniger auf der Straße gelebt, hing bei Herbergen und Gildenhallen herum und hielt meine Ohren offen. Ich verkaufte die Informationen an den Hadonra des Lords der Tuscai, und im Laufe der Jahre bekam ich unschätzbaren Wert für ihn. Als ich den Lord der Tuscai darauf aufmerksam machte, daß die Minwanabi einen Angriff auf sein Leben planten, gestattete er mir, den Eid abzulegen und in seine Dienste zu treten.«

Insgeheim fragte sich Mara, wieviel von dem Spionagenetz bereits bestanden hatte, als Arakasi vor dem Tuscai-Natami geschworen hatte. Möglicherweise das meiste in dem Gebiet um den Landsitz der Tuscai, wenn ein ehrloser Straßenjunge die Aufmerksamkeit eines engstirnigen, traditionellen Herrschers auf sich gezogen hatte. Es versetzte sie in Ehrfurcht zu erfahren, von wieweit unten ihr Supai aufgestiegen war. Und jetzt war da diese junge Frau, Kamlio, deren Schicksal sich auf eine Weise mit seinem verschlungen hatte, die er nicht wollte. Als der Bedienstete kam und ihnen San-Wein einschenkte, reichte Mara ihrem Supai ein Glas.

»Trinkt«, drängte sie. »Ihr benötigt es.« Tatsächlich sah er sehr mitgenommen aus, auch dünner als beim letzten Mal.«

Der Supai begegnete offen ihrem Blick, die Lippen vor Abscheu verzogen. Er mochte das Trinken nicht: Alkohol dämmte seine Reaktionen. »Lady«, sagte er mit einer Stimme, die rauh und samtig zugleich klang. »Ich bin ganz und gar nicht mehr der, der ich einmal war.«

»Trinkt! Das ist ein Befehl!« meinte Mara energisch. »Ihr seid ein Mensch und habt ein Herz, das bluten kann, selbst wenn Ihr diese Tatsache erst vor kurzem bemerkt haben solltet. Und ich behaupte, daß Ihr unrecht habt. Ihr seid mehr, als Ihr einmal wart. Die Veränderung ist eine Veränderung zum Guten.«

»Nicht, wenn Ihr mich weiter in meinem Amt als Supai belassen wollt.« Das bloße Zugeständnis brachte ihn zum Zittern. Arakasi streckte die Hand aus, griff nach dem Kelch auf dem Tablett und leerte den Wein in einem einzigen gewaltigen Zug. »Was wißt Ihr schon von Gutem und Schlechtem?« forderte er sie heraus.

»Alles.« Ihr Ton hatte etwas Tadelndes. »Ich hatte Kevin und verlor ihn. Ich hatte den vollkommenen Ehemann, der mein Herz verstand, bis ein dummes Mißverständnis ihn von mir entfernte. Ich hatte zwei Kinder, die jetzt tot sind.«

Beschämt schlang Arakasi die langen, ausdrucksvollen Finger um das Glas. Er sagte nichts, sondern starrte nur auf den Teppich. Eine Weile kämpfte er angestrengt darum, seine Atmung unter Kontrolle zu bringen. »Ich hatte gehofft, das Beispiel von Euch und Hokanu könnte ihr die Augen für ein neues Leben öffnen.« Er zuckte leicht mit denAchseln, ein Zeichen seiner Befangenheit. »Ihr beide seid meine Lehrer gewesen, Lady.«

Mara betrachtete den Mann, der zusammengekrümmt und angespannt vor ihr saß. Seine Kompetenz hatte sie manchmal beschämt, bis heute, da sie begriff, wieviel seiner Fähigkeiten in freudloser, kalkulierender Logik wurzelte. »Arakasi, laßt sie frei. Laßt sie sich selbst finden.« Als sich sein Blick flehentlich auf ihren heftete, brauchte auch sie einen San-Wein. Sie griff nach einem Kelch und schmeckte die bittere Süße. »Denkt nach! Ihr seid nicht umsonst der klügste meiner Berater. Ihr wart niemals verärgert, weil Ihr nicht liebtet. Kamlio kann hassen, sie kann Bitterkeit spüren, weil sie verletzt sein kann. Sie ist im Grunde ein fürsorgliches Wesen, oder warum sollte sie sich sonst so vehement verteidigen?«

Sein Blick fiel nach unten. »Ich bete zu den Göttern, daß Ihr recht habt.«

»Ich habe recht.« Maras überzeugte Aussage verklang in dem vertraut düsteren Raum. Doch keine Wahrheit konnte den Ausgang sicherstellen. Ob Kamlio ihre Vergangenheit ohne Narben überwinden konne, würde nur die Zeit erbringen.

Arakasi saß da wie ein Leidender, drehte das feine Kristallglas in den Händen hin und her. Es schien Mara, die ihn beobachtete, als hätte sein durchdringender, scharfer Verstand nachgelassen. Sie versicherte ihm: »Eure kleine Lady wird diesen Landsitz nicht verlassen. Sie wird bleiben und hier dienen. Das zumindest weiß ich genau.«

»Weil sie sonst sofort gegangen wäre?« Arakasi ließ ein gequältes Lachen hören. »Wie könnt Ihr da so sicher sein?«

»Sie hätte meine Gastfreundschaft sonst nicht angenommen.« Mara lächelte. »Sie hat einen Stolz wie Feuer.« Sie grübelte. »Im Laufe der Zeit habe ich gelernt, die Menschen schnell zu erkennen. Ihr paßt zu ihr.«

Er entspannte sich ein wenig bei diesen Worten und stellte den jetzt leeren Kelch auf den Boden; dann nahm er sich Obst, Käse und Brot. Abrupt meinte er: »Ich habe Eure Nachricht erhalten,

Lady. Ich ahne, weshalb Ihr mich gerufen habt.« Er klatschte die zwei Brotscheiben über einem Stück Käse zusammen; seine Gefühle für die Konkubine ruhten lediglich. Doch in seiner Stimme war nichts von seinem Konflikt zu spüren, als er hinzufügte: »Ich kann Euch bereits antworten. Die Stadt der Magier ist uneinnehmbar. Schickt irgendwen mit dem Auftrag, sich Einlaß zu verschaffen, und Ihr werdet den Zorn der Versammlung auf Euch ziehen. Wir haben siebenmal versucht, einen Eingang zu finden; vier Männer sind tot, die anderen drei verschollen. Aber ich fürchte, sie sind ebenfalls nicht mehr am Leben. Es gibt keine Spur, die zu uns führen könnte, doch selbst so könnte ein weiterer Versuch unseren Fall bedeuten.«

»Das habe ich mir gedacht.« Mara sah ihm erleichtert beim Essen zu. An dem Tag, an dem Arakasi seinen Appetit vergaß, mußte sie sich wirklich Sorgen machen. Während er kaute, berichtete sie von den Ergebnissen im Stock der Cho-ja, dann erzählte sie von ihren Plänen, zur Thuril-Konförderation aufzubrechen.

Arakasi zeigte ein trockenes Grinsen. »Ich habe nicht ernsthaft geglaubt, daß Ihr auf eine Wallfahrt gehen wollt.«

Maras Stirn legte sich in Falten. »Ich bin fromm. Hatte ich nicht einst vor, in den Dienst von Lashima zu treten?«

Ironie blitzte in den Augen des Supai auf. »Das«, räumte er ein, »war lange, bevor Ihr einen rothaarigen midkemischen Barbaren getroffen habt.«

Maras Gesicht wurde rot. »Das stimmt.« Sie lachte. Arakasi hatte schon immer ihren Verstand herausgefordert. Das Herz, das er all die Jahre verborgen hatte, erwies sich als Freude für sie. »Ihr müßt meine Spuren mit einer Täuschung verwischen. Außerdem möchte ich, daß Ihr die Kaiserlichen Archive nach historischen Texten durchkämmt, die uns zeigen könnten, welche Umstände zu diesem rätselhaften Vertrag mit den Cho-ja geführt haben.«

Sie blickte auf und sah, daß Arakasi mit dem Essen aufgehört hatte. Das Brot zerbröselte zwischen seinen Fingern, und die Augen lagen tief in ihren Höhlen. Sanft fragte sie: »Was ist los? Habt Ihr Angst, Kamlio zu verlassen?«

»Nein.« Der Supai strich seine dunklen Haar zurück; der Poetenzopf an den Schläfen hatte sich halb gelöst. »Ich bin nicht länger der beste Mann für diesen Job, Mylady. Mein Herz ist nicht mehr rücksichtslos.«

»War es das jemals?« entgegnete Mara.

Arakasi schaute sie an, offen und gequält, wie er nur einmal in ihrer Gegenwart gewesen war, und damals hatte er geglaubt, daß er versagt und den Tod der alten Nacoya verschuldet hatte. »Ja, Lady. Ja, das war es einmal. Früher hätte ich Kamlio ohne Gewissensbisse durch die Hände der Tong sterben lassen können. Ich habe die Gefahr für Euch vermehrt, indem ich zu ihr zurückgekehrt bin. Es kostete einige Überredung und beträchtliche Summen, sie aus ihrem bestehenden Vertrag zu befreien. Der Handel war für meinen Geschmack viel zu öffentlich.«

Mara dachte über die Bedeutung seines Geständnisses nach. Sie starrte eine Zeitlang in ihr Weinglas, das sie kaum berührt hatte und das jetzt in der angenehmen Abendluft wärmer wurde. »Die Acoma haben niemanden, den sie sonst schicken könnten«, sagte sie schließlich. Sie mußte an Justin und Kasuma denken; wenn es stimmte, was Fumita angedeutet hatte, daß ihr Amt als Gute Dienerin des Kaiserreiches alles war, was sie vor der Vernichtung durch die Versammlung schützte, mußte sie einen Schutz für die Kinder finden, oder sie würden hilflos sein, sobald sie fort war, nichts weiter als Marionetten, mit denen die Schwarzen Roben nach Laune spielen konnten.

»Arakasi, ich möchte Euch etwas erzählen, das die Cho-ja-Königin mir nahelegte. Was wäre, wenn es die ganze Zeit über nicht die Tradition war, die dieses Kaiserreich Tausende von Jahren in der Stagnation gehalten hätte? Was wäre, wenn unser Volk nach Wachstum und Veränderung strebte, aber davon abgehalten wurde? Was würde, wenn das große Spiel des Rates, unser blutiges, gewaltsames Erbe der Ehre, nicht von den Göttern gegeben wurde, sondern eine List war, um uns an unserem Platz zu halten?«

Arakasis linke Braue zuckte. »Ihr behauptet, fromm zu sein«, sagte er mit leiser Stimme. »Ihr wißt, Mylady, daß es Aberglaube ist, was Ihr sagt.«

»Ich lege statt dessen nahe«, erklärteMara, »daß unsere Erhabenen mehr getan haben, als den kaiserlichen Frieden zu erhalten. Wenn ich richtig verstanden habe, was die Cho-ja-Königin mir mitzuteilen versuchte, hat die Versammlung unsere gesamte Kultur in einem Zustand der Starre gehalten. Die Schwarzgewandeten sind diejenigen, die die Veränderungen verhindern – nicht die Götter, nicht die Tradition und auch nicht unser Ehrenkodex. Deshalb mischten sie sich in die Angelegenheit zwischen den Acoma und den Anasati ein. Denn ich habe zuviel Veränderungen bewirkt, ich habe zuviel Einfluß auf den Kaiser, und als Dienerin des Kaiserreiches bin ich für das Volk eine Art Glücksbringer. Wenn es stimmt, was ich denke, hoffen die Magier nicht nur, daß ich ihr Verbot breche und gegen Jiro kämpfe; sie verlassen sich geradezu darauf. Manche mögen sogar danach streben, diesen Augenblick herbeizuführen. Sie warten nur auf einen Grund, um mich auszulöschen.«

Eine Brise von draußen brachte die Flamme der Lampe zum Flackern, und Arakasi war kaum mehr als ein regloser Schatten. »Hokanu wird niemals die Ehre vergessen und den Mord an seinem Vater ungerächt lassen«, erklärte er.

»Ja.« Mara flüsterte beinahe. »Das wäre zuviel verlangt, selbst von einem Mann, der von einem fortschrittlichen Denker erzogen wurde, wie sein Vater es war. Sein leiblicher Vater Fumita warnte ihn sogar bei Kamatsus Beerdigung. Wie Hokanu glaube ich, daß die Versammlung von Jiros Kontakt mit den Tong-Attentätern wußte. Sie taten nichts, um ihn aufzuhalten. Absichtlich. Ich bin es, die sie tot sehen wollen, mich und das Familiengeschlecht. Und früher oder später wird das Schicksal ihnen einen Grund in die Hand geben.«

Die Flamme wurde heller, und die Dunkelheit wich. Arakasi starrte in das leere Weinglas, die Augen unergründlich wie Obsidian. »Und Ihr braucht mich, um die Kaiserlichen Archive durchzusehen und um Eure Abwesenheit zu verbergen, während Ihr außerhalb des Kaiserreichs auf der Suche nach Antworten seid.« Seine Finger klopften einen aufgeregten Rhythmus auf den Boden, als er seine Gedanken weiter laut äußerte. »Ihr verlangt dies von mir, nicht für die Acoma oder die Shinzawai, sondern für die Menschen im Kaiserreich, deren Anliegen Ihr als eigenes übernommen habt.«

»Ihr versteht also.« Mara griff nach der Karaffe und füllte beide Gläser nach. »Ich tue, was ich tue, für mehr als nur meinen Namen und die Ahnen. Weil ich die Hoffnung hege, daß Sklaven eines Tages frei sein werden und daß Jungen, wie Ihr es wart, oder Mädchen wie Kamlio die Möglichkeit haben werden, durch eigene Verdienste Ehre zu erlangen.«

»Eine große Aufgabe. Ich verbeuge mich vor Euch, Lady.« Arakasi schob das Weinglas zurück. Seine Haltung war immer noch ausdruckslos, aber Bewunderung lag in seinem Blick. »Ich sagte einmal, daß ich wünschte, Euch auf Eurem Weg zu Größe zu folgen. Ich war arrogant und kalt und fasziniert wie ein Mann, der sich damit rühmt, Rätsel zu lösen. Jetzt wünsche ich mir nichts sehnlicher als ein Haus voller Wärme und eine Frau, die ich anlächeln kann und die das Geheimnis der Freude nicht kennt. Zu meinem Kummer habe ich gelernt. Es ist keine Lektion, die einem Supai, der nur aufgrund der Vernunft handeln muß, guttut.«

Mara erwiderte das Lächeln, und die härteren Linien, die ihr Gesicht im Laufe der Zeit gezeichnet hatten, wurden weicher. »Wenn wir also die Mittel gefunden haben, um die Erhabenen zu besiegen, werden wir einen neuen Posten für Euch finden müssen.«

Arakasi entfuhr ein heiseres Lachen. »Was für einen Posten? Ich habe sie alle ausprobiert. Welchen soll ich nehmen, wenn doch alle nicht besser zu mir passen als ein Stück geliehener Kleidung?«

»Wenn die Zeit kommt, werdet Ihr es wissen«, versicherte Mara. Doch die Worte waren eine Banalität. Arakasi wirkte wie ein in der Strömung treibendes Boot. Sie sorgte sich um ihn und um die abgespannte, verbitterte Frau, die in einem Gästezimmer der Acoma schlief.

Arakasi stellte das Glas hin. Eine Motte kreiste um die Öllampe, und Schatten schossen und wirbelten durch die Luft. Er fühlte sich benommen. Es war Zeit, sich zu verabschieden. Auf dem Tablett lagen nur noch Krümel und ein Rest Brot. Seine Augen waren tief und dunkel, als er zu einer Schlußfolgerung kam. »Ich werde tun, was Ihr verlangt, denn ich erkenne, daß Ihr um den Preis wißt. Doch dieses eine Mal bitte ich Euch um einen Gefallen.«

Mara erhob ihr Weinglas. »Ihr habt von mir immer bekommen, was Ihr benötigt, ohne Probleme. Das hat sich nicht geändert.«

Der Supai sah sie an, und zum ersten Mal, so weit sie sich erinnerte, zeigte er Nervosität und Unsicherheit. »Nehmt Kamlio mit nach Thuril. Selbst die vage Möglichkeit, daß ein vorbeiziehender Händler einen Blick auf sie wirft und eine Bemerkung über ihre Schönheit macht, könnte die Tong auf ihre Spur führen. Wenn Ihr zurückkehrt, werden sich die Tong jedoch bereits aufgelöst haben.«

Mara lächelte ihn warmherzig an. »Ich hatte vor, genau das gleiche vorzuschlagen.« Die engstirnigen Glaubenssätze der tsuranischen Kultur hatten die Kurtisane jeder Hoffnung beraubt; Kamlio war ein Vergnügungspüppchen für Männer gewesen, die mit ihr tun konnten, was ihnen gefiel. Wenn sie wieder zur Vernunft kommen sollte, wenn sie der Gefahr, ein so gequältes, verschlagenes Geschöpf wie Teani zu werden, entrinnen sollte, mußte sie die unterdrückte Person wieder entdecken, die sie seit ihrer Kindheit zu verbergen gelernt hatte. Die Chancen würden besser stehen, wenn sie eine fremde Kultur entdeckte und Gewohnheiten außerhalb ihrer eigenen Erfahrung.

Arakasi verneigte sich in tiefer Dankbarkeit. »Die Götter mögen Euch segnen, Mistress.« Er sah aus, als wollte er nichts weiter sagen, doch dann platzte es aus ihm heraus: »Kümmert Euch um sie. Die Acoma sind mein Leben, doch sie ist mein Herz.« Dann stand er auf, und der Poetenzopf löste sich jetzt auf. Lautlos schlich er zwischen den Läden hinaus.

Mara starrte ihm noch lange hinterher, als er schon im dunklen Korridor verschwunden war. Die Motte vor ihr kreiste in einer letzten, tödlichen Runde, und es flackerte, als sie in die Flamme stürzte.

»Die Götter mögen sich ihrer annehmen«, murmelte Mara im leeren Zimmer, und es war nicht klar, ob ihre Worte nur der Kurtisane und dem Supai galten oder sich auch auf ihren Mann bezogen, der gezwungen war, nach der Melodie der Versammlung zu tanzen.

Sechzehn

Gegenzug

Das Spiel stand kurz vor dem Ende.

Chumaka setzte seine Shahn-Figur mit einem leichten Klicken auf und seufzte befriedigt. »Shah-Matt, Mylord.« Das Dämmerlicht betonte seine helläugige Wachsamkeit.

Jiro ärgerte sich darüber, daß er wieder einmal den Klatsch seiner Bediensteten bestätigen mußte – daß nämlich der Verstand seines Ersten Beraters nichts an Schärfe verloren hatte, selbst vor Tagesanbruch und dem Frühstück nicht. Der Lord der Anasati betrachtete die geschlagenen Figuren, die sich auf einer Seite des Spielbretts sammelten. »Ihr seid voller Leben heute morgen«, bemerkte er. »Mehr als gewöhnlich, wenn ich das sagen darf.«

Chumaka rieb sich die Hände. »Maras Spionennetz ist wieder aktiv geworden. Ich wußte, es war nur eine Frage des Wartens! Welcher Mann es auch immer ist, der in ihrem Dienst steht, er hat gerade einen Fehler gemacht. Er dachte wohl, er könnte mich in dem Wartespiel austricksen, doch nach Jahren des Schlummerns hat er sich endlich bewegt!«

Jiro strich sich über das Kinn, um ein Lächeln zu verbergen. »Es gibt nur wenige Diener wie Euch, die es ertragen können, jahrelange Arbeit nur auf der Basis von Vermutungen zu investieren.«

Dem Ersten Berater der Anasati wurde warm bei dem Lob. Er ließ die reich bestickte Morgenrobe von den Schultern gleiten und zupfte an dem dünneren Seidengewand darunter, um sicherzustellen, daß es ohne Falten über seiner schmalen Brust hing. Mit klagender Stimme fügte er hinzu: »Ihr habt mich in Eure Gemächer zu einem Frühstück eingeladen. Muß ich Euch ein zweites Mal im Shah schlagen, bevor wir essen können, Mylord?« Er griff mit seinen nervösen Händen mit den angekauten Nägeln nach dem Brett, um es aus reiner Gewohnheit wieder neu aufzustellen.

Jiro lachte. »Ihr alter Tigindi«, klagte er und verglich seinen Berater mit einem fuchsähnlichen Jäger, der für seine Schlauheit bekannt war. »Ihr würdet ein Spiel allemal dem Essen vorziehen.«

»Vielleicht.« Chumaka blickte mit hellen Augen auf.

Jiro entschied sich mit einem Kopfnicken für ein neues Spiel. »Was bewegt Euren planenden Verstand denn heute wieder?«

Chumaka stellte die letzte Figur an ihren Platz und forderte seinen Herrn mit einem Zeichen auf, den ersten Zug zu machen. »Es ist das, was Mara bewegt«, korrigierte er.

Jiro war zu klug, um ihn mit Fragen zu unterbrechen, und er rückte eine Figur vor. Chumakas Gegenzug folgte sogleich. Während Jiro zu einer raschen Betrachtung seiner Strategie gezwungen wurde, wünschte er sich, die Vorliebe seines Gegners für die gleichzeitige Verfolgung mehrerer Themen zu besitzen, als sein Berater seinen Kommentar näher ausführte.

»Gegen Ende der Woche wird Euer Ingenieur in Ontoset Zimmermänner und Handwerker anheuern, um die Kriegsmaschinen nach dem Vorbild zu bauen, das Ihr aus den alten Texten herausgearbeitet habt.«

Jiro blickte verärgert vom Spiel auf. Seine Belagerungswaffen waren sein meistgeliebter Plan, ein Geheimnis, das er selbst vor seinen engsten Verbündeten verbarg, wie er zumindest glaubte. Er mochte es nicht, wenn das Thema leichtfertig erwähnt wurde, und in seinem Ton spiegelte sich unterdrückte Gereiztheit. »Mara kann unmöglich etwas von unseren Prototypen in den Scheunen der Kohlebrenner gehört haben –«

»In den Wäldern nördlich von Ontoset«, fiel Chumaka ein, so lästig wie immer, wenn er aus purer Ungeduld die Sätze anderer ergänzte. »Ja. Sie weiß es seit einiger Zeit.« Chumaka machte eine Geste zum Shah-Brett. »Ihr seid am Zug, Mylord.«

Jiro rückte mit einem leichten Schnippen seines Fingers seinen Priester auf ein neues Quadrat. Eine leichte Röte färbte seine Wangenknochen, und seine Augen zogen sich zusammen, als er fragte: »Wie hat sie es erfahren? Warum habt Ihr mir nicht schon früher gesagt, daß unsere Sicherheitsmaßnahmen durchbrochen worden sind?«

»Geduld, Mylord.« Chumaka bewegte seine Kaiserin auf die vorderste Linie. »Ich gebe Euch immer Bescheid, wenn der Zeitpunkt zu Eurem Vorteil ist.«

Jiro war jetzt beinahe wütend und zwang sich, sich zu beherrschen. Chumakas Schlauheit konnte beizeiten überhand nehmen: als könnte der Mann nicht aufhören, das Spiel im Haushalt des Lords weiterzuspielen. Doch was Chumaka an Demut vermissen ließ, machte er durch Einfallsreichtum mehr als wett. Der Lord der Anasati richtete seine Wut gegen das Shah-Brett und wartete mit eisiger Ruhe darauf, daß sein unverschämter Diener nähere Erklärungen von sich gab.

Chumaka lächelte mit der Schadenfreude eines Kindes, das entdeckt, daß ein Insekt seinen bösartigen Spielen entkommen kann, indem es wegfliegt. »Mylord, es tut gut zu sehen, daß Ihr die Kunst der Geduld erlernt habt. Wir haben Maras Machenschaften gestattet, sich gegen uns zu entfalten, um dann noch viel besser ihre Pläne zerstören zu können. Sie hat einen gerissenen Plan entwickelt, um einige ihrer eigenen Handwerker unter jene am Bauplatz zu mischen. Erst einmal dort, würden sie mit Leichtigkeit dafür sorgen, daß Eure großen Belagerungsmaschinen Konstruktionsfehler aufweisen. Wir sollen sie in einer Schlacht benutzen, so hofft wohl die Lady der Acoma, und der Mechanismus soll fehlschlagen und unseren eigenen Truppen Schaden zufügen oder auch gar nicht funktionieren und Euch mit einigem sehr teurem Brennholz außerhalb der Stadtmauern zurücklassen.«

Jiro war so verblüfft, daß er ungewollt Bewunderung zeigte. Er wölbte die Brauen. »Mara hat einen solchen Plan entwickelt?«

»Ein hervorragender Spielzeugmacher in ihren Diensten.« Chumaka verrückte eine andere Figur und brachte Jiros Priester in Gefahr. »Es ist ein ziemlich amüsanter Plan, wirklich.«

Stirnrunzelnd und auch vom Spiel in eine unangenehme Lage gebracht, betrachtete der Lord der Anasati seinen nächsten Zug mit zusammengepreßten Lippen. Er wollte nicht eingestehen, daß er an beiden Fronten geschlagen war. Die Neigung seines Ersten Beraters, Geheimnisse für sich zu behalten, grenzte an Respektlosigkeit. Doch Jiro enthielt sich einer Kritik. Seine Schwäche beim Shah hatte die Ursache in seinem Wunsch nach schnellen Lösungen. Er brauchte Chumakas Liebe zu komplizierten Machenschaften, was bedeutete, damit zufrieden zu sein, lange Jahre im voraus Netze zu weben und Fallen gegen Feinde aufzustellen. Jiro beschloß, den Priester vor einem Angriff zu retten; heute war seine Stimmung sehr von Umsicht geprägt. »Welchen Zug habt Ihr im Sinn, Erster Berater?«

Chumaka schenkte ihm ein kriecherisches Lächeln. »Was wohl, wir machen Maras kleinen Schachzug zunichte. Ich habe eine Liste mit den Namen der Eindringlinge. Wir können es arrangieren, daß sie angenommen werden, sie tief in das Gebiet der Anasati bringen und dort verschwinden lassen.«

»Sie töten?« Jiros Abscheu für grausame Maßnahmen lenkte seine Aufmerksamkeit ab und er mußte sich zwingen, mit Chumakas nächstem Zug Schritt zu halten.

Der Erste Berater rückte eine andere Figur vor und bedrohte zwei Figuren seines Herrn.

»Ich möchte die Eindringlinge in aller Stille übernehmen.« Er sprach wie immer, wenn er zufrieden war, mit tiefer Stimme, als würde eine Katze schnurren. »Nicht sie töten. Sie haben möglicherweise nützliche Informationen für uns. Ich möchte zum einen wissen, wie genau Maras Spielzeugmacher unsere Belagerungsmaschinen sabotieren will: Ich bin sicher, die Änderungen werden sehr raffiniert sein, um der Aufmerksamkeit jener zu entgehen, die die Konstruktion überwachen. Doch weit wichtiger ist, daß wir, wenn wir einen Mann zum Sprechen bringen und den Weg der Nachrichtenübermittlung herausfinden, falsche Hinweise durch das Netz der Acoma schicken könnten. Die Lady wird bis zu dem Tag, an dem wir gegen den Kaiser vorgehen, nicht wissen, daß ihr Plan verraten wurde. Wenn unsere Maschinen die Mauern des Kaiserlichen Palastes angreifen, wird sie erwarten, daß sie versagen und Chaos verursachen, und sie wird ihre Streitkräfte aufgestellt haben, um ihren Vorteil aus dieser Situation zu ziehen.« Mit beinahe greifbarer Schadenfreude fuhr Chumaka fort: »Statt dessen wird unsere neue Ausrüstung fehlerfrei funktionieren, und die Acoma werden sich selbst auf dem Feld wiederfinden, *außerhalb* der Mauern, während wir drinnen bereits unsere Position sichern.«

Jiro opferte seine Festung und neigte zustimmend den Kopf. »Ich überlasse es Euch, die nötigen Arrangements in die Wege zu leiten.« Informationen aus einem Gefangenen herauszulocken war nichts, worüber er nachdenken wollte. Er hatte keinen schwachen Magen; Quälerei interessierte ihn einfach nicht. Die Abhandlungen, die er gelesen hatte, sagten genug über das Thema aus. »Und was Ichindar betrifft, dachte ich, wir hätten uns darauf verständigt, daß ich eher einen traditionalistischen Fanatiker dazu bringen sollte, ihn umzubringen, als daß er an der Spitze einer Armee steht.« Beinahe gehässig kam Jiro zum Schluß: »Die Schwarzen Roben scheinen die Idee eines Bürgerkriegs nicht zu mögen.«

»Natürlich nicht; nichts zerstört eine Gesellschaft mehr.« Chumaka rückte eine andere Figur vor und schaute auf, um eine Tasche mit neuen Berichten von seinem Assistenten in Empfang zu nehmen. »Doch wie wir besprochen haben, selbst ein toter Kaiser hat seine Anhänger. Sie werden sich hinter den Mauern verschanzen. Wenn Ihr als Retter der Nation auftretet und das Chaos abwendet, indem Ihr das Amt des Kriegsherrn wieder einführt, müßt Ihr Jehilia als Basis Eurer Macht ergreifen. Selbst ohne den Widerstand von Mara und Hokanu müßt Ihr die Verteidigung der Stadt durchbrechen, um die Erste Tochter des Kaisers zu bekommen – bevor jemand anders sie bekommt.«

Doch während der Erste Berater mit glänzenden Augen über Dinge spekulierte, die noch weit in der Zukunft lagen, schien Jiro ins Spiel vertieft zu sein. Chumaka wandte sich vom Brett ab und blätterte durch die zusammengerollten Nachrichten. Er wählte eine aus, blinzelte, um sicher zu sein, daß das Siegel nicht beschädigt war, und schlitzte es auf. Er überflog die Zeilen rasch, er mußte nicht innehalten, um die Zeichen zu verstehen. »Interessant«, sagte er zu sich selbst. Er fragte sich, wie gereizt sein Herr wohl werden würde, wenn er von den ehemaligen Minwanabi-Kriegern erfuhr, die Chumaka heimlich in einer weit entfernten Ecke in der nördlichen Provinz versteckte.

Wenn sie sich bei Maras Niedergang als nützlich erweisen sollten, beschloß Chumaka, würde er ein dickes Lob dafür erhalten. Wie sehnte er sich danach, zu einem Haushalt zu gehören, der nicht von solch empfindlicher interner Politik geprägt war! Und nicht von einem Herrn mit solch glühendem Stolz. Als Jiro seinen nächsten Zug vollendete, schob Chumaka seine Kaiserin in ein neues Quadrat. Er spekulierte darüber, ob die Herrschaft einer Frau wohl in derselben Weise erfolgte wie die eines Mannes; wurde Chumakas Gegenspieler, dem Supai der Acoma, freie Hand in seiner Arbeit gelassen? Nur außerordentliche Brillanz konnte ein solches Netzwerk seit dem Fall des Hauses Tuscai am Leben erhalten haben. Und Maras Bereitschaft, Männer ohne Haus in ihre Dienste zu übernehmen, hatte gezeigt, wie falsch es war, ihnen ihre Ehre abzusprechen. Sicher waren jene, die bereits für den Lord der Tuscai als Spione gearbeitet hatten, unter den Acoma noch viel eifriger.

Oder hatte der Mann, der ihnen vorstand, bereits für Lord Sezu gearbeitet? Chumaka glaubte es nicht, da sich Maras Vater im Rat und auf dem Schlachtfeld immer sehr direkt gegeben hatte. Der Erste Berater der Anasati strich sich übers Kinn, sich nur ganz am Rande der Flüche bewußt, die sein Herr über dem Shah-Spiel ausstieß, als er sah, daß sein Angriffsplan bedroht war. Er legte die Nachricht beiseite und griff nach der nächsten. Der Inhalt veranlaßte ihn, von den Kissen aufzuspringen und einen langen, für ihn ganz und gar untypischen Fluch auszustoßen.

Jiro, abgelenkt von seinen Nöten auf dem Shah-Brett, schaute mit lässig fragendem Blick auf. »Was ist geschehen?«

»Der Teufel!« Chumaka gestikulierte wild mit der Pergamentrolle. »Ich habe ihn vielleicht falsch eingeschätzt; ganz sicher jedoch unterschätzt.«

»Wen?« Neugierig geworden schob Jiro das Brettspiel beiseite, als sein Berater begann, auf und ab zu gehen. »Haben wir ein Problem?«

Chumaka sah ihn entsetzt an, die Augen so tief wie ein ruhiger See. »Vielleicht. Der Obajan der Hamoi Tong ist ermordet worden. In seinem Vergnügungsharem.«

Jiro zuckte nur leicht mit den Schultern. »Na und?«

»Na und!« Chumaka zügelte seine aufgeregten Bewegungen. Er bemerkte, wie sich Jiros Gesichtsausdruck bei seinem scharfen Ton verfinsterte. »Mylord, der Obajan war einer der bestbewachten Männer unter der Sonne, und er ist erstochen worden. Mehr noch, der Mörder ist entkommen. Eine sehr professionelle

Arbeit.« Chumaka untersuchte die Rolle näher. Erstaunt fügte er hinzu: »Hier steht, daß die Bruderschaft der Tong sich aufgelöst hat. Sie sind jetzt herrenlose Männer: Graue Krieger.«

Es gab nur einen möglichen Schluß. »Das kann nur bedeuten, daß ihre Aufzeichnungen gestohlen wurden, nicht wahr?« Jiros Stimme war beherrscht und gelassen. Der Inhalt der Berichte der Tong konnte sein Haus gleich mehrmals entehren, nicht nur für die letzte Zahlung, mit der ein Attentat auf den alten Frasai von den Tonmargu erkauft worden war, der viel zu sehr auf Hoppara von den Xacatecas hörte, wenn er einen Ratschlag bei politischen Entscheidungen benötigte. Solange Frasai am Leben blieb, würde Kamatsus Tod den Zielen der Traditionalisten nur wenig dienen. Hokanu würde nur zu bald die Stelle seines Vaters einnehmen, doch seine Verbindung zu Mara und den Acoma würde jedes Vorgehen von Jiros Verbündeten gegen ihn nur dann nicht erschweren, wenn zuvor Frasais unterstützende Stimme ausgelöscht wurde. Wenn der Kaiserliche Oberherr fiel, würde der Kaiserliche Kanzler seine Macht im Rat des Kaisers mit einem Schlag verlieren. Doch es war nötig, daß Frasais Tod so diskret wie möglich vonstatten ging; ein eigenes Clanmitglied zu töten, besonders den eigenen Clanlord, war selbst nach tsuranischen Maßstäben eine unglaubliche Handlung.

Chumaka antwortete, ganz in Gedanken versunken: »Die geheimen Aufstellungen wurden gestohlen, zumindest besagen das die Gerüchte in der Heiligen Stadt. Ich frage mich, ob Mara die Berichte der Tong besitzt?« Sie muß, schloß er. Wenn ein Verbündeter Zugang zu solch empfindsamen Geheimnissen besaß, hätten Agenten der Anasati ihn davon in Kenntnis gesetzt; ein Feind würde die Information sofort in einen Vorteil verwandeln, wenn nicht ... der einzige Feind der Anasati, dem untersagt war, eine Auseinandersetzung zu beginnen, war die Acoma-Shinzawai-Gruppe um Mara. Chumaka strich sich über das Kinn; das

Shah-Spiel war jetzt vollkommen vergessen. Was, wenn er sich verschätzt hatte? Was, wenn der Supai der Acoma ein besserer Spieler war als er? Was, wenn den Anasati eine Falle gestellt worden war, die nur auf einen falschen Schritt wartete, um zuzuschnappen?

»Ihr seid besorgt«, bemerkte Jiro in seiner gelungensten Nachahmung von Langeweile.

Chumaka bemerkte, daß sein Herr großes Mißfallen zurückhielt, und er tat das Beste, die Angelegenheit beiseite zu schieben. »Ich bin vorsichtig«, räumte er ein, selbstbewußt genug, um zu wissen, daß sich seine schlimmsten Alpträume selten in nichts auflösten. Sein lebhaftes Einbildungsvermögen half ihm, ein Meister dieser Arbeit zu sein. In seinem Eifer, seinem Gegner so nah wie möglich zu kommen, konnte er sich leicht zu Nachlässigkeit verführen lassen. Er mußte sich zurückziehen, warten und beobachten, wie ein geduldiger Jäger. Die Arbeiter von Maras Spielzeugmacher mußten mit größter Vorsicht behandelt werden.

Dann, als hätte ihn ein sechster Sinn daran erinnert, daß er allzulange still gewesen war und daß der ruhelose Intellekt seines Herrn kurz davor stand, in Ärger auszubrechen, lächelte Chumaka strahlend. »Sollen wir essen? Oder sollen wir unser Spiel beenden, daß Ihr ohnehin beinahe verloren habt?«

Jiro starrte auf die Anordnung der Spielfiguren auf dem Brett. Er machte eine mißbilligende Geste, die sich in ein Klatschen verwandelte, um die Diener herbeizurufen. »Zwei Niederlagen auf nüchternen Magen sind mehr, als ein Herr vor Tagesanbruch ertragen sollte.« Er mußte diese Bemerkung mit Hinblick auf den toten Obajan gemacht haben, denn er sah verärgert genug aus, um Dielennägel zu essen. »Verflucht sei sie«, murmelte er so leise, daß der Erste Berater ihn nicht verstehen konnte. »Stünde sie nicht unter dem Schutz der Versammlung, würde ich alles tun, um sie zu beschämen und zum Betteln zu bringen.«

Der Gärtner betupfte seine Brauen. Er lehnte lässig auf dem Griff seiner Harke und betrachtete in der Nachmittagssonne die umliegenden Blumenbeete. Die Blüten hatten die Farbigkeit von Regenbögen, und weder in der Hitze vertrocknete Samenhülsen noch verwelkte Blütenblätter verdarben ihre Frische. Der Boden war glattgestrichen und frei von Unkraut, wie bereits zu der Zeit, da der Arbeiter begonnen hatte. Jeder Busch war so hergerichtet, daß er unter sparsamer Ausnutzung des Platzes seine Schönheit erstrahlen lassen konnte. Der kaiserliche Beamte im Ruhestand, der zu diesem Haushalt gehörte, benutzte seine Wohnung nur unregelmäßig. Da er Frieden und Ruhe schätzte, waren die Gärten abseits von der Hektik der Heiligen Stadt angelegt worden. Halberblindet durch den grauen Star, neigte er dazu, die Gesichter seiner Gärtner zu vergessen. So bot sein hübscher, kleiner Privatgarten gegenüber der Stadtbibliothek einen perfekten Treffpunkt für einen Supai, der geheime Informationen austauschen wollte, die er mit Hilfe eines Bestechungsgeldes von einem Kopisten des Archivars erworben hatte.

Arakasi spuckte in die Hände, wie jeder sorgfältige Gärtner es tun würde, und nahm die Harke wieder auf. Seine sonnengebräunten Hände sahen aus, als hätte er sein Leben lang eine solche Arbeit ausgeführt, während er parallele Furchen in den trockenen Boden zog. Er spielte seine Rolle bis zur Vollkommenheit; nur die Augen überwachten verstohlen den Eingang des Archivs auf der anderen Seite der Durchgangsstraße.

Er war diesmal sogar noch vorsichtiger als gewöhnlich. Nachdem Kamlio ihn dazu gebracht hatte, seine Ansichten neu zu formulieren, vertraute er seinen Reaktionen nicht mehr. Er besaß nicht mehr das tiefe Gefühl für seine Fähigkeit, mit großer Schnelligkeit zu handeln. Während er den Boden harkte, grübelte er. Würden Gefühle ihn zögern lassen? Er sah Menschen, selbst Feinde, nicht länger nur als Figuren auf einem Spielbrett. Sein persönliches Bewußtsein, das seiner Pflicht als Diener widersprach, verursachte einen Konflikt, und er fürchtete sich vor den Konsequenzen.

Seit seine Bemühungen, einen Spion in die Stadt der Magier einzuschleusen, zerschlagen worden waren, hatte er begriffen, daß jede Untersuchung eines alten Textes über geheime Themen, jeder Versuch, in einen der verbotenen Abschnitte der Geschichte einzudringen, Aufmerksamkeit auf sich ziehen mußte. Außerdem waren die Büchereien auch Jiros Leidenschaft, und Spione der Anasati hatten die Kaiserlichen Archive unterwandert. Da diese selten von anderen als den Studenten der Geschichte aufgesucht wurden – und von denen waren die meisten auch noch Novizen des einen oder anderen Tempels –, würde jeder als Agent hineingeschickte Fremde Fragen aufwerfen. Seit Ichindars Aufstieg zur absoluten Herrschaft war der Tag der Bittsteller zu einer Gelegenheit geworden, bei der Diskussionen über unbedeutende Gesetzesfragen geführt wurden. Längst wurden vom Hohen Rat keine Kuriere mehr geschickt, die sorgfältig die Stapel verblassener Pergamente durcharbeiteten, um wichtige Fragen der Tradition zu klären, die zum Streitpunkt von Kaufleuten oder Gilden geworden waren.

Es war nicht leicht für Arakasi gewesen, einen Novizen zu finden, dessen Loyalität nicht bereits von einer anderen Gruppe beansprucht wurde. Am Ende hatte er von den Akolythen des Roten Gottes, die sich Mara gegenüber verpflichtet fühlten, einen Gefallen eingefordert. Während der Supai weiterharkte und sein Blick sich immer wieder verstohlen auf die geschnitzte Türschwelle jenseits der Durchgangsstraße richtete, spürte er eine innere Unruhe über seine etablierte, doch inzwischen so nutzlos gewordene Operation. Arakasi wagte es nicht, sich mit den ständigen Agenten im Palast in Verbindung zu setzen, denn er vermutete, daß sie inzwischen alle unter Chumakas Beobachtung standen. Genügend Zeichen hatten deutlich gemacht, daß der Zweig seines Netzwerkes im Palast unterwandert worden war. So hatte Arakasi einen ansonsten harmlosen Studenten hineingeschickt, um Chumakas Agenten von der Fährte abzubringen. Der Supai der Acoma wußte, daß sich der Feind nicht lange in die Irre führen lassen würde.

Zwei Priester von Turakamu und ein Akolyth aus dem Hohen Tempel hatten Texte über die Themen herbeigeschafft, die Arakasi ihnen aufgetragen hatte. Er hatte seine Nächte bei Kerzenlicht verbracht und Zeilen in verblaßter Tinte gelesen. JedenTag bei Morgengrauen hatte er Mara verschlüsselte Nachrichten zum alte Acoma-Landgut zukommen lassen, und der Kreis zog sich immer enger zusammen: Die Zeit das Konflikts, der in den geheimen Vertrag mit den Cho-ja mündete, konnte in Zusammenhang gebracht werden mit Bürgerunruhen achthundert Jahre zuvor, zweihundert Jahre nach der Gründung des Kaiserreiches, oder mit einer anderen Periode vierhundert Jahre später, als von einem Krieg zwar nicht die Rede war, doch eine Übersicht der Familienstammbäume zeigte, daß Erbschaften an erste und zweite Cousins gingen und eine ungeheure Zahl von minderjährigen Erben auftauchte. Falls eine Seuche für solche Einbrüche in ansonsten gut etabliere Dynastien verantwortlich war, so stand davon zumindest nichts in den Texten.

Die Steuerrollen aus jener Zeit zeigten ebenfalls einen Anstieg der erhobenen Beträge, und die Hauptbücher der Schatzkammer enthielten seltsame Lücken und leere Zeilen für Eintragungen darüber, wie ein solcher Reichtum ausgegeben wurde. Jetzt wartete Arakasi auf die Liste der Kaiserlichen Kommissionen für die zwei Perioden, die er untersuchte. Wenn der Seneschall des Kaisers Zahlungen an Gildenmaler für die Anfertigung von Schlachtszenen vorgenommen haben sollte, hatte es auch ganz sicher einen Krieg gegeben. Dann konnten die Tempelberichte nach Schenkungen untersucht werden – von wohlhabenden Witwen, die so dafür sorgten, daß der auf dem Schlachtfeld dahingeschiedene Geist ihres Mannes eine freundliche Beurteilung durch die Götter erfuhr. Arakasi runzelte die Stirn. Wenn es ihm gelang, den Beweis für einen Krieg zu erbringen, konnte er Familiengeschichten durchforsten und vielleicht in persönlichen Bereichen Tatsachen aufstöbern oder Tagebucheinträge von verstorbenen Herrschern, die von einem Konflikt erzählten, der außerhalb der öffentlichen Aufzeichnungen ausgetragen wurde.

Mara war in ihren Anweisungen sehr umsichtig gewesen, vermutlich aus Achtung vor den Bedenken ihres Supai gegenüber der Weiterführung seiner Arbeit. Sie machte sich keine Illusionen: Sie wußte genausogut wie er, daß seine Verbindung zu Kamlio ihn verletzlich machte. Doch würde sie sein Herz und seine Fähigkeiten verschonen, würden die Acoma einem noch größeren, unheimlicheren Plan der Versammlung der Magier zum Opfer fallen. Mehr und mehr hatte sich enthüllt, daß die Schwarzen Roben Veränderungen verhinderten. Sie hatten Ichindars Aufstieg gestattet, weil es ihnen gefiel, Tasaio von den Minwanabi in die Schranken zu weisen; doch früher oder später würden sie die Ansichten der Traditionalisten vertreten und sich für die Wiedereinführung des Amtes des Kriegsherrn einsetzen; sie würden Ichindar dann nur noch eine Rolle in den religiösen Zeremonien zugestehen.

Arakasi widerstand dem Drang, sich die schweißnasse Stirn abzuwischen, und zog die Harke durch den Boden, während ein Sturm aus Groll in ihm tobte. Er hatte beim Studieren der Aufzeichnungen anhand dessen, was weggelassen wurde, und durch feinste Verdrehungen und Wendungen erfahren, wie sehr die Erhabenen das Kaiserreich in den Zustand der Stagnation geführt hatten. Man mußte kein Historiker sein, um die unerklärlichen Löcher im Tepppich der tsuranischen Geschichte zu entdecken.

Wie ein Weber, der sich um ein Gewirr von Fäden kümmern mußte und einen Knoten nach dem anderen aufnahm, folgte Arakasi einer merkwürdigen Erklärung nach der anderen, um einen Bericht zu entwerfen, den gerade das Fehlen wichtiger Informationen so auffällig machte. Sein Puls beschleunigte sich wie niemals zuvor. Sämtliche Objektivität wich der Erkenntnis, daß er in den größten Wettkampf seines Lebens eingetreten war – denn während er sich danach sehnte, die Gefühle des Mädchens wiederzuerwecken, das seine Leidenschaft entfacht hatte, mußte er seiner Mistress helfen, die mächtigste Gruppierung herauszufordern, die das Kaiserreich jemals gekannt hatte: die Versammlung der Magier.

Arakasi scheute vor einer näheren Betrachtung der Zukunft zurück. Er betrachtete jeden Tag als Risiko. Er wußte so gut wie Mara, daß er nicht länger ihr Supai sein konnte, in dem unwahrscheinlichen Fall, daß ihr Haus gegen den Willen der Versammlung bestehen und überleben konnte. Während er die Schärpe, die seinen Kittel umschloß, zurechtrückte und über den Waffengürtel mit den verborgenen Messern strich, betrachtete er die gefegten Gehwege und die Beete voller Reihen wohlriechender Blumen. Wenn das Schicksal die Acoma vernichten würde oder Mara, sollte er sein Amt niederlegen, ihm keine andere ehrenvolle Position in ihrem Haushalt bieten könnte, konnte er immer noch auf seine Fähigkeiten als Arbeiter zurückgreifen, dachte er mit einer Spur schwarzen Humors. Er begutachtete seine Hände, an denen dunkle Erde klebte, die die Schwielen wohl ein Dutzend anderer Tätigkeiten verbarg, und sinnierte, daß es wohl weniger wertvolle Beschäftigungen gab, als sich um das Wachsen und Gedeihen von Pflanzen zu kümmern.

Töten war sicherlich eine davon. Ihm war beinahe schlecht geworden, als er die Berichte der Tong entschlüsselt hatte und sich sachlichen Auflistungen von zahllosen Morden und anderen

Grausamkeiten gegenüber fand. Mara hatte recht getan, als sie ihn zu ihrem eigenen, rücksichtslosen Instrument machte, um die Bruderschaft der Hamoi an ihrer Wurzel zu zerstören.

Doch wenn sie auch im Recht war, so fiel es Arakasi deshalb nicht einfacher, sich zu verzeihen, daß er sich derart hatte benutzen lassen. Während ihm nach der tsuranischen Sitte nur jene Ehre zustand, die er für seine Herrin errungen hatte, waren seine Gedanken durch die Begegnung mit dem Barbaren Kevin verdorben. Es war Mara selbst gewesen, die die ersten Brüche in seine Ansichten gegraben hatte, als sie seinen sehr menschlichen Fehler in der bleichen Hitze eines Kekali-Gartens verziehen hatte. Seither waren seine Säulen der Isolation mehr und mehr zusammengebrochen, bis er jetzt, jeden Selbstbetrugs beraubt, alles sah.

Er hatte an sich gearbeitet, um als Waffe gegen andere seiner eigenen Art eingesetzt werden zu können. Kevin hatte recht; die Cho-ja hatten recht; Mara und Hokanu hatten recht, eine Änderung der starren alten Traditionen zu fordern. Obwohl bedingungsloser Gehorsam zwischen Herr und Herrin auf der einen und Bediensteten auf der anderen Seite lange Zeit üblich gewesen war, hatte Arakasi das Übel solcher Auffassungen im Spiegel von Kamlios harten Augen gesehen. Sein neuerwachter Blick offenbarte ihm seine Schuld.

»Ich bin nicht, was ich war«, hatte er seiner Herrin bei ihrem Treffen nach der erfolgreichen Ermordung des Obajan gesagt. Es war ihm weniger wie eine Aussage vorgekommen, als vielmehr wie der Versuch, seinen Geist von etwas zu befreien. Er seufzte in ehrlichem Bedauern darüber, daß er sich früher während der mit Gartenarbeit verbrachten Stunden niemals die Zeit genommen hatte, die Früchte seiner Arbeit zu betrachten. Jetzt sah er die sauberen Reihen junger Blüten mit einem anderen Blick. Er spürte einen merkwürdigen Druck in seiner Brust, als er überlegte, daß ein Gärtner möglicherweise näher daran war, ein Gleichgewicht auf dem Rad des Lebens zu finden; sicher war es angenehm, sich ein Leben in beständiger Harmonie mit dem Universum vorzustellen.

Arakasi rieb sich die Hände und konzentrierte sich wieder auf die Arbeit. Sein neuerwachtes Bewußtsein wurde hier zur Belastung. Trotz der offensichtlichen Ruhe um ihn herum war die Zerstörung ziemlich nahe.

Der Tag verging. Rötliches Sonnenlicht fiel durch den mit Säulen versehenen Eingang des Gartens. Ein älterer Straßenhändler schob seinen Karren draußen die Straße entlang; in mundartlichem Gesang pries er den Ehefrauen von freien Arbeitern, die von den Tempeln zum Dock-Viertel zurückkehrten, gebündelte Tanzi-Rinde an. Schäbig und nur eine Stufe über den Sklaven, verbrannten diese Familien die Rinde, um die Luft zu versüßen und den Gestank der Fischverkäufer am Flußufer der Stadt zu vertreiben. Der Duft nach Weihrauch wehte vom Viertel der Zwanzig Götter herbei, wo die Priester die gewaltigen Tore der Tempel öffneten. Die Riten des Sonnenuntergangs lockten die Edlen herbei, die ihrer Andacht nachkamen, als die Straßen kühler und die Kaufleute gegangen waren. Die ersten lackierten Sänften der Edlen zogen vorüber, begleitet vom Rumpeln der leeren Karren der Gemüse- und Obsthändler, die vom Markt auf ihre Äcker zurückkehrten.

Die Stunde vor Sonnenuntergang war eine Zeit, da sich auf den Straßen die Menschen aller möglichen Klassen und Schichten mischten, da Kuriere ihre Stirnbänder und Gildenabzeichen ablegten und pfeifend zu ihren Frauen gingen. Arakasi nahm seine mit Rädern versehene Karre und begann sein Arbeitsgerät wieder einzusammeln. Er beobachtete die gewölbte Tür zur Bibliothek mit scharfem Blick, während er davon ausging, daß sein Botenjunge in der geschäftigen Atmosphäre dieser Stunde unbemerkt blieb; die Arbeiter waren müde und dachten ans Abendessen, während die Vorhänge der Sänften zugezogen blieben, um die Edlen vor den neugierigen Blicken der Gewöhnlichen zu schützen.

In dem Augenblick, da der Junge erschien, würde Arakasi den Garten verlassen, seine Karre vor sich herschieben und der Schreiber würde nur einen kurzen Moment an ihm vorbeistreichen, doch lange genug, um seinen Bericht zwischen die Werkzeuge zu stecken.

Arakasi nahm das Geräusch zuerst als eine Verzerrung der Luft wahr, schob es beinahe einem Weinmakler zu, dessen Rollwagen auf der anderen Seite des Tors über das Kopfsteinpflaster rumpelte. Dann gehorchte er seinem Instinkt und duckte sich hinter seinem Karren, bevor der Wagen draußen vorbeikam, und seine Ohren erkannten die Störung als das, was sie war: das eine Gänsehaut erzeugende, seltsame Summen, das dem Erscheinen eines Erhabenen vorausging.

Eisiger Schweiß näßte seinen Nacken. Waren sie seinetwegen gekommen? Hatten sie seine Gegenwart auf einen Plan Lady Maras zurückgeführt? Allein die Gewohnheit hielt Arakasi in seiner Deckung, die darin bestand, als sonnengebräunter Gärtner am Ende eines arbeitsreichen Tages die Werkzeuge einzusammeln. Sein Herz raste, und seine Hände zitterten wie die eines Menschen, der an der Lähmung litt. Er hatte schon oft Angst in seinem Leben gehabt; doch niemals zuvor hatte sie solche Macht über ihn ausüben können. Niemals hatte sie, bis Kamlio gekommen war, die innere Schutzmauer seines Herzens durchbrechen können.

Die beiden Schwarzen Roben erschienen nur einen Augenaufschlag später. Das zermürbende Summen erstarb und hinterließ eine Stille, die nicht mehr vom Schwirren herumstöbernder Bienen durchbrochen wurde. Die Geräusche von der Straße schienen auf merkwürdige Weise weit entfernt, als würde die Welt an den marmornen Säulen beginnen und enden, die die Gartentore flankierten.

Arakasi mußte keine Ehrfurcht vortäuschen, als er sich hinter dem Radkarren zu Boden warf, das Gesicht gegen die erdigen Furchen gepreßt, die sein eigener Rechen in die Boden gezogen hatte.

Die Erhabenen nahmen keine Notiz von ihm. Als wäre er nicht lebendiger als eine aus Stein gemeißelte Statue, schritten sie den Weg zum Tor entlang und hielten im Schatten des gewölbten Bogens an. Ihre Augen richteten sich mit geübter Intensität auf die Treppe an der Vorderseite der Bibliothek auf der anderen Straßenseite. Sie wandten ihm den Rücken zu und ignorierten den gewöhnlichen Gärtner, der sich hinter ihnen zusammenkauerte, als wäre er nur ein weiterer Teil der Umgebung, nicht eine Person, die sie belauschen konnte.

Der eine dunkle, kapuzenbedeckte Kopf neigte sich zu dem seines Kameraden. »Er müßte jeden Augenblick hier auftauchen. Der Kristall zeigte, daß er die Straße überqueren und in diese Richtung gehen würde.«

Der angesprochene Magier antwortete mit einem kaum wahrnehmbaren Nicken.

Arakasi verspürte nur wenig Erleichterung, als er begriff, daß die Schwarzen Roben nicht seinetwegen gekommen waren. Noch immer zitternd und beinahe gelähmt vor Angst riskierte er einen kurzen Blick. Über den Zinken der Harke, eingerahmt von den geheimnisvollen schwarzen Gestalten der Magier unter dem Bogen, sah er schließlich den Boten aus der Bibliothek treten, eine volle Tasche an einem Riemen über der Schulter hängend.

»Da!« Der Erhabene, der gesprochen hatte, zeigte auf den jungen Schreiber, der in normaler Geschwindigkeit die Stufen hinunterging. »Dort ist er.«

Der zweite antwortete mit einem Nicken, dann sprach er mit ungewöhnlich tiefer Stimme: »Wie du vermutet hast, sind in seiner Tasche Pergamentrollen.«

»Inhalt?« Der erste Magier war kurz angebunden.

Sein Kamerad schloß die Augen, legte eine Hand gegen die Stirn und gestikulierte mit der anderen in der Luft. Seine Bewegungen waren möglicherweise ein Zauberspruch oder ein Symbol oder irgendein unverständliches Machtritual. Der Supai spürte, wie ein Frösteln über seine Haut lief, als das Prickeln von Magie ihn erreichte.

Die tiefe Stimme des Magiers rumpelte. »Es ist eine List. Die kaiserlichen Requisitionen für Gelder für die Künste. Triumphbögen, Gedenkstatuen, Denkmäler ...« Eine Pause trat ein, während die beiden Erhabenen darüber nachzudenken schienen. Dann meldete sich wieder der mit der kalten Stimme zu Wort. »Die Zeitperiode dieser Listen hängt empfindlich mit unseren Interessen zusammen. Sehr sogar.«

Arakasi ballte die Hände zu Fäusten; er fürchtete, daß sein trommelnder Herzschlag in der Stille des Gartens zu hören sein würde.

Die Sänfte einer Lady passierte den Eingang, hastig von Sklaventrägern mit seidenen Kopfbedeckungen getragen. Der Schreiber wurde vom Verkehr aufgehalten und wartete auf der anderen Seite der Straße. Der Hauch eines Parfums einer Frau vermischte sich mit dem blühender Blumen und dem irdischeren Gestank von Needra-Ausscheidungen. Die Schwarzen Roben flüsterten miteinander, während sie die Hälse reckten, um Arakasis Boten nicht aus den Augen zu verlieren, der jetzt arglos die Durchgangsstraße mit dem munteren Schritt eines Jungen überquerte, der davon ausging, daß eine Belohnung in Form einiger Centis auf ihn wartete, die er in einer der Wirtsstuben ausgeben konnte.

»Wir sollten ihn auf jeden Fall befragen«, meinte der Magier mit der kalten Stimme. »Es ist unwahrscheinlich, daß der Junge diese Nachforschungen von sich aus unternimmt. Wir müssen ihn aufhalten und herausfinden, ob jemand ihn angeheuert oder gezwungen hat, solche Dinge aufzustöbern.«

Der andere Erhabene gab murmelnd seine Zustimmung.

Arakasi verspürte schlagartig Panik. Wenn der Schreiber gezwungen wurde zu sprechen, würde seine Tarnung sofort entdeckt werden. Und selbst ohne die Begegnung mit Kamlio und seinen wiedererwachten Sinn für Verletzlichkeit wußte der Supai, daß er keine Chance haben würde bei einer Untersuchung durch jene, die Gedanken lesen konnten.

Er mußte handeln.

Arakasi fühlte das kalte Metall seiner Wurfmesser unter dem Arbeitskittel. Er stützte sich auf einen Unterarm, während er mit der anderen Hand herumtastete und seinen Gürtel öffnete. Seine Hände waren schweißnaß und wie betäubt, als er unter das Gewand langte und die elfenbeinfarbenen Griffe zweier Klingen umfaßte; eine für den unglücklichen Schreiber, die zweite für sich selbst. Er mußte einen unschuldigen Mann kaltblütig töten und sich sofort danach selbst die Kehle durchschneiden. Danach konnte er nur hoffen, daß der Rote Gott ihn aufnehmen würde, bevor die Magier sein Wallum an seinen Körper binden und ihn zwingen konnten, Verrat an Mara zu üben.

Die Schwarzen Roben traten nebeneinander und nahmen Arakasi die Sicht auf die Straße. Furcht klammerte sich um seine Brust. Die Klinge, die er mit bebender Hand zum Wurf bereitmachte, fühlte sich wie etwas Totes an, wie ein Splitter. Sein Magen brannte vor Übelkeit. Beinahe hoffte er, das Schlimmste würde eintreten: daß die Magier sich nicht bewegten und der Schreiber unwissend durch den Bogen zum Treffpunkt gehen würde.

Doch wenn dies geschah und er keine klare Sicht und einen geeigneten Moment hatte, um zu töten, würde Mara vernichtet werden.

»Er kommt«, murmelte der erste Magier. Das Paar trat wieder auseinander und tiefer in die Schatten zurück. Wie reglose, kapuzenbedeckte Statuen warteten sie auf den Mann, der sich seinen Weg durch die geschäftige Durchgangsstraße bahnte.

Der Druck ließ einen Augenblick nach. Ein Kuchenverkäufer ging vorbei und zog eine Spur Zimtgeruch hinter sich her. Zwei Jungen rannten vorbei, sie verfolgten sich und schrien, während ein junger Hund zwischen ihren Beinen hin und her sprang. Der Schreiber machte einen Bogen um einen beleibten Wasserverkäufer, der Gesichtsausdruck abwesend, die tintenbefleckten Finger fest auf der Lasche seiner Tasche.

Er trat in den schattigen Weg vor dem Gartentor.

Arakasi versuchte seinen Magen unter Kontrolle zu bringen. Er hatte getötet, viele Male schon. Niemals hatte er sich so aufgeführt wie jetzt. Sterblichkeit hatte keine Bedeutung gehabt in seinem steinharten Herzen, und er hatte niemals Mitleid für seine Opfer empfunden. Er mußte handeln.

Sonnenlicht blitzte silbern auf der Messerklinge und zog die Aufmerksamkeit des Schreibers auf sich. Seine Augen wurden riesengroß, selbst als die Erhabenen vor ihn traten, mit der deutlichen Absicht, ihn aufzuhalten.

Arakasi biß sich auf die Lippe. Er mußte handeln! Er maß die Entfernung ab, zielte und kämpfte darum, seine Übelkeit zu verdrängen.

»Halt«, rief der linke Magier mit seiner schallenden, metallenen Stimme.

Der Schreiber tat, was verlangt wurde, vor Schrecken wie gelähmt.

»Wir möchten etwas von dir wissen«, sagte der zweite Magier, dessen Stimme tief und rauh klang.

»Euer Wille, Erhabene«, sagte der Schreiber in einem Zustand zitternder Blässe.

Arakasi griff nach dem Radkarren, als könnten sich seine Finger durch das verwitterte Holz bohren, und zwang den Aufschrei seiner Gefühle zurück. Mordlust mußte in seinen Augen sichtbar gewesen sein, als er sich zum Wurf auf ein Knie erhob, denn der Schreiber stürzte zurück, Panik deutlich in seinem Gesicht. Er sah den sicheren Tod in Arakasis Hand, in einem Messer, dessen Klinge in der Aufwärtsbewegung des beginnenden Wurfs aufblitzte.

Er wirbelte herum. Die Tasche schlug gegen seine Hüfte, als er verzweifelt zurück auf die bevölkerte Straße sprang und davoneilte, als würde sein Herz zerbersten.

Der Magier mit der tiefen Stimme versteifte sich vor Überraschung. »Er widersetzt sich uns!« rief der andere wütend.

Der näher am Tor stehende Magier hob seine Hände. Ein Krachen wie Donner ließ die Luft erzittern, rüttelte an den Werkzeugen in dem Radkarren, und drückte die Blumen in einer schneidenden Brise gegen den Boden. Arakasi wurde flach auf die Erde geworfen. Er schob die Klingen unter den ausgestreckten Körper und verbarg sein Gesicht hinter den Händen, während ein Stoß nach dem anderen den Garten erschütterte. Schreie ertönten auf der Straße, vermischt mit den Geräuschen weglaufender Menschen und dem Gebrüll verschreckter Needras. Ein Wagenlenker schnappte nach der Peitsche, um einen Wagen anzutreiben, und der junge Hund, der eben noch mit den beiden Bettlerjungen herumgetollt hatte, begann zu jaulen. Arakasi zitterte unkontrollierbar und blinzelte zwischen zwei Fingern hindurch.

Abgesehen von den Leuten, die schutzsuchend vom Gartentor wegrannten, sah die Straße kaum anders aus. Die untergehende Sonne warf ihr rotes Licht über die Stufen der Bibliothek, und die Düfte der Tempel schwebten in der Luft. Doch ihr süßer Geruch vermischte sich jetzt mit dem von verkohltem Fleisch, und ein qualmendes Häufchen Asche lag auf dem Kopfsteinpflaster. Nichts deutete mehr darauf hin, daß dies noch vor Sekunden ein Mensch gewesen war. Völlig unberührt lag eine Tasche, deren Pergamente herausgefallen waren und sich entrollten.

»Aus welchem Grund ist der Narr weggelaufen?« sinnierte der Magier mit der tiefen Stimme. Er wandte sich an seinen Kameraden. »Du hättest ihn nicht so schnell zu Asche verbrennen sollen, Tapek. Jetzt werden wir nie erfahren, wer ihn angestellt hat. Dieses Mal hast du deinem Temperament auf Kosten wertvoller Informationen freien Lauf gelassen.«

Der andere Erhabene verteidigte empört seine Handlung. »Es gibt nur zwei mögliche Verdächtige, die Acoma oder die Anasati. Keiner von ihnen hat ein Motiv, jemanden für Nachforschungen in die Archive zu schicken. Und es ist undenkbar, daß irgendein geringer Mann uns trotzt und dabei ungestraft bleibt.« Er wandte sich vom Tor ab. Sein Blick schweifte über den Radkarren und die Gartenwerkzeuge, bis er sich in eisiger Kälte auf der ausgestreckten Gestalt Arakasis niederließ.

Maras Supai spürte die Berührung des Blickes wie einen Speer in seinem Rücken. Er konnte weder aufhören zu zittern, noch wagte er es, sich zu bewegen. Der Atem blieb ihm im Halse stecken, während er versuchte, die unterwürfige Position beizubehalten.

Der Magier trat näher. Samtbeschuhte Füße traten dicht an sein Gesicht heran. Arakasi konnte die Schärfe des Ozons riechen, das sich mit dem Staub und dem Geruch von feuchten grünen Blumen vermischte.

»Kanntest du den Mann?« verlangte der Erhabene zu wissen.

Arakasi schüttelte den Kopf, unfähig zu sprechen.

Der zweite Magier trat hinzu. »Er könnte lügen. Wir müssen sicher sein«, sagte er, die Stimme wie ein Donner in Arakasis Ohren. Er kam näher.

Arakasi spürte die Bewegung, als würde der Magier eine Geste mit den Händen machen.

»Wer war der Mann?« kam die tiefe Stimme des Magiers. »Antworte!«

Die tastenden Finger der Magie griffen mitten durch den Geist des Supai hindurch. Er war von einer unleugbaren Macht gefangen und spürte, wie seine Lippen und seine Zunge zum Sprechen gezwungen wurden. »Er war nur ein Schreiber«, hörte er sich sagen. »Sein Name war mir nicht bekannt.«

Arakasi schloß vor Furcht die Augen. Trauer darüber, daß er Kamlio niemals wiedersehen sollte, prallte gegen die lebhafteste Erinnerung des Nachmittags, den sie in körperlicher Liebe verbracht hatten, als sie sein Herz mit ihrem lässigen Lächeln und ihren harten Augen für immer gefangengenommen hatte.

Über das Wirrwarr seiner Erinnerungen hinweg erklang die Stimme des einen Erhabenen. »Sein Geist ist Chaos. Er denkt, wir werden ihn töten ... und er sehnt sich danach, eine Frau zu sehen.« Hartes Gelächter brach aus dem Magier hervor. »Der Narr träumt von einer wunderschönen jungen Kurtisane, die er einst kannte. Sein einziger Gedanke ist, sie vor seinem Tod noch einmal wiederzusehen.«

Arakasi spürte, wie der Druck der Magie langsam von seinem Geist und seinem Körper wich, während die andere Schwarze Robe sagte: »Ein schuldiger Mann hätte jetzt an seinen Herrn oder seine Herrin oder an Flucht gedacht.« Daß Arakasi zu verblüfft war, um sich zu bewegen, verlieh Tapeks Schlußfolgerung noch mehr Glaubwürdigkeit. »Nein, er ist nicht unser Mann. Der Vertragspartner des Schreibers ist geflohen, zweifellos. Dieser schwachsinnige alte Gärtner weiß nichts.« Seine Haltung drückte Mißfallen aus. »Du hattest recht, mich zu schelten. Dennoch wissen wir jetzt, daß jemand verbotenes Wissen sucht. Wir müssen zur Versammlung zurück.«

Das Paar ging davon.

Arakasi blieb still liegen; sein schweißnasser Körper war mit klebriger Erde bedeckt. Seine Ohren nahmen das scharfe, summende Geräusch auf, und er spürte den Luftzug, als die Erhabenen verschwanden. Doch es dämmerte bereits, als seine Stärke zurückkehrte. Er erhob sich zitternd und blieb lange Zeit stehen, den Körper gegen den Radkarren gelehnt.

Vor dem Tor auf der Straße wiesen Kaiserliche Weiße Sklaven an, die Überbleibsel des Schreibers fortzuschaffen. Einer der Arbeiter hockte mit Eimer und Bürste an einer Seite und schrubbte die verkohlten Reste vom Kopfsteinpflaster. Die paillettenbesetzten Sänften der Edlen machten einen großen Bogen um ihn. Die abgerissenen Straßenjungen, die sich sonst überall versammelten, wo es etwas Ungewöhnliches zu sehen gab, waren nirgends zu entdecken.

Arakasi setzte sich auf den Rand seines Radkarrens und lauschte dem Summen der nächtlichen Insekten, während das Nachglühen der Dämmerung vom Himmel verschwand. Der Mond breitete sein kupfernes Licht über die welkenden Köpfe der Blüten aus. Er mußte die Pergamentrollen nicht sehen, für die der Schreiber gestorben war. Die Gegenwart der Erhabenen bestärkte ihn, daß Wahrheit in seinem Gefühl gegenüber der Geschichte lag. Bald würde er davonschleichen und Mara Bericht erstatten müssen.

Schlimmer war die innere Unsicherheit, die im Moment seiner Bedrohung entstanden war. Selbst jetzt konnte er nicht sicher feststellen, ob er tatsächlich seine Pflicht erfüllt hätte. Selbst jetzt wußte er nicht, ob er wirklich das Messer geworfen hätte.

Mara, dachte Arakasi im stillen. *Lady. Ich bin zu einer Belastung bei Euren Zielen geworden.*

Doch in der kühlen Nacht kam keine Antwort. Er konnte nicht mehr tun, als sein Bestes geben, denn seine Lady hatte niemanden sonst, der auch nur annähernd seine Fähigkeiten besaß. Und wie er seine Mistress kannte, glaubte Arakasi, daß, wenn sie ihm jetzt gegenüberstehen würde, keinerlei Vorwurf in ihren Augen liegen würde.

Sie verstand seinen Konflikt. Ein solches Geschenk seiner Herrin rührte ihn beinahe zu Tränen. Als er die taubenetzten Griffe des Radkarrens anfaßte, fragte er sich, ob das Mitgefühl seiner Lady wohl ausreichte, um Kamlios Verbitterung zu durchbrechen. Beinahe lachte er bei diesem Gedanken, in fürchterlichem, schneidendem Selbstvorwurf. Fast hätte die Versammlung alles über die Intrige seiner Lady erfahren. Lange bevor Kamlio zu sich selbst finden mochte, könnten sie alle tot sein, verkohlt und qualmend wie die Reste des Schreibers auf der Straße.

Siebzehn

Ratschlag

Mara saß still da, während das warme Gewicht ihrer Tochter an ihren Schultern lehnte. Das Mädchen fuchtelte mit ihren fetten Babyhänden in Maras Haaren herum und griff nach den Perlenohrringen. Kasuma war von allem verzaubert, was rot war, und wenn sie den Gegenstand, der sie gerade begeisterte, in die Finger bekam, versuchte sie wild entschlossen, ihn in den Mund zu stopfen. Die Lady der Acoma rettete ihre Juwelen von der kleinen Erbin der Shinzawai, indem sie sie herunterrutschen und auf den Knien auf und ab wippen ließ. Das heitere Glucksen des Kindes vermischte sich mit Justins Schreien, die durch den Laden hereindrangen. Der Junge lernte noch die Fähigkeiten und Kenntnisse eines Kriegers, und unter Lujans unversöhnlicher Anleitung schwang er sein Übungsschwert. Ungeduldig wie sein barbarischer Vater schrie der Junge hartnäckig seinen Lehrer an, daß Holzpfähle dumm wären und man ihm endlich erlauben sollte, gegen etwas vorzugehen, das sich bewegen konnte. Wie die Jiga-Vögel, die er gestern belästigt hatte und für die er dann bestraft worden war, dachte Mara mit einem leichten Lächeln.

Die Lady genoß diesen Augenblick. Seit ihrer Trennung von Hokanu waren diese seltenen Ruhepausen das einzige Glück, das sie kannte.

Kasuma lächelte sie mit feuchten Lippen an. Mara berührte die Nase des Kindes; sie verlangsamte ihre Bewegung absichtlich, damit die kleinen Hände nach dem Armband greifen und es zum Klingen bringen konnten. Heute trug sie, zusammen mit der Jade für normale Tage, den unbezahlbaren Kupferschmuck, den sie einst von Chipino von den Xacatecas erhalten hatte, ausdrücklich, um ihr Kind zu erfreuen. Kasumas Lächeln gab ihr ein warmes Gefühl. Hat sich so auch meine Mutter gefühlt, fragte sich die Lady der Acoma, als sie hinunter in mein Gesicht geschaut hat? Wie anders ihr Leben verlaufen wäre, wenn ihre Mutter noch gelebt hätte. Wäre sie dort geblieben und hätte den Dienst im Tempel Lashimas ausgeübt, während Lady Oskiro die Herrscherin der Acoma wurde? Hätte ihre Mutter so reagiert, wie Isashani es tat, durch sanfte weibliche List? Oder hätte die Verzweiflung sie zu gefährlichen Neuerungen getrieben?

Mara seufzte. Dieser endlose Kreislauf von Vermutungen diente niemandem. Alles, was sie von ihrer Mutter kannte, war ein gemaltes Porträt, das Lord Sezu noch vor ihrem unzeitgemäßen Tod in Auftrag gegeben hatte.

Lujans tadelnde Stimme erscholl vom Hof, und das klatschende Schlagen von Justins Übungsschwert nahm einen gleichmäßigen Rhythmus an. Mara konnte das Klatschen eines Holzschwertes nicht hören, ohne an Ayaki zu denken. Obwohl Justin ihrem verstorbenen Erstgeborenen in nichts ähnelte, kam immer wieder einmal der seltsame Augenblick, da ihr ein Blick, eine kurze Kopfbewegung oder jungenhaftes Gelächter den älteren Bruder ins Gedächtnis rief. Ayaki hätte inzwischen die Männlichkeitszeremonie hinter sich, begriff Mara. So viele Jahre waren vergangen … Sie zwang sich, mit den fruchtlosen Träumereien aufzuhören. Sie spürte Kasumas Finger an ihrem Armband und mußte sich anstrengen, nicht über das andere Kind Hokanus nachzudenken, das die Hamoi Tong ihr vor der Geburt geraubt hatten.

In einer Stunde würden ihre beiden lebenden Kinder fort sein, mit einer vertrauenswürdigen Gefolgschaft auf der Straße zum Kaiserlichen Haushalt in Kentosani. Sie würden dort sicherer sein, bis Hokanu sich von den Verpflichtungen der Shinzawai freimachen und auf die Güter am See zurückkehren konnte.

Mara schloß die Augen. Morgen würde auch sie sich auf einer Reise befinden, eine, die in bekanntem Gebiet beginnen, aber weit darüber hinausführen würde. Die Götter alleine wußten, wie lange sie weg sein würde. Die Jahre, in denen Ayaki herangewachsen war und die sie während des Feldzugs in Dustari verpaßt hatte, schmerzten sie noch im nachhinein. Jetzt, da der Junge tot war, ärgerte sie sich über die Jahre, die die Politik sie von seiner Seite fortgeführt hatte.

Schlimmer noch: Sie wollte nicht, daß Kasuma aufwuchs und sich nur aufgrund eines gemalten Bildes an ihre Mutter erinnerte.

Ein weicher Babyfuß trat gegen ihr Kinn. Mara lächelte; sie öffnete die Augen und seufzte, als sie die Amme hereinkommen sah, um die Tochter wieder mitzunehmen. Der Tag verging zu schnell. Die große Frau verbeugte sich forsch angesichts ihrer Aufgabe. Es war offensichtlich, daß sie es nicht sehr genoß, Zeugin zu werden, wie eine Mutter sich von ihrem Kind verabschiedete.

»Es ist alles in Ordnung«, versicherte Mara. »Ich weiß, daß es noch einige Dinge zu packen gibt, und Kasuma sollte noch ein Schläfchen halten, bevor sie zusammen mit ihrem Bruder in die Sänfte gesteckt wird. Justin wird sie nicht schlafen lassen, so geschäftig schwingt er sein Holzschwert gegen imaginäre Diebe durch die Sänftenvorhänge.«

Der ernste Ausdruck wich vom Gesicht der Amme. »Mylady, Euren Kleinen wird es gutgehen. Ihr dürft Euch keine Sorgen machen.«

»Achtet darauf, daß der Kaiser sie nicht verdirbt«, warnte Mara und umarmte Kasuma so fest, daß sie protestierend wimmerte. »Er ist schrecklich mit Kindern, immer gibt er ihnen etwas Süßes oder Juwelen, die die Babies am Ende nur in den Mund stecken. Er wird eines Tages noch schuld daran sein, wenn eines der armen

Dinger daran erstickt, wenn nicht eine seiner dummen Frauen genug Mut findet, ihm beizubringen, wie man ein Kind behandelt.«

»Macht Euch keine Sorgen«, meinte die Amme erneut. Sie persönlich glaubte, daß es Gier war, weshalb die kaiserlichen Mütter ihren Gemahl nicht von seiner Generosität abhielten. Sie breitete ihre großen, warmen Arme aus und nahm Kasuma entgegen. Das Kind schrie jetzt noch mehr, es griff mit pummeligen Fingern nach dem sich entfernenden Klingen der Armreifen.

»Schschsch. Hier, kleine Blume«, trällerte die Amme sanft. »Schenk deiner Mutter ein kleines Lächeln für ihre Reise.«

In diesem Augenblick, während Mara gegen eine Traurigkeit ankämpfte, die sie beinahe zu Tränen rührte, erklang ein einzelner Glockenschlag in der Luft. Das Geklapper von Justins Übungsschwert im Hof erstarb abrupt. Aus seinem verärgerten Geheul schloß Mara, daß Lujan den Stock mitten im Schwung aufgefangen und weggenommen hatte. Ihr Blick begegnete dem der Amme, krank vor verborgener Furcht. »Geh«, sagte sie. »Rasch. Kauft alles Notwendige während der Fahrt, wenn es sein muß, doch eilt jetzt sofort zur Sänfte. Lujan wird Justin hinbringen und eine Eskorte zusammenstellen und Träger, wenn es nicht bereits zu spät ist.«

Die Zofe zog die Stirn ängstlich zusammen, während Kasumas Schreie an ihrer Schulter erstickten. Dann schoß sie durch die Tür hinaus. Sie wußte so gut wie ihre Herrin, daß der Glockenschlag das Kommen eines Erhabenen ankündigte.

Mara schüttelte ihre Lähmung ab. Das Herz pochte vor Erwartung, doch sie schob die schmerzliche Trauer, daß sie ihrem Sohn nicht mehr hatte Lebewohl sagen können, weit von sich. Obwohl sie eigentlich wußte, daß, wenn die Erhabenen Schritte gegen sie unternehmen wollten, der Junge auf der Straße nicht in größerer Sicherheit war, konnte sie den mütterlichen Instinkt nicht unterdrücken: die Kinder von der bevorstehenden Unruhe so weit wie möglich zu entfernen. Sie wandte ihren Blick von der leeren Türschwelle ab, durch die die Amme mit ihrer Tochter verschwunden war, und klatschte nach ihrem Läufer in die Hände. »Ruf meine Berater zu mir. Schnell.« Sie wollte schon nach ihrer Zofe rufen, um sich eine saubere Robe und einen Kamm bringen zu lassen, damit sie die von Kasuma durcheinandergebrachten Haare etwas ordnen konnte, doch dann hielt sie inne.

Das seltene Metall an ihrem Handgelenk war beeindruckend genug, und sie bezweifelte, daß ihre Nerven selbst die eine Minute aushalten konnten, die sie würde stillhalten müssen, wenn die Zofe ihre Haare kämmte.

Mara war kaum in der Lage, ihre Furcht zu beherrschen, und verließ die Bequemlichkeit des Gartens vor ihren Gemächern. Sie hastete die dämmrigen Flure entlang; die gewachsten Holzböden klangen merkwürdig hohl unter ihren Füßen, nachdem sie sich an den Stein im Herrenhaus am See im Norden gewöhnt hatte.

Jedes Herrenhaus hatte einen Raum mit einem Muster auf dem Boden, der für die Magier der Versammlung der Ort war, an dem sie mit ihren geheimnisvollen Mitteln erscheinen konnten. Während die Ausstattung dieser Kammern von schlicht bis üppig reichte, war das Symbol doch überall gleich. Mara trat über die niedrige Türschwelle in den fünfeckigen Raum. Sie nahm ihren Platz außerhalb des Mosaiks aus grün-weißen Ziegeln ein, das einen Shatra-Vogel darstellte, das Familiensymbol. Es gelang ihr kaum mehr als ein steifes Nicken, um Sarics und Chubariz' Gegenwart zu bestätigen. Der Hadonra, den Jican eingesetzt hatte, verwaltete die Güter ihrer Ahnen. Beim Klang des Gongs waren beide sofort hergeeilt, wie es sich bei der Ankunft eines Erhabenen gehörte. Einen Augenblick später traf auch Lujan ein, schwer atmend und mit festem Blick.

Ein zweiter Gongschlag ertönte und kündigte die unmittelbare Ankunft an. Wind wehte durch Maras gelöste Haare und bewegte die Federn von Lujans offiziellem Helm. Mara preßte den Kiefer zusammen und zwang ihre Augen, geradeaus zu sehen.

In der Mitte des Musters stand ein bärtiger Mann in braunen Gewändern. Er trug keine Ornamente. Seine Kleidung war nicht aus Seide, sondern aus gewebter Wolle und in der Taille von einem Ledergürtel mit einer Messingschnalle nach barbarischem Vorbild zusammengehalten. Er trug Schuhe, keine Sandalen, und in der Hitze der fensterlosen Kammer rötete sich seine blasse Haut.

Saric und Lujan verharrten inmitten ihrer Verbeugungen. Sie hatten einen Mann in Schwarz erwartet, einen Erhabenen der Versammlung. Niemals hatten sie von einem Magier gehört, der etwas anderes als das traditionelle schwarze Gewand trug, und sicherlich von keinem mit Bart.

Mara verbeugte sich ehrerbietig; sie zog die Bewegung in die Länge, um ihren verwirrten Gedanken Zeit zu geben. Die Stadt der Magier mochte nördlich von Ontoset liegen, doch das Klima war nicht kalt genug, um zu frieren. Es konnte nur einen Grund für die Kleidung des Magiers geben: Er war kein Tsurani. Ihre spontane Nachricht, die sie einen Monat zuvor auf die andere Seite des Spalts geschickt hatte, mußte eine Antwort heraufbeschworen haben. Vor ihr stand der barbarische Magier Milamber, dessen vor Zorn entfesselte Kräfte einst Sklaven befreit und die Kaiserlichen Spiele zerstört hatten.

Maras Furcht legte sich jedoch angesichts dieser Erkenntnis nicht. Die Überzeugungen dieses Midkemiers waren ihr nicht vertraut. Sie war Zeugin seiner gewalttätigen Handlungen geworden, die schließlich in der Ausschließung durch jene Versammlung gipfelten, die ihm einst seine erste Ausbildung gegeben hatte. Seine Loyalität und sein unbeständiges Wesen mochte immer noch ihnen gehören; seine rasche und direkte Ankunft nach ihrer vagen Eröffnung war beunruhigend, da Mara allenfalls einen Brief als Antwort erwartet hatte.

Auch wenn Milamber nicht im direkten Auftrag der Versammlung hier war, gab es keine Garantie, daß er nicht doch in ihren Interessen handelte. Das, was zwischen den Welten seit seiner Entehrung geschehen war, hatte ihn veranlaßt, mit ihnen zusammenzuarbeiten. Mara beendete ihre Verbeugung. »Erhabener«, begann sie mit einer Stimme, die so fest wie möglich war. »Ihr ehrt mein Haus.«

Die dunklen Augen, die sich auf Mara richteten, schienen verschleiert Erheiterung zu zeigen. »Ich bin kein Erhabener, Lady Mara. Nennt mich einfach Pug.«

Mara kräuselte die Stirn. »Habe ich mich geirrt? Ist Euer Name nicht Milamber?«

Pug, der geschäftig den unmöblierten, mit Holz ausgestatteten Raum begutachtete, antwortete mit einer Zwanglosigkeit, die typisch für die meisten Midkemier war. »Er war es. Doch ich ziehe es vor, unter dem Namen bekannt zu sein, der mir in meiner Heimat verliehen wurde.«

»Also gut, Pug.« Mara stellte ihren Ersten Berater und den Kommandeur vor. Dann war sie ein wenig unsicher, wie sie weiter vorgehen sollte. Unwillig, als erste ein tieferes Thema anzusprechen, sagte sie: »Darf ich Euch eine Erfrischung anbieten?«

Pugs Aufmerksamkeit kehrte zu ihr zurück, doch mit beunruhigender Intensität. Die Hände aber, die in Kentosani solch fürchterliche Kräfte der Zerstörung erzeugt hatten, hingen ruhig an ihm herunter. Er nickte lediglich kurz mit dem Kopf.

Mara führte ihn durch die dämmrigen Flure in die große Halle. Saric, Lujan und ihr Hadonra folgten in respektvoller Entfernung, die Augen voller Neugier und Ehrfurcht. Der Erste Berater der Acoma hatte bei unzähligen Hwaet-Bieren immer wieder durch die Erzählungen seines Cousins von der Zerstörung bei den Kaiserlichen Spielen gehört. Lujan bewegte sich wachsam, sich bewußt, daß er bei einem Mann mit solcher Macht nicht einmal daran denken durfte, seine Waffen zu benutzen. Saric betrachtete den Magier abschätzend; er rümpfte die Nase wegen dem fremden, modrigen Geruch nach Birkenrauch und Talg, der in der Kleidung des Mannes hing. Pug war für einen Tsurani ein Mann mittlerer Größe, nach den Maßstäben seines Heimatlandes jedoch klein. Er wirkte bescheiden, abgesehen von seinen Augen, die seine Macht widerspiegelten und geheimnisvoll und furchterregend waren.

Als die Gruppe die breiten Türen erreichte, die zur großen Halle führten, meinte Pug: »Es ist schade, daß Ihr nicht in Eurer gewöhnlichen Behausung seid, Mylady Mara. Ich habe von der großen Halle der Minwanabi gehört, als ich im Kaiserreich lebte. Die Beschreibungen der Architektur faszinierten mich.« In beinahe liebenswürdigem Ton führte er weiter aus: »Ihr wißt, daß ich mein Haus ebenfalls auf dem Eigentum einer gefallenen Familie errichtet habe. In der Nähe von Ontoset, auf dem ehemaligen Land der Tuscai.« Mara warf einen Blick auf ihren Gast. Es war nichts Unfreundliches in seinen Augen, die sie offen anblickten. Wenn er damit andeuten wollte, daß er etwas über ihren Haushalt wußte, da ihr Kommandeur, ihr Erster Berater und ihr Supai alle einst den Tuscai gedient hatten, zeigte er doch nur eine freundliche Fassade. Pugs Blick, immer in Bewegung, wanderte durch den Raum, in dem Maras Ahnen hof gehalten hatten. Typisch für die meisten tsuranischen Hallen, war auch diese an zwei Seiten offen, und Läden führten zu einem schattigen Portikus. Das Dach war gewölbt; es bestand aus Balken, Holzschindeln und Ziegeln. Die Böden waren aus gewachstem Parkett, auf dem Generationen ihre Spuren hinterlassen hatten.

»Beeindruckend«, sagte er beim Anblick der Kriegsfahnen, die in Reihen von den Dachsparren hingen. »Eure Familie gehört zu den ältesten im Kaiserreich, wie ich sehe.« Er lächelte, und sein Gesicht wurde um Jahre jünger. »Ich nehme an, Ihr habt die Ausstattung geändert, als Ihr die andere Behausung in Besitz genommen habt? Der Geschmack des verstorbenen Lords Tasaio soll abscheulich gewesen sein.«

Bei seinem plänkelnden Ton entspannte Mara sich etwas. Obwohl sie vermutete, daß dies sein Ziel war und sie nur ungern ihre Achtsamkeit aufgab, war sie dankbar, daß ihre angespannten Nerven sich etwas lockern konnten. »In der Tat. Mein verstorbener Feind mochte Kissen in Leder und Fell, und in seine Tische waren Knochen eingearbeitet. Es hingen mehr Schwerter und Schilde an den Wänden, als Jican in den Waffenkammern der Minwanabi hat, und die einzige Seide, die wir fanden, war die der Kampfbanner und Kriegsabzeichen. Die Gästezimmer sahen aus wie Offiziersbaracken. Doch woher wißt Ihr soviel über meine toten Feinde?«

Pug lachte mit solcher Offenheit, daß es fast unmöglich war, von seiner Heiterkeit nicht angesteckt zu werden. »Hochopepa. Der alte Schwätzer war bei Tasaios rituellem Selbstmord anwesend, und falls Ihr Euch crinnert, er ist sehr beleibt. Seine Briefe an mich enthielten Klagen, daß es in Tasaios Haushalt keine Sitzmöglichkeit gab, die nicht hart und mit Holzlatten bezogen war, schmal über den Kissen, als wären sie für einen Mann in Rüstung gemacht.«

Mara lächelte. »Kevin von Zun erzählte mir oft, daß die hier am meisten gedämpfte Kunst in Eurem Land ›grell‹ wäre. Man könnte behaupten, daß Geschmack eine Frage der Perspektive ist.« Die Lady der Acoma winkte ihren Gast zu dem Kreis aus Kissen, die das Podest umgaben, auf dem die Herrscherin hof hielt. »Das habe ich im Laufe der Jahre gelernt, und doch ist es so leicht, es zu vergessen.«

Pug verbeugte sich vor ihr; er erlaubte Lujan, zuerst ihr auf ihren Platz zu helfen. Als Erhabener hatte er das Recht auf die Ehre, bevorzugt behandelt zu werden. Doch von nahem wirkte er bescheiden wie ein Gewöhnlicher. Es fiel Mara schwer, diesen umgänglichen Mann mit der Gestalt gleichzusetzen, die mit bloßer Hand den damaligen Kriegsherrn vernichtet hatte. Doch es brauchte mehr als nur das Erscheinungsbild, um auch ihren Berater und ihren Kommandeur zu beruhigen. Saric und Lujan warteten, bis der Magier es sich bequem gemacht hatte, bevor auch sie sich niederließen. Der sich stärker zurückziehende Hadonra sah aus, als stünde er wegen eines Verbrechens vor Gericht.

Diener und Dienerinnen eilten mit Tabletts herein, auf denen Fleisch, Käse und frische Früchte lagen. Andere brachten heißes Wasser und eine Reihe Getränke. Pug nahm sich selbst von einer Platte mit geschnittenen Jomach-Früchten, und bevor Maras geübte Bedienstete ihm etwas anbieten konnten, hatte er sich selbst das eingegossen, was er wohl für Chocha gehalten hatte. Er nippte daran, und seine Augen weiteten sich über der Tasse deutlich vor Überraschung. »Tee!«

Mara war besorgt. »Möchtet Ihr etwas anderes? Mein Koch kann sofort Chocha aufbrühen, wenn dies Euer Wunsch ist, Erhabener.«

Pug hob die Hand. »Nein, Tee ist sehr gut. Ich bin nur verwirrt, ihn hier zu finden.« Dann zogen sich seine Augen leicht zusammen. »Doch nach allem, was ich gehört habe, sollte mich in Verbindung mit der Lady der Acoma eigentlich nichts mehr überraschen.«

Mara spürte eine plötzliche Beklommenheit, besonders, da er mit ihren Angelegenheiten vertraut zu sein schien, und sie holte tief Luft, um Einwände zu erheben. »Erhabener –«

Pug unterbrach sie. »Bitte. Ich habe diesen Titel zurückgegeben, als er mir angeboten wurde, damals, als die Versammlung mich wieder aufnehmen wollte.« Als Saric fragend die Stirn runzelte, nickte der Midkemier. »Ja. Sie nahmen den Befehl des Exils zurück, nachdem der Konflikt mit dem Alten Feind unsere beiden Welten bedrohte. Ich bin jetzt auch ein Prinz, durch die Adoption in die Königliche Familie. Doch ich ziehe Pug, Magier von Stardock, jedem anderen Titel vor.« Er nahm sich noch mehr Tee, dann löste er den Wollkragen, um es sich im wärmeren Klima Kelewans bequem zu machen. »Wie geht es Hokanu? Ich habe ihn nicht gesehen, seit« – er runzelte die Stirn – »seit der Schlacht von Sethanon.«

Mara seufzte; sie verbarg ihre Trauer, als sie ein Stück Obst vom Tablett nahm. »Es geht ihm gut, doch er kämpft gegen einige unerfreuliche Rivalitäten zwischen seinen Cousins an, seit er den Titel seines Vaters geerbt hat.«

Ein Ausdruck von Bedauern huschte über Pugs Gesicht, als er die Tasse absetzte. Die Jomach-Frucht lag unberührt in seiner Hand, deren Fingernägel tadellos manikürt waren. »Kamatsu war einer der besten Männer, die dieses Land jemals hatte. Man wird ihn vermissen. Auf vielerlei Arten verdanke ich ihm vieles von dem, was ich heute bin.« Dann, als wären ihm diese dunklen Gedanken unangenehm, grinste Pug. »Hat Hokanu auch eine Leidenschaft für Pferde entdeckt, wie sein Bruder, der sie beinahe verschlingt?«

Mara schüttelte den Kopf. »Er mag sie, doch nicht annähernd so stark wie Kasumi.« Sie fügte traurig hinzu: »Oder Ayaki.«

Pug reagierte auf diesen Hinweis mit der offenen, barbarischen Sympathie, die sie bei Kevin so oft beunruhigt hatte. »Der Tod Eures Sohnes war eine Tragödie, Mara. Ich habe selbst einen Sohn, der beinahe in seinem Alter ist. Er ist so voller Leben –« Er brach ab und fingerte unbehaglich an den Ärmeln seines Gewandes. »Es war mutig von Euch, einen solchen Verlust auszuhalten, ohne herzlos und gleichgültig zu werden.«

Es war unheimlich, wie viel dieser barbarische Magier von ihren Angelegenheiten und ihrem Herzen wußte. Mara warf einen flüchtigen Blick auf Saric, der aussah, als wollte er gerade zu einem Kommentar ansetzen. Sie gab ihm mit einem Zeichen zu verstehen, daß sie zuerst sprechen wollte, bevor der Mut sie völlig verlassen würde.

»Pug«, begann sie. Sie brachte die vertraute Anrede nur mühsam über die Lippen. »Ich habe Euch diese Nachricht aus einer Art Verzweiflung geschickt.«

Pug faltete die Hände und betrachtete sie vollkommen regungslos. »Vielleicht ist es klug, von Anfang an zu erzählen.«

Seine Augen wirkten alt, als hätten sie Dinge gesehen, die bei weitem über das hinausgingen, was einem menschlichen Geist zugemutet werden sollte. Für einen kurzen Moment blickte Mara hinter sein Geheimnis auf die Macht, die in diesem Mann schlummerte, dessen Art so einfach schien wie die eines geschwätzigen Cousins. Sie rief sich die schwarzbemäntelte Gestalt in Erinnerung, die mit nur einer Handbewegung die Kaiserliche Arena zerstört hatte, ein gigantisches Steingebäude, das in jahrzehntelanger Arbeit erbaut worden war. Hunderte waren gestorben und Tausende verletzt worden in einer fürchterlichen Explosion seines Zorns. Trotz seines gewöhnlichen Auftretens und seiner warmherzigen Art war er ein Zauberer von unschätzbarer Macht. Mara zitterte heftig; sie fühlte sich wie ein kleines Mädchen vor dieser sorgsam kontrollierten Macht, die dieser Mann so geschickt verbarg.

Und doch mußte sie zugeben, daß Pug sich der Tradition ganz allein entgegengestellt hatte und daß er von der Versammlung der Magier ausgeschlossen worden war für Taten, die sie nicht gutheißen konnte. Wenn die Acoma nach einer Möglichkeit für Schutz suchen mußten, war er ein wichtiger Schlüssel zum Wissen.

Mara entschloß sich, alles zu wagen. Sie entließ Lujan und ihre Berater, und als sie allein mit dem barbarischen Magier war, sprach sie frei heraus. Sie begann mit dem Jahr, in dem der Tod ihres Vaters und ihres Bruders sie gezwungen hatte, die Herrschaft über ihr Haus zu übernehmen, und wiederholte die folgenden Siege und Niederlagen. Sie sprach ohne Pause, vergaß ihren Tee und das Essen auf dem Tablett, bis sie beim Ende angelangt war, als die Konfrontation mit den Anasati zur Einmischung der Versammlung geführt hatte.

Pug unterbrach sie ab und zu mit Zwischenfragen zur Klärung eines Gedankengangs, zur Erwähnung eines Details, oder er blickte sie prüfend an, um das Motiv hinter einer Tat zu erkennen. Mara war beeindruckt von seinem Gedächtnis, denn er bat häufig um Informationen über etwas, das sie mehr als eine halbe Stunde zuvor erwähnt hatte. Als Mara Arakasis letzte Funde erwähnte, die die fehlende Kontinuität in alten Dokumenten in den Kaiserlichen Archiven betrafen, wurden Pugs Fragen noch viel gezielter.

»Warum wünscht Ihr meine Hilfe in dieser Angelegenheit?« fragte er mit täuschend sanfter Stimme.

Mara wußte, daß nichts als vollkommene Ehrlichkeit angesagt war. »Es ist offensichtlich geworden, daß die Versammlung sich gegen mich stellt, nicht um Frieden zu bewahren, sondern um einen Wandel des Kaiserreichs aufzuhalten. Die Erhabenen haben die Nationen mehr als tausend Jahre lang vom Wachsen abgehalten, wenn die Erkenntnisse meiner Berater und meines Supai richtig sind.« Obwohl sie für die Kühnheit einer solchen Anklage verurteilt und vernichtet werden konnte, schob Mara ihre Unsicherheit beiseite. Wenn sie vor dieser Gelegenheit, Wissen zu erhalten, zurückscheute, würden die Acoma ohnehin verloren sein. Sie zwang sich, das in klare Worte zu fassen, was seit Ayakis Tod zu ihrem wichtigsten Vorsatz geworden war. »Eure midkemischen Wege haben mir gezeigt, wie sehr die althergebrachten Traditionen, die wir Tsurani verehren, in Zerstörung münden können, wenn sie in Stagnation verharren. Wir sind ein grausames Volk geworden, seit der Goldenen Brücke. Persönliche Verdienste wurden durch einen ausgeklügelten Ehrenkodex und ein rigides Kastensystem ersetzt. Ich möchte Veränderungen und ein Ende der unbarmherzigen Politik, die nur auf persönlicher Ehre fußt. Ich möchte, daß unsere Herrscher und Herrscherinnen für ihre Taten verantwortlich sind, daß unsere Sklaven frei sind. Doch ich vermute, daß die Versammlung selbst das Licht des Himmels daran hindern würde, solche Veränderungen der Politik vorzunehmen.«

Mara schaute auf und sah Pug in seine Teetasse starren. Das Sonnenlicht des späten Tages fiel in Streifen auf den Holzboden, und der Käse auf dem Tablett war bereits geschmolzen. Stunden waren vergangen, ganz und gar unbemerkt. Mara erkannte, daß die Fragen des midkemischen Magiers sie nicht nur veranlaßt hatten, mehr von sich preiszugeben, als sie vorgehabt hatte, sondern ihren Gedanken auch eine Form gegeben hatten, sie gezwungen hatten, genau zu beschreiben, welche Probleme vor ihr lagen. Maras Ehrfurcht vor diesem barbarischen Magier stieg, da sie nicht bemerkt hatte, wie er ihre Gedanken beeinflußte, und sie preßte die Hände zusammen. In einem Anfall von Besorgnis erwartete sie sein fürchterliches Urteil – oder das Geschenk seines Verständnisses.

Nach längerem Schweigen meinte Pug schließlich: »Vieles von dem, was Ihr sagtet, erinnerte mich an Dinge, die ich gefühlt habe … Dinge, die ich getan habe.«

»Ich kann Euch nicht folgen«, sagte Mara nervös.

Pug lächelte. »Vereinfachen wir es, indem wir sagen, daß die Versammlung voller Uneinigkeit ist. Von außen mag die Gesellschaft der Magier wie ein monolithischer Block erscheinen, eine Körperschaft, die gelegentlich in die Angelegenheiten des Kaiserreiches eingreift, aber gewöhnlich für sich bleibt.« Er gestikulierte leidenschaftlich, wie es die Leute seiner Kultur zu tun pflegten. »Doch das stimmt nicht. Jeder Erhabene kann handeln, wie er es für richtig hält, bei jeder Gelegenheit, denn seine Ausbildung gründet sich darauf, dem Kaiserreich zu dienen.«

Mara nickte.

Pug betrachtete sie, der dunkle Blick mit einer Ironie, die amüsant hätte sein können, wäre die Angelegenheit weniger ernst gewesen. »Wie auch immer, es gibt Zeiten, da haben zwei Magier deutlich unterschiedliche Auffassungen darüber, wie dieser Dienst am besten aussieht. Bei seltenen Gelegenheiten führt diese Uneinigkeit zum Konflikt.«

Mara äußerte eine Vermutung: »Dann stimmen einige der Erhabenen dem Eingriff in meinen Krieg gegen die Anasati nicht zu?«

»Sie werden in der Minderheit sein«, räumte Pug ein, die eigenen Erinnerungen an sein von der Versammlung verordnetes Exil vor Augen, während er Maras Eifer abzuschätzen schien. »Und ganz sicher stimmen andere zu, daß Euer Tod das Problem schnell lösen würde.« Er war vorsichtig in seiner Wortwahl und darauf bedacht, ihre Spekulationen über den Versuch der Versammlung, die Entwicklung des Kaiserreiches zu steuern, weder zu leugnen noch zu bestätigen. In unverblümter Weise hatte er ihr wenig mehr erzählt, als das, was Fumita bei Kamatsus Todesfeier schon Hokanu gegenüber angedeutet hatte.

Mara hielt ihre Enttäuschung zurück, als Pug sich mit der deutlichen Absicht erhob, das Gespräch zu beenden. In einem verzweifelten Versuch, ihre Hoffnung auf Hilfe nicht aufzugeben, platzte sie heraus. »Ich schrieb Euch, weil ich hoffte, daß Ihr einen Weg wüßtet, wie ich mich gegen die Versammlung schützen kann, wenn es sein muß.«

»Das habe ich mir gedacht.« Pug, plötzlich so hart wie barbarisches Eisen, schlang die Hände unter den weiten Ärmeln ineinander und betrachtete sie, als sie ebenfalls aufstand. »Geht mit mir zu dem Muster.«

Mara winkte die Bediensteten zurück, die herbeieilen wollten, um die Tabletts abzuräumen, und auch die beiden Krieger, die ihre Position an den Außentüren verließen, um sie zu begleiten. Da sie wußte, daß Pug von jedem Platz in ihrem Haus weggehen konnte, vermutete sie, daß seine Bitte dem Wunsch nach Alleinsein entsprach. Als sie ihn von der großen Halle in den schwach beleuchteten Flur führte, zog Pug sie mit sanftem Druck auf den Arm zur Seite. »Warum solltet Ihr um Eure Sicherheit fürchten, Mara von den Acoma?« Weich fügte er hinzu: »Wenn Ihr ein gutes Kind wärt und aufhören würdet, Euren Eltern Sorgen zu machen, hättet Ihr keinerlei Strafe zu befürchten.«

In einem besseren Augenblick hätte Mara bei diesem Bild gelächelt. »Der letzte Agent, den ich zum Kaiserlichen Archiv schickte, um die deutlichen finanziellen Unstimmigkeiten zu untersuchen, die in bestimmten historischen Perioden auftauchen, wurde von der Versammlung vernichtet.«

Als würde Pug die Eigenschaft besitzen, die Gänge eines fremden Hauses zu kennen, wandte er sich die Stufen hinauf zu dem entsprechenden Zimmer. »Wissen kann etwas sehr Gefährliches sein, Lady Mara.«

Er fragte nicht, welche Jahre ihr Agent hatte untersuchen wollen oder welche Erkenntnisse er gewonnen hatte; sein Schweigen über diese Dinge unterstrich nur Maras Befürchtungen. Sie trat an der Seite des Magiers in den Raum. Pug drehte sich um und schloß die Tür. Sie sah das Zeichen nicht, das er mit den Händen machte, doch sie spürte einen kalten Wind, der um sie herum blies, und sie wußte, daß er einen Bann beschworen hatte. Pug richtete sich auf, das Gesicht todernst. »Für ein paar Minuten kann niemand, nicht einmal der fähigste meiner Brüder, hören, was wir sagen.«

Sämtliche Farbe wich aus Maras Gesicht. »Die Erhabenen können hören, was in meiner großen Halle vorgeht?«

Pug bejahte mit einem raschen Lächeln. »Vermutlich geschieht es niemals, daß einer von ihnen es versucht – es gilt als ein Mangel an gutem Benehmen. Doch ich kann nicht dafür garantieren, wenn Hochopepa eine Angelegenheit für wichtig genug erachtet. Er hat etwas von einem Schnüffler.« Das letzte sagte er voller Zuneigung, und Mara begriff, daß der beleibte Magier einer von Pugs Freunden und Befürwortern gewesen sein mußte, damals nach dem Aufruhr in der Kaiserlichen Arena. Hochopepa mochte der Sache der Acoma freundlich gesinnt sein – so sehr ein Schwarzgewandeter es nur sein konnte.

Pugs nächste Frage riß sie aus den spekulativen Gedanken zurück. »Mara, begreift Ihr, daß Eure Ideen das Kaiserreich grundlegend verändern werden?«

Mara, bis in die Knochen müde von der Belastung, lehnte sich gegen die holzgetäfelten Wände und betrachtete das Shatra-Muster auf dem Boden. »Sollen wir so weitermachen wie bisher und von Männern regiert werden, die Kinder töten und gute Menschen durch Knechtschaft quälen und ruinieren, während ihre Fähigkeiten und Bemühungen doch Besseres verdienen? Jiro von den Anasati und die Fraktion, die er leitet, sorgen dafür, daß armselige Machtkämpfe die Vorherrschaft über alles übernehmen. Es ist Ketzerei für mich, das zu sagen, aber ich kann nicht länger glauben, daß die Götter einer solchen Verschwendung zustimmen.«

Pug machte eine mißbilligende Geste. »Dann, warum die Versammlung damit behelligen? Überlaßt es einem Attentäter, sich um Jiro zu kümmern. Ihr habt sicherlich genug Reichtum, um Euch seinen Tod erkaufen zu können.«

Die Gefühllosigkeit seiner Aussage entwaffnete Mara. Sie vergaß, daß er ein Magier war, vergaß seine schreckliche Macht, vergaß alles bis auf ihre eigene, bittere Qual »Götter! Sprecht zu mir nicht von Attentätern! Ich ließ die Hamoi Tong vernichten, weil sie sich nur zu bereitwillig als Waffe der habgierigen Lords anboten, um deren eigennützige Ziele zu unterstützen. Die Acoma hatten niemals etwas mit Attentätern zu tun, und ich werde eher den Tod meines Geschlechts und seiner Erinnerungen akzeptieren, bevor ich mich solcher Methoden bediene. Siebenmal wollte man mich töten. Dreimal waren es geliebte Menschen, die an meiner Stelle durch die Tong in die Hallen Turakamus geschickt wurden. Ich habe durch ihre blutigen Hände zwei Söhne und die Mutter meines Herzens verloren.« Dann, als würde sie sich wieder bewußt werden, mit wem sie sprach, kam sie zum Schluß: »Es ist mehr als nur mein Haß auf Attentäter. Jiros Tod würde meine Ehre wiederherstellen, doch damit wäre nichts beendet, nichts gelöst. Die Versammlung würde immer noch versuchen, mein Haus zu zerstören. Weil Ichindar, Hokanu und ich selbst als die Gute Dienerin des Kaiserreiches versuchen, das zu ersetzen, was unserem Leben fehlt.«

»Fehlt?« drängte Pug, während er die Arme über der Brust kreuzte.

»In uns. Im Kaiserreich.«

»Fahrt fort.«

Mara blickte tief in Pugs Augen. »Kennt Ihr Kevin von Zun?«

Pug nickte. »Nicht gut. Ich traf ihn zum ersten Mal hier –«

»Wann?« Ganz und gar von ihrem ursprünglichen Gedanken abgebracht, weiteten sich Maras Augen ungläubig. »Ihr habt mich niemals besucht. Sicherlich würde ich mich an ein solch bedeutsames Ereignis erinnern!«

Pug betrachtete sie mit bitterem Humor. »Meine Position war damals um einiges niedriger – ich war einer von Hokanus Sklaven. Kevin und ich tauschten nur einige Worte. Doch ich habe ihn seit seiner Rückkehr an den Hof des Prinzen von Krondor noch einmal gesehen, bei einem Empfang für die Barone der Grenzgebiete.«

Mara unterdrückte das wilde Schlagen ihres Herzens. »Geht es ihm gut?« fragte sie flüsternd. Eine Bitte stand in ihren Augen.

Pug nickte; er war sich der Gefühle hinter der einfachen Frage bewußt. Er antwortete einem Bedürfnis, das ihr Stolz niemals zugeben würde. »Kevin hat sich im Dienst bei Prinz Arutha einen Namen gemacht. Die dritten Söhne von geringeren Edlen müssen ihren Weg mit Hilfe des Verstandes finden. Nach dem, was ich gehört und gesehen habe, geht es ihm gut, wirklich. Er dient im Norden des Königreichs bei Baron Hochburg und ist mehrere Male in einen höheren Rang aufgestiegen, glaube ich.«

Maras Stimme wurde schwächer, und sie senkte die Augen, als sie leise fragte: »Hat er geheiratet?«

»Ich weiß es nicht, es tut mir leid, das sagen zu müssen. Stardock liegt weit entfernt vom Hof, und Einzelheiten erreichen uns nicht immer.« Als Mara ihren Blick wieder hob, fügte er hinzu: »Obwohl ich mir nicht sicher bin, welche Antwort Euch besser gefallen würde: ein Ja oder Nein.«

Mara lächelte. »Ich weiß es auch nicht.«

Goldenes Licht sickerte unter den Türen hindurch, als ein Diener die Lampen im Flur anzündete. Die Dämmerung schuf violette Schatten in dem engen Raum. Pug bemerkte plötzlich, wieviel Zeit vergangen war, und er sagte etwas schroff: »Ich muß gehen.« Er kam Maras zweitem Versuch, seinen Abschied hinauszuzögern, zuvor. »Ich habe kein Geschenk in Form von Magie oder Weisheit für Euch, Lady. Ich gehöre nicht mehr zur Versammlung, und doch binden die Eide, die ich geschworen habe, als ich ihrer Bruderschaft beitreten durfte, meinen Geist, wenn auch nicht mein Herz. Selbst mit meinen Kräften fällt es mir schwer, bestimmten Schulungen nicht zu gehorchen. Ich kann Euch in Eurem Kampf nicht helfen. Was ich Euch anbieten kann, ist dies: Ihr tut gut daran, Rat außerhalb des Kaiserreiches zu suchen, denn hier drinnen werdet Ihr nur wenig Verbündete finden.«

Mara kniff die Augen zusammen, als sie begriff, daß er von ihren geheimen Vorbereitungen für eine Reise jenseits der Grenzen wußte; doch wie er es herausgefunden hatte, oder wie er es geschafft hatte, das zu erkennen, was sie unter größten Anstrengungen als Pilgerfahrt ausgeben wollte, war ihr schleierhaft. »Also ist es wahr, daß die Cho-ja mir nicht helfen werden.«

Pugs Gesicht verzog sich zu einem Grinsen. Er trat einen Schritt zur Seite, beinahe jungenhaft in seiner Freude. »Ihr seid wesentlich näher daran, das große Geheimnis zu enthüllen, als ich gedacht hatte.« Sein Gesichtsausdruck wurde wieder zu einer neutralen Maske, als er meinte: »Jenen im Kaiserreich, die gerne Eure Verbündeten wären, ist es verboten. Nein, Ihr müßt außerhalb suchen.«

»Wo?« drängte Mara. »Im Königreich der Inseln?« Doch sofort wußte sie, daß diese Fährte eine falsche Hoffnung war. Sie sprach bereits mit dem mächtigsten Mann von der anderen Seite des Spalts.

Pug breitete seine Arme aus und ließ die Ärmel seines braunen Gewandes herunterfallen. Beiläufig meinte er: »Wußtet Ihr, daß meine Frau eine Thuril ist? Ein interessanter Ort, dieses Hochland. Ihr solltet es einmal besuchen. Entbietet Eurem Mann meine Grüße.«

Ohne ein weiteres Wort hob er die Hände über den Kopf und verschwand. Die dort einströmende Luft, wo er noch soeben gestanden hatte, erfüllte die Stille, während die Kammer von der bevorstehenden Nacht immer dunkler wurde.

Mara seufzte und öffnete die Tür. Sie blinzelte gegen das plötzlich grelle Licht und sah Saric und Lujan auf sie warten. »Nichts hat sich geändert«, sagte sie zu ihrem Berater und ihrem Offizier. »Wir beginnen morgen mit unserer Pilgerfahrt.«

Sarics Augen leuchteten vor Aufregung. Nach einem verstohlenen Blick, um sicher zu sein, daß keine Bediensteten mithörten, flüsterte er: »Wir fahren über Lepala hinaus?«

Mara unterdrückte ein Lächeln, achtsam bemüht, keine Begeisterung zu zeigen, die über eine fromme Pilgerfahrt hinausgehen könnte; doch auch sie war aufgeregt und neugierig bei der Aussicht, die Grenzen zu überschreiten und in unbekanntes Land einzudringen. »Mit dem schnellsten Schiff. Doch zuerst müssen wir die Tempel besuchen, bevor wir nach Osten reisen. Wenn wir durch unseren Besuch bei den Thuril etwas erreichen wollen, müssen wir unsere Abreise sehr umsichtig gestalten.«

Es waren noch Vorbereitungen bis zum Morgengrauen zu treffen, und so verließen Lujan und Saric ihre Herrin, um sich darum zu kümmern. Als sie fortgingen, ihre Bewegungen so ähnlich, wie es nur bei Blutsverwandten möglich war, schaute Mara ihnen nach und seufzte. Das Haus schien leer und ruhig ohne die Kinder. Sie bedauerte, daß sie keine Möglichkeit gehabt hatte, sich ordentlich von ihnen zu verabschieden, und ging auf die Treppe und ihr Arbeitszimmer zu, wohin sie sich das Essen bringen lassen würde. Das erste Tageslicht würde nicht früh genug kommen, um ihre unruhigen Nerven zu besänftigen. Jetzt, da ihr Weg klar war, sehnte sie sich danach, endlich unterwegs zu sein.

Sie konnte nicht vorausahnen, was die Länder jenseits der Grenze für sie bereithielten; die Menschen dort waren während jahrelangen Kriegen und Gefechten Feinde des Kaiserreichs gewesen. Der Vertrag, der den gegenwärtigen Frieden gewährleistete, war brüchig; die Hochländer der Konförderation waren schnell beleidigt und von Natur aus kampfeslustig. Doch der mächtigste Magier zweier Welten hatte ihre Erforschungsreise umsichtig befürwortet. Das zumindest spürte Mara: daß er als einziger genau begriff, was auf dem Spiel stand. Mehr noch, er kannte das Ausmaß der schrecklichen Gefahren, die sie überwinden mußte.

Als sie auf dem Weg in ihre bequemen Gemächer an den sich verbeugenden Bediensteten vorbeischritt, fragte sie sich, wie Pug wohl ihre Chancen eingeschätzt hätte. Doch sofort begriff sie, wie klug es war, daß sie nicht danach gefragt hatte. Wenn der barbarische Magier überhaupt geantwortet hätte, wäre ihr Mut durch seine Worte sicherlich gesunken.

Der Priester rief. Echos hallten von den massiven Wölbungen der Tempeldecke wider, die sich über geschnitzten Holzsäulen und Pfeilern erhob. Die im Kreis versammelten rotgekleideten Akolythen antworteten mit rituellem Gesang, und ein seltener Metallgong kündigte das Ende der morgendlichen Zeremonie an. Mara wartete neben ihrem Ersten Berater still im Schatten hinten in der Kammer, umgeben von ihrer Ehrengarde. Saric schien in Gedanken versunken zu sein, die sich weit von Religion entfernt hatten. Seine Finger klopften auf Corcara-Muscheln an seinem Gürtel, und seine Haare sahen wirr aus, als wäre er mit den Fingern immer wieder ungeduldig hindurchgefahren. Wenn auch keiner ihrer Krieger irgendein Zeichen von Unbehagen von sich gab, so zeigte ihre steife Haltung doch, daß sie ihre Gedanken kaum auf andere Dinge richten konnten, während sie im Heiligtum des Roten Gottes waren. Die meisten schickten stille Gebete an die Gottheiten des Glückes und des Schicksals, daß ihr letztes Treffen mit dem Todesgott noch eine Weile auf sich warten lassen möge.

Tatsächlich, dachte Mara, war der Tempel Turakamus nicht gerade ein Ort, wo man sich wohl fühlte. Ein uralter Altar, der einst – und Gerüchten zufolge immer noch – Menschenopfern gedient hatte, erhob sich auf der Plattform in der Mitte des Raums. Steinbänke umgaben den von den Schritten der vielen Gläubigen abgetretenen Platz, und die Furchen von Abflußrinnen liefen auf dem Boden zu den versenkten Becken zu Füßen der jahrhundertealten Statuen, das Material geglättet und befleckt durch Generationen von Händen. Die Mauern hinter den Nischen waren mit menschlichen Skeletten bemalt, Dämonen und Halbgottheiten mit vielen Armen und Beinen. Die Gestalten tanzten und verrenkten sich in ekstatischen Verzückungen; trotz ihres grotesken Anblicks erinnerten sie Mara an andere Gemälde, die das Haus der Fruchtbarkeit schmückten, eines der vielen Heiligtümer Lashimas, das von Frauen besucht wurde, die um Empfängnis baten.

Während sie auf ihre Audienz wartete, dachte Mara darüber nach, daß zwar die Priester des Roten Gottes furchteinflößend waren, sie im Gespräch jedoch darauf bestanden, daß der Tod kein Schrecken war, da alle Menschen am Ende vor Turakamu treten mußten.

Der Kreis der Akolythen formierte sich, umhüllt von den Schlieren des Weihrauchs. Mara sah die bemäntelte Gestalt an der Spitze der Prozession anhalten und mit einem Bittsteller sprechen, der um die Gnade des Gottes für einen kürzlich Verstorbenen bat. Eine mit Siegeln versehene Verfügung wechselte den Besitzer; vermutlich eine Spende der Familie für den Tempel. Auf dem am weitesten vom Opferaltar entfernten Gemälde verbeugten sich Menschen mit glückseligem Gesichtsausdruck vor dem Thron des Roten Gottes und warteten auf seine göttliche Entscheidung bezüglich ihrer Wiedergeburt, warteten darauf, ihre nächste Station auf dem Rad zu erfahren, festgelegt durch eine Aufrechnung ihrer Schulden gegenüber ihrer Ehre. Die kürzlich Verstorbenen, so glaubte man, konnten in den Augen des Roten Gottes durch Gebete aufsteigen, und während die Armen barfuß zur Huldigung herbeikamen und billige Lampen aus Ton anzündeten, trafen die Reichen in Sänften ein und führten üppige Summen für private Tempelriten mit sich.

Mara fragte sich, ob solche Praktiken Turakamu beeinflußten oder ob sie Ermutigungen der irdischen Priester waren, die Rubine für ihre Gewänder wünschten und bequeme Refektorien und Schlafräume. Sicherlich entsprach der massive Dreifuß, der die Lampen am Altar trug, dem Reichtum eines Königreiches.

Obwohl jeder Tempel der Zwanzig Gottheiten kostbar ausgestattet war, waren nur die wenigsten so aufwendig geschmückt wie die, die Turakamu geweiht waren.

Eine Stimme riß Mara aus ihren Gedanken. »Gute Dienerin, Ihr ehrt uns.« Die Prozession der Akolythen hatte die hintere Tür erreicht und strömte langsam hinaus, doch der Hohe Priester war aus der Gruppe getreten und näherte sich dem Gefolge der Acoma. Unter seiner Farbe und dem gefiederten Mantel war er ein Mann mittlerer Größe, älter bereits, doch mit hellwachen Augen. Von nahem war es offensichtlich, daß er verwirrt war; nervös befingerte er den mit Schädelknochen versehenen Amtsstab, den er während der Riten herumgeschwenkt hatte. »Ich wußte, daß Ihr Euch auf eine Pilgerfahrt begeben wolltet, Lady Mara, doch ich hatte angenommen, Ihr würdet das große Heiligtum in der Heiligen Stadt besuchen, nicht unsere bescheidene Behausung in Sulan-Qu. Ich habe natürlich keine Vorbereitungen zur Ehre eines persönlichen Besuches getroffen.«

Mara verneigte sich leicht vor dem Hohen Priester Turakamus. »Ich lege keinen Wert auf eine Zeremonie. Und um die Wahrheit zu sagen, führt mich etwas anderes hierher als schlichte Ergebenheit. Ich brauche vielmehr Euren Rat.«

Der Hohe Priester zog überrascht die Brauen hoch, die unter dem Rand der Maske verschwanden, die er inzwischen, da die Zeremonie beendet war, auf dem Scheitel trug. Er war nicht ganz nackt und mit roter Farbe bemalt, wie es für Riten außerhalb des heiligen Bodens üblich war. Doch seine Haare waren mit Reliquien verflochten, die wie Teile von zergliederten Vögeln aussahen, und die unter seinem Mantel aus scharlachroten Federn sichtbare Ausstattung war sogar noch weniger einladend. Als wüßte er, daß seine offizielle Kleidung Gesprächen nicht sehr förderlich war, reichte er den Knochenstab einem jungen Akolythen, der im Schatten wartete, und legte die Robe ab. Die quer über die Brust verlaufenden Riemen, an denen die Reliquien hingen, waren uralt, und zwei andere Helfer eilten herbei und nahmen sie mit ehrfurchtsvoller Sorgfalt von seinen Schultern. Singend trugen sie die Reliquien davon, um sie an ihren Platz in verschlossenen Wandschränken zu bringen, die verborgen in einem Labyrinth aus Gängen lagen.

Bekleidet nur mit einem einfachen Lendenschurz, die Augen noch immer mit den Streifen von der Zeremonie bemalt, wirkte der Priester plötzlich viel jünger. »Kommt«, lud er Mara ein. »Ziehen wir uns in eine angenehmere Umgebung zurück. Eure Ehrengarde mag mit uns kommen oder im Garten innerhalb der Tore auf Eure Rückkehr warten. Es ist schattig dort, und ein Wasserjunge wird ihr Bedürfnis nach Erfrischung erfüllen.«

Mara winkte Lujan und Saric zu sich und bedeutete dem Rest ihrer Gefolgschaft, sich zurückzuziehen. Keiner ihrer Krieger blickte erleichtert drein; ihre Schritte wirkten steif, als sie ihre Formation bildeten und auf die Tür zum Garten zugingen. Krieger und Soldaten fühlten sich bei den Anhängern Turakamus niemals wohl. Der Aberglaube besagte, daß ein Soldat, der zu viel Zeit in der Hingabe an den Roten Gott verbrachte, riskierte, die Gunst der Gottheit auf sich zu ziehen; und jene, die Turakamu liebte, würden in ihrer Jugend vom Schlachtfeld geholt werden.

Der Hohe Priester führte sie durch eine kleine Seitentür in einen schwach beleuchteten Gang. »Wenn ich nicht meine offiziellen Gewänder trage, werde ich einfach nur Vater Jadaha genannt, Gute Dienerin.«

Die Lady lächelte leicht wegen seiner formellen Anrede. »Mara genügt, Vater.«

Sie wurde in karge Gemächer mit schmuckloser Wandvertäfelung und unbemalten Läden geführt. Die Gebetsmatten waren rot gefärbt, für den Ruhm des Gottes, doch jene zum Sitzen waren aus Naturfaser gewebt. Mara wurde zu den rundlichsten der armseligen Kissen gebracht, abgewetzt vom vielen Sitzen, aber sauber. Sie ließ sich von Lujan helfen, Platz zu nehmen, und schickte hastig ein stummes Gebet an Turakamu um Vergebung. Ihre Gedanken im Tempel waren falsch gewesen; ganz offensichtlich benutzten die Priester von Sulan-Qu das Geld, das ihnen von bittenden Familien überreicht wurde, nur dazu, jene Kammern zu schmücken, die ihrem Gott geweiht waren.

Als auch Lujan und Saric sich neben ihrer Mistress niedergelassen hatten, schickte der Hohe Priester seinen Diener, um einige Erfrischungen zu holen. Ein Leibdiener mit einer häßlichen Narbe und nur einem Auge sorgte für die Entfernung der zeremoniellen Bemalung und brachte dem Hohen Priester ein weißes Gewand mit roten Säumen. Dann, bei einem Tablett mit Chocha und kleinen Kuchenstücken, wandte der Hohe Priester sich an seine Besucherin. »Mara, welchen Dienst kann der Tempel Turakamus Euch anbieten?«

»Ich bin nicht sicher, Vater Jadaha.« Mara nahm sich aus Höflichkeit ein rechteckiges Stück süßen Kuchen. Sie fuhr fort, während Saric ihr Chocha eingoß. »Ich suche Wissen.«

Der Priester erwiderte mit einer segnenden Geste: »Welche armseligen Mittel uns zur Verfügung stehen, sie gehören Euch.«

Mara zeigte ihre Überraschung, denn seine schnelle Zustimmung kam unerwartet. »Ihr seid sehr großzügig, Vater. Doch ich bitte Euch bescheiden, hört erst einmal meine Bedürfnisse an, bevor Ihr so große Versprechungen macht.«

Der Hohe Priester lächelte. Sein einäugiger Diener zog sich mit sichtbarem Respekt zurück, und als Mara jetzt in das von Farbe gesäuberte Gesicht blickte, erkannte sie, daß der oberste Verehrer des Totengottes ein angenehmer älterer Mann war – schlank und sehnig, mit den schönen Händen eines Schreibers; seine Augen sprühten vor Intelligenz. »Welche Befürchtungen sollten mich davon abhalten, Versprechungen zu machen, Lady Mara?

Ihr habt Euren Wert mit Eurem großen Dienst gegenüber dem Kaiserreich bewiesen. Ich bezweifle, daß Ihr im tiefsten Innern selbstsüchtige Gründe hegt; nicht nach einem solchen Verhalten nach der Vernichtung des Hauses Minwanabi. Eure Handlung war mehr als großzügig, sie war ... beispiellos. Nicht nur bewahrtet Ihr die korrekte Form bei der Entfernung des Gebetstores, das Desio Eurem Tod gewidmet hatte; selbstlos habt Ihr auch dafür gesorgt, daß dem Tempel keine Unehre zugefügt wurde, als Ihr das Gebetstor von Eurem Land schaffen ließet. Wir Priester sind es, die in Eurer Schuld stehen, für Euren Beitrag, die Tyrannei des Hohen Rates zu beenden. Unserer Führung ist nun wieder der angemessene Einfluß im alltäglichen Leben überlassen.« Der Priester machte eine reumütige Bewegung und nahm sich ein großes Stück Kuchen. »Die Veränderungen von Machtstrukturen gehen nur langsam vonstatten. Jene Herrscher, die sich unseren Einflüssen widersetzen, bilden eine starke Opposition. Dennoch machen wir Fortschritte.«

Mara erinnerte sich jetzt an die Worte des Delegierten vom Tempel Turakamus, der bei der Wiedererrichtung von Desios Gebetstor anwesend gewesen war. Damals hatten überwältigende Gefühle sie dazu veranlaßt, die Bemerkungen des Priesters als Schmeichelei abzutun. Erst Jahre später begriff sie die Ernsthaftigkeit seiner Worte. Die Entdeckung, Unterstützung an einem Ort zu erhalten, an dem sie nicht damit gerechnet hatte, stärkte ihren Mut. »Ich muß Wissen über die Natur der Magie erhalten.«

Der Hohe Priester erstarrte, die Tasse Chocha auf halbem Weg zu seinen Lippen. Er blinzelte einmal, die Gedanken weit entfernt. Dann, als wäre die Bitte der Lady etwas ganz Gewöhnliches, führte er das Getränk weiter zum Mund. Er kostete den Geschmack aus, bevor er schluckte; vielleicht weil er etwas Zeit zum Nachdenken gewinnen wollte oder um einem unziemlichen Hustenanfall vorzubeugen.

Was immer der Grund des Priesters war – als er die Tasse absetzte, war er vollkommen ruhig. »Was möchtet Ihr über die Magie wissen?«

Beharrlich nahm Mara das Thema wieder auf, obwohl es gefährlich war. »Warum sind solche Kräfte das alleinige Vorrecht der Versammlung? Ich habe Priester gesehen, die ebenfalls Magie beherrschen.«

Der Hohe Priester betrachtete die kleine, entschlossene Frau, die nach dem Licht des Himmels als einflußreichste Person im Kaiserreich galt. Ein unergründlicher Schatten lag auf seinen Augen und eine Kälte, die zuvor nicht dagewesen war. »Die Sanktionen, die die Versammlung über Eure Auseinandersetzung mit Jiro von den Anasati verhängt hat, sind bekannt, Mara. Wenn Ihr danach trachtet, Euch gegen die Schwarzen Roben zu wappnen, schlagt Ihr einen gefährlichen Weg ein.« Er benutzte nicht das ehrenvolle Wort »Erhabene«, und diese Nuance ging an Mara und ihrem Berater nicht vorbei. Konnte es sein, daß die Tempel-Hierarchien wie die Cho-ja nicht gerade begeistert von den Magiern waren?

»Wie kommt Ihr darauf, daß ich etwas gegen die Versammlung unternehmen will?« fragte Mara mit unhöflicher Direktheit.

Vater Jadaha schien ihre Offenheit nicht zu beunruhigen. »Mylady, im Dienst an Turakamu lernen ich und meinesgleichen die dunkle Seite der menschlichen Natur kennen. Menschen, die lange Zeit Macht haben, wollen nicht, daß man ihnen ihre Verletzbarkeit zeigt. Wenige erweisen sich als weise, wenn sie mit Veränderungen und Selbsterkenntnis konfrontiert werden. Traurigerweise verteidigen viele Positionen, die ihre Bedeutung verloren haben, einfach nur, weil sie fürchten, daß ihre Sicherheit untergraben wird, selbst um den Preis des Wachstums, selbst wenn es um die Verbesserung des Lebens geht. Sie widersetzen sich den Veränderungen einfach nur, weil sie außerhalb der Bequemlichkeit liegen, die sie kennen. Ihr repräsentiert Glück und Hoffnung für die Leute in diesem Land. Ihr seid ihre Meisterin, ob Ihr wollt oder nicht, weil Ihr Euch der Tyrannei und Grausamkeit entgegengestellt habt, als Ihr das Amt des Kriegsherrn zu Fall brachtet. Ihr habt die Machtstrukturen, die dieses Land beherrschen, erfolgreich kritisiert. Dies muß als Herausforderung gesehen werden, ob es Euch paßt oder nicht. Ihr seid zu großen Höhen aufgestiegen, und jene, die Euch als Rivalin sehen, haben Euren Schatten auf sich fallen gespürt. Zwei Mächte wie die Versammlung und die Gute Dienerin des Kaiserreiches können nicht ohne Konflikt nebeneinander existieren. Vor Tausenden von Jahren mögen die Schwarzen Roben sich ihren Platz außerhalb des Gesetzes verdient haben. Doch jetzt betrachten sie ihre Allmacht als ein gottgegebenes Recht, ihre heilige Ehre, wenn Ihr so wollt. Ihr steht für Veränderung – sie stehen für die Tradition. Sie müssen Euch vernichten, um ihre Vormachtstellung zu bewahren. Dies ist die Natur des tsuranischen Lebens.«

Vater Jadaha blickte durch den Laden, der geöffnet worden war, um frische Luft hereinzulassen. Das Knallen der Peitsche eines Fuhrmanns war von der Straße zu hören, überlagert von den Rufen eines Fischverkäufers, der seinen morgendlichen Fang loswerden wollte. Der Priester seufzte. »Einst hatten wir, die wir den Göttern Dienst schworen, Einfluß und große Macht, Mara von den Acoma. Einst waren wir in der Lage, unsere Herrscher und Herrscherinnen zu Verbesserungen zu ermutigen, oder zumindest konnten wir unseren Einfluß nutzen, um ausgesprochene Gier und wirkliches Übel zu bremsen.« Er schwieg, die Lippen möglicherweise vor Bitterkeit zusammengepreßt. Dann meinte er: »Ich kann Euch nichts anbieten, das Euch gegen die Versammlung hilft. Doch ich habe ein kleines Geschenk für Eure Reise.«

Mara unterdrückte ihre Befürchtungen. »Reise?« War ihre List so offensichtlich, daß selbst dieser Hohe Priester in Sulan-Qu das Ziel ihrer Pilgerfahrt durchschaute? Mit starrem Gesicht sah sie zu, wie der Priester sich erhob und zu einer alten Holztruhe ging.

»Um das zu finden, was Ihr sucht, müßt Ihr weit reisen, Mara von den Acoma.« Er entriegelte das Schloß und hob den Deckel. »Ich glaube, Ihr wißt das bereits.« Seine anmutigen Hände wühlten sich durch den Inhalt der Truhe. Mara erhaschte zwischen aufgewirbeltem Staub einen Blick auf Pergamente und die Bänder von Siegeln. Der Priester erstickte ein Niesen in seinem Ärmel. »Ich bitte um Vergebung.« Er wedelte mit einer alten Abhandlung, dann nahm er seinen Gedanken wieder auf. »Die Gerüchtemacher auf den Straßen sagen, daß Ihr genug Gepäck dabeihabt, um zu den sandigen Wüsten des Verlorenen Landes zurückzukehren. Wer immer will, kann mit einer kleinen Münze dieses Wissen von ihnen erwerben.«

Mara lächelte. Sie fand es schwer, diesen Priester, der die Morgenriten für den gefürchtetsten Gott auf Kelewan ausführte, mit einem Mann in Verbindung zu bringen, der Klatsch auf den Straßen erwarb. »Ich hatte gehofft, den Eindruck zu erwecken, als würden wir den Tempeln große Tribute leisten, wenn ich dort haltmache, um den Zwanzig Göttern meinen Respekt zu erweisen«, sagte sie reumütig. »In Wahrheit habt Ihr jedoch recht. Meine Pilgerfahrt wird mich auf ein Schiff und dann flußabwärts nach Jamar führen.«

Der Hohe Priester richtete sich vor der Truhe auf. Er hielt ein altes Pergament in den Händen, rissig und ein wenig abgegriffen. »Ich wäre ein schlechter Ratgeber für die Leidenden, wenn ich solche Täuschungen nicht erkennen könnte. Doch wir Priester sehen nicht mit den Augen der Herrscher. Es ist unsere Aufgabe, einen verständnisvollen Blick zu haben.« Er reichte Mara das Dokument. »Lest dies hier. Es könnte Euch einige Einsichten vermitteln.«

Mara spürte die Endgültigkeit in seinem Ton, und sie gab Saric das Pergament, damit er es in seiner Tasche verstauen konnte. Sie schob das Tablett mit dem Kuchen beiseite und erhob sich. »Ich danke Euch, Vater.«

Der Priester hielt ihren Blick fest, als Lujan und Saric ihrer stummen Aufforderung nachkamen. »Sucht Ihr im Verlorenen Land nach einer Antwort, Mara?«

Weise genug, um zu wissen, wann sie nicht vorsichtig sein mußte, sagte Mara: »Nein. Wir verlassen Jamar und gehen nach Lepala.«

Als wäre das Thema, das sie angeschnitten hatte, nichts weiter als lockeres Gerede, wedelte der Priester ein kleines Insekt fort, das sich auf dem Rand des Kuchentellers niederlassen wollte; dann verschränkte er die Arme vor der Brust. »Das ist gut, Tochter meines Gottes. Die Schamanen der Wüste sind ... unzuverlässig. Viele von ihnen stehen mit dunklen Mächten im Bunde.«

Saric konnte einen kleinen Ausruf nicht unterdrücken. Der Priester kicherte. »Euer Erster Berater scheint überrascht.«

Mara nickte zustimmend, und Saric entschuldigte sich hastig. »Entschuldigt meine offensichtliche Mißachtung, Vater, doch die meisten würden ... Euren Meister ... für eine dunkle Macht halten.«

Das Gesicht des Hohen Priesters legte sich in Falten, als er lächelte. »Glaubt mir, dieses Mißverständnis hat seine Vorteile! Doch der Tod ist nur die andere Seite des Geheimnisses des Rads des Lebens. Ohne sein Tor in die Hallen Turakamus, wo jedweder Geist Erneuerung findet, wäre unsere gegenwärtige Existenz ein geistloses Unterfangen ohne Seele.« Der Hohe Priester rührte sich, um Maras Gruppe aus seinen Gemächern zu führen, doch er sprach weiter. »Unsere Magie, wie Ihr es nennen würdet, ist keine unnatürliche Kraft.« Er zeigte mit einem Finger auf das Insekt, das über dem Kuchenteller kreiste. Ein scharf umrissener Schatten schien durch die Luft zu streichen, und das Tier stürzte zu Boden. »Wir benutzen diese Seite unserer Natur nur selten, um das Leiden jener zu lindern, die ihrem Ende nahe, aber unfähig sind, den Griff auf ihren Körper zu lösen. Der Geist des Lebens ist stark, manchmal sogar sinnloserweise.«

»Das könnte eine mächtige Waffe sein«, bemerkte Lujan mit einer tieferen Stimme als gewöhnlich. Mara begriff, daß er, auch wenn er es gut verbarg, die Diener Turakamus ebenso fürchtete wie jeder seiner Krieger.

Der Priester zuckte mit den Schultern. »Das niemals.« Ohne weiteres Aufheben deutete er mit dem Finger auf Lujans Brust. Der Kommandeur der Acoma gab sich sichtlich Mühe, nicht zurückzuzucken, und Schweiß bildete sich am Rand seines Helms auf der Stirn.

Nichts geschah.

Selbst Mara spürte ihr Herz vor Furcht rasen, als der Priester ruhig hinzufügte: »Es war nicht Eure Zeit, den Roten Gott zu treffen, Kommandeur. Ich besitze die Macht meines Gottes. Ich könnte Euch nicht mit eigener Kraft in seine Hallen schicken.«

Saric, dem alles im Leben wie zu lösende Rätsel erschien, überwand seine Furcht als erster. »Aber das Insekt …«

»Es war seine Zeit.« Der Priester klang beinahe müde. »Um ein Beispiel zu geben, nehme ich an.«

Ernüchtert bedankte sich Mara bei dem Priester für seinen Rat und verabschiedete sich. Sie und ihre Gruppe wurden von dem einäugigen Diener aus dem Tempel geführt. Am Fuße der Marmorstufen trafen sie auf ihre Ehrengarde. Gedankenverloren stieg Mara in die Sänfte. Sie gab nicht sofort den Befehl zum Aufbruch, und in dieser Pause raste ein Straßenkind aus einer Seitenstraße und krachte geradewegs gegen Lujan.

Der Kommandeur fluchte. Er stellte das Kind auf die Füße und rümpfte die Nase bei dem Geruch ungewaschener Kleidung, dann wurde sein Gesicht ausdruckslos.

Mara unterdrückte ihre Heiterkeit. Über das Geschrei eines Straßenhändlers hinweg, der mit billigen Seidenschals und Parfum für die Frauen der Ried-Welt handelte, fragte sie flüsternd: »Noch einer von Arakasis Boten?«

Saric spitzte die Ohren, während Lujan die Nachricht in den Gürtel stopfte, indem er so tat, als würde er sich die Hände abwischen. »Ungeziefer«, sagte er laut hinter dem weglaufenden Kind her. Dann fügte er so leise, daß nur Mara und Saric es hören konnten, hinzu: »Wo findet der Mann nur immer so dreckige Kinder für seine Aufträge?«

Mara wollte nicht preisgeben, daß ihr Supai selbst ein solcher glückloser Junge gewesen war und daß er sie möglicherweise aus zwei Gründen als Boten benutzte: Sie konnten von den Spionen anderer Männer nicht bemerkt werden, weil sie nicht viel Bedeutung hatten, und sie konnten nicht lesen. Seit Arakasi Kamlio getroffen hatte, vermutete Mara, daß Mitleid hinzukam, da ihr Supai es für gerecht halten könnte, die Centis so auszugeben, daß sie den weniger glücklichen Jugendlichen eine Möglichkeit boten, einmal eine Mahlzeit kaufen zu können, anstatt sie stehlen zu müssen. Unverbindlich fragte sie: »Hat er einen gefunden?«

Saric warf ihr einen ernsten Blick zu. Er wußte, daß sie auf einen Magier von geringerem Stand anspielte, den Arakasi hatte ausfindig machen sollen, seit das Unglück seine Suche in den Archiven beendet hatte. Der Erste Berater zog die Vorhänge zu. »Je schneller wir hier heraus sind und eine Gaststube für eine Rast finden, desto eher werdet Ihr es wissen«, sagte er in einem verärgerten Ton, der an die Grenzen ihrer vertrauten Beziehung ging.

»Wir werden den Mann nach Einbruch der Dunkelheit aufsuchen«, flüsterte Mara durch den Stoff hindurch.

Saric und Lujan tauschten einen Blick liebevoller Verzweiflung. Ihre Herrin wirkte so aufgeregt wie ein kleines Mädchen. Offensichtlich berauschte sie die Herausforderung, nach langen Monaten der Enttäuschung verbotenes Gebiet zu erforschen. Als die Träger die Sänfte hochhoben, steckten Saric und der Kommandeur die Köpfe zusammen.

»War sie auch so, als Ihr zu dem Feldzug in der Wüste aufgebrochen seid?« wollte der Erste Berater leise wissen.

»Damals nicht.« Lujan schob den Helm mit einem Lächeln zurück. »Aber als Keyoke mir von dem Marsch durch das Gebiet der Inrodaka erzählte, um die Cho-ja-Königin für eine Allianz zu gewinnen. Nach seinen Schilderungen muß sie da noch schlimmer gewesen sein.«

»Die Götter mögen uns schützen«, meinte Saric und machte das Zeichen, um Unglück abzuwenden. Doch seine Augen lachten, und sein Schritt war wie der seines Cousins federnd vor Erregung.

»Deine Neugier wird uns eines Tages noch alle umbringen«, murmelte Lujan. »Es ist ein verdammtes Glück für meine Rekruten, daß du das Schwert gegen den Mantel des Beraters eingetauscht hast.«

Dann machten sich die Ehrengarde und die Sänftenträger zu dem Wirtshaus auf, in dem Mara während der Dauer ihres Aufenthalts in Sulan-Qu wohnen würde.